NARRADORES CONTEMPORÁNEOS

JOAQUÍN MORTIZ • MÉXICO

ELOY URROZ

Un siglo tras de mí

Colección: Narradores contemporáneos

Portada: Frederick Frieseke (1874-1939), *Hélène (Meditación)*, 1901.
Óleo sobre tela. Museo de Arte de la universidad de Michigan, regalo
de John B. Tillotson.
Fotografía del autor: Arturo Piera

© 2004, Eloy Urroz
Derechos reservados
© 2004, Editorial Joaquín Mortiz, S.A. de C.V.
Editorial Planeta Mexicana, S.A. de C.V.
Avenida Insurgentes Sur núm. 1898, piso 11
Colonia Florida, 01030 México, D.F.

Primera edición: octubre de 2004
ISBN: 968-27-0888-5

www.editorialplaneta.com.mx
www.planeta.com.mx

A mis padres

A Lety, Milena y Nicolás

Para Jorge, Nacho, Gerardo y Pedro Ángel,
compañeros de viaje

No saber cuál es el origen. El origen de la sangre. ¿Pero existe una sangre original? Lo original es lo impuro, lo mixto. Como nosotros, como yo, como México.

CARLOS FUENTES

I curse my country with my soul and body, it is a country accursed physically and spiritually. Let it be accursed forever, accursed and blasted. Let the seas swallow it, let the waters cover it, so that it is no more.

D. H. LAWRENCE

Tal vez eso era la memoria de los muertos; un hormiguero sin hormigas; sólo pasadizos estrechos abiertos en la tierra, sin salida a las hierbas.

ELENA GARRO

…siguiendo el cardumen vivo de mis muertos que me llevan.

GABRIELA MISTRAL

Soy la guardiana de lo prohibido, de lo que no se explica, de lo que da vergüenza… Siento que me tocó vivir más allá de la ruptura, del límite, en ese lado donde todo lo que hago parece, pero no es, un atentado contra la naturaleza.

INÉS ARREDONDO

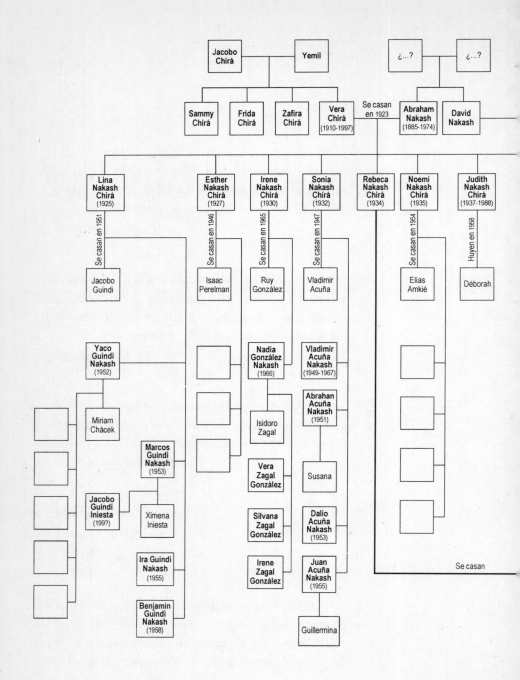

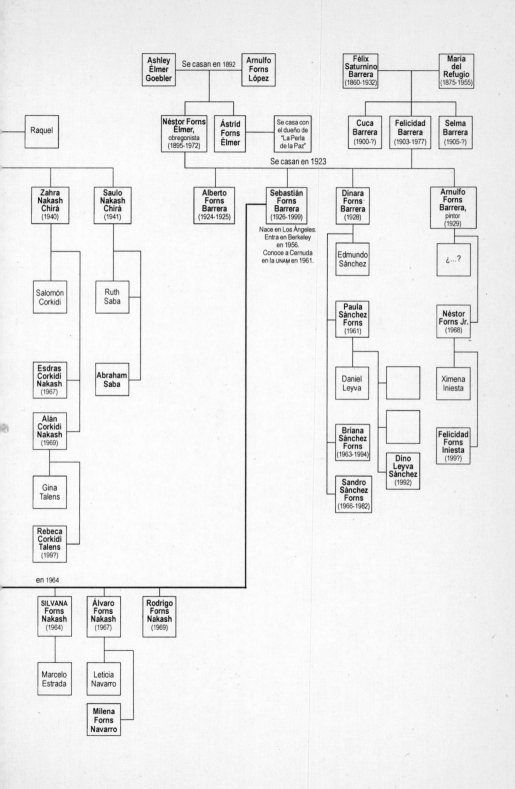

I

NACÍ EN NO NAME, escapando de la furia de mis abuelos, de la furia de mis tíos, de los amigos y, sobre todo, del arquitecto Emilio Haas, quien por cosa de milímetros le arranca la vida a mi papá, que de por sí era ya odiado por un sector abstruso de la *intelligentsia* mexicana.

Aunque parezca una broma, No Name existe. Es un minúsculo pueblecillo al oeste de Colorado, camino a Utah, el país artificial de los mormones. Pero…, de cualquier forma, yo no iba a nacer allí, entre mormones; yo iba a nacer en Grand Junction, Colorado, donde Sebastián, mi padre, había obtenido su primer trabajo en Estados Unidos como profesor de tiempo completo en un *college* perdido de la mano de Dios. Hasta allá tuvieron que escapar mis padres de la furia de mis abuelos Nakash, quienes en ningún momento quisieron aceptar al poeta de cabellos largos sin ningún porvenir, es decir, a papá; y, claro: ¿desde cuándo un judío ortodoxo, asiduo del templo y respetuoso del *Shabat* como ninguno, iba a aceptar a un *goy*, un gentil y, encima de todo, un poetastro sin ningún porvenir? Y así fue como nací, más o menos, aunque la historia es mucho más larga y complicada, con algunos vericuetos y sutilezas, los cuales no todos sé o recuerdo; muchos me los he apropiado de oídas o de puras referencias que a veces entrevero con mi imaginación y mis tumultuosos sueños de gestación que me han rondado en estos días.

Que yo naciera en No Name en lugar de Grand Junction no es precisamente culpa de mis abuelos. Esto fue en realidad falta de precisión de mis padres y también (es cierto) mucho de azar como todos los nacimientos y las vidas. Sin embargo, aún no digo cómo me llamo y ya resalto algunos detalles de la situación. Las *memoirs* que he leído comienzan por allí, por el nombre, ¿no es cierto? Pues bien, me llamo Silvana Forns Nakash. Nací en Estados Unidos, pero soy mexicana, y cuando digo mexicana no me refiero a que soy una mexicana que vive en Estados Unidos, sino justamente al revés: una gringa que, a los trece años, regresó a México (aunque decir que *regresé* es una perfecta anomalía, pues aunque nunca dejé de visitar México, lo cierto es que donde se nace es desde donde se originan cualesquiera viajes vayas a hacer a lo largo de tu vida).

En agosto llegaron mis padres a Grand Junction y en noviembre nací. Para ser precisos: vine al mundo el Día de Muertos, lo cual no deja de ser una ironía, pues en Estados Unidos, donde crecí y pasé mi infancia, nacer ese día no significa absolutamente nada; en cambio, en México (adonde iba desde pequeña) significa cantidad de cosas: no sólo la celebración y el ritual de pasaje al otro mundo, sino un día cubierto de intangibles supersticiones, de esoterismo y misticismo popular (como ése de alimentar a los muertos y proveerlos con velas para alumbrar su trayecto ultraterreno). Recuerdo, por ejemplo, cómo Agus, la sirvienta de mis abuelos Forns, me decía de niña que yo tenía el poder de entender el lenguaje de los muertos —mis ancestros—, que yo era, sin saberlo, una especie de médium; decía también que durante mis sueños ellos me debían hablar, te hablan, niña, y debían decirme cantidad de cosas buenas, y que, pues, yo debía escuchar con atención, sin distracciones. Si no sabía qué cosas eran ésas, insistía Agus, era sólo porque al despertar se me olvidaba lo que me decían muchos muertos a la vez, interponiéndose unos con otros en estrepitosa algarabía. Ánimas en pena, ánimas del purgatorio, decía Agus cada verano, cuando la tuve cerca restañándome las penas, con labios oscurecidos y los ojos negrísimos como el azabache. Hasta la fecha, no sueño con muertos (que yo sepa), y también no son muchas las veces que recuerdo un sueño. Sin embargo, creo que todo esto es harina de otro costal y si me desvié fue por lo del dos de noviembre, y justo en No Name, cerca de donde están, hoy día, los famosos villorrios de Avon y Vail. Entonces, esa suerte de *resorts* vacacionales para esquiadores millonarios no existían. Fue algunos años más tarde cuando empezaron a construirlos y también cuando los usufructuaron miles de mexicanos.

Mis padres regresaban de Boulder (centro espiritual del budismo en Estados Unidos), a donde iban a visitar a un primo de mi padre, un físico nuclear, amigo de Allen Ginsberg. Y aunque no fui ochomesina, sí me adelanté una semana o poco más, a decir de mi madre. Estaba ya enfriando, sobre todo en las montañas, hacia Eagle y Loveland, los poblados próximos a No Name. Allí mi madre rompió aguas, o antes, no sé, y cualquiera sabe que a partir de ese momento pueden pasar unas cuantas horas de contracciones; sin embargo, en el caso de mamá fue una hora y pico, no más, pues aunque pudieron haberse detenido en Avon, por ejemplo, ella pensó que podía aguantar un poco todavía (es decir, creyó que bien podían llegar hasta Grand Junction, al Saint Mary's Hospital, donde tenía planeado dar a luz con su partera amiga, Miss Dorothy). La coincidencia hizo que el sitio hasta el cual mi padre pudo avanzar fuera justamente No Name, unos cuantos kilómetros (o millas) antes de Glenwood Springs. No por nada, Glenwood Canyon (quince minutos antes de Glenwood Springs) es hasta el día de hoy uno de mis sitios favoritos en el mundo, al lado de lugares como Jerusalén o Granada o el Distrito Federal. Más tarde supe que, unos años antes de que yo naciera, un arquitecto suizo había diseñado y construido ese pasaje extraordinario de la carretera. En contra de furibundos grupos de manifestantes (entre ellos el músico John Denver, quien, dicen, tiró una piedra en señal de protesta), la carretera finalmente se construyó en medio del cañón bordeando siempre el majestuoso río. Aunque yo puedo entender el dolor que esta

construcción pudo haber causado a ese grupo de colonos eco-
logistas entonces, lo cierto es que sin ese tramo de la carretera yo
no hubiese nacido en No Name y la visión del cañón no hubiera
invadido mis ojos recién llegada a este mundo. Tal vez miento,
pues los niños cuando nacen no tienen sino los ojos bien cerrados, los párpados estriados y rojísimos; así que, quizá, no vi
demasiado como me gusta imaginar, y ni las montañas ni los
meandros del río Colorado invadieron mis ojos cuando asomé la
cabeza por entre las piernas sangrantes de Rebeca en el automóvil de Sebastián, mi padre.

—¿QUÉ SE SIENTE no tener papá? No puedo imaginarme que tú
ya no estuvieras.
	Un par de años atrás, antes de que yo naciera y pudiera pre-
guntarle, mi padre le había escrito una larga carta a mi abuelo,
Néstor Forns Élmer, diciéndole que no quería volver a saber sobre esos libros que había escrito él, Sebastián, en los cincuenta; le
dijo que estaba hastiado; que todas las palabras, las historias, los
poemas, se habían vaciado para él. No sólo eso, el mismo sentido o lo que implicaba ponerse a escribir era un puro sinsentido,
al grado de que hacerlo comenzaba de repente a deprimirlo. Escribir había sido un remedio durante algún tiempo, un ejercicio,
una suerte de ascesis cargada de una vanidad·inmerecida y estúpida. Yo pude leer esa carta hace algunos años y ahora está perdida, pero recuerdo claramente el tono: era como si mi padre, a sus
treinta y siete o treinta y ocho años, hubiese llegado a un parteaguas, a un punto del que no se puede volver por más que uno
quiera, como si de pronto lo entrañable de esas cosas "con sentido" se le hubiera escapado para siempre. Era una carta honesta;
sí, cruel y honesta. Y digo cruel, pues se refería a la realidad y al
mundo de una manera adusta y sin remilgos; en ella no había
autocomplacencias ni superchería. Eso me gustó; no había visto
jamás ese atrevimiento, ese desparpajo (ni siquiera en Sebastián):

era justo como *no* hacer literatura, o mejor: no hacerla y sin embargo estar escribiendo una vez más. Con todo, mi padre más o menos a partir de entonces dejó de escribir… Ésa era la única forma de no hacer literatura, supongo.

Pero antes debo retroceder en el tiempo, muchos años atrás, sobre todo porque quiero explicarme algunas cosas sepultadas por la vida, saber por qué son así ahora y no de otra forma; quiero saber cómo llegué hasta aquí, de dónde vengo y si todo eso, a la postre, tiene algo que ver conmigo (y con lo que sucedió posteriormente) o si son meras fabulaciones, anécdotas que me arrogo. Quizás, al final, descubra que nada tuvo que ver conmigo; pero aun pudiendo esto ser cierto —a pesar de ello, quiero decir—, el esfuerzo no habrá sido en vano; tal vez yo no tenga ya nada que ver con esos años en que nadie podía imaginarse que yo vendría a este mundo sólo para vivir, dicen, ese monstruoso amorío que muchos llamaron y llaman pervertido.

Pero ¿qué importancia puede tener que mi padre hubiese dejado de escribir o que le hubiera escrito esa carta a mi abuelo, tratando de explicarle (y explicarse a sí mismo) las razones que lo llevaban a abandonar los libros? La respuesta, muchos ya la habrán imaginado: mi padre era el poeta Sebastián Forns, el mismo que callara a los treinta y ocho, poco después o poco antes de que naciera yo, la última a quien le escribió un poema (aun cuando luego vendrían al mundo mis dos hermanos, Álvaro y Rodrigo).

El mismo día que le pregunté a Sebastián sobre mi abuelo y lo que significaba no tenerlo, él me había dicho inopinadamente, que hoy día ya casi nadie mira hacia arriba, al cielo estrellado por las noches. ¿Y qué quería decir eso? Entonces no entendí, supuse que prefería salirse por la tangente, escabullirse, mientras fumaba lentamente su cigarro. Ahora, pasados los años, sólo puedo interpretarlo así: todo el mundo habla de las estrellas, cita a las estrellas, compara a las estrellas, es decir, las estrellas están en boca de todo el mundo, son el tema de conversación, la comidilla… aunque, la verdad sea dicha: nadie las mira, nadie se detiene un rato a observarlas. Lo primero es hacer literatura (que para mi padre era igual que parlotear). Lo segundo es… simplemente lo segundo: aquello de lo que no se puede hablar. Creo que la carta que yo leí tenía mucho que ver con las estrellas, y de ellas justamente *no* intentaré hablar.

ALGUIEN, SIN EMBARGO, sí pudo darle una respuesta a mi pregunta: Vera Chirá, mi abuela materna. Cuando le pregunté por su padre —de esto hará algunos años—, me contó el horror sin precedentes que fue perderlo a muy temprana edad (impotente para hacer algo, frustrada) y el aciago modo en que todo sucedió: con aquiescencia, con antelación monstruosa e inaudita.

Mi abuela Vera —la menor de cuatro hijos— vio partir a su padre cuando tenía siete u ocho años de edad, justo cuando la guerra terminaba, dejando una estela de enfermedades y muerte por Europa y Medio Oriente. Aunque la imagen es brumosa, extraña (y lo peor: terriblemente patética), quedó grabada en su alma durante toda su vida, hasta el día de su fallecimiento —en otro país—, ochenta años más tarde.

En octubre de 1918, la caballería del general Allenby había recobrado Damasco y apresado a 75,000 turcos y alemanes. A la epidemia de malaria —traída por los mosquitos del Éufrates—, se había sumado el cólera, que ya en distintas ocasiones había mermado considerablemente la población. La llamada "influenza española" también había barrido durante esos años con Europa y Medio Oriente, dejando tantos muertos como los que había dejado la Primera Guerra Mundial.

Una vez caída Damasco, el último reducto otomano era Alepo y sus inmediaciones, ciudad que ya una vez —y a lo largo de tres siglos— había permanecido bajo ese dominio, hasta que en 1833 cayera en manos de las fuerzas egipcias de Muhammad' Alí. El general alemán Von Oppen, quien había logrado mantener unidas a sus tropas, murió de cólera, dejando un vacío de poder que Allenby aprovechó para atacar ese último bastión de los imperios centrales. Sin embargo, no sería sino el comandante Macandrew quien finalmente recobraría Alepo para los árabes y, por supuesto, para los franceses (a manos de quienes había pasado en 1920). Esa última campaña tuvo lugar en Haritan, al noroeste de Alepo, anunciándose por fin el armisticio el 31 de octubre de 1918. La guerra había acabado, mas no las secuelas de dolor y muerte que ella, el cólera y la malaria habían dejado consigo.

Mi abuela recordaba sobre todo los descansos del *Shabat*, la bendición en vísperas de *Yom Kipur*, las despedidas cotidianas de la casa, el beso que le daba ese hermoso joven cada mañana antes de irse a trabajar y la mano de su padre sobre su frente listo para darle la bendición hebraica: "*Baruj Atá Adonái*". Así, con voz suave, le decía Jacobo mientras ella cerraba nada más los ojos con un largo suspiro. Ese joven de la foto era su padre; ni siquiera cuarenta años de edad.

Salía, pues, Jacobo Chirá a las calles contrahechas, laberínticas, de esa ciudad apenas insinuada, Alepo, antigua Cilicia, en Medio Oriente, llamada también Beroia, mezcla de beduinos, musulmanes, cristianos y algunos judíos, hacinamiento de siglos y pueblos reunidos: amoritas e hititas primero, luego asirios y persas, finalmente turcos, kurdos, mamelucos, rusos, musulmanes y armenios. De entre todos, los judíos hálebis eran desde la Edad Media una minoría respetada en la ciudad (llamados *hálebis* o *productores de leche* dado que en camino a Canaán, el patriarca Abraham, venerado por judíos, musulmanes y cristianos, fue pródigo con los más pobres, obsequiándoles el producto de su vacada). Vera no sabe, sin embargo, de dónde era su padre o cuándo había llegado allí, y si lo supo alguna vez, no lo recuerda. Por esa foto, la única que he visto yo, puedo inferir que Jacobo era un semita indiscutible; tenía los ojos negros y las cejas pobladas; era muy delgado, con un pequeño bigote apenas insinuando los labios, difuminándolos. Todo indica en esa foto —la misma que mi abuela conservó hasta el final de su vida— que Jacobo era un judío cuyo origen probablemente se remontaba a las Cruzadas de Antioquia y a la consiguiente diáspora de judíos que sobrevino durante los siglos XI y XII, cuando Jerusalén fue conquistada. El apellido Chirá era, al parecer, típicamente turco —judío turco—, así que de allá habrían llegado esos sefardíes antes de exiliarse hacia el sur, es decir, en Siria, durante los siglos XVII y XVIII. Ella, por lo visto, era extremadamente parecida a él, al menos en el aspecto físico: baja, de piel aceitunada más que morena, cejas gruesas, ojos endrinos y graves, nariz larga, rasgos que heredó a tres de sus hijas, entre ellas, a Rebeca, mi madre, pero no a mí, que me parezco —dicen— mucho más a mi padre, aunque Álvaro y Rodrigo son el vivo retrato de mamá y, por tanto, de su bisabuelo judío.

El cólera al final de la guerra asoló la ciudad, cobrándose de paso muchas vidas. ¿Quién lo había traído? Todos. Nadie. Los estragos y la suciedad; probablemente miles de cadáveres sin sepultura. El cólera llegaba y desaparecía como un fantasma. Por supuesto, no era la primera vez. La basura acumulada en callejones, la escasez de agua en la ciudad, las ratas que pululaban al calor de la mañana y el pésimo alcantarillado contribuían a la proliferación de bacterias, al miasma seco y hediondo que hervía en los veranos cuando los mosquitos del desierto invadían los zocos y las callejuelas tumultuosas de Alepo, llamada también la pequeña Armenia. Incluso, desde el amanecer, aparecían perros famélicos, tristes; algunos llevando una rata entre los colmillos, único alimento del día. A la llegada del cólera o la peste a las ciudades de Medio Oriente, se sabía qué hacer (algunos eran los típicos remedios caseros de antaño), aunque era aterrador aceptar simplemente la idea de empezar a hacerlo de una buena vez, sin demora. Antes que cualquier otra cosa, todos estaban sobre aviso en las ciudades: quedaba estrictamente prohibido salir de casa, so pena de muerte. Se suspendían la escuela y los *madras* musulmanes; el trabajo, las transacciones y comercios de los zocos y los *khanes* de los turcos; se suspendían los actos religiosos en mezquitas, iglesias, sinagogas. Acto seguido, se sacrificaban los animales errantes y se dividía la ciudad en secciones distintas, cada una a cargo de un intendente designado. A su vez, cada calle era vigilada por un síndico, el mismo que observaba a los habitantes de cada hogar a través de una ventana: cuidaba de que nadie hubiera muerto y la familia estuviera intentando esconder el cadáver. Eran estos síndicos quienes cerraban las puertas de cada hogar llevándose las llaves consigo, las cuales entregaban al intendente hasta el término de la cuarentena. Había que encalar, pues, el perímetro y las tapias; las familias permanecían pertrechadas en el hogar... El sexto día de cuarentena se realizaba una purificación en todos los aposentos de la casa rociándoles perfume y quemándolo después. Para llevar a cabo esta práctica, se hacía salir a todos los habitantes de la casa por espacio de tres horas y se tapaban los agujeros de las cerraduras con cera. Los interdictos levantados con el cólera permanecían hasta que todo hubiese pasado. Mientras tanto, sólo se bebía agua que hubiese sido hervida largo tiempo. Las provisiones habían sido previamente almacenadas en las casas: *jibna* (queso), *khobz* (pan), *sukkar* (azúcar), *khadrawat* (verduras), *fawakih* (frutas) y *ahwa* (café). En algunos casos excepcionales se disponía de pequeños canales de madera a través de los cuales se transportaba pan o hierbas. Con todo y esos múltiples cuidados, Jacobo contrajo el mal —vómitos, diarrea, fiebre, debilidad, dolor muscular—, y, sabiéndolo, eligió salir de casa y esperar (paciente) en una esquina de Bab Al Faraj, la calle donde vivía, un sitio medio oculto desde el cual podía observar a sus hijos. Desde allí, cuenta mi abuela, podía saludarlos y llorar junto con ellos a través de una ventana. Nadie sabía qué hacer, aparte de seguir las reglas y esperar, impávidos, ver alejarse a su padre. Mi abuela, aún muy chica, entendía sólo a medias lo que en realidad pasaba, aunque podía sentirlo en las fibras de su cuerpo: estaba a punto de perder a Jacobo y no había remedio contra ese mal, contra esa ausencia absurda; no había nada que hacer aunque lo deseara con toda el alma: era el destino que, sin embargo, aún no se llamaba así y tenía otros nombres.

No pasó mucho tiempo antes de que el carretón (que todos en Alepo conocían o del que habían oído hablar) viniera traqueteando por la calle Al Moutanabi para luego doblar e internarse en Bab Al Faraj, listo para llevárselo esa madrugada. Al hombre del carretón se le conocía como "el cuervo". Los dos días que el padre de Vera pasó a la intemperie, fuera de casa (después de besar con la mano la *mezuzá*), ella pudo verlo pernoctar bajo el alero vecino donde ya nadie habitaba; también pudo ver a su madre y sus hermanas llorarlo anticipadamente (cada hora), a pesar de que las tres hicieran todo intento para reprimirlo. El síndico verificaba que Jacobo no se moviera de su sitio y esperara al carretón. Un rabí (con un permiso especial dado durante las cuarentenas) lo vino a ver y desde lejos pudo hablar con él esa última noche: los cuatro hijos vieron a los hombres desde la ventana. Cada uno vio a Jacobo llorar, besar la estrella de David que cargaba y despedirse del rabí echándose otra vez al suelo, débil, los ojos desorbitados por las convulsiones y la fiebre. Fue justo al otro día que el carretón jalado por un tordillo en huesos, pasó con otros enfermos sentados sobre sus tablas: se podían columbrar desde la casa varios rostros grises, todos con la cerviz baja y resignada, algunos soldados que no pudieron escapar del cólera y se quedaron una vez que ya todo había acabado. Esos seres fantasmales, angulosos, parecían haber asumido a la perfección su destino: no miraban alrededor, sino al suelo, dejándose llevar, prestos a morir. Jacobo les dijo algo desde ese alero; le pidió a Sammy, el mayor, que cuidara a su madre y sus tres hermanas, Frida, Zafira y Vera; luego se despidió de mi bisabuela, su mujer, y bendijo la casa y a sus hijas desde donde estaba. Finalmente, se dio media vuelta, cogió su hatillo inmundo, su manta empolvada y subió al pescante del carretón de la muerte, el cual de inmediato comenzó su marcha por esa calle derruida. El cuervo azuzaba a los caballos y seguía, aburrido y melancólico, su rumbo. La luz del amanecer parpadeaba, manchaba, más que alumbrar, el camino. Mi abuela, pues, pudo apenas contemplarlo aquiescente, opalino, difuminándose en la distancia, perdiéndolo para siempre sin haberlo podido tocar otra vez, sin haber sentido su mano en el rostro y la oración talmúdica que nunca entendió porque nunca aprendió hebreo. De la noche a la mañana, Vera se quedó huérfana, solitaria, a punto de desperdigar estrellas en el horizonte, una larga descendencia que vendría justo de ella o de ese hombre que partió al moridero antes de cumplir los cuarenta.

ABRAHAM NAKASH, mi abuelo, el padre de mi madre, había puesto sus ojos en la niña Vera Chirá; esto pasó cinco años más tarde. Desde entonces, dicen, ya no los despegaría de allí en cincuenta y dos años.

Abraham Nakash vendía esteras, tapetes y alcatifas, y aspiraba rapé con denuedo desde que Venus aparecía en el horizonte, a las seis y media, en medio de las calles de Alepo, donde se detenía unos instantes para acomodarse la minúscula *kipá* en la cabeza, dar gracias a Dios y contemplar el sol naciente y el índigo de la mañana amaridarse como hacen aquellos novios del *Cantar* que él salmodiaba —todo esto quiere decir antes del rezo y también antes de disponerse a desayunar el habitual *laban* (yogurt), el *khobz* y puños de *fawakih* seco: ya fuera *moz* (plátano), *mishmish* (chabacano) o *tufah* (manzana), sus frutas predilectas.

Abraham conseguía los textiles en Damasco, Tabriz, Bursa o Iskenderun y los vendía a los armenios y beduinos por el doble o triple. Aunque no siempre iba tan lejos, a mi abuelo le encantaba viajar: lo hizo hasta el último día de su vida. No sé cuántos *qirshs* (que en ese entonces *sí* valían) se le iban en comprar rapé, el cual llevaba cargando siempre en uno de sus anchos bolsillos, pero lo cierto es que Vera jamás pudo soportarlo: la peste y las manchas amarillas que dejaba el tabaco sobre las camisas blancas parecían no importarle en lo más mínimo, pues se las sacudía con la mano sin echar siquiera un vistazo (asegurarse, por ejemplo, si quedaban briznas de la hierba). Abraham era hábil como pocos de sus paisanos en la compra-venta de esterillas, tapetes y kilims que conseguía en sitios tan remotos como Heriz, Qum o Kashan: los compraba baratos en los zocos de las ciudades que visitaba y los vendía en su ciudad. A los dueños de los almacenes de Damasco y Tabriz (los vendedores) les aseguraba, sin embargo, que esos camelotes y trencillas no valían lo que decían costar y regateaba el precio por horas y horas, bajo el sol, tomándose con ellos más de un litro de *shai* o de café con infusión de cardamomo en un afán de resistencia y heroicidad, simulando una amistad imposible; mientras tanto, a sus compradores de los *khans* otomanos y los zocos extranjeros, especialmente a los rusos y beduinos de Raqqa y Resafe —todos ellos con sus largos y sucios turbantes ensombreciéndoles la frente ceñuda— los hacía sentir que estaban a punto de perder su última oportunidad si no se decidían a comprar un simple cañamazo. Y lo conseguía.

Con todo y la fruición que le deparaba esta faena, algo a sus treinta y nueve años lo desazonaba terriblemente: el negocio y la sinagoga no le bastaban; ni siquiera la noche de *Kol Nidré* con que iniciaba el *Yom Kipur* le deparaba nada desde hacía varios años, dar gracias a Dios por el negocio estaba volviéndose una amarga monotonía, los *tefilim* diarios y puntuales y el *Sidur* bajo el brazo empezaban a resultarle oscuros (casi absurdos y obsoletos), las charlas con el rabí Ben y sus amigos musulmanes se volvían más aburridas, el sueño de un Israel reconquistado era, en ese entonces, un espejismo inalcanzable, la utopía de un loco: Theodor Herzl, de quien se oía hablar en todas partes. Pero esta acedia no fue clara, o por lo menos no tuvo intención de remediarla, sino hasta el día en que vio en la calle de Hawl Al-Qala'a —la misma que rodea la ciudadela y la circunda como una especie de Ouroboros gigante— a mi abuela caminando al lado de su madre, Yemil, y su hermana Zafira.

Vera Chirá cuenta, o acaso lo dijo alguna de sus hijas, que ese día ellas iban rumbo al zoco cubierto de Az-Zarb a comprar trigo y nueces, especias y *khobz*, un pan agrandado y plano que entonces se horneaba a la vista de todo el mundo en una suerte de tahonas oblongas entre la polvareda de las mulas que no paraban de dar rebuznos y coces. Las moscas de alas verdes formaban a su vez una suerte de grisalla o cortina abombada, giraban alrededor de la cola de las mulas y los perros o se pegaban a los puestos de *baklawa* o al dulce rayado de coco, el *isfinjiyya*; las ratas, por su parte, se atrevían a salir y desaparecer en un santiamén, llevándose un trozo de *ananás* podrido entre los dientes. El calor del mediodía calcinaba el aire, pero éste no era otra cosa sino polvo, remolinos de polvo: una especie de harina suave, caliente, que iba manchándolo todo. La luz, sin embargo, apenas se filtraba por esos tragaluces en el techo inmensurable que cubría los famosos zocos de Alepo, el mercado cubierto más grande del mundo, en medio de la algarabía o la súbita llamada a la oración que, varias veces al día, lanzaban los imanes o almuédanos, vestidos con túnicas negras, desde lo alto de los alminares de las mezquitas. Al mismo tiempo, el hedor —un amasijo insoluble venido de las alcantarillas, de la ropa de la gente y los puestos o *khans* de los turcos, de las reses muertas, sanguinolentas y frescas de algunas carnicerías— se cernía sobre la ciudad desde el amanecer hasta las cinco en punto de la tarde, hora en que los sastres, los zapateros, los joyeros y los comerciantes turcos, árabes, griegos, armenios, kurdos, judíos y rusos comenzaban a desaparecer; desaparecían asimismo los innumerables mercaderes de curiosidades y baratijas, los vendedores de alfileres y agua perfumada con azahar, los artesanos e hilanderos, los vendedores de flores y legumbres, todo mundo dejando su basura en las veredas.

Abraham, sin embargo, no reparó en que Vera tenía apenas doce años, y cuando lo supo tampoco le importó demasiado; al contrario, una joven núbil, inocente, era lo que buscaba aunque nunca se lo hubiese planteado así; y sobre todo, lo más importante: que fuese judía, lo cual no tuvo problema en notar y verificar de inmediato con el ojo sagaz del entendido: ninguna de las tres llevaba el velo de las musulmanas, entre otras muchas menudencias que supo distinguir. Era otro velo: el que, por ley, las mujeres judías y cristianas (una verdadera minoría) debían llevar al salir a la calle; incluso la forma de recogerse el cabello era distinta. Pero el auténtico descubrimiento anímico de lo que deseaba —a pesar de la atracción que esa niña provocó en él— no se hizo suficientemente claro sino unos días más tarde, cuando se dijo, con mucha sensatez, que ya era hora de poder dormir, pues no pegaba el ojo desde no sabía cuándo, y todo por culpa de una escueta visión, una ráfaga, pues en realidad lo que ese día sucedió fue que tras ver a las mujeres recoger los *khobz* y envolverlos en un pañuelo extendido, Abraham Nakash —casi instintivamente— se arregló la *kipá*, se atusó el pequeño bigote y siguió a las tres por entre la oscura polvareda de la calle Az-Zarb, entre niños descalzos que se perseguían y retozaban cerca de las tapias, voces de "Dios es grande" que caían de un alminar cercano en las aceras desniveladas de su pobre ciudad y adolescentes que cargaban un cuévano a la espalda, seguidos por sus amas. Mi abuelo las siguió a prudente distancia: primero pasaron la calle de Al Jame Al Omawi, luego subieron hasta Al Moutanabi y finalmente doblaron a la izquierda hasta Bab Al Faraj, donde mi abuela y su madre vivían. Una vez allí, las tres tocaron la *mezuzá* con respeto. Abraham las vio entrar y entonces se volvió tranquilo a su casa, tal y como no lo había estado en muchos años, sobre todo contento de sentir algo casi impronunciable, algo que latía fuertemente en su interior y no podía ser definido con palabras. Había adquirido una certeza que apenas balbuceaba su sentido y que no supo exorcizar ni etiquetar sino hasta dos días más tarde: ya no quería ser ese solterón, huérfano desde que tuviera noticia, ni quería tampoco gastarse el dinero del negocio de alcatifas en las putas del barrio que lo venían a desazonar con sus historias de legrados, ni tampoco quería gastarse los *qirsh* que se ganaba con el sudor de su frente en los inmundos *hammans*, donde iba a bañarse con regularidad, o en las eternas jugadas de chaquete importadas de Francia o en las interminables reuniones fumando narguilé con sus amigos árabes; había despilfarrado ya cantidad de dinero y el trabajo no tenía, hasta entonces, ninguna utilidad, ningún fin, y menos una satisfacción duradera. Su hermano mayor, David, se hallaba muy lejos, y no tenía a nadie más. Estaba, como quien dice, solo en el mundo, y a veces, de manera irremediable, resentía su absurda soledad, especialmente cuando paraba de trabajar los viernes por la tarde, dispuesto a cumplir (casi contra su voluntad) el descanso del *Shabat*. Invertiría, pues, sus ahorros en dos o tres cosas a partir de entonces. Primero, en la joven con la cual, estaba decidido, se iba a casar (sin preguntarse en ningún momento si ella accedería a ello); segundo, compraría más rapé… mucho más fino; y, tercero, viajaría con esa niña, no sabía cómo todavía, pero sí sabía a dónde: a América, el lugar de sus sueños desde la adolescencia.

Pero ¿por qué América? Pues porque todo el mundo quería ir allá, y también porque allí estaba su único hermano, David Nakash. Desde hacía seis años recibía noticias de David y Raquel, su cuñada. Vivían en Chicago y le contaban maravillas de la ciudad y sus rascacielos; sobre todo, le contaban lo fácil que era para cualquier paisano empezar a hacer dinero en el llamado Nuevo Mundo. Así que Chicago era la meta, justo ahora que cobraba todo su sentido irse de la miserable Alepo: había encontrado a la mujer perfecta de quien no sabía ni siquiera el nombre. Estaba, sin embargo, muy lejos de imaginar que no sería allí precisamente donde Vera y él terminarían pasando el resto de sus vidas. Lo que sí supo barruntar es que una vez habiendo salido de Siria, jamás volvería a pisar la tierra que lo vio nacer.

Por otra parte, confieso que a veces me gustaría saber si mi abuela (curiosa como sé muy bien que era, tanto como yo) en alguna ocasión le hizo a su madre, Yemil, esa pregunta que yo le formulé a Sebastián un día: si también ella sintió ese miedo cuando perdió a su padre. Quién sabe. Vera lo había perdido cinco años atrás: no es raro, pues, que se lo preguntara, así, nada más, inopinadamente, por el mero prurito de comparar su propio dolor con el que tuvo que sentir alguna vez su madre, mi bisabuela.

Por lo pronto, Vera no podía sospechar, ni siquiera imaginar, que en poco tiempo dejaría a Yemil para no volverla a encontrar sino varios lustros más tarde (una sola vez) en Nueva York, la misma ciudad donde la güera Ashley y Arnulfo, mis bisabuelos paternos, de quienes hablaré más tarde, se habían conocido tres décadas atrás, mirando él (embelesado) la estatua de la Libertad.

NO ES QUE MI padre estuviera obsesionado con la muerte. No era esa clase de poeta, ni mucho menos. Simplemente sintió la muerte como una esperanza, como una verdad que permitía hacer más significativa la vida. De allí el título de su último libro, hasta ahora inédito: *La esperanza de la muerte*. No es que con ella se acabaran los sufrimientos y tormentos de la vida (pues Sebastián la amaba y se regocijaba con ella), sino que, para él, más bien con la muerte cobraba sentido y plenitud todo eso que uno hacía, y en el momento justo de hacerlo: amar, comer, trabajar, viajar, sufrir. Para Sebastián Forns, el que hubiera muerte al final del trayecto era sobre todo tranquilizador, un alivio, un bien preciado y conseguido tras una inmensa labor. Tampoco es que Sebastián creyera que la vida era muy larga, al contrario: mi padre creía más bien que era muy breve; simplemente presintió que para lograr trascenderse y para sentirse disparado cual flecha más allá del tiempo, era necesario morirse y saber, en lo más hondo, que eso un día, más temprano o más tarde, nos llega a todos por igual. Había que quererlo, desearlo. Sin la muerte al final del camino, decía, los días de un hombre se disolverían, se pulverizarían hasta perder su mejor atributo, Silvana. Sin embargo, no quisiera que se me malinterpretara: igual que cualquiera —y aunque parezca que me contradigo—, mi padre temía a la muerte. La temía como cualquiera la teme, pero al mismo tiempo lo esperanzaba, lo legitimaba como ciudadano del mundo.

Una vez le dijo a su hermano Arnulfo, el pintor, con respecto al suicidio, cuando éste se hallaba en cierta etapa de esterilidad, abandonado por su esposa, profundamente deprimido: "¿Para qué acabar con tu vida?, si de todas maneras algo tenemos seguro, y eso es la muerte. Lo peor o lo mejor que te puede pasar… va a terminarse de cualquier forma. Espérate un poco nomás. No lo vayas a hacer, ni se te ocurra, Arnulfo". En mis peores momentos, esto y muchos de los poemas que me dedicó e integran ese extraño libro, *La esperanza de la muerte*, vienen a mi memoria y me rescatan, me rescatan… como ahora.

Diecinueve años, Silvana,
sólo pensé en escribir.
¿Qué línea pensaba alcanzar,
qué umbral o luz fina?
El día que llegaste
las palabras se empezaron a difuminar,
el inasequible umbral
se fue borrando:
la cifra, el verso, la medida.
Desde entonces te veo en lo que escribo
y también en lo que no escribo:
allí estás tú, enquistada,
salida del abismo,
hueso insobornable,
metida en las palabras
                    o en aquellas
que apacientan el húmero en silencio.
Diecinueve años curé mi sed
escribiéndole al cielo, al cuerpo o al infierno.
Ahora ya no puedo:
se agota el sentido cuando sé
que los siguientes diecinueve años
son sólo para ti:
así lo exigen los dioses de mi carne,
para ti son mis palabras o también
ese duro silencio
con el que lucho a diario
para no ahogarme.

ABRAHAM SE PRESENTÓ a la misma casa de Bab Al Faraj donde había visto entrar a las mujeres esa mañana. Lo hizo unos cuantos días después. En el ínterin, aunque perdió el sueño, la duda no lo atribuló; todo lo contrario: era la certeza de su cosquilleo o de su amor lo que lo atribulaba, cierta aquiescencia que lo fue invadiendo, suave pero avasalladora. Habló por fin esa tarde con la madre de Vera y le pidió su mano. Sin remilgos y derecho al grano, Yemil le preguntó si iba a poder mantenerla, puesto que Vera no tenía padre, y su único hermano, Sammy, vivía ahora en México, lugar desde donde les mandaba dinero para seguir manteniéndose. Ésa fue la primera ocasión en que Abraham oyó nombrar a México, país que, por lo pronto, no supo ubicar. Vera, por supuesto, le dijo Yemil, tampoco contaba con dote. No había dinero en casa… y sólo se la daría, le dijo mi bisabuela, con dos condiciones: primero, que le prometiese que la iba a tratar bien, y, segundo, que esperara para llevarla al lecho un poco más (un año, al menos), a que tuviera la menarquia, pues mi abuela era todavía una impúber.

Vera escuchaba esta conversación, aunque no pudo mirar al individuo que la pedía en matrimonio ni tampoco entendió del todo las condiciones. Siguió escuchando desconcertada, casi triste; poco a poco, sin embargo, fue sintiéndose abatida, traicionada, incrédula de lo que estaba pasándole a su edad, cuando apenas había perdido a su padre y su hermano las había abandonado en busca de fortuna. ¿Cómo la regalaba su madre a un desconocido? ¿Es que no la querían en casa? ¿Y por qué no mejor casarse con Zafira? Era bonita y mayor que ella. Frida, la otra, la mayor de las tres, se había ido poco tiempo después del cólera que había asolado la ciudad y tras la muerte de Jacobo.

Por fin, interrumpiendo sus propios pensamientos, Vera pudo ver de espaldas al hombre regordete cuando éste se despidió y salió de su casa. A través de una rendija, observó cómo se iba, cómo se tambaleaba feliz por la tortuosa calle, silbando, acomodándose la *kipá* y el *talit* bordado en los hombros: era bajo de estatura, de tez blanca y mejillas rubicundas, rechoncho y de escasísimo pelo, aunque con bigote. No le gustó, no se parecía a su padre: no tenía sus ojos, el color cobrizo de su piel, el aspecto de los paisanos turcos más apuestos. Lo último que Vera vio, desde la misma ventana en que se había despedido de Jacobo cuatro años atrás, fue a Abraham, mi abuelo, sacar una cajita del bolsillo, meter un par de dedos allí y extraer algo infinitesimal, llevárselo a la nariz y aspirarlo con denuedo. Cuando, ya a lo lejos, y siguiéndolo por la rendija todo el tiempo, atisbó cómo estornudaba sin siquiera cubrirse la nariz, Vera sintió una viva repulsión, un asco inmenso, mas no dijo una palabra. Había tomado una resolución.

Tres días más tarde, cuando su madre le dijo que mañana vendrían por ella para llevársela a la sinagoga, Vera calló al mismo tiempo que clavaba una mirada siniestra y dolorida en su madre: algo se había roto entre ambas para siempre y no habría forma de resarcirlo. Su hermana Zafira, que la vio, salió asustada, yéndose a la cocina con el pretexto de preparar el *basergan* para la tarde. De pronto se hizo el silencio en la casa donde sólo el calor se arrastraba. Así pasaron las horas; Zafira con los tamarindos, el *basal* (la cebolla), el trigo y el *goz* (la nuez), mientras imaginaba qué hacía Vera en su habitación: ¿acaso lloraba, le escribía a Sammy, dormía? Zafira prefirió continuar con su tarea, no indagar, quedarse afuera, en la cocina, y no entrar aunque aquél era su cuarto también, pues lo compartían. Su madre, mientras tanto, siguió con su labor de costura, sin inmutarse y con el corazón encogido, pero ¿quién podía saberlo, cómo asegurarlo? Para Yemil no había otra solución: el dinero no alcanzaba ni siquiera para *ruz* o berenjenas. Al menos, sin Vera, el dinero que mandaba Sammy rendiría un poco más.

Muy tarde ya, cansada de esperar, con el *basergan* listo en el centro de la mesa, Zafira decidió ir a la cama; entonces, para su sorpresa, descubrió que Vera no estaba allí; no había estado allí desde hacía horas. Había, en su lugar, una nota de despedida para ella, la cual no decía a dónde se iba a marchar. Vera había envuelto su ropa, había tomado su dinero y de un brinco había salido del cuarto por la ventana que da a Bab Al Faraj. Por allí se colaba ahora el viento mientras que el polvo nocturno barnizaba el antepecho, la cómoda y la vieja *menorá* de *Janucá*.

Ya era tarde cuando Yemil y Zafira acudieron a la terminal del tren (casi a la medianoche), imaginando que hacia allá se habría dirigido Vera. Impertérrita, decidida, mi abuela iba a Alejandría, vía Damasco, en busca de su hermana Frida, esperando que ésta la alojase mientras ella decidía qué hacer. El viaje fue larguísimo, difícil, cruzando Palestina y el Sinaí hasta llegar a Egipto. Cuando Vera, a sus doce años y pico, llegó a Alejandría una semana más tarde, le quedaba muy poco dinero, apenas para comer una vez más.

Sin embargo…

Al día siguiente, ufano y engolado, Abraham había llegado a casa de Yemil para llevarse a la niña a la sinagoga, tal y como habían resuelto ambas partes. Allí esperaban el rabí Ben y algunos amigos. Cuál no sería su desconcierto (su furia) cuando fue Zafira la que se presentó para sustituir a su hermana. Sin cortesías (pues la delicadeza nunca fue virtud de mi abuelo), tuvo que desprenderse de ésta y preguntar a Yemil el paradero de Vera, a lo que la madre le respondió que, probablemente, habría ido a Alejandría con su hermana Frida, que vivía allá.

Abraham, para esas horas, ya estaba prendado del nombre o el espejismo de Vera, a pesar de haberla visto una sola vez en Hawl Al Qala'a, cerca de la ciudadela. Se dirigió a la estación y compró para esa misma noche un pasaje que lo llevaría a Damasco y luego hasta Alejandría. No podía darse el lujo de perder un día siquiera: era ahora o nunca. En las horas que le quedaban en Alepo, dejó el cuarto que alquilaba a su dueña, se despidió de rabí Ben y algunos de sus amigos musulmanes, y remató los tapetes y esterillas que aún conservaba; finalmente, cogió el *Sidur* grasoso y manoseado, las dos cajitas de cuero con las filacterias o *tefilim*, tomó todo su dinero y su mejor ropa, besó la *mezuzá* en la jamba derecha de la puerta y se dispuso a irse para no volver jamás.

El famoso puerto de Egipto era un berenjenal repleto de gente; la muchedumbre triplicaba la de Alepo: los moscardones pululaban alrededor de charcos malolientes, había vendedores turcos con pantalones bombachos y tarbouches, aguateros con sus vasos de colores, mujeres gordas que cocinaban *shwarma*, *kebabs* o *falafels* con bolas de garbanzo frito y *t'hine*; algunos jóvenes vendían todo tipo de alimentos en el suelo y se codeaban con judíos de bucles y cabellos largos, vestidos casi siempre con finos caftanes bordados; *arrabas*, faetones, carretas de bueyes, coches de punto, calesas y automóviles pasaban a ras de los peatones, salpicando las enaguas de los popes griegos en tránsito y los mendigos a la espera de un óbolo cualquiera.

Justo al llegar a la ciudad, Vera avizoró un largo mercado… como una cinta desenrollada a lo largo del océano, casi sitiándolo; cerca, una mezquita con sus alminares de un añil intenso como el mar. Junto al puerto se hacinaban bancos, compañías de navegación y grandes casas comerciales; pero, sobre todo, a lo largo de sus calles (perpendiculares al mar) Vera no dejó de observar ese mismo bullicio de cambistas y tenderos de todo tipo y de todas las razas, esos mercaderes sentados en sus cuchitriles; vio esos mismos viejos entumidos fumando narguilé, esas mismas mujeres sumisas ocultas por sus velos, esas ancianas acuclilladas leyendo el porvenir en las tablas y a escribanos oficiando entre tinteros, embelesados al constatar (una y otra vez) su prístino y altísimo poder: el de la palabra escrita.

Especie de ciudad franca, frente a los ojos de mi abuela bullían griegos, judíos, musulmanes, nubios y cristianos, mendigos y enfermos terminales, marineros solitarios y almuédanos de voz lúgubre y rasposa; hacinamiento semejante al de Alepo, al de Estambul o al de cualquier gran ciudad del mundo, con la diferencia de que allí el calor hacía estragos a todas horas del día, a pesar de la brisa que limpiaba el horizonte y el olor a legumbres y flores. Era, asimismo, harto difícil hacerse de una poca de agua para beber, a no ser que uno comprara a los aguadores cargados de alforjas llenas de frascos de sabores y cangilones de barro, que mi abuela, por supuesto, no podía darse el lujo de pagar. No le quedaba casi nada.

Vera llegó allí con los pies hinchados y la mirada llena de malos presagios. No sin dificultades, se atrevió a preguntar por el domicilio de su hermana (que conocía de memoria), a donde se dirigió de inmediato, tomando un último autobús y sacrificando el último alimento con que contaba. Pasaron horas antes de encontrar el lugar; sin embargo, no pudo contener su sorpresa cuando halló al marido de Frida sentado en el umbral de la casa cogiéndole la mano a otra mujer, una joven desconocida de funestos ojos negros. Vera no dijo nada, no quiso acercarse, la garganta se le había cerrado; dándose la media vuelta, tomó otra vez rumbo al puerto y se perdió entre el gentío y el trajín. Durmiendo a ratos en uno y otro lugar, arropándose no lejos de esa mezquita donde otros vagabundos dormitaban, pasó dos o tres días cavilando qué debía hacer: ¿acaso regresar con Yemil?, ¿entregarse a ese desconocido? No, no podía y tampoco quería hacerlo; estaba por encima de su voluntad. Quedaba Sammy, pues Frida ya no era más una opción. Finalmente, al tercer día de estar durmiendo cerca de esa mezquita junto al mar, observó una larga fila de hombres y mujeres gruesos subiendo una escalinata hacia uno de los tantos barcos surtos en el puerto. El zoco había ido extinguiéndose junto con el sol, y el ruido y el hervidero de gente habían desaparecido casi por completo. Vera se acercó a un hombre de piel oscura para preguntar a dónde iba ese barco, a lo que éste, que no dejaba de mirar a las gentes subir y apiñarse allá arriba, le contestó que a Marsella y luego, tal vez, hasta América. Para Vera, oír el nombre de América y tener vivo dentro de ella el recuerdo lejano de su hermano mayor, la llenó de súbita esperanza, de brío y deseos de partir. ¿A dónde más, si no? ¿Qué otro lugar le quedaba? Pero, ¿qué querría decir "tal vez"? No importaba; valía la pena arriesgarse.

No sé cómo hizo mi abuela para escabullirse y poder subir entre el gentío hasta la popa del barco a punto de zarpar esa noche, pero lo consiguió a sus doce años, decidida a como diera lugar a no casarse con el desconocido a quien Yemil la había vendido y a quien, por supuesto, jamás iba a perdonar. Si algo tenía mi abuela —y esto sí me consta—, era ser extremadamente orgullosa, de un orgullo tan visceral que podía lastimar a costa de lo que fuera.

El barco zarpó ya muy entrada la noche. En la cabeza de Vera, América era una ciudad; a lo sumo, un pueblo al otro lado del mar; América era, asimismo, sinónimo de Sammy, el sustituto de su padre, el hermano mayor, el mismo que le escribía cada seis meses y le enviaba un poco de dinero a Yemil y Zafira para sobrevivir. Sin embargo, fue enorme su sorpresa cuando, una vez habiéndose acomodado en uno de los mejores rincones que encontró, guarecida entre dos familias y sus infinitas mantas, vio al hombre del rapé con el *Sidur* bajo el brazo. Era él, sin duda, con su bigotito y su *kipá*; el mismo tipo inmundo.

Abraham, venciendo el miedo, se le acercó para hablarle.

MI PADRE DECÍA que lo más difícil en la vida era asumir uno su propio destino. Él lo entendió siempre como no asumir el destino de otro, y no como si se tratase de un destino implacable, indefectible. En eso, él no creía. Pensaba más bien que asumir el destino era, sobre todo, asumirse en toda la escala de la verdad —nietzscheanamente—, tarea complicada y que podía llevar toda la vida.

A simple vista, hablar de asumirse parece simple y redundante, lo sé, pero ahora… cuanto más lo pienso más logro abismarme en eso que mi padre quería decirme con fruición, casi desesperadamente. Ahora, pasados unos años, veo con claridad cuánto tiempo me costó asumir mi propio destino, mi tarea, que es como asumir la identidad. Sólo cuando empecé a amar a ese ser, a ese regalo de la vida, empecé a saber quién era yo y qué estaba haciendo y qué quería. Antes, no. Antes *creía* saber y sólo me obcecaba en creerme el remedo de vida que vivía. Pero para esto falta mucho tiempo, décadas; yo todavía no había nacido.

Pero ¿cómo podía uno asumirse? Mi padre decía que bendiciendo lo que uno vivía. Esto era problemático, pues quienes guardaban la inquietud dentro —el íntimo desasosiego—, parecían siempre añorar algo distinto, otra cosa, ir más allá, cambiar de sitio. Y mi padre fue, de entre todos, el hombre más inquieto que hubo. Por eso, creo, a veces sufría con un enorme conocimiento de causa, y esto debido a que, si por un lado debía bendecir lo que vivía, lo que sentía, lo que tenía, lo que le era dado amar, por el otro, esa inquietud de la que hablo (y a la que él siempre se refirió) se empecinaba con dar al traste esa bonanza, esa larga bendición, esa aquiescencia, la cual no era otra cosa que la mera aceptación de sí mismo. Pero más allá de todo esto, insisto, se trataba de una necesidad por asumirse y ser justo lo que uno tenía que ser, y no otra cosa; nunca un remedo o falsificación de alguien, un epígono o payaso deslumbrante, los cuales abundaban en el mundo, según él.

En el extremo de los falsificadores ponía cuatro personajes de libros ejemplares y obviamente se mofaba de cada uno de ellos: Matías Pascal, Sebastian Knight, Thadeus Dreyer y Tom Ripley. Éstos eran los ejemplos máximos (y hasta exagerados) de aquello que uno *no* debía ser, en lo que *no* convenía convertirse, a riesgo de perecer no siendo nadie. A partir de ellos, había evidentemente grados descendentes de falsificación, o, mejor: de aquello que él denominaba "incapacidad para asumirse a uno mismo".

El destino de mi padre era una suerte de tronco flotando entre los rápidos de un río desbocado. Había que agarrarse al tronco a riesgo de perecer ahogado; sin embargo, era uno mismo el dueño del destino, del tronco, por extraño y paradójico que pareciera. El haberlo cogido al vuelo hacía de uno y del destino algo así como un mismo ser, como una misma cosa viajando por el río heracliteano de la vida. Sin un hombre sujeto al tronco, ese tronco nada era, no existía; y sin tronco, el hombre dejaba de existir, se ahogaba. Ambos se necesitaban y ambos debían cruzar el río. Ésta era su idea, su plan. Y contra el prurito de abandonar su tronco y tomar el que contemplaba al lado suyo (aunque estuviese ocupado con otro) luchó toda su vida. Uno no debía parecerse a nadie más. Uno debía parecerse a sí mismo. Y esto no estaba dado. Esto se iba haciendo, se iba viviendo, se luchaba por ello a brazo partido. Y el modo de salvaguardarse era bendiciendo, repito, lo que se vivía, sin que de ningún modo esta aceptación fuera una forma de quietismo, una aceptación comodina y banal, un nirvana o un limbo. Al igual que hiciera un día Jacobo al despedirse de mi abuela, su hija, o como hacía Abraham cada mañana al despertar, había que bendecir lo que se tiene: si la luz, si el trabajo, si el lugar o la hija que, algo tarde quizá, llegó a su vida. Yo.

LAS COSAS NO pasaron así, no exactamente (me dijo más tarde mi tía Lina, la hermana mayor de Rebeca, mi madre). Lina tiene ahora 76 años. Eso quiere decir que nació en 1925, cuando mi abuela Vera tenía catorce de edad, lo que demuestra que mi abuelo no cumplió con su parte del trato.

—Entonces, ¿qué pasó, tía? —le pregunté, asumiendo que de todas mis fuentes es ella la más confiable: siendo la mayor de las hijas, vio de cerca esos mismos acontecimientos que yo he oído contar infinidad de veces desde que era una niña. Yo la oía siempre boquiabierta, embelesada, cada vez que venía a pasar los veranos a México acompañada de Rodrigo y Álvaro, mis hermanos más chicos, y Rebeca y Sebastián.

—Pues que Yemil, su madre, estaba desesperada, no tenía qué comer. Las cosas no eran tan fáciles, Silvana. Tu abuela había perdido a su padre desde muy pequeña, y sí, su hermano estaba aquí, en México. Pero, ¡ya verás tú lo que pasó! Sammy, el mayor, les enviaba puntualmente una suma, lo que se podía, con lo que Yemil, Zafira y Vera iban sobreviviendo en esos días horrendos de Alepo. Tu abuelo se enganchó de Vera cuando la vio en la ciudadela y sí… la fue a pedir inmediatamente a Yemil, quien accedió de buen grado, no porque la estuviera vendiendo… sino porque una joven judía sin dote no tenía muchas posibilidades. Es decir, el que tu abuelo Abraham se hubiera fijado en ella era ante todo una suerte, una bendición de Dios. Sin embargo, lo que realmente pasó fue que Vera no supo nada sino hasta el día en que Abraham le puso una celada… con la ayuda de mi abuela Yemil y de Zafira. ¿Cómo? Pues que Yemil llevó a su hija con el rabí y ahí ya estaban los testigos, los amigos de tu abuelo, y mi papá, con su única corbata y su camisa blanca con manchas de rapé que no desaparecían jamás. Se vieron y a ella le disgustó ese hombre desde el primer momento. El rabí dijo unas cuantas palabras en hebreo, acercó las manos de Abraham y Vera, dio su bendición y todo así se había consumado. ¿Ves? El matrimonio era entonces una realidad. Así es entre judíos, Silvana; no importa el consentimiento de la novia. Recuerda también que tu abuelo, como todos los hombres judíos, hablaba y entendía el hebreo. Tu abuela, no. Ella hablaba árabe y así se hablaron uno al otro durante toda su vida. Pero, bueno, no nos desviemos. El hecho es que Vera no supo que estaba casada sino hasta que Zafira se lo explicó esa noche al llegar. No puedo imaginarme lo que esa niña de trece años habrá sentido, las cosas que pasaron por su cabeza. ¡Imagínate! Es ley judía, Silvana, que una vez que te casas, es para siempre y no puedes tener otro hombre a menos que tu marido te niegue descendencia o bien te dé el divorcio, lo consienta. Y es justo allí donde la cosa se puso difícil y escabrosa. Al otro día, Abraham llegó por Vera como si nada hubiera pasado, pero con el privilegio que tienen los esposos, ¡ya sabes! Hablaron, salieron juntos por el zoco de Al-Attarin, compraron fruta seca, bebieron *shai* y sin embargo una sola tarde le bastó a Vera para confirmar que no lo quería, y así se lo dijo. Su madre la había traicionado, Zafira también, y este hombre que ahora se proclamaba su marido le provocaba viva repulsión, un asco infinito. Ya no quiso verlo más, a pesar de que tu abuelo intentó muchísimas veces convencerla, visitándola a casa de su suegra, llevándole algún regalo de los *khans* o con cualquier excusa. Nada sirvió. Tu abuelo, por otro lado, no era hombre capaz de aceptar muchos agravios ni despechos, por eso… luego de unos meses… decidió emprender solo lo que ya tenía previsto hacer desde hacía mucho: viajar a

México. ¿Divorcio? Claro que no se lo daría; de eso estaba convencido. Si Vera no lo quería a él, pues no querría a ninguno. Así que se fue, no sin antes hablar con Yemil y explicarle que simplemente ya no podía más; le dijo que quería a Vera, que había respetado y que seguiría respetando sus dos condiciones —las de Yemil—, pero que no podía prolongar indefinidamente su estancia en Alepo; quería probar suerte, huir de allí, de ese infierno musulmán sin futuro. Y así lo hizo, con lo que, al mismo tiempo, daba un golpe bajo al porvenir de tu abuela. Es decir, frustraba cualquier otra posibilidad de matrimonio; para eso estaban los testigos, Silvana, no era tan fácil desentenderse: lo de ellos, mi mamá y mi papá, estaba dado y no había modo de desbaratarlo. Esto lo sabía muy bien Vera Chirá, a pesar de su corta edad; Zafira y Yemil se lo explicaron hasta el cansancio, como ya te dije. En esos cuantos meses ella había crecido lo que una joven tarda años en madurar. Decidida a deshacer su matrimonio, Vera salió de Alepo rumbo a Alejandría vía Damasco, y allí se estuvo, con su hermana Frida, casi seis meses, mientras que su hermano Sammy le hacía llegar el giro para que ella fuera a América. Esos seis meses con Frida fueron un verdadero infierno, a decir de tu abuelita. Literalmente, la hermana mayor la esclavizó, la usó como una más de la servidumbre, y hasta el plato de *ruz* y *matzubal* que le daba por su quehacer se lo echaba en cara. Tu abuela nunca pudo olvidar ese maltrato, y menos aún que viniera de quien vino, de su propia hermana mayor. Pero las desgracias no terminaron allí. Por fin, una vez que tuvo el dinero en sus manos (lo cual no era nada fácil para una niña de trece años de edad), se embarcó rumbo a Marsella y allí otra vez rumbo al puerto de Veracruz. Yo te lo cuento en dos frases; sin embargo, ya te puedes imaginar la odisea que el trayecto fue para ella, y lo que significaba abandonar Siria y Egipto y cualesquiera restos de hogar sin poder imaginarse siquiera lo que le depararía el destino. Yo sé, sin embargo, que todo esto suena extraño y punto más que enrevesado; ya me lo has dicho, Silvana. ¿Qué sentido puede tener salirse de casa, pasar la peor servidumbre en un puerto inmundo y cruzar el Atlántico con el único fin de pedirle el divorcio a un marido que apenas conoces y al que ya empiezas a detestar? Parece más una súplica, un viaje hecho expresamente para ir a rendirse a sus pies, ¿no es cierto? Pues sí, quizás eso nos parezca a nosotros ahora que con una mano en la cintura te puedes divorciar si quieres y volver a casarte… y, si no, a arrejuntarte. Recuerda Silvana, que en ello tu abuela se jugaba su destino de mujer judía. Es decir, sin un acuerdo previo y la anuencia explícita de mi papá, mi mamá se hubiese quedado toda su vida a vestir santitos. Por eso, caprichosa y valiente como era, se lanzó a cruzar cielo, mar y tierra hasta sacarle el consentimiento a su marido. Pero aquí viene la parte más intrigante y triste de la historia. Su hermano, por supuesto, estaba enterado de la llegada de Vera. Él la iría a recoger al puerto. Lo que, sin embargo, Vera no sabía es que Sammy estaba coludido con Abraham. ¡Un miserable! Eso era. Su hermano Sammy se portó con ella como un cobarde, luego de que su propio padre, Jacobo, se la hubiera encargado antes de morir. No está del todo claro, sin embargo, por qué lo hizo, pero él siempre argumentó que lo había hecho por el bien de su hermanita. ¿Quién la querría habiendo estado casada ya? Nadie, decía Sammy con razón. Bueno, pues resulta que, para empezar, muchos de los inmigrantes eran devueltos a sus lugares de origen; no siempre podían entrar. Parece que el motivo era la malaria que algunos de ellos traían consigo. Algunos oftalmólogos pasaban revista a los inmigrantes y a través de las córneas podían saber si traían el mal. En segundo lugar, era recomendable tener a alguien preguntando por ti, esperándote en el puerto. No es que fuera indispensable, pero la tarea se facilitaba. Dice tu abuela, Silvana, que muchas de las personas que ella había conocido a bordo fueron devueltas. ¡Imagínate! Sin embargo, Vera Chirá estaba sana como una tempestad, y además allí estaba su hermano, listo para recibirla y protegerla. Allí mismo en el puerto, una vez desembarcados, por la tarde, a punto de oscurecer, apareció también tu abuelo, y Sammy, sin remilgos, se la entregó como un paquete. ¿Qué quiero decir con ello? ¿Qué quiero decir con que *se la dio*? Pues que Sammy la había llevado al cuarto de hotel, no para descansar del larguísimo viaje que había hecho, sino para que Abraham la desvirgara y pudiera así por fin consumarse lo iniciado unos cuantos meses atrás. ¡Increíble!, ¿no es cierto? Con ello, claro, desatendía la promesa que le había hecho a Yemil cuando la pidió, pero no había remedio, según él, pues de otra manera ella seguiría empecinada en el divorcio. Así sucedió… digan lo que digan tus tías. Tu abuela, Silvana, lo llamó violación, pero para tu abuelo era simplemente la culminación de su amor, el himeneo. Y sí que la quería, no digo que no, pero nada más piensa: ¡qué manera más salvaje de enamorar a una mujer, a una niña de trece años! Tu abuelo, claro está, siempre argumentó a su favor; dijo que lo hizo porque la quería y porque era, al fin y al cabo, su mujer, su *legítima* mujer. Y así fue como yo nací, la primera de todas, Silvana, cuando tu abuela apenas acababa de cumplir sus catorce años de edad. ¿Qué le iba a quedar? ¿Qué otra cosa podía hacer ella una vez estando allí, en un país extranjero, entre gente que desconocía y que hablaba otra lengua? No mucho, ¿verdad? O más bien: nada —dijo mi tía un poco con ira, un coraje soterrado que había durado sus setenta y tantos años de vida—. No hizo otra cosa, claro, más que apechugar, y aprender a amar y soportar al hombre que más odiaba en la tierra.

MI PAPÁ, SEBASTIÁN Forns, no se llamaba así. Creo que aparte de sus padres y mi madre, a quien le contó lo sucedido, nadie más sabía que su nombre no era Sebastián, sino Alberto. ¿Por qué? La historia es muy simple y también muy vindicativa, creo yo.

Lo que pasó es que mi padre no era el primogénito como todo mundo solía decir, más por costumbre que por otra cosa. Mi padre era el segundo de una familia de cuatro hermanos —o el primero de tres—; la única diferencia es que el verdadero primogénito murió en el hospital de Los Ángeles cuando tenía un año y dos meses de edad. ¿Qué le pasó a ese hermano de mi padre? ¿Cómo murió? Según sé, había nacido con un problema en el corazón; la división entre el metacardio y el pericardio, es decir, el tejido que separa a ambos, no existía: vino al mundo sin él. Desde muy pronto, mi tío (ese bebé) sufría de falta de oxigenación, no podía respirar y, por tanto, se le dificultaba deglutir; no sólo eso, amamantarlo era una pesadilla: desde su nacimiento devolvía la mitad de lo que comía. Se amorataba con facilidad día y noche. Mis abuelos, Felicidad y Néstor, pasaron los peores catorce meses de sus vidas, solos, en Estados Unidos, sin dormir y viendo sufrir a su entonces único hijo: Alberto. Mi abuelo, sin embargo, vivió esa agonía a medias, a veces lejos, en México, en ése su largo periplo político entre los dos países.

Alberto, el hermano mayor de mi papá, adelgazaba de manera estrepitosa, iba quedándose en los puros huesos, hasta que, por fin, los doctores en Los Ángeles resolvieron operarlo, restituir esa especie de tabique a mitad del corazón. Parece que trajeron la placa desde Alemania, y durante los días que duró el procedimiento, mis abuelos no pudieron ver a su primogénito. Primero, ya lo dije, por la operación; y, segundo, por el periodo de recuperación al que estuvo sometido. Por fin, mi abuela Felicidad tuvo en sus manos a Alberto, sano, sonriente, aunque un poco débil y delgado todavía. Esa noche en el hospital lo amamantó por última vez. Le dijeron que podía irse a casa, que debía descansar ya que había pasado varios días en duermevela en el hospital, resistiéndose al sueño, y que ya mañana podía regresar por Alberto. Felicidad accedió dada la insistencia de mi abuelo Néstor.

Por la mañana, el primer timbrazo del teléfono fue de una enfermera para decirle que su hijo no había sobrevivido la noche, que había muerto en la madrugada. Lo que pasó a partir de ese momento quizá no valga la pena contarlo, desmenuzarlo: primero fue el derrumbe, el luto; luego la acedia y, finalmente, la artritis reumática de la cual más tarde hablaré y con la cual se frustró para siempre su sueño de convertirse en cellista.

Sin embargo, algunos meses después, Felicidad estuvo otra vez embarazada: otro varón, sí, una vez más, otro primogénito;

empero, esta vez era tal el empecinamiento y la añoranza de mi abuela con respecto a su primer hijo, que (sorda a cualquier opinión) quiso ponerle el mismo nombre, a pesar de los ruegos de mi abuelo. Y le puso Alberto, pues.

Mi padre siempre supo de ese hermano mayor que tuvo el infortunio de perecer tan pronto, y también sabía que se llamaba como él. Mi padre me contó, en una sola ocasión, que esto nunca terminó de gustarle. No le molestaba, exactamente, sino que más bien lo inquietaba por las noches, cuando se ponía a pensar en él y hasta se imaginaba que era él. Perdía el sueño, ideas extrañas revoloteaban por su cabeza cuando aún vivía en Los Ángeles. A veces quería imaginarse los sufrimientos que su hermano habría pasado, y contenía por minutos la respiración, a solas, a escondidas en su cuarto. Terminaba sofocándose, y a veces hasta lloraba sin entender muy bien por qué. ¿Qué habrá sentido Alberto al no poder respirar, al no poder comer? Supongo que fue justo en esa época cuando comenzó a darse cuenta de que uno no podía ser alguien más, que no podías emular a otro por más que lo quisieras, que debías ser tú a costa de lo que fuere.

Su madre, mientras tanto, oía música en la sala de la casa. Mi abuela Felicidad oía música clásica desde que era una niña. En una ocasión, mi madre me contó que, estando en Grand Junction, ella y papá se la pasaban llenando de música la sala cuando yo aún estaba en su vientre, nadando y girando entre linfas sin ganas de salir de allí. Pero ¿qué música le ponía Felicidad a mi padre, y cuál escuchaba yo por culpa de mi abuela cellista? *La muerte y la doncella* de Schubert, *Pelléas y Mélisande* de Faure, la *Segunda* y la *Quinta* de Mahler, la *Quinta* de Sibelius, el quinteto para clarinete de Brahms, la sonata para clarinete de Saint-Saëns y su concierto para cello y orquesta, los últimos cuartetos de Beethoven, el concierto para dos violines de Bach, los conciertos de cello de Haydn y de Dvořák; estos dos últimos guardaban inauditos recuerdos para Felicidad, como ya luego contaré. Sin embargo, eran Schubert y Mahler, según un libro de astrología que mi madre leyó, los compositores más afines a mi temperamento, a mi signo zodiacal, el escorpión, regido por el más lejano y más sexual de los planetas, Plutón.

Pero por encima de todos ellos, mi padre amaba dos cosas: al trompetista Miles Davis y los conciertos de Brandenburgo, y éstos los oía por culpa de su madre, que no dejaba de ponerlos en el fonógrafo de su casa en Santa Mónica, cerca del mar, mientras leía o cocinaba para un marido ausente… siempre a punto de llegar. Así que, a la edad de siete u ocho años, Alberto Forns dispuso —y así se lo hizo saber a Néstor y Felicidad— que a partir de entonces se llamaría Sebastián, igual que Johannes Sebastian. Aunque tardaron varios meses en asimilarlo —mi abuelo Néstor no, pues él más que nadie estaba contento y admirado por la decisión—, terminaron por llamarlo justo como él se empecinaba en ser llamado, y así Alberto desapareció. Pero sería también injusto decir que Alberto desapareció. El nombre fue esfumándose; sin embargo, la imagen inventada de un hermano mayor, muerto aún siendo muy niño, aparecía a diario en el silencio de la habitación de mi padre, entre el rugido del mar y la segunda sinfonía de Mahler, ya no persiguiéndolo, sino guiándolo por el laberinto de la vida. Con él hablaba, se entendía, y cuando Sebastián, mi padre, no sabía qué hacer, acudía a esa imagen sin decírselo a nadie, en secreto conciliábulo. Todo esto me lo contó él una vez, cuando yo todavía era muy joven, cuando aún vivíamos en Charlottesville, creyendo quizá que yo lo iba a olvidar, pero no fue así: los más extraños recuerdos acuden a mi mente ahora que me he puesto a exhumar ese siglo.

Hasta el día de hoy, puedo imaginármelo hablándole a ese niño, a ese otro niño en la penumbra de su cuarto, luego de haber pasado horas contemplando el mar, lejos de sus dos hermanos. No sé si allí nacieron los primeros escarceos de papá con la poesía, el destino roto que eligió.

DESPUÉS DE TANTOS años, no olvido la visión de mi primo Néstor, cuatro años menor, lamiendo mis zapatos de tacón blanco. Néstor no me vio cuando yo estaba viéndolo: tirado, arrodillado como un asceta frente al ropero, lamía las estampitas que yo pegaba con regularidad en los largos tacones de mis zapatos blancos. Y es que Néstor me obsequiaba esas estampitas que contenían las bolsas de frituras: los Picapiedra, Tarzán, Scooby-Doo, todos ellos intercalados, sobrepuestos, fulgiendo en los tacones de su prima americana, es decir, yo. Era como besarme los pies, como olérmelos, como adorarme sin que yo supiera nada… Y al mismo tiempo, era una suerte de juego secreto terriblemente masturbatorio, onanista: comprar esas frituras, buscar nuevas estampitas, obsequiármelas. Luego yo le preguntaba si a él sí le gustaban, que cómo se veían, y caminaba junto a él, precaria, inocente, taimada, cruel, casi sádica. Acercaba el empeine a su rostro, ¿acaso para que él se lo devorara? ¿Para que viera mis estampitas? Todo mientras Néstor se acuclillaba en la alfombra viéndome pasar, caminar junto a él, para enseñarle mis piernas, mis pies, los tacones inundados de estampitas que le regalaba a su prima de dieciséis.

Esto pasó tres años después de que Sebastián y Rebeca, mis padres, volvieran a México, luego de catorce años de ausencia. Yo tenía trece cuando regresaron, y al principio me había costado mucho volver a hablar español, aunque siempre lo había sabido, aunque siempre lo hablé con mis padres en Colorado y después en Virginia. Pero, ¿hablarlo con otra gente que no fueran mis papás? ¿No era algo extraño, desasido, inusual? Lo hablaba con tíos y primos durante esos largos veranos que pasaba en México; sin embargo, esta vez debía hablarlo con la mujer de la tienda de abarrotes, con el tipo flaco de la farmacia; con Silvestre, el chofer, por las mañanas; con los operarios del cine, con los maestros en la escuela, con los padres de mis amigas del Green Hills, con la seño del mercado los sábados, con Gina y Omar (los vecinos), con todo el mundo pues ante todo el mundo era una gabacha. ¿Pero lo era acaso? ¿Qué era entonces? ¿Gringa, mexicana, judía, católica, árabe, catalana, alemana o purépecha?

Tal vez cambió mi visión del otro sexo el mismo día que contemplé a Néstor tirado en mi guardarropa lamiendo los tacones de mis zapatos favoritos. No sé exactamente cómo cambió mi visión, pero ahora veía a cualquier hombre diferente, incluso a Néstor, que tenía doce años y sin embargo me regalaba esas estampitas y hasta a veces me ayudaba a pegarlas y me daba su opinión cuando yo deambulaba frente a él enseñándole mis piernas, heredadas de mi madre. No es que no tuviera una opinión sobre los hombres; claro que la tenía, y desde hacía muchos años. No desde los trece como creía mi mamá, recordando probablemente el día en que su hija Silvana tuvo su primera menstruación, su menarquia, en una larga comida de despedida en Charlottesville, y Rebeca me ayudó y me dijo que a partir de ese momento podía considerarme una mujer hecha y derecha, que podía sentarme a conversar con los mayores. Esa conciencia la tuve mucho antes, desde los seis o siete. Sabía, entendía (sin llegar a precisarlo) que ellos, los varones, eran algo diferente, con costumbres distintas (como la de mear en cualquier sitio y a cualquier hora). No, en esta ocasión lo que cambiaba era justamente lo que la visión de Néstor despertaba en mí: una falta de pudor, una necesidad de exhibición que sin embargo debía ocultar a partir de entonces, una especie de malicia con aire de candor, algo inusual que me excitaba. Era como si ahora todos mis movimientos, mis acciones, mis hábitos, estuvieran encaminados a probarme a mí misma la capacidad de mi cuerpo, sus dotes, lo mucho o poco que podía incitar una mirada, un gesto mío, un roce. Antes no era así; los hombres (los jóvenes de mi edad) eran un adorno, algo accesorio que se llevaba y se lucía: en ese sentido, quienes importaban realmente eran las *otras*, mis compañeras: las mujeres. Ahora no, y en ello residía la diferencia. Ahora eran *ellos* los importantes, los misteriosos seres por develar, y esto era en sí mucho más interesante, muchísimo más excitante que lucirme frente a mis compañeras de clase. Era como concluir una etapa que resultaba, de pronto, inesperadamente aburrida, e iniciar otra, nueva, llena de posibilidades.

Néstor fue, sin saberlo, mi iniciador, mi guía... Y con él, pues, empecé a medir los alcances de mi feminidad, la distancia de lo que podía o no hacerse, de cuánto se podía lograr en esa materia desconocida aún. Era una tarea, una labor sensual, donde el sexo no estaba comprometido, sino todo lo contrario: estaba sublimado... Y el sexo, sabiéndolo sublimar (ahora, veinte años más tarde, lo sé, pero en aquel entonces no), puede producir proezas en materia de refinamiento: tedios y sofocos ansiosos, sutiles o abyectos, todo un caldo de cultivo que la gente prefiere disimular y dejar pasar inadvertido, eso que la sociedad proscribe del catálogo de los usos y costumbres. Y justo era eso lo que, a mis escasos dieciséis, empezaba a descubrir y a aprovechar con mucho mayor rendimiento y con conocimiento de causa, gracias a mi primo Néstor.

TU PADRE, SILVANA, te dijo muchas veces que debías buscar más allá de la piel, debajo de eso que la piel esconde. Debías ir a donde los rasgos ya no dicen nada, donde los rasgos contradicen lo que eres.

Silvana, pareces-eres de piel clara, muy clara, como tu padre —y tienes el pelo castaño y la nariz pequeña, afilada—, pero tu madre es una morena apiñonada, oscura o cobriza cuando está en el mar, a la sombra de una palmera. Rebeca tiene cejas pobladas y negras; es árabe con una pizca de algo más. De ella, tu madre, tienes las nalgas y los pechos, tú lo sabes, pero la piel y los ojos y las pestañas son de él, de Sebastián; no las cejas; ésas son de Jacobo, tu bisabuelo, o de Vera. Sólo eso.

Ahora bien: papá decía que buscaras debajo de esos ojos, de esos párpados, de esa piel casi alba, suave y mentirosa. ¿Quién eres? ¿Acaso eres lo que pareces? ¿Eres lo que pretendes, lo que dices ser? ¿Te has equivocado? ¿Acaso llevas muchos años equivocándote? ¿Has creado una imagen de Silvana a tu perfección, justa a la medida, dispuesta a obsequiársela a todos los demás, al mundo que ve y confía y cree, y sin embargo, al final, eres más que nada una imagen en la que tú misma has caído... antes que nadie? ¿Es tu propio embuste, tu añagaza? ¿Eres quien dices ser o quien crees tú que eres?

Busca detrás de la piel: ¿cuántos gestos hay de tu madre? Muchísimos, pero los tienes obliterados porque, a simple vista, a grandes rasgos, la gente te dice (y tú les crees y ellos te creen a ti) que eres la copia exacta de tu padre, una linda reproducción, y ni siquiera han visto tus pies que lo confirman... porque si los vieran, dirían ¡ya ves! son los pies de tu abuela materna, quien a su vez los heredó de ese ilustre doctor de origen purépecha, Félix Saturnino Barrera, ese cabrón que le robó sus tres hijas a tu bisabuela de probable origen francés.

Una vez, tu abuelo Néstor Forns, en uno de esos veranos en México, te dijo riendo y haciéndote cosquillas, que sólo había visto esos pies en un museo (no te acuerdas si fue en el Museo de Antropología e Historia, el que, por cierto, inauguraron el mismo año en que naciste, te dijo). Se parecían a los de Felicidad, su mujer; empero, los tuyos, Silvana, eran los pies de los indios purépechas de Michoacán, y sin embargo, hace algunos años, en el pueblo de Tzintzuntzán, el mismísimo Día de Muertos que pasaste allí, caminando en un panteón repleto de gente y comida, llena de curiosidad, te pusiste a averiguar y a comparar tus pies con los de otras mujeres indias que oraban cerca de las tumbas ornadas con flores de cempazúchitl, ofrendas siniestras a la luz de las velas, y pudiste comprobar, asombrada, que no todos los purépechas tienen tus pies, no, y tú, sí, gringuita de mierda. Entonces... ¿en qué quedamos? ¿Eres la gabacha con los pies purépechas y los abuelos y bisabuelos de Siria, ese desierto del Medio Oriente donde hay musulmanes, turcos, judíos y caravanas de beduinos desde hace mil o dos mil años? ¿Eres acaso la turca o eres la judía o la *shiksa* o la defeña? ¿Eres la chilanguita fresa de bisabuela gringa, tatarabuelos teutones y tatarabuelo francés por parte de Felicidad y su madre? ¿O eres la defeña trasterrada a Estados Unidos de tatarabuelos catalanes a través de ese oscuro y casi innominado lado paterno, el de Sebastián? ¿Quién eres, pues? ¿Una árabe, una alemana o una israelí exiliada al Medio Oriente y luego a México y después a Estados Unidos? ¿Una gringa, una purépecha, una mexicana que habla inglés, una yanqui que habla español, una chicana extraviada, una bisnieta de francesa huérfana, una ondina salida de la Selva Negra, una catalana o nada más una chilanga que nació en No Name, Colorado, es decir, en el mismísimo culo del mundo? ¿Acaso eres No Name? ¿Acaso eres Legión y eres todos los nombres? ¿O mejor eres, simplemente, No Name? Sí, Silvana, a partir de ahora te llamarás No Name, o mejor: Noname, en castellano, tal y como suena, para que cause intriga... y gracia... y estupor.

Debes buscar debajo de tu piel, del color miel de tus ojos, debajo de tu lengua, debajo de todas las lenguas que no hablas y deberías hablar y entender: el árabe y el hebreo y el purépecha y el turco y el alemán y el catalán y el zapoteco que te quiso enseñar Agus hasta que al final desistió, cansada de tu cerrazón o tu incompetencia. Quieres indagar en el fondo de todo lo que no eres a los ojos del mundo y sin embargo tú sabes que sí eres, a pesar de todo, digan lo que digan (al menos a ti misma no te puedes engañar). Igual que hizo tu padre, el heresiarca Sebastián, que no era sin embargo Sebastián, y que se llamaba Alberto como su hermano, y que no era o no debió ser nunca Alberto y lo supo remediar: lo desencajó de su cuerpo adolescente como se desencaja una flecha, como una miríada de flechas, como un san Sebastián, y se llamó como Bach y no como tu tío difunto, ese bebé que nunca conociste, Silvana, que nunca recordarás porque nunca le diste tus tetas a mamar como hiciste con el otro niño, y no precisamente Néstor, tu primo, ¿recuerdas?

Igual que tu padre, Noname, indagarás debajo de tu nombre, ¡ya verás!, desenterrarás lo que haya que desenterrar, desenmascararás uno a uno los rostros muertos o mudos o silentes e inservibles —todas esas máscaras—, exhumarás los huesos... y lo peor es que, por hacerlo, Noname, ya nadie te querrá.

Querido Alejo:

Te llamé dos veces. Quería platicar contigo antes de que te fueras a Europa. Cuando regreses al Distrito Federal estaremos de vuelta en Colorado, Rebeca, Silvana y yo. Me dijiste que volvías a fines de septiembre; nosotros nos vamos a mediados de agosto. Así que no nos veremos sino hasta el próximo año… ya con mi hijo o hija entre nosotros, quien, como sabes, está por llegar en cualquier momento. Lo esperamos con ansia, intrigados y felices. Probablemente Rebeca tenga que quedarse unas cuantas semanas más. No lo sabemos a ciencia cierta, todo depende… Con todo, te dejo escrita esta carta. Creo que es, sin embargo, más para mí que para ti.

No sé qué me pasa últimamente, me entristece México. Nunca me había sucedido. Tú lo sabes, para nosotros, venir y pasar el verano con los amigos y la familia es casi una necesidad, un alimento, para poder continuar allá, criando a Silvana, enseñando, ganando dólares, escribiendo poco o casi nada… aunque a veces intentándolo. Intentándolo. Intentándolo. ¿Qué quiero decir? Que al menos tú, Igor, Óscar y Raymundo lo han intentado, tanto como yo lo intenté más de una década, tal vez dos. Pero, ¿qué pasa? A los otros, a los que ni siquiera lo intentan, los que llevan dentro de sí un pánico o miedo visceral a ponerse a decir algo, a ellos, tal parece, les quitamos el sueño: nunca imaginé que intentarlo (digo: intentarlo seriamente, como lo hicimos nosotros hasta hace algunos años) pudiera provocar tanto encono, tanto emponzoñamiento, tanta envidia. Pero ¿de dónde surge tanto odio, tanto rencor?, dime. ¿Por qué nos despreciaron, Alejo? ¿Por qué vapulearon mi novela y la tuya y ahora la de Igor, que acabo de leer y me ha gustado tanto? Al principio no entendía. Me desmadejaba tratando de comprender el porqué de su ira, de su empecinamiento hacia nosotros, hacia *Sur*. Ahora, creo, después de varios años (y estando lejos de México como lo he estado) comienzo a entender. ¿Cómo? Sí. En este último viaje a México, por primera vez, quise asomarme al ser oscuro, replegado, oculto, que anida en los mexicanos, en esos seres semejantes y distintos que transitan, pueblan, deambulan por las calles y panteones, compran en mercados los domingos, suben y bajan de trolebuses, rezan en iglesias, van a Chapultepec con sus familias, pasean en el Zócalo y esperan en la Alameda bajo sombras tibias de ficus, viven y mueren en aldeas del estado de México o de Michoacán o de Morelos o de donde sea. Quise, pues, asomarme a este país, algo que quizá no había hecho nunca. Sí, por primera vez, aunque parezca ridículo. A pesar de haber vivido aquí toda mi vida (bueno, casi toda mi vida); a pesar de haber compartido con ellos miles de horas en tranvías y oficinas gubernamentales, en torterías y taquerías, en fiestas de ricos y bodas de pobres, en mítines y marchas, en universidades y escuelas y pueblos y carreteras e iglesias y playas y hospitales. Por primera vez decidí asomarme, *ver*. Te repito: quería *ver*. ¿Qué había, qué hay dentro, replegándose, ovillándose, en cada mexicano? En todos descubrí el miedo. En los ricos, los pobres, los necios, los cultos, los iletrados, los universitarios, los albañiles, los carpinteros, los ingenieros, los abogados, los médicos, las mujeres, los viejos, los niños, los indígenas, los mestizos, los menos mestizos, los más mestizos, los criollos, los hijos de la chingada, en todos. No podía creerlo. Había sólo que asomarse, y allí estaba, furtivo, mostrando la mirada entre párpados oscuros y entornados… como un bicho o una sanguijuela, algo horrible. Allí estaba el miedo, devorándolos. Ya sabes que Ramos decía que el mal del mexicano era el complejo de inferioridad, y luego Uranga con lo de la fragilidad y la zozobra, y más tarde Caso y Gamio y Paz y luego otros… Pero no importa. Yo lo he visto, ahora sí, con mis propios ojos: el pánico, el miedo, asolándolos, paralizándolos, incapacitándolos para echarse a andar, para intentar, para intentar lo que sea (como Rulfo, a quien el miedo se lo tragó desde el 55). Y cuando otro, uno como ellos, lo intenta, no pueden sufrirlo: ese pólipo los devora, les incendia los intestinos, las vísceras, la médula, la carne; ese pólipo los está inflamando por dentro. Es como volverse extranjero en su propio país; quien lo intenta es una suerte de *outsider*, un pionero, un peregrino de la patria, un traidor. Y es el miedo, ese animal roñoso, lo que tienen y no ven. No los culpo, pero tampoco los perdono. Conociéndolos (¡y mira que los conozco bien!), hoy te digo que no quiero que Silvana sea uno de ellos. No quiero. No lo puedo soportar y no puedo imaginármelo: ni que deje de serlo ni que lo sea. Estoy metido en un ovillo, en una espantosa madeja. Sí, los gringos pueden ser detestables, aburridos, puritanos, vomitivos, pero no he visto, te lo juro, el miedo serpenteando entre ellos, metido en ellos, aplastándolos. No lo he visto. Quizás haya percibido otra cosa, algo más, no sé: pero no este miedo atávico que habita aquí, en México. Tardé algunas décadas en darme cuenta de que los mexicanos no te saludan y prefieren mirar al suelo, no por descortesía, sino por temor, por pusilanimidad, lo mismo que cuando los llamas y te responden, humillados, falsos, "Mande usted".

Machado hablaba de las dos Españas, yo hablo de los dos Méxicos: el de quien ordena y el de quien acata, el de aquel que conserva la cabeza en alto sin nada que temer y el del que aquel que la agacha y se desprecia frente a los demás como en un acto supremo de amistad; el de los pobres y los ricos, el de los más o menos ricos y los indigentes y menesterosos de la ciudad; el de los indígenas y los poderosos sin escrúpulos; el de los blancos y morenos y mestizos y mulatos y también apiñonados. Pero ¿acaso estas últimas dicotomías son reales? ¿Existen? Yo he conocido miles de blancos comportarse con miedo, y a miles de indios comportarse con seguridad, con pundonor. He visto, asimismo, a indios pobres comportarse sin escrúpulos con otros indios más pobres que ellos. ¿En qué consiste, pues? No lo sé todavía. Una cosa me ha quedado clara en esta visita: acaso sólo el diez por ciento le ha perdido el miedo a mirar, a exigir, a vivir, a trabajar y a amar la vida; al otro noventa se lo ha comido el resentimiento, como decía Nietzsche en *La genealogía de la moral*.

Estoy muy triste por todo esto, Alejo. Créeme, ¡no es fácil

ni para Rebeca ni para mí que, al cabo, somos profundamente mexicanos!

No hace mucho estaba leyendo las memorias de un viajero. En ellas contaba que en una ocasión, al lado de sus amigos, uno de ellos dijo: "Cuando nos conocimos, el tema de conversación más importante era el lugar donde íbamos a vivir. Han pasado quince años y seguimos hablando y preguntándonos lo mismo." Me pregunto si a ti, si a mí, nos sucederá igual: el tema favorito de los exiliados. Aunque siempre existe la duda que significa saber hasta qué punto no estará uno (el exiliado) inventando maravillosas explicaciones, justificaciones, para no tener que volver… (debido a que no *puede* volver). Yo creo que en el caso de nosotros no hay razones verdaderamente de peso para tener que volver. No es dinero (podría quizá ganarme la vida aquí… como cualquier otro, difícilmente); tampoco es la distancia (México y Estados Unidos cada vez están más cerca… a pesar de que, para mí, cada vez se parecen menos). Es simplemente darse cuenta de que aquí nada va a pasar más que la inercia, más que las esperanzas de algunos, los más inteligentes pero al mismo tiempo los más ingenuos. Y es que aquí (ese noventa por ciento) no quiere que suceda nada ya, desde hace mucho. Mejor así, piensan mientras contemplan impávidos, paralizados. Es el miedo, el terror a intentarlo, a buscar cualquier cosa, empezando, ¡claro!, por un cambio en la política, y sí, muchas de mis observaciones, mucho de mi dolor, tienen que ver con lo que pasa en política años tras año, sexenio tras sexenio. Pero de eso… prefiero no hablar. Creo que los mexicanos *aprendieron* su miedo; probablemente fue el PRI el que se lo enseñó, se lo recetó, se lo inoculó desde Calles o tal vez desde antes, desde Santa Anna o Iturbide. Pero quizás esto lleva mucho tiempo, desde la Colonia o, mejor, desde la Conquista… cuando tuvieron miedo de Cortés, o incluso antes, muchos siglos antes, desde los toltecas o los olmecas. No sé. No importa. No soy sociólogo ni historiador, ni como Ramos y Gamio y Vasconcelos y Paz: un poco antropólogos, un poco arqueólogos del saber. No. Te digo lo que veo, lo que he descubierto en esta visita. El miedo. Y... bueno, pues, entonces, ¿qué hace aquel que no lo tiene? ¿Qué debo hacer? Lo que hice, supongo: escapar. ¿Qué otra alternativa? ¿Acaso vivir entre gente timorata, consuetudinariamente aterrada? No puedo, no pude. Tampoco quiero, Alejo. Me hace mal, de veras. Ya me hizo mucho mal toda mi vida. Y, ¿sabes? A mí no me cuentan historias. Yo he estado aquí, en la Ciudad del Infierno, en el país del miedo. Los conozco. Conozco a mis compatriotas como la palma de mi mano: al taxista, a la criada, a la señora, al maestro, a la puta, al crítico literario, al abogadillo, al cura, a los niños, a los viejos, a los campesinos, a los obreros, a los mendigos, a los judíos, a los policías y a los políticos. A todos ellos me los conozco, he transado con ellos durante años, he transigido, les he preguntado sobre sus esposas, sobre sus hijos, sobre sus pobres, sobre su partido, sobre sus muertos, sobre sus supersticiones, sobre su parroquia, sobre sus hábitos, sobre la muerte que los subsume cada día. Y sin embargo apenas hoy lo he visto, ¡imbécil de mí que durante tantos años no había querido *ver*! El miedo. Era el miedo. Y éste no sé a quién atribuírselo, quiero decir: ¿a quién debemos culpar, dónde se originó, cómo, cuándo, por qué? Eso no me lo preguntes. Ya te dije: no sé. Sé una cosa y me llena de vergüenza, y más que por ellos, por Silvana y por Rebeca (y por el hijo que viene en camino), por mí: darme cuenta que no voy a volver, que no quiero ser otro mexicano aunque lo sea, aunque lo fuera, aunque lo hubiera mamado mil años, igual que Joyce y Lawrence y Cernuda, que no volvieron a sentirse lo que habían aprendido a ser un cuarto de siglo, lo que terminaron odiando con toda su alma, con todo su corazón.

Creo que nunca te conté esta anécdota, pues resulta que una vez, cuando aún estaba en Berkeley haciendo el doctorado, un compañero me pasó una hojita con una serie de chistes enlistados, lo que cada latinoamericano *es*, o supuestamente *es*. Un juego de las esencias, supongo. Por ejemplo, el cubano *es* jacarandoso y el peruano *es* triste y el argentino *es* arrogante y el chileno *es* seco, etcétera... ¿Y el mexicano? El mexicano *es* hipócrita, decía la hojita. Fue impresionante, durísima, la descarga que sentí mientras leía la lista con los chistes, con los mitos, con nuestras esencias o como quieras llamarlos. Pero sentí, Alejo, que me tiraban la máscara, que el compañerito (tal vez un chicano que jamás había visitado México en su vida) estaba viéndome por dentro, más allá de cualquier disfraz sabiamente colocado por siglos, durante siglos... incluso colocado sin haberme dado cuenta yo, ¿sabes? ¿Pero qué veía él? Eso no lo supe. Sin embargo, el chistecito había hecho que algo oscuro, oculto, se replegara de pronto, se ovillara, entornara sus espantosos ojastros, Alejo. Hoy sí sé: era el miedo, mi miedo, nuestro miedo ancestral, legendario y totémico. No quiero compartírselo a Silvana y al hijo que viene en camino, no quiero que lo hereden. ¿Me entiendes? Una vez que lo sabes, que lo *ves*, no se lo deseas a quien más quieres. Y esto me entristece un chingo, un putamadral, no tienes idea. Es como mutilarme un miembro, es como decidirse a cortar el miembro enfermo, el alma enferma: el miedo, el México, lo mexicano, lo que no sé cómo explicarte y lo que no puedo siquiera explicarme a mí mismo.

¿Y sabes? Cada vez me cuesta menos trabajo estar allá y cada vez me cuesta más estar acá... aunque sea de visita. No sé si eso sea bueno, supongo que sí. Sí... si es ésta la decisión que uno ha tomado, supongo. La nostalgia es menos, el dolor es menos, y créeme: el miedo es menos también. Y ¿para qué, pues, *ser* mexicano, por qué tener que *ser* un escritor mexicano? ¿Por qué no simplemente *ser* un escritor y ya, un escritor en español... de donde sea que fueres, simplemente? ¿Sólo para darle gusto a una pandilla de críticos, de académicos, empeñados a cualquier costa en destrozarte? Sé, Alejo, que van a pasar lustros antes de que esto pueda suceder o antes de que los críticos lo admitan (lo entiendan, siquiera). Pero el primer paso, te repito, es entender que no hay críticos cuando uno ya no es criticable; hay que saber que a los críticos los mueve su miedo, su mezquindad, y que no encuentran el modo de salir de allí, y eso los mueve, los hostiga, los instiga. Me refiero a los críticos mexicanos, ¡claro!, estamento del cual alguna vez formé parte, a mi modo y con mi discernimiento, lo confieso. Pero todo esto ya no importa, insisto, ya no soy criticable, ya no soy mexicano puesto que ya no tengo miedo, y lo que hubiera de mí de mexicano es el miedo que aún no me quito de adentro.

No tenía otro propósito esta carta que decirte que, quizá, ya no regrese. Como decía el autor del libro que te he citado, tal parece que ése es el tema de nunca acabar, el tema de los que vivimos en el ostracismo. Por lo pronto ése es mi propósito y el de Rebeca. Y seguiremos volviendo y, tal vez, como en esta ocasión, con unas ganas inmensas de irnos tan pronto lleguemos a visitarlos. Sin embargo, no sé si continuaré escribiendo sobre México, de México y de los mexicanos. Si lo hiciera, no será porque los ame, los respete o porque me interese su folclor, sino porque no tengo otra cosa de qué hablar ni de qué escribir sino de ellos, de su mundo (que conozco bien), y ahora de su miedo ingénito, castrante. Quizá, si algún día tomo la pluma nuevamente, logre exorcizar esos pseudodemonios del pánico que aún me habitan (si es que aún me habitan), escribiendo sobre ellos, dándoles batalla en mis poemas o en los libros que no he vuelto a escribir desde que nació Silvana, hace tres años ya. O tal vez decida callarme como hasta hoy lo he hecho, no lo sé aún. Ya veremos, el tiempo me lo dirá. Y si amaba o decía amar lo mexicano y a México y a los mexicanos, hoy no es así; probablemente, decirlo era para mí un compromiso, una formalidad, y nada más. Ahora mismo puedo decirte, sin ningún miedo, que en el fondo los repudio. ¡Qué lástima!, dirás; pero es cierto, eso es lo que siento. Y por primera vez, creo, hago frente a la lista de los chistes-mitos: un mexicano que no *es* un hipócrita, un mexicano que, por fin, te dice y se dice a sí mismo que los abomina, y que empieza con ello a no tener más miedo de decirlo, de decírselo a sí mismo... hasta que las vísceras se le abran y salga de allí el maldito temor compartido y heredado y mantenido por los siglos de los siglos.

¿POR QUÉ REGRESAMOS los cinco: mis dos hermanos más chicos, papá y mamá? ¿Por qué, si en esa carta y otras cartas sin enviar que había encontrado, mi padre parecía más que resuelto a no volver a su país? Tres años hacía que habíamos vuelto a México, a la casa de mansardas de la abuela Felicidad, y ahora estaba Néstor, mi primo, visitándonos por el fin de semana, y no era ésta la primera vez. Más bien, Néstor estaba visitando a mis hermanos, a Rodrigo y a Álvaro. A mí, por supuesto, me encantaban esos largos fines de semana en que mi primo la pasaba con los tres, jugando en el jardín trasero, en el aljibe o al escondite entre los amplios sillones de la sala gris, o bien metidos en la casita de madera que mi abuelo había construido arriba de la cisterna y la bomba de agua en un rincón de la casa entre almendros y laureles de la India.

Luego de haber pasado dieciocho años en Estados Unidos —primero cinco en Berkeley (donde terminó su doctorado), luego seis en Colorado y después siete en Virginia—, Sebastián Forns había resuelto regresar (aunque para mí no se trataba de un regreso, sino del inicio de algo nuevo, casi inédito o, por lo menos, liminar). Mi madre, Rebeca, accedió a la idea del retorno; ella accedía de buena gana a casi cualquier deseo u opinión de mi padre... por más estrafalaria que esta elección pudiera parecer. Así era ella, Rebeca Nakash Chirá, o mejor: Nakash de Forns. Así la conservo adondequiera que voy, a lo largo de los años: una esposa accesible, condescendiente, buena, confiada en el marido, hermosa, prudente, aunque también determinada como pocas mujeres he conocido, justo lo que mi padre, con ese temperamento arrebatado, necesitaba para sobrevivir, para ir llevándola.

Pero el verdadero motivo de su vuelta (o el que Sebastián alegó en su momento) fue la súbita muerte de su madre, la cellista, y junto con esto la herencia de la casona en San Ángel, la misma de su adolescencia, donde sus padres residieron al volver de Los Ángeles a mediados de los años treinta cuando San Ángel era un pueblo a las afueras de la capital. Fue una sorpresa para todos descubrir que Felicidad había dejado a su nieta Silvana, es decir, a mí, la casa arbolada al final del callejón empedrado, el cual tenía, por cierto, un inverosímil y hermoso nombre: Cerrada de la Amargura. Había sido un llamado, o así lo creía mi padre: su madre, esa viejecita que creyó que le duraría para siempre, falleció casi sola (acompañada de Agus), dejándole a su hija mayor la enorme casa en el sur de la ciudad. ¿Acaso era una plegaria de mi abuela desde el más allá, un ruego a Sebastián para que volviera, un reclamo a última hora? ¿Qué hacer con la casa de su infancia cuando, además de todo, no era ya de él sino de su hija... tal y como aseguraba un albacea telefónico? ¿Abandonarla allí... para más tarde dejarla desmoronarse, desconcharse, empolvarse? Tal vez había que volver, justo como su madre (sin decírselo) habría deseado. Quizás era el llamado que había estado esperando, el grito que había acallado dentro de sí desde el día en que se fue a Berkeley, primero, en 1956, después a Colorado, con Rebeca, su mujer, en 1964, huyendo de mis abuelos Nakash y el arquitecto Haas; tal vez ésta y ninguna otra era la contraseña, misma que aguardó por años desde el día que abandonó México (ahora sí para bien, creía él entonces), casi al mismo tiempo que decidió abandonar la literatura, la poesía, todo eso que amaba o que creía amar, más o menos por la misma época en que le escribió a su padre, a Néstor Forns Élmer, anunciándole su rompimiento con muchas otras cosas. El deceso de su madre era el parteaguas que había estado esperando aunque sin barruntarlo siquiera. Aunque en un principio nos descontroló (nos asustó, incluso), la decisión de mi padre había sido la mejor, la que luego más nos gustó, la que me tuvo en esa casa arbolada del callejón, con dos jardines (uno adelante y otro atrás) al lado de mis dos hermanos, Rodrigo y Álvaro.

México, a mis trece años, era un nombre, un código conocido, un sitio que amaba y me atraía desde pequeña. Nada era nuevo a mi llegada y, sin embargo, casi todo lo era de cierta manera. Antes del anuncio que mi padre nos hiciera, México estaba muy bien, sí, pero allá, lejos, bueno, no muy lejos, pero allá, hacia el sur, después de Texas y Nuevo México. Ahora, era otra cosa; ese país era una realidad inmediata, ineludible, con otro color de gente, con otro olor, con otras calles, con otra bandera y otra lengua.

Néstor, tan chico, doce años apenas, sentado allí, en mi ropero, me había impresionado. Lo imaginaba jugando con Álvaro, Rodrigo y los vecinos. Tal vez estuvieran todos en el palomar que Omar y Gina Talens tenían en la azotea de su casa. Eso creí al principio… ese viernes al llegar de la tiendita; pero allí no estaba él, entre los otros; no pude divisarlo en la azotea y tampoco Néstor sospechaba que yo ya hubiese vuelto de la tienda a donde, dije, iba a ir a comprar una nueva bolsa de papas.

En esa ocasión preferí dar unos pasos atrás, simular que no lo había visto y toser mientras subía las escaleras. Esto dio tiempo a Néstor para dejar los zapatos, cerrar el ropero y tirarse sobre el colchón de la cama simulando que descansaba o dormía. Al entrar, mi primo se volvió hacia mí, como si no temiera nada, sonriéndome entre párpados falsamente soñolientos.

—Mira lo que traje —grité—. Otra estampita para mis zapatos.

Éste, ligeramente pálido, me contestó:

—A ver, enséñame.

Abrí la bolsa con apremio y me puse a buscar la estampita. Por fin la encontré, mientras Néstor se rehacía en la cama y se tallaba los ojos con fruición exagerada.

—¡Mira! —le enseñé—. Los Aristogatos. Ésta no la tengo, ¿verdad?

La pregunta no era otra cosa que un flirteo: hacerle ver que yo sabía que él sabía a su vez cada una de las estampitas que mis tacones blancos conservaban.

—¿Me ayudas, Néstor?

—Sí —contestó él.

Me acuclillé cerca del ropero y saqué mis zapatos favoritos, los blancos. Sin decir una palabra, fui a sentarme al borde de la cama. Ahí, mientras le enseñaba las pantorrillas, fui cambiándome los tenis por esos tacones altos y cuajados de estampitas. Una vez me hube puesto los zapatos, me levanté al mismo tiempo que entregaba a Néstor la estampita con uno de los Aristogatos. Él la tomó mientras yo le decía socarronamente:

—Bueno, sonso, ponla donde más te guste.

Néstor, con sus doce años, sintió otra vez esa felicidad que apenas estaba acostumbrado a sentir: una fuerte erección que hacía que su pene se rozara con el cierre de su pantalón. Se arrodilló frente a una prima más alta que él, al mismo tiempo que iba buscando un sitio vacío en uno de los tacones para poner la estampita, y es que no había espacio.

—Agáchate más, Néstor, a ver si encuentras dónde ponerla —le dije desenvuelta, sabiendo que estábamos solos, mientras acercaba las piernas a su rostro y hacía remolinar la falda con denuedo: Néstor pudo entonces ver las braguitas azules de su prima mayor. No podía más, algo se iba a desparramar dentro de él. Vi su rostro congestionado, su cabeza completamente reclinada en la alfombra, observando cómo se sacaba un ojo por mirarme los calzones. Finalmente puse un pie sobre una de las mejillas de Néstor y jugueteé con él, aplastándole suavemente la piel. Entonces le dije:

—¿Te gustan? ¿Te gustan mis zapatos?

Néstor, súbitamente, enrojecido, sudoroso, sintiendo que tenía no sólo los calzones mojados sino también el pantalón. Sólo me dijo:

—Me voy al palomar con los demás, prima.

Pero en realidad se dirigía al baño.

SIEMPRE ME HABÍA imaginado a mi abuelo Néstor Forns Élmer como uno más entre los muchos que salían despavoridos por detrás de la iglesia en esa antiquísima película, *El jorobado de Notre Dame*. Según se decía, ésa había sido uno de los primeros éxitos del cine mudo hollywoodense. Mi abuelo a veces presumía de su papel en ella, aunque sólo hubiera sido uno de los tantos miles de extras que aparecieron por unos cuantos minutos; incluso, para demostrarlo, solía enseñarles a todos una foto en que él y otros más se hallaban sentados alrededor del actor Lon Chaney. Una vez, antes de regresar a México (yo tendría unos once años de edad), en una de las muchas visitas que hacía con mis padres y mis hermanos a Washington D.C., había preguntado por esa película. En la Biblioteca del Congreso, en uno de los compartimientos para mirar videos que se prestaba a los estudiantes, mi padre y yo nos pusimos a repetir la misma escena de una multitud despavorida saliendo de la iglesia mientras Quasimodo hace repicar las campanas como un demente colgándose de los nichos y los arabescos de Nuestra Señora. Nunca lo pudimos identificar. Pero ¿cuál de todos era mi abuelo? Había cantidad de cabecitas que aparecían por un lado de la pantalla y desaparecían un minuto después por el otro. Luego de intentarlo varias veces, de poner pausa, de rebobinar el cassette, padre e hija cejaron en su empeño. Jamás descubriríamos el rostro de mi abuelo, su cabecita dorada en medio de la multitud. Pero ¿qué hacía Néstor Forns Élmer en esa filmación, en 1923? ¿Cómo había llegado allí? ¿Por qué un extra mexicano entre otros muchísimos gringuitos filmaba una película basada en una novela de Víctor Hugo?

Había, simplemente, que remontarse unos años más atrás. Había que volver a México y no a Hollywood. Néstor Forns Élmer había sido durante algunos años el traductor personal del presidente Álvaro Obregón. Lo fue intermitentemente, hasta 1928, año en que el manco de Celaya fue asesinado por los idus de marzo (o como se le quiera llamar a ese *pathos* que lo empuja a uno a buscar la propia muerte). Esto, si uno se esmeraba por husmear un poco en la historia revolucionaria, lo explicaba todo. O casi, pues la historia no siempre lo esclarece todo; a veces lo tergiversa, lo enmaraña, lo complica.

La madre de mi abuelo era una gringa de origen alemán, Ashley Élmer Goebler, quien se había enamorado y casado con un joven abogado sonorense, Arnulfo Forns López, de lejana y perdida descendencia catalana afincada en el norte del país, en el lejano y desértico estado de Sonora, espacio de hábitos laicos y moral jacobina, cuna de quienes serían más tarde los triunfadores de la Revolución. Arnulfo, tercero de una familia rica durante uno de los momentos de apogeo del porfiriato, estaba por iniciar un largo viaje por Estados Unidos con la idea de tomar, desde el Hudson, un barco que lo llevaría más tarde a Europa por unos cuantos meses. Sin embargo esta travesía al parecer se aplazó, pues allí, frente al mar, mirando la estatua de la Libertad, conoció a quien sería la madre de mi abuelo, la güera Ashley.

Néstor Forns Élmer nació tres años más tarde en la hacienda de San Eladio, en Bacobampo, a unos cuantos kilómetros de Navojoa, Sonora, en el Valle del Mayo, justo donde años más tarde pasarían las primeras vías férreas del país. Fue en la hacienda de San Eladio, rodeada de naranjos y limoneros, donde la joven pareja regresó con la idea de manejar uno de los varios fundos dedicados al trigo que el padre de Arnulfo, un anciano en vísperas de la muerte, había repartido a cada uno de sus tres hijos. Ashley dio a luz no sólo a Néstor; un año atrás había tenido una hija: Ástrid, una mala castellanización del nombre de su madre. Ambos habían sido criados sin mucha prudencia y con excesivos mimos. Néstor acudía, desde muy joven, a las llamadas "jugadas", sin darse tregua para comprar la plaza de las ferias y confiar al azar lo que otros de su edad aprendían a confiar a la agricultura; de la misma manera, mi abuelo se había convertido desde adolescente en un jinete experto y aguerrido: montaba caballos montaraces, alazaba reses y competía con otros jóvenes ricos de la provincia de Álamos, mientras que Ástrid, su hermana, aprendía francés a regañadientes, rezaba en la capilla de la finca y tocaba el piano dentro de los confines de "la casa grande". Educados a mandar, a vigilar "la raya" y "los tlacos" (o vales de despensa) de los gañanes en la calpanería de su hacienda, a comprar lo que querían y a hacer largos viajes a la capital desde muy niños, este mundillo algodonoso y templado se hizo añicos con el estallido de la Revolución en 1910 y en los siguientes años, momento en que la familia Forns Élmer comenzó a perder aceleradamente sus muchas prerrogativas, sobre todo algunos fundos adquiridos con la llegada de Porfirio Díaz, clímax de la vida hacendataria en México. Los dos hermanos mayores de Arnulfo, vislumbrando lo que se veía llegar, emigraron a Tucson y Tombstone, Arizona, luego de venderle a su hermano y a un par de primos segundos todo lo que pudieron, a veces malbaratando lo que ya tenían perdido, entre ello la lejana hacienda de Fortín de las Flores, en Veracruz, y el inmenso ingenio azucarero del que hablaré más tarde y que tantas reyertas provocó. Allí, sin embargo, se extraviaría esa rama de la descendencia paterna. Lo que ni siquiera pudieron hacer las innumerables insurrecciones de apaches, primero, y de indios yaquis y mayos más tarde, a lo largo del siglo XIX, lo lograría al final esa revuelta de campesinos sublevados, dispuestos a cambiar el giro de la historia de México, y junto con ellos (¡claro!) las argucias políticas de un grupo en el poder, aquel que yo llamaría con descaro en mi tesis de licenciatura: el triunviro de Sonora.

No sabía por qué, pero a mi abuelo jamás le simpatizó la figura rechoncha, sucia y estrafalaria de Pancho Villa, y, en cambio, desde su aparición en la famosa batalla librada contra los orozquistas, el coronel Álvaro Obregón Salido (en ese entonces sólo teniente coronel), sonorense de ilustre y arruinada cepa alamense como él, lo deslumbró no sólo por su capacidad de curtirse en la vida (*a self-made man*, como decía su madre), sino también por sus sucesivos triunfos militares, sus arrestos viriles y sus convicciones políticas cada vez que se le veía perorar en público (grueso, reluciente) rodeado de subalternos y admiradores, o cuando se hablaba de él en las distintas gacetas y periódicos que circulaban por el país, desde aquel diario *La Verdad* del norte del estado o *El Correo de Sonora*, hasta los periódicos capitalinos como el *Universal* y *Excélsior*, que llegaban con días de retraso y los cuales, ya desde entonces, se dedicaban a perseguir a las luminarias políticas del momento. Mi abuelo y sus padres nunca olvidarían, por ejemplo, aquella proclama publicada por el gobernador Maytorena y escrita por Obregón (cuando ambos compartían un mismo telón político) que decía a bocajarro: "La historia formará con nuestros cráneos una pirámide donde flotará ilesa la dignidad nacional". Aunque en esa primera etapa, Villa y Obregón colaboraban en un mismo frente, casi todo el mundo en Sonora sabía que esta relación era coyuntural y efímera, dictada más por el momento revolucionario que se atravesaba (e indefectiblemente destinada a desaparecer). Las aristas de cada alianza se transformaban con celeridad, Proteo y el azar presidían las reglas del juego de la guerra sin saber a ciencia cierta cómo irían a acomodarse esas mismas líneas semanas o meses más tarde. Si en un principio, Obregón había apoyado al antes gobernador Maytorena contra el actual gobernador Pesqueira que lo había depuesto poco tiempo atrás, más tarde el de Huatabampo se aliaría con Pesqueira (aunque rompió luego con él y le amenazó con unirse a Villa en Parral al no haberse rendido a sus exigencias políticas); al final, Obregón permanecería fiel al gobierno federal de Carranza una vez que Maytorena fue encumbrado nuevamente a la gubernatura del estado a mediados de 1913, decidido a buscar la presidencia de la República a partir de ese trampolín, cosa que a nadie le gustaba. No sólo eso: una vez Maytorena quiso deponer a Plutarco Elías Calles, jefe de armas en Nogales por esa época, Obregón estuvo a punto de saltar sobre él y hacerlo renunciar; si no lo hizo, fue porque el de Huatabampo ya se había aliado con Pesqueira (quien a su vez apoyaba a Calles) a espaldas de Maytorena, su jefe. Nadando siempre entre dos aguas, Obregón se alineó con el gobernador, listo sólo para asestarle el golpe que lo derribaría y le dejaría, por supuesto, el camino libre.

Aunque el gobernador sonorense, el rechoncho y elegante José María Maytorena, era amigo cercano de la familia Forns desde que éstos se asentaran en el Valle del Mayo, mi abuelo, en el fondo, era un rendido admirador de Obregón. No puedo, hasta la fecha, dejar de imaginármelo como a un Sorel adorando a su Bonaparte bigotudo… aunque lamentablemente criado como un principito obstinado y frívolo. A sus dieciocho años no había hecho aún nada interesante con su vida, aparte de coleccionar como un demente aparejos de montura (albardones repujados, jaeces, una variedad insólita de cabalgaduras recamadas), comprar el "monte" de las ferias y arriesgarlo, explotar a los gañanes y "tercieros" de su hacienda —usurpándoles su correspondiente tercera parte de cultivo—, sacar pésimas notas en el legendario Colegio Sonora y, por supuesto, buscar ansioso noticias sobre los nuevos éxitos militares de este estratega sagaz, quien, a medida que pasaba el tiempo (1912-1914), se volvía más popular en el estado… y también fuera de él. A través de un amigo suyo, Fernando Torreblanca, obregonista alamense también, y unos años mayor que Néstor, siempre a ocultas de su padre Arnulfo Forns —quien, a pesar de admirar a Obregón, se decía villista, pues entonces el Caudillo del Norte apoyaba a su amigo el gobernador Maytorena—, pudo trabar conocimiento con el estratega. En ese primer encuentro, Obregón no le preguntó qué hacía ni cómo se llamaba… sino cómo podía colaborar con la Causa, si es que de veras deseaba ayudarlo en su lucha revolucionaria, en cambiar al país. Con los ojos encendidos, sin pensarlo dos veces, mi abuelo respondió que sí, contestándole lo primero que se le vino a la mente: "Hablo inglés, mi coronel; quizás así pueda ayudarle. Mi mamá es gringa… pero yo soy mexicano". Obregón, sin embargo, pareció no prestarle mucha atención, se acomodó su tieso bigote mirando en lontananza y se fue sin decirle una sola palabra. Néstor, lleno de estupor y sin recobrarse del impacto que había significado conocer al ilustre coronel, al famoso carnívoro de Cajeme, se sintió ese día (y los siguientes que pasaron) el joven más triste e inútil de la tierra. Había desaprovechado su gran oportunidad, el momento que desde hacía más de un año había estado esperando en la penumbra aburrida del "comparto", cansado de pasearse por las afueras de la hacienda o visitar el pequeño observatorio astronómico donde su madre, la güera, pasaba algunas noches con un tazón de champurrado. Sin embargo, para su sorpresa, un par de semanas más tarde, justo en el momento en que empezaba a agravarse el conflicto entre el grupo maytorenista y el grupo pesqueirista, mismo que apoyaba a Plutarco Elías Calles (con el tiempo, cercano de Obregón), el mismo amigo obregonista, Fernando Torreblanca, que lo había llevado con el coronel, le dijo que éste lo estaba buscando. Mi abuelo Néstor no podía creerlo, ¿acaso era cierto? ¿Era una broma pesada de ese amigo que años más tarde se convertiría en secretario de Obregón y, luego, del que sería su Judas: el joven de origen sefardí, Plutarco Elías Calles? No, era cierto, no era ninguna broma, le aseguró aquél, quien, sin embargo, no tenía la menor idea para qué lo quería. Néstor saltó de júbilo y esa tarde anduvo como ebrio.

Esa misma noche, todavía con recelo, habló con su padre para contárselo. La situación, lo sabía él de sobra, era delicada, más aún en ese momento político tan incierto, puesto que José María Maytorena era amigo personal de Arnulfo Forns López y debido a su gestión ante Villa y los hermanos García (insurrectos maderistas), no todas sus tierras habían sido confiscadas y asoladas por el abigeato y la famosa División del Norte. Sin embargo, al mismo tiempo (y para su tristeza), Arnulfo sabía que Maytorena caería más temprano o más tarde: era cuestión de tiempo. Plutarco Elías Calles (poco tiempo después comandante militar constitucionalista) era su enemigo acérrimo, personal, desde lo de Nogales, y él sabía bien que éste jamás se rendiría mientras tuviera el apoyo de Carranza, y, por lo mismo, el apoyo de las brigadas de la capital. Quizá fue por eso, no por otra razón, que Arnulfo no le dijo nada a su hijo: se limitó a suspirar lleno de remordimientos, y sólo más tarde (recapacitando) se le ocurrió preguntarle a Néstor para qué lo iba a querer Obregón. Éste, aún exultante y sin medir del todo las consecuencias de sus actos y de su porvenir, le respondió que el coronel necesitaba un traductor, o eso creía. "Menos mal", oyó decir a Arnulfo (mi bisabuelo): "Mejor eso que ser carne de cañón". Sabía, sin embargo, que con ello estaría, en cierta forma, traicionando al gobernador. Ahora, con una mezcla de contrariedad y vergüenza, sólo esperaba que Maytorena cayera si es que de veras (como intuía) iba a caer. Arnulfo sólo añadió: "Mientras puedas, vuélvete un fantasma, hijo. No te luzcas, pues en este asunto todo el mundo acaba mal. Cuanto más inadvertido, mejor." Pasados los años, y con mi tesis de licenciatura en historia de México a cuestas, veía cuánta razón había tenido el padre de mi abuelo Néstor Forns Élmer. Quizás este consejo (y algo de suerte), por supuesto, lo salvó y lo llevó a vivir muchos años más, como un gato con siete vidas.

ANTES DE QUE Sebastián, mi padre, decidiera no volver a escribir, había publicado algunos libros en la década de los cincuenta, la misma época de *Pedro Páramo* y *La región más transparente*, los años de la revista *Medio Siglo*, la década de María Félix, David Alfaro Siqueiros y la Tongolele, de la orquesta de Pérez Prado y las películas mexicanas de Luis Buñuel, *Los olvidados*, *Ensayo de un crimen* y *Nazarín*.

Mi padre publicó por esa misma época dos novelas (ninguna reeditada desde entonces), tres libros de poesía, un ensayo político y dos o tres libros de crítica literaria: conozco y releí hace poco el que escribió sobre el poeta Luis Cernuda, a quien conoció en la Facultad de Filosofía y Letras antes de que éste muriera en 1963. Este largo ensayo (más de quinientas páginas) había sido originalmente su tesis de doctorado, con la cual se graduó en la universidad de Berkeley en 1961. También publicó, durante doce años consecutivos, reseñas y artículos sobre libros en muchas revistas y periódicos de la capital, hasta que por fin se hartó (se asqueó, diría yo) y no quiso volver a saber nada de eso. Poco más tarde, no más de un año después (y como en una suerte de prolongación), rompió con todo lo demás —incluso con *Sur*, el grupo literario que formó y del cual hablaré más tarde. Rompió no sólo con los críticos y los reseñistas, a quienes conoció y repudió profundamente, sino con la literatura, eso que, decía, es lo que más amaba, lo que le había dado fuerzas para vivir hasta que yo nací. Tal vez haya escrito otras cosas, pero no he podido dar con ellas. De pronto, alguien me regala el recorte amarillento y desleído de un artículo de los años cincuenta donde aparece la firma estampada de papá (no deja de ser siempre una sorpresa, una ale-

gría). Me paso durante días o semanas releyendo el recorte, des-
menuzándolo y dándole muchas interpretaciones. Sé también
que dejó una novela sin terminar, la cual no he podido encontrar
por ningún lado, y un par de cuentos. Creo que la novela jamás
quiso acabarla o, si lo hizo, se la entregó a alguno de sus amigos
escritores o se la mandó a una editora que tenía en España y que
nunca (al parecer) hizo nada con ella sino arrumbarla entre sus
cachivaches. Lo de esa última novela fue, si no me equivoco, poquísimo antes de esa salida a Estados Unidos, a sus treinta y seis
años de edad, cuando sabía que yo venía en camino. Aún hoy me
pregunto: ¿por qué dejó de escribir?, ¿qué pasó realmente?, ¿por
qué dejaste de escribir, papá? ¿Fue por mi culpa o yo fui sólo el pivote de algo añejo que llevabas dentro de ti, como un cáncer, des-
truyéndote? ¿Qué querías decirme en el soneto que escribiste
cuando yo nací? Qué te preguntabas, qué me preguntabas a mí?
¿Acaso de veras viste la muerte en mis ojos, esa luz de esperanza
que buscabas, esa luz que te debía (finalmente) redimir? ¿Eso era?

¿Adónde voy si no es a ti, sirena,
y cómo llego a ti si voy tan lento?
Luz de mis ojos, luz del pensamiento,
nada vence ni apaga eso que llena

mi silencio, mi amor y hasta la pena
que viene y va y regresa en un momento.
Luz de mi vida, luz con la que siento,
hieres igual que el sol hiere la arena.

Luz de mi muerte, ¿adónde me dirijo
si no es a tu existencia y a tu encuentro?
¿Y adónde voy, Silvana, si no adentro

de tu abismado ser; el rostro fijo
en ese precipicio de tus ojos
tan llenos de mi muerte y de mis ojos?

AUNQUE OBREGÓN (el hombre más popular entre toda la caterva de militares y políticos) hacía las veces de celestino entre Carranza y Pancho Villa, yendo y viniendo como mediador en el conflicto, era evidente que sus afinidades estarían, al final, en favor de su compañero de armas, Plutarco Elías Calles (el mismo que, posteriormente, lo traicionaría); por eso, y a pesar de sí mismo, la balanza lo inclinaba hacia Carranza, al hombre con la barba de chivo que, sin embargo, tanto le repugnaba y de quien sentía gran desconfianza.

Fue en el verano de 1914 cuando Néstor Forns Élmer se sumó al grupo de Obregón y marchó junto con éste y Pancho Villa a Chihuahua con el fin de solucionar el conflicto. Aparentemente la confusión era un asunto jurisdiccional entre el fuero militar y el civil, los límites de ambos, pero, en el fondo (lo sabía Néstor como todos los que iban junto con él siguiendo al político) lo que se jugaba era el control general del estado. Cuando Venustiano Carranza, quien siempre había detestado a Villa (y sólo en eso se parecían Néstor y el chivo montaraz), se inclinó finalmente por los pesqueiristas, la guerra entre Villa y Carranza se había formalizado, el rompimiento era claro, aunque ya desde hacía tiempo hubiera estado allí, latente: tal vez desde que Carranza, ingenuamente, le pidiera al Caudillo del Norte que se uniera y se subordinara a Obregón, cuestión que Villa, por supuesto, no aceptó.

Por fin, luego de ese inútil y desgastante viaje a Chihuahua, cansadas las partes por el trajín y la dificultad de llegar a un acuerdo, Villa cedía a regañadientes al aceptar que Maytorena fuera sustituido por Juan Cabral… pero sólo con la condición de que Calles, con su columna, fuera retirado de aquel estado. Al saberlo, Obregón le dijo a Forns Élmer —quien ya desde ese entonces estaba cerca del coronel para cualquier asunto que se le ofreciera, como, por ejemplo, durante las entrevistas con los reporteros estadounidenses apiñados—: "Néstor, hemos solucionado las diferencias entre Carranza y Villa. ¡Carajo, por fin!" El coronel y alcahuete estaba, sin embargo, muy lejos de acertar; en el fondo, y durante varios años, tanto Villa como Carranza esperaron pacientemente el momento para aniquilarse el uno al otro. Al final, ya se sabe, los dos sucumbieron a manos de distintos enemigos.

Unas semanas más tarde, de vuelta de ese viaje al estado vecino, Néstor Forns Élmer cumplía diecinueve años; sin embargo, ese mismo día, el 13 de septiembre, tenía órdenes de acompañar a Obregón y a un grupo compacto de hombres nuevamente a Chihuahua. El Jabalí de Sonora, apodo con que Blasco Ibáñez bautizara al coronel, llevaba esta vez una invitación del jefe de Gobierno, Venustiano Carranza, para que se uniera a la junta en la que presentaría su renuncia. No sólo Villa no aceptó el ofrecimiento (o no lo creyó), sino que esta vez recibió fríamente a la comitiva, y, un par de días más tarde, en un arranque de cólera tan característico en él, mandó fusilar a Obregón y a varios de su grupo, entre ellos a mi abuelo y a Fernando Torreblanca. Néstor Forns recordaría su pasmo cuando, perdida absolutamente la calma, en medio de una de esas tantas reuniones al calor de las tiendas en que se guarecían los jefes, Villa empezó a insultarlos y gritó que los fusilaría allí mismo por traidores y mentirosos. Obregón, sin mostrar miedo en ningún instante, sólo dio un paso hacia atrás evitando la escaramuza, el golpe inminente de Villa. Sin embargo, un minuto más tarde, los mismos lugartenientes del general y sobre todo Luz Corral, su mujer, lograron aplacarlo (con ello, le dijeron, no se lograría nada: se empeoraría la situación, lo que era cierto, aunque, al final, lo peor tendría que suceder de cualquier forma). A partir de entonces, el encuentro se dio en una aparente (más bien tensa) cordialidad. Néstor, por su parte, y sin decir una palabra a nadie, confirmó lo que ya había visto y comprobado en su primer encuentro con el famoso jefe de la División del Norte: y es que Villa era un cerdo, un animal con quien no se podría jamás llegar a un acuerdo civilizado, que no entendía razones de Estado y constitucionalidad. Por otro lado, cabe decir, que aquella salvadora intervención de Luz le valdría el eterno agradecimiento de Obregón, quien diez años más tarde —una vez muerto Villa en Parral, intestado— la favorecería a ella por encima de todas las esposas del Jefe de la División del Norte, otorgándole la propiedad de los bienes de su esposo asesinado.

Los padres de Néstor Forns Élmer, Ashley y Arnulfo, lo perdieron todo a lo largo de esa década revolucionaria. Los fundos pasaron a manos del gobierno federal, quien se daría a la tarea de repartirlos entre los jornaleros y los ejidatarios, cosa que en realidad no ocurrió sino hasta años más tarde, con Lázaro Cárdenas. En esto, los hermanos mayores de Arnulfo tuvieron más razón al irse cuando lo hicieron, recién iniciada la Revolución. Ashley y Arnulfo desaparecieron en algún lugar de la ciudad de México, mientras que Ástrid se fue a vivir a La Paz, Baja California, donde años más tarde se casó con uno de los dueños de la famosa tienda de ropa y cosmetología La Perla de La Paz. Por su parte, mi abuelo se hizo uno de los inseparables de Obregón, aprendió de él toda la sagacidad e hipocresía que un político puede llegar a detentar y toda la prudencia y sangre fría que un militar necesita; aprendió a hacerse necesario, fue leal a sus amigos y, sobre todo, supo hacerse un fantasma, un espectro, tal y como Arnulfo se lo recomendara si es que quería seguir viviendo. Las fotografías que alguna vez llegué a mirar en casa de mi abuela Felicidad mostraban a un hombretón más alto que el resto de la comitiva, muy bien enfundado en sus trajes oscuros y anchos, idénticos a los de los demás, luciendo hermosas y luengas corbatas de la época, nunca muy cerca del general, sino más bien atrás o en una esquina de la foto. Desgraciadamente, por su altura y por su implacable tez de gringo, Néstor no siempre pudo disolverse como él hubiera querido. El bigote era idéntico al de Obregón, eso sí. Pero, en ese entonces, según supe, todos los hombres llevaban un bigote similar; de allí esa idea malsana en Estados Unidos: la de que todos los mexicanos conservan un vistoso bigote negro. Mi padre, por ejemplo, nunca llevó uno. De lo que

Sebastián no se desprendió en toda su vida fue del cigarro, "su bigote", el que intentó muchas veces abandonar infructuosamente.

Durante esos años, fueron muchos los viajes por la República que Néstor hizo al lado del Jabalí de Sonora. También lo acompañó a Estados Unidos; sin embargo, esos viajes al otro lado fueron mucho más frecuentes años más tarde (cuando Obregón fue presidente de la República). Algunas de estas travesías, Néstor las iría a realizar junto con la inseparable columna que los acompañaba: a veces varios cientos de hombres, infatigables y leales al general. Otras veces la comitiva será exigua, reducida al mínimo, pero con guardaespaldas y escoltas militares por doquier. Fueron varias las anécdotas que mi tío Arnulfo me contó en su estudio (algunas de las cuales verifiqué más tarde), pero de entre todas ellas descollaba el famoso cerco que Villa les dio en Celaya en 1915, donde estuvieron, otra vez, a punto de perecer y lo que, a su vez, marcó la retirada de mi abuelo durante casi un lustro, es decir, hasta 1920.

En ese sitio villista, sin embargo, Néstor Forns Élmer pudo comprobar las argucias tácticas de Obregón Salido al cambiar constantemente la estrategia de sus tropas (cuando nadie lo podía adivinar, ni siquiera sus más cercanos). Del repliegue, primero, pasando a la ofensiva y ordenando, más tarde, una suerte de movimiento envolvente de la caballería; todo esto en tanto que la infantería iniciaba el avance de fuego de manera simultánea al de la artillería. Esta acción provocó sorpresa entre villistas… y fue así, según la historia, que éstos dieron marcha atrás y las fuerzas obregonistas pudieron avanzar hacia Silao. Sin embargo, como se sabe, la estancia en la hacienda de Santa Ana del Conde, Guanajuato, fue el sitio que los villistas eligieron para contraatacar. Néstor Élmer recordaba con extrema nitidez la granada que a todos cogió por sorpresa en medio del duelo artillero que se venía acendrando, justo cuando atravesaban un pequeño patio en el casco de la hacienda. Inmediatamente después de la sorpresa de la detonación, Néstor (al lado del capitán Valdés y el coronel Piña) advirtió que el divisionario tenía herido el brazo derecho y requería atención médica. Él, primero que los otros, fue quien se decidió a llamar al proveedor del cuartel general, Cecilio López, quien llegó corriendo y pronto sacó de su mochila una venda para ligar el muñón del general. Obregón perdió el brazo, pero no la vida (aun cuando, desesperado, estuvo a punto de hacerlo con una pequeña pistola Savage que llevaba al cinto). Sería el general Francisco Murguía quien relevara al Jabalí y quien, al final, consiguiera, muy lentamente, ir debilitando al enemigo. Después de esta batalla, Obregón, convaleciente, se retiró por un mes a la capital. Así lo hizo Néstor, quien no volvió a incorporarse con él sino años más tarde; otra vez por medio de su amigo alamense Torreblanca.

Cuando casi un lustro después llegó el momento de la sucesión presidencial, la primera del siglo, Carranza no se imaginaba que Obregón lanzaría un manifiesto a la nación atacando su administración y descalificándolo. Era, en parte, una suerte de contrasentido, puesto que Obregón había formado parte de su gabinete como ministro de Guerra hasta que se retiró. Mi abuelo lo sospechaba, pero le alegró profundamente ver al Manco lanzarse a la contienda. Todos sabían que tenía muchas posibilidades de ganar. Fue a raíz de esta batalla electoral y de la pugna declarada a Carranza, que mi abuelo (junto con otros) tuvo que escapar de la ciudad de México. En esa ocasión, abril de 1920, Obregón y otros muy cercanos a él se disfrazaron de trabajadores ferrocarrileros para salvar el pellejo.

Pero la respuesta a mi pregunta… sigue sin resolverse: ¿qué diablos hacía mi abuelo en una película hollywoodense en 1923? La misma tendrá respuesta años más tarde. Y para ello es necesario recordar que, primero, y para ser sucintos, Obregón ganó las elecciones en esa ocasión y fue presidente electo; segundo, que una vez terminado el cuatrienio de su mandato, dijo que se retiraría a su hacienda sonorense a descansar, cosa que en realidad hizo; tercero, una vez concluido el mandato de su paisano, el general Plutarco Elías Calles, Obregón tuvo la peregrina idea de reincidir en la contienda electoral por una segunda vuelta (tal era su popularidad), aunque con ello estuviera trasgrediendo uno de los principio básicos de la nueva Constitución, la de no reelegirse. Esta vez, sin embargo, no tendría tanta suerte, la misma que lo acompañó en Silao o cuando Villa, enfadado, lo mandó fusilar y se salvó en el último minuto por intercesión de Luz Corral.

Semanas después de haber sido electo, el 17 de julio de 1928, José de León Toral asesina a Obregón en el restaurante La Bombilla de la capital, precipitando con ello cantidad de desastres, entre otros el rompimiento entre obregonistas y callistas. Los primeros responsabilizaban a los segundos del atentado y no a la susodicha madre Conchita, tal y como los callistas pretendían argüir en su defensa. Todo terminará con la huida de los obregonistas, quienes empiezan a ser perseguidos y acallados. Néstor Forns Élmer, entre los pocos que se salvan, huye entonces para Estados Unidos haciéndose pasar como gringo con su perfecto inglés y su cabellera rubia heredados de su madre neoyorquina de origen alemán. Allí, a los pocos días, muriéndose de hambre y sin un techo donde pasar las noches, decide ir a probar fortuna en el cine como tantos otros lo hacían (y lo harán: para ejemplo sólo baste la historia de Rodrigo, mi hermano, que setenta años más tarde se lanzará a probar fortuna a la meca del séptimo arte). La encuentra rápidamente... pero una sola vez: será uno de esos miles de extras que aparecen en la histórica *El jorobado de Notre Dame*. Sin embargo, lo cierto es que si entonces no halla esa fortuna en el cine, en cambio encuentra a Felicidad Barrera, madre de sus cuatro hijos, entre ellos, Alberto, que murió, y Sebastián, que se llamaba en realidad Alberto.

Pero aunque las cosas pasaron realmente así, surge un problema de concordancia, de cronología. *El Jorobado de Notre Dame* es de 1923 y no de 1928. Entonces, ¿cómo pudo estar mi abuelo filmando la película si no escapó de los callistas sino hasta varios años más tarde? O bien estuvo en Estados Unidos tiempo antes y conoció a Felicidad hacia 1923, o bien nunca estuvo en la filmación de *El jorobado de Notre Dame*. Sin embargo, hay tres asuntos que es necesario no perder de vista: primero, que mi abuelo *sí* huyó de México porque era acosado, perseguido; y, segundo, que mi abuelo conoció en Los Ángeles a Felicidad Barrera, madre de sus cuatro hijos (uno de ellos muerto al nacer); y, tercero, que sí filmó la película al lado del famoso actor Lon Chaney, Quasimodo, según demuestra una fotografía de la época.

—La respuesta a este galimatías cronológico en que estás metida, Silvana, es que en realidad se trata de dos huidas diferentes, dos huidas que te obstinas en superponer —me explicó mi asesor de tesis en el Centro Cultural Helénico cuando recababa cuanta información podía sobre la época—. Es cierto, como tú dices, que los obregonistas huyeron de México a Estados Unidos perseguidos por una facción callista en 1928; pero lo que acaso no sabías es que Obregón huyó junto con algunos obregonistas en 1923... por culpa de los delahuertistas, los rebeldes al régimen de Obregón. Luego del asesinato de Villa en 1923 y de otros crímenes perpetrados alrededor de esas fechas, el Carnívoro de Cajeme, como algunos llamaban al General, empezó a perder mucho de su prestigio, aunque él no lo quisiera reconocer: se le señalaban transacciones con Estados Unidos, la asfixia de los partidos en la Cámara y la traición al manifiesto que él mismo promulgara en 1919. Acuérdate, Silvana, que el cuatrienio estaba por acabársele y muchos generales andaban tras la silla presidencial. Puesto que Obregón mostraba una clara inclinación hacia su otro paisano sonorense, Plutarco Elías Calles, De la Huerta no hizo sino aprovecharse de la situación de descontento acicateando a más de uno para que le diera la espalda a un presidente con cada vez mayor desventaja. O al menos eso parecía. Con el Manco nunca podía saberse de verdad. El caso es que varios generales leales a su régimen lo traicionaron, por lo que, más tarde, sobrevendrá la defección: sobre todo en Guanajuato, Veracruz y Jalisco. Los obregonistas (tu abuelo entre ellos, Silvana) huyen perseguidos por los delahuertistas a principios de 1923.

Es cierto: son sólo pocos meses, poquísimos, los del destierro en esta ocasión; pero es justo en ese breve exilio cuando mi abuelo aparecerá como extra en *El jorobado de Notre Dame*. Según mi padre y mi tío Arnulfo, él siempre se refería a esa aventura, entre otras muchas, con orgullo y jactancia sobrada; parecía transportarse a la época del rodaje. A mi abuela, que estudiaba cello entonces en el conservatorio de Los Ángeles (la legendaria University of Southern California School of Music), la conoce por medio de un amigo mexicano y casi de inmediato se casan, sin pensárselo dos veces. Un año después, en 1924, pierden su primer hijo, y en 1926 nace mi papá en Los Ángeles, California. Mi abuelo, a partir de 1926, año en que Obregón vuelve a la política, pasará largas temporadas en México y Sonora. Calles y el Manco tenían un pacto; en realidad, el sistema político de entonces era una diarquía, un ejecutivo bicéfalo que empezaba a cansar al primero, a Calles. Mi abuelo, pues, iba y volvía a México en cada oportunidad para entrevistarse con Obregón en su hacienda... y por eso lo de la ulterior huida de 1928, cuando todo estaba ya perdido, cuando las ilusiones de los obregonistas se desploman de a de veras con la muerte del Carnívoro, su jefe máximo. Pero mi abuelo tenía siete vidas, ya conté.

En uno de los primeros veranos que pasé en México —tendría casi tres años—, Sebastián y mamá me dejaron en las manos de Agus, la sirvienta de la casa de mi abuela Felicidad. Se fueron a una comida y no tuvieron otra alternativa que dejarme al cuidado de Agus, la misma que me enseñó años más tarde a escuchar a los muertos en mis sueños, aunque a ciencia cierta no sé si los escucho o son meras fabulaciones mías.

No sé cómo fui a dar al suelo, el caso es que me di un golpe horrendo en la cabeza que me puso a plañir hasta el sofoco, a punto de perder la respiración. Agus, desesperada, la pobre, sólo supo ingeniarse un remedio casero, un remedio de su pueblo, San Pedro Huamelula: me puso una tabla de chocolate en la cabeza, justo en el chichón, y la envolvió con una larga gasa blanca que, al ratito, parecía la venda de un herido de guerra, un descabezado. Los plañidos desaparecieron y el chocolate se derritió en un santiamén; pero eso no importaba, la niña estaba bien, ahora respiraba normalmente. Una hora más tarde, Rebeca y Sebastián llegaron a casa de lo más tranquilos, de lo más risueños; sin embargo, lo primero que vieron fue a su hija envuelta en una gasa empapada de sangre, chorreando gruesos goterones, y la voz asustadísima de Agus que decía:

—Se me cayó, seño… Se me cayó…

Del susto que vi reflejado en el rostro de mi madre encinta me solté a llorar, y Rebeca, a su vez, como una demente, se puso a dar alaridos cogiéndose el vientre. En menos de un abrir y cerrar de ojos, sin ninguna otra explicación de por medio, nos estaba llevando Silvestre, el chofer, al hospital. Pero la sorpresa de mis padres fue enorme cuando el doctor de Emergencias, un poco atolondrado y tratando de quitar esta larguísima gasa embadurnada, les dijo que la niña estaba bien.

—Pero, ¿cómo? —gritó mi madre.

—Mire —y el doctor aproximó la punta del dedo a los labios de Rebeca, a lo que mi madre no supo qué hacer o qué decir—. Pruebe —insistió el doctor—. Es chocolate.

—¿Qué dice?

—Sí, es chocolate. La niña apenas tiene un chichón. En dos días desaparece. No hay de qué preocuparse.

Sin embargo, el susto ya había logrado abrir camino al intempestivo de mi hermano Álvaro, el sinvergüenza que con unas prisas del demonio, comenzó a soltar patadas desde que mis padres estuvieran manejando como locos de camino al hospital. La bolsa se le reventó a mi madre una vez que el doctor les dio la buena nueva de mi chichón y el chocolate. Álvaro, sin embargo, aunque no estaba planeado sino hasta para un par de semanas más tarde, vino al mundo sin mayor contratiempo.

UNA DE LAS SIETE vidas a que mi tío Arnulfo se refería me la contó él mismo en su estudio, a donde por un tiempo llegué a ir, entre manzanas y palomas de todos tamaños y colores.

En una de esas huidas al otro lado, mi abuelo Néstor Forns Élmer naufragó en el Golfo de Baja California.

—Tres días pasaron a la intemperie él y otro hombre del buque, un desconocido robusto que nunca perdió la serenidad —me dijo mi tío el pintor, una tarde hace muchos años—. Un tercero, el pinche de la cocina, un chino que se volvió loco en medio del mar y que a punto estuvo de hacer naufragar la rejilla en la que los tres originalmente se encontraban amparados, ese chino, me explicó tu abuelo, Silvana, tuvo que ser sacrificado. Es decir, entre el hombretón aquel y mi padre, lo lanzaron al mar separándolo de la rejilla esa primera noche de las tres que pasarían flotando. Fue monstruoso pero necesario; de lo contrario, los tres hubieran perecido ahogados. No había manera de detener al chino; de calmar sus gritos, sus convulsiones. En ese naufragio tu abuelo perdió los dientes que nunca le viste; la sal producía unas escoriaciones y un dolor tan violento en las encías que, con un pedazo de caucho, el hombretón y él tuvieron que hacerse saltar algunos dientes a la fuerza. Ese dolor era menor, decía mi padre, que el de conservarlos.

II

VERA Y ABRAHAM NO se quedaron toda la vida en Veracruz. Al poco tiempo se fueron a la capital, que apenas entonces iba creciendo y cobrando su forma peculiar; allí, con muchos trabajos al principio, sin hablar español, y comunicándose con cifras o con interjecciones, fueron sobrellevando la situación, acomodándose a la nueva circunstancia política y económica que atravesaba el país, la del cardenismo de los años treinta, la del movimiento revolucionario reivindicante heredero de Obregón, el de la expropiación de tierras y pozos petrolíferos, el México que inauguraba una nueva era de independencia económica y que supo, mejor que ningún otro país iberoamericano, sortear los efectos de la Gran Depresión a pesar, eso sí, de algunos levantamientos y revueltas (como los propiciados por Calles, Cedillo y Almazán). Quizá por eso… aquello que llamamos ingenuamente suerte (aunada al tesón y voluntad de mi abuelo) cambió para Abraham Nakash en esos años. Casi junto con la llegada de Esther, su segunda hija, vinieron los contratos de distribución de alfombras y, para esas fechas, con un español casi elemental y varios contactos en la ciudad con otros inmigrantes, dio un sesgo la fortuna. Con un par de socios, Abraham comenzó a traer todo tipo de tapetes de Armenia, Turquía e Irán. Grandes hoteles, bancos y empresas de extranjeros que empezaban a establecerse luego de los peores años de la Revolución, hacían extensos pedidos: esos exóticos tapetes de Medio Oriente y esas trencillas y kilims tejidos a mano y traídos de Heriz, Qum, Tabriz, Bursa e Iskenderun iluminaban los pasillos y estancias de esas portentosas construcciones y haciendas, legados del porfiriato. Al poco tiempo (ya durante el mandato de Manuel Ávila Camacho), Abraham pudo poner su propia tienda en la Zona Rosa, o lo que entonces era la Zona Rosa. Los Nakash vivieron en varios sitios de la capital (la Portales, la Nápoles) hasta que por fin se establecieron en la calle Puebla de la colonia Roma, uno de los mejores suburbios de entonces, antes de que suburbios, colonias y poblados al margen de la metrópoli se trenzaran de manera inextricable difuminando toda diferencia, toda barriada. Allí, pues, Abraham compró una casa que, con el tiempo, fue ampliándose indiscriminadamente; cada hija que Vera traía al mundo iba añadiendo un baño particular al hogar, una cuna más y, por tanto, una cama más a cada dormitorio. Poco después de Esther, vino Irene; más tarde, Sonia, la de los conflictos y la enemiga número uno de mi abuela Vera. El varón, mientras tanto, no quería aparecer por más empeño que Abraham pusiera; incluso llegó a reprochárselo a Vera… llegando hasta los golpes en un par de ocasiones cuando la desesperación lo obnubilaba. Trabajaba como un loco, día y noche, y lo único que deseaba era un varón: ¿era acaso mucho pedirle a ella? ¿Era tan difícil concedérselo, por Dios? A lo que Vera no sabía qué responder. Ni deseaba a ese hombre ni lo amaba ni entendía qué pasaba dentro de sí misma, en sus entrañas: ¿por qué no venía el hijo? De esa manera, pensaba, quizá dejaría de encargar más; incluso llegó a maldecir su suerte cuando supo que el quinto hijo era Rebeca. ¿Por qué, Señor? Para ese entonces, ya la casa tenía sus cinco baños respectivos, todos colindando unos con otros, y una nueva habitación que acababa de ser construida en la parte aledaña de la casa. Lina, por lo pronto, ayudaba cuidando a mi mamá, mientras que Esther medio intentaba ayudar a su madre con Sonia, la más chica y la más rebelde de mis tías.

Las mayores, desde muy pequeñas, habrían de aprender a zurcir, fregar trastes y, casi al mismo tiempo, a cocinar los guisos más suculentos de Alepo, los mismos con los que Abraham no podría haber dejado de vivir: el *hammut* o caldo agrio, los quipe *basha*, el *yash táyam*, el *yaye ma batatá* (que no es sino pollo con papas condimentado con canela y especias) y el exquisito trigo árabe con fideos. Todas iban aprendiendo las recetas añadiéndole a la comida algún toque mexicano que inevitablemente se incorporaba al menú familiar; los paladares eran otros, ya no eran de allá, de Alepo, pero tampoco eran de acá; había algo nuevo, dispuesto a inaugurarse, en cada receta. Toda esta mezcla, este maridaje culinario —tamarindos, jitomates, chile ancho, chile pasilla, chile morrón, comino, nuez, canela, pimienta bola, papas, chabacanos, ciruelas, berenjenas, aguacates, limones y extractos—, desembocaría en las hijas, cada una con su toque especial, con su intuición y hasta con su propia vida puesta en ello: cocinar era jugarse la existencia, allí se expresaba todo lo que eran, todo lo que algún día quisieron ser, rodeadas de esos muros de la Roma que les impedían el paso al otro mundo.

Cuando llegó la hora de llevarlas al colegio, Vera se lo planteó a Abraham, a lo que éste transigió… pero sólo para completar la primaria, hasta los doce años de edad; luego debían quedarse en casa… donde pertenecían, decía mi abuelo con voz admonitoria para que no cupiera lugar a dudas. Aunque a Lina, la mayor, no le importó demasiado la decisión, Esther sí deseaba continuar en el Colegio Sinaí, que tenía también secundaria. Ella, de las mayores, sufriría lo indecible al haber sido confinada allí, entre sus hermanas. Para esas fechas, sin embargo, Noemí (la sexta) y Judith (la séptima) habían nacido ya, por lo que las más grandecitas debían hacerse cargo de sus hermanas. La casa, por supuesto, seguía creciendo: no sólo más baños (todos contiguos, apretándose), sino también más habitaciones donde ir acomodando a esas niñas que obstaculizaban la llegada del varón, del hijo deseado, mismo que no llegaba y mismo por el que el apellido Nakash se perdería.

Abraham, por su parte, iba perdiendo la esperanza, el estímulo inicial fue despeñándose. ¿Acaso Dios no había prometido al patriarca Abraham una descendencia tan larga como las estrellas? ¿Habría mi abuelo interpretado mal la *Torá*? Los rezos del viernes y el sábado en la sinagoga no parecían tener ningún efecto, o sí: pero no todo el que él deseaba. Abraham compró una casa en Cuautla donde pasaban algunos fines de semana; sobre todo, los dos meses de vacaciones de verano, en que las niñas no tenían que ir a la primaria. Poco tiempo después, abrió un par de tiendas más y a principios de los años cuarenta, el suyo era uno de los negocios de importación de alfombras, esteras y tapetes más próspero de la ciudad de México. Por doquier le solicitaban mercancía al paisano Nakash: Tehuacán, a donde iba con regularidad, Guanajuato, León, Silao, San Luis Potosí, Puebla de los Ángeles y Oaxaca. En esas largas expediciones echaba de menos al hijo que estaría acompañándolo, aprendiendo de él los tejes y manejes del negocio; conversando y pernoctando entre un lugar y otro, conociendo mujeres en los pueblos, enseñando la *Torá* a quienes querían oírlo y aprender sobre la vida de Moisés y el Éxodo judío. A Abraham le afligía profundamente su destino, y todas las hijas con Vera (y Vera misma) no parecían llenar ese hueco que lo invadía desde su época en Alepo, muchos años atrás, cuando hubo decidido dejar todo y empezar en América.

La casa de la Roma en la calle de Puebla parecía una verbena desde el amanecer, lo mismo que la casa veraniega de Cuautla. Unas cocinaban, otras lavaban ropa o fregaban pisos, las otras cuidaban a las más pequeñas. Cuando Irene y Sonia terminaron la primaria y estaban en edad de ingresar a la secundaria del Colegio Sinaí, Vera (haciendo acopio de valor) quiso hablar con Abraham, explicarle, darle un par de buenas razones; en esta ocasión, sin embargo, mi abuelo no transigió. Sus hijas debían aprender las labores del hogar, las buenas costumbres, no las de la calle: ¿quién iba a querer más tarde casarse con ellas?, ¿para qué aprender en la escuela lo que sólo se aprendía en la casa, en las labores domésticas? Las escuelas eran un buen filtro del vicio y la iniquidad, y en eso él no iba a caer, no sería un padre débil e insensato como había tantos. Una buena mujer debía ser una buena madre también, una excelente ama de casa: debía zurcir, cocinar, hacer el aseo, criar hijos, dar la bienvenida al esposo, oírlo, comprenderlo y callar (sobre todo callar). De allí que sus hijas, decía Abraham Nakash, debían estar preparadas y dispuestas para el momento en que él llegaba cansado del trabajo, pues lo mismo harían con sus maridos un día. Una descalzaba a mi abuelo y le daba un buen masaje en los pies, mientras que otras dos cocinaban *meshi jamod* (calabazas humeantes con ajo y extracto) y ponían la mesa, y las demás, en estricto orden, se acercaban a besarle la mano a ese patriarca sin descendencia, o mejor: a ese patriarca sin varón.

Pero éste sí llegó; fue el último. Todavía faltaría una mujer más antes de su llegada: Zahra, la postrera de la estirpe femenina, obstáculo final que el pobre Saulo tuvo que brincar para llegar a tierra vivo... junto con su padre y sus desmedidos gritos de júbilo que fueron a parar a la Sinagoga dándole ininterrumpidas gracias a Dios y derrochando varios miles de pesos en caridades y beneficencias. Por supuesto, está de más decir el sitio que Saulo encontró en la casa desde que naciera: el del príncipe, el hijo heredero, el minúsculo jefe del harén que, ya desde pequeño, había sido coronado, laureado y deseado... hasta por mi madre, Rebeca, la quinta del harén. Y es que las mayores veían la insensatez de estar trayendo más hijas al mundo cuando Vera, su madre, y la casa, ya no daban para más. Saulo, pues, era el último de nueve y el primero de todos: el benjamín. Abraham, exultante, cumplía cincuenta y seis años de edad y Vera, exhausta, treinta y uno. A partir de ese entonces, mi abuela proseguiría la extraña costumbre que ya con Zahra, la octava, había comenzado a practicar: la de meter en la cama al nuevo vástago, el pequeño Saulo, quien aprendió a dormir en medio de sus padres hasta muy entrada edad.

Por la época en que Saulo cumplía cinco años, Esther conoció a un judío americano por conducto de su papá, quien lo había traído a casa a cenar junto con otra pareja de emigrados, judíos comunistas. Ninguna de sus hermanas supo ni pudo sospechar cómo ni cuándo se fueron fraguando las cosas entre Esther e

Isaac Perelman (y con el oculto beneplácito de mi abuelo), pero el caso es que ya desde esa primera noche todo estaba dicho entre ambos, arreglado con guiños, flirteos y una sola conversación. Se vieron pocas veces después de esa visita, hasta que a sus casi dieciocho, en 1945, Esther anunció que se iba a Estados Unidos con su prometido.

Abraham habló con su socio a puerta cerrada; ambos llegaron a un acuerdo en cuanto a la suma de la dote, misma que nadie supo a cuánto ascendió… excepto que, a partir de ese momento, Abraham e Isaac dejaron por mutuo acuerdo de ser socios en uno de los muchos negocios que mi abuelo manejaba y de los que era dueño. Sin embargo, todos creyeron entonces que Isaac había quedado algo resentido con Abraham, no de otra manera supieron explicarse la forma despótica, irracional, en que, durante muchos años, impidió que Esther volviera a México a visitarlos. Este extraño tío comunista que, sin embargo, nunca conocí, resultó ser un tipo celoso y aprehensivo que perseguía a Esther hasta cuando salía a recoger la correspondencia, una especie de senador McCarthy a la inversa (tal vez las persecuciones de que fue objeto en los cincuenta lo volvieron ese tipo inseguro en que se convirtió al paso de los años). Mis tías y mi madre jamás supieron a ciencia cierta si Esther se enamoró de Isaac o si sólo quiso escapar de la casa de los Nakash en la colonia Roma. ¿Por qué tanta prisa, por qué desaparecer antes de cumplir los veinte?, se preguntaban, sin imaginarse la respuesta: la sabrían (la sabríamos todos) cincuenta años después.

Esther e Isaac tuvieron varios hijos, y aunque nunca le faltó nada a mi tía, los lazos familiares fueron deshaciéndose inexorablemente con el paso de los años. De manera persistente, casi cruel, Isaac Perelman (uno más de la famosa lista negra de los años cincuenta) logró desasirla de quien, años atrás, había sido un buen socio y, quizá, también un buen amigo.

Las cosas fueron, asimismo, cambiando para Abraham, empezando porque ya desde muy niño, Saulo, mi tío, fue empapándose de todos los avatares y vicisitudes del negocio de su padre,

justo con lo que mi abuelo soñaba. Fue al Colegio Sinaí a regañadientes, sin gusto y sin provecho. Muy pronto, sin ni siquiera
acabar la secundaria, salió reprobado... listo para incorporarse al
almacén y a los continuos viajes a los que lo llevaba Abraham
desde muy temprana edad, tratando, quizá, de ganarle tiempo al
tiempo: todos esos años sin su hijo varón, todo ese tiempo pos-
tergado en que se iba haciendo viejo. A los diez, pues, Saulo
Nakash Chirá había conocido media República mexicana, más
de lo que todas sus hermanas habían siquiera visto en un mapa:
carreteras, hostales, restaurantes, tugurios, negocios, sinagogas,
iglesias, burdeles, tiendas de abarrotes, tlapalerías y cientos de
hogares. De todos los ámbitos, de cada confín, llegaban pedidos
de alfombras y trencillas; mayoreos, menudeos, de todo.

A los trece años vino el *Bar Mitzvá*. Ya desde tiempo atrás,
Saulo había sido preparado para el eximio ritual: rezaba en hebreo con su *kipá* bien puesta sobre el cabello, hablaba con sus
padres en árabe y con sus hermanas en una extraña mezcla de
español y árabe; se enredaba los *tefilim* con absoluta solemnidad
antes del rezo consuetudinario, se acomodaba el *talit* sobre los
hombros, sorbía en la mesa el vino dulce de *Rosh Hashaná* que
mi abuelo preparaba, ayunaba en *Yom Kippur* diez días más tarde o llevaba el *Sidur* bajo el brazo con amorosa cercanía. Los sábados se encaminaba con mi abuelo a la sinagoga; por supuesto,
mis tías no iban, y si se aparecían en el templo los días de fiesta,
se les confinaba atrás, donde no estorbaban los rezos de los
hombres.

Las hermanas de Saulo, por supuesto, lo mimaban, lo edu-
caban, lo bañaban con lechuga orejona y apio para suavizarle la
piel y lo vestían con prendas finas, importadas; todo esto hasta
muy entrada edad. Algo debió haberse inoculado en el ánimo de
Saulo, puesto que su carácter era una suerte de dulzura y atrofia
sin par. A todo mundo sonreía y enseñaba los dientes; a todas
horas parecía dispuesto a ser cuidado, lavado, consentido, amado;
se dejaba hacer, chiquear, besar y apapachar. A eso había sido
acostumbrado. Le hubiera sorprendido no ver a sus hermanas

encaramándose para atenderlo y preguntarle a cada instante qué se le ofrecía, qué le podían traer, qué dulce quería de la tienda. Todo esto, repito, debió desayudar terriblemente al pobrecito de mi tío; es decir, que en lugar de estimularlo, las ocho hermanas lo volvieron un perfecto inútil, un trágico eunuco. Por ejemplo, nunca supo (sino hasta muchos años más tarde) atarse las agujetas de los zapatos o ponerse una corbata. ¿Para qué? Allí estaban ellas, Lina, Irene, Rebeca, Sonia, Noemí; todas sin excepción. Zahra, en cambio, pasó casi inadvertida; *casi*, pues Vera se dedicó en cuerpo y alma a ella. Todo el amor puesto en Saulo, quiso ponerlo ella sola en Zahra, la única que, al final, pudo terminar una carrera universitaria que para poco o nada le sirvió… excepto para destruirle la vida a su propio primogénito.

Pero no todo acabó con la pronta desaparición de Esther en Estados Unidos; apenas año y medio más tarde, Sonia, con quince años recién cumplidos, daba al traste ese edificio de naipes que Vera y Abraham habían ido construyendo a través de largos sinsabores y peleas. Sin embargo, antes de contar cómo sucedió la muerte simbólica de esa hija (la cuarta de ocho), cómo mi abuelo vino a desgarrarse la camisa en señal de duelo (*keriá*) cuando la vio partir, es necesario escudriñar más de cerca los síntomas, la anatomía de esa extraña situación y desenmascararla. Me refiero al hecho de que Sonia y Vera, madre e hija, fueron enemigas feroces desde que mi tía tuvo uso de razón, si no es que antes. ¿Por qué? ¿Cómo sucedió o cómo empezó a darse esa enemistad entre ambas, esa fisura que iría a terminar tan mal? Imposible determinarlo, imposible proponer un inicio, una declaración de guerra fechada y exacta. Incluso mi tía y mi madre, cuando alguna vez les pregunté, no supieron responderme. Era simplemente de todas sabido que entre mi abuela y Sonia había un odio inmenso, soterrado, imposible de declarar, pero vivo y existente. Lo constataba, por ejemplo, la cantidad de marcas en el cuerpo que mi tía cargaba: cinturonazos, moretones, bofetadas y hasta golpes que Vera le propinó en muchas ocasiones con o sin motivo. Y no es que las demás no recibieran esos mismos castigos, sino que Sonia los cosechaba exponencialmente, con prodigalidad. Parecía haber entre ambas, incluso, una especie de desafío, un prolongado reto que venía desde tiempo inmemorial, que se perdía en los mismos orígenes de la infancia y el cual, tristemente, se recrudeció durante los años de pubertad de mi tía.

Hasta la fecha (que yo sepa), ella es una excelsa rebelde, pudiendo a veces convertirse en una mujer insolente, malencarada. Aunque mi abuelo intentó ponerse de su lado, protegerla hasta donde él podía y tenía posibilidad, el hecho es que los viajes y el tiempo invertido fuera de casa hacía imposible una verdadera solución, una tregua. Esta lucha, esta afrenta a la que mi tía se sintió sometida durante años sin poderla vindicar, encontró su mejor (o peor) venganza el día en que vio —aun muy jovencita— a un hombre uniformado que le sonreía cada vez que ella pasaba rauda, veloz, en su patín del diablo, en ese vetusto parque donde a veces iba a jugar al lado de mis tías Irene, Esther y junto con mi madre.

El militar, teniente en ese entonces, no sólo era *goy*, un "mexicano" (como mis abuelos llamaban a todos los que no fueran judío-árabes como ellos), sino que era veinte años mayor que Sonia y de humilde extracción de provincias. ¿Por qué fijarse en una niña, y peor aún: una niña judía que poco o nada tenía que ver con él? Y, al mismo tiempo, ¿qué pudo encontrar mi tía en esos ojos o en la guerrera deslustrada y el quepí de mi tío Vladimir? Otra vez, en total sigilo, Sonia logró huir a las miradas inquisitorias de su madre y de sus hermanas mayores, Lina e Irene, y pudo encontrarse a hurtadillas en el parque con el teniente de la Fuerza Aérea. Así, imperceptiblemente, pasaron varios meses, tiempo necesario para que Vladimir lograra hacerse querer por mi tía y, sobre todo, periodo en que ella le abrió su corazón a él, cosa que no había hecho con ninguna de sus hermanas en sus escasos tres lustros de vida.

Una tarde sucedió, igual como sucede en los cuentos, que mi tía no llegó a casa con el mandado de la tienda. No sólo eso; Sonia había llegado mojada, calada hasta los huesos por la lluvia que no había escampado desde el amanecer. Esta vez, en medio de los cinturones y la hebilla que de pronto le marcó el cuello, le gritó a mi abuela funámbula que se largaría ahora mismo, que ya no soportaba más. Pero, ¿a dónde? ¿A dónde?, pensaron todas, espantadas, cuando la vieron salir de casa igual como había irrumpido: mojada, el cabello suelto, resuelta en su convicción.

Buscó a Vladimir, lo llamó por teléfono, le dijo simplemente que había dejado la casa de sus padres para siempre, que no pensaba volver, y que entonces él le dijera qué debía hacer, que a dónde debía irse, que no tenía dinero. Iracunda, resuelta, mi tía Sonia se abandonó al teniente que había logrado ser piloto de la fuerza aérea militar a sus casi cuarenta años de edad. Vladimir telefoneó a su madre (ella vivía en un pueblo horrendo perdido en el Estado de México); le explicó la situación, le pidió alojamiento para Sonia. Ésta accedió, y Vladimir, un par de horas más tarde, resuelto también, seguro como nunca antes lo había estado en su vida, se presentaba en la casa de mis abuelos preparado para todo, incluso para lo peor. Y eso justamente sucedió cuando Abraham y Vera (mi madre y mis demás tías espiaban desde todas las ventanas) abrieron los portones de la Roma para dar paso a Sonia que, tiritando de frío, llegaba acompañada de un desconocido luego de haber desaparecido durante varias horas. Vladimir quiso hablar con Abraham; mi abuelo, sin ni siquiera dirigirle la palabra (y una vez que Sonia hubo cruzado el umbral), cerró la puerta en las narices del teniente. Minutos más tarde, su hija descendía la escalera y empujaba junto con ella un enorme veliz. Sorprendido, Abraham la detuvo, se interpuso; quiso hablar con Sonia, mientras mi abuela permanecía quieta en un rincón mirando de soslayo, contenida. Mi tía guardó un completo silencio, dice mi madre, un silencio mayestático, hasta que, por fin, pudo articular cuatro oraciones: "Me voy, padre; con o sin mi ropa. Si no me dejas salir hoy, lo haré mañana, no importa. Así que adiós". Nadie en casa de mi madre había visto tanta resolución puesta en un solo acto, tanta altanería de Sonia, a pesar de que su carácter y su temple siempre hubiesen sido así. Parecía, de veras, que llevara años meditando, calculando esta decisión. Con toda severidad, se dirigió esta vez no sólo a Abraham Nakash, sino a su madre, que la miraba pálida, cohibida, desde su rincón: "Déjenme salir". "Si te vas, pierdo una hija, Sonia", dijo mi abuelo. A lo que Sonia, impertérrita, le contestó: "Déjame salir, papá, te lo ruego".

Una vez que Sonia hubo abierto el portón de la casa, donde esperaba mi tío Vladimir, añadió, segura de sí, con entera firmeza pero sin llegar a la insolencia: "Te quedan ocho hijos". Vladimir jaló el veliz, lo puso sobre sus hombros mientras una lluvia menuda seguía empapándolo todo, los cristales donde mi madre y sus hermanas miraban partir a la cuarta hija de los Nakash, la primera por la quien mi abuelo se desgarraría la camisa en señal de duelo: la primera de sus hijas muertas; pero no la última, eso sí.

YA CONTÉ QUE, justo cuando iba a nacer, apenas poquitos meses antes, mis padres huyeron para Colorado; conté que yo nací allá, en las montañas; que mi padre tenía treinta y ocho años, que mis abuelos maternos, otra vez, se desgarraron la ropa al saber que Sebastián era *goy*, y, por si fuera poco, un poetastro desconocido, profesor de literatura, fumador compulsivo. Dije también que me llamaran Noname, que es casi igual que decir Legión; dije que nací con la impresión de las montañas y los cañones color sepia grabados en mis ojos, que hasta el día de hoy no he logrado (y ni he querido) desprenderme de las Rocallosas metidas en el alma; que adonde quiera que voy, tengo presente esos primeros años de vida en Colorado: Ouray y Telluride, dos pueblitos que parecen estar enclavados en las laderas de un valle suizo; la autopista que cruza Glenwood Springs, los *Book Cliffs* y la desértica meseta Uncompahgre; los barrancos de Glade Park, el *National Monument* y el río serpenteando al lado del indeleble verde salpicado de nieve.

Antes de que naciera Álvaro, mi hermano —tres veranos más tarde vendría al mundo, justo el día en que Agus me puso chocolate en la cabeza en casa de mi abuela Felicidad—, mi padre y yo convivimos seis días mañana, tarde y noche como nunca antes lo habíamos podido hacer. Yo no recuerdo ese lapso, pero él sí; lo que conservo, sin embargo, me lo he apropiado de algunas cuantas imágenes de unas cintas súper ocho que Rebeca, mi madre, guardó y que he visto muchas veces. Quizá esos seis días estrecharon ese lazo entre los dos, ese lazo que hasta hoy me une a él; quizá también esos días fueron los que, al final, lo empujaron a dejar las palabras para siempre.

Resulta, pues, que al año justo de estar viviendo en Colorado, Irene le pidió a Rebeca, su hermana, que la acompañara a Nueva York, a las grandes tiendas, al Rockefeller Center. ¿La razón? Iba a comprarse su vestido de novia, su ajuar de esposa. Irene, la tercera de las Nakash, estaba a punto de casarse con un futbolista en la cúspide de su carrera, Ruy González; ella, pues, pagaría algunos de los gastos de Rebeca… así que mi madre no podía rehusar; incluso a mi padre (hasta donde sé) le pareció una excelente idea: era indispensable que mi madre tuviera su pequeño receso, su descanso, el que no había tenido desde que naciera yo. Y así fue. Las dos hermanas y un par de amigas se fueron a Nueva York esos seis días, fecha que hicieron coincidir con un largo descanso de mi padre en el *college* de Grand Junction, el cual (a la postre) no fue descanso, sino algo más, algo que a continuación quisiera revivir y quiero imaginarme.

Sebastián me contó que, aunque ya había estado horas y días junto conmigo, compartiendo con mamá la diaria crianza de su primera hija —y por supuesto algo de la rutina de mamá—, la verdad sea dicha, nunca hasta entonces (hasta esos seis días) supo *de veras* lo que significaba tenerme, lo que implicaba ser padre de una hija, y más aún, dice, descubrir con estulticia que no me conocía. Un año tarde, pero por fin nos conocimos: nos miramos a los ojos horas y horas sin nadie de por medio, sin interrupciones, sin terceros. Conversamos con voces ininteligibles, departimos, jugamos, comimos, solos los dos. Era, pues, distinto compartirme con Rebeca, salir los tres juntos a pasear, ir a comer a un restaurante, visitar los *hot springs* de los alrededores y pasar un mediodía nadando en las aguas termales, bañarme en la tina junto con mamá o cambiar un pañal de vez en cuando; todo eso era por completo distinto a dedicarse en cuerpo y alma, las veinticuatro horas del día —y sin ninguna ayuda— a Silvana, la probable razón de su fracaso literario, o mejor: el cumplimiento refrendado de ese silencio que él, ya desde antes, pergeñaba, ansiaba, sin decidirse acaso a llevarlo a cabo hasta que nací yo.

Fue feliz, fue inmensamente feliz. Me lo dijo, muchas veces me lo contó con los ojos iluminándole en esas ocasiones el rostro. Era feliz, por ejemplo, en la ardua y delicada faena de cortarme las uñas de los pies y de las manos cuando apenas podía mantenerme quieta un segundo o cuando se trataba de limpiarme la cara. Incluso, que yo sepa, con ninguno de mis hermanos —y ni conmigo misma en otra ocasión— pudo departir seis largos días desde el amanecer hasta que anochecía y me metía en la cuna con un biberón y sus largas caricias acurrucándome. Fue justo en ese interregno, durante esos seis días, cuando empecé a caminar, y fue Sebastián el primero en verlo y anunciarlo.

Pocos hombres, lo sé por experiencia, tienen siquiera la más remota idea de lo que implica ser padre y asumir el oficio de modo total. Y si lo llegan a intuir (sólo algunos), pocos logran intimar tan vivamente con un hijo. La relación (cuando la hay) llega mucho más tarde; hasta que esos bebés son unos niños o unos adolescentes. Los hombres, parece, suelen tener un caparazón que les impide entender muchas peculiaridades de un hijo de meses o de uno o dos años de edad. Prefieren mantenerse lejanos ante lo inescrutable, ante ese poderoso desconocido que ha venido a usurpar su espacio, la soberanía conquistada con dificultad. No pueden comprender que ese reducto conquistado al mundo con trabajo y con años de lucha, de pronto se vea invadido por una minúscula criatura que todo lo asuela. Se genera, casi sin querer y sin darse apenas cuenta, una especie de envidia, de rencor y, sobre todo, una incomprensión que tarda muchísimo en subsanarse. Por lo pronto, el papá sobrelleva (si la voluntad y la razón se lo indica, aunque sin entender mayor cosa) esa carga que lo contradice, que estorba sus propias ambiciones, sus gustos, sus necesidades; los hombres, pues, con trabajos toleran ese pequeño cuerpo que trastorna sus horarios, sus costumbres y hasta sus abluciones cotidianas. ¿Por qué? ¿Con qué derecho? ¿Cuándo sucedió todo? Y, lo más importante —tal vez lo peor—, ¿por qué lo permití?, se preguntan. ¿Por qué lo permitimos mi esposa y yo?, se recriminan. Más aún: ¿por qué ella parece gozar con esa usurpación del tiempo, de la vida y el espacio? ¿Por qué ella parece comprenderlo, aceptarlo, solazarse al lado del intruso? ¿Por qué, en cambio, yo lo sufro y, sin embargo, no puedo decirlo, jamás podría decirlo, puesto que amo a ese hijo: lo amo aunque lo repudie, aunque haya venido a sacarme de aquí, de mi propia habitación y de mi propia casa? Bueno, pues, todo eso, tal parece, acontece: lo he visto, lo he presentido en cantidad de hombres. Aquí sólo quiero corroborar las palabras que Sebastián un día me dijo y que yo, mejor que nadie, supe aquilatar riéndome mientras lo escuchaba recordar, ensimismarse en el pasado. Y es que a partir de esos seis días mi padre creyó de veras haberme conocido, creyó haber penetrado en mi alma, y por eso, quizá —pensó muchas veces— podía amarme más que a sí mismo. Eso él me dijo y con ello no quiero, de ninguna manera, juzgar a los demás padres por no hacer exactamente lo que él hizo. Es más: comprendo y vislumbro la fisura, la incomprensión que comúnmente se cierne entre ambas partes: la desavenencia que viene, tal vez, desde que el hijo se gesta en la madre y el padre es un mero observador que sabe sólo lo que su mujer le cuenta. Y a esto añádase que no todos logran (en toda su vida) pasar siquiera un solo día entero con un hijo, a solas, mañana, tarde y noche (aunque quisieran, no tienen la oportunidad); y esto hace que la situación del hombre y la mujer se vuelva completamente diferente, insostenible. Esto, pues, fue lo que probablemente entendió Sebastián en esa ocasión… cuando era lo que menos esperaba encontrarse a su edad, durante la difícil época que le estaba apartando definitivamente de la literatura.

Y aunque yo no lo recuerde (tenía apenas un año), sí lo puedo imaginar, puedo (o quisiera) transportarme a nuestro departamentito allá, cerca de los *Ridges* que veíamos desde la ventana mientras la ventisca y la nieve azotaban las calles de la ciudad, y mamá se divertía a lo grande con su hermana Irene y sus amigas en Nueva York. Allá estaría ella, pero acá estábamos los dos.

A las seis en punto de la mañana se oía, ríe Sebastián, el primer grito, un breve alarido, que quería decir: "Aquí estoy; he despertado". Era como uno de esos relojes de buró que lo alertan a uno, luego callan cinco o diez minutos, automáticamente, para, por fin, reincidir con el dispositivo de alarma. Así yo, y reíamos cuando me lo contaba. Le daba, pues, a Sebastián un interregno, un breve aviso: es hora, papá, necesito comer; quiero mi bibi. Y allí estaba él, profundamente amodorrado, preparando el biberón, calentándolo un poco, listo para dármelo cuando aún los copos de nieve en la terraza eran meras sombras, cúmulos de luz anochecidos y tenues. Al ratito, supongo, yo caía aletargada suave, dulcemente. Mi padre entonces podía quedarse un par de horas más retozando entre las sábanas de su cama… tal vez ligeramente extrañado, sin el cuerpo de mamá. Antes de las ocho, sin embargo, empezaban los verdaderos gritos de alegría, de jolgorio; el llamado final. Según me dijo Sebastián, los dos nos parecíamos en una cosa: amanecíamos de muy buen humor, con extraordinario talante (y esto me pasa hasta la fecha). Reíamos, festejábamos ese nuevo día con una canción de Cri-Cri o con una tierna melodía que a mi padre le gustaba cantarme:

Sing a song of sixpence, pocket full of rye.
Four and twenty blackbirds baked in a pie.
When the pie was opened the birds began to sing.
Now wasn't that a dainty dish to set before the king.

Mientras él la cantaba, yo parecía una bailarina, dice él. Brincoteaba de aquí para allá, retozaba en la cuna esperando sus brazos que me sacarían de ese confín acolchonado. De allí, casi de inmediato, el pañal, el ritual al que muy pronto me había acostumbrado, al que debía someterme, quisiera o no. Asimismo, a Sebastián le encantaba enjuagarme la cara, exactamente lo que él hacía para sí cada mañana. A mí, por supuesto, no me gustaba, no me hacía la menor gracia, me resistía al agua en el rostro. Mi padre ponía música barroca, pues decía que oírla levantaba el ánimo. Venían los juegos un rato hasta que el desayuno estaba listo: un huevo revuelto o medio plátano o avena con manzana picada. Tenía, dice, inmejorable apetito, mucho mejor que el de mis dos hermanos. Esos días salíamos a pasear bien abrigados al estanque adorado de papá, el cual estaba siempre repleto de patos. En realidad era un pequeño lago artificial, un paraje perfecto y por muy pocos visitado —circundado de chopos y álamos temblones. El lugar lo conozco, lo llevo dentro, y mucho de lo que cuento aquí lo he podido ver en esas cintas súper ocho que mi madre guardó con esmero. Puedo ver parte de ese hermoso estanque congelado; los patos, refractarios al frío, moviéndose con extremo sigilo, a veces volando de súbito en parvada cuando aparecía un grupo de cervatillos en la orilla. Paseamos cada día mi padre y yo por ese camino, a lo largo de ese largo cinturón de grava que rodeaba el estanque, entre arbustos, hirsutos matorrales de retama y árboles pelones, casi rojos, dolidos por el frío y la ventisca. Él me llevaba en la carreola y puedo apenas ver sus manos al mirar la cinta, observo sus dedos acariciarme el mentón (junto a un chopo) y mi cabeza bien cubierta con un gorrito incorporado a la chamarra. ¿Por qué no puedo recordar todo esto? ¿Por qué no lo tengo conmigo? ¿Por qué tengo que imaginármelo y revivirlo así? ¿Por qué ni siquiera esas cintas me ayudaron a intuir mejor un fragmento, una escena del lago? Aquélla, esa bebé de un año, podría ser otra, no yo, Noname, y no lo sabría, no me daría cuenta. Sé que soy yo porque me lo ha dicho mi madre; porque nací en No Name, Colorado, y allí, al fondo de la cinta, vislumbro los *Book Cliffs*, esos despeñaderos color gris, arenosos, sólo nevados en su parte superior, y los *Ridges* al otro lado. Sé que soy yo porque encuentro ese pequeño lunar cerca de una ceja; apenas lo veo en uno de esos movimientos sesgados de la cámara. Un lunar imperceptible hasta el día de hoy. No puedo (no podía), sin embargo, oír nada: las cámaras de entonces no grababan la voz, sólo los labios, su murmullo imposible. El graznido de las aves debo imaginármelo, incluso el rostro de papá debo intuirlo, pues él es quien filma cada vez, él es quien durante esos seis días a solas se empeñó en tomarme en sus lugares favoritos, para que un día yo los viera y estuviéramos (de una manera incierta, incomprensible) allí, explorando juntos esos parajes de Dios.

Es justo en este estanque recubierto de limo donde iría a transcurrir uno de esos relatos que nunca escribió, que sólo pensó día y noche sin atreverse a ejecutar. Y la anécdota, tal como me la contó años más tarde, es muy simple. Es la historia de un artista famoso que decide retirarse del mundo y encuentra, perdido en el desierto de Colorado, un lugar donde vivir, donde ir muriéndose: justo ese lugar de la cinta súper ocho, donde yo crecí los primeros años. En el fondo, lo único que ata al artista a ese sitio es el estanque lleno de patos cerca de su departamento y los cervatillos que aparecen y huyen; con ese lugar, pues, se ha encariñado profundamente sin saber a ciencia cierta por qué ni cómo; pero esto, claro está, nadie lo sabe, a nadie se lo dice (lo tildarían de loco). Pasar las tardes en una de esas bancas desiertas mientras contempla el crepúsculo, mientras mira el sol desaparecer arañado por ráfagas de patos, eso (de manera incomprensible otra vez) vale todo el oro del mundo, incluso vale el haber decidido quedarse allí, lejos de su patria y su gente, perdido de la mano de Dios, enseñando en un *college* miserable, poca cosa para lo que él fue y lo que él hizo en su juventud. Empero, ahora que se halla exiliado en este apartamiento ocioso, mientras pasa días mirando el ocaso y el lago artificial, el hombre sabe que ya no quiere más, que ya no busca más, que el mundo (fuera de eso) se repite. No tiene esposa y los hijos ya se fueron. ¿A dónde ir? ¿Para qué irse? Si la soledad fuera una virtud, una forma de ser perfecto —una *ascesis*—, entonces allí, donde ahora se encuentra, habría encontrado la perfección. Así pasan los años, impertérrito, tranquilo, esperando la muerte, amando su pequeño y misterioso refugio, su estanque cerca del hogar, su ocaso, sus patos soñolientos, los cervatillos… hasta que el estanque desaparece, lo rellenan de hormigón, pues (han dicho) allí va a construirse un nuevo conjunto residencial. Las quejas y manifestaciones de vecinos (a las que él se suma) no conducen a ningún lugar: terminan por talar los hermosos chopos y los álamos que bordean el *pond*. Abatido, decepcionado, decide volver al país que había dejado sin decirle nada a nadie, sin dar explicaciones, pero con una seguridad: es tiempo de ir muriéndose, esperar el día nada más, pero no en su estanque, con sus patos, en Colorado, como él había creído durante muchos años.

Ésa era la historia y, pues, mi padre nunca la escribió. No que yo sepa. Pero puedo imaginármela, puedo leerla en mi mente y hasta puedo deletrear las palabras que él pudo haber elegido: simples, opacas, tristes, casi resignadas, parecidas a las palabras de Cernuda (al que amaba desde muy joven), las mismas con las cuales hubiera sido mejor no explicarse, no decir nada más. Callar. Evidentemente, el cuento o lo que fuera tenía que ver con él, era su historia soñada, su historia elucubrada, su tristeza. Algo, asimismo, había detrás de ese relato inexistente que lo implicaba a él, o mejor: que cifraba y a la vez descifraba su propio destino. Probablemente por eso también no quiso escribirlo; lo calló.

En la cinta aparecen a lo lejos un par de ciervos. Mi rostro se agita cuando los observo, acciono los brazos con regocijo, mis manos enguantadas aplauden, señalan uno de esos venados de ojos lánguidos y ociosos. Mi padre ha captado en un único instante, en un santiamén, los cervatillos y mi rostro alegre, mi cuerpo deseoso de acercarse, atorado en la carreola que me tiene bien sujeta a mí, que apenas he aprendido a caminar. Seguramente mi padre se acerca, pues de repente ya no se ve nada (un pedazo de cielo, una nube) y, otra vez, de pronto, justo donde estaban ellos, los ciervos, estamos nosotros, y mi padre entonces logra apenas filmar su estampida, su desaparición en medio del bosque vecino.

Darme de comer esos seis días no fue una difícil labor aunque, según recuerda, tampoco fue tan sencilla como cuando mi madre estaba a cargo de esa faena. Debí haberle tomado la medida a papá, pobre. Sebastián debía perseguirme por la sala del departamento; debía darme una cucharada aquí, una cucharada allá, tirarse en el suelo, embaucarme, con tal de meterme un nuevo bocado y no sentirse culpable por no haberme alimentado. Aparte, dice, los dientes que entonces empezaban a salirme —y por los que los bebés se enfurecen sin comprender el origen incierto de su dolor en las encías—, hacían las cosas más difíciles.

Dice Sebastián que ya para el tercer día se había establecido una suerte de mancuerna entre los dos, un lazo invulnerable, y que entonces vio con claridad el origen de ese contubernio ancestral en que se finca la relación entre una madre y su hijo. De pronto, yo, la niña altiva, la bebé ocupada con mis juguetes y mis ruidos, lo dejaba todo y misteriosamente iba a buscar a mi padre que estaba por allí, sentado, leyendo, y lo abrazaba sin ninguna explicación, sólo porque sí, con un rostro enormemente agradecido. Sebastián me contó que yo reclinaba mi cabeza en sus piernas y me quedaba así por un rato, impávida, como si lo oliera o lo reconociera con la nariz. Dice que fui agradecida, muy agradecida, desde niña; eso no lo sé. Tal vez lo fui y con los años dejé de serlo. Tal vez la llegada de Álvaro y Rodrigo, tiempo más tarde, me quitó muchos de mis mejores atributos (si los tuve), quién sabe. A veces pienso que los hermanos nos quitan no sólo parte de lo mejor de uno, sino que a veces hasta pueden sacar de nosotros lo peor.

Sin falta, ya lo dije, había música en la casa (una forma de restituir la escritura, supongo). En las mañanas, Sebastián ponía a Vivaldi, Boccherini y Bach para alegrarnos y animar el día. Sólo más tarde ponía a Schubert o a Beethoven, sobre todo los cuartetos y quintetos de los dos, y ya para dormirnos, la apacible *Autumn Leaves* tocada por Miles Davis en una grabación de 1958. A veces Sebastián lo dejaba todo para leerme un libro de niños; no pasaban, sin embargo, dos minutos sin que yo me desesperara y quisiera arrancar las hojas con los monos dibujados allí, o bien, me hartaba y quería dedicarme a otra cosa: abrir cajones, investigar y desperdigarlo todo por la alfombra y, lo que es más curioso —y lo he visto en una de las cintas—, solía ponerme a hablar por teléfono solita: parloteaba remedando a los adultos, sin saber qué hacía o con quién. Finalmente, estaban mis muñecas, mis amigas inseparables, a quienes vestía y desvestía, a quienes les daba de comer y con quienes compartía mi biberón.

Venía la hora de la cena, las seis y media. Mi madre había dejado ya una lista con las instrucciones precisas, por lo que mi padre (en ese sentido) no sufrió tratando de inventarme menús: crema de frijoles, sopa de pasta con pedacitos de zanahoria, sopa de poro y papa, lentejas con arroz, pollito deshuesado, etcétera. Más tarde venía el baño, la tina de agua caliente, que me hacía enloquecer de felicidad. El vapor inundaba el baño, empañaba los espejos. Allí, chapoteando, jugaba con esos otros patos, con los cisnes de plástico, con la tortuga y sus crías flotantes, hasta que venían los baldazos de agua en la cabeza y me hacían perder la respiración unos instantes. A partir de ese momento, pues, venía la ardua faena que daba inicio al tratar de sacarme de donde yo ya no quería salir, secarme en un dos por tres y vestirme de manera expedita, pues la inquietud y el hambre venían sin permitir que papá pudiese ponerme la crema y el pañal y la pijama. Venía el bibi (el cual tú calentabas), mientras que yo plañía en mi habitación en penumbras. La leche por fin llegaba y mi padre se quedaba conmigo luego de haberme dado la bendición, una plegaria en la que él no creía o en la que creía a medias. Me parece recordar (u otra vez lo imagino) sus manos grandes sobre mi frente, acariciando suavemente mis cabellos, frotando un dedo entre mis cejas… hasta que, ahíta de leche, agotada por el trajín, caigo dormida y dejo a mi padre en paz, tranquilo para irse solo a tomar un whisky al balcón y leer todo eso que ya no escribiría. Lo demás, hasta el día de hoy, es soñarlo, imaginarlo cerca de mí, sentir las yemas de sus dedos acariciarme mientras lloro mi desdicha, la pena de ser incomprendida por todos, la aflicción de haber perdido a los que me querían... primero que a nadie a Sebastián.

MI ABUELA VERA pudo ver una vez más a su madre, muchos lustros después de haberla dejado en Alepo, cuando creyó que tal vez ya no la volvería a ver.

Sammy, su hermano, había dejado México poco después de su traición, luego de haberla depositado en manos de Abraham en el puerto de Veracruz. Sammy, satisfecho con haber cumplido el encargo de su padre, Jacobo, antes de ser llevado al moridero, abandonó México por Nueva York, y allí pasó el resto de su vida haciéndose rico con el tiempo y yéndose a la ruina después. Mi abuela, por muchos años, no quiso volver a saber de él, a pesar de que Abraham se lo pidiera. Si un defecto tuvo Vera en vida fue su rencor, y no la culpo. Tampoco, pues, quiso volver a saber de Yemil o de Zafira, y menos de su hermana mayor, Frida, a quien jamás iba a perdonar, según me dijo Lina. En su fuero interno, y aunque no lo expresara, Vera se sentía traicionada, vejada, y conforme pasaban los años y comprendía mejor lo que se había hecho con ella a su tierna edad, más parecía crecer su encono, su absoluta resolución: aparte de Jacobo, su padre, nadie merecía su recuerdo, y por nadie conservó luto, ni por Abraham, mi abuelo, cuando cincuenta y dos años más tarde murió. Pero, otra vez, estoy adelantándome a los hechos. ¿Cómo sucedió todo? ¿Por qué se encontró a Yemil en Nueva York, cuando menos lo imaginaba?

Ya dije que para poder mantener el control en una casa donde las mujeres se añadían a la familia en un abrir y cerrar de ojos, hasta contar ocho, mi abuela tuvo que hacer uso de la fuerza en muchas ocasiones (aparte de que nunca fue una mujer especialmente cariñosa o amable). Y cuando digo que hizo uso de la fuerza, hablo de la fuerza bruta. Supongo que la misma vida la había enseñado así, ¿cómo entonces reprochárselo? El caso es que Vera castigaba a quien se rebelara a su autoridad, a quien no hiciera el mandado tal y como lo había exigido, o a quien no cumpliera con el quehacer de la casa a la hora establecida y con absoluta diligencia. Y es que, entre sus virtudes (o manías), Vera había heredado de Yemil la pulcritud, la perfección y la diligencia: siempre llevó la casa, dice mi madre, con las riendas bien asidas, con un asombroso y temible control. No había otro modo; el caos se presagiaba a la vuelta de la esquina en un puro descuido; más si, como ya dije, Abraham pasaba la mitad del día fuera de casa trabajando, proveyendo a la familia.

En todo caso, los castigos de Vera eran corporales, se infligían con el único propósito de provocar dolor y rendir a la víctima: sartenazos, cinturonazos y hasta golpes en el rostro. Desafortunadamente, en una ocasión mi abuela no supo medir sus impulsos y cuando mi tía Irene, desobedeciéndola, estaba bañándose, Vera le dio un golpe tan fuerte que la tiró al suelo de la tina. Tras haber perdido la conciencia, y en pleno alboroto y conmoción, Irene quedó con el ojo izquierdo ligeramente bizco. Por más que intentaba, la pupila no podía mantenerse perpendicularmente.

Semanas más tarde, mi abuela, Irene, Lina y mi mamá (de diez años) volaron a Nueva York para que allá atendieran a Irene y la operaran si era necesario. Fue entonces, en ese viaje, cuando Vera encontró a Yemil en casa de su hermano Sammy. Lina, la mayor, fue quien consiguió el teléfono y quien organizó la única y última visita de Vera a su madre y su hermano mayor. Lo que sé, pues, me lo dijo mi madre, quien lo presenció y lo recuerda nítidamente. No sé, sin embargo, por qué Yemil estaba en Nueva York; no sé si vivía allí con su hijo, y desde cuándo, y tampoco sé qué sucedió con esas dos hermanas mayores de Vera. Paso, sin embargo, a contar esa visita, esa extraña visita, hacia 1944, en plena guerra, días antes que Irene fuera atendida en el hospital más caro de Manhattan, justo lo que Abraham había indicado que debían hacer.

Con engaños, Vera fue conducida por sus hijas a un departamento en Brooklyn un viernes a las cinco de la tarde, la hora del *Shabat*, unos días después de haber llegado a Nueva York. Le dijeron simplemente que irían a ver a la familia de uno de los doctores (que era judío) y que no podían rechazar la invitación. Oscurecía y el viento aullaba entre los árboles y los altos rieles del tren que atravesaba la colonia a la que habían llegado. Subieron tres pisos. Rebeca tocó el timbre; Lina e Irene (de diecinueve y catorce años respectivamente) estaban nerviosísimas, les sudaban las manos: conocerían a su abuela, de quien muy poco habían oído hablar.

Habiéndolas dejado pasar, una joven desconocida las condujo hasta el recibidor y allí, en la misma penumbra, Vera la vio reclinada, mucho más pequeña que como la había dejado o como creyó siempre que su madre había sido, veinte años atrás. La vio de perfil y uno podría imaginar que, incluso antes de verla, habría olido o soñado a su madre reclinada, distraída, ignorante también de lo que estaba a punto de pasar, de ese encuentro no calculado por ninguna.

—¿Qué haces aquí, madre? —pudo atinar a decir mi abuela en árabe sin perder la compostura, a sus treinta y tres o treinta y cuatro años de edad. Se quedó parada, aquiescente, sin dignarse mirar a sus hijas que esperaban atrás (mi madre, cogida a las faldas de Lina).

Entonces, la abuela de mi madre se giró para observarla; sólo en ese momento (al parecer) Yemil supo que allí estaba la más pequeña de sus hijas. En ese preciso instante, Sammy salió de la cocina; sonrió, pero su sonrisa no fue devuelta; se acercó a mi abuela para besarla en la mejilla como un Judas. Rebeca entonces vio a mi abuela reaccionar: recuerda cómo Vera atravesó su brazo entre los dos, obstaculizando el beso de su hermano: no, otra vez no se dejaría besar, habían transcurrido los años, conocía la vileza de Sammy. Entonces Yemil le dijo en árabe:

—¿No vas a saludar a tu hermano?

—No, mamá —contestó Vera erguida—, no sabía que los iba a ver, ni a ti ni a él. Nadie me avisó. Pero ya nos vamos.

—Quiero conocer a esas que vienen contigo —dijo Yemil

desde su asiento, señalando a mi madre y a sus dos hermanas, Lina e Irene.

—Saluden a su abuela, niñas —ordenó Vera, girándose un instante para encontrar en medio de la luz mortecina de esa sala a sus tres hijas.

Cuenta mi madre que las piernas le temblaban; que aunque estaba dispuesta a acercarse y saludar a esa señora de tez clara (distinta de la tez morena de su madre), el cuerpo no reaccionaba, no respondía a su voluntad; algo le impedía moverse, hasta que Lina la cogió de la mano y la llevó hacia la mujer. Entonces la señora, su abuela, extendió su mano apergaminada y ella la besó, lo mismo que besaba la mano de su padre cuando volvía temprano del trabajo.

Inmediatamente después se acercaron Lina e Irene, quien aún miraba bizco y no atinaba a enfocar a su abuela por más empeño que pusiera en ello.

—Ésta es su prima, niñas —dijo entonces Yemil, señalando a la joven que había abierto la puerta del departamento y las había dejado entrar en un principio.

Mis tías dijeron "Hola" al unísono, volviendo cada una a sus respectivos rincones. Mi abuela, mientras tanto, se mantenía en pie, al parecer, dispuesta a marcharse tan pronto terminaran las absurdas presentaciones a que había sido expuesta.

—Siéntate, Vera —le dijo Sammy, haciendo lo propio.

En una extraña actitud de desafío, mi abuela no sólo no hizo caso y no contestó nada, sino que miró fijamente a su hermano, lo miró largamente, como si una vez estando allí, contra su voluntad y habiendo sido engañada, hubiera querido aprovechar la ocasión para escrutar el fondo de su alma, para entender cómo su hermano favorito, aquel hacia quien había desplazado su amor una vez muerto su padre, la había traicionado, dejándola en manos de un hombre al que no sólo no amaba sino que apenas conocía.

Cuenta Rebeca que ver los ojos graves (hondos como dos bocas de lobo) de su madre, la dejó pasmada, asustada. No entendía bien. Sólo años más tarde —ya con conocimiento de causa—, podría recomponer la escena y por fin asimilar el fondo de la situación. Nunca se imaginó haber participado en ese absurdo, en ese encuentro de cuerpos imposibles (el de Yemil y Vera, el de Vera y su hermano, incluso el de ellas y su abuela); nunca se imaginó lo que supondría esa reunión familiar que no era, en el fondo, sino una mala treta del destino, una visita que no debió pasar luego de que ella, su madre, hubo dejado Alepo veinte años atrás prometiéndose olvidarlo todo. Pero estaba pasando, ocurría y nadie sabía qué hacer, a pesar de que Yemil quería pedirle (o aparentaba pedirle) que se quedara un poco más.

Mi madre nunca había oído hablar a su madre en árabe con otra gente más que con sus hijos y Abraham. Incluso a ellas, mi abuela les habló siempre en una extraña mezcla de español y árabe. Aquí, en esta sala mortecina en Brooklyn, sólo se oía ese idioma remoto, esa lengua que ellas entendían a la perfección, pero que jamás hablaron a la perfección.

Cuando dejó de mirar a su hermano, quien en ningún momento pudo soportar esa vista sobre él, Vera le dijo a Yemil:

—¿Sabes? Mi padre no te ha perdonado, yo lo sé —y, tal parece, lo que quería decir era que ella misma no la había perdonado. Esto, dicha sea la verdad, nunca lo sabremos; nunca nadie supo si Jacobo, desde el Más Allá, había perdonado o había bendecido ese acto de Yemil: el de darla a Abraham todavía siendo una joven núbil. Por eso digo que en esas palabras que Rebeca cuenta no veo otra cosa más que el rencor de Vera: un odio que obviamente la trascendía, un odio que pretendía estar legitimado por su padre muerto, por el poder que los familiares otorgan a los que se han ido con Dios. Así es en la religión judía, durante el *kadash*, y no sé (no me atrevo a decir) si esto es mera superstición o si de veras los muertos otorgan esos privilegios, ese remoto poder... como, por ejemplo, decía Agus (la sirvienta de mi abuela paterna) que detentaba yo por haber nacido un dos de noviembre.

Dicho eso, y sin saludarla (y sin saludar a su sobrina y a su hermano), Vera cogió a Rebeca de la mano y empujó a Irene y a Lina hacia el pasillo que llevaba a la puerta del departamento. El ruido del tren sobre los rieles altos volvió a estremecer la calle, indisoluble del aullido del viento.

Antes de salir de esa casa, ya en las escaleras, mi madre recuerda que le dijo a Vera:

—Mami, creo que mi abuela te está llamando —a lo que su madre no respondió.

CUANDO YO IBA a nacer, programada para mediados de noviembre, la madre de mi padre, Felicidad, tuvo la ocurrencia de organizar una quiniela en la ciudad de México: en ella participaron amigos de mis abuelos, los hermanos de mi padre (Arnulfo y Dinara), los colegas de Sebastián en Grand Junction, el primo de mi padre (que vivía en Boulder) y hasta algunos desconocidos que deseaban apostar, atinarle a la fecha.

Se entraba a la quiniela con un dólar. Quien se acercara al día se llevaría la quiniela; si dos coincidían en el día, ganaría quien se aproximara más a la hora. Se juntaron casi sesenta dólares, me contó mi madre. Como ya dije, me adelanté un par de semanas, por lo que casi todos (o todos, mejor dicho) se alejaron muchos días, quince, doce, diez; sólo Agus dio la fecha exacta: el día de los Muertos... y con ello, la oriunda de San Pedro Huamelula, Oaxaca, se ganó sesenta dólares.

MIENTRAS IRENE ERA atendida en el hospital de Manhattan —y tras el encuentro de Yemil y Vera en el departamento de Sammy en ese suburbio estridente de Brooklyn—, Esther, la segunda de las ocho hijas de mi abuela, se había quedado a cargo de toda la casa y de sus hermanas en la ciudad de México. En 1944, Esther tenía diecisiete años, una edad más que apropiada para llevar una casa cinco semanas si se la compara con la edad en que Vera ya había dejado su país natal y tenía por lo menos dos hijas.

En una ocasión, escasa de dinero, Esther tuvo que salir a buscar a su padre a una de las tiendas de la Zona Rosa. Había ido allí un par de veces, y aunque no sabía la dirección, confiaba en sus corazonadas. Por algún motivo se había quedado corta con el gasto esa semana, y la despensa en la casa de la Roma estaba a medias.

Esther decidió salir esa tarde a buscar a Abraham; encargó la casa a Sonia, que entonces tenía trece años. De la colonia Roma a Insurgentes y de allí a la Zona Rosa no había mucho y, si se perdía, podía llamar a la tienda o simplemente podía preguntar dando las señas. Sin embargo, encontró el sitio: dos grandes ventanales dejaban ver las pilas de alfombras, kilims y tapetes importados; los tapices también cubrían las paredes sin dejar un solo hueco vacío.

Entre alfombras y tapetes persas de todos colores y tamaños, Esther se encaminó a la oficina en el fondo del comercio donde, suponía, estaba la oficina de mi abuelo. Ningún empleado la vio ni se fijó en ella. Esther simplemente giró el pestillo de la puerta y abrió, y entonces vio lo que en su vida había imaginado iba a encontrar: una mujer muy joven, con el vestido hasta la cintura, se hallaba sentada sobre las piernas de su padre. A él, a Abraham, apenas lo pudo ver, incluso (de no haber sido por su voz áspera, con el inconfundible acento árabe amaridado al español), no habría sabido —o jamás podría haber asegurado— que ese hombre era su padre; sin embargo, para su desgracia, primero la oyó a ella e inmediatamente después lo oyó a él. Quizá Abraham le preguntaba a ella por qué se detenía, por qué paraba, por qué dejaba de jugar sobre sus piernas... No importa qué dijo o murmuró: era su voz... y quizás (eso no podía asegurarlo Esther) era también su mano peluda y regordeta, la misma que ella besaba cada día y la que le daba la bendición. Eso, sin embargo, le bastó para dar la media vuelta y abandonar ese umbral donde se había quedado detenida, petrificada. La puerta del despacho se quedó abierta de par en par mientras Esther, casi corriendo, cruzaba todo el largo comercio de su padre y salía de la tienda acalorada, iracunda, llorando... aunque entonces no sabía por qué, si a ella, en particular, nada le habían hecho. Le llevó tiempo asimilar lo entrevisto —lo oído—, entender de lo que se trataba y, sobre todo, descubrir por qué había salido furiosa de allí, a pesar de no haber sido ella la afectada.

Durante dos horas vagó por la Zona Rosa sin encontrar su rumbo, sin hallar la parada del autobús y sin saber a ciencia cierta si era eso lo que buscaba: volver a casa, liderar el hogar de Vera, su madre, o no volver a poner un pie allí (ni siquiera cuando su madre regresara de Estados Unidos). No sé si de alguna forma este acontecimiento marcó y aceleró la huida de Esther pocos años más tarde; incluso no descartaría el hecho de que Abraham Nakash, descompuesto y torpe, hubiera ideado el matrimonio con Isaac o, si no, por lo menos lo favoreció, lo propició. El caso es que ninguno de los dos dijo una palabra. Ella calló esa noche cuando su padre volvió de la tienda. Él tampoco se acercó a ella. Apenas se vieron un instante de refilón, sin querer, tiempo suficiente para que ambos confirmaran que algo irresarcible se había impuesto para siempre entre ellos.

Como ya dije, Esther fue la primera en casarse; también la primera en desaparecer. ¿Coincidencia? ¿Azar y destino? ¿Era que Isaac la retuvo para sí, se la apropió como creyeron mis tías muchos años? ¿Fue realmente un esposo aprehensivo, un marido celoso, que hizo hasta lo indecible por separarla de los Nakash, de sus hermanas y sus padres, o fue más bien ella, Esther, la que, ya desde muy joven (tal vez tras ese descubrimiento atroz a sus diecisiete años de edad) había resuelto dejarlo todo atrás: país, casa, familia y, por encima de todo, a su padre? Si no olvidar, al menos podía proscribir el pasado de su vida. Al parecer, eso hizo y, de algún modo, Isaac Perelman coadyuvó sin proponérselo siquiera.

Fiel a esa promesa que ella misma se impuso esa noche —la de no decirle una palabra del asunto a su madre—, Esther calló, guardó silencio por lustros… hasta que su padre, mi abuelo, murió, y mi abuela (años más tarde) muriera apoteósicamente. Entonces, cincuenta años después, todos lo supimos (lo supimos porque Lina nos lo contó a su vez, Lina se lo contó a mi madre) y con ello, Esther, de vuelta en México para el entierro de su madre, rompía su promesa pero, asimismo, sacaba del pecho un mal que la estranguló medio siglo y la dejó días y noches sin poder respirar.

8 de marzo de 1968

Querido Alejo:

¿Cómo has estado? Espero que bien, cosechando triunfos con la traducción de tu último libro.

Tu ahijada está muy bien, se ha vuelto una risueña, ríe por cualquier cosa, hace unos gestos chistosísimos; la tendrás que ver si por fin decides visitarnos. Desde que nació Álvaro, Silvana se ha puesto un poco celosa; lo busca, lo quiere, pero al mismo tiempo se aleja de él, lo evita. Es muy raro, creo que ni ella misma se entiende. La habita una irresuelta contradicción, como a todos, supongo, o como a mí. Ya son casi cuatro años en Colorado, Alejo, y, ¿sabes?, a pesar de todo, la nostalgia sigue viva. No te digo que a toda hora, pero a veces retorna con fuerza, me aguijonea. Sobre todo sucede cuando hay algo o alguien que me hace sentir un extraño, un extranjero —lo que realmente soy, a pesar de todo, a pesar de haber nacido en Los Ángeles y haber estudiado en Berkeley y vivir ahora aquí, en medio de las montañas Rocallosas. Todo eso no me hace menos mexicano y, por supuesto, ya sabes lo que pienso al respecto: ser mexicano es lo único, a la postre, me legitima para apostrofar y renegar de México, para odiarlo y rehuirlo y vilipendiarlo, para ser duro con él como lo he sido estos años. Es una extraña mezcolanza, lo sé; parece, incluso, una contradicción de principios, pero no encuentro otra forma de expresar mis emociones.

Haber querido a mi país me da derecho, creo, para ensañarme con él; si no fuera de allá (o si no lo hubiera sido), entonces, moralmente, no me atrevería a detestarlo tanto, como sólo se detestan las cosas que se quieren (o que importan). Fíjate: dije detestar, y nunca desdeñar o ignorar. Eso no puedo. Desdeñar, sí, puedo desdeñar Turquía o Italia o El Salvador. ¡Qué más dan! ¡Qué importan! Pero México, no puedo desdeñarlo o ignorarlo, y de veras que quisiera… ¡no sabes cuánto!

Te decía lo de la nostalgia y lo de esos raros momentos en que algo así como la acedia me aqueja y me hunde. Te decía que nace cuando alguien me hace sentir un extraño (sin querer, sin buscarlo). Y hacia allá justamente iba. Oír, por ejemplo, en el comedor, a las jóvenes estudiantes del *college*; seguir su conversación un rato hasta cansarme; perder el hilo de lo que dicen; todo ello me hace sentir un completo extraño, un tipo alejado de ellas de cien maneras diferentes y a mil años luz. Perder de pronto de vista ese insulso hilo de una conversación que no me incumbe (de la que escucho algo al paso, sesgadamente), acendra, de súbito, la nostalgia, no sé si por mi lengua o por mi país o por ustedes, mi grupo de amigos escritores.

Sin embargo, cada día lo tengo más claro: ésta es la lengua del poderoso, éstos son sus códigos, sus instrumentos, sus usos, y más vale aprenderlos, conocerlos bien, como el espía americano aprende ruso o alemán a la perfección, sin el menor acento y utilizando (con naturalidad) cualquier artilugio, cualquier giro lingüístico, y evitando cualquier nimio detalle que pudiera denotar el falso origen. El mundo de mañana es, Alejo, para el que conozca esos códigos, esos hábitos, en resumen: la lengua del poder, el arma más duradera. El mundo es, querámoslo o no, del que pueda habitar en esas aguas que, no siendo suyas, bien pudieran serlo. Y hacia ellas, hacia esas aguas, he querido llevar a Álvaro y Silvana. He querido, pues, enseñarles la voz del poderoso; quiero que la conozcan desde dentro, que la habiten y sepan usarla igual que hacen ellos (los poderosos, quienes tienen por cierto, el conocimiento). En resumen, Alejo, soy un *outsider* —es mi condición— y lo seguiré siendo, por más años que pase aquí; igual que lo fue la madre de mi padre, Ashley Élmer Goebler, neoyorquina que creyó que con tener hijos mexicanos su mundo interno iba a cambiar; pero no fue así. Lo gringa no se lo quitó nadie, o probablemente no quiso quitárselo, no sé.

Silvana, como sabes, tardó un poco más que otros niños en balbucear sus primeras palabras. La razón nos la dio el pediatra, y es muy simple. Los niños expuestos a dos lenguas tardan más en desarrollarlas; sin embargo, a la larga, dijo, aventajan a los otros: son genuinos tipos bilingües, lo que no fue Ashley, mi abuela, y lo que pensaba que era yo. Eso, pues, serán Álvaro y Silvana. Como pocos, podrán conocer al poderoso por dentro, sus entretelas y flaquezas… aun siendo uno de afuera, y al mismo tiempo conocerán al otro: al débil, al oprimido, al resignado, desde fuera (aunque no sé si lo observarán e intimarán con él desde dentro, desde su interior, y si descubrirán la fuerza que yo, por lo pronto, no pude encontrar durante años).

Rebeca y yo, desde un principio (cuando nos vinimos), coincidimos en ello: había que prestarles esa voz, esa lengua que hoy detenta el poder y mañana lo detentará aún más; y había que ofrecerles también esa otra voz: la mía, la de ella, Rebeca, la tuya, Alejo, la de *Sur*. El español. Sin embargo, a veces no dejo de preguntarme: ¿qué tiene el español que no tenga el ruso o el coreano o el sueco o el inglés? Nada, absolutamente nada. Todo depende, es cuestión de perspectiva. Para el sueco lo mejor es lo suyo, lo mismo que para el coreano. Uno tiende a creer que solamente lo suyo vale la pena, que lo suyo es lo mejor. El ser humano es, al parecer, endogámico por naturaleza… y de allí a los nacionalismos, del que se aprovechan los políticos para exaltar y conducir a la gleba, hay un solo paso. Las guerras vienen de allí, de nuestro instinto proclive a exaltar lo de uno por encima de cualquier otra cosa, minimizando lo del otro, negándolo: la estúpida tendencia a ensalzar la raza y la lengua y las costumbres y la bandera y ponerlas por encima de las otras a como dé lugar. Ése es el problema.

Es difícil, a pesar de lo que digo, no hacerles perder "lo mexicano" (cualquier cosa que esto sea) y al mismo tiempo alertar a Álvaro y Silvana de eso "otro" (eso "otro" que son ellos): lo norteamericano, lo estadounidense, lo yanqui, parte del *melting pot* que, a fin de cuentas, es Estados Unidos, una *summa* de inmigrantes buscando mejores condiciones de vida, una parte más de esos millones que no tienen origen anglosajón ni están marcados por la predestinación de Calvino. Por último, una vez absorbidos ambos, hacerles darse cuenta de la insuficiencia de los dos, la vacuidad de ambos conceptos, ambas formas de vida, la mentira que entrañan. Ahora bien: ¿serán mis hijos los poderosos de mañana si un día van a hablar y reír como hacen ellos, los gringos, los hijos de los poderosos? No lo sé. Si me preguntas: quisiera que no. Pero también quisiera que Álvaro y Silvana no fueran esos "otros", los vencidos (lo que no fuimos tú y yo en medio de un país de vencidos y mediocres, en un país de rencorosos y dolidos). Mi exilio, pues, no tiene ese propósito: no cambié de patria, Alejo, simplemente decidí no tenerla. Mi posición ahora tal vez te parezca cínica e individualista, pero ya un francés hace doscientos años escribía: "Me da lo mismo un país que otro, siempre y cuando pueda disfrutar libremente la claridad de los cielos y pueda conservar en forma conveniente mi individualidad hasta el fin. Dueño absoluto de mis deseos y soberanamente independiente, cambiando de morada, de hábitos, de clima, a mi capricho, tengo todo y no tengo nada". Sí, este Fougeret de Mombron era como yo, un descastado, un apátrida, un perfecto cínico. Yo diría, Alejo, que sólo se trataba de un tipo que, al contrario de la mayoría, sabe lo que quiere y va a la busca de lo que se merece: paz, armonía, amor, respeto, justicia, igualdad, independencia de espíritu, libertad. ¿Por qué no? ¿Acaso nosotros, los mexicanos (los latinoamericanos) no nos la merecemos? ¿Acaso nacimos signados? ¿Llevamos un tatuaje, una marca que nos lo impida?

Sin embargo, y volviendo a mi asunto, en algún lugar debía vivir, ¿no es cierto? Podría haber sido China, dirás, y no Estados Unidos; pero es que en China, Alejo, son muchos ya y se están comiendo las ratas, aparte de que no puedes tener más de un hijo. ¿Para qué ir, entonces, a China? Rebeca y yo no tenemos los ojos rasgados, no hablamos chino y, finalmente, no nos gustan las ratas. No sé si con este ejemplo grotesco me entiendas. Mi exilio, Alejo es todo excepto un acto de rebeldía; ni siquiera es un acto subversivo o algo así. Es, en el mejor de los casos, un acto reflejo, un mero acto animal, de supervivencia: la conducta antiquísima, atávica, del nómada. Como cualquier especie de la selva, Rebeca y yo hemos preferido criar a nuestra prole entre los fuertes; no hemos querido abandonarlos entre los débiles y resentidos, quienes (más tarde o más temprano) serán devorados por los fuertes o, en el mejor de los casos, por ellos mismos. Con esto no quiero argüir que mis críos formarán parte de esa abominable jauría. Con eso quiero simplemente decir que a mis hijos los cuidará esa ley que favorece siempre a los fuertes, aunque sin ser parte con ello de esa abominable grey. Con todo esto sólo quiero mantenerlos lejos de ese oscuro mundo mexicano donde los niños aprenden a ser vencidos si no es que a fracasar y luego a hacer fracasar a los suyos, incapaces de tolerar que su hermano crezca, se salve. Pues eso fuimos, Alejo, o al menos eso intentamos no ser, ¿te acuerdas? Eso fuimos Rebeca y yo, y de eso huimos, corrimos en estampida.

Yo sé que esta noción discrepa de la que tú y yo, Óscar, Raymundo e Igor, escuchamos tantas veces de labios de nuestro viejo maestro, don Alfonso, allá en su sala-biblioteca, cuando afanoso intentaba superar en sus charlas la contradicción entre cosmopolitas supranacionales (quienes en nombre de un mundialismo abstracto rechazan la necesidad de arraigarse a un mismo suelo) y nacionalistas conservadores, estrechos y cerrados, tipos que desconocen la necesidad de abrirse al mundo y asimilarlo (sintetizarlo), es decir, formar parte de lo que él llamaba una "inteligencia americana", ¿recuerdas? Desgraciadamente, dentro de mi concepción universalista (o *kósmo-politês*) sí se halla incluida la América del Norte, la sajona (y también Europa y Asia y África), por más que tantos hayan querido separarla de la otra, la nuestra, la de la llamada "latinidad", hija de los países meridionales de Europa; empezando, es cierto, por esos mismos yanquis que se atrevieron a lanzar a sus vecinos continentales (casi como un reto o una bravata) su Destino Manifiesto y la doctrina Monroe.

Claro que hay que intentar afianzarse en una tierra, con un cielo, no digo que no, pero, ¿por qué elegir de todos el terruño maltratado e inhóspito, por qué sobrellevar al ciudadano que ignora la solidaridad, aquél que no comprende el concepto de civilidad, es decir, de respeto a sus semejantes? En resumen: ¿por qué elegir al mexicano, por qué elegir "lo mexicano"? ¿Dónde queda demostrado que "lo mexicano" es, como dicen los reaccionarios, lo mejor? Si a los hechos me remito... Ya Montesquieu decía que él era hombre antes que ser francés y que era hombre a la fuerza y francés por casualidad.

¿Qué serán Álvaro y Silvana, tu ahijada? Eso deberán discernirlo con el tiempo. Eso mismo, creo yo, los hará diferentes de los adolescentes de allá y de cualquier adolescente de acá. Como pocos, te repito, conocerán dos mundos, y de uno serán espías; al otro, sin embargo, no lo idolatrarán como hacemos nosotros en la escuela y como enseñamos a nuestros hijos a hacer desde que son muy niños: con falsos patriotismos, con nacionalismos pestilentes e insinceros.

LINA, LA MAYOR, se casó en 1951 con un afamado químico de entonces, Jacobo Guindi; con él tuvo cuatro hijos varones: Yaco, Marcos, Ira y Benjamín. Sin embargo, Guindi murió cuando el mayor de sus hijos tenía trece, y Benjamín, siete años de edad. Fue una pérdida durísima para mi tía, quien, sola y desamparada, tuvo que sacar adelante a sus cuatro hijos; una pérdida que ocurrió demasiado pronto, cuando menos la esperaba. Apenas había sido ayer, no cesaba de decir, cuando lo conoció y ahora no estaba más a su lado. Sin ser el hombre ideal y sin ser tampoco el tipo más querido de mi abuelo, por lo menos el químico era un paisano culto —con una profesión y un salario seguro—, un *hálebi* con un futuro próspero si tan sólo no se hubiera aficionado tanto al whisky, ese vicio que lo tuvo postrado gran parte de esos años que pasó con mi tía y que, posteriormente, lo derrumbaría con una espantosa cirrosis crónica que se lo llevó derechito a la tumba.

De Esther ya hablé. Conté que vino Isaac Perelman, el judío comunista, amigo o socio de mi abuelo; conté que se la llevó y ambos desaparecieron en Estados Unidos en 1946. A veces pasaban lustros sin que nadie supiera de ella, sin saber si había muerto o si seguía por allí, mudándose de casa o trabajando en algún almacén. Ni una carta ni una llamada; nada. Hasta decían mis tías que había olvidado el español y el árabe; que ahora sólo hablaba inglés. Puros chismes y especulaciones de sobremesa y café, ya que a nadie le constaba nada. Sé poco de ella, a excepción de lo que ya conté: que tuvo tres hijos, un abogado, un médico y otro varón que murió en un accidente automovilístico (idéntico, por cierto, al accidente de mi primo Sandro Sánchez Forns). A ninguno de los tres los conocí y no sé sus paraderos. Durante los años que pasamos en Colorado y Virginia, no recuerdo haber visto a mamá intentando dar con su hermana; parecía más bien que esa hija de los Nakash se hubiera desvanecido de la constelación familiar. La vería una sola vez… pero de eso ya hablaré más tarde, cuando Vera Chirá esté a punto de morir en una prolongada y maléfica agonía que a todos rebasó.

Rebeca, mientras tanto, iba conformando su peculiar y especialísimo carácter. De todas, supongo que ella fue la observadora, la serenísima vigía de la familia Nakash Chirá, una suerte de testigo ocular, prudente y a la vez conciliador. No sé, sin embargo, si ser así fue su íntima elección de vida, si la tarea le fue encomendada por el azar o si se trató simplemente de un asunto particular de su carácter: un ser leal, casi desapercibido, a pesar de ser la más hermosa de la tribu. En todo caso, el haber estado en medio de todas la hizo más silenciosa que las demás, aunque de ningún modo tímida; más cautelosa quizá, pero asimismo más determinada que mis tías. Mi madre siempre parecía saber lo que quería o hacia dónde se encaminaba; no era caprichosa ni testaruda, pero siempre fue persistente y disciplinada. Vale la pena que cuente un par de anécdotas que ella alguna vez me relató y que yo nunca he olvidado; con esto se sabrá (o se podrá esbozar) quién es o quién fue mi madre una vez que sus hijos llegaron al mundo a sus treinta años de edad.

La primera anécdota tiene lugar cuando Rebeca apenas tenía unos seis o siete años. Según ella cuenta, mi madre veía a mi abuela desaparecer de la casa, camino a La Merced, en busca del mandado. Esta faena la llevaba a cabo Vera por lo menos una vez a la semana; a veces se llevaba consigo a Lina o a Esther, las mayores, para que la acompañaran y la ayudaran con las bolsas del mercado. Otras veces se iba a solas e imagino, sin miedo a equivocarme, que en esas ocasiones aprovechaba su melífica y breve soledad para, al menos, solazarse un rato con una jícama en la mano, sentirse libre en esas calles repletas de marchantes y flores, lejos de su casa y de esa atroz responsabilidad que le había sido encomendada, sin buscarla, en un país ajeno y desconocido.

Mi madre, por supuesto, había oído el nombre de La Merced, ese sitio infranqueable para una niña de su edad. Según cuenta, le había pedido a su madre varias veces acompañarla, a lo que ésta no había transigido jamás. En una ocasión, mi abuela salió de casa con las bolsas del mercado vacías sin ceder a los ruegos de su hija Rebeca, a quien dejó al cuidado de sus hermanas mayores. Era fácil, sin embargo, escapar a las miradas de Lina o Esther, por lo que mi madre decidió salir de la casa de la Roma siguiendo a su mamá a más o menos corta distancia. La miró dirigirse al cruce de Guanajuato y Córdoba, y allí tomar un camión. Mi madre hizo lo mismo una vez que mi abuela se subió; es decir, Rebeca se encaminó a la parada de autobuses, esperó un largo rato hasta que otro camión se apareció en el mismo sitio. A empellones y entre cuerpos desconocidos, pudo mi madre meterse sin pagar la cuota, mezclada entre mujeres gordas, albañiles y hombres de cualquier edad. Una vez allí, esperó varias paradas sin saber a ciencia cierta dónde debía apearse; por fin, luego de una media hora, oyó a unas mujeres mencionar el nombre de La Merced y allí mismo se bajó sin chistar. ¿Cómo dio en llegar a donde su madre se encontraba entre tantos miles de cuerpos hacinados? No lo sabe. Fue un milagro en realidad pues el gentío era total, la masa indiscernible. La Merced era un ingente conglomerado de puestos de frutas y legumbres exhibidos a la intemperie, a veces bajo un parasol o una pequeña lona que resguardaba los productos del hiriente sol; hileras e hileras de ellos, con indias tiradas en el suelo entre uno y otro puesto, vendiendo garnachas, muéganos, pinole, obleas, alegrías, acitrones, pepitas o mangos con chile y limón. El caso es que, después de veinte o treinta minutos, no recuerda mi madre cuánto tiempo con exactitud, pudo vislumbrar la figura de su madre discutiendo el precio de unos pepinos con un hombre, y allí se acercó a ella jalándole el pliegue del vestido y sonriéndole sin más, quizá exultante por su hazaña. Ni qué decir del susto que mi abuela se llevó y la reprimenda que mi madre cargó en esa ocasión por los siguientes días.

El otro claro signo distintivo del carácter decidido de mi madre se manifestó unos pocos años más tarde, en la secundaria del colegio Sinaí. Tendría unos doce años, según recuerda. Esa mañana, cuenta, no llevaba aprendida la lección de hebreo, por lo que le pedía al Dios de David con toda su alma que el maestro no la hiciera comparecer frente a sus compañeros revelando así su ineptitud para la lengua sagrada de su padre. Era peor que una afrenta dejar al descubierto su ignorancia; sin embargo, a Rebeca le costaba enorme trabajo concentrarse en casa y estudiar las palabras y oraciones que debía memorizar. El caso es que el maestro la mandó llamar esa mañana, justo a ella, entre las treinta o cuarenta jóvenes estudiantes que tenía su salón de clase, sin que el Dios de Israel hubiese atendido su petición. Pasó al frente nerviosísima, casi tiritando de miedo, esperando la pregunta del profesor. Ésta llegó y ella no supo responder. Éste volvió a hacerle un par de preguntas más, y mi madre aterida, sin palabras qué decir, ni en español ni en hebreo, permaneció parada allí, estática, como una efigie o silente amenaza al orden establecido por el ridículo profesor. El maestro, dice, tomó entonces su regla del escritorio e, inclinándose un poco, empezó a golpearla en una mano y luego en la otra, a lo que casi de inmediato, mi madre (sin meditarlo, instintivamente) le arrebató la regla y empezó a golpearlo en la cabeza sin ton ni son mientras éste se cubría, totalmente desprevenido, rojo de vergüenza. Ni qué decir que mis abuelos fueron llamados, mi madre zaherida frente al director y posteriormente suspendida una semana. Quizá, piensa ella, esta historia malhadada haya sido decisiva en su distanciamiento ulterior con el judaísmo y particularmente con la lengua hebrea, que nunca aprendió.

Aquí aparece la historia de Irene, mi tía preferida, una de las últimas ocho hermanas en casarse, un año después de mamá y quien sólo tuvo una hija, mi prima Nadia, mi mejor amiga, un año menor que yo. Irene, para no perder la costumbre, contrajo matrimonio con un gentil, un *goy*; fue la tercera en hacerlo, la tercera hija muerta de ese abuelo intransigente… aunque, cabe decir que, a esas alturas, las muertes simbólicas de mis tías iban perdiendo su efecto, su fuerza destructora y violenta: luego de Sonia y mi madre, lo de Irene podía ser, hasta cierto punto, previsible, un broche de oro, como se suele decir.

Mi tía ya había roto con el judaísmo desde tiempo atrás, pero lo había hecho en silencio, sin los aspavientos de Sonia, sin su rebeldía y sin enfrentar a Vera. En cierta ocasión, muy joven todavía, cayó en sus manos un libro de dianética, y desde entonces el rompimiento, el desvío o herejía, fue agudizándose. Incluso, desde cierto punto de vista, puede decirse que esa resquebrajadura era algo más que factible: las mujeres de ese tiempo casi no participaban (o no activamente) en los ritos judaicos; para empezar, no hablaban hebreo ni lo entendían, eran segregadas de la sinagoga (arrinconadas hasta atrás del templo), nunca habían asistido a la *Sojnut* —como Saulo— y no contribuían a las fiestas más que cocinando y preparando los opíparos almuerzos previos al *Shabat* o las fiestas como *Janucá* en el mes de diciembre.

Por su parte, Saulo, el menor, se erigía (al contrario) como el sumo sacerdote de la casa, el príncipe heredero: una suerte de rabí rodeado de un serrallo de hermanas que, sin embargo, poco o nada sabían de sus poderes religiosos, de su saber ancestral y de la iniciación de que había sido objeto desde muy pequeño. Esos privilegios existían para los varones, o para el hijo varón. De esta forma, pues, no es difícil imaginar la situación de esas ocho hermanas absolutamente relegadas (social, religiosa y moralmente). Pocos caminos quedaban para ellas, pocas vías de acceso hacia cualquier conocimiento o hacia cualquier tipo de formación espiritual. De allí que sólo fuese la más chica, Zahra, quien acabara sus estudios en el Colegio Sinaí y quien, años más tarde, pudiera llegar a terminar una carrera universitaria, y esto a escondidas de mi abuelo, primero, y a regañadientes después (aunque con el íntimo beneplácito de Vera).

Aparte de Zahra, Irene hizo (a su manera) su propia iniciación, sus estudios, su forma de gnosis y esoterismo: la llamaba dianética. A hurtadillas, desde muy joven, puso toda su atención, todo su espíritu, en la meditación de esos arcanos que tienen que ver con el más allá del alma: el fin era, según ella me ha dicho, llegar a obtener una vida plena acá, una mente elevada y un espíritu libre de ataduras y complejos; todo lo cual suena muy bien; sin embargo, cuál no sería mi sorpresa (y la de sus hermanas) al constatar, a través de los años, que su destino, de entre todos, fue el más fatídico, el más enrevesado, el más desgraciado. ¿La dianética de Ron L. Hubbard no había calado bien en su alma, no había excavado sus cimientos a profundidad: las bases mismas de su pensamiento? ¿O era el funesto e implacable sino el único culpable? En todo caso, pareciera que cada acto de su vida, cada elección, hubiese sido la incorrecta. No dejo de preguntarme, después de tantos años, en qué consistirá ese fátum y si es que de veras existe. ¿Nacemos con estrella o sin ella? ¿Por qué los hados (si los hay) se empecinan con ciertas criaturas: maltratándolas, obstruyéndoles cualquier camino de acceso, de realización? Según Lina, la mayor, la respuesta está en los astros y, para ella, Irene estuvo marcada por ellos desde el día que nació. De allí que toda dianética resulte inocua, débil, frente al poder y la influencia estelar.

Irene se fijó en un *goy* muy guapo: uno de los futbolistas más impetuosos del país, uno de los más grandes goleadores que ha tenido México. Ruy González estaba entonces en su mejor momento: ganando muchísimo, con un futuro prometedor, rodeado de fama, mujeres, muchedumbres que le pedían autógrafos y fotografías. De entre tanta gente con que se rodeaba, conoció a Irene por azar, de la que se prendó *ipso facto* (como *ipso facto* iría a ser su destino). Muy poco tiempo después se casaba con ella sin haberla pedido en matrimonio a mis abuelos (ya mi tía lo había alertado en este sentido). Sin embargo, al igual que sucedió con mis abuelos paternos, tampoco sus padres vieron con buenos ojos ese matrimonio heterodoxo, desigual. Se casaron, pues, si no precisamente a escondidas, por lo menos sin darle aviso a sus respectivas comunidades (amigos, familiares, conocidos), y claro: sin ninguna iglesia de por medio, lo que en definitiva iba muy *ad hoc* con Irene y su dianética. A los cuatro meses de matrimonio y a los tres de estar embarazada, el futbolista murió de la peor manera: el avión en que viajaba dirigiéndose a una concentración previa a un juego de provincias se desplomó, dejando con ello una huérfana por venir y una viuda. Tal vez a partir de entonces, el sueño de Irene se volvió un caos y un laberinto ininterrumpido a lo largo de los años, lleno de fantasmas, recovecos, premoniciones y angustiantes caídas al fondo de una sima sin final.

Nadia, mi prima, nació sin padre, aunque con ese apellido *goy* que aún lleva, llena de contradicciones e indefiniciones. ¿Qué era, judía, católica, atea, propensa a la dianética como su madre? No sabía, nunca lo supo. Peor aún: negada por mis abuelos y absolutamente ignorada por los padres resentidos de Ruy González, creció casi sola, con excepción hecha de que nos hicimos íntimas tiempo después, cuando yo llegué a México a los trece años de edad. Sólo años más tarde (de eso ya hablaré), Nadia se volvió esa otra hija, la novena (si se quiere ver así), de mi abuela Vera. Y esto porque, a partir de esa muerte, Irene empezaría una larga batalla contra el destino o contra la vida o contra sí misma, no sé: una historia llena de vicisitudes, complicaciones y con todos los errores que un ser humano puede acumular en una sola vida. Por su parte, el destino de Nadia coincidiría con el de otro hijo único, Isidoro, en una situación azarosamente similar: con un padre judío que nunca conoció y con una madre *goy*, es decir, con el mismo problema de identidad que mi prima. Pero para eso faltan muchos años y no me quiero adelantar.

CUANDO TENÍA CINCO años y Álvaro casi tres, conservaba una pecera que adoraba por sobre todas las cosas y a la que le dedicaba muchas horas del día. Mi hábito de observación, dice Rebeca, quizá me nació allí, dejándome arrullar por el movimiento de los peces, los guppies, pero sobre todo de uno en particular, Fred, el más vistoso, el más lindo: un goldfish, una carpa dorada. Éste, pues, es uno de los recuerdos más puros, más nítidos, que todavía me quedan de Colorado y de esa edad; lo demás, ya lo dije, está difuminado, entreverado con otras fechas y otros sitios. Sin embargo, lo que le aconteció a Fred, mi mascota, mi pez favorito, lo tengo que contar, pues hasta ahora no lo he podido sacar de mi alma.

Cada tarde, tras regresar de mi primer año de Elementary School, iba directamente a alimentar a los guppies que Sebastián mantenía sobre la chimenea, suficientemente arriba para que Álvaro no la pudiera alcanzar. Llegaba, pues, y mi madre me acercaba la bolsa de alimento para peces, el cual yo ya sabía dosificar. Veía a Fred, rutilante, deglutir esas minucias que iban cayendo como fragmentos de hojas muertas, livianas, en ese mes de octubre, cuando los árboles cambian su color y las hojas se desprenden y flotan. Álvaro me observaba desde abajo; veía mis movimientos entusiasmado, muerto de envidia al comprobar cómo lograba encaramarme en el banco, cómo abría la bolsa, cómo tomaba la medida y la esparcía en el agua. Luego nos quedábamos los dos observando a los peces; sin embargo, mi hermano se fastidiaba pronto y se iba con sus juguetes a cantar aquel sonsonete que a mí no me gustaba tararear:

Row… row… row… your boat
Gently down the stream,

Merrily, merrily, merrily, merrily,
Life is but a dream.

Una de esas tardes, de regreso de la escuela, Fred no estaba; sencillamente había desaparecido; me puse a buscarlo desesperada, miraba cada ángulo de la pecera, entre las piedras del fondo y un buzo de plástico, sin dar con él. Entonces le dije a mi madre lo que pasaba. En un primer momento, sorprendida, ella se acercó, y entonces vi sus ojos (esos ojos que no pueden engañar) azorados, pero en respuesta oí su voz pausada, resuelta, que me preguntaba:

—Silvana, ¿en qué mes estamos?

—Octubre, mamá —le respondí sin despegar la vista de la pecera y los guppies yendo y viniendo enloquecidos.

—¿Y qué pasa en octubre?

—Es otoño y las hojas cambian, caen.

—Exacto. Los árboles cambian de piel —me decía al mismo tiempo que la seguía anonadada—, de igual manera los peces cambian de piel. ¿Tú qué creías, Silvana?

—Pues no sabía, mamá; no había pensado en ello —le respondí atónita—. Pero, ¿y Fred?

—Pues que Fred se ha escondido entre las piedras del fondo para que nadie lo vea cambiar de escamas.

—¿Y allí está ahorita? —le pregunté yo al lado de Alvarito, quien nos seguía con la vista, no sé si comprendiendo lo que sucedía, si vislumbraba la tragedia de la desaparición—. Es que no lo veo, mamá.

—Pues claro que no lo ves, Silvana. ¿A poco vemos a las gentes cuando se cambian de ropa?

—Tienes razón: no las vemos —reconocía yo con apabullante lógica.

—Entonces no nos queda más que esperar a que mañana salga Fred de entre las piedras con su nuevo atuendo, a ver cuál es. ¿Te imaginas?

—No.

—Pues esperemos.

Dicho esto, mi madre nos abandonó a Álvaro y a mí, y aunque en un principio sospeché algo (más por esos ojos delatores), la explicación y el cabal raciocinio de mi madre no me dejó lugar a dudas. No obstante, pasé todavía una hora buscando a Fred entre las piedras del fondo de la pecera y el buzo de plástico que estorbaba la visión. Álvaro, no hay que decirlo, a los diez minutos se aburrió y se fue otra vez, no sin antes pedirme que fuera a jugar con él.

Al otro día, al volver de la escuela, encontré a Fred. Pero… algo extraño había sucedido: era y no era él. No sabía cómo explicarlo: era casi del mismo tamaño, casi del mismo color: un goldfish. Pero era otra su mirada, sus reflejos, o mejor: era otra su forma de verme, de reconocerme, y es que, aunque nadie me creyera, había algo entre él y yo, un lazo, una intuición. Yo siempre creí (hasta entonces lo había creído así) que Fred de veras me reconocía y que, incluso, agradecía ese alimento que le echaba exclusivamente a él, a él y a nadie más en la pecera, a pesar de que los otros pececitos, los guppies, también se beneficiaban de ello.

Entonces, completamente desorientada, me acerqué a mi madre que, desde la cocina me observaba cautelosa, tal vez sopesando mis reacciones, queriendo comprobar si Silvana se había dado cuenta o no, si Silvana había reconocido el embuste. Inopinadamente, fui hacia ella, la jalé del vestido, le pedí que me acompañara a la pecera, y le dije:

—Mamá, Fred ha cambiado. Creo que ya no me quiere.

—¿Y cómo es eso?

—No sé; algo extraño le pasó. Fíjate —le decía, señalándole algo—: esos puntitos… antes no los tenía. Y Fred no era tan lento. Se volvió lento, mamá, ¿no crees?

—Pues, sí. Algo habrá cambiado, a todos nos pasa, somos y no somos los mismos. Será el otoño… Pero, ¡qué duda cabe! Es nuestro querido Fred, el mismo, Silvana. Ya ves: ¡qué rápido salió de las piedras! Un día nada más.

—Sí —le contesté, ligeramente contrita.

Sin embargo, algo pasó desde entonces, algo incierto; no sé si entre Fred y yo o si fui yo misma: una pena, una aflicción por haber perdido ese amiguito, o mejor: por haber visto a mi amiguito Fred cambiar de humor, cambiar de piel, la misma pero también una distinta, no sabría cómo explicarlo. Mamá tenía razón: somos y no somos los mismos, cambiamos y continuamos cargando el mismo nombre, los mismos apellidos. Pero, ¿por qué? ¿Quiénes somos a final de cuentas?

No fue sino hasta muchos años más tarde cuando Rebeca me reveló lo sucedido:

—Nunca supimos qué había pasado con tu pececito, Silvana. Fue un misterio. Se lo conté a tu padre, y no lo podía creer. Esa misma noche, una vez dormidos Álvaro y tú, yo estaba encinta (lo recuerdo, pues, apenas podía acuclillarme y ayudar a tu papá), pasamos horas buscando a Fred. Buscamos en la chimenea, debajo del tapete, en los rincones, hasta en la cocina. No había rastro de él. Vaciamos la pecera; revisamos cada rincón, cada piedrecita, y nada. Ni una señal de él. No sé, Silvana, de dónde me vino esa ocurrencia, la que te conté; sí, la de decirte que, como era otoño, Fred debía cambiar de piel… como las hojas. Fue lo primero que me vino a la mente, lo recuerdo muy bien. Me asombra que tú todavía te acuerdes. Perdóname si te engañé. Uno no debe engañar a los niños.

—¿Y entonces qué pasó con Fred? ¿Quién era ese otro pececito?

—Pues, ¿tú qué crees? Al otro día, tu papá y yo fuimos a comprarte otro goldfish: créeme, fue muy difícil encontrar uno parecido, aparte de que nos resultaba casi imposible recordar al original, el tuyo. Tú notaste algo, sin embargo, la idea del cambio de piel coincidía y cuadraba a la perfección. Pero algo notaste, hija, lo querías mucho.

—Sí —le digo, ligeramente apesadumbrada, tratando de recordarlo todo, intentando encontrar, a *posteriori*, la diferencia entre ambos peces; por fin, miento, me miento, y le digo—: Qué bueno que me cuentas lo que sucedió.

—Perdóname.

—No, no, está bien, de veras —le digo, mientras pretexto una huida; ya sola, cabizbaja, sé bien lo que pasó con mi mascota consentida, con Fred: la envidia de los otros lo condenó. No puede haber otra explicación por más que me empecino en encontrarla. ¿Dónde más podría haberse ido Fred? ¿Saltar de la pecera? Imposible. ¿Y después? ¿Arrastrarse? ¿A dónde, cómo? Lo sé, no se lo he querido decir a mi madre, pero lo sé: los pequeñitos, los malditos, se lo comieron... todos juntos, y por eso Sebastián y mi mamá (encargando a Rodrigo) jamás lo pudieron encontrar.

¡Qué irónico! Tal vez éste sea el primer recuerdo, o el más nítido que tengo de esa edad, y es justo el recuerdo que no requiere de fotos para corroborarse.

POR LA ÉPOCA en que Noemí contrajo nupcias con Elías Amkié, el argentino millonario, la séptima de las hermanas de mi madre reveló su estigma, o mejor, su afición secreta: las mujeres. Dicen mi madre y Lina e Irene que ninguna jamás pudo haberse imaginado (ni siquiera sospechado) que mi tía Judith era lesbiana, o a partir de cuándo empezó a serlo; ella, por su parte, poco o nada contribuyó jamás a la revelación, la que fue doblemente escandalosa y traumática.

Hacia fines de los cincuenta, cuando Judith tenía veinte años de edad, decidió mentirle a mi abuelo Abraham... aunque infructuosamente, puesto que, días después, declaró a todos en casa que había decidido irse a vivir lejos, con una amiga, a la que no pensaba renunciar. Ese anuncio lo recuerda Rebeca, mi madre, con hiriente claridad, y así me lo ha transmitido. Entonces ella tendría unos veintitrés años y aún no conocía a mi padre.

La única que siempre se mantuvo cerca de Judith y quien, al parecer, pudo comprenderla mejor, fue la más pequeña de la tribu femenina, Zahra. A pesar de llevarse tres años de diferencia con Judith, Saulo, el benjamín de los Nakash, coadyuvó en el asunto sin imaginárselo, es decir, contribuyó en esa cercanía de ambas… al haberse convertido (desde que viniera al mundo) en el predilecto de la familia, el jefe del harén, razón por la cual Zahra fue (de entre todas las demás, a excepción de Judith) la más olvidada, la más relegada, y la que más pudo entender el comportamiento y las inclinaciones de su hermana. Eso le permitió, ciertamente, una libertad mayor, muy distinta de la que habían observado y vivido sus siete hermanas. Zahra, pues, pudo terminar la preparatoria en el Colegio Sinaí y seguir, años más tarde, sus cursos de licenciatura en la Universidad Nacional; después se recibió como licenciada en psicología.

No sé si fue la profesión que eligió, o la proximidad de edades con Judith, un año y medio mayor que ella, pero el hecho es que ambas formaron desde muy pequeñas su propia mancuerna, su propia amistad y contubernio, acaso un poco ignoradas por las historias y zafarranchos de cada una de las hermanas mayores y por el poder inmerecido (monárquico) de su hermano más pequeño. Esa amistad, sin embargo, se vio alterada cuando llegó a casa Zelda Hadid, una paisana de Vera, mi abuela, probablemente conocida de su infancia, en Alepo, la pequeña Armenia, de donde también venía.

Judith era gorda, muy gorda; con unas nalgas prominentes, una cadera ancha y no muy agraciada. Sus piernas eran también gordas y con principio de várices desde muy joven. Tal vez la falta de ejercicio o de movimiento fue desarrollando esas líneas azuladas en sus pantorrillas. Como era pesada, supongo, le habría costado mucho trabajo moverse, caminar, salir a dar largos paseos como hacían mis demás tías. No iba al parque, al supermercado, a las fiestas. Prefería quedarse en casa, ir y venir lo menos posible, moverse sólo lo indispensable. Durante los veranos que pasaban todos (excepto mi abuelo) en la casa de Cuautla, ella prefería encerrarse a leer cualquier cosa a ponerse el bañador como hacían sus hermanas. Judith no era guapa; numerosas pecas afeaban su nariz y, aunque siempre tenía dispuesta una sonrisa, su boca mantenía un herpes que (misteriosamente) aparecía y desaparecía con cada estación. Sus labios casi no tenían color, aunque sus ojos resplandecían tenuemente.

Zelda, la paisana de Alepo, amiga de Vera, llevó a quien sería la pareja de mi tía Judith durante muchos años. Zelda Hadid tenía varias hijas, las cuales pasaban tardes enteras en casa de los Nakash conversando, jugando cartas o tejiendo chambritas que luego vendían a las vecinas de la colonia. La menos agraciada de estas visitantes asiduas, Déborah, fue la que se sintió imantada por la sonrisa y la amistad de Judith… cuando ambas tenían quince años. Desde siempre (así lo dice mi madre), era cosa de verlas saludarse y luego desaparecer una vez que llegaba Deby a la casa de la Roma. Las dos, gordas, lentas, moviendo unas caderas exageradamente grandes, se cogían de la mano para, muy pronto, esfumarse en cualquier sitio de ese caserón lleno de habitaciones, desvanes y pasillos.

Como ya dije, en esa época las casas iban creciendo de manera esperpéntica y desacostumbrada con cada nuevo integrante de la familia; esas mansiones se construían aleatoriamente, sin ton ni son. Se añadían (de manera adyacente) habitaciones, baños, y se disponían nuevas estancias de trabajo y descanso, o alguna pequeña sala, para esa pléyade familiar jamás planeada con antelación, y con vástagos sumándose precipitadamente. Entre recámara y recámara había largos pasadizos, entreveros, a veces pasillos sembrados de tibores que no llevaban a ningún lugar. Todo umbrío, muy frío o con rachas de calor y humedad filtrándose por las paredes que, poco a poco, iban desconchándose con los años. Quien no conocía a la perfección estos corredores de la casa, la multitud de tapetes y kilims de colores y arabescos superpuestos, podía perderse un rato sin poder más tarde regresar. Incluso una voz, como un hilo de Ariadna, era poca cosa para salir del panal y sus vericuetos. Los pasillos, como túneles alfombrados y en penumbras, tenían a veces varias bifurcaciones; a veces estas desviaciones volvían a unirse más allá o, simplemente, prometían una intersección que aparecía o no aparecía jamás. Podía ser el colmo de divertido pasarla allí, en los zaguanes y traspatios de la casa, al decir de Saulo, de Zahra o de mamá: siendo tantos (y sumándose vecinos o amigos), se inventaban cantidad de juegos entre esas paredes extendidas y perdedizas: las escondidillas, la mano peluda, la gallina ciega, encantados, la búsqueda del tesoro, policías y ladrones, y muchas cosas más que yo también, hace años, jugué con los vecinos y mis hermanos cuando vivíamos en Virginia a principios de los setenta. Sin embargo, los juegos en Charlottesville tenían otros nombres y la mayoría se hacían al aire libre con los chicos del distrito: los *hoola hoops*, los *sack races*, los *water balloon tosses* y otros más... aunque nunca tan divertidos comos los que aprendería más tarde con Gina y Omar Talens, con Alán y Esdras, mis primos Corkidi, con Néstor junior y Nadia González cuando llegamos a México en el 77. Ellos me enseñaron el bote pateado, los quemados, el resorte, la víbora de la mar, la rueda de San Miguel, un... dos... tres calabaza y muchos más que ahora no recuerdo.

Entre esas paredes de la casa de la Roma, pues, dieron inicio esos amoríos. Incluso pudo haber sido en la azotehuela, en el garaje o en algún desván oculto de la casa, quién sabe: querría preguntarle a ella... si pudiera. Y es que Judith y Déborah nunca se entendieron con todos los demás; aparte de ser más chicas que la mayoría, eran las más olvidadas o relegadas de sus respectivos clanes. Incluso conservaban cierto parecido, no sólo físico (eran igualmente feas) sino también en su carácter más que tímido, cauteloso, reservado. Poco se sabía de ellas, no solían externar su opinión entre los otros, tampoco discutían una propuesta y menos compartían esos juegos caseros de la adolescencia. Si se las veía, se las hallaba solas, departiendo en el zaguán, comiendo chocolates, conversando. Saludaban a una hermana mayor de Déborah o a Noemí, cuando ésta todavía no había contraído matrimonio con Elías, el argentino millonario que se la llevaría un poquito más tarde.

El caso es que al cumplir los veintiuno, Judith habló con mi abuelo y le dijo que Déborah y ella querían irse a trabajar a la empresa del padre de su amiga en Morelia, Michoacán: una distribuidora local. Le aseguró que era una buena oportunidad y que la familia de Deby estaba entusiasmada con la idea. Sería sólo por un par de meses. El ruego quedó allí, sin respuesta, a la espera. Pocos días más tarde, Abraham entró en la habitación de Judith, sin aviso, para propinarle una salvaje golpiza. Vera, por supuesto, habló con mi abuelo desmintiendo a mi tía; vino luego la conversación con los padres de Déborah, el descubrimiento del ardid y, por último, la consigna de acabar con ese mutuo encubrimiento de las jóvenes. Déborah, por esos días, tal vez bajo tortura familiar, terminó por confesar su amor hacia su amiga Judith: no, no era un amor de hermanas, era un amor físico, carnal, se amaban en cuerpo y alma, se habían besado y tocado y habían dormido juntas. ¿Por qué? No lo sabía, pero así era: se gustaban, se querían y no querían vivir una sin la otra. Por fin, una vez sabida la verdad, las juntaron y junto con ellas se unieron sus respectivos padres, mis abuelos y sus amigos, en conciliábulo. Vino, a puerta cerrada, el largo y penoso proceso inquisitorial, la requisa. Esto, claro, puedo imaginármelo: entre lágrimas, gritos, recriminaciones, amenazas, empujones, falsas reconciliaciones, golpes e improperios. Nada sirvió, nada bastó. Las madres las descalificaron, vaticinaron para ellas los más funestos hados; los padres se desgarraron su camisa como es la tradición, echaron chispas por los ojos, soltaron bofetadas a diestra y siniestra, quién sabe si para calmar su furia, su contrariedad, o bien intentando hacerlas cambiar de opinión, como si su amor (igual que el mío) fuera un asunto de opiniones. No, de ninguna manera: los golpes, lo sé, no hicieron sino confirmarlas en su mutua adoración, en su paroxismo carnal. La confesión de la amante de mi tía no hizo, pues, sino precipitar lo que ya venía pergeñándose: tarde o temprano se iría a saber, y fue así, exactamente, que a mediados de 1958, el destino impar terminó por juntarlas. Ese día, ni uno más tarde, Deby y Judith desaparecieron con poco dinero (sus ahorros), un par de valijas, y sin ninguna bendición ni abrazos familiares, dispuestas a consumar su historia. Nadie las volvió a ver, excepto Zahra, la más pequeña, la psicóloga de la Universidad Nacional.

Sé que vivieron en Acapulco al principio, donde trabajaron muchos años, y sólo más tarde se fueron a vivir a Italia: allí vivieron en Roma y más tarde en Siena. Como ya dije, Zahra fue allá algunas veces a visitar a su hermana. Que yo sepa, la más chica de las Nakash fue el último vínculo que Judith mantuvo con México y su familia. Abraham y Vera jamás la volvieron a buscar, ni ella a sus padres tampoco. A fines de los ochenta murió Déborah, y un año más tarde, mi tía Judith, casualmente el mismo día en que Néstor junior nos anunció a todos su intempestivo matrimonio con la modelo de San Cosme. Recuerdo el suceso, el día, pues todo el mundo habló de ese segundo (morboso) escándalo que ya insinué al principio, luego del primero, que fue la revelación de su amor homosexual cuarenta años atrás, en 1958. La escabrosa ironía fue que, siendo como fueron todas sus vidas —mujeres gordas, macizas, hercúleas— terminaron, a decir de Zahra, increíblemente delgadas, los cuerpos espigados como tallos febles, la piel amoratada y lívida, dichosas y sin redención.

CONOCÍ CUBA POCO antes de partir de Colorado. Conocí Cuba, no La Habana, en 1969 o 1970. Llovía, granizaba, caía nieve. Cuba es, quizá, el lugar más triste y solitario de Estados Unidos: un pueblo perdido, deshabitado, en el centro del estado de Nuevo México.

No es que mi madre quisiera ir a Cuba —es más: no sabía que existía, lo mismo que Sebastián—, lo que en cambio sí quería, antes de partir, antes de trasladarnos a Virginia, era conocer Santa Fe, Nuevo México: durante años, ése había sido su sueño. Y, mi padre, por su parte, también quería conocer el rancho Kiowa (cerca de Taos) donde D. H. Lawrence vivió una corta temporada y donde el autor de *Sons and Lovers* tiene todavía una capilla funeraria resguardada en la cúspide por una deteriorada ave fénix. Hacia allá fuimos, Álvaro con tres años de edad, Rodrigo con seis meses y yo, Silvana, con cinco años. Llegamos a Santa Fe, sí, pero no sin antes pasar una noche espeluznante en Cuba, la cual se entreteje en mi recuerdo junto con esas innumerables ocasiones en que mis padres tuvieron a bien contar la anécdota de nuestra azarosa travesía.

Tuve frente a mí, no hace mucho, un mapa moderno de los Estados Unidos. Supongo, sin embargo, que el paisaje, los nombres y los tramos de carretera no han cambiado mucho desde entonces.

Cuando salimos de Grand Junction, tomamos hacia el sur hasta topar con un hermoso poblado de pinos y abetos, oculto entre montañas, Durango —uno de los tres Durangos que existen en el mundo, tal y como anuncia una ostentosa placa al llegar ahí—. Justo antes de entrar a Nuevo México, en la frontera, el camino se bifurca. El mapa señalaba un camino largo, pero seguro, a Santa Fe; y otro, corto (mucho más directo), pero algo desolado, que conduce hacia un remoto lugar llamado La Jara, un paraje por el cual se puede entroncar con la autopista principal, la 84. Según recuerdo y vi en un mapa actual, si papá hubiese tomado el primer camino, nos habríamos detenido en Pagosa Springs, uno de los varios centros recreacionales de esquí que hay en el lugar; de ahí, hubiéramos cruzado a Chama, Nuevo México; luego habríamos bajado a La Española hasta llegar a Santa Fe, todo esto tomando la 84 South y entroncando con la 64 más tarde.

Sin embargo, puedo visualizar a papá, reconstruirlo, sentirlo casi ansioso por llegar a su destino, cansado de manejar seis horas hasta ese momento y decidido a llegar a como dé lugar ese mismo día a Santa Fe, sin calcular previamente la distancia real que resta. Quizá Rebeca, en algún momento, haya intentado disuadirlo, empero, testarudo como era, como siempre había sido, Sebastián resolvió proseguir siguiendo sus propias especulaciones. Es entonces cuando toma ese otro camino (casi inédito) a eso de las tres de la tarde; piensa que, quizá, en tres o cuatro horas, a lo sumo, llegaremos. Rodrigo, de meses, llora, berrea sin parar; Álvaro, seguramente patalea y acciona, mientras yo, abstraída, observo el paisaje gris, desolador, desde mi asiento trasero. No sé en qué pienso.

Papá toma la 550 South, hacia un lugar llamado Aztec; una vez ahí, a la entrada de ese pueblo sucio y desastrado, una patrulla lo detiene por exceso de velocidad y lo multa. El policía, entonces, le pregunta a dónde vamos, a lo que mi madre responde que a Santa Fe. El policía parece azorado: "¿Por qué, pues, vienen por aquí?" Sebastián le explica (mapa en mano) que es más rápido, al parecer, acortar por ese pequeño trecho donde se ve un poblado, La Jara. El policía, viendo a las tres criaturas en el coche, disuade a Sebastián: el camino de La Jara hacia la 84 —que es justo la que queremos tomar— es peligrosísimo, tortuoso, lleno de pináculos y barrancos; aparte, de noche es poco recomendable. Entonces, papá le dice que espera cruzar ese trecho (es decir, llegar, primero, a La Jara) antes de que anochezca para estar sobre la 84, rumbo a Santa Fe, antes de las siete de la noche. El policía le dice que es imposible; a La Jara, por lo menos, le llevará cuatro o cinco horas más, aparte de que (como ya le ha dicho) el camino es poco menos que mortal.

Una vez disuadido por el policía y mamá, Sebastián debe seguir las indicaciones del oficial: deberá pasar de largo ese cruce —La Jara (la 96)— y continuar más hacia el sur hasta llegar a Cuba. ¿A Cuba? Sí, y es entonces cuando Rebeca y Sebastián encuentran el nombrecito minúsculo en el mapa. Allí, le dice el policía, encontrará alojamiento para seguir a Santa Fe al otro día. Frustrado, contrariado, papá arranca el auto y se lanza para Cuba. Sin embargo, mamá parece contenta: "Iremos a Cuba", nos dice, y es a través de Rebeca que oigo, por primera vez, el nombre de ese país, del cual sabré muchas cosas cuando vivamos en Virginia.

Sebastián cruza, al poco rato, un pequeño poblado llamado Bloomfield, y desde ahí no hay nada más en el mapa que ese remoto lugar, Cuba. Los minutos a partir de ese momento transcurren, se agotan, y nosotros sin avanzar, o, por lo menos, sin que parezca que estamos llegando a ningún sitio, pues en esa carretera perfectamente recta, larga, no hay absolutamente nada: ni una gasolinera ni un poblado, ni siquiera árboles o montañas. A diferencia de Colorado, el paisaje es plano, indiferente, umbrío, extremadamente desolador. Puro desierto, chamiza y arbustos bajos y secos. Pasan horas y Cuba no aparece, ni siquiera un letrero que anuncie las millas por venir. Nada, un yermo extendiéndose sin final. Mi madre empieza a desesperar, pero calla, lo sé; veo que papá también se desespera… y por eso, a veces, aprieta el acelerador. Rodrigo, de meses, llora infatigable, monocorde. Mi madre y yo hemos cambiado sitio: yo me siento adelante con papá, ella trata de calmar a Rodrigo con un biberón mientras Álvaro se tiende adormilado, ovillado sobre sus piernas. Mantengo los ojos bien abiertos, listos para apresar ese mundo irreal; la noche se cierne, lenta, inhóspita, y no hay visos de llegar a ningún sitio habitado, viviente. El tanque de gasolina se agota, mi padre no deja de acelerar; desea llegar a Cuba… pero Cuba no aparece, ni siquiera un anuncio o una gente a quién preguntar. Nada, ni siquiera animales. Lo veo (o lo siento) asustado, ligeramente tenso. Por fin, la noche ha envuelto ese desierto y el frío empieza a calar. Se mete por las ventanillas. Sebastián tiene que encender el calentador que, para colmo, se prende y se apaga a intervalos. Mi madre, atrás, ha cubierto con una manta a Álvaro, que sigue dormido igual que el más chico de los tres, Rodrigo. Hace un frío, lo recuerdo, que se mete por no sé dónde, y ni mi suéter me libra de esas punzadas que me atraviesan la piel. A través del vidrio no se ve nada: no hay estrellas, no hay luna, tampoco un solo árbol o huella de ser viviente. Es un mundo espectral, fantasmagórico, donde lo único que surge a nuestros pies es la línea punteada de la carretera: infinita, incansable. La gasolina se agota, los minutos transcurren. Mi madre, silenciosa, probablemente imagina lo peor, pero está lejos de murmurar una sola sílaba. Observa, observa igual que yo. ¿Qué vamos a hacer si nos quedamos tirados ahí, en medio de esa nada? Y pensar que Sebastián creía que podría llegar antes del anochecer a Santa Fe, cuando ni siquiera hemos llegado a esa desviación que lleva a La Jara, poblado inextricable que, pretendidamente, iríamos a cruzar, a fin de entroncar con la 84. Pero, ¿cuánto faltará? ¿Dónde estamos? ¿Cerca, lejos? ¿Resta mucho por conducir? ¿Existirá Cuba? Está ahí en el mapa, y el policía de Aztec nos ha señalado el lugar. ¿Cómo no va a existir? Son ya las diez de la noche y empieza a granizar, un granizo que en apenas unos instantes nubla por completo el parabrisas del auto. Justo entonces aparece la desviación a La Jara, lo que significa que estamos a media hora por lo menos de Cuba. Y así es. A vuelta de rueda, casi, debido al granizo que por momentos parece esa ventisca de nieve, llegamos por fin a Cuba. Un letrero nos recibe: no lo voy a olvidar. Es enorme y entre el granizo y la oscuridad pueden observarse unos mulatos tomando el sol bajo unas palmeras y bebiendo daiquirís. La carretera es, digámoslo así, la calle principal (y la única) de ese poblado perdido de la mano de Dios. Un letrero anuncia la densidad: 344 habitantes. En Cuba hay sólo una gasolinería, un restaurante que, para colmo, se llama La Habana (adonde fuimos a comprar, hambrientísimos, sopapillas con miel), y, enfrente, el único motel del pueblo, en el que nos quedamos a regañadientes: no había otro para escoger.

Sebastián baja del auto; el granizo es atronador. Toca la puerta del supuesto lobby del motel. Luego de un rato, aparece la conserje. Hablan, se ponen de acuerdo. Yo los veo desde el coche; mi padre recibe las llaves y regresa al auto. Se dirige a una habitación casi al fondo de esa lóbrega construcción de habitaciones contiguas, deslucidas, abandonadas, de un solo piso. Con dificultad, bajamos todos, nos instalamos mientras mi padre baja un par de velices. Junto a una de las dos camas está el calentador, una suerte de radiador que vibra y hace un ruido estremecedor ininterrumpidamente. Al menos, calienta. Por fin, luego de cambiarnos de ropa, Sebastián y yo salimos al auto mientras mamá se queda cuidando a mis hermanos que entonces ya duermen apaciblemente. Bajo la granizada, llegamos a La Habana; hay un par de parroquianos que nos miran con rostros largos y adustos. Una camarera se nos acerca y nos pregunta qué deseamos en un español que oigo por primera vez en mi vida. Pedimos sopapillas con miel para llevar: muchas, cantidad de esas harinas fritas infladas que no se encuentran más que en Nuevo México. Mientras tanto mi padre me explica: estas gentes son descendientes de los primeros colonizadores españoles que llegaron a América; no se mezclaron con nadie y por eso su español tampoco evolucionó. Me dice que ponga atención, que escuche hablar a esa camarera. Y es cierto: ella y las personas que conocí en ese viaje hablaban un español arcaico; decían yantar en lugar de comer, y decían vido y fermoso y ansí.

Por fin, salimos de La Habana y regresamos a cenar con mamá. Sobre la cama comemos los tres, mientras Rodrigo y Álvaro duermen al lado nuestro. El calentón, como un armatoste viejo pegado a la pared, vibra y rechina; sin embargo, tal vez por el cansancio, todos podemos dormir. Dormíamos cuando, no sé a qué hora exactamente, alguien empezó a tocar la puerta de nuestra habitación. Sebastián, de un solo respingo, se levantó de la cama y se aproximó a la puerta; preguntó en inglés y en español quién era. Puesto que esa voz (una voz de mujer) le decía en ese mismo español arcaico que por favor le abriera, papá le dijo que éste no era su cuarto. Sin embargo, eso no pareció importarle a la mujer. Siguió tocando la puerta, pero esta vez más fuerte. Rodrigo se despertó y empezó a llorar. Mi padre le dijo a Rebeca, que me abrazaba: "Está borracha". Lo recuerdo muy bien, pues oírlo decir eso me asustó… aunque no entendía exactamente qué podía significar, qué males podría traernos. El granizo no cejaba; toda la noche había estando golpeando el techo y las ventanas de la habitación. Rodrigo tampoco paraba: seguía llorando. Mi padre, ahora lo veo, estaba indeciso: ¿debía abrir la puerta y enfrentar a la mujer? Pero, ¿y si había alguien más con ella? ¿Si se trataba de una celada? ¿O si iba armada? Le gritó que se fuera, que ésa no era su habitación. Con un extraño acento, la mujer le respondió a gritos que le abriera al mismo tiempo que golpeaba la puerta. Desafortunadamente no había teléfono en la habitación y tampoco la conserje podría haber escuchado esos gritos desaforados de la mujer en medio de la noche y el aguanieve. Sebastián no sabía qué hacer. Ya todos estábamos despiertos, observándolo: yo abrazando a Alvarito y mi mamá abrazando y tratando de calmar a Rodrigo. Justo cuando mi padre se disponía a abrir la puerta, muy inseguro aún —pues mi madre le decía que no, que no la abriera—, oyó una discusión afuera, un jaloneo: era la conserje que, quién sabe cómo, había logrado escuchar la trifulca. Y es que, al parecer, otros vecinos, la habían llamado. Por fin, desde afuera, oímos la voz de la conserje pidiéndonos disculpas en su español de otro siglo; nos estaba explicando que no nos preocupáramos, que ésos no eran más que indios borrachos que salían por la noche a molestar a la gente. Cerca de ahí —nos enteramos más tarde— había una reserva; dado que no hay mucho o nada qué hacer en esos lares próximos a Cuba, Nuevo México, y puesto que el gobierno de Estados Unidos los resarce de las antiguas masacres manteniendo esas comunidades, los herederos de esas tribus americanas no tienen otro quehacer más que envalentonarse una vez bebidos, contritos y nostálgicos por un edén perdido, un lugar que hace varios siglos dejó de ser suyo.

A partir de entonces, el calentador y su ruido, o tal vez el miedo ya pasado, no nos dejó dormir. Sólo Alvarito y Rodrigo volvieron a caer pesadamente, no obstante el granizo y el radiador; mamá, papá y yo no pegamos los ojos en toda la noche. Al otro día, muy temprano, partimos: no granizaba, pero una capa de hielo lo cubría todo. Salimos de Cuba, aunque no sin antes detenernos en La Habana a desayunar lo mismo que habíamos cenado la noche anterior: sopapillas con miel. En unas horas, llegamos a Santa Fe.

Desde ese día, mi madre, muerta de risa (de risa y miedo, diría yo), contaba a sus amigas y a cualquier gente que se le aparecía, que ella había conocido Cuba, con lo que la gente quedaba sorprendida y picada de curiosidad. Pero antes de que ninguno preguntara, mi padre arremetía añadiendo achispado: "Sí, y cenamos y desayunamos en La Habana, con un frío de los mil demonios y una granizada descomunal".

EN 1947, SONIA se casó con Vladimir, el teniente de muy escasos recursos, quien años más tarde sería general dos estrellas, jefe de una zona militar y uno de los mejores pilotos de su tiempo, parte del famoso Escuadrón 201 de la Fuerza Aérea Expedicionaria Mexicana que se unió a los norteamericanos hacia el final de la Segunda Guerra Mundial en aquel famoso bombardeo a la base japonesa en la costa sureste de Luzón, apenas un par de meses antes de ser lanzadas las bombas de Hiroshima y Nagasaki. Sin embargo, ya en el ínterin del matrimonio, mi abuelo Abraham había interpuesto una denuncia contra mi tío, acusándolo de abuso y rapto de una menor. Durante un par de meses, pues, ambos vivieron a salto de mata, huyendo de la justicia, hasta que por fin, un sacerdote, primo de Vladimir, consintió en casarlos. En un principio vivieron con la suegra de Sonia en Atlacomulco, que significa "Lugar entre dos pozos", y sólo más tarde pudieron alquilar un pequeño cuarto en una monstruosa vecindad, donde nació su primer hijo: un varón, a quien pusieron el mismo nombre de su padre, Vladimir. Sin embargo, no fue sino con la llegada del segundo hijo, que mi tía se reconcilió con Vera, su madre. Para sorpresa de propios y extraños, al niño le pusieron Abraham, a pesar de que mi abuelo no perdonó a su hija ni conoció a ese nieto sino hasta muchos años más tarde. Poco después de ese acercamiento entre Vera y Sonia, y con los pausados pero seguros ascensos de mi tío dentro de la Fuerza Aérea, la situación económica mejoró visiblemente. A mediados de los cincuenta, la familia se mudó a la zona militar de la ciudad de Puebla, donde nacerían sus siguientes dos hijos, mis primos Dalio y Juan Acuña.

Mientras tanto, mi tío Saulo iba creciendo en medio de cuidados femeninos, caricias y apapachos, con viajes esporádicos al interior de la República acompañando a su padre y aprendiendo el negocio de las alfombras y kilims; el de la importación, venta y distribución desde esas tiendas que mi abuelo tenía en la ciudad de México y que se habían extendido por toda la ciudad durante el mandato de Miguel Alemán, aquel gobierno de civiles —el de los llamados cachorros revolucionarios—, quienes, una vez en el poder, renunciaron a todas las normas aprendidas en San Ildefonso para santificar el robo como única meta de la función pública.

Por su parte, las hermanas de Saulo le tenían hecha la cama, lavada y planchada la ropa, la comida siempre lista, muy caliente, para cuando llegaba. Saulo y mi abuelo comían a solas, atendidos por una o varias de mis tías. Ellas, estáticas como hierofantas, los rodeaban para escucharlos contar las anécdotas del viaje, toda esa gente que el más chico conocía y con quienes trataba. Los sábados, muy temprano, padre e hijo desaparecían como un par de buenos compadres: pasaban la mañana en la sinagoga entre docenas de varones judíos, exiliados algunos, de muy distintas facciones y países. Sólo hasta la noche, el *Shabat* terminaba y la familia Nakash (o los que quedaban) se reunía a cenar y conversar hasta muy tarde.

Sin embargo, fueron pasando los años y a Saulo, demasiado atendido por sus hermanas y su madre, no parecía entusiasmarle la idea de buscar pareja. Ahí, supongo, comenzaron las fricciones con su compañero de viaje, su amigo, su padre. Abraham quería ver asegurada su descendencia, esa multitud de estrellas largamente prometidas; pero no sólo la de sus hijas casadas con judíos, sino sobre todo esa otra descendencia, la de Saulo, el único que, a la postre, mantendría su apellido. Resulta casi inenarrable la obsesión de mi abuelo porque Saulo se casara y tuviera hijos… y, al mismo tiempo, parecería inexplicable la incapacidad de Saulo para relacionarse con una chica. No es que no le gustaran, simplemente no le atraía (nunca le atrajo) el matrimonio, y menos la idea de perpetuar una familia.

—Los hombres judíos, como las mujeres, se casan a muy

temprana edad —me dijo un día mi tía Lina, la mayor—; casi se puede decir que los casan. Esto lo llevan a cabo, sigilosamente, las madres. Yo lo intenté con mis hijos, Silvana, pero fracasé. Sólo Yaco se casó como Dios manda. Incluso desde que son muy niños se van armando y aparejando las familias, los apellidos, los varones y las hembras. Desde los quince o dieciséis, las madres organizan pequeñas reuniones que no tienen otro propósito que ir involucrando a sus respectivos hijos. El fin es tenerlos comprometidos, listos para el matrimonio, antes de que cumplan los veinte, o por lo menos a esa edad y no más tarde. De lo contrario, los jóvenes se descarrilan, pierden el entusiasmo (diría yo, la ingenuidad) del matrimonio y terminan sin casarse o buscando aventuras con *shiksas*, mujeres *goy*, que no llevan jamás a ninguna parte.

Por otro lado, Saulo había adquirido (no sé si a espaldas de su padre) un hábito que, hasta donde tengo noticia, jamás pudo eliminar: el de pagar por sexo. Como trotamundos que fue desde chico, en cada pueblo encontraba el lugar perfecto, barato, y con mujeres a las que nada, absolutamente nada, lo ataba. Justo lo contrario de esas otras paisanas, hijas de las amigas de mi abuela, como Zelda Hadid, la madre de Déborah, quien infatigablemente deseaba unir a Saulo con una de sus hijas.

Cumplió los treinta años y Saulo no sólo no quería casarse sino que tampoco pensaba salir de casa, donde gradualmente iba desplazando a su papá. Entre Vera y Abraham nunca hubo una sola chispa de amor; al menos no de parte de Vera hacia mi abuelo. Ella estuvo aherrojada a él durante décadas, tal vez anquilosada por la crianza de nueve hijos, uno tras otro, buscando siempre al varón. Para esos años, pues, la distancia entre mis abuelos era abismal. Siempre lo había sido; sin embargo, desde los sesenta, Vera fue cobrando autonomía e independencia (su propio carácter la ayudó), todo lo cual terminó por ensanchar lo que, desde hacía cincuenta años, estaba llamado al fracaso. No sólo no se amaban, al decir de Lina, sino que, a esas alturas, se odiaban. Saulo, pues, más que catalizador, fue el pivote que desencadenó el final, la postrer separación… tal vez muy tarde ya, cuando faltaba muy poco para que, primero, Abraham, desapareciera, y luego, dos décadas más tarde, Vera pasara a mejor vida. Aunque no se divorciaron (¿qué caso tenía?), Abraham salió de esa casa que lo había albergado casi medio siglo. Pero, ¿dónde iba a acabar si también había perdido la hermosa casa de Cuautla? Justo donde menos pudo imaginarse, con esa hija perdida (favorita alguna vez, y sepultada más tarde): Sonia.

HACE POCO, LEYENDO un libro de un escritor húngaro, Péter Nádas, leí algo que se me antoja escrito justamente para mí, o mejor: algo que yo debí haber escrito. Al principio, cuando empezó todo esto, no sabía cómo llamarlo, cómo ponerle a toda esta serie de historias personales, historias viejas, cruzadas, paralelas, todas concurriendo en mí. Las llamé *Memoirs*, pero tampoco son eso. También hablé de Agus, la sirvienta de mis abuelos, y de sus consejos: según ella, yo podía hablar con mis antepasados, y era cosa solamente de poner atención, de escuchar sus voces en mis sueños. No sé si lo hago, no sé si lo he logrado en todos estos años, pero al menos creo que aquí he querido dejar algo de todo ese pasado tumultuoso que me explica a mí, que me ayuda a explicarme quién soy y por qué, a la postre, sucedió lo que tenía que suceder: ese amor, ese loco amor, que tocaría la puerta de mi vida. Pero me desvío; del amor y sus graves y ominosas consecuencias ya hablaré (cada cosa tiene su turno). La cita de Nádas dice: "En cualquier caso, no voy a escribir una crónica de viaje; sólo puedo relatar lo que siento como mío, digamos, la historia de mis relaciones amorosas, quizá ni eso, ya que no tengo la pretensión de hablar de hechos que están fuera de mi ámbito personal, aunque no creo que pueda haber hechos más importantes que los personales, que en sí y por sí pueden ser insignificantes y carecer de interés, mejor dicho, no sé si los hay y de ahí que no lo crea, pero me conformo con que esto sea una especie de memoria, una mirada atrás, un relato cargado del dolor y el placer de la evocación, algo que en realidad escribe uno en su vejez, un anticipo de lo que sentiré dentro de cuarenta años, si llego a los setenta y tres y aún soy capaz de recordar".

Aparte de que todo se ajusta, parte por parte, observo una sola diferencia entre los dos: el tipo que escribe aquello tiene (por lo visto) treinta y tres; yo, Silvana Forns Nakash, ahora que escribo para mi vejez —en cierto modo adelantándome a ella—, tengo treinta y cinco, casi la edad que tenía mi abuelo cuando se enamoró de Vera muy lejos de aquí; la edad que Sebastián tenía cuando conoció a mi madre: apenas dos vueltas al calendario lunar de los semitas, poco más… poco menos.

Aunque una mujer aquiescente, dulce y enamorada de mi padre, Rebeca Nakash era tan segura, tan determinada cuando había que serlo, que un día tuvo que salvarle la vida a su tercer hijo, Rodrigo, a costa del riesgo irreversible de perderlo. Esto sucedió en Virginia, creo, al segundo o tercer año de estar viviendo allí. Yo tendría unos siete u ocho años, no lo sé, pero es quizá uno de los más incisivos recuerdos que aún mantengo y que a veces me persigue entre sueños como si se tratara de mi propio hijo.

Era la hora de comer y mi padre intentaba alimentar a mi hermano Álvaro mientras yo comía un plato de verduras o algo así. Reíamos, nos contemplábamos unos a los otros desde nuestros respectivos sitios alrededor de la mesa oblonga desde la cual se miraba el jardín y el cerco de las cicutas y los robles. Hacía mucho calor allí dentro, a pesar del aire acondicionado. No sé sin embargo qué pasó que la risa y la algazara de la mesa se petrificaron, se congelaron en un instante; sólo vi a mi padre abandonar la silla de Álvaro cuando mi madre empezó a llamarlo. Rodrigo estaba morado, pataleaba. Vi sus ojos desde el otro lado de la mesa. Penetré en sus ojos: no podía respirar. Tendría dos o tres años y estaba a punto de asfixiarse. De inmediato, mi padre lo sacó de la silla en que estaba bien sujeto y lo zangoloteó, intentó ponerlo boca abajo para sacar de su garganta o su tráquea lo que parecía ser un pedazo de pollo o el hueso del pollo, algo que finalmente no pudo deglutir y que se había ido entre el bocado que le daba mi madre. Rebeca miraba ahíta de terror, lívida; lo mismo Álvaro y yo, aunque él me ha dicho que no recuerda esa escena, ese momento en el comedor de Virginia, en Charlottesville. Tal parece que la única de los tres que lo recuerda y la sacude cuando sueña, soy yo, la hermana mayor.

Aunque Sebastián seguía intentándolo (metía un dedo desesperado, golpeaba su espalda, ponía boca abajo a mi hermano cogiéndolo de las piernas), Rodrigo parecía a punto de estallar a sus apenas dos años y fracción. El hueso no salía y no entraba; estaba allí, en algún lugar, interceptado, mermándole la vida segundo a segundo. Finalmente, mi padre comenzó a comprimir el tórax a riesgo de producir lesiones costales; lo hacía rápido y fuerte, una vez tras otra, aunque sin mayor éxito. Creo que pensé que Rodrigo iba a morir, aunque no estoy segura si yo ya entendía lo que eso quería decir, lo que de veras significaba (esa extensión que es la muerte) y lo que hubiese cambiado nuestras vidas.

Sólo recuerdo que mi madre desapareció unos instantes y en un abrir y cerrar de ojos la vi de vuelta con un largo cuchillo afilado en la mano. Lo cogía del mango, la punta en ristre como una espada de Damocles, dispuesta a sucumbir, a ajusticiar, a matar o a salvar, a lo que fuera, con tal de recobrar, resucitar, desamordazar al hijo del subsuelo. Mi padre no había logrado nada. Rodrigo, creo, ya no respiraba. Entonces vi a Rebeca arrebatarle al niño de los brazos y llevarlo al piso mientras que impelía a Sebastián a que llamase al 911, cosa que mi padre fue a hacer de inmediato al teléfono de la cocina. Rodrigo parecía exánime, ya no pataleaba ni gemía ni nada. Su hermosísimo rostro era una bola amorfa, amoratada o rojísima. Los ojos abiertos nada más, mirándome a mí, a punto de expirar, tal vez despidiéndose de su hermana o despidiéndome yo de él, muerta del terror, de la incomprensión, de la duda y el absurdo: ¿por qué no lo salvaban?, ¿por qué no lo hacían respirar, qué hacían allí mis padres, esos dioses todopoderosos?, ¿qué pasaba?

Ahora observo en cuadros, a retazos: veo a mi madre encima de su cuerpecito, una pierna en cada lado de Rodrigo, como a horcajadas, con el largo y delgado cuchillo de cocina, practicando un orificio horizontal en la garganta, no, mucho más abajo: en la pequeña y delgada laringe, debajo de la manzana de Adán. Algo, sin embargo, truena, un ruido levísimo que nunca he oído antes: una nuez humedecida o algo peor. Es el cartílago; alcanzo a ver las líneas de la tráquea. Mi madre me grita que le traiga un paño y un popote. Tiene que pedírmelo dos veces. Al fin me levanto y corriendo me dirijo a la cocina no sin antes tropezar con una silla que cae frente a mí. Mi padre habla por teléfono, casi despotrica; lo veo restregarse los ojos y secarse el sudor de la frente. Cuelga y ambos regresamos al comedor. Dejo el paño y el popote junto a ella, cerca de mi hermanito inconsciente. Rebeca toma el paño y lo pone a un lado de su cuello; firme y serena, mi madre arremete, penetra y zanja la carne de Rodrigo otra vez: ¿lo quiere salvar o lo está matando? ¿Qué sucede? ¿Por qué mi papá no hace nada, por qué no se lo impide? ¿Por qué la deja hacer? ¿Por qué la mira aterrado, callado, intentando infructuosamente taparnos el rostro con sus dos manos velludas?

Entonces, al mismo tiempo que se abre la brecha en la carne de Rodrigo, brinca un poco de sangre y un silbido levísimo de aire sale de allí o entra, no estoy segura. Luego sabría que eso no significaba otra cosa excepto que mi hermano respiraba, o mejor: que el aire pasaba, apenas audible, invisible para todos los demás. Rebeca toma el popote, lo corta a la mitad, y pone una de las puntas en el orificio hacia la tráquea de Rodrigo; sin embargo, hasta ese momento no había rastros de vida. Al contrario. El cuerpo estaba perfectamente rígido, la sangre había manchado el suelo y el paño. Mi madre mantenía el cuello estirado con las dos manos; así lo tuvo, creo, quince o veinte minutos, con el medio popote actuando como conducto de aire, soplando a través de él, resoplando, empapada de sudor y lágrimas, hasta que de pronto, súbitamente, los pulmones de Rodrigo se expandieron o eso dijo mi madre que sintió. Rebeca continuó soplando sin perder la fe, impertérrita, manteniendo el cuello de Rodrigo estirado todo el tiempo, hasta que por fin todos oímos la sirena en lontananza, y unos segundos después llegaron los paramédicos y los vimos tirarse al suelo, extender mantas y sacar cuánta cosa es concebible imaginarse. Lo demás ya no lo vi. Nos sacaron del comedor. Desde mi recámara observé a mi madre subirse con Rodrigo en la ambulancia al lado de un grupo de hombres vestidos de blanco. La sirena, rodeada de vecinos, empezó a aullar de nuevo alejándose.

Rebeca, para mí, ha estado siempre asociada con ese día, con ese cuchillo afilado, con el grito que demandaba un paño y un popote de mí, firme, rasante, absoluta, con el timbre de voz autoritario que no permite del otro un devaneo o un instante que perder. Mi madre está asociada a Rodrigo como un río se asocia al mar, como una madre queda inextricablemente unida con su crío de dos o tres años: decidida a matarlo o a salvarle la vida, arriesgando una traqueotomía o degollando a su vástago como Abraham estuvo a punto de hacer con su hijo Isaac. Eso hizo mi madre, siguiendo su pura intuición y la charla insulsa que un día oyó por casualidad entre dos mujeres en un café mientras leía una revista: todo eso salvó a mi hermano de milagro, supongo. Si no lo hubiera hecho así, me dijo un día Sebastián, no habría Rodrigo entre nosotros. Si Rebeca se hubiera tardado un minuto más, acaso otra hubiera sido la historia de mi vida y otra la historia de mis padres y mi hermano Álvaro. Tal vez una historia de remordimientos y aniversarios luctuosos, aburrida y tétrica, quién sabe, no quiero saberlo.

MI ABUELO ABRAHAM Nakash sufrió varios reveses antes de morir; casi todos llegaron al mismo tiempo, justo durante los últimos años de su vida, cuando pensaba que su misión en la tierra había sido cumplida y sólo le faltaba un nieto con el apellido de su propio padre que nunca conoció.

A los ochenta y cinco lo abandonó mi abuela —o mejor dicho: lo sacó de su propia casa en la Roma. Una vez que se fue a vivir con Sonia y su marido, casi sin dinero ya, fue mi primo Abraham (el segundo de los hijos de Sonia y Vladimir) quien se volvería su mejor amigo, su compañero, hasta el día de morir: con él hizo sus últimas travesías por Tehuacán y Oaxaca. Mientras esto sucedía, transcurrieron cuatro años más y fue así como mi abuelo recibió el último gran revés de su vida cuando, primero, Saulo, a sus treinta y dos o treinta y tres años, anunció que se casaba, y lo hizo, sí, para sorpresa de sus hermanas y tristeza de mi abuela —que la verdad sea dicha, no quería separarse de él (Saulo detentaba el lugar de su padre en la vetusta casa de la Roma)—, y, segundo, cuando una vez se hubo casado con Ruth Saba, esa joven judía, guapa y de buena familia, decidió divorciarse casi de inmediato, con una prisa casi irracional. El motivo me lo dio, otra vez, mi tía Lina, hace algunos años, y, aunque increíble, ha sido una verdad irrebatible y escabrosa hasta el día de hoy en que escribo esto:

—Saulo se casó casi a regañadientes, Silvana. Aunque la joven era muy guapa, y paisana, tal y como mis padres querían que fuera, no sabemos a ciencia cierta si mi hermano quiso, con ese matrimonio, darle gusto a tu abuelito antes de morir. Detrás de todo, obviamente, estaba la necesidad (la obligación casi) de darle un nieto a su padre: y un nieto varón, ¡claro! Tú ya sabes. Pero aquí viene la ironía, la peor trastada que la vida le vino a propinar a papá: Saulo se divorcia alegando, entre rabinos, que su mujer no es virgen, que lo ha engañado, y, que, por tanto, se quiere separar. Los rabinos acceden, legitiman el divorcio, y una vez divorciados, Ruth anuncia que está embarazada. Saulo, vuelto loco, eufórico, dice que no es de él, que es el hijo de otro. Mis abuelos, sin embargo, le piden a Saulo, le ruegan, que regrese con ella, que recapacite: la verdad salta a la vista. Sí, es de él (¡de quién más puede ser!), aparte de que, con ello, Saulo le otorgaba descendencia a tu abuelo, Silvana. Pero, testarudo como es (como siempre ha sido), tu tío se negó entonces a volver con ella o por lo menos a darle su apellido al bebé. Dijo que no era de él, propinando con ello el peor golpe de su vida a tu abuelo. El remate, sin embargo, viene meses más tarde, cuando nos enteramos de que el recién nacido ha sido un niño, un varón. Mi papá, pocos días más tarde, muere, casi a los noventa, era ya muy viejo y no podía soportar más. Quienes han visto a ese joven, Silvana, creo que tu mamá alguna vez se lo encontró, dicen que es muy parecido a Saulo, pero más que un parecido a tu tío, dicen que es idéntico a tu abuelo, Silvana, y, ¿sabes?, también se llama Abraham, para colmo, sólo que lleva otro apellido, el de su madre: Saba.

III

MI ABUELA FELICIDAD Barrera hacía sus estudios de cello en la University of Southern California School of Music, a un paso apenas de Exposition Park, cuando conoció y se enamoró de mi abuelo en 1923. Ella hubiera llegado a ser una de las más prominentes cellistas mexicanas si el mal no la hubiera aquejado tan joven, justo cuando su carrera artística estaba a punto de iniciar (a la espera de que el reestablecimiento de la paz política se completara en México). Sus maestros lo presagiaban, la gente cercana a ella y aquellos que la habían escuchado tocar en Guadalajara cuando cumplió sus quince, estaban seguros de lo que la música le tenía reservado a mi abuela. La artritis, sin embargo, fue poco a poco desfigurándole las manos desde fines de los años veinte; algunos doctores (como su padre y un par de especialistas amigos de él) pensaron que el motivo era puramente psicosomático pues jamás hasta ese día habían sabido de un caso similar: ¿cómo una mujer tan joven, con sólo veintiún años de edad, podía tener unas manos artríticas, encorvadas e hinchadas como ramas de roble? La causa aparente, ya la dije: la muerte de Alberto en 1924, el hermano mayor de mi padre, quien moriría un año y dos meses después de haber nacido. Pero quizá había otra causa, y para ello debo remontarme más atrás, a los orígenes de mi abuela, es decir, a la trágica separación de sus padres, mis bisabuelos: sólo así se entiende por qué estaba en el conservatorio de Los Ángeles,

¿qué hacía ahí?, ¿cómo dejaron a esa adolescente trasladarse sola, con su cello, a California, y cómo fue, a la postre, que Néstor Forns y Felicidad se conocieran en 1923, en una de esas tantas persecuciones políticas que sufrió mi abuelo y que conté a retazos?

El papá de mi abuela Felicidad era doctor y había nacido en Pátzcuaro, Michoacán, en 1860. Había estudiado medicina en París y trabajaba en un hospital psiquiátrico en la ciudad de Guadalajara. Hacia fines de siglo, una vez asentado a sus treinta y pico de años, empezó a hacer visitas periódicas a algunos viejos psicóticos, atacados de senilidad o amnesia, que entonces cuidaba un sacerdote joven en un mísero pueblo llamado Tototlán, a las afueras de la capital del estado de Jalisco, cerca de Zapotlanejo, donde tropas francesas se habían aposentado un par de décadas atrás durante la Intervención. A ese hospicio, pues, iba mi bisabuelo Félix Saturnino Barrera con regularidad, y ahí trataba y estudiaba a esos pacientes. Aunque había, ciertamente, un matiz filantrópico en sus visitas, lo cierto es que también lo movía un prurito obsesivo hacia la investigación: el recabamiento de los datos que esos enfermos le proporcionaban era materia prima de un libro que preparaba sobre el asunto y que nunca publicó. En uno de esos viajes fijó su atención en una de las jóvenes que ayudaba al sacerdote del hospicio: la muchacha limpiaba a los viejos, les cambiaba su ropa y la lavaba, auxiliaba al cura con los santos óleos y hasta amortajaba a los muertos, esos viejos desamparados y solos en el mundo (solos en el doble y estricto sentido de la palabra: porque nadie hubiera sabido dónde estaba Tototlán y puesto que sus familias, si las tenían, hacía mucho tiempo que se habían olvidado de ellos). María del Refugio, quien a veces salía a la plaza los domingos a escuchar la banda del pueblo, también se fijó en el doctor: soltero, a punto de cumplir los cuarenta, tostado por el sol de los caminos, egresado de la Sorbona —lo cual no significaba mucho para ella— y de los pocos especialistas que aún se preocupaba del destino aciago de esos viejos de los pueblos remotos, como el suyo. Esa suma, pues, la fascinó, aparte de que nada ni nadie comparable con mi bisabuelo se había presentado hasta ese día en Tototlán, pueblo perdido en los Altos de Jalisco.

Que yo sepa, María del Refugio era huérfana y sólo tenía en el mundo a ese sacerdote y a esos viejos desamparados. Ellos eran su familia; su país era esa aldea antaño visitada por franceses: tenía pocas amigas, un par de tenderos del mercado del domingo, el señor de los churros rellenos de chocolate, la mujer de la miscelánea, don Primitivo o don Primi (como le decían algunos), quien vendía las nieves de garrafa en la plaza, y algunas familias que la saludaban al pasar, aunque a veces sin ni siquiera conocer su nombre. Aparte de eso, a sus veinte, María del Refugio no había salido de ese perímetro polvoso y ni sabía tampoco mucho más del mundo fuera de él y los sitios vecinos. Su mayor alegría era comprarse unas guasanas cocidas con sal y limón y pasearse con ellas por el pueblo, o bien, tomarse una nieve de chongos que don Primi le obsequiaba los domingos mientras la banda tocaba serenata en el quiosco a mitad de la plaza.

Es posible que el padre de María del Refugio fuera francés, como muchos en el estado de Jalisco, especialmente en los llamados Altos, pueblos como Arandas, Atotonilco, Tepatitlán y San Miguel el Alto: algún soldado de los años del Maximiliato que bien pudo haber dejado su simiente en el camino. El caso es que mi bisabuela tenía unos hermosos ojos verdes, casi felinos, que contrastaban con la pureza de su cara, enmarcados por unas cejas no muy pobladas pero que armonizaban con su rostro. Era delgada pero tenía un pecho abultado y una cintura breve. Así, inevitablemente, llegó el día en que ambos (Félix Saturnino y María del Refugio) se acercaron al cura de la aldea, un tipo despistado y entregado en cuerpo y alma a su labor, para pedirle de buenas a primeras su consentimiento y poder efectuar su unión lo antes posible, sin ni siquiera haber llevado un noviazgo de por medio. Aquí empezaron las fricciones, pues, para su sorpresa, el joven sacerdote no quería desprenderse de esa joven que cuidaba con esmero a los viejos, tan necesaria para llevar la carga del hospicio a cuestas. Al decir de mis tías abuelas, Cuca y Selma, ese cura podía, asimismo, tener un influjo y hasta cierto poder de iman- tación sobre su madre (mi bisabuela) y sobre las demás señoritas de la aldea. De cualquier forma, lo cierto es que el cura llevaba años entrenando a estas jóvenes y lo que menos pudo sospechar (o no quiso augurar por miedo a la verdad) es que un día, más temprano o más tarde, cada una de ellas se iría… dejándolo solo con los viejos y el aparatoso trabajo del hospicio. Finalmente, ambos se casaron aunque sin su bendición y sin que participara (como María del Refugio quería) en la misa de matrimonio. En 1898 o 1899 mi bisabuela se despidió de sus viejos dementes, de su amigo el señor de los churros, de la dueña de la miscelánea, de don Primi y sus nieves de chongos zamoranos, de sus poquísi- mas amigas en Tototlán, y partió a la ciudad de Guadalajara con su marido, el doctor de origen purépecha y egresado de la Sor- bona. Allá vivieron por una década. En 1900 nació mi tía abuela Cuca, es decir, María del Refugio; en 1903 Felicidad, mi querida abuela cellista, y, por último, Selma, quien nacería en la Navidad de 1905, si no me equivoco.

Justo cuando mi bisabuela resuelve (equivocadamente) ir a buscar a su antiguo amigo, el sacerdote, se inicia y perpetra la tra- gedia de su vida. Pero esto no sucede sino hasta 1911 o 1912, cuando Cuca tiene edad para hacer la primera comunión y María del Refugio piensa entonces en su querido mentor de antaño. En el fondo, es cierto, siempre había deseado una reconciliación con quien había sido una suerte de padre para ella, una perfecta huér- fana de origen francés. Justo son los años de la revuelta, la época en que empiezan a acalorarse los ánimos, y cuando la mecha ha prendido y la Revolución ha recorrido ya varios estados del país como un polvorín imparable. En esos años, repito, y a raíz de las catequesis y la primera comunión de la mayor de sus hijas, mi bisabuela reinicia su amistad y su interés en esos viejos tristes y enfermos de su pueblo, y cada vez más —incipiente pero cons- tante— empieza a ausentarse de casa.

Nadie sabe a ciencia cierta cómo fue o por qué lo hicieron, pero al parecer mi bisabuelo Félix Saturnino recibió una misiva anónima de Tototlán, firmada con una frase que decía algo así como: una señora del lugar que prefiere no decir su nombre. El caso es que el abuelo materno de mi padre, vuelto loco de celos, acusó a mi bisabuela; según él (y según la carta que ha recibido), esos viajes a Tototlán no tenían otro fin más que acostarse con el sacerdote, su mentor y amigo. A esas alturas es casi imposible que María del Refugio intente defenderse. Él no le va a creer, no puede y no quiere hacerlo: ha recibido el más duro de los golpes y sólo piensa en vengarse. Ni siquiera consiente en ir a ver al cura al hospicio para probarle lo contrario. Él ya ha tomado todas las medidas y a través de una serie de amigos suyos, abogados y jueces de la capital de estado, logra quitarle las tres niñas a mi bisabuela y quedarse él solo con la custodia de sus hijas. Rápido, enloquecida, María del Refugio agota las instancias —dado que no tiene esos mismos recursos que su marido sostiene— hasta ir perdiendo, poco a poco, el aliento, las fuerzas y caer, finalmente, abatida, de vuelta al pueblo que la vio crecer. Ahí se quedará el resto de su vida, paseando por la plaza con su nieve de garrafa, al lado de sus viejos dementes: lavándolos, vistiéndolos, viéndolos morir, con breves e ininterrumpidas visitas a Guadalajara, donde a escondidas del doctor, mi bisabuelo, verá a sus hijas al salir de la escuela, con quienes a hurtadillas conversará y a través de quienes se irá enterando de esa creciente pasión que Felicidad, la segunda, mantiene por la música... inculcada por supuesto por su padre, ese culto celoso.

—Papá me ha comprado un cello —recuerda Felicidad que le dijo un día a su madre... y estas mismas palabras, María del Refugio las recordará cuarenta años más tarde, poco antes de morir sola, enferma, en ese mismo hospicio de viejos seniles en el mísero pueblo de Tototlán, muy cerca de Zapotlanejo.

MI PADRINO ALEJO era el mejor amigo de mi padre y, como él, escritor, pero escritor en activo, un personaje de la literatura mexicana que no dejó de publicar hasta el último día de su vida. Bueno: aún no ha muerto aunque ya es viejo y, por supuesto, sigue escribiendo. Digamos que fue el reverso de mi padre; algún tiempo fue su igual, su comparsa, y más tarde se convirtió en su reverso, en su antípoda, en la cara luminosa de una misma moneda.

Mi padrino Alejo, cuando lo conocí, era un tipo bajo de estatura, de piel aceitunada, casi enfermiza. Usaba unos gruesos lentes y un bigote ralo que no le caía nada bien. Era muy delgado y pálido, como sus manos lívidas, a punto de deshacerse: parecían las manos afiladas de un pianista, pero en este caso se trataba de un pianista frustrado, un inveterado amante de la música que, por un giro de la vida, se convirtió en escritor. En ese giro, creo, tuvo mucho que ver Sebastián, mi padre.

Ambos eran amigos desde la secundaria. Se conocieron en el Instituto Cristóbal Colón, un bachillerato lasallista de la ciudad de México cuando tenían catorce o quince años y, desde entonces, hasta el día en que Sebastián murió, fueron uña y carne, amigos inseparables. Decía Rebeca que si Alejo hubiera sido mujer, no hubiera consentido esa relación o se hubiera divorciado de papá. Lo decía muerta de risa, y reía Sebastián y hasta Alejo cuando la oían entre copas, recuerdos y chismes de antaño. Sin embargo, no dejaba de haber un sustrato incómodo —incómodo por verdadero— en esas sarcásticas palabras de mamá. Es decir, entre mi padre y Alejo había una comunión de espíritus tan fuerte, tan indestructible, que cualquiera podría haber visto en su amistad no otra cosa más que una especie de sublimación erótica, como la de Birkin y Larkin en *Women in Love*, una de las novelas favoritas de mi padre. No digo que hubiera una atracción, me refiero más bien a que había una férrea unión entre ambos, una especie de comunión donde, por ejemplo, un psicoanalista obcecado podría haber percibido una especie de desplazamiento amoroso, sublimado.

En todo caso, el típico comentario de mamá, al menos a mí jamás me pareció descabellado: si Alejo hubiera sido Aleja, ninguna mujer lo hubiera tolerado. Aparte de todo, que yo sepa, mi padrino fue (hasta el día de hoy) un perfecto mujeriego; Sebastián, aunque casado, también. O, quizá, debiera decir que lo fue, que lo había sido antes de haberse casado... Más tarde lo supo reprimir o lo supo camuflar o la pasión por el sexo opuesto fue simplemente desmayando, amortiguándose.

Lo que aquí quiero contar, sin embargo, es la importancia que esas visitas de Alejo a Estados Unidos tenían para papá mientras vivimos en Colorado y Virginia por trece años. No sólo se vieron en Estados Unidos, también se encontraban en México o donde fuera que los llevara el destino: un congreso, una presentación, un reconocimiento a *Sur*, unas vacaciones. El caso es que los dos siempre conocieron el paradero del otro, sus quehaceres, sus vidas y hasta las turbamultas y dudas de sus respectivos espíritus, hasta que el tiempo los alejó definitivamente.

Rebeca y Sebastián llegaron a un acuerdo poco antes de que yo naciera, y éste era que ella elegiría a la madrina y él elegiría al padrino. Suena extrañísimo, ya que Rebeca, mi madre, era judía; sin embargo, así fue, puesto que mi padre quería un bautizo y en un bautizo siempre hay padrinos, éstos —argumentaba mi madre— debían repartirse por igual. Así lo hicieron.

En el fondo, sin embargo, a Sebastián el suceso mismo del bautizo le parecía un poco bobo; la sola idea del padrinazgo también le molestaba; le parecía más un invento burgués que un rito que de veras tuviera que ver con el acto puro, iniciatorio: el que se atribuía al Bautista. Si de por sí tenía (y tuvo toda su vida) problemas, por no llamarle conflictos, con el catolicismo, más le disgustaba aún esa suerte de derivación en que un sacramento se convertía: en invitación y anuncio a familiares, fiesta con pastel, ropita blanca para el bebé, fotos a las tías, desayuno o comida, reunión social, hipócritas sonrisas a diestra y siniestra, charla insulsa y barata, etcétera. Sin miedo a equivocarme, ese tipo de parafernalia social fue una de las razones que, por lo menos a él, lo movió a romper durante más de una década con México, es decir, con los mexicanos de su misma clase social, a quienes detestaba con las tripas y su corazón. Simplemente no los toleraba. Con todo, Sebastián quería el bautizo y así lo tuvimos Álvaro, Rodrigo y yo. Pero no nos desviemos.

Decía que mi madre eligió a mi madrina, su mejor amiga durante la época de Colorado (y también después… en los años que pasamos en Virginia, adonde se mudó junto con Tom, su marido, y sus hijos): una dominicana que hizo las veces de pastora de una manera eficientísima. Digo eficientísima casi de modo irónico, pues, por ahora, preferiría no abundar en mis propios conflictos con la Iglesia; por ello, de mi madrina sólo diré que, aunque católica sincera, respetaba el judaísmo medio sepulto de mamá por sobre todas las cosas (entre ellas, la religión no fue un obstáculo jamás). No dejó, pues, de sorprenderle a Diana, que Rebeca le pidiera convertirse en mi madrina. Sin miedo a equivocarme, creo que en el fondo se trataba de una necesidad que mamá tenía en ese entonces por no quedarse atrás en la crianza de sus hijos, en conservar cierto ascendente a pesar de todo. Dado que había aceptado el bautizo de su hija mayor, y dado que Sebastián había elegido a Alejo como mi padrino, no pudo pensar en nadie más que en su mejor amiga que (aparentemente) tan bien cuadraba con la situación.

No deja, pues, de ser doblemente irónico que mi padre eligiera a su amigo de la adolescencia, su amigo del alma, Alejo, quien, entre otras cosas, fue siempre un agnóstico declarado y anticlerical. Doblemente irónico, pues, el que mi madre —siendo judía y consintiendo con los bautizos de sus tres hijos— terminase colaborando con el ritual de iniciación cristiano al pedirle a su mejor amiga que se convirtiera en mi madrina. Con todo, no deja de ser cierto que, a esas alturas, a Rebeca poco le importaba el judaísmo; éste era sólo un molde del pasado, una reliquia de infancia, una cáscara a través de la cual había venido al mundo, y la cual (en sí misma) poco le importaba ya. Esto, como ya contaré más tarde, iría a cambiar con el paso de los años, pues algo mayor ya, su vuelta al judaísmo iría acendrándose de manera curiosa y pausada, tal vez por influencia de sus hermanas y sobrinos, algunos de ellos férreos practicantes de las tablas de Moisés y como diría León Felipe: de las de multiplicar también.

Sebastián decía que Alejo era mi padrino no tanto por ser su amigo, sino porque le parecía que (siendo como era) neutralizaría la fuerza acechante del catolicismo burgués que tanto repudiaba. Éste, como se verá, es uno entre los mil curiosos rasgos que tenía papá. Si, por un lado, repudiaba a la Iglesia, la verdad sea dicha, jamás pudo desligarse completamente de sus formas, sus ritos y hasta de algunas de sus convicciones de fe. ¿Por qué no dejar a sus tres vástagos sin sacramento? Si tan lejos se sentía de la Iglesia, más fácil le hubiera sido olvidarse del asunto y ya (mi madre no lo hubiera acosado con el problema). Sin embargo, no fue así. Algo había dentro de él, algo incierto, que lo impelía a seguir adelante con su fe, esa fe adquirida en su adolescencia lasallista. Él hubiera dicho, lo sé, que una es la Institución y sus ociosos ritos y estructuras sociales, y otra cosa era la fe, prístina, simple, tal y como el Bautista y Jesús la vivieron en las aguas del río Jordán. Alejo, sin embargo, lo hubiera refutado, se hubiera mofado probablemente de papá diciéndole que a quién quería engañar, que esas disociaciones estaban bien para la escuela, pero no para ellos: o se era o no se era, o ateo o bien se tenía fe. No sé, imagino esa lucha de palabras, ese inextricable diálogo entre otros muchos que tuvieron a lo largo de los años, misteriosamente felices por no ponerse jamás de acuerdo.

En todo caso, como ya advertí, mi padre quería neutralizar la fuerza de esa fe, o mejor, deseaba atemperar el poder de esos ritos hueros en que, inevitablemente, convergía cualquier demostración religiosa, por más pura que ésta fuera. La fe, pues, según Sebastián, se corrompía; la corrompían las instituciones, la Iglesia, la gente y su falsa e hipócrita moral. El mejor antídoto para ello —para que su hija estuviera a salvo de caer—, era Alejo, su amigo del alma, su amigo agnóstico y anticlerical. Él podría desencaminarme, hacerme desandar si él ya no estaba en el mundo mañana y si esto fuera necesario (por ejemplo: si algún accidente del destino quería convertirme en monja o numeraria del Opus Dei). Quería, supongo, una Silvana crítica, feroz, problemática, rebelde, radical, endiabladamente cáustica con las instituciones, irreverente, al mismo tiempo que no deseaba que la flama de la fe huyera de mí si es que era de Dios que me habitara. Suena estrafalario, lo sé. Pero no encuentro otro modo de hacer coincidir las partes de ese rompecabezas; no puedo siquiera aproximarme a los motivos profundamente entreverados en el alma de papá. Era su mente una hibridización, una especie de Spinoza y Unamuno y Agustín y Nietzsche y Sartre, todos a la vez amaridados, contaminándose. Sin embargo, si todo lo que aquí calculo e imagino es verdad, si ésa fue la estratagema ética con que quiso formarme, entonces Sebastián le dio al clavo (Sebastián y Alejo, cabe añadir, y Rebeca y Diana, por supuesto). No sólo eso: tal vez burlé (sobrepasé) los límites de cualquier moral que él hubiese deseado que yo transgrediera (suponiendo que él quisiera que yo transgrediera esos límites, claro).

Me hubiera gustado saber qué pensaría Sebastián de esa pasión por la que hoy todo el mundo en México me insulta, me repudia y me reclama, pero él ya no está aquí para escucharlo, para conversar con él.

A LOS QUINCE AÑOS, mi abuela dio un legendario recital en el teatro Degollado de la ciudad de Guadalajara al lado de la orquesta estatal. Conservo los recortes de periódico que a raíz de ese concierto (y otros dos) aparecieron en algunos diarios locales. Esa noche Felicidad tocó una sonata para cello de Beethoven y el primer movimiento del concierto para cello de Haydn; al final, tras los aplausos, parece que volvió a tocar... pero esta vez un par de breves piezas sueltas. Entre el público, en una de las plateas de arriba, se hallaba su madre oculta por la balaustrada; Felicidad lo sabía (y a ella le dedicó ese concierto, según me contó). Muy probablemente, a María del Refugio la estuvieran ocultando esas sombras como grisallas suaves que, de pronto, envolvían a la concurrencia de las últimas plateas. Hasta adelante, sentado en las amplias butacas de terciopelo rojo, se encontraba mi bisabuelo Félix Saturnino, orondo, orgullosísimo, al lado de sus otras dos hijas, Selma y Cuquita, vestidas impecablemente para la ocasión.

Después del éxito y la aclamación del pequeño círculo de enterados de la capital del Estado, su padre decidió enviarla al conservatorio de Los Ángeles a sus dieciséis años por recomendación de su mismo preceptor, que no podía enseñarle nada más, dijo. Antes, sin embargo, mi abuela ofreció dos conciertos más en el otro auditorio famoso de Jalisco, el teatro Rosas Moreno, en Lagos de Moreno, donde también estuvo su madre. De todo esto guardo recortes que mi abuela me heredó. Ya en Los Ángeles, Felicidad hizo rápidos progresos al mismo tiempo que su repertorio crecía de manera apabullante. Entre los datos que he recabado, parece que Felicidad era, sobre todo, una buena ejecutante, una cellista sobria: la misma técnica y el rigor le impedían mostrar el encanto que, seguramente, podía sacar al cello. Seca, sin adornos, vibrante, fina y directa, son algunos de los adjetivos que he logrado entresacar de los diarios jaliscienses de la época.

Por esos años el doctor Félix Saturnino abandonó Guadalajara para mudarse a la ciudad de México, donde, al parecer, otra mujer estaba esperándolo. Mi bisabuelo tendría casi sesenta años y desde el rompimiento no quiso jamás escuchar a su primera mujer ni volver a saber de ella; simplemente la sepultó, convencido como estaba de la sacrílega traición de que había sido objeto. En casa no podía mencionarse su nombre. Cuquita y Selma lo sabían y por eso, me han dicho, nunca insinuaron o dejaron traslucir esos pequeños ratos que pasaban, a hurtadillas, con su madre a la salida del colegio o en el parque de la colonia.

En 1923, en Los Ángeles, Felicidad conoce a Néstor Forns Élmer, quien estaba allí filmando las escenas multitudinarias de *El jorobado de Notre Dame* mientras la situación obregonista se arreglaba a su favor, cosa que no sucedió sino hasta 1928, pero sólo para terminar ese breve ciclo el día que mataron al Manco de

Celaya, su patrón. Felicidad, está de más decirlo, tenía dinero: suficiente para darse cualesquiera lujos, comprar ropa, enviarle a María del Refugio, su madre, a Tototlán y, finalmente, para ayudar económicamente al joven Néstor, de quien se había prendado a sus veinte años de edad y quien había perdido lo poco que Arnulfo Forns, mi bisabuelo, hubo salvado. Fue tan breve y vertiginosa su pasión (sobre todo la de Felicidad, quien se encontraba prácticamente sola a excepción de la compañía de su cello y su tutor), que para cuando decidió avisar a su padre en la ciudad de México, ellos dos ya se habían casado por el civil y ella estaba embarazada. Ése había sido, al decir de ella, su primer acto de rebeldía. Recuérdese asimismo que mi abuelo Néstor, por el lado materno, era gringo. Su madre, Ashley Élmer Goebler, era neoyorquina de nacimiento, aunque de origen alemán. Por ella, repito, mi abuelo tenía papeles de ciudadano americano a la vez que conservaba sus papeles de ciudadano mexicano. Como no se podían tener ambas nacionalidades, Néstor siempre calló una de ellas, según le conviniera y según dónde se encontrara: si en México o si en Estados Unidos. Fue justo entonces cuando, a raíz del nacimiento de su primer hijo, ambos decidieron quedarse en Los Ángeles; era por supuesto, lo más natural: allí se habían conocido, allí se habían casado, allí vivía Felicidad y allí tenía su carrera segura, aunque en ciernes todavía.

Néstor Forns en ningún momento impidió, que yo sepa, la realización de mi abuela como cellista profesional. Al contrario, siempre la alentó, incluso la escuchaba tocar para él solo o para el reducido público del profesorado en la misma universidad cuando ella ofrecía algún recital de cámara. Por otro lado, con el dinero de su suegro, Néstor podía darse el lujo de estar yendo y viniendo a México (lo que hizo en realidad), al mismo tiempo que mi abuela (al menos en hipótesis) continuaba sus estudios en el conservatorio al lado de un estrictísimo tutor. Y así lo hicieron hasta que, como ya dije, Alberto (el primogénito) murió por un problema del corazón cuando apenas había cumplido un año y dos meses. Inmediatamente después empezaron las complicaciones para Felicidad: al principio fue el dolor de la irreparable pérdida, más tarde fue la abulia que iba prolongándose cada vez un poco más (el luto indefinido) y, finalmente, fueron las manos, las cuales no le respondían al momento de decidirse a tocar el cello. Primero fue, me dijo, un ligero entumecimiento; luego la paulatina inercia que iba encorvándole algunos de sus dedos. Aunque quiso luchar contra ello, era casi imposible mantener las palmas de las manos abiertas y los dedos dispuestos para apoyarlos y moverlos en el mango del instrumento. A pesar de todo, la separación entre ella y el cello no fue cruel o desesperada; más bien fue lenta, anticipada, llena de aquiescencia: como en un mutuo acuerdo, me dijo. Todo esto me lo explicó mi abuela alguna vez siendo yo aún muy chica. No digo que no hubiese sido doloroso, pero pienso que la llegada de papá (su segundo hijo) alteró radicalmente el rumbo aciago que se veía venir para Felicidad una vez que perdió lo que más quería en su vida: la música y su cello.

AUNQUE YA LO HABÍA visto un par de veces antes, no se me hizo claro (corporal) hasta el día en que llegó a la casa de Grand Junction con sus dos velices de cuero, dispuesto a quedarse unos días con nosotros. Cualquier visita era, se puede suponer, una alegría, un pretexto de celebración para todos, mis hermanos, mis padres y yo. Esta visita, quizá, más que ninguna.

Eran los mismos lentes, las mismas manos afiladas, el rostro pálido y la sonrisa complaciente y maliciosa. Así como lo vi esa tarde en medio de la nevisca de noviembre que se coló un instante por la puerta, así lo he seguido viendo hasta el día de hoy, treinta y pico de años más tarde.

Esa noche, luego de haberse instalado en la recámara que Rebeca le tenía preparada y de tomar un baño, Alejo y mis papás se sentaron en la sala con una botella de whisky en medio, una hielera, botana y cigarrillos. Álvaro estaba dormido y Rodrigo aún estaba a punto de nacer, o eso creo. Yo habría tenido cinco años; me dejaron, pues, estar cerca de ellos… jugar con mis muñecas, pero sin interrumpir. De manera incierta pero segura, intuía que si me hacía sentir, si interrumpía o molestaba su encuentro, Rebeca y Sebastián me meterían a la cama, por lo que (sensatamente) preferí desaparecer, pasar por un fantasma esas horas, y eso hice, y por eso algo de esa larga conversación entre whiskys logré captar, y algo de ello he conservado y reconstruido en mi alma después de treinta y pico de años.

—¿Cómo te sientes? —preguntó Alejo a Rebeca.

—Bien, pero es el último —respondió mi madre, al mismo tiempo que se cogía la barriga—, ¿no es cierto, Sebastián?

—Sí, el último —confirmó mi padre, un poco distraído, mientras terminaba de preparar los whiskys con agua mineral y hielo para pasarlos.

En Colorado teníamos una chimenea que, sin embargo, no siempre estaba encendida, supongo que para evitar accidentes con mi hermano Álvaro, que entonces se metía por todas partes. Sin embargo, es casi seguro que esa noche el hogar estuviera encendido, calentándolos mientras la nieve caía de manera irregular en las calles de esa ciudad medio desierta del oeste de Colorado.

—De veras que es una odisea venir a verlos, Sebastián —se quejó mi padrino—. Están en medio de la nada. ¿Qué les queda cerca?

—Las montañas —se rió mi madre.

—Eso lo puedo ver —se rió Alejo—. Por todas partes hay montañas.

—Mira —dijo mi padre, con deseos de darle una detallada explicación del lugar—, las montañas de allá…

—Pero no veo nada —lo interrumpió mi padrino—, hay sólo nieve.

—Ya las verás mañana. A la izquierda tenemos el famoso *National Monument*, Alejo.

—¿El *Monument* a qué?

—Así se llama —se rió Rebeca—. Es un largo cañón…

—Son varios cañones conectados —rectificó mi papá, dando un sorbo a su whisky aunque con los ojos ligeramente taciturnos, apagados no sé por qué razón, a pesar de la luz que provenía del hogar sacando chispas y flamas azuladas. Sebastián prendió un cigarrillo sin ofrecerle uno a nadie, abandonando la cajetilla en el centro de la mesa, junto a la botella.

—Enfrente nuestro están los *Book Cliffs* —continuó Rebeca, contenta con la explicación orográfica del sitio donde vivíamos, donde pasamos seis años.

—Se llaman así porque parecen estanterías de libros, uno tras otro. Como precipicios… ¿Lo ves?

—Muy *ad hoc* para un escritor —dijo Alejo sarcástico—. Estás rodeado de libros, Sebastián; libros que son montañas. ¡Qué espectáculo! Pensar que a mí no me gustan las montañas… más que en fotografía, y sólo un rato.

—Ya me lo podía sospechar —se burló Rebeca esta vez.

Guardaron silencio. Alejo se giró a mirarme, allí, sentada en una esquina, tratando a como diera lugar de pasar inadvertida, simulando que jugaba con mis muñecas, con Alice y Kerri, mis preferidas: una negra y una china. Quizá nos vimos un instante, pero pronto esa mirada me olvidó, se sumió en sus propios pensamientos; quizá Alejo pensaba en mi papá, en las insondables razones por las cuales eligió vivir acá, lejos del mundo, en medio de las montañas, como un ermitaño, enseñando en un *college* desconocido, echando hijos al mundo, defraudado de su país, de la literatura, su amante común. No lo entendía; por más que llevaba algunos años intentando penetrar los motivos de su amigo, Alejo no lo podía comprender. Por eso, mi padrino, que ya sabía que tarde o temprano se iba hablar de ello, decidió empezar a hacerlo cuanto antes. ¿Para qué esperar? ¿Con qué objeto postergar el tema, si ambos sabían que era inútil hacerlo, intentar rehuirlo esos días que todavía les quedaban por delante? Al mal paso, darle prisa.

Dando un sorbo a su whisky, cambiando una pierna por otra

y cruzándola de nuevo (señal de apuro en Alejo, o bien señal de que algo inédito se avecinaba), mi padrino le preguntó a mi papá:

—¿Qué has pensado, Sebastián?

Aunque, estoy segura, mi padre sabía a qué se refería mi padrino, Sebastián contestó con displicencia, reconfortado en su vaso, llevándolo de aquí para allá, de una mano a la otra, sin dejar de mirar el hogar, muy próximo a mi madre que, silenciosa, esperaba y lo oía:

—¿Qué he pensado de qué?

—De tu decisión —dijo Alejo, previendo esa estratagema de mi padre que, mal que bien, tenía como inútil propósito evitar una confrontación—. Ya son varios años…

—¿Mi decisión de dejar de escribir? —preguntó con voz trémula a pesar del esfuerzo que hacía por disimularla. Inmediatamente después dio una larga bocanada a su cigarro, las volutas se perdieron en la habitación, pasaron segundos…

—Sí, Sebastián. Esa decisión y las que van de la mano con ella. Por ejemplo, llevar cinco años aquí, lejos de…

—¿Lejos? ¿Lejos de qué?¿Lejos de quién? —preguntó mi padre levantando ligeramente la voz—. ¿De mis suegros? Sí, de ellos estamos muy lejos, gracias a Dios. Y de Tlatelolco también. ¿Cómo puedo estar cerca, como tú me pides, de un lugar así, donde se sacrifica a quien abre la boca, a quien se atreve a protestar y a reclamar sus derechos?

—Tienes razón, tranquilízate. Pero no hablaba de eso, tú lo sabes.

—¿De qué hablabas entonces? Dijiste claramente que por qué estábamos lejos y yo sólo te contesté con dos buenos ejemplos. Primero… demostrándote que "lejos" es un concepto relativo…

—¿O sea que tu decisión es un reclamo?

—De ninguna manera. Más bien, Tlatelolco me ha confirmado en mi decisión.

—¿Cuál?

—La de saber, por lo pronto, que *nuestro* sitio no es allá.

Mira: no sé si será aquí, Alejo, pero no es allá, te lo aseguro —dijo, y aspiró con fuerza su cigarro.

—¿Y por qué no has escrito lo que opinas en lugar de decírmelo a mí? —lo interrogó mi padrino—. Tú sabes que Benítez con gusto lo publicaría en el suplemento.

—No lo hago, Alejo, justo por lo que tú acabas de decir hace un momento. Porque el mío no es un acto de rebeldía. Mi silencio o mi exilio no tienen ni significado ni propósito. No lo tienen, Alejo. Que los demás quieran verlo así, es otro asunto. Callo y mi silencio no quiere decir nada. El mío no es un silencio lleno de palabras, explícito, como les gusta llamarlo a algunos. ¿Por qué resistirse a creerlo?

—Tienes razón. Cuesta creerlo, Sebastián —corroboró mi padrino, sirviéndose otro chorro de whisky y poniendo un par de hielos en su vaso.

Sólo años más tarde, una vez en México, comprendería de lo que hablaban: no sólo lo que Tlatelolco significaba, sino lo que significaba (o significó) el silencio y el exilio de ese poeta mexicano que fue papá.

—Octavio Paz renunció a la embajada —dijo, por fin, Alejo, como intentando darle un cariz de suma importancia a la noticia.

—Y Novo festejó el asunto con carcajadas, *so what*? —respondió mi padre irónico. Esperó un instante, reflexionó y dijo enfático—: Entiéndeme, yo no he querido renunciar a nada; simplemente renuncié a renunciar.

—Suena bonito —se rió mi padrino—. Lo poeta no se te ha quitado, ¡ya ves!

Alejo aguardó unos instantes y tras asegurarse de que nadie tenía intención de tomar la palabra, continuó:

—¿Has escrito algo?

—No.

Por un momento, ante la fuerza del silencio que de pronto amenazó la sala, pensé que se darían cuenta de mi presencia allí, jugando con mis muñecas, o simulando que lo hacía. Pero apenas me veían. Tal vez veían dentro de sí. Mi padre tomó la cajetilla de cigarros de la mesa y encendió otro sin ofrecerle a nadie.

Rebeca, mi madre, estaba delante de mí y ella, quizá la más alerta de los tres en ese instante, no podía reparar en su hija aún despierta. También a ella se le había olvidado que tenía una hija e incluso se le olvidó que estaba embarazada. Guardé silencio; casi contuve la respiración. No quería irme a dormir, quería estar entre ellos, escucharlos con atención: saber para mañana, oír para entender después, un día, hoy.

Sólo se oía el crepitar de la madera en el hogar, un leve chisporroteo de lumbre.

—¿Es que no quieres hablar de ello, Sebastián? —preguntó Alejo.

—Podemos hablar de literatura todo el tiempo que quieras. Podemos hablar de libros, pero para mí, hoy por hoy, hablar de literatura, Alejo, es tan divertido o tan insulso como hablar de viajes, de política o filosofar sobre el amor.

—No te entiendo, de veras. Creí que te conocía. Después de tantos años, me sigues sorprendiendo —dijo mi padrino.

—A mí también —intervino mi mamá.

Callaron. Bebieron cada uno o quizá mordieron un trozo de queso y pan. Mi papá siguió fumando. Creo, sin embargo, que fue entonces cuando mi padrino reparó en mí, en la Silvana de cinco años, y aunque yo hubiera querido que no dijera nada, él (inocentemente) preguntó:

—¿Y esta niña a qué se quiere dedicar, qué va a hacer de grande?

Me quedé callada, petrificada, esperando que mi madre no hubiera escuchado esa pregunta; pero no fue así. En ese preciso momento, Rebeca pareció haberse acordado de algo, la hora o su hija, o ambas cosas a la vez... para mi desgracia. Entonces, girándose hacia mí, contestó:

—Esta niña ya se va a dormir. Por la noche decidirás qué quieres ser de grande, Silvana. Despídete de tu padrino, anda. Ve y dale un beso a tu papá.

Esa vez yo tuve que besarle la mejilla a Sebastián, cuando casi siempre era al revés: mi padre me tronaba un largo beso en ambas mejillas. Tan meditabundo estaba entonces, con su vaso entre las manos, su cigarro consumiéndose en el cenicero y la mirada perdida entre las llamas, que sólo ahora empiezo a descubrir por qué.

SEBASTIÁN, MI PADRE, nació el 12 de marzo de 1926 en Los Ángeles, California, el mismo año que nació uno de sus ídolos, el trompetista Miles Davis, y el mismo día que nacieron Jack Kerouac y Edward Albee, dos de sus autores favoritos. Ya conté que no se llamaba Sebastián sino Alberto y ya dije que nunca le gustó saber que llevaba el nombre de su hermanito muerto. Dije que Johann Sebastian Bach (a quien su madre le puso en el fonógrafo incontables veces) fue el origen de su nombre, mismo que no consta en ningún acta… aunque sólo por ese nombre lo conocieron quienes lo leyeron, quienes lo atacaron, los que fueron sus amigos, sus hijos (Álvaro, Rodrigo y yo) y mamá.

Aunque la artritis reumática estaba ya muy desarrollada a sus veintitrés años, Felicidad recuperó mucha de su energía y de sus ganas de vivir tras el nacimiento de mi padre (una especie de terapia que alivió, hasta cierto punto, su doble pérdida: la del hijo y la de su cello). En él puso sus deseos y sus ímpetus (toda la vehemencia que debió haber puesto, según papá, en la ejecución de su música). En él fijó su atención, sus expectativas e ilusiones, todo eso con que la vida la había defraudado… quitándole, primero, a su madre; arrebatándole, luego, a su primer hijo e, inmediatamente después, arrancándola de su instrumento. Hubo quizá por eso un poco de contubernio en esa relación que sostuvo con papá: aun más, si se sabe que Néstor, mi abuelo, pasaba largas temporadas en México y no siempre acompañado de Felicidad y Sebastián.

Ya dije que él y yo somos extremadamente parecidos: Sebastián podía parecer un bebé americano, aunque algo en él, desde niño, denotara lo contrario: no puedo decir exactamente qué era (si sus ojos o su piel), sin embargo, no deja de ser, hasta cierto punto, una perogrullada, pues al fin y al cabo Sebastián *no* era americano... era mexicano y sus padres también lo eran. Quienes han dicho, *a posteriori*, que esa misma distancia que él se impuso, yéndose casi dos décadas, no era en el fondo sino una vuelta a sus raíces, un regreso a su país, quienes han dicho eso, insisto, no entienden nada, no saben nada, y lo peor: están (sabiéndolo o no) insultándolo. Que abominara de México (como dejan ver sus cartas) no demerita un ápice el hecho de que fuera mexicano; sólo los intrigantes, los inquisidores de falsos nacionalismos y de nacionalismos hueros, han querido ver en él justamente lo que nunca fue. Pero ahora no quiero meterme en detalles. Vendrá el momento de hacerlo. Ahora importa esa infancia y la de sus dos hermanos que acompañaron a mi padre: Dinara, quien nació en 1928, y Arnulfo, que nacería un año y medio después, en 1929, ambos en Los Ángeles también.

Ahora que lo pienso (no había reparado en ello), resulta curioso ver que Sebastián y sus hermanos (Dinara y Arnulfo) vivieron en Estados Unidos casi los mismos años que mis hermanos y yo, años más años menos... aunque en distintas épocas. El paralelismo es sugerente; incluso me atrevo a pensar, a insinuar, que Sebastián jamás se percató de eso, y si lo prolongó con su propia familia (con nosotros), fue de manera harto inconsciente, inadvertida. En todo caso, lo cierto es que el Elementary y el Middle School los hizo, hasta donde sé, en el condado de Santa Mónica, donde creció, cerca del mar, contemplando las gaviotas de la tarde y los pelícanos temerarios, respirando la brisa del océano Pacífico, reconociendo las tonalidades y los matices de las nubes y los arreboles. Algunos de sus poemas conservan (casi en clave) algo de esos momentos: el cielo ilimitado, las tardes contemplando el crepúsculo, los castillos de arena, las aves, el extrañamiento del niño dividido entre dos mundos y dos lenguas (como yo). No sé mucho de su infancia, excepto que fue una niñez más o menos feliz, despreocupada, aprendiendo dos culturas (la méxico-americana y la anglosajona) y dos lenguas a la vez. Como mis hermanos y yo, ellos pasaban —aunque quizá más esporádicamente— algunas vacaciones en México, alguna que otra Navidad, hasta el momento definitivo en que decidieron partir a la ciudad de México. Lo hicieron, hasta donde sé, por tres razones (una de ellas, la última, silenciada, proscrita por todos en mi familia hasta el día de hoy).

El primer motivo vino cuando Félix Saturnino murió, dejándole a Felicidad la casa de mansardas y buganvillas de San Ángel, donde vivía desde que llegó a la capital; a Arnulfo y Dinara les dejó otras propiedades, algunos negocios y dinero en distintas cuentas de bancos. La segunda razón es que el clima político, según mi abuelo, lo ameritaba: debían regresar, era el momento propicio, el de la añorada estabilidad social; era, en resumidas cuentas, otro México, el de la integridad cardenista, el de la llegada de los refugiados españoles que, poco más tarde, traerían consigo un nuevo espíritu universalista contrario al nacionalismo imperante, el de la Escuela Mexicana de Pintura, por ejemplo, o el de la música a ultranza de Pablo Moncayo y Carlos Chávez. La tercera razón —que no es sino el verdadero motivo de esa segunda razón— era que el llamado "segundo frente" lo demandaba, lo impelía a volver sin darle tregua ni reposo. Ese segundo frente no era otro que su segunda familia y sus otros hijos y esa otra mujer, a quien había conocido (nadie sabe bien) en una de esas tantas correrías entre México y Estados Unidos. De allí, pues, que hubiera preferido (durante años) la idea de mantener a mi abuela y a sus hijos lejos de la capital, lejos incluso del país. Lo mejor, creo yo, hubiese sido mantenerlos así, permanentemente alejados; sin embargo, como ya dije, la muerte de su suegro sobrevino y con ello la herencia (la casa, el dinero) y la vuelta necesaria, ineludible, al Distrito Federal. Pero… más que eso (o simultáneamente) estaba, insisto, esa otra familia de la que poco o nada sé. Estamos hablando de mediados de los años treinta, cuando un *boom* económico y cultural hace eclosión y artistas de toda clase comienzan a irrumpir hasta por las coladeras, pintores, músicos, escultores, poetas, dramaturgos, arquitectos. Ese magma, es cierto, no dejó de conservar su atractivo para Felicidad, quien, de pronto, se halló sumida en un México casi nuevo, o renaciente, el del Café París y La Princesa: aparecían compositores en los cafés de chinos del centro de la ciudad o pianistas importantes ofrecían conciertos a las que era invitada con gran antelación; o bien, se presentaban obras traídas de París, dramas de Cocteau o de Alfred Jarry. Los norteamericanos O'Neill y Saroyan estaban en su apogeo y varias de sus obras se representaron en la capital por esa misma época. Asimismo, el Taller de Gráfica Popular había sido creado en 1937, y de inmediato atrajo a innumerables artistas mexicanos y extranjeros, gente como Pablo O'Higgins y Mariana Yampolsky, quienes influyeron en la toma de vocación de mi tío Arnulfo, el pintor. Ese mundillo, aunque vivido y sentido de manera lateral (indirecta, sesgada), tendrá asimismo su repercusión inevitable en Sebastián, quien sin duda —aún siendo un adolescente— abrevó en esos poetas llamados *Contemporáneos* a la hora de decidirse a escribir y publicar esos tres libros de poesía por los cuales casi todo el mundo lo conoce.

ALGUNA VEZ, cuando papá aún vivía y enseñaba (tal vez por esa misma época en que, como ya conté, me habló de las estrellas inopinadamente), me dijo:

—Silvana, en diciembre de 1836, un escritor español profiere un grito desgarrador en medio de un país que no podía escucharlo puesto que no sabía escuchar. Un país sordo. Era Larra, Mariano José de Larra.

—¿Qué gritó, papá? —le respondí atónita, picada de curiosidad, en esa ocasión.

—"¿Quién oye aquí?", dijo, escribió; así... franco y directo, Silvana —respondió Sebastián sin mirarme a los ojos, ligeramente taciturno, paladeando las palabras, degustándolas, sin imaginarse que éstas y otras frases jamás las olvidaría yo. Jamás. Las de Larra eran sin embargo las palabras de papá, pero entonces yo no lo sabía, no podía comprenderlo y ni siquiera sospecharlo.

—"¿Quién oye aquí?" —repetí, tratando de desenmarañar la trama, el hilo de ese asunto complicado que, evidentemente, se me escapaba de las manos: ¿por qué alguien iría a gritar algo así, más si nadie lo estaba escuchando?

Luego, muchos años más tarde, entendí el grito.

Y es que, justamente, esa pregunta se profiere cuando uno de pronto se da cuenta de que nadie (allá afuera) te oye; cuando súbitamente comprendes que no tienes interlocutor, es decir, que estás solo, solo, completamente solo, como Robinson Crusoe en su isla maldita en el culo del mundo.

Dado que a Larra nadie lo estaba escuchando, tuvo esa desgarradora ocurrencia, esa duda terrible: la de preguntar allá afuera (y la de preguntarse de paso a sí mismo) "¿Quién oye aquí?"

—Fíjate, Silvana —prosiguió papá—. Larra era bilingüe, como tú. Sólo que él hablaba francés y español perfectamente. Había crecido en Francia hasta los nueve o diez años. Por eso lo tacharon de afrancesado, de extranjerizante… y porque también se dedicaba a decir las verdades que saltaban a la vista y todo el mundo prefería callar en su país, España.

—¿Inglés no hablaba, papá? —lo interrumpí.

—No sé, hija —dijo con paciencia y continuó—: Él podía haberse trasladado a París muy joven y escribir en francés para que lo escucharan, pero no lo hizo. Pudo, asimismo, haberse callado, no escribir, pero no lo hizo.

—¿Entonces qué hizo? —pregunté, llena de curiosidad.

Sebastián nunca me contestó, no quiso. Guardó silencio o posiblemente empezó a hablarme de otras cosas para distraer mi atención, mi curiosidad inagotable. Sólo años más tarde, como ya dije, averigüé y supe la respuesta. *Escribir como escribimos en Madrid es tomar una apuntación, es escribir un libro de memorias, es realizar un monólogo desesperante y triste para uno solo.* Incluso es muy probable que todavía hoy recuerde esa conversación con papá sólo por el hecho de que él *jamás* hubiera querido responderme esa pregunta, lo cual asimismo motivó que yo me pusiera a indagar cuando, un lustro después o poco más, recordé eso que justamente *no* me dijo: Larra, el llamado *Fígaro* de España, se había suicidado tres meses después de escribir "Horas de invierno", esa diatriba moral a la sordera de su patria.

Ésa, creo, fue la pregunta de Sebastián, o mejor: fueron varias preguntas, todas ellas aglutinadas en ésa, la de Larra, el primer autor moderno de España. ¿Para quién escribía papá cuando lo hizo en la ciudad de México en los años cincuenta, cuando publicó sus novelas y sus tres libros de poesía? ¿Quién lo oía? Y si lo oían, ¿de veras lo escucharon? *Escribir en Madrid es llorar, es buscar una voz sin encontrarla, como en una pesadilla abrumadora y violenta. Porque no escribe uno siquiera para los suyos. ¿Quiénes son los suyos?*, preguntaba Larra con angustia. ¿Y quiénes fueron esas gentes que entendieron lo que dijo Sebastián y por ende lo que escribieron los autores de *Sur*? *¿Quién oye aquí?* ¿Habría que empezar por conocer la sociedad a la que unos cuantos poetas y novelistas se dirigen? *¿Son los académicos, son los círculos literarios, son los...* ¿Habría que determinar quiénes eran esas gentes que compraban libros o leían revistas y suplementos, mismos en los que mi padre y sus compañeros de viaje estuvieron publicando asiduamente por más de una década? *...corrillos noticieros de la Puerta del Sol, son las mesas de los cafés, son las divisiones expedicionarias, son las...* ¿Importan esas gentes realmente? *...pandillas de Gómez, son los que despojan, o son los despojados?* ¿Importan esos lectores, esos perfectos desconocidos? Quizá, no. No importan, no deberían importar. Pueden desaparecer de la faz de la tierra, extinguirse. Pero... acaso yerre; tal vez sí importen (y mucho), pues de esos oídos, o de su sordera, pende la vida de un hombre; quizá de la dura y tiesa cerilla que se anida en sus orejas (o de esa comprensión social) oscile el destino de un poeta. No lo sé. En el caso de Larra (lo leí en la tesis que papá escribió sobre Cernuda en Berkeley), tuvieron que pasar casi setenta años para que dos jóvenes, Baroja y Azorín, le llevaran unas violetas a su tumba y lo resucitaran.

Responder a la pregunta de Larra, creo, lleva al exilio, al silencio o a la muerte. O quizá sólo lleve (finalmente) a dos y nada más: al silencio o a la muerte, pues el exilio lleva muchas veces (no todas) al silencio, es decir, a la más altiva y pura marginalidad.

Sebastián, pues, no pudo responder a la añeja pregunta de Larra "¿Quién oye aquí?". O tal vez sí pudo, si pensamos que la respuesta está dada justo en la pregunta, pongamos atención: nadie escucha, y por tanto también se escribe para nadie; de lo contrario, uno no se haría esa pregunta. Y si Mariano José de Larra o Sebastián Forns supieron esto (sintieron esto), comprendieron entonces el sinsentido de su arte; incluso comprendieron el absurdo de ese grito que nadie, definitivamente nadie, iba a escuchar.

Sebastián Forns, una vez exiliado junto con mamá en Estados Unidos, podría haber escrito en inglés; podría haber buscado otro auditorio, otros escuchas, pero no lo hizo. Papá, como Larra, era bilingüe (su abuela era americana), pero prefirió escribir en español mientras lo hizo, hasta sus treinta y ocho años de edad. Creo que, una vez en Estados Unidos, sobrevino una segunda incomprensión, o mejor: una segunda duda o desfase: si en México no lo escucharon, en Colorado y Virginia tampoco lo iban a escuchar... aunque por muy distintas razones, por otro tipo de sordera y de imbecilidad. Esto lo sabía él, lo adivinaba, lo barruntó desde antes que decidiera exiliarse. En Estados Unidos no lo iban a entender, y tampoco Sebastián quería ni hubiera tenido paciencia para explicarles nada. En México, durante los cincuenta, explicó, intentó hacerlo, con humildad, con constancia y, al final, con terquedad; en Estados Unidos tendría otra vez que explicar las cosas, y en inglés. No, no iba a hacerlo. Papá llegó a Estados Unidos, supongo, muy cansado: quería formar una familia junto con Rebeca y nosotros, y así lo hizo. Quería callarse, y así lo hizo. No había nada más que agregar.

EN 1940 MUERE Silvestre Revueltas. En 1942 se suicida Jorge Cuesta, el polemista mexicano por antonomasia. En 1939 había aparecido *Muerte sin fin*, libro decisivo en la formación poética de Sebastián Forns. En esos años, asimismo, llegan los exiliados españoles a México e insuflan, en poco tiempo, un aire de fuerte disidencia a la vida cultural del país, el cual absorberá mi padre durante su juventud en el instituto lasallista Cristóbal Colón y, más tarde, en el edificio de Mascarones de la Universidad Nacional, centro de reunión de intelectuales: son años de adentramiento espiritual para México y sus artistas, tiempo de reflexión intimista, de reconcentración voluntaria, a veces llegando al grado de volverse metafísicos, lo que no habían sido antes (o nunca), durante la época de la Revolución y el muralismo. En esos años, José Gaos, filósofo exiliado, traduce *Ser y tiempo* de Heidegger, libro central para entender esa época —el cual mi papá leyó y estudió y del que cabe entresacar algunas reflexiones a la hora de querer adentrarse en varios de sus poemas, sobre todo en *Estimación* y el nunca publicado *La esperanza de la muerte*. De lo social, pues, pasarán a lo individualista; del neokantismo (Larroyo, Bueno, Terán Mata) pasarán al existencialismo; de la influencia poderosísima del peruano José Carlos Mariátegui y los mexicanos Alfonso Caso y Samuel Ramos, pasarán a ser influidos por Nietzsche y Jung (recientemente descubiertos); de la llamada "filosofía de lo mexicano" pasarán a las corrientes vigentes en Europa; del arte para todos… pasarán al arte para unos cuantos. Todo eso, repito, tuvo que haberlo sentido como algo propio Sebastián, quien para esa época tendría diecisiete o dieciocho años.

Un lustro más tarde, a través de un amigo de papá, mi tío Arnulfo entablará una larga amistad con Pablo O'Higgins y Leopoldo Méndez, quienes lo decidirán a seguir por la pintura. Con los años se convertirá en uno de los casos más célebremente deplorables del negro artista, del negro pintor: aquel que pinta para otros más famosos que él. El artista de quien nadie sabe nada, el anónimo atrás del cuadro: el pintor que no firma sus obras y las vende al mejor postor. Y es que mi tío Arnulfo, aun siendo un gran pintor y retratista, nunca tuvo ingenio, jamás pudo imaginar o soñar o simplemente crear algo original, verdaderamente suyo. Y si lo hizo, si pintó algo excepcional, fue al inicio de su carrera solamente, a principios de los cincuenta, a sus veinticinco años de edad, cuando entusiasmado asistía a los talleres de La Esmeralda, la famosa escuela de pintura y escultura de la Secretaría de Educación Pública. Pero de esto y de su único hijo, Néstor, hablaré después.

Desde que Néstor y Felicidad, mis abuelos, se instalaron en la casa de San Ángel, última de la Cerrada de la Amargura, estuvo claro que, para bien o para mal, el sur de la ciudad sería el futuro predio de cada uno de sus hijos. Ahí estaban, a la mano, a unas cuantas calles, el famoso mercado con sus anaqueles invadidos de flores todo el año, los poblados anexos de Chimalistac y San Jacinto con sus estrechas calles empedradas rodeando sus respectivas iglesias coloniales y el vetusto edificio de la editorial de los hermanos Porrúa en la Plaza del Carmen… justo enfrente a la imponente casa vinculada al Mayorazgo de Fagoaga construida a mediados del siglo XVIII. Todo esto transcurría entre caballos y jinetes con bellos arneses, los cuales pasaban (relinchando, remolineando, dando coces) desde la primera hora del día, metidos entre los automóviles y los marchantes que gritaban su mercancía al populacho y a los visitantes con voz destemplada. San Ángel era, en ese entonces —y para algunos lo sigue siendo—, uno de los poblados más atractivos de la capital; conserva uno de los mercados más bulliciosos y coloridos, tal vez el más visitado por el turismo, no muy lejos de otro centro colonial, Coyoacán, el afamadamente triste sitio donde, años más tarde, matarían a Trotski y donde Sebastián pudo visitar al poeta Luis Cernuda cuando vivía ahí y enseñaba en la Universidad Nacional. Pero otra vez me adelanto, pues esto no fue sino años más tarde, cuando mi padre eligió escribir su tesis doctoral sobre el poeta sevillano, la primera jamás escrita sobre ese trasterrado (como él).

Una vez arribados al Distrito Federal, mis tíos Dinara y

Arnulfo ingresaron a una escuela primaria próxima a la casa cuyo nombre desconozco, mientras Sebastián ingresó al bachillerato del Instituto Cristóbal Colón. Es en sus aulas, entre una y otra clase, que mi padre conocerá a esos amigos escritores que van a acompañarlo durante muchos años (hasta perderlos de vista en el exilio). Primero apareció mi padrino Alejo Escalante, quien en ese entonces no parecía tener muy clara su vocación: primero quería ser físico nuclear, luego filósofo y finalmente fue abogado. Sin embargo, al derecho (que yo sepa) nunca se dedicó; sólo a la literatura. Según él mismo me confesó en una ocasión, hace algunos años, fue mi padre quien lo impulsó a optar por esa vocación arriesgadísima, dudosa, aunque (según cuenta) ya había sido un poco tarde: como muchos escritores de su época que no se atrevían a serlo, Alejo fue a parar a la famosa facultad de Derecho en las calles de San Ildefonso, donde conocería a personas como Enrique González Pedrero, Carlos Fuentes y Sergio Pitol, todos muchachos de su edad y con sus mismas inquietudes y aspiraciones.

Sin embargo, no fue sino hasta un año más tarde, aún en la secundaria, cuando aparecería el tercer compañero de *Sur*, Igor Suárez. Surgió entre ellos dos de manera natural, incluso previsible, dado que entre esas paredes del instituto lasallista los únicos lectores y los únicos que intentaban escribir algo eran ellos tres (Alejo, Igor y mi padre). Cuentista nato, autor de memorables novelas, Igor participó (junto con mi padrino y Sebastián) en cuanto certamen literario se anunciaba, ganándolos siempre. En un principio fueron ellos tres quienes conformaron ese mínimo grupúsculo literario sin nombre, casi sin razón de ser... a excepción hecha de que los tres habían leído a los mismos autores (Proust, Faulkner, Lawrence, Machado), los tres asistían a las mismas representaciones teatrales y los tres se juntaban regularmente a conversar, a ver películas italianas (como aquellas de Silvana Mangano de donde justo surgirá mi nombre) y a cenar y fumar holgadamente en algún hostal de Coyoacán, en Kiko's o en el legendario Café Tacuba en el centro de la ciudad, luego de asistir a la ópera en Bellas Artes, que les quedaba casi enfrente del establecimiento. Por esa época también empezaron a verse en cada esquina carteles sorprendentes (fijos en las paredes), análogos a los que se usaban para la propaganda de cine: en ellos se anunciaban conferencias de gente como Alfonso Caso, Fernando Benítez, Jorge Tamayo y a veces hasta del mismo Alfonso Reyes, tan reticente a aparecer en público. A ellas asistían entusiasmados y hambrientos de cultura.

En la época de la preparatoria, dos años más tarde, se unieron al grupo Óscar Cetina y Raymundo Pim, aunque no fue precisamente en sus aulas donde los cinco intimaron y llegaron a hacerse amigos. El encuentro y la amistad se daría en casa de Alfonso Reyes, en las reuniones que entonces presidía este soberano de las letras y la cultura: en la famosa sala-biblioteca de la avenida Benjamín Hill. Fue a partir de este momento —y en gran medida gracias al magisterio de Reyes— que los cinco adquirieron una conciencia literaria mucho más radical y precisa, un proyecto más claro y audaz de lo que buscaban hacer y de lo que podían ser capaces uniendo sus voces: conformar una obra duradera, prolífica y rigurosa, estéticamente ambiciosa, en medio del chovinismo cultural campeante, del reductivismo nacionalista de entonces (y siempre), en medio del estreñimiento y pusilanimidad mexicanos. Óscar y Raymundo escribían con voracidad, con imperturbable constancia, y ambos han sido traducidos a muchas lenguas, lo mismo que Alejo, mi padre e Igor Suárez. Esos años del bachillerato dentro del instituto lasallista Cristóbal Colón fueron decisivos para los cinco integrantes de esa generación que dieron en llamar *Sur* y que tenía muchos, diversos, sentidos e interpretaciones... desde el más obvio (vivir al sur de la ciudad), pasando por el *South* de Faulkner, el prefijo *sur* y los ecos que inevitablemente lleva consigo (manifiestos, vanguardia, surrealismo, rompimiento), y finalmente el guiño de hermandad con ese otro *Sur*, el de la revista sudamericana fundada por Victoria Ocampo en 1931, europeizante y cosmopolita, tal y como ellos pretendían ser. A los cinco, pues, se les llamó hasta el día de su muerte —la de algunos—, los sureños. Sólo dos de ellos escribieron poesía aparte de escribir novelas: Óscar Cetina y mi papá. Los demás fueron estrictamente novelistas y, en el caso de mi padrino Alejo, un ensayista prolífico y combatiente semejante, en algunos casos, a Sebastián, cuando éste empezó a publicar sus artículos periodísticos sobre arte, política, música y literatura, muchos años antes de callar.

ENTRE LOS SIETE y trece años, en la época en que vivimos en Virginia, aprendí mucho más que en la escuela en la ciudad de México. Durante esos años, viví dos mundos, dos mundos antagónicos pero al mismo tiempo inseparables, contiguos. O quizá fueron tres.

Primero estaba el mundo de los amigos latinoamericanos de mis padres, emigrados indispensables en cualquier lugar que va uno, seres ubicuos al parecer (hasta en el más recóndito lugar los he encontrado). Ellos tenían a su vez sus hijos, algunos de ellos de nuestra misma edad, la de Rodrigo y Álvaro, o la mía.

Un segundo mundo lo conformaban mis amigos de la escuela —"los gringuitos", les decían en México mis tíos con algo de burla y de recelo—, hijos de familias anglosajonas, niños monolingües, monoculturales, rubios, casi todos protestantes, diferentísimos (o quizá en el fondo no tanto) de esos otros niños, esos hijos de los amigos latinoamericanos de Rebeca y Sebastián.

Un tercer mundo —al que accedí de manera lateral, debo decir, insuficiente—, fue el de esos hijos de familias mexicanas mucho más humildes: "braceros", los llamaban; también "espalda-mojadas" o "mojados", y hasta tiempo más tarde supe que los americanos les decían "chicanos" y los mexicanos de la capital, "pochos" —esto, debo decir, con algo de desdén.

Estos tres espacios superpuestos, amaridados, fueron decisivos, supongo, en la formación de mi carácter... aunque entonces, a esa edad, yo no lo supiera. Pero... ¿qué era yo al fin y al cabo? Entre tantos mundos, ¿quién era? ¿Una pocha, una gringa, una gabacha, una "méxico-americana"? ¿Quiénes eran Álvaro y Rodrigo, mis hermanos? ¿Se habrán preguntado ellos lo mismo? ¿Habrán tenido una respuesta y yo no? ¿O, quizá, esa pequeña e insignificante diferencia de edad, la de mis hermanos más chicos y la mía, creó un indefectible abismo entre nosotros? Puede ser, no sé, puesto que yo tenía casi trece y, ellos, diez y ocho años, respectivamente, cuando llegamos al Distrito Federal, cuando nos dijeron que Felicidad, mi abuela, había fallecido.

Aunque lejos, quiero aprehender o fijar algo de esa parte de mi vida, algo huidizo (frágil) pero indispensable; vistos a la distancia, necesito explicarme esos mundos: sus rasgos, su olor, sus perfiles, sus cuerpos rodeándome, cómo se superponían las formas, los colores, los contornos, todos esos años, cómo se debía convivir con unos y con otros, cómo departir estando en un pequeño sitio como Charlottesville, lejos de una ciudad grande (en este caso hubiera sido Washington o Richmond), reunidos, compartiendo latinos y anglos más de una cosa: escuela, parques, trabajos, supermercados, eventos deportivos, navidades, compras dominicales en el *mall*, y a veces hasta la iglesia, pero ésta no siempre, pues había templos para *hispanics* y templos para anglos con distintas denominaciones: bautistas, metodistas, calvinistas, congregacionistas, menonitas, evangélicos. Todo esto sin contar que para nosotros, mis hermanos y yo, había un cuarto mundo, más lejos, eso sí: el de los veranos, el de la ciudad de México, el de los tíos y los abuelos y Agus y Silvestre, el chofer, y Nadia, mi prima, y Néstor junior y Esdras y Alán Corkidi, y Gina y Omar Talens, los vecinos, y mucha gente más. Pero de ellos, de ese cuarto mundo, hablaré más tarde, cuando cumpla doce años, casi los trece, y entonces Rebeca y Sebastián decidan regresar a la casa de San Ángel.

Dije ya que aprendí muchísimo; dije que entre esos latinoamericanos exiliados aprendí más que en ninguna otra parte, y es cierto. Antes que nada estaban Tom y Diana, quienes junto con nosotros vinieron a Virginia en 1970, dejando la visión de

Colorado atrás. Tenían dos hijos, Stan y Heinrich, el primero de la edad de Álvaro y el segundo de la edad de Rodrigo. Diana era la mejor amiga de mi madre y Tom uno de los mejores amigos de papá. Diana es mi madrina y, como ya avisé, hizo una labor contradictoriamente eficaz, dado que Rebeca era judía, aunque judía sin religión, sin tradición, perfectamente desarraigada… hasta hace pocos años, cuando empezó a buscar esas raíces de su infancia y su pasado sefardí a través de sus hermanas, pero esto es harina de otro costal y sucederá tres décadas más tarde.

Tom era el tipo más antinorteamericano que yo haya conocido. No en el sentido de que fuera el tipo más profundamente latinoamericano, que tampoco lo era; a veces quería serlo, es cierto, pero algo indefinible, difícil de situar, lo hacía un tipo raro y *sui generis* para propios y extraños. Ni anglo ni latino. Conservaba el hábito por el trabajo, el orden y la organización típicos de los gringos (características que, dicho sea de paso, conservo hasta el día de hoy). Pero, al mismo tiempo, Tom amaba el jolgorio, la fiesta, cualquier oportunidad para divertirse, beber y desvelarse hasta tarde… aunque eran muy pocas las oportunidades en Charlottesville. Era profundamente liberal, demócrata, pero asimismo, profundamente católico, lugar donde Sebastián y él chocaban más temprano o más tarde, pues aunque mi padre había sido católico, era un recalcitrante anticatólico. Los unía, eso sí, la literatura, la cultura y la música, y de eso hablaban durante horas entre cigarrillos y copas. Ambos se habían conocido y habían enseñado en el mismo *college* en Grand Junction y ambos enseñaron literatura española y latinoamericana en la Universidad de Virginia (fundada y construida en parte por Thomas Jefferson) a donde partieron uno tras otro con un año de diferencia.

Diana, por su parte, era mucho más americana que Tom: no bebía, conservaba hábitos mucho más estrictos con Stan y Heinrich, sus hijos. Era, a mi juicio, algo seca con ellos, como lo eran las madres de mis amigas del colegio del distrito: Diana parecía gringa en casi todo excepto en que le costaba trabajo hablar inglés, tenía una hermosa piel morena que ni siquiera en invierno palidecía, y puesto que cocinaba de manera extraordinaria deliciosos manjares de su isla y otros platillos caribeños como la yuca frita, la lengua entomatada, los higaditos con corazones de pollo, los moros y cristianos, era un festín ir a casa de mi madrina. Decir que Diana parecía más gringa que Tom suena extraño, lo sé, ya que he mencionado las tres características que la hacían inexcusablemente dominicana. Sin embargo, insisto: quitando esos tres rasgos, uno podía decir que Diana era gringa, hija directa de los primeros pobladores ingleses, mientras que Tom quería comportarse como un antinorteamericano: detestaba al presidente Johnson y luego repudió a Nixon, desde un principio estuvo en contra de la guerra de Vietnam (hasta escribió largos artículos sobre lo que pasaba en el Delta del Mekong), quería redimir a los pueblos indígenas a través de cooperativas y fondos que organizó sin tregua y sin tener jamás ningún éxito, y hasta quiso adoptar un niño huérfano dominicano, proceso en el cual perdió varios miles de dólares en abogados caribeños que nunca le ayudaron y sólo le robaron su escaso dinero. No le gustaba hablar inglés, parecía repudiar su origen yanqui, y no perdía la ocasión para discutir sobre España y el desastre que fue la Conquista. Era, pues, un antiimperialista en toda la extensión de la palabra. Y cuando mi padre lo atacaba diciéndole que los curas tenían parte de responsabilidad en las atrocidades cometidas en el Nuevo Mundo, la querella entre ambos (entre whiskys y humo de cigarros) no tenía para cuándo terminar. Resta decir que Rebeca y Diana los abandonaban tan pronto ellos dos empezaban sus disquisiciones históricas, políticas o literarias.

A veces se les unía otra pareja ejemplar: Bob, el *Chair* del departamento de la Universidad, quien enseñaba alemán y hablaba español perfectamente, y su mujer, Asela, una cubana… —pero esto era un decir, pues Asela era un caso interesantísimo de aculturización y aclimatación total. Tenían un hijo mucho mayor que Stan, Heinrich, mis hermanos y yo. Aunque le habían hablado español y alemán desde muy niño, él nunca quiso (o no pudo) hablar otro idioma que no fuera el inglés. Aparentemente entendía el alemán y el español, o eso creo, pero se rehusaba a hablarlos por motivos que ignoro.

En comparación con Tom, Bob era un poco menos antinorteamericano, pero era más mexicano y ligeramente anticubano, extraña mezcolanza. Empiezo por lo último: aunque adoraba a su mujer (cubana), decía conocer a los cubanos exiliados, quienes no terminaban de agradarle: los veía como seres torvos, aprovechados, inextricables e impredecibles en su comportamiento. Aparte de Asela, su mujer, los evitaba. Por el otro lado, Bob era profundamente mexicano a pesar de ser gringo por los cuatro costados y enseñar literatura alemana. ¿Cómo es eso? Había vivido en Hermosillo siendo muy joven y allí, al parecer, había aprendido a comer chile y a hacer albures como el más avezado mexicano que yo haya conocido: todo era para él un doble sentido, cualquier combinación de palabras la trastocaba en un calambur, en un chiste picante. Asimismo, tenía la extraña peculiaridad de cantar canciones rancheras. Era verdaderamente asombroso oírlo cantar, pues, tenía un sonoro acento norteño (como el de un sinaloense) y al mismo tiempo la altura y el desaliño de un yanqui. Era pelirrojo y su bigote chispeaba a la luz del sol. Por último, ya dije que era menos antiimperialista que Tom, y es cierto: su vehemencia pacifista, decía, había quedado atrás. Las cosas eran así por algo: poderosos y débiles, víctimas y verdugos, países fuertes y sumisos, ¡qué se le iba a hacer! Nadie iba a cambiar las cosas aunque se quisiera, aunque costara reconocerlo. Bob les llevaba algunos años a Tom y a mi padre. A veces, pues, los acompañaba en esas largas peroratas, pero sin intervenir demasiado, simplemente oyéndolos, diciendo algo si se le solicitaba; de lo contrario, sonreía, daba un sorbo a su copa de vino y escuchaba, silencioso, con suma y prudente atención. Bob era, tal vez, un escéptico desengañado y abúlico, al contrario, por ejemplo, de mi padrino Alejo, quien era sobre todo un escéptico… amante y señor de la problematización. Al igual que Diana y Rebeca, Asela prefería desligarse de ese grupo "culto" al que pertenecían los hombres, los profesores de la Universidad. Entre ellos, pues, pasé muchas horas, oyéndolos, espiándolos, tratando de aprender y descifrar justo cuando Stan y Heinrich preferían ponerse a jugar con Álvaro y Rodrigo, de su misma edad.

Lo que no dejaba de ser curioso es que los niños (y entre ellos yo) siempre habláramos en inglés. Aunque entendíamos el español y lo hablábamos, y aunque a veces se nos exigía hablarlo con los amigos de mis padres, entre nosotros mismos no había otra opción: el inglés era la lengua franca de los niños, de la televisión, de los Beatles, de la escuela, de todos los días. El español era, pues, ese *otro* idioma, un objeto verbal ajeno: conocido (hasta cierto punto) pero extraño, innecesario. Un idioma que sabíamos bien (o creíamos saber bien) pero en el que no deseábamos movernos… quizá por verdadera falta de aptitudes, por falta de destreza y costumbre, por inercia, no lo sé. También quedaba claro (aunque sin decírnoslo, sin atrevernos a declararlo) que el español era la lengua de los adultos y, por tanto, el idioma de los todopoderosos: de aquellos que dictaban las normas que deseábamos infringir. Y ese idioma, justamente, *no* queríamos hablar, o bien lo desdeñábamos. Su aquilatamiento, al menos en mi caso, vino en esos años, en Virginia, a través de esos yanquis que hablaban español con mi padre y quienes se rehusaban a hablarnos a nosotros (los niños) en inglés a pesar de ser *ésa* su lengua; el aquilatamiento, repito, vino muy despacio, poco a poco, puesto que para mí ésa fue también la lengua del conocimiento, de la cultura, el idioma con el que aprendía de Vietnam, de Chile, de Santo Domingo y de México.

Pero había, dentro de ese primer mundo, otro submundo latinoamericano, éste sí real, genuino, quiero decir, habitado por latinoamericanos exiliados por distintas razones. Tom y Bob, eran, a pesar de todo, gringos, norteamericanos. Parecían latinos, sí, pero no lo eran en el fondo: eran rubios, altos, desaliñados, rubicundos y vivían en su *propio* país. Además de todo, ellos formaban parte de los amigos del Departamento de la Universidad en la que trabajaba mi padre.

Por el otro lado, Sebastián conservó, durante esos siete años en Virginia, una duradera amistad con un grupo de exiliados latinoamericanos, ninguno de ellos mexicano. Entre ellos estaban Jesús y María, ambos chilenos, santiagueños. Él era diseñador gráfico, y ella, ama de casa. Llegaron a Estados Unidos inmediatamente después del golpe de Estado, en 1973, cuando yo tenía ocho años. En esas opíparas comidas de domingo, asando carne y cociendo papas, aprendí lo que pocos niños de mi edad logran saber, menos aún si viven en un país como Estados Unidos, controlado por los *media* hasta morir. Sabía, por ejemplo, quién era el Benefactor de la Patria que había dividido (hasta entonces) a los dominicanos; sabía quiénes eran Salvador Allende (el bueno) y Pinochet (el malo), puesto que entonces no paraban de hablar del golpe de Estado con María y Jesús, que fumaban tanto o más que mi papá. Los nombres Malcolm X, Ho Chi Minh o J. Edgar Hoover, el jefe racista del FBI, me resultaban familiares, podía ubicarlos como casi ningún otro niño de mi edad podría haberlo hecho (engañados como estaban por esa máquina de mentiras que era la escuela norteamericana). Había oído hablar muchas veces sobre los crímenes perpetrados contra negros por el Ku Klux Klan y de su contraparte, el movimiento Brown Power al que se sumaron activistas chicanos durante los sesenta y los setenta. Sabía asimismo quién era ese presidente mexicano que había ordenado matar a los estudiantes por ponerse a protestar hasta el cansancio y también quién era Echeverría y quién era Perón, lo que cada uno significaba o, por lo menos, lo que había que interpretar al escuchar sus nombres. Continuamente oía hablar sobre las atrocidades cometidas por los militares en Argentina, y ya entonces (vagamente) lograba asimilar lo que los adultos querían decir cuando hablaban de comunismo o capitalismo y la llamada Guerra Fría: intuía (más que saber) sus respectivas lacras y aberraciones. Conocía detalles de la guerra de Vietnam que estaban, hasta cierto punto, proscritos para los demás niños de mi edad, sobre todo para los niños estadounidenses: crímenes de guerra contra civiles inocentes, la historia cruenta de la brigada que arrasó con niños del Mekong en febrero de 1969. Supe asimismo (puesto que no dejaban de hablar de ello) de la fastuosa muerte de Franco en 1975 cuando yo tenía diez años.

Jesús y María tenían dos hijos, también de nuestra edad y también con ellos hablábamos inglés a pesar de que todos los niños, como ya dije, sabíamos español, lo entendíamos perfectamente. Visto desde lejos, en perspectiva, no deja de ser harto curioso, lo sé. Entonces, claro, no lo era. Seguro que hoy, después de casi treinta años, todos ellos, los hijos de Jesús y María, los hijos de Diana y Tom, siguen hablando inglés entre ellos, con sus familias, incluso puede ser que el idioma yanqui a la larga se haya impuesto y con él se comuniquen padres e hijos, hermanos y hermanas. Probablemente, de no haber vuelto a México, nosotros tres —Álvaro, Rodrigo y yo—, estaríamos hablando inglés y yo ahora estaría escribiendo en otra lengua.

Es el momento de confesar que fue precisamente de Sebastián de que me vino ese alarde purista cada vez que tomo una pluma y me pongo a escribir esto, cada vez que me siento a pensar una línea. Me refiero a que estando allá, en Estados Unidos, resultaba sencillo prestarse a la malversación, a la contaminación lingüística y al bombardeo de falsos cognados (mismos que surgían por doquier) diciendo cosas como "Nos *movimos* de ciudad" en lugar de "Nos mudamos", o "Yo *atendí* la clase de historia" o "Es importante *realizar* la situación", o bien horribles préstamos como el famoso *so* en lugar de "así que" o "entonces", o *cool* por "formidable", o el tan común *chance* en lugar de decir "oportunidad", quizá por tener demasiadas sílabas. Contra todo eso, Sebastián fue estrictísimo desde que tuve uso de razón, incluso llegó a ser severo en sus convicciones, lo que contrastaba con cualquier otro padre que yo conociera. Yo no entendía por qué tanta aprehensión, tanta pureza. Se le iba la vida corrigiéndonos no sólo el español que aprendíamos con los chicanos —ese tercer mundo o estrato del que no he hablado aún—, sino también corrigiéndonos el español que aprendíamos en México durante los veranos entre mis primos y los vecinos de la calle. Pero otra vez me desvío.

Aparte de Jesús y María, estaban otras dos parejas: una de

cubanos, Luis y Azucena, y otra de peruanos, Roberto y Laia. Las cuatro familias tenían un punto en común: se habían conocido en la iglesia. Sin embargo, ya dije que Sebastián no iba a la iglesia aunque fuera allí donde conoció a esas otras tres parejas de amigos. Una vez reunido ese pequeño grupo latinoamericano, mi padre dio un paso atrás, desligándose de ese espacio con el que tantos conflictos morales y espirituales tuvo durante su vida.

Luis y Azucena no tenían hijos. Mejor dicho: Luis había dejado uno en la isla, junto con su primera mujer, ella era castrista, y él no. A los diez años de edad, yo ya sabía lo que eso quería decir. Imposible vivir en Estados Unidos y no saberlo, y menos si tus padres y sus amigos hablan de ello cada fin de semana durante siete años consecutivos. Luis echaba de menos a su hijo. Cada vez que nos veía, parecía a punto de echarse a llorar. Él y Azucena tenían como rasgo común el no desear, bajo ningún concepto, tener el menor contacto con otros cubanos. La verdad es que nunca supe por qué.

Recuerdo con claridad una ocasión en que Roberto, el peruano, comentó que en una visita a la isla, no hacía mucho, había quedado profundamente conmovido cuando, al entrar a una librería antes de partir, vio a una madre que le obsequiaba a su hijo de ocho años una de las obras clásicas de la literatura cubana del siglo XIX: *Cecilia Valdés*, de Cirilo Villaverde. Ése era el regalo de cumpleaños del chiquillo; eso había pedido durante meses y meses; él lo oyó, podía jurarlo. ¿Cuándo se iba a ver algo así en México?, dijo entonces mi padre. ¿O aquí?, apostrofó Jesús, el chileno, conmovido e igualmente impresionado con la anécdota. A lo que Luis, cubano anticastrista —y quien por ningún motivo podía aceptar que algo bueno se hubiera logrado en su país—, contestó displicente, casi desesperado ante los hechos:

—Seguramente era un niño excepcional, Roberto, alguien como Silvana —dijo de pronto al verme allí, sentada, observándolos y bebiendo cada una de sus palabras—. Así no son los niños cubanos. *Creme*. El retraso desde Castro es aún peor que aquí o que en México o Perú. No sabes lo que hablas, chico. *Creme*.

Parecía rogar cada vez que repetía "*creme*". Lo decía con insistencia, como si se le fuera la vida en ello. Algo había vivido él allá, algo singular, que lo hacía odiar su país con toda el alma, o a Castro y a los cubanos que lo legitimaban: y ese algo era la pérdida y la nostalgia de ese hijo, la pérdida de un hogar, de una patria.

Ahora viene ese segundo mundo, el de la escuela del distrito, mis amigos del barrio, el de sus familias. Yo, ya dije, me parecía a ellos: tenía el pelo castaño (todavía hoy lo tengo), heredé de mi padre ese color de tez que pasa por ser el de un americano cualquiera, un gringo común y corriente; hablaba inglés exactamente como ellos, vestía igual, iba a la misma escuela, oíamos las mismas canciones, veíamos los mismos programas de televisión y cursábamos las mismas materias. Dije que *parecía* uno de ellos ¿pero acaso no debí decir que *era* uno de ellos? ¿Acaso no lo era? ¿Acaso no lo fui (o lo soy)? ¿Puede ser alguien más de una persona en una sola vida? La escuela, el Florence Elementary School al que asistíamos era nuestro punto de reunión, el sitio neurálgico donde el aprendizaje callejero de los niños iba perfilándose. El Florence Elementary School que a mis hermanos y a mí nos correspondía, era un colegio estatal gratuito… pero de niños pudientes, con padres de clase media estadounidense, lo cual ya es decir mucho si se la compara con una clase media centroamericana o mexicana, por ejemplo. Allí eran todas Misses y así había que dirigirse a las maestras: Miss Megan, Miss Shannon, etcétera. Recuerdo Ciencias con agrado y Matemáticas. De lo demás guardo un vaguísimo recuerdo.

Mis amigas de la escuela me invitaban a sus casas y yo las invitaba a ellas. Mis padres les hablaban (entonces sí) en inglés, eran las únicas ocasiones en que Rebeca y Sebastián transigían. Yo sabía que mis compañeras quedaban sorprendidísimas al escuchar esos acentos extraños, raros, que nunca en sus cortas vidas habían oído (sobre todo el de mamá), pues no habían salido siquiera del condado en que habían pasado sus breves y apelmazadas vidas. A mí también me llamaba la atención, por ejemplo, ir dándome cuenta de que mis hermanos y yo pronunciábamos mejor ciertas palabras que mis padres, pero al final, supongo, poco a poco nos fuimos acostumbrando. A veces, es cierto, Álvaro los corregía; le decía a Rebeca: "No, mamá… se dice así". Aunque mi padre era, como yo, bilingüe, una vida entera entre mexicanos (empezando por sus padres) había hecho que pronunciara o dijera a veces algo con cierto dejo o acento extranjero, el cual sólo podía notar un norteamericano.

Las madres de mis compañeras nos obsequiaban *Rice Crispies* con malvaviscos o enormes platos de helado de vainilla que devorábamos frente al televisor. Jugábamos a las muñecas o veíamos a los chicos de la cuadra jugar béisbol. Pero esos otros juegos (los que más me gustaban) no los tenía con ellas: en México, con mis primos, jugábamos al bote pateado por las noches; también jugábamos a las escondidillas, policías y ladrones o a los encantados. Los juegos en Virginia me parecían sosos, aburridos, a veces sin mucho sentido, por lo que peleaba con mis compañeras de colegio. Por ejemplo, quería enseñarles los juegos que mis primos me habían enseñado el último verano, y ellas parecían no entender o no interesarse demasiado. Lo mismo con la comida: supongo que mi paladar se habituó muy pronto al estilo mexicano; nada me sabía bien en casa de mis amigas; la comida era abundante, pero simple y monótona. Mi mamá cocinaba con sal, con limón, con especias (eneldo, comino, canela, yerbabuena seca), con tamarindos, ciruelas, chabacanos, nueces, piñones, yogurt, pepinos, piña, fideos y con mucho chile, lo que las otras mamás jamás hacían. Aparte de preparar moles, acelgas con cerdo y frijoles y salsas molcajeteadas, Rebeca cocinaba platillos que había heredado de mi abuela Vera y sus hermanas: esos estofados llevaban cantidad de especias raras, condimentos que no tenían a veces parangón, si acaso algunos guisados persas o hindúes. Mis amigas, está de más decirlo, no los tocaban y mamá tenía que hacer comida especial para esas visitas: hamburguesas, papas fritas, ensalada con rodajas de jitomate. Eso, sin embargo, parecía no cansarla; se había acostumbrado a ello: cualquier cosa con tal de darle gusto a sus hijos.

Aunque Virginia no esté exactamente situada en lo que se ha dado en llamar *The Bible Belt*, Charlottesville forma parte de una añeja tradición enclavada en el más estricto puritanismo inglés, el de los primeros calvinistas emigrantes del siglo XVII, quienes sobre todo llegaron a Massachusetts, expandiéndose poco a poco hacia el sur. Estos buenos hombres, una vez habiéndose asentado, se dieron a la evangélica tarea de regalar mantas infectadas y alcoholizar a los cientos de miles de indios pequots, abenakis, massachusetts y narrangstets que habitaban esas tierras, con el fin de quedárselas, cosa que al final hicieron en nombre del Dios de Inglaterra. Los padres de mis amigas eran, por supuesto, profundamente religiosos, metodistas y bautistas en su mayoría, es decir, protestantes evangélicos no carismáticos, acérrimos creyentes de la Palabra de Dios, única fuente fiable e inexpugnable de fe. Para ellos, el Papa y los santos no significaban absolutamente nada. En sus casas, al contrario de la mía, siempre se oraba, se daba gracias a Dios antes de empezar los alimentos y se guardaban unos segundos de silencio. Mis amigas tenían horarios para todo: para hacer las tareas, para salir a jugar, para rezar, para irse a la cama. En mi casa, en cambio, los horarios siempre fueron más flexibles, más relajados. El hábito por el orden y los horarios lo aprendí de la escuela en Charlottesville y de mis amigas. Aunque hoy por hoy no me pesa cargar con ciertos hábitos y rutinas, tan unidos a mí como una sustancia de mi cuerpo, la verdad es que enterarme de lo que hicieron conmigo en esa época me hiela la sangre y me avergüenza. Me refiero al hecho de que mis padres —supongo que no tuvieron otra opción— hubiesen permitido al colegio del distrito medicarme con pastillitas que no tenían otro uso ni otro fin que uniformar a esos adolescentes belicosos que se salían de sus parámetros y no lograban encauzar. Dado que algunos estudiantes eran, como yo, sumamente inquietos, distraídos y a veces un poco rebeldes, no había (al parecer) otro remedio que el de homologarlos con esos otros niños del colegio, es decir, el resto. Había, pues, que *situarnos*, decían, lo que para mí no tiene otra interpretación (otro sentido) que la de imbecilizarnos o clonarnos, pero en ese entonces la palabra no existía. Saberlo hoy me entristece profundamente, y no sólo me avergüenza de Virginia y Estados Unidos, sino que también me avergüenza por mis padres que lo permitieron. Es cierto, se justifica mi madre, que yo (de entre todos mis hermanos) siempre fui la más distraída e inquieta, y parece que la auténtica razón de ello era la forma acelerada en que captaba los dictados y las insulsas enseñanzas de las Misses en la escuela. Sin embargo, todo ello —y sus ominosas implicaciones— no se tomaba sino como una virtual amenaza al *Establishment* escolar; diría yo, al sistema. Finalmente, con o sin pastillitas, fui una amenaza, como lo llegaría a ser años más tarde mi hermano Álvaro una vez llegamos a México.

Según el Destino Manifiesto, concepto heredado del calvinismo, los seres humanos nacen con o sin estrella, los hombres son o no son elegidos y por tanto están o no condenados desde un principio, incluso desde antes de nacer. Esto, como se sabe, se llama determinismo, y la vida de mis amigos y amigas había sido inoculada por esa aberración. La única manera, pues, de saber a qué grupo perteneces es comparando a toda hora tu moral y tus acciones con las del vecino: cuanto más los juzgues y critiques… más se elevará y se distinguirá tu espíritu. De allí que la sociedad norteamericana (ese segundo mundo en el cual viví) se definiera siempre con respecto a los otros países: dependía de qué tan mal están los demás para medir qué tan bien estabas tú. Latinoamérica era sin duda un buen termómetro para los padres de mis amigas y para los directores del colegio que no paraban de encontrar buenas excusas para vilipendiar y desdeñar a países como México. Estados Unidos era, según ellos, indudablemente superior moral y materialmente. Sólo a través del crecimiento económico podías darte cuenta si eras o no un país elegido por Dios… (John Aylmer, pío clérigo inglés, había convencido a sus feligreses ya desde 1558, sin ambages y con cantidad de pruebas irrefutables a su favor, que "Dios era inglés", y la gente lo creía a pie juntillas.) El lucro, pues, no debía ser considerado un signo del pecado (como la Iglesia católica establecía), al contrario: tener y hacer dinero era, por sobre todas las cosas, una virtud, la vía auténtica para conocer tu verdadera superioridad, para aquilatar en toda su expresión tu altísima moral y tu irreprochable ética.

Está de más decir que Sebastián y Rebeca (lo mismo que todo ese mundo de latinoamericanos y gringos antiyanquis) aborrecían este perfil del consumismo capitalista... legitimado por la religión. Sin embargo, al parecer, no había modo de escapar de él. Ése era el precio de vivir con cierta decencia: sin las desigualdades, las injusticias, las dictaduras y la corrupción que había en cada uno de sus respectivos países latinoamericanos.

Los Días de Acción de Gracias eran maravillosos. *Thanksgiving Day* era, quizá, el día más especial para todos los americanos. Mis padres solían juntarse con los amigos del Departamento de Literatura, aunque a veces Tom, Bob y sus esposas se unían a la fiesta que organizaban los genuinamente latinoamericanos, Roberto y Laia, Jesús y María, Luis y Azucena.

Se comía pavo por cantidades; igual jamón de Virginia, *gravies*, relleno de pan y apio, puré de papa, jalea de arándano, pay de calabaza y manzana, y vino tinto y rosado. Empezábamos a mediodía y se continuaba hasta el anochecer. Para mí, a partir de mi cumpleaños, el dos de noviembre, y de *Halloween*, otra fiesta popular en Estados Unidos, dos días antes de mi cumple, todo era una larga y casi interminable celebración, la cual no concluía hasta después de Navidad y Año Nuevo.

Primero era el viaje a la feria rural de Harrisonburg, donde comprábamos varias calabazas gigantes color naranja (como nunca las volví a encontrar en México); luego mis hermanos y yo las abríamos y vaciábamos en casa, para finalmente cincelarles narices, bocas y ojos que causaban terror cuando les poníamos una vela adentro y las dejábamos colgando en el balcón de la casa durante la noche. Mi madre aprovechaba las semillas extraídas de las calabazas y las ponía a hornear con sal y un poco de ajo en polvo, añeja costumbre que había adquirido desde pequeñita entre las marchantas del mercado de la Roma, quienes vendían bolsitas de pepitas tostadas por unos cuantos centavos y eran la delicia de mamá.

El seis de enero era el día de los Reyes Magos y la comunidad méxico-americana conservaba por esa fecha una especie de veneración, una devoción similar a la que los niños americanos tienen por Santa Claus. Ese día se partía una rosca de pan con los compadres y se bebía champurrado mientras se añoraba el terruño, los padres, los abuelos, los chistes, los albures, la patria, el mezcal y el gusano. Al contrario del *Christmas Eve* y de Santa Claus, ése era el día en que los niños mexicanos que vivían en Virginia recibían sus regalos. Así que Álvaro, Rodrigo y yo, éramos agasajados hasta dos o tres veces. Noviembre y diciembre eran los mejores meses, a pesar del frío y la nieve. Sólo hasta después del seis de enero, como ya dije, se normalizaban los días, las tareas de la casa y la vuelta al colegio.

De ese tercer mundo casi no puedo hablar; lo conocí muy poco y lo lamento. Me refiero a esos hijos de inmigrantes e ilegales mexicanos que llegaban por docenas a buscar sustento, el cual no hallaban en su país, es decir, en mi país, el de mis padres y mis abuelos. Entonces no dejaba de entristecerme imaginar, saber, que debían salir de sus chozas, de sus pueblos, de sus casas de adobe, para intentar una nueva vida en Estados Unidos, arriesgándolo todo. Y no era nada fácil… ni física ni espiritualmente; debían de estar cargando consigo una escisión, una permanente herida del alma, como cualquier exiliado. Lo curioso es que, de cierta forma, yo era una de ellas, una de esas gentes que ni eran de acá y ni eran de allá; por algún motivo, sin embargo, no lo resentía o no me daba cuenta. Era, en realidad, como si fuera auténticamente americana, gringa, y, de pronto, pudiera ser auténticamente mexicana. La diferencia se agigantaba aún más con los hijos de los hijos de esos inmigrantes mexicanos; es decir, con los méxico-americanos o pochos de segunda o tercera generación. Ésos ya no hablaban español ni conocían México, a veces ni siquiera podían comunicarse con sus abuelos y sus tíos que acababan de emigrar y que se quedaban en sus casas a vivir. Aunque se habían aculturado a Estados Unidos, decían añorar esa otra patria que a veces llamaban Aztlán y que yo no entendía cuál era ni dónde estaba exactamente. Éstos eran los chicanos. Se llamaban así por una suerte de malformación lingüística propia de los hablantes de Morelos, que durante la década de los treinta llegaron a California autonombrándose "mesheecanos", en concordancia con la pronunciación náhuatl con que se comunicaban. Para mí los chicanos fueron siempre un misterio, un saco lleno de sorpresas: sus códigos, aunque en apariencia próximos a lo que yo era, me resultaban francamente indescifrables, si no ininteligibles. Querían volver a sus raíces, pero éstas, decían ellos con determinación, estaban en los tiempos anteriores a la Conquista, es decir, añoraban un espacio y un tiempo que ya no existían, una arcadia remota, inexistente ya. México en sí (a diferencia de mí y de mis dos hermanos) no les interesaba; ni pensaban volver ni tampoco tenían por qué hacerlo. En resumen: eran norteamericanos, estadounidenses, sólo que no eran anglosajones legítimos, no eran rubios ni eran protestantes, como esas compañeras del Florence Elementary School al que asistía yo por esa época. Los chicanos invariablemente partían piñatas oyendo música en inglés; no conocían *Las Mañanitas* que mis padres siempre nos cantaban; no hablaban español ni conocían México, pero celebraban la fiesta de la Independencia el quince de septiembre con tequila y cervezas. Sobre todas las cosas, parecían desdeñarnos, mantener una raya entre ellos y nosotros, entre sus padres y mis padres: para ellos, creo, Rebeca y Sebastián, o Roberto y Laia, o Jesús y María (no importa si cubanos, chilenos o mexicanos) éramos todos gachupines, criollos, descendientes de españoles y, por tanto, usurpadores de su patria, del terruño que tuvieron que dejar. Nosotros, yo, era, sin imaginármelo, heredera de esa raza maldita, detestada, que los había sacado de Aztlán y los tenía confinados aquí, entre gringos, por culpa de un gobierno blanco, ilegítimo. Pero lo peor es que todo eso yo no lo sabía, nadie me lo dijo. Me llevó años (siete o más) entenderlo, balbucear su sentido, imaginar sus sentimientos, su odio ancestral, inextinguible, heredado generación tras generación. En realidad, y para ser justo con ellos, no tenían las mismas prerrogativas y derechos que conservaban los americanos llamados "caucásicos" aun cuando los chicanos eran, asimismo, ciudadanos estadounidenses legítimos. Había en el fondo una suerte de discriminación bien camuflada contra este grupo debido a que era, al cabo, una minoría refractaria a asimilarse, una subclase viviendo en un limbo territorial: por un lado quería distinguirse de los demás americanos de raza blanca y, por el otro, no eran bien recibidos por la Madre Patria, nunca muy dispuesta a recibir a esos hijos pródigos y mucho menos a sus descendientes "americanizados".

Entre esos tres mundos, pues, fui creciendo, primero en Colorado, y luego en Virginia. Mis hermanos también. Sin embargo, el recuerdo de las montañas (esos riscos asolando los cielos) lo conservo, sobre todo, yo; Rodrigo y Álvaro apenas pudieron sentir y vibrar con lo que, siendo aún muy pequeña, experimenté esos seis primeros años, antes de mudarnos al este de Estados Unidos. Sin embargo, los tres mundos pervivieron en uno y otro lugar. Tanto en Colorado como en Virginia, latinoamericanos, gringos y chicanos fueron (simultáneamente) tres perfiles de un mismo rostro, tres gestos de un mundo con el cual conviví hasta los trece años —muy similar, supongo, al mundo que vivió papá en Los Ángeles, de niño. El cuarto, ya lo he dicho, se superponía durante dos meses, julio y agosto: esos veranos que, ininterrumpidamente, pasamos en México con tíos, abuelos, primos y esos legendarios amigos de papá, los escritores con los que formó un grupo en los cincuenta, aunque después se alejó de ellos de manera casi inexplicable.

DINARA, LA ÚNICA hermana de papá, fue una niña rara para su edad. Estricta, atenta, vigilante y hasta a veces un poco dura de carácter. Nunca tuvo muchas amigas y ni tampoco procuró la amistad de las pocas que hizo durante su adolescencia. Ni en Los Ángeles, donde vivió hasta sus ocho o nueve años, ni en México, tuvo el éxito que podría haber tenido si uno, por ejemplo, se guía sólo por el aspecto y la belleza física. Y es que, aunque extremadamente hermosa y llamativa, el carisma que pudo haber heredado de mi abuelo Néstor o de Felicidad, se lo quedó mi padre casi por entero. Quienes conocieron a ambos pueden dar testimonio de ello. Sin embargo, lo que sí es verdad es que Dinara, sobre todas las cosas, admiraba a Sebastián, y hasta el último día lo quiso muchísimo. ¿Quién sabe, pues, de dónde heredó esa rara severidad suya, esa rectitud e intolerancia, mismas que a veces le hicieron la vida complicada?

Desde pequeña, Dinara fue muy cercana a papá: hacía las mismas cosas que él hacía, copiaba sus hábitos, sus juegos, lo seguía por el corredor de la casa en Santa Mónica, oía atenta la misma música que su hermano mayor y, sobre todo, le encantaba acompañar a Sebastián a la playa cuando éste la dejaba seguirlo y no quería estar solo, próximo a la espumarada del pleamar y al persistente romper de las olas.

Entre tantas playas y tantos mares juntos, entre tantos ocasos y castillos en la arena superpuestos en la memoria, los de la playa en Santa Mónica son irrepetibles, momentos únicos en el recuerdo de Dinara y Sebastián. Arnulfo, mi tío, era un año más chico que Dinara; también él me ha legado parte de esa memoria aquí transcrita. Mi tío pintor conserva retazos de esa época, remembranzas un tanto difusas por la humedad y la calígine del océano alterando con su brisa los objetos, las familias que descansan mientras están tomando el sol, los otros niños correteando en la orilla, dejándose alcanzar por los dientes filosos de la espuma, los deportistas jadeando desde Venice Beach, los patinadores y los vendedores de cabellos largos pasando por la acera de concreto paralela al mar. El verano en Los Ángeles era, sin embargo, brevísimo, abruptamente clausurado, pues casi a la mitad, Néstor y Felicidad los llevaban a la ciudad de México, exactamente como hicimos nosotros: Rebeca, mi madre, Sebastián y mis hermanos, Álvaro y Rodrigo. Por eso he dicho que la vida de papá (una vez hubo formado su familia) no parece sino una suerte de prolongación de esa arcadia de su infancia, una especie de recuperación de todo ese espacio fragmentado, huidizo, del pasado. ¿Hasta qué punto quiso repetirlo, reconstruirlo, a través de nosotros, sus hijos? No lo sé, sin embargo, no deja de ser tentador ver esas evidentes simetrías. También Álvaro y yo, mi hermano, conservamos archivados en el fondo de nuestros corazones, esos momentos únicos, irrepetibles, en que mamá y papá nos llevaban en auto a Virginia Beach por el fin de semana. Pero esto es otra historia. Tal vez sea la misma (fue la misma) para papá, quien superpuso dos épocas, dos arcadias, dos nostalgias, en su espíritu aguerrido y turbulento, el mismo que lo trajo a México y lo llevó a Estados Unidos y nuevamente lo trajo a su país... aunque sin llegar a reconciliarlo.

Lo cierto es que ese espíritu no lo heredó mi tía Dinara. Fuerte y estricta, era sin embargo lo que papá nunca fue: una férrea amante de la normatividad, de las exigencias y la disciplina; una apasionada del deber. No había cabida en su alma, creo, para la duda o para la lucha interior. Las cosas eran como debían ser; debían seguirse las leyes, cualesquiera, sin averiguar demasiado, sin hurgar más de la cuenta. Para eso estaban, ¿no es cierto? Sin embargo, no deja de ser curioso que todos estos rasgos no tuvieran nada que ver con su pequeño ídolo, mi padre. ¿De dónde, pues, Dinara, heredó esas obsesiones, ese carácter tan particular... no ya para un adulto, sino para una niña, una jovencita de doce o trece años de edad? Tal vez de mi abuela Felicidad. Por lo menos de ella heredó la idea de no escarbar y hurgar en donde no debe escarbarse y hurgarse, so peligro de perecer en el conocimiento, en el saber. Pondré un ejemplo.

Recuerdo una ocasión que le pregunté a mi abuela si ella sabía de alguna otra mujer en la vida de mi abuelo, a lo que tajante me respondió que no. Insistí y le dije si acaso nunca abrió su correspondencia o si acaso no escuchó por la otra línea del teléfono o si al menos alguna vez se atrevió a preguntarle adónde había desaparecido una semana, cosa que Néstor llegaba a hacer con regularidad una vez que se instalaron en la ciudad de México. Felicidad me dijo contundente que para qué... puesto que la que busca... encuentra, Silvana, y si yo tenía claro que no iba a tomar cartas en el asunto, entonces con qué objeto ponerme a husmear donde nadie me ha llamado. Ésa fue su filosofía, la idea del matrimonio de mi abuela Felicidad y lo único que, a la postre, la dejó ser feliz como su nombre había estipulado.

Esa noción, pues, fue la que en parte heredó Dinara, junto con el rigor de una cellista que, aunque tempranamente frustrada, conservó a ultranza sus costumbres y hábitos disciplinarios. Mi tía, pues, se enamoró muy joven... pero creo que se enamoró de esa forma tan acorde a su carácter: decidida, sin cuestionamientos, sin dudas, aferrada a su altiva decisión. Fue la primera de los tres, pues faltarían muchos años para que Sebastián y Arnulfo hicieran lo propio.

El tipo era elegante, al decir de papá, hasta guapo: maneras corteses, ultracorrectas, finísimas. Aparte, era un hombre culto, amante de la ópera y los libros, de unos treinta y cinco años de edad. Dinara no había cumplido aún los veinte y quedó (previsiblemente) encantada, dominada por el poder de sugestión de este señor que apareció en su vida nadie recuerda cómo ni por medio de quién. Pero allí estaba, apareciendo y desapareciendo de casa; llevando chocolates a Felicidad y conversando con ella de música y cantantes de ópera (su debilidad), llevando a Dinara a los lugares de moda, como el Country Club y el Jockey, o a los flamantes bailes de "fantasía" y "blanco y negro", tan famosos a fines de los cuarenta. Mi abuela estaba, asimismo, atrapada por el encanto de ese perfecto *gentleman*. Como era de esperarse, no pasó mucho tiempo antes de que mi tía avisara que se iba a casar: fue más un aviso que una solicitud, al decir de mi abuela. Hubo presentación, pedida de mano, una pequeña cena en la que mi padre y mi tío Arnulfo participaron y a la que sólo fue la madre de este misterioso señor. A partir de la boda y la luna de miel no hay, sin embargo, mucho más que contar, excepto que Dinara descubrió (aunque no por haber hurgado y husmeado) que su agraciado y culto marido era bisexual. Mi padre, hasta donde tengo noticia, tuvo que ver mucho en esto, y hasta el día en que murió no supo realmente si hizo bien o mal informándole a su hermana, pues nadie podía suponer en ese entonces lo que la vida le depararía a Dinara (a mi juicio, algo peor, aunque la verdad sea dicha: es difícil imaginarse más agria suerte que ésa).

A través de uno de los amigos sureños de papá, creo que Raymundo Pim, Sebastián supo que esa reciente adquisición de su hermana (ese hombre) era afecto, como él, a la poesía, pero especialmente a la que escribía un amigo de Raymundo, poeta y pintor homosexual, que también conocía mi padre de oídas. En su casa fue, pues, que este novelista sureño, Raymundo, conoció al marido de Dinara: abrazado del poeta, a veces de la mano o dándose un beso al pasar, mientras todos allí leían poemas y se acababan una botella de brandy entre humo y colillas de cigarro a altas horas de la noche. Raymundo, inopinadamente, le contó a papá; Sebastián confirmó el chisme y luego fue a contárselo a Dinara.

La pregunta, tras el rompimiento, el escándalo y la subsiguiente anulación del matrimonio, es muy simple, aunque aún no he encontrado una respuesta que me satisfaga: ¿qué pretendía este hombre, este dandy capitalino, este árbitro de la moda? ¿Acaso deseaba llevar dos vidas a cuestas, escindidas y paralelas? ¿Pretendía lograrlo? ¿Amaba realmente a Dinara o simplemente la usó? ¿Amaba al pintor y amaba a mi tía, a los dos al mismo tiempo? ¿Es esto posible? ¿Era más bien que deseaba tener una familia, hijos, pero la conciencia clara de su sexualidad se lo impedía, estorbaba la consecución de su felicidad? ¿Era ésa su frustración, su límite? Por último, ¿por qué arruinarle la vida a una joven que ha puesto su empeño y sus ilusiones en uno? ¿Por qué? Francamente no entiendo. Y este interrogante viene, como un boomerang, hacia mí, golpeándome el rostro. Y lo que yo le pregunto a ese señor, es la misma pregunta por la que yo, Silvana, hubiera deseado también obtener una respuesta, y sin embargo no la tuve.

UNO DE LOS RECUERDOS más perdurables que tengo de Virginia, o de esa época, eran las visitas con mi padre a la ópera en Washington. Esos viajes se volvían verdaderos acontecimientos, sucesos memorables. Para el día previsto, yo ya había leído lo que podía sobre la historia que íbamos a mirar. A veces, incluso, llegué a perder el sueño la noche anterior a nuestra partida de Charlottesville. Creo que hacíamos alrededor de dos horas hasta la ciudad de Washington, así que salíamos a las cuatro o cinco de la tarde, poco antes de que oscureciera; me despedía de mamá con un beso, de mis hermanos, y me dedicaba a mirar el camino boscoso, casi recto, mientras conversaba con papá de muchas cosas. Rebeca no siempre podía acompañarnos. Es más, no la tengo presente en esas visitas… aunque seguro nos acompañó cada vez que pudo; supongo que se lo impedía el tener que quedarse al cuidado de mis dos hermanos. En todo caso, si alguien me pregunta qué hice o qué recuerdo con más intensidad de esa época —entre los nueve y trece años—, es la visión maravillosa de esa caja en el fondo de un túnel donde una cortina roja está a punto de abrirse de par en par, donde surge un escenario majestuoso, lleno de seres exquisitamente ataviados, y donde la música (parsimoniosa) te encamina hacia el preámbulo de lo que, más tarde, se convertirá en un auténtico drama. Esos preciosos momentos, con una de mis piernas cruzada bajo el trasero (para ganar altura), y una de las manos de papá cogiéndome las manos, en medio de un auditorio reverente y monástico, esos momentos, repito, son los más íntimamente acuñados, los más luminosos, de toda una etapa de mi vida.

Tendría ocho o nueve años cuando Sebastián me llevó por primera ocasión a la ópera. Lo recuerdo bien, con inmensa alegría: vimos *El Trovador*. Quedé pasmada, fascinada, no sé si por la historia sangrienta, la revancha, el odio gitano, o por la música estruendosa, clamorosa, que se pegaba a mí con inercia, sin desasirse, sin querer yo desasirme de ella. Era la primera vez que presenciaba una ópera, y por momentos (y por muchos días), llegué a creer que de veras estaba viviendo en carne y hueso, muy de cerca, esos sucesos cruentos. Perdí la noción de mí y creo que ésa fue una de las principales razones que, más tarde, me movieron a buscar y repetir la experiencia. También sé que esa noche lloré y que en el camino de vuelta aún seguía sumida en la historia, imaginándome el cuerpo de ese niño absurdamente sacrificado entre las llamas. Pero, más aún, no dejaba de pensar en el dolor de esa vieja gitana al reconocer que ese niño a quien había matado, no era sino su propio nieto, sangre de su amada hija.

Junto con papá, durante esos años, escuché muchos conciertos y sinfonías en Washington. Sin embargo, de entre todas esas visitas, recuerdo especialmente las de la ópera: *El Barbero de Sevilla, Madame Butterfly, Las Noches de Fígaro, La Traviata*. No sabía cuál me gustaba más, variaba con cada visita. Mi padre me las tuvo que comprar, una a una, para oírlas en casa… a veces a regañadientes de Álvaro y Rodrigo.

Creo que en el fondo sólo la experiencia de la ópera podía sustituirme eso que tuve en el pueblo remoto donde crecí hasta los seis años, Grand Junction. Sólo la ópera logró despertar lo que las Rocallosas habían dejado dentro de mi alma, tal vez para siempre. Es difícil explicarlo, transmitir el apego que llegué a sentir por unas montañas, unos despeñaderos y riscos, unos majestuosos cañones y un paisaje desértico, casi desolado, con silencios invadiéndolo todo desde la niñez. Es imposible, creo, imaginarse lo que para Rebeca y mi papá y para mí significaban esas rutinarias visitas al estanque de patos próximo a la casa circundado de chopos y álamos temblones. Ese apartamiento y esa paz, esos paseos a las aguas termales de Telluride rodeados por pináculos nevados, en las laderas de un valle imposible de describir. Al perderlo, sería, pues, difícil, muy difícil de reemplazar. Y no sé si Charlottesville y sus colinas y sus amigos latinoamericanos lograron restituir todo aquello. Para mí, creo, aparte de esas travesías a Washington junto con papá, Colorado resultó insustituible. No exagero. Para ellos, en cambio, primero fue perder México, dejarlo atrás, por una apuesta muy distinta, por un destino alejado al de sus amigos y congéneres: ir a meterse, a esconderse casi, al que mi padrino Alejo llamaba el último confín del universo, el culo del mundo. Seis años en Grand Junction habían dejado una huella perdurable en sus vidas, por lo que Charlottesville, al parecer, no fue sino un remedio precario, frágil. Así lo veo ahora… una vez que los años han pasado: tres décadas. ¿Qué otro motivo pudo haber impulsado a Rebeca y Sebastián a regresar, es decir, a retornar a México, de donde salieron creyendo de veras que no volverían por el resto de sus vidas? ¿Acaso la muerte de Felicidad, mi abuela? ¿La casa de mansardas y buganvillas de San Ángel? ¿No era ésta la mejor excusa para, simplemente, poner remedio a lo que Charlottesville no supo remediar: la infinita nostalgia, el *homesickness*? Lo que quiero decir, pues, es que quizá México terminó por ser el medicamento de otra enfermedad, de otra añoranza: Colorado. Suena inaudito, lo sé, y es probable que yerre al atreverme a dar tal conclusión a ese periplo, pero sólo ahora, en el instante que lo escribo, veo que eso bien pudo haber sido.

DINARA SE VOLVIÓ a casar diez años más tarde, casi a la misma edad en que mi madre se casaría con Sebastián. ¿Quién sabe si mi tía se casó creyendo que ya nadie iba a volver a poner sus ojos en ella o tal vez (y sumándose a lo dicho) porque cierta culpa venía acechándola, impidiéndole vivir? Ahora se esclarecerá qué quiero decir cuando hablo de una cierta culpa que la estrangulaba. Pero lo cierto es que Dinara seguía siendo guapa y atractiva; no había perdido ninguno de sus atributos físicos, y más de uno, en los siguiente años, rondó la casa de San Ángel… aunque recibiendo siempre plantones y rechazos como única respuesta a sus proposiciones. Cierta reclusión o apartamiento del mundo permeó el destino de mi tía los siguientes diez años, ya sea dedicándolos a sus hermanos, a los deberes de la casa o a sus padres, mis abuelos, que iban arrugándose con el tiempo. Ésa fue, creo, la época en que surgió el primer acercamiento de mi tía hacia Dios, efecto de su primer frustrado amor, de su matrimonio traicionado.

Aunque a través (y por influencia) de mi abuela Felicidad los Forns Barrera habían sido una familia parcialmente religiosa, no puede asumirse por ello que fueran el mejor y más vivo ejemplo de catolicismo mexicano. Por lo pronto, mi abuelo Néstor (obregonista y por tanto ateo) nunca lo fue, mientras que Felicidad lo fue a medias toda su vida hasta que, casi al final, ya muy entrada en años, su catolicismo y su apego a los valores tradicionales de la Iglesia se acendraron. Tal vez fue el miedo al adiós, la incertidumbre de la muerte, lo que movió a Felicidad hacia ese último derrotero de la fe. Tal vez fue la culpa (esa que ella, con la ayuda de Dios, se inventó) por su terquedad y por su error de juventud, que mi tía Dinara, primero, optó por desaparecer del mundo casi diez años, y, segundo, quizá fue la culpa nuevamente la que la llevó a casarse con mi tío Edmundo, cumpliendo con ello la peor decisión que pudo llevar a cabo en su vida.

Justo por la época en que mi padre hacía su doctorado en Berkeley, Edmundo Sánchez conoció a mi abuelo Néstor, que entonces tenía sesenta y tres años de edad y se aburría plácidamente entre un par de amantes del Distrito Federal, su segundo frente (su otra familia) y las acciones de un club campestre que buscaba rematar luego de haber invertido equivocadamente en ellas. Alguna suerte de negocio, pues, lo tenía muy cerca de Edmundo, al grado de que cierto tipo de cariño se había ido incubando entre los dos, como la de un hermano mayor hacia uno más pequeño. Mi tío Edmundo, creo, era casi veinte años mayor que Dinara, es decir, rayaba los cincuenta en 1958 cuando la conoció a través de su papá, mi abuelo. Sin embargo, cuando Edmundo llegó a la casa de San Ángel a comer en alguna ocasión perdida en la historia de esos años, no era viudo todavía. Poco más tarde, tal vez un año y medio después, Edmundo perdió a su mujer y se quedó a cargo de ocho hijos huérfanos de madre, el más chico —Ernesto—, con apenas seis meses de edad, es decir, todo un drama de telenovela al que había que buscarle una pronta solución. A eso, pues, me he referido antes cuando he dicho que peor destino no pudo atravesarse en la vida de mi tía Dinara o peor destino no pudo ella buscarse, como se quiera ver. A sus casi treinta, metida en cuerpo y alma en esa culpa suya que no la dejaba respirar desde la anulación de su matrimonio, eligió el camino menos propicio: el del sacrificio, el único que, según ella, llevaba a Dios. Aparte de todo, una responsabilidad tan alta como la que la vida le estaba encomendando, iba seguramente muy *ad hoc* con su necesidad proteica por mantener el deber, la rectitud y la vigilancia más estricta de las normas, todo lo cual parecía fascinarla. No digo, sin embargo, que no hubiera querido a mi tío. Tal vez Dinara sí quiso a Edmundo en alguna época. Es difícil saberlo hoy. En realidad el asunto, visto a través de los años, se vuelve inextricable, un ovillo difícil de desmadejar. ¿Cuánto había de amor y cuánto había de culpa en Dinara? ¿Por qué, teniendo tantas oportunidades, escogió casarse con quien evidentemente resultaba el menos indicado de todos sus pretendientes?

Al contrario de su primer marido, Edmundo Sánchez era punto menos que desagradable: poco atractivo aunque muy alto, con unos lentes de asiento de botella color verde que lo hacían parecerse a una avispa o a un mosquito de poderosas alas. Y en eso pensaba yo cuando, aún muy chicos, Rebeca y Sebastián nos dejaban a mis hermanos y a mí a su cuidado por un sábado y un domingo que se hacían eternos. Esa casa descomunal donde vivían (como una mansión de fantasmas), en la colonia del Valle, y ese tío con ojos verdes y espaldas gigantes, me quitaban el apetito y no me dejaban dormir. Creo que eso mismo les sucedía a Álvaro y Rodrigo esos pavorosos fines de semana (tan largos) en que papá y mamá nos abandonaban para escabullirse a algún recital de poesía en Cuernavaca o para asistir a la presentación de algún libro de esos amigos sureños de Sebastián que todavía publicaban. Por ejemplo, algunas ocasiones que pasamos el verano en México y nosotros nos quedábamos con ellos por unos cuantos días, mis tíos tenían la práctica horrorosa de meternos en la misma cama que habíamos orinado la noche anterior. Ése era el único modo de lograr, según ellos, que no volviéramos a mearnos en las sábanas limpias.

Dinara asumió su tarea mudándose a esa casona en la colonia del Valle que, décadas más tarde, tanto conflicto iba a causarles. Allí se encomendó en cuerpo y alma a esos ocho hijos que no eran suyos y quienes, a partir de entonces, la llamarían mamá. El más chico, Ernesto, de seis meses, fue quizás el hijo más entrañable, más suyo, de los ocho, sin contar los tres más que vinieron a añadirse a la familia. Sí, cuando la mayor de los ocho hijos de mi tío Edmundo cumplía quince años de edad, nació mi prima Paula (durante muchos años una de mis mejores amigas y confidentes, a pesar de la distancia). Más tarde, casi de mi misma edad, vino mi prima Briana, y al final, nació Sandro, un año mayor que Álvaro y dos mayor que Néstor. Sandro, sin embargo, murió a los dieciséis años en un accidente automovilístico.

Para llevar el orden y la organización de esa casa, eran precisas mucho más que un par de manos, por lo que tres sirvientas fueron haciéndose viejas al servicio de esos trece habitantes. Recuerdo que, a un lado de la cocina, la mansión contaba con una inmensa alacena, la cual, para mi sorpresa, estaba cerrada con llave como si fuera un búnker. Esto no lo podía entender, dado que en casa la alacena siempre estaba abierta de par en par para lo que mis hermanos y yo quisiéramos tomar. En la de mis tíos, una de las mucamas cargaba un gigantesco llavero sobre su delantal. Era gorda y con cara de pocos amigos; creo que por eso mi tía la conservó tanto tiempo y le delegó tanta responsabilidad: era perfecta para la tarea de llevar a cuestas ese ejército de niños de todas edades.

La comida también estuvo siempre medida, escatimada. No más de un huevo, no más de una rebanada de jamón, no más de una telera, no más de un vaso de leche o un solo plato con cereal. Y si tenías más hambre, pues te aguantabas y ya (hasta el otro día). Mis hermanos y yo no podíamos comprender cómo podía ser llevadera una vida con tantas restricciones, con las reparticiones tan exactas, cuando en casa las costumbres siempre habían sido las contrarias: comer hasta hartarse, dejar lo que no se quiere y desperdiciarlo, dormir hasta tarde mirando la televisión. Y es que, en casa de mi tía Dinara y su marido, había un horario para todo, el cual se llevaba puntual, estrictísimo, so pena de castigos corporales. En nuestra casa (la de Sebastián y Rebeca) jamás vivimos sometidos a la pena de castigos preestablecidos como en esa casona con un ejército de primos. También esto era parte del miedo visceral que a mis hermanos y a mí nos infundían esas esporádicas visitas con Briana y Paula y Ernesto, su medio hermano. Mis primos parecían temerosos, cuidadosos de errar o de pedir más de comer o de romper una de esas tantas reglas establecidas por mis tíos. El castigo divino y el castigo humano pendían, constantes, de un hilo. Para ser justos, hay que decir que Dinara tuvo mucho que ver en ello: había convertido su casa en una especie de *boot camp*. Sería, por tanto, injusto culpar de esa suerte de dominación y fervor partisano a mi tío solamente. Más bien fue ella, con su añeja costumbre por el orden y la observancia, la que implementó ese cúmulo de reglas y leyes con que todos se movían en la casa de la colonia del Valle, incluida aquella intimidatoria oración que había que rezar puntualmente y la cual, para mi desgracia, no he podido olvidar a pesar de haber puesto todo el empeño en ello:

Veo un cadalso donde rondan cuervos.
Es mi destino y es mi fin:
mancharse, como al hierro el orín
por mi pecados protervos.
Señor: ¡castígame como a un perro!
¡Pero arrójame un hueso descarnado
y tu bondad me lleve a mi anhelado
cielo en el que tu gracia limpia el yerro!

La mayor de los once hermanos no duró mucho allí, como todo hacía suponer. Los *hippies*, la psicodelia, el maelstrom revolucionario, Cortázar, Marcuse, los Beatles y los sesenta la ayudaron en su decisión: huyó muy jovencita sin volver a poner un solo pie en esa casa. No la culpo. Apenas la recuerdo. Una vez llegada mi tía Dinara a esa mansión (sustituyendo a su madre fallecida), era difícil desear quedarse allí, como un soldado raso. Su padre, tal y como debía hacer, secundó a Dinara en todas esas reglamentaciones con que, poco a poco, ella iba estrangulando a mis primos. Había horarios, repito, para ver televisión; horarios para bañarse, para levantarse y para irse a la cama (lo que Álvaro y yo detestábamos profundamente cuando estábamos allí, puesto que los fines de semana justamente eran los días que Rebeca y Sebastián nos dejaban desvelarnos comiendo galletas y queso frente al televisor, aparte de que el pobrecito de Rodrigo siguió meándose en la cama hasta muy avanzada edad…, sufriendo con ello la horrorosa práctica de las sábanas mojadas). Aparte de esos horarios estaba la invasión de crucifijos de todos tamaños por toda la casa. Cada pared, cada uno de esos largos y altos muros, llevaba una cruz colgada con un Jesús sangrante mirándote a los ojos, o si no, una Virgen plañendo o cargando a su bebé, o por lo menos una Guadalupana con su fondo azul. Así, entre sirvientas vigilantes como cancerberos, horarios estrictísimos, un padre como una avispa de ojos espantosos, la vigilancia de una madrastra culpable con un carácter adquirido quién sabe cómo ni por qué, entre negros crucifijos, la mansión de la colonia del Valle era una especie de prisión de la que cada uno de mis primos y mis medios primos soñaba con escapar. Para varios de ellos, la consigna era, pues, crecer, dejar la infancia atrás, hacerse grandes y huir de casa tal y como había hecho, rebelándose, la mayor de esa oncena de niños y jóvenes estrangulados en los hierros de esa fortificación.

Aunque profundamente religiosa, Dinara no había llegado al final de su carrera inaudita hacia Dios. Primero Edmundo, su marido, se unió a la procesión, y más tarde algunos de sus hijos. Justo como Cristo había profetizado dos mil años atrás, en casa de mi tía surgió (inevitable) la división con su espada de fuego en medio: padres contra hijos, hermanos contra hermanos y todos contra todos en el nombre de Jesús.

Cuando mis tíos se hicieron misioneros de tiempo completo, casi nadie lo podía creer. Menos que nadie, Sebastián, mi padre. Sólo mi abuela Felicidad, quien para esa época se había acercado más a Nuestro Señor Jesucristo, vio con buenos ojos esa decisión y la aplaudió fervientemente. Está de más contar aquí la cantidad de críticas —y hasta de represalias— que ambos sufrieron cuando decidieron seguir ese camino pedregoso apostando todo al magisterio de Dios. Sin embargo, parece que cuantos más ataques sufrían, más convencidos de su fe estaban los dos y más seguros de lo que denominaban "legitimidad de la Iglesia". De entre sus once hijos, mi prima Briana, de mi edad, quiso ser monja, pero de eso ya hablaré. Otros tres hijos de Edmundo (adoptivos de Dinara) también se unieron al nuevo proyecto religioso, quién sabe si porque no encontraron otra salida a su cautiverio: casi todos los días salían de casa en una furgoneta hacia el Ajusco… donde una nueva comunidad iba creciendo: El Fuego del Espíritu Santo. Ellos, con sus propias manos, construyeron la iglesia y las habitaciones contiguas que, más tarde, irían a albergar a docenas de misioneros de todo el mundo. Allí, mis tíos impartieron cursos bíblicos durante muchos años, promovieron retiros espirituales y organizaron verdaderas cruzadas religiosas con los mismos vecinos de la localidad. No fueron, sin embargo, los únicos; durante los años sesenta y los setenta, esa falange creció de manera estrepitosa: gente con mucho dinero aportó millones en la construcción de ese centro espiritual en medio de las montañas del Ajusco, gente de la clase media abandonó sus profesiones para dedicarse en cuerpo y alma al magisterio de la fe. Miles de hombres y mujeres se lanzaron, desde ese reducto, a divulgar la palabra de Dios. La evangelización y las misiones internacionales llegaron a crecer de manera impetuosa… extendiéndose a otros focos de pobreza en la ciudad de México, como el de la colonia San Bernabé, también al sur de la ciudad: otra montaña y otro cinturón de miseria olvidado por todos, por el Gobierno y sus habitantes, esperando (hambrienta) ser redimida por El Fuego del Espíritu Santo, la única esperanza que entonces les quedaba.

Allí el proceso evangelizador promovido por mis tíos tuvo también efectos insospechados. Para los ochenta, Dinara y Edmundo eran algo así como piedras fundadoras de ese movimiento de renovación cristiana y carismática.

Como ya expliqué, no todos coadyuvaron ni participaron en esa empresa de mis tíos. Algunos de mis primos prosiguieron e imitaron ese fervor, pero otros simplemente se mantuvieron al margen todos esos años (hasta donde podía uno mantenerse al margen viviendo entre esas paredes repletas de crucifijos y las obligatorias asistencias a misa, a la confesión con el padre y la concienzuda comunión semanal). El Fuego del Espíritu Santo, iniciado en el Ajusco, si no me equivoco, pervive, y hasta ha crecido en los últimos años: siguen viniendo misioneros de todas partes del mundo, se organizan un par de cruzadas de la fe durante Semana Santa y continúa habiendo retiros espirituales para quien se acerca y quiere sentir dentro de sí mismo la llama del Consolador. Los que cambiaron, sin embargo, fueron mis tíos.

IV

POR AÑOS, SEBASTIÁN se dio a una tarea: saber qué quería hacer en su vida. No es que ésa fuera su única ocupación, sino que todas las restantes parecían concurrir en ella, o mejor, se supeditaban a ella. Conocer a fondo (conocer de veras) qué es lo que quería hacer. En eso se llevó una vida, aunque para algunos (los más expeditos) es una tarea de minutos. El tiempo —su velocidad—, no importa dónde fuera, en qué lugar o país, llevaba consigo una fuerza imparable para Sebastián; la vida, con sus meses y años a cuestas, no te daba espacio para detenerte un segundo a meditar. ¿Qué es lo que uno realmente desea? ¿Acaso todo eso que decimos es lo que buscamos? ¿Acaso eso que hacemos es justamente lo que más deseamos? ¿No nos habremos engañado durante lustros o décadas? ¿No habremos querido simplemente engañar a los demás (nuestros amigos, nuestra familia) y hemos terminado engañándonos a nosotros mismos… al grado de ya no darnos cuenta?

Estas preguntas, una vez despiertas en su corazón, lo acosaban mañana, tarde y noche. Incluso tiendo a pensar que esa pregunta inicial —de donde se desprendían, como un alud, las demás— no lo dejó tranquilo un solo día de su vida. No estoy tan segura si todo el mundo se la hace (como uno supone), si la mayoría se cuestiona la posibilidad de *no* estar haciendo lo que se quiere hacer, e incluso dudo verdaderamente que lo sepan. Para empezar, no todos tienen a la mano una oportunidad como la que, por ejemplo, tuvimos mi padre y yo. Me refiero a saber dónde se quiere vivir, dónde se quiere ir pasando la vida cuando se tiene la oportunidad auténtica de dos, cuando existe la elección. Es entonces cuando comienzan los verdaderos problemas, y no al revés. Esa libertad, pues, se vuelve una suerte de esclavitud: tener que elegir, y no algo fácil, como lo es el hogar, la tierra. Para Sebastián, estar en México (mientras vivíamos en Estados Unidos) era siempre esa posibilidad latente, a veces ansiada, soñada; una vez viviendo en México, o incluso antes de que yo naciera (en los cincuenta, por ejemplo), estar en Estados Unidos era esa otra posibilidad relegada, postergada. ¿Dónde estar, pues? ¿Dónde quiero vivir? ¡Qué angustia espantosa responderla y qué irresolución! Lo sé porque yo también la he sentido, porque ha afectado mi vida y la ha determinado.

Pero la elección del lugar era sólo una parte de esa gran tarea, de esa gran pregunta inicial de Sebastián —la de saber ¿qué se quiso hacer en la vida?, o peor: ¿acaso estoy haciendo lo que tanto he querido, eso por lo que me he afanado, o se trata de un mero simulacro, una farsa bien montada en la que el primer engañado es uno mismo? Sebastián pasó largas noches en vela durante los años previos a Colorado y Virginia, a principios de los sesenta, hasta que conoció a mi mamá en el avión. Luego, durante ese tiempo que vivimos en Estados Unidos, mi padre volvió a pasar noches en vela, casi siempre haciéndose esa única pregunta, a solas, intentando no engañarse, desenmascarándose de todo al punto de llegar a quedarse algunas veces en la sala de la casa llorando o tiritando, pero no de frío, sino de estupor, de miedo involuntario, de duda o ambivalencia.

Había renunciado a la literatura. Había escrito una carta a su padre queriéndoselo explicar, deseando hacerlo partícipe de esa elección, tal vez creyendo que mi abuelo no lo comprendería, puesto que, para alguien como Néstor Forns, escribir o dejar de hacerlo no era en sí mismo un planteamiento, una elección, una forma de vida u otra, lo que sí era en cambio para Sebastián. Quizá por eso mi papá lo eligió a él y a él justamente le escribió esa carta donde se despedía de la poesía, su gran pasión, o lo que él creyó era su mayor pasión, su vida. Aparentemente, pues, no lo era. Aparentemente nunca lo fue o dejó de serlo una vez que se puso a rumiar esa inextinguible y persistente pregunta, esa duda que por noches y noches lo laceraba y le infligía un tormento atroz: ¿qué quería?

Aparentemente (hasta cierto punto) tenía lo que eligió: una esposa, tres hijos, una familia, una reclusión, un buen trabajo en Estados Unidos, una situación lejos de un mundo que llegó a detestar profundamente. Es cierto, de la familia al cabo no podía desprenderse, aun si ello hubiera sido óbice para hallar lo que quería encontrar, lo que buscaba hacer. Sin embargo, hasta donde puedo intuir, la familia no estorbaba ni contradecía su afán por hacer lo que más deseaba, que no sabía en realidad qué era. La familia la quiso y la tuvo, la conquistó. Allí, pues, no radicaba el problema, su *angst*, como la llamaba mi padrino Alejo; había que buscarla en otra parte.

No obstante, una vez me confesó que, de muy niño, aún viviendo en California, antes de irse a vivir a México, había deseado ser famoso. No sabía por qué ni cómo llegó ese deseo a su vida (tal vez fuera la cercanía con Hollywood y sus estrellas de cine, quién sabe), pero lo cierto es que, en algún momento, había añorado la fama. Más tarde, otros deseos se entremezclaron con ése, el primero, el liminar. Entonces, en alguna ocasión, aún viviendo en Los Ángeles, su padre le dijo algo que nunca se le iba a olvidar y que se refrendaría cabalmente: "Sebastián, ten cuidado con lo que deseas… porque se te cumple". La frase, sin embargo, la olvidó momentáneamente, quedó medio sepulta por un tiempo; sólo fue exhumada cuando los años demostraron sus efectos, su trágica comprobación. Y sí, había que tener cuidado con lo que se quiere… puesto que, tarde o temprano, se realiza. Era como si uno, inconscientemente, moviera todas esas resistencias con el único propósito de arribar a la meta. Sabiéndolo o no, esos deseos soterrados están jalando resortes, empujando trabas, brincando obstáculos, mismos que desembocan inevitablemente en lo añorado, en lo largamente acariciado y querido. Sin embargo, allí justamente surgía el problema: ¿y qué si uno había errado? ¿Y qué si uno había elegido mal? ¿Y qué si uno había puesto el alma entera en un deseo que no garantizaba necesariamente la felicidad? O peor aún: ¿y qué, si uno, a cierta edad y durante muchos años, había deseado algo con todo fervor pero sin haberse jamás detenido a cuestionar ese deseo? Esto último era… quizá, lo más trágico. Es decir, ver realizado un deseo indeseado, un deseo erróneamente deseado, un deseo que (de haberse uno detenido a analizar) jamás hubiera deseado, y menos con tanto fervor, con tanto empeño, consciente o inconscientemente. Sebastián estaba seguro, me lo dijo, de que ese tipo de frustraciones (o paradojas) habitaba en más de uno, en miles, en millones. Es decir, la gente podía cumplir su sueño… sin que esto quisiera decir que *ese* sueño fuera el mejor, y ni siquiera el más conveniente para uno, el indicado. Creo que, desde cierto punto de vista, mi abuelo y mi padre tenían razón: ver cumplidos los deseos podía volverse (con el tiempo) algo trágico, implacable.

Años más tarde, Sebastián creyó que su deseo había cobrado un sesgo: de la fama cambió hacia las mujeres. Sí, como mi padrino Alejo (mujeriego inveterado), Sebastián también acarició la idea de conocer muchas mujeres. Y, bueno, ambos deseos fueron cumpliéndose: el de las mujeres en la adolescencia y el de la fama un poco después. En muchos casos, sus deseos se realizaban cuando uno (el deseador) se había olvidado completamente de su deseo, cuando el deseador creía estar viviendo otro estadio de su vida, una etapa superior. Entonces, sorpresivamente casi, iban realizándose esos antiguos sueños, los dejados atrás, los relegados. Entonces también se daba cuenta uno que eso (cualquier cosa que eso fuera) no era lo que más se quería, lo que se esperaba, y, por lo mismo, quedaba entonces una suerte de sabor amargo: algo así como el sabor de una conquista vacía, absurda, desfasada. El mejor ejemplo de esto fue el que vino a depararle el destino a Sebastián a fines de 1981 cuando su labor poética se viera tardíamente reconocida (pero de eso ya hablaré). Por todo ello, decía mi padre repitiendo a Néstor Forns: "Silvana, tenía razón tu abuelo: lo que más deseas se te cumple. Así que ten cuidado, piénsalo dos veces, y si puedes, piénsatelo más."

Allí, creo, surgía la otra bifurcación, la otra duda: pensártelo, pensar lo que deseas dos o más veces, tener que estar seguro de que lo quieres, de que no yerras. Podías pasar una vida en eso también: sopesando, aquilatando tus deseos, teniendo un inmenso cuidado en elegir bien, concienzudamente. Este camino era asimismo ruin, doloroso, desgastante. Y en él, creo, cayó papá intentando justamente no errar con su futuro, con su deseo auténtico. Pero esto sólo sucedió cuando todos sus primeros deseos fueron cumpliéndose, cuando comprobó que había conquistado sus hueras añoranzas. Fue entonces, repito, cuando decidió tener más cuidado, pensar mejor lo que quería hacer, lo que realmente deseaba para el futuro. Y en ello pasaba largas noches desvelándose, solo, con un vaso de whisky en la mano, fumando o mirando la ventana: ya fuera el cielo de Virginia o las montañas de Colorado.

Entre otras irresoluciones, entre otras muchas preguntas, estaba esa que tenía que ver con ese grupo literario formado a fines de los cuarenta y sumamente activo durante los años cincuenta; ese grupo del cual, sin embargo, fue desistiendo, del cual (conscientemente) fue despegándose cuando partió, primero para Berkeley en 1956, y, más tarde —ya de vuelta e instalado en la capital—, cuando se mudó junto con mamá a Colorado. *Sur*, pues —esa amistad, esa vida común a través de la literatura—, fue, entre otras dudas irresueltas, una de las muchas que no lo dejaba tranquilo.

Sebastián se había colmado, había bebido la cicuta de la vida pública, del trajín cultural y literario, de los medios y del mundo editorial, todo eso lo vivió hasta las heces. Conocía ese mundillo, conocía el precio de vivir en medio de esa guerrilla —entre trincheras, grescas, cosechando golpes gratuitamente, casi siempre por publicar un poema o un libro, es decir, por envidia, por encono. Así, pues, cuando obtuvo la beca Fulbright para asistir a la Universidad de California en Berkeley en el 56 y partió despidiéndose de sus amigos, estaba dando ya un primer paso, un primer movimiento de repliegue… si no total, por lo menos —visto en perspectiva— decisivo, coyuntural, mismo que infundió certeza a una intuición: saber, por lo menos, lo que *no* quería ya, lo que *no* deseaba: vivir ese mundo cultural asfixiante, apremiante y cruel en que había estado metido durante casi quince años, desde la época de Mascarones, si no antes, en el mismísimo bachillerato lasallista donde conoció a mi padrino y a Igor. Berkeley fue, pues, un primer paso, una salida. Un camino de bifurcación entonces todavía no muy claro, pero… por lo visto, un sesgo inicial, tentativo. En el verano de 1964, siete años más tarde, casado y con una hija en camino, sobrevendrá el que se convirtió en el golpe rotundo, total: el rompimiento absoluto con México y sus capillas y su gente y su sociedad burguesa. Y si no absoluto (pues los absolutos no existen), el verano del 64 y el primer trabajo como profesor en Estados Unidos serán para Sebastián el gran parteaguas de su vida, el cual, ya lo he dicho, duró trece años y terminó el día en que mi abuela cellista murió y él se excusó a sí mismo diciéndole a mi madre que quizá era el momento adecuado para regresar. Pero ¿qué quería decir eso? ¿Qué significaba "para regresar"? ¿Regresar adónde? ¿Así que siempre habían estado fuera?, me preguntaba a mí misma asustada, incrédula. ¿Así que Colorado, donde nací, y Virginia, donde pasé mi adolescencia, nunca fueron su hogar, *nuestro* verdadero hogar? ¿Cuál es el hogar de uno, pues? ¿Dónde está finalmente esa patria, esa tierra, ese hogar, ese cerco con vallas y frutas y árboles y niños jugando? ¿Acaso ese lugar es donde uno se va, o donde uno regresa, o donde se vive, o el lugar que se recuerda? ¿O acaso, como dijo mi padre en un verso que escribió cuando nací…?

Ojalá me reconcilies con mi patria,
la poesía.

HACE UNOS DÍAS recibí una carta de mi padrino Alejo. Respondía a otra que yo le había escrito hará cosa de un mes. En ella me explica que hacia 1974, una editorial española le pidió editar una antología de cuento mexicano contemporáneo alrededor de un tema central: el Día de Muertos, es decir, mi cumpleaños. Por supuesto, invitó a mi padre. Sebastián se rehusó al principio. Al parecer, no quería escribir nada, y menos un texto de ocasión. Sin embargo, a última hora, y venciendo su absoluta resistencia a escribir, envió un pequeño cuento. Tal vez lo hiciera por mí, no sé, tal vez terminó aceptando porque el relato tenía que ver con el Día de Muertos, y eso estaba (de una u otra manera) íntimamente relacionado con su hija. No obstante, esto es sólo una hipótesis mía; no tengo ningún elemento para asegurar lo que he dicho; tampoco tengo elementos para explicar por qué motivo rompió su silencio y escribió (casi a deshora, diría) esa suerte de relato donde mezcla, muy a su usanza, ingredientes de realidad y de ficción —conservando incluso nombres, algo que había hecho antes en sus dos novelas publicadas. Según Alejo, este tipo de recurso provocaba cierto malestar en el lector, pues en principio era difícil discernir dónde exactamente comenzaba la ficción y dónde la autobiografía (sobre todo provocaba malestar en sus amigos que lo conocían y para quienes, finalmente, le gustaba escribir). Yo, por supuesto, que aparezco de ramalazo en el cuento, noto más de un par de mentirillas que mi padre tuvo que ingeniarse a la hora de redactarlo; por ejemplo, el hecho de que los padres de Rebeca (mis abuelos Nakash) pudieran haberse ofendido cuando nos bautizaron; todo lo contrario: la idea (como ya expliqué) fue de Sebastián. Otra mentira salta a la vista (al menos para mí): nunca fuimos a México en el mes de noviembre. Tal vez mi padre ajustó la historia para los propósitos editoriales del libro que preparaba mi padrino, de quien —de paso, como se verá— se burla.

Desgraciadamente, la editorial quebró, la antología nunca se publicó, mi padrino extravió muchos de los textos, entre ellos el relato de mi padre, el cual pasó al baúl de los cadáveres hasta el día de hoy, que lo encontró y me lo ha enviado. Aquí lo transcribo. Se llama…

EL TRUEQUE

> *…a desire to destroy myself*
> *by my own imagination.*
> Malcolm Lowry

Uno estaría tentado a pensar que fue mera coincidencia, azar, fatalidad tal vez, pero no un designio de Dios.

La rara esquela me la envió Rebeca, su mujer, de quien prefiero no decir el apellido. Me la mandó a través de Amparo, una prima lejana a quien ella (Rebeca) apenas conocía. Tal vez Amparo le dijo que yo era cabalista y editor de libros de magia y astrología, y por eso se la dio, quién sabe. En una primera instancia, pensé incluirla en una antología del Día de Muertos que estaba preparando, pero a última hora desistí.

A primera vista pensé que la esquelita era una farsa, una tomadura de pelo, pero cuando me puse a investigar un poco más, descubrí que no lo era. La historia, con pelos y señales, había sido cierta. No tiene caso, sin embargo, continuar; mejor transcribo la carta justo como el marido de Rebeca la dejó guardada en un cajón con llave; que cada quien decida qué fue lo que pasó.

Querida Rebeca: no sé por qué te escribo esto. Si lo lees y nada de lo que va a ocurrir, sucede, terminarás por pensar que soy un imbécil o que me he vuelto loco. Pero si al final no pasa nada, bueno: pues simplemente romperé esta carta cuando estemos los cinco de vuelta, reunidos en casa, contentos, departiendo y charlando como siempre.

Anteayer, lunes, que te dejé en el aeropuerto de D. C. con los niños, me quedé algo triste. En primer lugar, sentí que los cuatro me hacían falta. Aunque deseaba un respiro a gritos, nomás despedirme de ustedes me dejó un muy mal sabor de boca, una extraña sensación de vacío o desasosiego.

Fue peor cuando estaba a punto de subirme a la camioneta y me encontré un grajo negro sobre la cajuela. ¡Un grajo!, ¿puedes creer? ¿Qué hacía allí? En la Edad Media la aparición de un grajo en el camino era signo de muy mal agüero. Finalmente, arranqué el auto y el pajarraco voló; a partir de ese momento y durante las dos horas que pasé manejando hacia Charlottesville, entre un cigarro y otro, no dejó de perseguirme una horrenda intuición: el avión en que tú y los niños viajarían (o en el cual volaban) se desplomaría. ¿Por qué? No sé, pero así era. En vano intenté librarme de ese absurdo pensamiento, pero no pude; me rondaba con tenacidad. Empecé a sudar, las manos mojaban el volante; puse el aire acondicionado al máximo. En algo ayudó, creo; lo que no pudo lograr fue despejarme de ese negro pensamiento, pues casi al instante miré, tirado en el suelo, un disfraz de brujita y sólo entonces caí en la cuenta de que ese día (es decir, anteayer… lunes) era justo Día de Muertos; sí, apenas el sábado 31 de octubre, día de Halloween, *habían salido los niños a pedir el acostumbrado* trick or treat *a los vecinos, ¿recuerdas? Fíjate: no fue que el Día de Muertos me llevase a tener tal presentimiento, sino más bien a la inversa: la morbidez de mi presentimiento me llevó a acordarme del Día de Muertos… y entonces fue cuando ya temí lo peor, lo peor de lo peor. ¡Claro, ya era tarde!*

No quiero alargarme, iré al grano. Sabes mejor que nadie que no creo en Dios, que no creo en el Espíritu Santo ni creo en ninguna energía universal o Gran Arquitecto. Nada, no hay nada, y tú lo sabes, me conoces, Rebeca. No en balde me opuse a que bautizáramos a los niños, no en balde terminé peleándome a muerte con tus padres tan cristianos y casi te perdí, ¿recuerdas? Bueno, pues, fue tal y tan grande el temor y la aprehensión que fue invadiéndome en la carretera, que no sé por qué carajos le dije a Dios en silencio mientras fumaba: "Mira… los dos sabemos que no existes; de eso no me cabe duda a mí; los dos también sabemos que es imposible demostrarlo tanto como es imposible demostrar lo contrario. Sin embargo, por primera vez la duda me ha entrado como una tentación del diablo: ¿y qué si existes? Cualquiera se puede equivocar, ¿no? Dios, no sé si lo que he venido sintiendo es mera superstición, miedo sin fundamento y si lo del dos de noviembre y el grajo en la cajuela es una estupidez, si lo del disfraz de brujita también lo sea, de cualquier forma no estoy dispuesto a correr el riesgo: está en juego mi familia. Lo que más amo en la vida es a ellos: Álvaro, Rodrigo y Silvana, y en segundo lugar a mi esposa (aunque a veces pienso que la amo más que a ellos). Pero eso no importa. Casi estoy por cumplir los cincuenta, he vivido, he paseado; mis hijos, no; les falta tiempo. Hagamos un trato, pues: troquemos sus vidas por la mía, cambiemos la vida de mi esposa y mis tres hijos por la mía, ¿te parece bien? Si existes, respetarás el trato y no dejarás que ese avión se desplome y, en cambio, permitirás que se desplome el mío el viernes que me voy, es decir, dentro de cuatro días". Es decir, mañana viernes que salgo para allá, Rebeca, ¿te das cuenta?

Finalmente, Dios cumplió la promesa o, si lo quieres ver de otra manera, quedó constatado que la mía era una pura incongruencia: imaginarme que el avión de United en que ustedes viajarían se iba a caer el día dos. No lo sé. A estas alturas yo ya no sé nada. Sin embargo, quiero hacerte una confesión, la última: ya que estaba trocando mi vida por la de ustedes (¡y vaya que no estaba jugando, Rebeca!), me atreví a llamar a una estudiante que desde el semestre pasado me dejó su número de teléfono. Antes que siga, quiero que sepas que a ti te amo, te amo desde que te conocí, sin embargo, cuando la vi a ella, sentadita en la fila de hasta adelante con las rodillas bien juntitas mirándome alelada, la deseé inmediatamente, el corazón se me volcó. Puro deseo, nada más, carne imantada por la carne. Ese semestre —tal vez tú no lo sepas— fue un calvario: cosa de verla cada mañana y derretirme por dentro... impotente para hacer nada, ni siquiera mover un músculo facial y hacerle ver que me encantaba. Ni siquiera eso, Rebeca. ¿Cómo? ¿El profesor? ¿Casado y con tres hijos? Ya sabes, no te lo tengo que decir: toda esa sarta de coerciones y limitantes que a uno le impone la academia, el matrimonio y ser padre, como si las cosas no pudieran ser reconciliables, ¡carajo! Bueno, pues, la llamé. Sí, la llamé, y no me arrepiento nadita. Parecía que llevaba seis meses esperando mi llamada, pues antes de que yo dijera una frase completa, supo quién era y ella me invitó a salir. No me alargaré y no entraré en muchos detalles; no soy y nunca he pretendido ser un santo: me acosté con ella el miércoles y también hoy jueves. Es más: se acaba de ir. ¿Y por qué lo hice? Muy sencillo: porque mañana me voy a morir. Lo digo en serio, y si no resulta, si no muero en el avión: pues romperé esta esquela cuando volvamos y punto, no sabrás jamás lo que pasó y mi ex alumna habrá partido para siempre. De alguna manera, es como si Dios me estuviera convidando con una última oportunidad, un último deseo, ese premio de consolación o como quieras llamarlo. ¿Por qué decir "no" a esa muchacha cuando he sido, creo, un excelente padre, un eximio profesor, un maravilloso marido (según tú) y, sobre todo, cuando estoy a punto de sacrificar mi vida por la de ustedes cuatro? ¿Ahora me entiendes? Espero que sí. Ojalá no me juzgues duramente. Podría haberme ahorrado esta confesión, lo sé. Pero junto con ésta te hago otra semejante: quiero que sepas que estos días con mi estudiante han sido las únicas dos ocasiones en que te he puesto el cuerno, Rebeca. Y no estoy mintiendo. No pierdo nada en decírtelo, dado que para cuando estés leyendo esta esquela, ya habré pasado a mejor vida. Te amo, recuérdalo. Los amo a los cuatro. Adiós. Ahora voy a meter las sábanas sucias a la lavadora, no vaya a ser la de malas...

Hasta aquí la carta.

Confieso que no dejó de impresionarme el tono del texto, a veces sarcástico y bufo, a veces cruel y *pseudo*dramático. ¿Era todo una broma o iba en serio o más bien se trataba de una broma en serio, como las llaman algunos? Decidí llamar a *United Airlines* y preguntar si acaso el año pasado, por estas mismas fechas (debía ser un seis de noviembre, según mis cálculos) se había desplomado un avión. La señorita me aseguró que no, que ningún avión de su compañía se había desplomado en los últimos ocho años.

—¿Está segura? —insistí, temiendo ya que se trataba de una broma de Amparo. Estaba a punto de colgar; sin embargo, se me ocurrió preguntar por el hombre en cuestión (Sebastián) y di su apellido.

—Permítame un segundo... —dijo con extrema cortesía, casi con filo, y después de un rato añadió...

....

Desgraciadamente, las cuartillas que me envió mi padrino están incompletas; evidentemente falta sólo la última hoja, el desenlace de la historia. Aunque en un principio estuve deseosa de saber el final (hasta perdí el sueño imaginándolo), luego me di cuenta de que quizá era mejor así, es decir, intentar aprender a conservar la duda aunque esta salida no fuera la más grata, claro.

Hay otra posibilidad, sin embargo, de la cual no estoy muy segura: y es que el cuento de papá realmente hubiera terminado justo allí, *ex profeso*, tal vez para irritar a sus lectores, tal vez para irritar a su querido amigo Alejo.

AÚN TENGO PRESENTE el verano que partimos para México. Era fines de mayo cuando Rebeca organizó una de las últimas comidas en el jardín de la casa, sólo que ésta era una de las muchas despedidas que iríamos a tener antes de partir (esta vez para siempre) de Virginia. En Charlottesville hacía un calor endemoniado, muy húmedo, como cada verano. A fines de marzo y durante el mes de abril, todo eran charcos y deshielos; la nieve se licuaba y los arroyos subían su nivel y a veces desbordaban los caminos con la corriente del agua. La inmensidad boscosa (acacias, cicutas, pinos blancos, sin hojas durante el invierno), empezaba a verdear rápidamente, a ondear sus primeras formas túrgidas y coloridas; los zumaques y los sanguiñuelos se ponían bombachos para mayo y junio, cargados de cerezos. Aparte del sudor que mis hermanos y yo transpirábamos todo el día, no me gustaba la cantidad de abejas y abejorros que zumbaban en el atardecer, molestando y enredándose con el cabello. Rodrigo, Álvaro y yo, aprendimos a no tenerles miedo. Las abejas podían planear cerca de tu nariz, posarse en tu pelo o en tus brazos, y mientras no les hicieras caso y no quisieras espantarlas, ellas se portaban bien, se alejaban sin hacerte daño, ocultándose entre los cornejos. Sin embargo, era la humedad y el vapor caliente de la piedra caliza lo que molestaba más: se pegaba la ropa al cuerpo, las manos se ponían pegajosas y cada media hora entrabas a la casa a darte un buen baño de aire acondicionado o te quedabas un rato frente al ventilador o, de plano, mudabas de playera. Más tarde, salíamos al jardín otra vez, a perseguirnos entre los helechos, a escondernos tras los troncos de oyameles que circundaban la parte trasera de la casa y hacían las veces de cerco o valla; buscábamos alondras que jugaban a ras del suelo y a veces se escondían al sentir nuestros pasos aproximarse; explorábamos el sotobosque en busca de los pájaros carpinteros y los gayos; o hasta hallábamos la piel reseca de una víbora entre abrojos, su viejo ropaje tornasolado, por el cual mis hermanos y yo nos peleábamos.

Todo eso, pues, quedó atrás, lo mismo que había quedado atrás Grand Junction, Boulder, Ouray, Durango; los impresionantes arcos de Moab, en la frontera con Utah, de donde traíamos piedras de ágata para pulirlas en casa; los barrancos cubiertos de nieve de Glade Park; el Rough y el Unaweep Canyon, y las montañas y el *Monument* que habitó mis ojos (inundándolos) durante seis años. Esta vez, sin embargo, recuerdo de entre muchas largas comidas, ésta justamente, uno o dos meses antes de partir de Estados Unidos, pues entonces tuve mi primera regla; esa tarde sangré y pasé el susto de mi vida. Era a fines de mayo de 1977. Yo estaba por cumplir trece años.

—Lo que va a destruir este país, va a ser su enajenación por el poder —sentenció Tom como un Moisés joven dando un largo sorbo a su cerveza; se hallaba sentado, como los otros, en una pequeña silla plegable en la amplia terraza de madera contigua a la casa. Tom sonreía afable, siempre con una cerveza en la mano, tusándose el bigote rubio, con la pierna cruzada como un legendario *cowboy* con sus jeans puestos y desteñidos. A su lado, también sentado en una sillita plegable, estaba Bob, el *Chair* del Departamento, también tusándose el bigote... pero éste mucho más rojizo que el de Tom (rojo vivo como su cabellera hirsuta e indomeñable).

—Los imperios declinan —dijo Bob— cuando pierden su capacidad ecléctica, su pluralidad, la diversidad que un día los puso por las nubes. Cuando evitan ser multirraciales y empiezan las ideologías de sangre y todo eso. Como en Alemania o como no tarda en pasar con Japón. Entre más pura una raza, peor la degeneración y la caída. O España.

—En eso coincido —apoyó el otro antiimperialista gringo, Tom—, pero eso no es suficiente. Se necesita algo más…

—¿Qué…? —intervino Luis, el cubano, que estaba allí parado escuchándolos también, muy atento, con una cerveza en la mano, ayudándole a mi padre a encender el carbón del asador sin mucho éxito todavía.

—Pues lo que ya dije —insistió Tom sin soltar su cerveza—; es la enajenación por el poder. Cuando se usa y se usa, se pierde, se gasta… inevitablemente. Encuentras enemigos por doquier, puesto que no eres tú el único que se afana por detentarlo, ¿me entiendes?

—Es cierto —lo secundó Jesús, el chileno, llegado junto con su esposa y sus hijos a Virginia a finales de 1973—. Acuérdate de la réplica que Sócrates le da al sofista Trasímaco. Mientras no haya equilibrio de poderes, no se alcanza la dicha y menos la tranquilidad. El poderoso aspira a extender su poder ilimitadamente, pero al final cae derribado. No sólo existen los dominados, las víctimas, los países sojuzgados; también están los otros grupos fuertes que envidian y anhelan el poder. Ellos dan la pauta. El poderoso siempre olvida que él no es el único.

—Ya ves… el Eje: se les olvidaron los yanquis —concluyó Bob, el germanófilo antiimperialista del Departamento de Lenguas Extranjeras.

—Es que no sabían de béisbol —se rió Tom desparramando un chorro de cerveza en su camisa empapada de sudor.

Sebastián dejó el asador por un segundo y giró para añadir:

—Lo que va a fastidiar a este país es el sistema, nada más. El sistema que todo lo deglute y que, como una máquina, va a terminar engulléndose a sí mismo. La gente ya está fregada con esa avidez inaudita por el dinero. El núcleo familiar y social está jodido porque se ha perdido de vista el auténtico objetivo, es decir, uno mismo… y no el dinero para ir a comprarlo todo *para* uno mismo. Es diferente…

—Fromm… —dijo Jesús—. Leíste a Fromm.

Sebastián no hizo caso y continuó:

—El capitalismo como panacea, como utopía, será el que termine por fastidiar a capitalistas y comunistas, no importa a cuál, a los dos: ambos son dos formas de totalitarismo, sólo que una más disfrazada que la otra —se detuvo y terminó—: Por cierto, te equivocas, Jesús; no es Fromm, se trata de Marcuse, un tipo loco con quien tomé un curso en Berkeley hace algunos años.

—No me presumas... —se burló Jesús.

—Yo, en cambio, creo que será la tecnología —intervino Roberto, el peruano, el visionario, que había estado oyéndolos desde el jardín, a un lado de Laia, su mujer, que pasaba las horas evitando las abejas del jardín—. O los *media*, lo que es lo mismo.

—Pues esa libertad de que gozan hoy los *media* son parte de la democracia, ¿no?, y por tanto del capitalismo. Los *media*, ya se sabe, son el alto costo que pagamos por vivir en un régimen capitalista —dijo mi padre nuevamente volviéndose del asador donde él y Jesús ya ponían las carnes a la argentina mientras el jugo se escurría: maceradas quince horas con vino blanco, ajo, perejil y aceite de oliva.

En la misma terraza, sólo que en la otra esquina, estaban sentadas las mujeres: mi madre y mi madrina Diana, de piel bronceada y dientes blanquísimos; Asela, la mujer de Bob; Azucena, la otra cubana, y María, la esposa de Jesús que tenía dos hijos de nuestra edad. Ellos, los niños, estaban ahora jugando con Álvaro y Rodrigo, persiguiéndose entre la hojarasca húmeda del bosque y las ortigas. Yo, mientras tanto, me entretenía oyendo por un lado a las mujeres y, por el otro, a los amigos de papá, dividida en las dos charlas, atenta a las dos. Como nunca, estaba haciendo un calor formidable, húmedo: en un rato se embotaban los sentidos y el sudor empapaba las nucas y las sienes. La ropa quedaba mojada en un santiamén. De mano en mano iban pasando las rebanadas de queso y salami, las aceitunas rellenas, las sardinas, los camarones y los huevos cocidos, mientras la carne a la argentina que Sebastián aderezaba iba asándose junto con las papas envueltas en papel aluminio.

—¿Y cómo te sienta, Rebeca, la idea de partir? —oí que Azucena, una de las dos cubanas, le preguntaba.

—No sé. Me siento muy rara, ¿sabes? Todo ha sido un poco rápido, inesperado aunque… —contestó mi madre dubitativa, sin muchas ganas de explicar algo que ni siquiera entendía muy bien.

—¿Aunque… qué? —dijo María, la chilena.

—Aunque de alguna forma, previsible —continuó Rebeca—. En el fondo, yo sabía que este día iba a llegar. No sabía cuándo y ni tampoco creo que Sebastián supiera cuándo. Nunca lo discutimos, pero la opción estuvo allí, durante años, latente, a la espera. No sé. Queríamos y no queríamos.

—Murió tu suegra, ¿no es eso? —intervino Diana, la de más confianza.

—Pero no es sólo eso, Diana —dijo mi madre, dando un breve sorbo a una lata de refresco bien helada que apenas había sacado de la hielera al lado suyo.

—¿Entonces qué es? —esta vez era Asela, la otra cubana, muerta de curiosidad mientras se despejaba una abeja del rostro—. ¿Es que Sebastián no está contento en el Departamento? ¿O tú? ¿Pasó algo? Déjame te digo, aquí entre nos, que Bob está muy triste…

—Y Tom también —dijo mi madrina con un refresco en la mano, el cual se pasaba por las sienes para humedecerlas—. ¡Imagínate! Su mejor amigo, desde Colorado, y ya tantos años… No lo puedo creer, amiga.

—Sí, yo tampoco —apenas alcanzó a decir mi madre al mismo tiempo que se le cerraba la garganta. Giró la cabeza hacia el parterre, hacia los niños.

—Te vamos a extrañar —continuó mi madrina, abrazándola.

Las demás se sumaron al dolor de ver partir a mi madre, la amiga de todas durante esos siete años. Mientras tanto, la calígine del mes parecía dimanar del fondo mismo de la tierra o del sotobosque —de esa piedra caliza—, calentándolo todo, enturbiándolo todo con su humus y su excesivo verdor.

—¿Y ya sabes qué vas a hacer allá? —le preguntó María, que

no dejaba de escudriñar hacia el jardín bordeado de árboles para no perder de vista a sus criaturas.

—No estoy de acuerdo, Luis: aquí hay tan poca libertad como en Cuba. O peor.

—¿Pero cómo puedes decir eso, Rebeca? Ya verás que las cosas se componen. México no puede estar tan mal. Además…

—El precio de esta libertad es la coerción, la vigilancia, el control sobre tus actos —dijo Roberto, de pronto aterrorizado por un abejorro que Laia había espantado con la palma sudada de la mano—. Tú y yo lo sabemos, nos damos cuenta. Los americanos ni se imaginan en qué clase de sociedad viven y en qué cárcel van a morir. La televisión y los *shopping* de fin de semana los tienen imbecilizados. Ya lo sabemos. Hay tan poca libertad como en cualquier dictadura, sólo que camuflada: les dan visa y pasaporte para irse a pasear y cuando han visto que el mundo es una mierda… (o que han hecho del mundo una mierda), regresan convencidos de que ésta es Armonía.

—*Mom, can I have a Coke?* —era uno de los hijos de María, todo sucio y sediento.

—O como decía Lennon: "*They dope you with religion, sex and TV*" —tarareó mi padre.

—Y con Coca-cola, por supuesto —añadió Laia, mirando de soslayo al hijo sediento de María.

—El sistema, el orden, está por encima del hombre —agregó Roberto—; el individuo no cuenta aquí. Y esto no puede ser. Al menos en otras partes hay un equilibrio; cierta igualdad entre las partes. El hombre cuenta tanto como el orden, no lo rebasa.

—¡Pero estás loco! ¿Cómo puedes decir eso? ¡Qué comparación! —intervino Jesús, bañado en sudor por el fuego—. En Cuba no puedes bañarte en la playa tranquilo porque ya están cuidando que no vayas a salir nadando de allí.

—Viviremos en la casa de mi suegra. Es muy bonita. Tiene unas enredaderas que cubren todas las tapias del jardín y unas bardas muy altas y picudas. La casa es fría, pero está bien así por el calor. En México siempre hace calor aunque llueve mucho.

—Háblame en español, que no te entiendo, hijo.

—El cambio fuerte va a ser para los niños, ¿no crees?

—¿Ya está esa carne, Sebastián? —gritó Roberto desde el barandal de la terraza donde se apoyaba, justo al otro lado del asador, muerto de hambre y calor.

—Algo perdimos cuando decidimos abandonar México. Pero no me malinterpretes, Asela. No nos arrepentimos. Fuimos muy felices acá, en Charlottesville. Aquí crecieron mis hijos, ¿no es cierto? —y Rebeca, dulce y aquiescente, se me quedó mirando con sus hermosos ojos ahora empañados por un par de lágrimas que, sin embargo, no llegaron a asomar.

—Ya casi —contestó Jesús dándole vuelta a la carne.

—Siempre se pierde algo —dijo María, la chilena, sacando una cerveza de la hielera, también un poquitín nostálgica—. Apenas llevamos cuatro años aquí, y aunque no nos podemos quejar, aún me queda la sensación de algo trunco, inacabado, ¿sabes? Por ejemplo, ¿qué estarán haciendo allá los hermanos o los padres? Y ¿qué habrán hecho para Navidad mis tíos o aquellos amigos que dejamos? Tú me entiendes. Todas esas cosas…

—Lo que está aniquilando este país —insistió Laia, que acompañaba a su marido en el lado opuesto a las mujeres, apoyada también en el barandal de la terraza— es su aberración moral…

—Es un constante interrogarse; una pregunta que no te deja en paz un solo día de tu vida: ¿qué harán ellos allá? ¿Se la pasarán mejor que nosotros? ¿Ya no nos necesitan? ¿Seguimos existiendo?

—Y es que no hay moral —la secundó Roberto, el peruano, quitándose el sudor de la frente con una servilleta—, ni buena ni mala; ya sabemos que son conceptos relativos. Más bien hay una amoralidad; todo aquí está construido en base a ella. Es su fundamento, sí, lo amoral: ni bueno ni malo.

—*Mom, Álvaro is bothering me* —vino mi hermano Rodrigo lloriqueando, a quejarse.

—Ése es el fundamento del capitalismo justamente —arguyó Bob—. ¿Quién te ha dicho, Roberto, que detrás de un sistema económico existe un *ethos* o que debería de haberlo? Lamentablemente nunca lo hubo. Son conceptos irreconciliables; uno no tiene nada que ver con el otro. La economía es, para un capitalista, lo único que mueve al mundo: la compra y venta desmesurada de artículos, el consumismo irracional, el comercio, las corporaciones, el deseo de posesión, la insatisfacción por no poseer lo mismo que el vecino y el deseo de aventajarlo, de ganar más, de trabajar más para ganarme el reino de los objetos materiales, esos que me darán la felicidad ahora y aquí mismo. Eso, al menos, creen mis compatriotas o aquellos que se jactan de ser capitalistas en toda la extensión de la palabra.

—Si me hablas en inglés no te entiendo, Rodrigo, ya sabes. A ver, dime despacito: ¿qué te hizo tu hermano?

—Si no hay *ethos*, como tú dices, Bob, ¿por qué tantas iglesias? —arremetió Laia— En cada esquina hay una y con distinta denominación. Aquí todos rezan…

—*He pissed on me.*

—Lo peor, lo más increíble es verlos rezar puntualmente en cada hogar, en cada restaurante, antes de cada alimento, al mismo tiempo que Estados Unidos consume (él solo) el 20% del producto interno bruto del mundo, sí, lo leí en una revista especializada —dijo Roberto, su marido—. ¿Cómo reconciliar una ética así? Explíquenmelo. ¿Dar gracias a Dios por tus abundantes alimentos mientras otros se joden y se quedan literalmente sin comer? ¿Tirar al bote de basura miles de toneladas de desperdicios, lo que nos sobra aquí, mientras en Haití, por ejemplo, hay niños que sueñan con la suela de tu zapato para comérsela?

—Los gringos van a Latinoamérica y en lo primero que se fijan es en la desigualdad, y tienen razón. Lo que, sin embargo, no ven es que la desigualdad empieza entre lo que ellos tienen y lo que les resta a los demás —dijo mi padre entre la humareda de la carne.

En ese momento, en medio del calor chisporroteante y las voces de todos en la terraza donde se asaba la carne y se cocían las papas, sentí una especie de cólico, una punzada que arremetió varias veces en mi bajo vientre. Por un rato intenté fingir que no sucedía nada, que todo estaba bien; sonreí a mamá que seguía hablando con Rodrigo; volteé a mirar a mi padre que entre risas y discusiones acaloradas con los latinoamericanos ponía más carne en el asador mientras Luis, el cubano nostálgico de su hijo, sacaba la que ya estaba lista y la ponía en un enorme platón al mismo tiempo que algo ininteligible ya le contestaba a Roberto, el peruano.

Me puse a meditar qué es lo que habría comido, ¿qué me habría caído mal?: ¿acaso las sardinas? ¿O el huevo cocido? Pero si apenas los había probado, no podía ser eso. Entonces empecé a sudar muchísimo (otra especie de calor) y sentí como un escalofrío recorriéndome la piel; ya no pude fingir y sigilosamente me levanté de la silla y entré a la casa. Aunque el aire acondicionado me refrescó un instante, el fuego seguía allí, vivo, innombrable. De pronto sentí que estaba mojada, por lo que de inmediato me dirigí a mi recámara. En el baño, sentada en la tapa del retrete, me levanté el vestido y me bajé los calzoncillos hasta los muslos. Allí pude comprobar que había sangrado: una mancha púrpura teñía la tela azul de mis bragas cuando me las quité y con papel del baño intenté secarme la vagina. Pero ya no había rastros de sangre, apenas una gota.

Aunque yo ya había escuchado muchas veces lo que era la menstruación, nadie me había dicho que iría a sentir ese dolor extraño. Y aunque creí, desde los once años, haberme preparado para la ocasión sabiendo que iría a sangrar el día en que me convirtiera en mujer, la verdad es que lo que llaman la menarquia apareció en el momento menos esperado. Mi cabeza estaba en nuestro viaje, en la partida, en la casa de San Ángel, en México y lo que nos aguardaba allá: mis primos Nadia, Néstor, Paula, Briana, Alán, Esdras, Ira, Juan, todos mis tíos, etc. Apenas habían terminado las clases. Ya me había despedido de mis maestras, algunas de años (Miss Shannon y Miss Megan), con quienes me había encariñado muchísimo, y lo que menos me podía imaginar es que esa tarde de primavera, bajo el calor sofocante del jardín, me sorprendería la regla.

No tuve otra reacción que ponerme a lavar a toda prisa mi calzón con agua caliente y jabón. En esa tarea estaba justamente, cuando sin tocar la puerta del baño, apareció Rebeca, que me vio.

—¿Qué pasa, Silvana? —se acuclilló, pues yo me había sentado otra vez en la tapa del retrete.

—No sé, mamá —dije estúpidamente, pues la verdad es que aunque no sabía a ciencia cierta, lo adivinaba—. Sangré. Pero no quiero que veas.

Yo conservaba los calzoncillos mojados entre ambos puños, profundamente apenada.

—No tienes por qué avergonzarte, Silvana —me miró Rebeca poniendo sus dos manos en mis sienes y acariciándome—. A todas nos pasa. Como diría tu abuela: "Ya eres señorita y desde hoy puedes sentarte con las mujeres adultas". Pero eso es *very old fashioned*; tú siempre te has sentado con los adultos.

—¿Y la sangre, mamá?

—Pues nada —se sonrió—. A partir de ahora, cada mes, tienes que estar bien preparada. Acompáñame.

Salimos del baño, me puse otros calzoncillos y seguí a mamá hasta su cuarto. Allí, encerradas, me dio un kótex y me lo puse.

—No se te olvide, Silvana, cada mes, aunque al principio suele ser irregular. Intenta, sin embargo, llevar bien tu cuenta… —me dio un beso en la frente y Rebeca salió de allí.

CUANDO LLEGAMOS A MÉXICO, en el verano de 1977, mi abuelo Abraham ya había muerto. Había fallecido tres años antes, casi a los noventa. A pesar de todo, tengo un hermoso recuerdo de él, muy distinto del que conserva cada una de sus hijas y mi abuela Vera, quien, como ya conté, se separó de él cuando Abraham estaba por cumplir sus ochenta y cinco años de vida: muy tarde ya para esas heridas fuera de lugar, a destiempo.

Esos últimos cuatro años, mi abuelo los pasó con su hija favorita, la misma por quien se había sentido traicionado muchos años atrás: Sonia. Y no sólo eso: fue su hijo Abraham (el segundo de los cuatro que tuvo con Vladimir) quien terminó desplazando a su único hijo, el benjamín divorciado y solterón: Saulo. Si alguien le hubiera tirado las cartas en Alepo y le hubiese vaticinado su final cincuenta años atrás, mi abuelo jamás lo habría creído.

Dije que conservo un recuerdo hermoso de él. Abraham era un viejo ligeramente obeso, más bien rechoncho y de baja estatura; tenía unas limpias manos regordetas y las uñas mal cortadas; siempre llevaba la correa del cinturón debajo de la panza puntiaguda y los botones de la camisa a punto de estallar. Conservaba poco pelo: sólo las sienes estaban cubiertas de un ralo cabello blanco, casi azulado, que iluminaba su rostro y lo hacía encantador. Sobre esa suerte de calvicie llevaba, invariablemente, su *kipá*, fueran días santos o no lo fueran. Inevitablemente, parecía llevar la barba sin rasurar aunque se afeitara con esmero y puntualidad. Nunca dejó de usar su amado rapé hasta el último día de su vida; era una suerte de vicio: estornudaba y se pasaba la manga de la camisa por encima de los labios, para luego, casi inmediatamente, aspirar la menuda hierba una vez más. Tenía ojos tristes, casi lacrimosos, aunque siempre parecía estar contento, de muy buen humor; esto a pesar de los sinsabores y afrentas de la vida que lo dejaron —literalmente— en la calle luego de ir perdiendo, uno a uno, sus negocios de alfombras y tapetes importados y su fastuosa casa de verano en Cuautla, Morelos. Nunca dejó de cargar su libro de oración, el *Sidur*, o una *Torá* deshojada, misma que blandía como una espada flamígera cuando se ponía a hablarnos de Dios. Rezaba en hebreo adondequiera que iba y a veces hasta se aproximaba a desconocidos en la calle para contarles la historia de Moisés y la caída de Jericó como si todo eso hubiese sucedido la semana anterior. Recuerdo, asimismo, que se le iba la vida dando bendiciones a diestra y siniestra a cada uno de sus nietos y a sus hijas que lo visitaban de cuando en cuanto junto a una pléyade de nietos; parecía guardar un sacro hisopo bajo el brazo. Comía con las manos y repartía el pan ácimo en cada comida luego de bendecir los alimentos. Cada año preparaba el zumo de uvas, el cual espolvoreaba con azúcar y dejaba reposar en una barrica durante un año. Cuando, hacia el final de su vida, tuvo que empezar a viajar como al principio por varios estados de la República al lado de Saulo, primero, y de su nieto Abraham Acuña después, cuentan que mi abuelo solía aparecerse en las iglesias de esos pueblecitos anunciándose como el obispo Abraham llegado de la capital: hasta los curas de esas remotas aldeas salían para besarle la mano y pedirle su bendición, la cual mi abuelo les daba en lengua hebrea. En esos sitios, mi abuelo vendía mercancía a manos llenas. A veces le pedía a su nieto que detuviera el auto en tal o cual casa del camino, y el motivo era que una suerte de corazonada le decía que en ese hogar precisamente les irían a comprar, y justo así ocurría… aunque no sé si por obra de Dios, como él pensaba, o por obra de su persistencia y jovialidad.

Con respecto a Rebeca, su quinta hija, no puedo decir mucho: mamá, creo, pasó sin pena ni gloria entre ese tumulto que fueron sus ocho hijas y su hijo varón. Ni creo que haya sido la más querida ni la más rebelde ni tampoco la menos deseada o la más temida. Rebeca simplemente fue una más, quizá la más hermosa, eso sí: siempre próxima a los acontecimientos de las otras, a los sucesos y reveses íntimos de la casa. Observadora, vigilante como yo (así he sido desde pequeña), quiso pasar inadvertida en medio de ese cúmulo de aventuras y sinsabores por los cuales pasaron todas sus hermanas. Sin embargo, ya tarde, también ella añadiría su pequeño tormento a Abraham y a Vera cuando decidiera casarse con un *goy* de manera totalmente abrupta e inesperada, abandonando de paso a su respectivo partido paisano, un arquitecto judío con mucho dinero.

Cuando he dicho "pequeño tormento" es porque, como ya avisé, mamá no había sido la primera de las hermanas en llevar a cabo tan ingrata decisión para los abuelos. Primero, había sido Sonia, muy joven aún, y con un teniente pobre y desconocido;

después había sido Irene, con un futbolista que, tras dejarla embarazada, murió en un accidente aéreo, y luego, el terrible hallazgo de tener una hija lesbiana: Judith, quien moriría en Europa. Tampoco los matrimonios con paisanos (judíos árabes, shamis o hálebis) habían sido una cuestión de alborozo y júbilo como él y Vera hubiesen deseado; todo lo contrario: el esposo de Lina, Jacobo Guindi, químico afamado y borracho, murió dejándola con cuatro niños que mantener (mis primos Yaco, Marcos, Ira y Benjamín) y algunas deudas que mi abuelo fue saldando. Esther (para su bien) había sido raptada por Isaac Perelman, ese antiguo socio norteamericano, víctima del macartismo; Noemí también fue raptada pero por Elías, un argentino que si por un lado le ofreció mucho dinero, por el otro, no la dejaba volver a su país a visitar a sus padres. Zahra, como ya dije, fue otra historia: casi no contó, creo, por tanta atención y alboroto que Saulo despertó en la familia cuando hubo nacido —en seguida de ella—, aparte de que, muy pronto, Zahra eligió su propio camino (la psicología) y a su marido: Salomón Corkidi, un judío sumiso de Damasco (un shami o shuam), con muy poco carácter y temple, quien aparte de adorarla y consentirla en sus caprichos, no servía para nada más, a decir de mi abuela que nunca quiso a ese tío a pesar de los atributos que aparentemente tenía; es decir, ser sirio y hebreo a la vez, una minoría dentro de esa minoría que era de por sí la comunidad israelita en México.

En resumidas cuentas, el balance era desastroso para Vera y Abraham. Con *goys* o no *goys*, el resultado era igualmente negativo: nada que ver con lo que él o mi abuela hubieran soñado. Por eso, el que mi madre rompiera otra vez la norma, el tabú, yéndose a Estados Unidos con un poetastro no judío, no había sino simplemente añadido un poco más de desgracia a ese mazacote de sinsabores en que se había convertido su larga vida, y la de mi abuela Vera, por supuesto. A pesar de todo, sólo los años les harían ver a los dos que, a pesar de todo, esos yernos (*goys* o no *goys*, finados o vivos) no habían sido tan malos, y que la elección —impuesta en parte por el destino— de haber arribado a ese país lejano, México, tenía sus bienaventuranzas y sus respectivas bendiciones.

Mamá nació en 1934, dos años después de Sonia y ocho años después que mi papá. Como todas, vivió y creció en la casona de la Roma... y como todas tuvo que desistir de ir al colegio cuando terminó la secundaria. En ese sentido, pues, tuvo un poco más de suerte que las otras (las mayores), quienes sólo hicieron la primaria antes de que mi abuelo tomara cartas en el asunto y las llevara de vuelta a la cocina del hogar, donde debían estar aprendiendo a cocinar y a limpiar la casa. Sólo las dos más chicas, Judith y Zahra, tendrían más suerte que mi madre; tras la secundaria, la primera estudiaría una carrera corta como traductora-intérprete y sólo la segunda entraría a la universidad; empero, para esas fechas, las costumbres de los Nakash ya se habían relajado bastante.

A los quince, pues, mi madre fue recluida en el hogar donde aprendió a guisar comida árabe y comida mexicana; zurcía y remendaba la ropa de casi todas sus hermanas, pues las demás tenían otros quehaceres y especialidades. Rebeca, sin embargo, desde joven tuvo una gran aptitud para hacer amigas a pesar de que, casi siempre, las eclipsaba con su inigualable belleza: muchas jóvenes de la colonia la buscaban y hasta las mismas ex compañeras del colegio al que había asistido le telefoneaban para invitarla a sus casas. Sabía hacerse íntima de muchachas judías y católicas por igual; jamás se sintió excluida y ni tampoco excluyó a una por otra; al contrario, encontraba ocasión para reunirlas. Eran todas ellas simplemente un grupo, una generación, creciendo y haciéndose mujeres en un mismo país, en una misma ciudad que se desparramaba y crecía, casi todas pertenecientes a una misma clase social más o menos acomodada, pujante, la del México de los años cincuenta, la que inventó el gobierno derechista de Alemán y más tarde el gobierno autoritario y retórico de Adolfo Ruiz Cortines; el tiempo de la euforia colectiva traducida en teatros, cines, librerías y cafés, la del mambo y la rumba, el swing y el bugui-bugui, las películas de Jorge Negrete y Tin Tan, la época del Borolas y Vitola, de los bailes "blanco y negro" y las escapadas al Jockey. Llenas de promesas e ilusiones vagas, ávidas, aunque a veces coartadas por la presión familiar y la presión de las costumbres, iban conociendo hombres en fiestas y tardeadas de la colonia Polanco o las Lomas; maduraban lentamente, aniñadas y torpes, metidas en intríngulis y chismes vanos, donde a veces sus madres participaban y coadyuvaban, haciéndoles recomendaciones o jalando resortes con amigas y conocidas.

Rebeca no sólo conoció a esos jóvenes, hijos de las amigas de mi abuela, que pasaban a su casa un rato con cualquier pretexto, sino también pudo entablar relación con los hermanos mayores de esas amigas suyas de la colonia y de las ex compañeras del colegio que la invitaban constantemente a sus casas. Mi madre supo hacerse de otra familia (la de la calle, la de la secundaria) muy aparte de la de sus hermanas, esa familia de sangre a veces revuelta y dividida. En ocasiones Rebeca o alguna de mis tías podían invitar alguna amiga a la casa de verano en Cuautla, cuando ésta todavía existía.

Antes de los veinte años, Rebeca ya estaba trabajando con mi abuelo en la tienda matriz de la Zona Rosa. Aunque la decoración le gustaba y en eso ponía su mayor interés, el negocio de las alfombras y kilims como tal no le fascinó jamás. Más bien supo habituarse a él, aprender de él y sacar el mayor provecho de las ventas y el negocio de las tiendas de mi abuelo: esa ventaja era su sueldo, el cual, para una joven de su edad, era la envidia de cualquiera. Con ese dinero pronto se compró un auto, apenas unas semanas antes de que el Ángel de la Independencia cayera desplomado... Gracias al auto, Rebeca se convirtió en punto de atracción y envidia —aun cuando unos y otros, amigos y envidiosos, se reponían aún del susto y los estragos causados por el temblor de ese año, 1957, seguido de otro estrepitoso temblor: la trágica muerte del ídolo de México, el actor Pedro Infante.

Mi madre tenía veintidós años y aprendía con celeridad a ganarse la vida, a independizarse —hasta donde esto era posible—, a comprarse ropa y a viajar cada vez que podía eludir la vigilancia y el control de mi abuelo Abraham. La verdad sea dicha, Vera ayudó en la consecución de algunos de esos viajes relámpago. Vera fue cambiando con los años, y de cancerbero se convirtió en alcahueta de sus hijas menores, o lo que eso podía significar (no mucho, es cierto) en esa época recalcitrante.

Así Rebeca conoció (aunque no a través de su madre) a quien sería su novio durante varios años: un judío aspirante a arquitecto, Emilio Haas, de descendencia polaca, hijo de un director de cine emigrado de Estados Unidos. Rebeca logró conquistar la atención del joven alto, apuesto, de pelo rubio, y de familia adinerada. Vera y Abraham le abrieron las puertas de la casa; las hermanas de mi madre aplaudieron y celebraron su noviazgo, y en ello —y en ese trajinar— pasaron varios años: deslumbrantes fiestas por toda la ciudad, reuniones *chic* entre amigos de Polanco y el Club de Banqueros, visitas a los cabarets de moda, como el famoso Leda, el Ciros y el Waikikí; comidas con los padres del novio; breves rompimientos y reconciliaciones; esporádicas huidas a Cuautla o a Acapulco, a espaldas del mundo entero.

Llegó por fin el momento del compromiso, el cual estaba ya alargándose indefinidamente, al decir de mis tías. Rebeca cumplió veintiocho años cuando anunciaron la fecha de su boda y mi madre entonces presumió a sus hermanas un hermoso anillo de diamantes brasileño. El arquitecto tenía su misma edad y creo que en parte ése fue el motivo para el postergamiento del matrimonio, dado que él quería terminar su posgrado y hacerse de un buen sitio en la mejor firma de arquitectos del país. Durante esos años mi madre continuó trabajando para la tienda de mi abuelo, haciendo los cortes de caja, llevando las cuentas y los inventarios mensuales de las demás tiendas que Abraham Nakash tenía en la capital. Todo, pues, iba marchando sobre ruedas entre Emilio y Rebeca, con un perfecto y rudimentario noviazgo, el cual, por lo menos, se prolongó durante seis años, sin prisas, sin drásticas alteraciones, siguiendo al pie de la letra las muchas convenciones de la época, es decir, sus innumerables sesgos, recovecos e hipocresías. Todo ello tenía, sin embargo, su peligro, su embozada y artera amenaza: la aburrición, la monotonía, la falta de expectativas que, para una mujer inquieta y curiosa como Rebeca, era parte sustancial de su vida, o eso creía, a pesar de haber pasado largos años, como ya dije, sin pena ni gloria, casi inadvertida.

Sin poder ponerle un solo "pero" a Emilio Haas, la verdad es que mi madre había dejado sin embargo de quererlo desde hacía mucho… aunque sin saberlo, sin imaginárselo siquiera. Con todo, Rebeca sola jamás habría tenido el impulso y el valor para concluir algo con tantos años a cuestas y tantos compromisos sociales inmiscuidos y apelmazados en medio de su relación, como si de costras invisibles se tratara. En resumidas cuentas, no era nada fácil a principios de los sesenta cumplir los veintiocho sin haberse casado y atreverse con ello (*o por ello*) a despreciar un extraordinario candidato de tu misma religión y de tu misma clase social, además de ser guapo y detentar un futuro que tus hermanas y amigas adjetivaban como verdaderamente promisorio. Era tan difícil… que la mente quedaba obliterada al mero contacto de una idea así, tan extravagante, tan disparatada; no cabía, ni por asomo, imaginarse un cambio de rumbo tan fijo y determinado; imposible decirle "no" a ese porvenir por más honesta que Rebeca quisiera ser consigo misma. Y sin embargo sucedió. Cinco meses antes de su programado conato de boda con Emilio, en la Navidad de 1963, apenas unas semanas después del asesinato de Kennedy, conoció a Sebastián cuando volvía de unas vacaciones en Acapulco a las que había sido invitada por una de las hijas de Zelda Hadid, la amiga de mi abuela Vera.

MIS TÍOS SONIA y Vladimir se habían casado en 1947 a escondidas de mis abuelos Nakash. Un amigo sacerdote de mi tío los unió en santo matrimonio cuando se dio cuenta de que no había vuelta atrás y lo mejor a esas alturas era reunir en sacramento a esa pareja impar. El secuestro de la joven quinceañera estaba consumado. Como ya conté, primero vivieron en casa de la suegra de mi tía en las afueras del Estado de México, en Atlacomulco, y luego se mudaron a la Base Aérea Militar de Puebla. Sin embargo, éste sería uno de muchos otros sitios que visitarían a lo largo de los años: Ensenada, La Paz, Chetumal, Tuxtla Gutiérrez. La carrera militar llevaba varios sacrificios, entre ellos, el de no poder echar raíces en un solo lugar: había que estar preparado (y bien dispuesto) para lo que se avecinara, entre otras cosas, la completa mudanza familiar, el cambio de colegio de los niños y las nuevas amistades en cualquier ángulo de la República.

Ser militar no era una broma, una mera diversión. Había un alto precio que pagar, y más cuando se empezaba desde abajo, justo como lo había hecho Vladimir Acuña en los años treinta, antes de conocer a mi tía. Al ser un simple cadete sin recomendaciones y de humilde extracción, no había otra alternativa que pasar las peores vejaciones que pocos pueden siquiera imaginar si es que de veras se quería ingresar en la Escuela del Aire que entonces estaba en Zapopan, Jalisco. En alguna ocasión, por ejemplo, le hicieron tragarse parte de un hormiguero viviente y este acto de barbarie se lo impusieron sólo porque había olvidado sacar brillo a sus botas como cada mañana estaba ordenado hacer. En otra ocasión le hicieron comerse su propia mierda, y esto sucedió debido a que, estando en medio de un entrenamiento, huyó a los retretes a cagar sin autorización. Si algo así sucedía, había que aguantarse, le gritó el capitán, o bien debía cagarse en sus pantalones y seguir las prácticas sin chistar, sin refunfuñar un ápice. Lo que no se podía tolerar era tener a un cadete rebelde, un soldadito que huía sin decir palabra… fuera cual fuere la razón. Serían, pues, innumerables las bestialidades que podría contar aquí; todas oídas de propia voz de Sonia, mi tía, hace algunos años. Según ella, medrar en la jerarquía del Ejército cuando no tienes palancas, cuando no eres nadie, cuesta un ojo de la cara. Sin embargo, así pudieron llevar su familia y ver crecer a sus hijos, aun cuando ya para esas fechas mi tío había sido uno de los pilotos del Escuadrón 201 de la Fuerza Aérea Expedicionaria

Mexicana que había ido a servir a la patria arriesgando el pellejo en Formosa y Luzón.

Ya he dicho que fueron cuatro, de los cuales, el mayor, cargó con el nombre de su padre, lo que no hizo a la larga sino ensombrecer su carácter de por sí ya suave y gentil. El segundo fue bautizado como mi abuelo Abraham, ese nieto que se volvería, con el tiempo, su inseparable compañero de viajes, sustituto de su hijo Saulo. Luego vino Dalio y, finalmente, Juan. Todos apellidados Acuña Nakash y todos criados relativamente lejos (y ajenos) en comparación con otros nietos. Pero ¿esto por qué? La distancia de esos primos con respecto al resto de la familia no se demarcaba tanto por la lejanía física y geográfica sino por una suerte de rencor ancestral que mi tía conservaba hacia su madre, mi abuela Vera Chirá. Rodrigo, Álvaro y yo, por ejemplo, estuvimos relativamente más cerca del núcleo familiar (cualquier cosa que eso sea), a pesar de haber vivido fuera del país. ¿La razón? No la sé con certeza, pero puedo imaginarla y en parte ya la dije: mi tía Sonia siempre se percibió a sí misma como una suerte de *outsider*, una exiliada moral, y eso quiso que fueran sus hijos. Era orgullosísima, y una vez habiendo renunciado a la familia que la vio nacer, no había camino de vuelta, no había lugar en su corazón para remordimientos o penas. Debía sacar adelante esa familia católica, apostólica y romana. Y es importante resaltar esto, pues mi tía no sólo había renunciado al judaísmo, sino que se había convertido a la religión gentil, cosa que ni mi madre ni Irene llegaron a hacer, a pesar de haberse deslindado. En el caso de Sonia, la ruptura fue total. Con todo, los años limaron muchas asperezas, las suficientes para la reconciliación con su madre.

Mi tío Vladimir llevó una estricta disciplina en casa, la única que había aprendido desde que dejó su hogar y se incorporó al servicio militar. Tenía tan sólo un sueño, aparte de hacer una familia, y este sueño ya lo había conseguido a sus cuarenta años de edad: convertirse en aviador de la Fuerza Aérea Mexicana. Pilotó todos los aviones militares que México incorporó al Ejército antes y después de la Segunda Guerra Mundial, desde los llama-

234

dos North American AT-6, los Fairchild UC-61-A (adquiridos por México en 1943), hasta los famosos Pilatos y los DC-3. Asimismo, llegó a ser coronel y pudo retirarse, años más tarde, como General de División.

Aunque de corazón bueno y honesto, Vladimir tenía un carácter a prueba de balas, duro y resistente: una suerte de kamikaze mexicano que sabe que no tiene nada que perder y sin embargo tiene todo que ganar. Había sorteado todas las pruebas de la vida y tal vez por eso no tenía ninguna otra cosa que ofrecer a sus hijos sino eso: disciplina, respeto a las jerarquías, temple y obediencia. Por ejemplo, desde chicos, mis primos aprendieron a vivir regulados. Había horas precisas para cada labor desde que despuntaba el alba, cada una de las cuales había que cumplir a riesgo de severos castigos corporales: lavativas, ejercicios extenuantes, humillaciones públicas y cinturonazos. Había en casa de mis tíos muy pocas o ninguna diversión, tal y como debía ser, a riesgo de convertirse en un ocioso o un degenerado. Por ejemplo, la tele y la radio estuvieron siempre proscritas, lo mismo los postres o los naipes o el vino o la poesía, la cual era considerada por mi tío una mariconería. Nada de eso existió en las casas que mis primos recorrieron. Eso había aprendido Vladimir y eso les enseñó: la vida no era un lugar para el disfrute, un sitio para estarse regocijando en la flojera y la desidia. Nada de eso. Se venía al mundo a luchar y, sobre todo, a obedecer al que está arriba y sabe más que tú. La vida era una incuestionable obediencia. Para ser alguien había, primero, que aprender a acatar la voluntad de mando; si ésta no se aprendía desde niño, no se llegaba lejos y, sobre todo, no había luego forma de volverse un hombre de bien, eso que mi tío (¡claro!) consideraba un hombre de bien. En resumen: el suyo era una suerte de espíritu partisano totalmente opuesto al que Sebastián y Rebeca nos endilgaron a mis hermanos y a mí a lo largo de los años.

El mayor de mis primos, Vladimir, era un chico de gruesos lentes de botella. Parecía un sapo verde lleno de espinillas, con el cabello cortado al ras, idéntico al de sus hermanos. Aunque creció en la época de los *hippies* y el Rock and Roll, de la psicodelia y el *boom* latinoamericano, esa forma de vida pasó inadvertida para él: ni cabello largo ni viajes ni sexo ni drogas ni fiestas ni alcohol. Nada. El único entretenimiento que estaba permitido tener en casa era el ajedrez, y eso porque mi tío lo jugaba con otros militares adictos. Vladimir hijo, pues, se volvió un amante del ajedrez, una suerte de fuga al mundo coercitivo que le había tocado vivir. No sólo eso, como hermano mayor, era su deber reprender a sus hermanos y vigilar cada uno de sus movimientos, cuestión que no disfrutaba en absoluto y hasta contradecía su ser. Su naturaleza era así... distinta a la de su padre: Vladimir hijo era tierno, amable, casi tímido, quizás un poco taciturno. Abominaba del ejercicio físico aunque lo tenía que hacer. Por el contrario, era un excelente estudiante, especialmente bueno para las matemáticas. Pasaba horas resolviendo ecuaciones algebraicas y logaritmos como una forma de diversión alterna.

Las fiestas y las salidas a la calle con amigos y chicas fueron un mundo aparte para él, un espejismo que existía fuera de casa pero al que jamás se tendría acceso. En una ocasión compró en un quiosco una revista pornográfica y desde entonces descubrió en la masturbación un maravilloso mecanismo del placer. Tenía muy bien escondida esa revista y así lo estuvo durante años hasta que su padre la encontró y el cielo vino de pronto a caérsele encima. Fueron tales y tantos los cinturonazos en las nalgas y la espalda, que apenas podía moverse lo suficiente para llevar a cabo la limpieza de los excusados de la casa todos los días del mes. Las mujerzuelas y las revistas era uno de esos pecados imperdonables, cívicos y religiosos. Mi tío lo hizo ir a comulgar y confesarse varias veces esa semana y, por supuesto, mi primo perdió algunos de los privilegios que tenía, como por ejemplo, dormirse una hora más tarde que sus hermanos o salir en bicicleta al parque de la zona militar.

Vladimir padre no era un hombre especialmente afectuoso, lo mismo que tampoco lo había aprendido a ser mi tía Sonia esos primeros quince años siendo una Nakash. Estaban, por lo visto, hechos tal para cual. Eran duros, estrictos y disciplinados con sus hijos. Según ellos, no había otra forma de mantener una familia en pie a riesgo de irse a la deriva. A eso se atuvieron toda su vida, o casi, pues las cosas cambiaron cuando Vladimir pidió permiso a su padre para ir a trabajar a Alaska con un par de amigos de la preparatoria. Había terminado la escuela con altas notas y pensó que podía, durante el verano, ganar unos cuantos dólares yéndose a trabajar en los buques pesqueros como ilegal. Era el año 1967, el mismo del *Sargento Pimienta* de los Beatles y también el año que nació mi hermano Álvaro. Mi primo tenía diecinueve años de edad. Mi tío, por supuesto, no transigió con el permiso: había otras muchas labores que hacer y, sobre todo, trabajos buenos para la patria. Ir a empacar pescado a Alaska no era sino un completo disparate, un desperdicio de la inteligencia. Finalmente, mi primo no se fue. Aunque estuvo a punto de escapar de casa, según supe años más tarde, no se atrevió por miedo a las reprimendas de sus padres. En el fondo, los cuatro hermanos temían a Vladimir: eran impensables los castigos que uno podía ganarse en caso de desobedecer; siempre había una forma inédita de reprimenda, y el mero hecho de cavilar sobre sus posibilidades podía ser algo más terrible que el castigo en sí.

A partir de ese instante (de ese miedo) algo se fracturó en el carácter de mi primo. Una suerte de frustración y remordimiento por no haberse ido lo tuvo postrado varios meses. Había sido un excelente hermano, un excelente hijo, un extraordinario estudiante y, sin embargo, no tenía el derecho a salir a un cine o a una fiesta y mucho menos a hacer lo que le viniera en gana durante el verano. Si había cumplido, ¿entonces por qué lo mantenían así? ¿Cuál era el sentido de este acatamiento? ¿Cuál su propósito? ¿A dónde lo llevaba una vida dedicada a obedecer nada más que a sus padres, sin poder pensar diferente, sin poder actuar diferente y sin poder decidir nada distinto? Estas preguntas lo llevaron inevitablemente a una encrucijada: era absurdo vivir y mejor era acabar de una buena vez. Si no había tenido la fuerza de carácter necesaria para arrostrar a su padre cuando debió haber sido preciso hacerlo, entonces era un miserable, un cobarde, y no merecía existir. Vladimir Acuña Nakash no era nadie, no se sentía nadie: acaso la sombra dudosa de su padre y nada más. Vladimir hijo estaba completamente decepcionado de sí mismo. Creo que a esas alturas… más que odio hacia mis tíos, mi primo amparó un irritable encono hacia sí mismo… el cual ya no lo dejaría en paz a partir de ese momento.

Todo se precipitó a partir de ese verano. Mi primo cayó en una horrenda depresión totalmente incomprendida por los suyos. Sólo Dalio, el más afín, vislumbró lo absolutamente tétrico de la situación, la caverna en que su hermano se había metido sin resolverse a salir. Dalio trató de ayudarlo acercándose a él, conversando, intentando jugar al ajedrez. Vladimir hijo, ya de por sí tímido, se volvió huraño y taciturno. No hablaba con nadie en casa y simplemente se limitaba a obedecer. Supongo que por esa época —y más en un lugar de provincias—, la ayuda médica para la enfermedad de mi primo era cosa de otro planeta, algo impensable si no es que totalmente desconocida.

Llegó el momento en que Vladimir cayó en cama con fiebre y sin capacidad de salirse de allí, ni siquiera de su recámara. Mi primo no comía, apenas bebía un poco de agua. Para Vladimir padre, ésta no era más que una bravata de su hijo a la que él no pensaba prestarle atención y mucho menos seguirle la corriente. Sonia, sin embargo, tuvo que ceder ante lo que definitivamente era un asunto de vida o muerte y nadie quería ver. Los pocos amigos que su hijo conservaba, no pudieron sacarlo de allí una vez que eligió quedarse en cama, sumido en la penumbra y el sudor de las sábanas. Esta vez ni siquiera las peores amenazas de mi tío lo sacaron de su inmovilidad: gritos, golpes, humillaciones frente a sus hermanos. Nada ni nadie pudo contra él y su postración. Por fin había elegido algo y tal vez se sentía orgulloso por ello, feliz consigo mismo: quedarse quieto, inerme, sepulto en su habitación. Era antes que nada su elección y también su inalienable derecho.

En noviembre, a los diecinueve años de edad, el mismo día

del cumpleaños de su padre, mi primo salió de su habitación sin decirle una palabra a nadie. Callado, resuelto, puro en su grandeza. Había esperado ese momento, lo había calibrado por meses, lo había aquilatado con todas las fibras de su ser. Caminó, pues, por el pasillo del segundo piso con una determinación clarísima, inimaginable en él: la mente despejada, limpia, prístina. Algunos amigos militares y sus esposas e hijos comían en el comedor en la planta baja. Abraham, Dalio y Juan, sus hermanos, se encontraban allí, junto con los demás muchachos invitados a la fiesta de cumpleaños. Mientras tanto, en el piso superior, mi primo Vladimir penetraba en el cuarto de sus padres, se dirigía al vestidor donde iba a encontrar lo que buscaba, lo que necesitaba; lo encontró y se descerrajó un tiro en la boca sin dejar nota de despedida.

CUANDO TERMINÓ la preparatoria con los lasallistas, mi padre optó por la carrera de Literatura Hispánica en la Universidad Nacional, no así mi padrino Alejo, quien ya dije que terminaría estudiando Derecho en la misma universidad, mientras que Igor Suárez estudiaría Historia en la Universidad Iberoamericana, lo mismo que Raymundo Pim. Óscar Cetina, por su parte, se convertiría con los años en editor. En todo caso, a pesar de sus carreras, ninguno de los sureños se dedicó a la abogacía ni a la Historia. Ya desde antes de terminarlas, *Sur* estaba conformado como grupo y cada uno estaba volcado a la literatura. Está de más decir que a mi abuelo Néstor nunca le atrajo la idea de ver a su hijo mayor metido entre poemas que no servían para absolutamente maldita cosa; no pensaba así Felicidad, quien apoyó hasta donde pudo a mi padre en su carrera de escritor, misma que no duró tanto como la de sus amigos de *Sur*.

Parece que, desde muy temprana edad, Sebastián tuvo claro el rumbo que debía tomar, clara la profesión que abrazaría. Ya desde la secundaria habían empezado a despuntar algunas de sus inquietudes poéticas, mismas que sólo cuajarían en la preparatoria lasallista. El encuentro con Igor Suárez y Alejo Escalante, mi padrino, en el colegio Cristóbal Colón, estimuló y consolidó su búsqueda de un destino próximo a la literatura, de una vida en que la poesía se convierte en la vida misma (en un porvenir) y viceversa. Desde los dieciséis y diecisiete años, los cafés al Kiko's de avenida Juárez y las escapadas de la preparatoria perpetuaron ese sino: horas enteras dedicadas a la discusión de textos, a la mutilación de cuentos y poemas que escribían y se mostraban con ojos ansiosos y corazón palpitante. Incluso, los tres llegaron a escribir un libro conjunto, una especie de miscelánea de juventud, parece que exageradamente intelectualizada y fallida.

Poco más tarde, aparecerían Óscar Cetina, también poeta (aunque conocido como el autor de la novela *Tiempo*) y Raymundo Pim. Con ellos se conformó *Sur* a principios de los cincuenta, primero como un taller donde se reunían y adonde invitaban, de cuando en cuanto, a algún amigo, y luego como una apuesta editorial y generacional, misma que sus coetáneos no vieron con agrado y terminaron por repudiar. Los jóvenes escritores de su misma edad se sintieron excluidos una vez que *Sur* era, para propios y extraños, una entidad, un grupo, una amistad (por más que el nombre mismo no dejara de ser una simple nebulosa, una abstracción); los mayores, por otra parte, eligieron la burla o el ninguneo hacia esos jóvenes iconoclastas.

Con todo y que resultaba a veces difícil hacerse un espacio en el limitado campo periodístico y cultural de ese entonces, los de *Sur* lograron acomodar muchos de sus artículos en revistas y suplementos de prestigio, incluso algunos en España y Chile. *Sur*, pues, en lugar de ayudarles, vino a estorbarles el camino, a dificultárselo; sin embargo, lo cierto es que, poco a poco, fue imponiéndose la inteligencia y calidad de cada uno de ellos, al grado de formar hoy, vistos en retrospectiva, uno de los grupos generacionales más importantes del siglo XX mexicano, para muchos el más importante luego del *Ateneo* y *Contemporáneos*.

El primer libro del grupo lo publicó papá en 1951. Siguiendo la línea de Oliverio Girondo y anticipándose a los *antipoemas* de Nicanor Parra, el libro de mi padre fue una especie de bomba de tiempo en el panorama estilizado y pulcro de la literatura mexicana de esa época. *Poecía S. A. de C.V.* fue tardíamente comprendido y muy mal recibido por los primeros críticos (la mayoría aldeanos e inocentes), a excepción de Salvador Novo, quien saludó favorablemente el poemario. Sin embargo, ya para fines de los sesenta, cuando había dejado de escribir, mi padre figuraba (junto con Efraín Huerta y los chilenos Parra y Enrique Lihn) como uno de los precursores del desaliño y la iracundia verbal latinoamericana, una cita ineludible de la época, a pesar de que *Libertad bajo palabra* de Octavio Paz, publicado en 1949, ensombrecía con su ala los demás derroteros poéticos que en esos años fueron pergeñándose.

El siguiente libro de poesía de Sebastián fue un sesgo total, casi una arremetida a su primer libro. Abandonó el desaliño y la iracundia y eligió un camino intermedio, bastante más contenido en comparación con aquél, aunque algunos de los temas elegidos podían ser vistos como "delicados". La lectura de los románticos alemanes y su descubrimiento de Cernuda fueron decisivos en ese cambio. Para muchos es, hasta el día de hoy, su mejor libro, un parteaguas. En cualquier caso, lo cierto es que *Estimación*, publicado en 1955, contradice *Poecía S.A. de C.V.* de cabo a rabo; parece incluso la obra de un poeta totalmente distinto, enemigo del primero. Esta divergencia, esta disparidad, la aprovecharían algunos de sus coetáneos para decir que Forns no había logrado adquirir una voz poética propia y que seguía merodeando entre distintas formas y timbres sin poder definirse. Lo que hoy se ve como diversidad, entonces se veía como debilidad o inmadurez, quién sabe. Los años, sin embargo, han verificado el dinamismo y la capacidad de adopción de varias corrientes y modalidades en la conformación de un estilo único en el caso de mi padre.

Sin embargo, el golpe duro, la irrupción de *Sur* como grupo generacional, surge en 1953, justo en medio de los dos primeros libros de poesía de Sebastián, cuando una editorial marginal, casi desconocida entonces, lanza cinco novelas al mismo tiempo, llevando a cabo con ello una apuesta novelística tan vital y arriesgada para su momento que no podía pasar inadvertida para nadie, ni siquiera para los críticos y lectores fuera del país, mismos que recibieron los libros de *Sur* con mucho mayor beneplácito que los periodistas y críticos mexicanos, quienes (ante la avalancha) no supieron qué hacer aparte de tildarlos de arrogantes y malos imitadores.

Se trataba de cinco novelas experimentales con un tema común, el intento de buscar una herencia compartida y vincularse a ella, en resumen: la recuperación… si no de un padre… por lo menos de una sola tradición con la que ellos se sentían compenetrados. En este caso, esos precursores de *Sur*, según atestiguaron ellos mismos —a través de sus obras—, debían ser los *Contemporáneos*, ese grupo poético equiparable a la Generación del 27 española, que durante los treinta y los cuarenta dieron a la prensa obras memorables: *Canto a un dios mineral, Sindbad el varado, Nostalgia de la muerte, Muerte sin fin, Nuevo amor*, entre otras. Aunque para los cincuenta, varios de esos poetas seguían en activo; lo que de ellos quedaba era más bien la estela, su magisterio: otros movimientos, otras corrientes, otros jóvenes escribían y publicaban, en algunos casos, sus primeros libros. Al lado de *Sur*, pues, ya sea por su cuenta o conformando otra serie de amistades, estaban Jaime García Terrés, Tomás Segovia, Marco Antonio Montes de Oca, Juan Gavito, Rubén Bonifaz Nuño, Alí Chumacero y, por supuesto, Octavio Paz. Algunos de ellos eran de su misma edad y otros, como Paz, algo mayores, por lo que su égida, ineludible, ya desde ese entonces se dejaba sentir en los demás.

Sin embargo, como ya dije, *Sur* apostó por unos padres, es decir, por una estética: la de *Contemporáneos*, la del cosmopolitismo, la universalidad, el orden y el rigor crítico e intelectual. No intento decir que los de *Sur* fueran los únicos. Ya para esas fechas, la herencia de *Contemporáneos* estaba asegurada, consolidada; quizá sólo faltaba que su obra tuviera mayor penetración en distintas capas de la sociedad mexicana, la cual —aparte de leer y recitar a

Amado Nervo o Díaz Mirón— era renuente a digerir esa poesía "diferente".

En ese sentido, las cinco novelas lanzadas por esa editorial en 1953, todas convergiendo sobre el mismo tema, tuvieron que calar hondo y significativamente dentro del panorama de su época. Mi padrino Alejo publicó en esa ocasión *Lunes mineral*, alrededor de la vida de Jorge Cuesta, el poeta de *Contemporáneos* que se suicidaría en un sanatorio mental en 1942. Óscar Cetina publicaría *Nocturno rosa*, sobre la vida y la muerte reciente (1950) de otro suicida del grupo de *Contemporáneos*, Xavier Villaurrutia. Raymundo Pim, a partir de fragmentos de *Muerte sin fin*, de José Gorostiza, inventa una historia de fantasmas que tiene lugar en Praga hacia 1905. Igor Suárez escribe un libro muy extraño: Torres Bodet y la gastronomía como punto de partida para crear una fábula divertidísima, esperpéntica y rabelesiana. Mi padre contribuye con otra novela titulada *Sindbad en el desierto*, donde se cuentan las hazañas de un antihéroe contemporáneo metido en la gran urbe, desesperado de amor. *Sindbad*, por su parte, sigue la pauta de ese gran poema de Gilberto Owen titulado *Sindbad el varado*. Owen apenas había muerto un año atrás en Filadelfia y sólo por cartas de mi padre supo que Sebastián estaba escribiendo un libro-homenaje a su largo poema. En cuanto a los *Contemporáneos* que seguían vivos, sólo ellos aplaudieron esa suerte de homenaje póstumo que se les hacía, ese guiño intelectual por parte de un grupo de jóvenes transgresores y descastados, como los llamó un crítico.

Allí empezó esa mala suerte que siguió a *Sur*. Vista hoy en perspectiva, la suerte no fue tan mala, sino todo lo contrario. Sin embargo, para esos novísimos escritores que habían decidido unir sus voces y su esfuerzo en una empresa común (y de ponerle un nombre a esa empresa), el sabor de su conquista fue amargo, tan amargo que tres años después, en 1956, mi padre opta por irse a la universidad de Berkeley a hacer un doctorado. Pero no contento con ese primer alejamiento (interrumpido por breves visitas navideñas o veraniegas), en 1964, esta vez sí definitivamente, Sebastián abandonaría la pluma y dejaría inconcluso el libro que en ese momento me escribía a mí, *La esperanza de la muerte*. Pero no quiero adelantarme.

El tercer libro de poesía de mi padre apareció en 1961, recién llegado de Estados Unidos con su larga disertación cernudiana bajo el brazo. *La edad de la belleza* continúa el camino de *Estimación*. Los poemas esta vez intentan fraguar una tesitura intermedia entre el coloquialismo y la sencillez de imágenes; Forns buscaba entonces, sobre todo, la comunicación (decir siempre algo), lo mismo que hacían poetas contemporáneos a él como José Hierro, Francisco Brines y Jaime Gil de Biedma (en España) o Jaime Sabines y Francisco Cervantes (en México).

Durante lo que restó de los cincuenta y las décadas siguientes, Óscar, Igor, Alejo y Raymundo continuaron publicando novelas. Sólo Óscar Cetina publicó un par de libros de poemas sin mayor pena ni gloria al mismo tiempo que veía acrecentarse su fama como novelista. Sebastián Forns publicaría su segunda y última novela (sin contar la que una agente española extravió) nueve años más tarde, en 1962. Si *Sindbad en el desierto* había sido experimental y arriesgada (pero más o menos breve, 200 páginas), *Solaris* era una obra larga, compleja y para muchos inextricable. Aunque era la época de las llamadas novelas totalizadoras (*Rayuela*, *La casa verde*, *El siglo de las luces*), otra vez Sebastián se llevó la sorpresa de que en México absolutamente nadie le hacía caso, a nadie le importaba lo que escribía, o si les importaba, preferían ningunearlo. Curiosamente, durante la década de los sesenta, aparecieron por lo menos quince disquisiciones sobre *Solaris* en Estados Unidos y otras más en Sudamérica y Europa. Alejo e Igor intentaron aliviar el dolor que el menosprecio de sus compatriotas había infligido a papá; sin embargo, lo cierto es que apenas ellos mismos podían curar las heridas que habían ido recibiendo desde la aparición pública de *Sur* en 1953 y, posteriormente, las que recibieron con cada nueva obra. Ya para los setenta, justo cuando mi padre no escribía, la fama y el respeto circundaba a sus otros cuatros amigos de generación dondequiera que se aparecían.

Eso no quiere decir que no continuaran recibiendo ataques y vilipendios con cada nueva novela publicada, pero cada ataque llevaba consigo una dosis de ensalzamiento imposible de pasar inadvertida. Eran odiados pero eran amados, jamás ninguneados como lo habían sido durante los cincuenta y los sesenta. El caso es que Sebastián no pudo o no quiso soportar lo que él sentía como un ultraje, o como una suerte de estupidez colectiva. O mejor: no vio el sentido que tenía continuar escribiéndoles a los sordos, a la nada, a esa terrible envidia soterrada y amañada que veía claramente agazaparse en los cuerpos y las mentes medio-cres de sus compatriotas incapaces de escribir una línea. Se can-só. Algo, sin duda, pasó en su vida; algo indefinible que venía arrastrando y que sólo se hizo diáfano el día en que conoció a mi madre. Por eso sería terriblemente injusto atribuirle a ella la elec-ción de papá. Incluso me atrevo a pensar que algo más allá de to-do eso que tiene que ver con la literatura (en todos sus niveles), algo indescriptible y mucho más vital (o espiritual), fue acen-drándose en él poco a poco al grado de hacerle ver la escritura como un acto sin sentido ni provecho. Tal vez prefería ser feliz y no escritor.

UNA DE SUS MEJORES amigas, hija de Zelda Hadid, una amiga de mi abuela Vera (paisana de Alepo y madre de Déborah), la había invitado a su residencia vacacional en Las Brisas, un fracciona-miento de millonarios construido sobre una de las cumbres con mejores vistas al puerto. Esos siete u ocho días que Rebeca estu-vo en Acapulco no pasó nada en realidad: salieron a bailar con el beneplácito de la madre de su amiga, se asolearon todos los días mientras comían mariscos y discutían trivialidades sobre el amor y la vida, nadaron y juguetearon entre las olas durante horas, dur-mieron y jugaron cartas, pasearon y hasta conocieron algunos muchachos guapos con quienes se atrevieron a flirtear a pesar de que ambas tenían sus novios en la capital, y mi madre, como ya dije, estaba comprometida. Como avisé, nada pasó esos ocho días, aparte de una extraña sensación de ausencia y desligadura hacia su prometido, las cuales mi madre no supo interpretar y ni quiso atender en ese momento.

Por fin, el rumbo de su vida cambiaría la mañana en que Zelda y su amiga la dejaron en el aeropuerto de Acapulco, lista para regresar a casa, satisfecha de mar y de fiesta aunque sin extrañar (ni siquiera un poco) a Emilio. Tal y como ella me ha contado, conoció a Sebastián en la larga fila para checar los boletos y registrar el equipaje en el mostrador de la línea aérea. Rebeca llevaba un vestido rojo de una pieza, muy corto, el cual dejaba ver sus piernas bronceadas; iba sin pintar, aunque con un par de brazaletes dorados y unos pendientes que refulgían y enmarcaban su rostro moreno ahora más asoleado por los días transcurridos en Acapulco. Dada la humedad y el calor, su oscuro y largo cabello se arremolinaba y eso quizá le daba a su figura algo así como un aspecto de libertad y rebeldía. En el retrato que ahora hago, evidentemente se mezclan retazos de una memoria que no es mía sino de mi padre, quien nunca pudo olvidar ese momento, esa vuelta a la ciudad en diciembre de 1963, un año antes de que yo naciera, cuando todo el mundo hablaba sobre la posible conspiración que había acabado con la vida de John F. Kennedy.

En esa cola, delante de Rebeca, estaba mi padre perfectamente absorto en su libro. En algún momento lo dejó sobre el filo de una de sus petacas, mientras revisaba algún detalle de su boleto. Mi madre, con la rodilla y, al parecer, también absorta en algún trajín del aeropuerto, golpeó la maleta de Sebastián y el libro cayó de porrazo. Inmediatamente, los dos se agacharon para recogerlo y fue entonces cuando mi padre pudo percibir y adueñarse de las pantorrillas de mamá.

—Perdona la distracción —dijo ella, arrebolándose—, no sé en qué estaba pensando.

—Yo tampoco, no te preocupes —contestó él—. ¿Para México?

—Sí.

—Ojalá salga a tiempo.

—Ojalá.

Luego mi padre guardó silencio y como mi madre no continuó la conversación, decidió girarse nuevamente hacia el frente, es decir, hacia el mostrador. Sin embargo, un segundo más tarde, por una suerte de inercia inexplicable, un imán que jaló implacable de su lengua, mi madre preguntó:

—¿No te lo deshojé?

—No, no te preocupes —contestó Sebastián y entonces arremetió—: ¿Cómo te llamas?

—Rebeca…

Y como ella no hacía lo mismo, y dado que no quería arriesgarse a que ella no le preguntara a su vez, Sebastián despejó:

—Me llamo Sebastián.

—Mucho gusto.

—Mucho gusto, Rebeca.

Y se rieron. Yo creo que simplemente se sintieron idiotas por esa mudez que de pronto los tenía atascados ahí, sin decisión para seguir adelante o echarse para atrás. Esta vez, sin embargo, fue mi madre la que le preguntó:

—¿Y qué lees?

—*Rayuela*. Es de un escritor argentino.

—¿Y qué tal?

—Muy bien —dijo mi padre—. Un amigo me la trajo de Buenos Aires. Era difícil de encontrar.

—¿Y es famosa?

—No, realmente. Acaba de salir. Hará cosa de un año, pero me moría por hincarle el diente.

—Se ve que te gusta leer. A mí también me gusta, pero a veces no tengo idea qué puede valer la pena.

En esa charla discurrían, mientras la línea iba avanzando y se acercaba el momento definitivo del mostrador: la encrucijada que los llevaría hacia asientos distintos en el avión.

—¿Y qué tal te la pasaste, Rebeca?

—Padrísimo, ¿y tú?

—Bien, leyendo y comiendo.

En eso tocó el turno de mi padre. Entregó su billete y aguardó dando la espalda a Rebeca. Una vez hubo terminado, no tuvo otra opción que girarse y despedirse de ella con un simple ademán y unas palabras.

—Nos vemos.

—Mucho gusto. Nos vemos.

Quién sabe qué pasó, pero mi padre no volvió a verla en el aeropuerto. Luego de haber checado su equipaje, se dirigió al baño y se acicaló un poco con el fin de volvérsela a encontrar; sin embargo, no sucedió sino hasta que la halló nuevamente en la fila de pasajeros dentro del avión. Se saludaron con un ligero guiño. Sus asientos estaban por lo menos cuatro o cinco filas separados uno del otro y en lados opuestos del avión. Sin embargo, ¿cuál no sería su sorpresa cuando ambos vieron que el pasajero que tenían cada uno a su lado se hacían tiernas señas uno al otro, gritándose alguna palabra o mandándose besitos? En ese instante, los ojos de Rebeca y Sebastián volvieron a cruzarse: algo había allí, algo que, estoy segura, venía incubándose desde que los dos estuvieron haciendo la cola en el mostrador de la línea aérea. Decidido, mi padre le preguntó al hombre que tenía a su lado si deseaba intercambiar su lugar por el de su pareja, a lo que éste de inmediato asintió agradeciéndole el gesto. Mi padre se levantó mientras el hombre llamaba a su mujer y le explicaba la situación. Rebeca había presentido ya todo esto: incluso lo había deseado aunque no lo supiera. Por fin se hizo el intercambio de asientos y mi padre quedó ubicado justo al lado de mi madre.

—Espero te parezca buena idea —argumentó mi padre.

—Claro —dijo mamá.

Y otra vez se quedaron callados, ambos viendo el respaldo del asiento que tenían frente a sus narices. Hacía calor a pesar del aire acondicionado. Por fin una azafata anunció la proximidad del despegue y pidió que se abrochara cada uno su cinturón. Otra vez, para colmo, sucedió que el seguro del asiento de Rebeca estaba corto y no sabía cómo estirarlo. Sebastián disimuló un rato hasta que por fin le preguntó si necesitaba ayuda. Sonrojada y traviesa, Rebeca dijo que sí, por lo que entonces mi padre tuvo que intervenir en el asunto, rozando sus manos y su vestido rojo más de una vez. Finalmente, Rebeca pudo abrocharse el cinturón y se lo agradeció a mi padre.

—¿Eres judía, no es cierto? —preguntó papá.

—Sí, ¿cómo sabes? ¿Acaso se nota?

—Un poco, sí.

—¿En qué?

—¿Quieres saber de veras? —dijo Sebastián con sus treinta y siete años de vida encima.

—Sí, ¿por qué no? —respondió Rebeca, no sé si con ingenuidad o prosiguiendo el flirteo.

—Pues porque eres muy guapa.

Mamá se rió.

—No me digas que nada más por eso.

—Entonces, ¿por qué más? —insistió papá mientras el avión tomaba fuerza y empezaba a despegar.

—Por mi nariz o por mis cejas —contestó Rebeca—. Dicen que son inconfundibles. ¿Tú qué crees?

—Puede ser, pero lo cierto es que eres muy guapa —insistió Sebastián.

Rebeca ya no pudo aguantar la mirada de mi padre, por lo que prefirió girarse a mirar a través de la ventanilla del avión. No había nada: puro azul. El avión no alcanzaba las nubes todavía.

—¿Y a qué te dedicas, se puede saber? —preguntó mi padre al mismo tiempo que dejaba reposar su brazo en el único antebrazo que dividía el asiento para dos.

—Trabajo con mi padre. Vendo tapetes importados. Aburrido, ¿no? ¿Y tú?

—A la literatura.

Mi madre, dice, quedó petrificada. Había oído muchos tipos de respuestas, muchos oficios, pero nunca algo así: incluso no podía imaginarse siquiera cómo podía ser la vida de un hombre dedicado a los libros.

—¿Escribes? —atinó a decir mamá. Como se sabe, para esas fechas, ése era el lado vulnerable de Sebastián Forns.

—Escribía. Cada vez lo hago menos.

—¿Y por qué?

—Largo de contar —tan largo de contar que todavía pasaron muchos años juntos y mi madre siguió sin una respuesta convincente, cabal—. Ahora enseño en la universidad.

Definitivamente, todo eso era nuevo para Rebeca: un profesor de universidad, un escritor que no escribía, un tipo tan guapo de treinta y pico años de edad y con esa cabellera desgreñada, un poco *hippie*, rebelde.

—¿Y tienes hijos? —preguntó mamá.

—Ni siquiera estoy casado —se rió él—. ¿Me veo muy viejo, eh?

—No… Claro que no… —quiso arreglarlo Rebeca, un poco inútilmente. ¿Pero por qué quería saber su estado civil si ella, de cualquier forma, ya se iba a casar? La respuesta ella misma la supo cuando Sebastián le preguntó:

—¿Y tú?

—¿Yo… qué? —Rebeca buscaba tiempo para conocer (ella misma) su respuesta.

—¿Que si tú estás casada?

—No —dijo, y luego, demorándose unos instantes, le mostró su mano izquierda—. Ya ves que no cargo un anillo.

—Debí haberme fijado… —mi padre mintió—. ¿Pero tienes novio?

—No —pasaron años y nunca supo a ciencia cierta qué la movió a mentir, qué la movió a contestar lo que contestó en un mero acto reflejo, una negativa salida de ultratumba, de su corazón, de todo eso que ella no quería, puesto que en el fondo no deseaba casarse con Emilio Haas y no lo supo adivinar sino hasta ese preciso momento, luego de seis años de noviazgo. Entonces cayó en la cuenta. Entonces, supongo, se desmoronó su mundo, su mundito color de rosa: el que había ido modelando en los últimos años, el de Emilio y ella unidos, casados, con un futuro fijo, claro, feliz, unívoco. Entonces algo supo, algo barruntó, y si no era exactamente el hecho de que, muy pronto, iría a casarse con ese tipo que tenía a su lado, por lo menos sí sabía que *no* podía casarse con Emilio, su prometido, el hombre con el cual ni siquiera había hecho el amor después de seis años de noviazgo.

En ese instante mi padre (sentado en el asiento del pasillo) señaló algo en la ventanilla cruzando el brazo por encima del cuerpo de Rebeca; justo cuando ella se giró para observar, creyó sentir el roce de unos labios sobre uno de sus hombros descubiertos y bronceados. Pero ¿podía ser? ¿Lo habría imaginado? Pero si acababa de conocerlo. Pero si era guapísimo, pensó. ¿Qué debo hacer? Mejor disimular. Sin embargo, yo creo que Rebeca no supo ponderar el riesgo de una simulación tan decidida, puesto que un segundo más tarde tenía el rostro bronceado de Sebastián pegado a su rostro mirándola, desnudándole los ojos, su alma. Justo iba a decir algo, cuando pudo corroborar (en una fracción de segundo) el arrojo de esos labios puestos justo sobre los suyos... y sólo un beso, sí, sólo un beso, leve, más o menos breve, ni demasiado lento ni tampoco un beso de piquito, como decían en broma sus amigas. Un beso exacto dado por ese total desconocido, ese escritor que no escribía o, mejor, ese escritor que estaba en la época en que ya no deseaba escribir, o no podía hacerlo, y ella entonces no sabía.

Rebeca se quedó muda. Se le quedó mirando. Lo mismo Sebastián. Se sonrieron. Mi madre pestañeó un instante y, otra vez, animada, más resuelta, fijó sus oscuros ojos en los ojos claros de Sebastián. Algo supo él (algo que supo interpretar a las mil maravillas) a través de esos ojos, de ese rostro de pronto más sereno, que invitaba a besarla otra vez, a probar, a asegurarse tal vez que sí le había gustado a ella. Sebastián lo hizo, la besó. Esta vez debía ser un beso largo, muy largo, y eso fue. Lo que sigue puede imaginarse, puede resumirse. No sé y nunca he averiguado cuándo exactamente empezaron a hacer el amor (si fue, por ejemplo, en ese avión), no sé hasta cuándo mi madre estuvo engañando al joven arquitecto Emilio Haas antes de decirle que estaba embarazada de otro, que amaba otro y que su largo noviazgo no tenía razón de ser. Según mi tía Lina, pareció que de veras todo el mundo en México se hubiera enterado. Ese beso y su continuación marcaron esa incalculable furia de la que Rebeca y Sebastián tuvieron que salir huyendo. La furia del mundo entero, o lo que pasaba por tal entre diciembre de 1963 y el verano del 64. La furia de México, de mis abuelos Nakash, de los amigos de cada uno de ellos, de los tíos y los primos y los vecinos y de Emilio Haas, por supuesto, que incluso trató de matar a papá una tarde con su auto cuando Sebastián iba caminando en la calle de Madero en el centro. Esto y el afortunado ofrecimiento de trabajo en ese remoto College en Grand Junction, Colorado, fue determinante para que mis padres decidieran abandonarlo todo; determinó mi nacimiento y mis primeros trece años y los de mis hermanos Rodrigo y Álvaro en Estados Unidos. Ese encuentro aéreo entre ambos, pues, fracturó su relación con México más de lo que ya estaba fracturada. La terminó.

V

CUANDO LLEGAMOS A México supe que ese enorme caserón rosado, rodeado de mansardas antiguas y almenas punzantes, coronado por una añeja chimenea, resguardado en un callejón empedrado de San Ángel, mi abuela Felicidad Barrera me lo había heredado a mí, su nieta extraviada en el norte. Si era así, entonces significaba que la decisión de comenzar una nueva vida en el Distrito Federal era en el fondo una suerte de encomienda para Sebastián, un postrer reclamo de su madre, una forma de coerción ultraterrena. Pero más que eso, creo que el reclamo, el ruego, iba dirigido a mí, a mí a través de mis padres, claro. La herencia quería decir que Felicidad deseaba que su nieta Silvana creciera en México; quería decir que sus nietos, Álvaro y Rodrigo, debían crecer en la capital y hacerse, por lo tanto, mexicanos; quería decir que, probablemente, no supo cómo traer y acoger a su hijo a la inmediatez del regazo materno tal y como ella hubiera deseado; en fin; su muerte y el legado de esa enorme casa arbolada quería decir tantas cosas: las que sólo puede proferir la boca entumida y enterrada de una muerta.

Pero, ¿qué podía significar eso para una niña de mi edad? ¿Qué consecuencias tendría que mi abuela paterna me heredara a mí, una niña gringa, y no a su primogénito, el último bastión que podía llevarnos a México? Quizá, de habérsela heredado a Sebastián, éste hubiera vendido la casa, pero ¿cómo saberlo? Por eso, legarme esa casa rodeada de buganvillas con tantos años y memoria a cuestas, aseguraba el retorno de mis padres y la vuelta de sus nietos a México después de lo que, seguramente para ella, no había sido más que un prolongado viaje de novios.

Todas éstas son suposiciones, claro, hipótesis que años más tarde me fui haciendo y fui conjeturando; por ejemplo, saber que yo no detentaría derechos sobre esa residencia sino hasta cumplir los veinticuatro, según las estipulaciones del albacea. Eso aseguraba (o eso creería ella) que nos quedáramos en México, tal y como mi abuela siempre hubiera deseado. A pesar de todo, no estoy segura si Rebeca y Sebastián de veras hubiesen deseado regresar o si en el fondo preferían quedarse para toda la vida en Estados Unidos. Sé que en esos vaivenes, en ese cambio de parecer constante, pasaron cantidad de años los dos, sin resolverse nunca a favor o en contra, sin resolverse a regresar y sin resolverse a quedar. Sin embargo, lo que sí es seguro es que en ese trajín de humores, de idas y venidas, de irresolución, los años iban pasando paulatinamente y nosotros (mis hermanos y yo) íbamos creciendo en Virginia sin imaginarnos que podía haber siquiera otra realidad, otra vida, otra cara de la moneda. Nuestro México hasta ese momento, como ya dije, era el de más allá, siempre el de allá, lejecitos, al otro lado de un río de "mojados": el de los tíos y los primos, el de los hijos de esos primos; el México de dos abuelos (Néstor y Abraham) que se me fueron sin haberlos conocido tanto como yo hubiese deseado; el México de la servidumbre y las "chachas" y la injusticia consuetudinaria; el de las vacaciones de verano en el mar; el México de las calles mal pavimentadas y los baches, del relajo y el tequila, de la güeva y las arengas y las salidas a cenar tacos de tinga y cochinita una vez por semana; el México del bochinche, la pachanga y el desmadre; el México del San Lunes, del Grito de Dolores y los "toritos" y los fuegos artificiales; el México de los amigos por cantidades, de la hipocresía por cantidades, de los "fresas" y los "nacos" emparentados; el México de las maneras distinguidas, cortesanas, falsas y amañadas; el México del "mande usted" y "pase usted, patrón" y "ahorita mismo… nomás, un segundito" y "¡aguas… que allá voy!"; el México agachado y servil y rastrero y desunido, el que nunca ha conocido la solidaridad, pues sólo sabe de la envidia y de la mejor manera de chingarse al otro, al que se deje; ese México en el que la vida no vale nada y por eso es mejor empedarse, ponerse hasta las cachas y no amanecer a riesgo de parecer un pendejo sin "norte", un paria en la ciudad; el México de la Guadalupana y las inauditas procesiones a la Basílica; el México de la rosca de Reyes el seis de enero, del tráfico y los cuellos de botella; el México de la chingada porque te me metiste a la brava, cabrón, y la requetechingada madre que te parió, ¡ya verás!, ¡que te voy a aventar la lámina!; el México de las caras aindiadas y sucias, de los rostros mestizos y los rostros amarillos y los rostros rencorosos del pobre y oprimido y más jodido, del que no han dejado de humillar desde hace quinientos años; el México de los volcanes y los santos y las supersticiones y las calaveritas de azúcar y de mazapán; el México que conoció Von Humboldt hace no sé cuántos años y del que dijo literalmente que "Acaso en ninguna parte la desigualdad es más espantosa". Ahora, poco a poco, iba surgiendo ese país, un salpullido de carne humana, un hueso duro de roer, una mezcolanza indescifrable y amorfa, la cual aparecía de pronto agigantada, monstruosa, frente a nosotros, y se desembozaba en su dulzura y su horror, en su pureza y su extrema insensatez, mientras que al mismo tiempo, imperceptiblemente, ese otro país, ese otro mundo donde *ya no estábamos*, a partir de ahora, de este instante, se iría diluyendo para bien o para mal. Estados Unidos, con el tiempo, iría a convertirse en lo de más allá, en lo lejecitos, en los recuerdos de la infancia y la primera pubertad, en el pobre Fred, mi pececito, en Miss Shannon y Miss Megan y las tareas por hacer, en los juegos con Heinrich y Stan, los hijos de mi madrina Diana, y en las muñecas que dejé muy bien guardadas no sé dónde. Pero para que esto de veras sucediera, para que este nuevo mundo surgiera en plenitud, debían pasar algunos años todavía.

Lo primero con lo que mis hermanos y yo nos encontramos

en la casa de San Ángel fue la presencia legendaria de Agus, a quien queríamos y conocíamos desde nuestra primera visita a la ciudad, diez años atrás. Allí estaba, los mismos ojos azabaches, algo más delgada, mucho más enjuta de carnes, al lado de Silvestre, su marido, chofer de mis abuelos y ahora chofer del hogar. Agus nos recibió, ella nos abrió las puertas y puedo decir que Agus misma fue la que nos indicó nuestras recámaras aun cuando éstas, de cierta forma, ya estuvieran distribuidas con antelación mediante un poder mágico, predispuesto. Es más, visto hoy en retrospectiva, creo que la mayoría de las cosas a partir de nuestra llegada en el verano de 1977 iban sucediéndose así: guiadas por un poder mágico, ultraterreno, indicador. Era como si el camino, la secuencia, estuviera preescrita, o por lo menos bien planeada, o como si ya la conociéramos de marras, desde antes de nacer, a pesar de no haber vivido allí.

Con todo, sí había muchas cosas que no conocía y que hasta entonces pensaba que conocía muy bien. Un mundo que fue abriéndose conforme pasaban los días y los meses; una serie de guiños, gestos, muecas, sonrisas, tics, apretones de mano, besos en la mejilla, que significaban cantidad de cosas y que antes, en esos breves periodos de estadía en la capital, jamás había reconocido o jamás había sabido interpretar. Apenas entonces ese nuevo código fue desplegándose, aclarándose, como una suerte de perfil que siempre hubiera estado allí, al trasluz, pero que hasta ahora cobraba sus rasgos y definiciones: un perfil o una silueta que de pronto se convierte en un rostro. Eso fue México para nosotros tres, mis hermanos y yo.

El 77 era la época de Donna Summer y los *Bee Gees*, de *El hombre nuclear* y *Los ángeles de Charlie*; todas las niñas querían tener el mismo pelo de Farrah Fawcett Majors; los jóvenes imitaban los movimientos de John Travolta y Olivia Newton-John. En eso, México y Estados Unidos eran idénticos, a pesar de que había que ver la televisión en español, y a nosotros eso nos desconcertaba. La música que las niñas mexicanas escuchaban era la misma que mis amigas y yo oíamos en Estados Unidos; la diferencia es que esa música, esas canciones, estaban de pronto aderezadas por otras cantadas en español, alguna de las cuales yo ya conocía, como *Parchís* y *Timbiriche*.

Rodrigo, Álvaro y yo ingresamos a un colegio privado donde la mitad de las clases se impartían en inglés. Se llamaba Green Hills y estaba en la colonia San Bernabé, más al sur de San Ángel, pero no muy lejos de donde vivíamos. Rebeca y Sebastián eligieron ese colegio bilingüe puesto que, según ellos, no querían que el cambio fuera a resultar traumático; así, poco a poco, nos iríamos acostumbrando; así, iríamos empapándonos de esa otra mentalidad (la mexicana) a través de un colegio supuestamente bilingüe, logrando que esa realidad no nos asaltara de pronto... sin estar bien preparados. Yo entré a segundo de secundaria, Álvaro a quinto de primaria, y Rodrigo a tercero.

Silvestre, el marido de Agus, nos llevaba al colegio todas las mañanas a las siete y media. El hecho mismo de tener chofer y tener a Agus y a otra muchachita haciendo el quehacer de la casa, era una diferencia sustancial que afectaba incluso a mi madre, quien ahora tenía más tiempo libre, a pesar de que ella en Virginia había trabajado muchos años en un almacén mientras atendía las labores de la casa. Aquí, esas labores casi se reducían a dar órdenes a las cuales no estaba acostumbrada. Tuvo, sin embargo, que habituarse pronto, pues tanto Agus, Silvestre, su marido, y la joven mucama, esperaban justo eso de ella: las órdenes, el espíritu de mando y, por consecuencia, ella detentaría algo así como el lugar del ama de casa, el que antes había sido de Felicidad. Pero ese caudal de tiempo que Rebeca ahora empezaba a tener, iba achicándose, dadas las distancias de la capital y el tráfico que, entonces, apenas despuntaba. En Charlottesville la vida, según yo la recordaba, era más lenta y el día duraba mucho más. Aquí justamente era lo contrario: la ciudad se movía rápido, muy rápido, y el tiempo, a pesar de la servidumbre, era breve, se deshacía con facilidad. Así, creo, se nos fue pasando la vida una vez que llegamos a México ese verano.

Esos primeros años en el Green Hills los recuerdo porque

entre otras cosas sufría lo indecible cada mes pensando que los chicos podían estar atentos a mi regla. Tenía un miedo terrible de sangrar y dejar transparentar la sangre sin darme cuenta a tiempo de ello. Cada veintiocho días, sin falta, tal y como Rebeca me había enseñado a hacer, me acomodaba la toalla con un poco de antelación. Sin embargo, ni siquiera eso y el persistente cuidado que ponía, me aliviaban del miedo de pensar que algún chico pudiera saber lo que me estaba pasando. A veces, para asegurarme nada más, en medio de una clase y con suma discreción, le preguntaba a alguna de mis compañeras de clase; ellas, por su parte, hacían lo mismo: me preguntaban si se notaba algo. Con ese miedo pasé esos primeros años de la adolescencia, de la pubertad, misma que coincidió con nuestra llegada al Distrito Federal, con la nueva oleada de hábitos y costumbres que conformaban el clima social y moral de México. Esos hábitos se hacían notar desde, por ejemplo, la obsesión que ponían mis compañeras en el buen vestir, en el atuendo, en sus zapatos, en los primeros cosméticos que ya empezaban a utilizar a hurtadillas de sus madres, hasta en el hecho de que ninguna tendía su cama o recogía su cuarto o ayudaba a la limpieza de la casa. Por el contrario, las niñas de Estados Unidos no ponían ese énfasis en la moda, ni siquiera les importaba; asimismo, se asumía desde muy temprana edad el rol de cada hijo en la limpieza de la casa, sus horarios para estudiar, jugar o rezar. Todos cooperaban, todos servían. En México, sin embargo, ¿para qué hacerlo si allí estaban las criadas, para qué tender la cama, recoger el cuarto, lavar la ropa, aspirar la alfombra? ¿Para qué, por qué? Todo esto lo aprendí muy pronto. Pero no sólo eso. Digamos que aquélla fue sólo la parte superficial del asunto, el lado intramuros en que México estaba diseñado. Había otra diferencia entre Estados Unidos y México que era verdaderamente abismal. Entonces no sabía explicármela, nombrarla, a pesar de tenerla frente a mis ojos día a día e intuirla: esa diferencia se llamaba injusticia, desigualdad, afrenta cotidiana. Aunque la palpaba, aunque la podía oler, no sabía entonces balbucear su nombre. Pero, ¿y por qué existía? Ésa era la pregunta que entonces, sin embargo, para ser sincera, no sabía cómo hacérmela, no entendía siquiera que ya podía hacérmela: hoy la pongo en labios de esa niña, de esa joven de catorce y quince y dieciséis años de edad. ¿De dónde surge esa distinción fatal, esos dos mundos (o más) metidos en un solo perímetro de tierra urbanizado, el Distrito Federal? ¿Por qué esa pobreza, o mejor: esa miseria en las mañanas, en las tardes, en las calles, en los vecindarios? Pero, más aún: ¿por qué esa indigencia al lado de esa riqueza extrema? ¿Cómo nacía, dónde se originaba? ¿Cuándo había empezado todo, cuándo se había desgraciado ese país de mis padres y mis tíos y mis abuelos? ¿Cuándo se jodió el edén al que Vera y Abraham Nakash y Ashley Élmer Goebler habían llegado sesenta o setenta años atrás?

Había otra pregunta pendiente, otra duda, la cual, nuevamente, colgaba allí frente a mis ojos y que sólo ahora logro captar: la diferencia que ese conglomerado, ese mazacote indistinto que era México, guardaba con respecto a mi país (a mi otro país), Estados Unidos. En México había muchos ricos, pero había demasiados pobres: todos contiguos, juntitos, todos afanosos de ser otros o de estar más allá, fuera, lejos, nunca aquí. Los ricos, por su parte, luchando por desprenderse de esos pobres como una plaga inmunda, como tiña en la piel o una comezón repelente. Algunos pobres (no tan pobres), por su parte, queriendo ser esos ricos, y otros pobres (los más pobres) yéndose a pique cada vez, haciéndose más pobres, más obedientes, más rastreros, más sumisos. En Estados Unidos, aunque había muchos ricos, no había tantos pobres. En resumen, no había tanta desigualdad, y eso lo podía olfatear una muchacha de mi edad. Ahora bien, una cosa me quedaba clara entonces, eso sí: que entre uno y otro, entre México y Estados Unidos, había un abismo tan grande como lo había entre los ricos y los pobres de las calles más indigentes de México, de Tlanepantla, de Balbuena, de Ermita Iztapalapa, de Nativitas, de San Rafael, del Ajusco, de San Bernabé, de Nezahualcóyotl. Y ¿por qué ese abismo?, ¿por qué si ambos países estaban tan próximos como atestiguaba el mapa? Y ¿por qué si, como decían las noticias en Charlottesville, Estados Unidos no dejaba de ayudar con millones de dólares a su vecino pobre y jodido? La respuesta me la dio otra vez mi tío Arnulfo, el pintor, el papá de Néstor, una de las muchas tardes que pasé en su estudio entre bocetos maltrechos y óleos inacabados. Con esa respuesta me quedé muchos años, y si la escribo no es porque esté segura de que sea totalmente cierta; la pongo aquí porque con ella crecí y viví desde los quince años creyendo a pie juntillas que era verdad: "Silvana, Estados Unidos nos ayuda, sí: lo que no sabes es que por cada dólar que nos presta, nos ha quitado diez. Ésa es su estrategia económica. Por eso son tan ricos al mismo tiempo que parece que son muy bondadosos con los otros países, cuando en realidad no lo son." Mi padre lo hubiera refutado, supongo. Sebastián le hubiera dicho a su hermano que la razón es otra, que el motivo está en las entrañas de los mexicanos, en su carácter, en su idiosincrasia heredada de los españoles, en su historia de fracasos o en qué sé yo. También en ésa o en alguna otra ocasión, entre el olor del aguarrás y las pinturas, mi tío me dijo que para que en Estados Unidos impere la riqueza, debe necesariamente imperar la pobreza en otros países, como sucede en México, y que desgraciadamente no todos lo podían tener todo: era la regla de la vida, la llamada "suma cero", o la dialéctica de la Historia, hubiera dicho Hegel, a quien detestaba mi padre, entre otras cosas, por negarle una historia a América y ser el peor de los eurocentristas. "¿Y por eso nos querían papá y mamá allá?", le pregunté llena de curiosidad. "No sé, Silvana; supongo que sí. Aquí los niños que nacen, argumenta tu padre cada vez que puede, llevan a cuestas una deuda externa que en más de un siglo no podrán solventar, lo cual es cierto, no lo discuto." "¿Y cuál es esa deuda, tío?" "Ya lo sabrás, pero no te preocupes: saliste gringuita... como tu bisabuela Ashley. Tú no tienes deuda con nadie, sobrina." Desde esa ocasión, pues, me quedó claro (o eso creí al menos sin decírselo jamás a Sebastián y menos a Rebeca) que mis padres eligieron Estados Unidos para nosotros, no porque amaran ese país o porque les gustara su forma de vida (al contrario: en el fondo abominaban del imperio yanqui, del sistema), sino para no perpetuar en sus hijos lo que ellos veían como un seguro porvenir dado al traste, jodido, estropeado.

Pero ¿acaso se te olvida, Silvana, que si Álvaro, Rodrigo y tú detentaron un destino, un porvenir, no fue nunca igual para esos niños menesterosos que veías desde el auto en las mañanas heladas del Distrito Federal cuando Silvestre los llevaba a ti y a tus hermanos al Green Hills, al distinguido colegio enclavado justo sobre la avenida San Bernabé, lastimosamente rodeado de un largo cinturón de miseria: covachas, chozas de lámina y corcholata con pisos de tierra comprimida? ¿Tuvieron esos adolescentes la misma suerte que tú?, ¿detentaron el mismo porvenir, las mismas oportunidades para romper el cerco de la miseria, el muro de la ignorancia: tuvieron el mismo chofer, la misma criada, las mismas colchas y sábanas para dormir, los mismos viajes, la misma familia adinerada, los mismos abuelos pudientes, el tiempo para estudiar y descansar y comer cuanto te venía en gana y a la hora que deseabas? ¿Tuviste acaso tú la misma hambre que tuvieron esos escuincles, sentiste su frío, te limpiaste sus legañas y sus mocos, acaso usaste las mismas piedras afiladas que usaron para limpiarse las nalgas luego de ir a cagar por las mañanas? ¿Acaso esas jovencitas indígenas de los semáforos mendigándote unos centavos compraban su caja de kótex como tú, como hacían tus amigas del colegio? ¿Qué usaban? ¿Con qué se limpiaban? ¿Te has puesto a pensar? Jamás, por supuesto, olvidarías una escena remota, una escena próxima a tus quince años, Silvana: en una callejuela perdida, gris, sucia, un niño loco, descalzo, te observaba detenidamente; súbitamente lo miraste girar, andar unos pasos, desabrocharse el cinto, bajarse los pantalones desgastados y rotos y así, parado, ligeramente doblado, disponerse a cagar. Viste esa mierda descolgarse de su culo, viste su rostro moreno mirándote, lo miraste sonreír, orgulloso, pudiente, donándote su ofrenda, salpicándola en el pavimento, comprendiste apenas esa forma remota, ancestral, de decirte a ti, niña, que eras una mierda, que no importabas, que valías lo mismo que eso que él dejaba allí, entre el basural y el pavimento mojado. ¿Lo soñaste? No, sabes que no fue siquiera una pesadilla; fue real. Observaste su risa, Silvana, y a ese perro estrafalario que pronto, de inmediato casi, se acercó y empezó a lamer la caca del niño loco, la caca que mamá te enseñó desde pequeña a no tocar. Viste los dientes afilados del niño, su sonrisa canina, bestial, y no pudiste soportar su ofrenda: tu garganta se había cerrado. El niño se subió el pantalón, se amarró el pedazo de cinto que llevaba y continuó su camino entre la neblina y la oscuridad, descalzo. ¿Pero acaso eran así los niños de México, eran todos así, no eran más bien como tus compañeras del Green Hills, a donde ibas en carro todas las mañanas y donde, más tarde, eras puntualmente recogida por Silvestre, acomodada en el asiento trasero mientras lamías una paleta de tamarindo, encantada de la vida, feliz de imaginar que el mundo funcionaba bien, que el mundo era bueno y que la gente te quería? No, Silvana, sólo con el tiempo lo aprendiste: la gente no te quiere, nunca te ha querido. No lo olvides, niña. Ni acá ni allá, ni en Estados Unidos y tampoco en México, donde decían quererte, donde la gente te abrazaba y te besaba y te decía, afable, buenos días; no te han querido ni ahora ni luego ni más tarde. La gente te envidia o la gente se burla o se siente superior, o bien, la gente se siente inferior o bien se siente distinta, observada, comparada, dondequiera que vayas. Aparte recuerda que en México, quiéraslo o no, eres una gringuita con ojos color de miel, y eso a ellos (cuando lo saben, cuando lo descubren) no les gusta pues no saben qué hacer con su azoro, con su revelación: no se imaginan que eres o eras una pinche gringuita y de pronto, cuando lo descubren, ¡zas!, te desprecian, te excluyen, te desconocen. Por eso aprendiste a callar, Silvana; aprendiste sus reglas, te hiciste un camaleón entre camaleones. Por eso, porque tú elegiste ser distinta (o porque alguien eligió por ti), por eso, Silvana, no te quieren cuando se los dices, cuando les descubres tu pasado, tu procedencia, tu presente amor, tu pasión de hereje, y por eso debes aprender a vivir sin el cariño de esa gente, así es, ni modo, Silvana, un camaleón entre camaleones, eso crees que fuiste todos estos años, simplemente eso, Noname.

MI PRIMO NÉSTOR era un año menor que mi hermano Álvaro, o sea que estaba en medio de Rodrigo, el menor, y de él. Por eso, creo, Néstor se llevaba tan bien con ambos. Ya desde Colorado, y luego en Virginia, su amistad se había ido estrechando con visitas esporádicas de mi primo a nosotros o viceversa: veranos o navidades en que alguno de mis hermanos se quedaba un fin de semana con él, dado que, como ya conté, evitábamos a toda costa quedarnos con mi tía Dinara y mi tío Edmundo, por más que Briana tuviera casi mi edad y fuéramos buenas amigas. En México, pues, ellos y él (Néstor) se volvieron casi hermanos. Él era hijo único de mi tío Arnulfo, el menor de los Forns Barrera, y de una tía que no existió. La madre de Néstor, que yo sepa, abandonó al pintor y al hijo a los dos o tres años de que mi primo naciera. Parece que no sólo había dejado de querer a Arnulfo, sino que lo repudiaba y le hizo la vida de cuadritos una temporada; esos poquísimos años que duró su matrimonio no hizo sino despreciarlo, a decir de Dinara, que lo vio todo. También sé que esa mujer había sido internada en un sanatorio cuando supo que estaba embarazada de mi primo: parece que fue, para ella, una terrible sorpresa. Lo de ser mamá no le cayó nada bien y, al contrario, acentuó su manía depresiva. De cualquier forma, lo cierto es que mi tío supo ingeniárselas muy pronto para llevar a cuestas su pequeña familia una vez que la madre de Néstor hubo desaparecido en un sanatorio de provincias del que luego huyó. Cabe añadir que mis abuelos, Néstor y Felicidad, mientras vivieron, se ocuparon de su nieto como se habrían ocupado de un hijo tardío, algo similar a lo que terminó sucediéndole a mi prima Nadia, mi mejor amiga, al lado de mi abuela Vera, pero esto es otra historia. De cualquier forma, Néstor heredó (como yo) un edificio de apartamentos de renta en la Nápoles mientras ese tío legendario (amigo de pintores famosos como Vicente Rojo, Raúl Anguiano y Mariana Yampolsky), para los años setenta ya sólo se dedicaba a pintar las manzanas de Pita Velázquez y las famosas palomas de Indira Guízar, las cuales todo el mundo celebra el día de hoy, no sé bien por qué, si en el fondo (es decir, en privado) mi tío siempre despreció esos cuadros hechos por encargo. En el estudio de Arnulfo, arriba de su casa, se veían docenas y docenas de palomas y manzanas, en todas las posiciones y con todos los fondos habidos y por haber. Tres o cuatro manzanas en un canasto de mimbre, siempre relucientes y siempre del mismo color: rojo. Manzanas amontonadas y manzanas solitarias. Manzanas en el pretil de una ventana. A un lado, en el piso del estudio, se encaramaban las palomas gordas reposando en un alero, los pichones mirando de frente y de perfil con sus ojos torvos, con fondos azulados, tenues, idénticos, aburridos. Las manzanas y las palomas le dejaban un respetable sueldo a mi tío, mientras que a Pita Velázquez y a Indira Guízar las iba haciendo ricas y famosas, aunque definitivamente monotemáticas y apócrifas.

Visitar el estudio de mi tío era, al menos al principio, un gran regocijo. Verlo pintar, elucubrar antes de acercarse a la tela, buscar los colores en la paleta, revolverlos; concentrarse, olvidarse de que una estaba allí, detrás de él, cautelosa, esperando con ansia la proximidad de esas manzanas irresueltas, de esos bosquejos de palomas que apenas eran puro carbón y que luego se convertirían en pichones volantes, creados (salidos) de sus manos largas, heredadas de su madre. Había, ni qué decirlo, algo de magia en mi tío. Por eso, por casi un lustro, estuve yendo a buscarlo, aprendiendo de él las técnicas mínimas de su arte, el cual, para mi sorpresa, nacía de su imaginación, lo que, según todo mundo, le faltaba. Es decir, ya no copiaba manzanas a partir de otras manzanas dispuestas y ni buscaba palomas retratadas en revistas para copiarlas y hacerlas volar. A pesar de su aparente falta de originalidad —tal vez nunca supo encontrar sus temas—, mi tío Arnulfo pintaba desde su imaginación, fantaseaba horas con esos pichones y esas manzanas y podía sacarlos, sin problema, de su mente o de su corazón. Curiosamente, despreciaba su obra. Tal vez la despreciaba porque había sido pintada por encargo; de lo contrario, quiero suponer, él sabría que sus cuadros, a pesar de todo, no estaban tan mal como él quería sugerir (aunque nunca lo dijera del todo, aunque nunca se expresara mal de sus pinturas abiertamente). Si Arnulfo hubiera querido, estoy segura, habría llegado a ser un pintor tan famoso como lo eran esas falsas *madames* del arte pictórico mexicano o como lo llegaron a ser esos compañeros salidos del Taller de Gráfica Popular y La Esmeralda. Sin embargo, por alguna razón difícil de precisar, mi tío había elegido el anonimato, el remedo, la imitación. En resumen: había buscado no ser famoso y no ser importante. Era como si se tratara de buscar exactamente eso, como si ésa fuera justo su conquista o su hazaña alrevesada. Algo más o menos similar (salvando todas las distancias) a su hermano Sebastián, con la diferencia de que, al menos por una década, mi padre sí jugó a buscar la fama y la tuvo (y la tiene, a pesar de él mismo). Había en todo ello algo que aprender. Yo esto lo intuía mientras estaba parada allí, detenida, frente al caballete, con mi delantal bien ceñido, y aparentemente concentrada en las vasijas de barro que mi tío me hacía esbozar. Había mucho que aprender de esa búsqueda insensata que era el anonimato, la indiferencia, el desarraigo, y no sólo la mezcla de colores y tersuras, la composición y la perspectiva. Y hacia allá iba, hacia allá me dirigía, resuelta entre los trece y los dieciocho años, al mismo tiempo que otra pasión iba cobrando forma dentro de mí: la música.

Había un piano de cola en la sala gris de la casa de mi abuela (es decir, de mi casa), que nadie había abierto desde hacía quince años. La razón de ser de ese piano (conociendo la artritis legendaria de mi abuela) era una forma de supervivencia musical. Desde los años cuarenta, según supe por mi tío Arnulfo, mi abuela organizaba una suerte de veladas musicales con la gente más acomodada y enterada de su pequeña sociedad capitalina. Preparaba canapés, escanciaba whisky a diestra y siniestra, al mismo tiempo que un músico invitado tocaba para la concurrencia un par de valses de Chopin, alguna sonata de Beethoven y, excepcionalmente, algo estrafalario para su época: como Bartok o Erik Satie.

Según supe, desde su llegada a México a fines de los treinta, mi abuela no sólo se había vuelto una asidua del legendario Café París (donde se encontraba uno a Buñuel, a Orozco, a León Felipe y Salvador Novo), sino que acudía a la ópera de Bellas Artes adonde no siempre la quiso acompañar mi abuelo Néstor. Con una amiga bajo el brazo, allí estaba ella: silenciosa, enjoyada, dispuesta a tararear las piezas que tan bien conocía desde su adolescencia y que alguna vez tocó con su cello en el conservatorio de Los Ángeles, en aquella legendaria University of Southern California School of Music fundada en 1884, la cual contó desde sus orígenes con algunos de los mejores ejecutantes del mundo. Más tarde, con el pasar de los años (y haciéndose de un grupo predilecto de iniciados), mi abuela fue organizando esas tertulias a las que uno y otro pianista era invitado y agasajado, y a hurtadillas remunerado. Éste era, pues, el origen del piano, su razón de ser y su olvido. Y a él, pues, me aboqué esos cinco años, lo mismo que hizo Álvaro quien, sin embargo, al contrario de mí, pudo prosperar mucho más de lo que yo quise o pude prosperar. Álvaro se convertiría, años más tarde, en cantante y compositor de canciones de rock, tecladista de un grupo al que abandonó (por razones sentimentales) algunos años más tarde.

Entre la pintura en casa de mi tío y las clases de piano, pasé la secundaria y la preparatoria de ese nefasto colegio al que llegué por azares del destino, el Green Hills. No sólo eso, entre la pintura y la música fui, de entre todas mis compañeras, o eso creí, la primera en perder mi virginidad, y eso sucedió a los dieciséis años.

MI MEJOR AMIGA hoy, todavía hoy, a pesar de todo lo que ha ocurrido, es Nadia. Mi prima Nadia González nació un año más tarde que yo y, como Néstor, ella no tuvo uno de sus padres a su lado, viéndola crecer. Ruy, el futbolista, murió cuando ella estaba por venir al mundo, por lo que mi tía tuvo, desde un principio, que sacar adelante a su hija, aunque esto no siempre le saliera bien. Y si no siempre las cosas le salían bien a Irene con su única hija era debido a que mi propia tía debía necesitar continuamente a alguien que se hiciera cargo de ella o a alguien que, por lo menos, la supiera disuadir o conducir en cada empresa que elegía. Cosa que tocaba, destruía; elección que tomaba, más tarde resultaba la peor. Con todo y que la dianética pareció ayudarle un poco cuando quedó viuda —al menos hablaba muy bonito de la armonía universal, del cosmos y la mente sana—, la verdad sea dicha, todo en ella era un disparate, un fracaso instantáneo.

Para explicar el destino impar de Nadia debo, quizá, empezar por esclarecer la relación que Irene, su madre, tuvo con Yaco e Ira, el primero y tercero de los hijos de Lina (es decir, sus sobrinos), pues, a través de ellos —o junto con ellos— quedó signado parte de su destino.

Los cuatro varones de Lina crecieron sin papá, lo mismo que Nadia. La única diferencia es que ellos, desde muy temprana edad, tuvieron que hacerse cargo de su madre, mientras que Irene debía haberse hecho cargo de mi prima, lo cual no sucedió —o sucedió a medias y mal—, por lo que podría argüirse, al contrario, que sí hubo un común denominador entre mi prima y ellos cuatro: el de haberse hecho cargo de sus respectivas madres. La diferencia estribaría en que cuatro varones supieron, desde su adolescencia, buscarse su sustento, mientras que una adolescente, una niña como Nadia, poco pudo hacer a excepción de salvar el pellejo cada vez que su madre metía la pata. Incluso, recuerdo un periodo cuando vivíamos en Virginia en que Rebeca discutió con Sebastián la posibilidad de adoptar a Nadia y llevarla con nosotros, a lo que finalmente Irene no accedió, y con toda razón, por supuesto.

Pero volviendo a mis primos Ira y Yaco, a fines de los sesenta empezaron a traer falluca y a venderla en Tepito y La Merced al mismo tiempo que ayudaban a mi abuelo Abraham distribuyendo tapetes y kilims armenios, turcos y persas en provincia. Sin embargo, este último trabajo no les agradó tanto como el de convertirse, rápido, en sus propios jefes y crear su propia empresa, la cual denominaban algo así como de comercio e importación. Durante los sesenta hacían viajes a la frontera, cargaban sendas valijas con ropa, dulces, cámaras y cassettes y las traían a la ciudad donde las triplicaban en su precio. La Lagunilla, Tepito y la Portales fueron sus primeros blancos y allí hicieron su primer capital. Una vez que empezaron a prosperar, abrieron una fábrica de pantalones que a los dos años fue clausurada. Poco después empezaron a traer tráilers con ropa, aparatos de sonido, bisutería barata e insumos para el hogar: cereales, latas, refrescos, dulces, galletas, shampús, jabones, pastas dentífricas y papel de baño. Debido al éxito obtenido, tuvieron que abrir su propio almacén. En lugar de proveer a esas abacerías y cajones de Tepito como habían hecho años atrás, empezaron a surtir a tiendas y minisúpers de toda la ciudad. Allí la necesidad de gente allegada, leal, se hacía necesaria, y ¿quién mejor que sus tías? ¿Quién mejor que las hermanas de su madre que los habían cuidado y los querían y de ninguna manera les iban a robar? De entre todas, sólo Irene aceptó. Mi tío Saulo se incorporaría con ellos un poco más tarde.

Ira y Yaco surtían a tiendas por toda la ciudad (algunas de las cuales eran propias); a través de ellas supieron hacerse de un gran capital. Hasta donde sé, también estaban metidos en otros negocios que, años más tarde, los llevaría a la cárcel. Lo cierto es que tanto Yaco, Ira y Marcos (este último se cuece aparte) conservaban una suerte de doble moral, difícil de interpretar y la cual consistía en que, por un lado, daban gracias a Dios puntualmente y observaban el *Shabat*, ayudaban a su familia, no comían cerdo bajo ninguna circunstancia, besaban con la mano la *mezuzá* en la jamba de la puerta, pero por el otro, jodían al prójimo y se aprovechaban de los más incautos y desprevenidos cada vez que la ocasión se presentaba. Cada sábado estaban los tres hermanos en la sinagoga, cada mañana de entre semana se ponían las filacterias o *tefilim* en el brazo izquierdo y la cabeza, diario oraban con movimientos compungidos de cabeza, y cada semana hacían transacciones y negociaciones turbias o pagaban mordidas a las autoridades.

De los cuatro, sólo el más chico hizo una carrera universitaria. Benjamín estudió arqueología en el Instituto Nacional de Antropología e Historia. Amaba la lectura, leía francés y sin embargo, al contrario de sus hermanos, resultó un hombre tímido, apocado, quien vivió mantenido y mimado toda su vida. Jamás quiso ni intentó inmiscuirse en los negocios de sus tres hermanos y jamás se casó y ni nadie supo que tuviera una novia o siquiera un desliz. Alguien habló de homosexualidad; sin embargo, creo que ni esa suerte de amor fue vivido y sentido por Benjamín, quien eligió una vida recóndita, callada, tras las faldas de mi tía Lina.

Irene trabajó con sus sobrinos durante muchos años. Puede decirse que ellos le ayudaron y que, cuando el negocio de mi abuelo Abraham Nakash se volvió insuficiente para mantenerse siquiera a flote por sí mismo, tal vez sin ellos Irene hubiera pasado años más negros de los que finalmente pasó. Si por un lado, Yaco e Ira le ayudaron, le compraron su departamento en Polanco para que viviera con su hija, también es cierto que fueron expertos en menospreciarla y aprovecharse de su esfuerzo y su dedicación, todo lo cual llevó a una lenta acumulación de coraje, el cual estalló el día en que ambas partes entraron en pleito por un sueldo que, según Irene, aún le debían, y según ellos, ya le habían pagado. Finalmente, tras mil enredos, le pagaron pero la despidieron. Inconsciente, irresponsablemente, Irene demandó a Yaco e Ira y, no contenta con eso, entregó a las autoridades cantidad de información que ella tenía sobre distintas malversaciones de fondos y evasiones al fisco. Yaco fue a la cárcel por su culpa y eso sembró una guerra entre Lina e Irene que ni siquiera mi abuela Vera pudo remediar. A partir de entonces, y una vez que Yaco salió de prisión bajo fianza, éste se dedicó a hacerle la vida de cuadritos a su propia tía… Logró, finalmente, llevarla a la cárcel también, dado que Irene se había cobrado por su cuenta —y a la brava— dinero de una de las tiendas; es decir, les había robado a mis primos aunque ella lo llamaba deuda.

No pararon allí las desdichas de Nadia, quien se halló metida en una trifulca que no había sido la suya. Una vez salida de prisión, mi tía se enamoró como loca de un español recién emigrado: un tipo bajo de estatura, feo, taimado, prepotente y peludo. Nadia y ella se mudaron con él, o más bien, él se mudó al departamento de Polanco de mi tía. Posteriormente, Irene y el español se asociaron en un pequeño comercio de tapetes persas —prolongación de aquél de mi abuelo—, para más tarde (cuando por fin ambos habían hecho algún capital) descubrir que el español había desaparecido, dejándola en la bancarrota y con un par de deudas que mi tía no pudo solventar. Otra vez se fue a juicio demandada; hubo citatorios a los cuales no acudió y, finalmente, vino su breve e insensata huida o desaparición. Esta escapada no duró mucho, pues al poco tiempo fue hallada en Oaxaca, traída de vuelta y encarcelada seis meses, hasta que mi abuelo tuvo el dinero para pagar la deuda contraída por el español fugitivo.

Todo este tiempo, mi prima Nadia estuvo viviendo con quien le ofreciera un sillón, un rincón donde recostarse: una amiga, una tía o mi abuela Vera. Por eso dije que Vera se volvió para Nadia lo que Néstor se volvió para Felicidad: una especie de hijo tardío que, con el tiempo, se convirtió en el más querido.

El siguiente mal paso de mi tía vino cuando una amiga suya le prestó su casa en París, ya que tuvo que irse de improviso y decidió, por tanto, dejársela encargada a Irene y a su hija. Esta vez mi tía tuvo la peregrina ocurrencia de montar una especie de exhibición artística con pintores desconocidos que había estado conociendo en las calles del Barrio Latino. Pensó que sería muy fácil hacerse de dinero vendiendo esos cuadros de pintores latinoamericanos desconocidos, inventándoles un precio y tomándoles el pelo a los que, ella imaginó, eran simples parisinos ingenuos, ricos y despistados. Tenía el sitio ideal y en un suburbio de primera, ¿entonces por qué no hacerlo, por qué el negocio del arte tan a la mano no iba a rendir maravillosos frutos? Si ya había trabado relación con los pintores, si ya los conocía (o eso creía ella), entonces ¿por qué no aprovechar el espacio y fungir de *dealer* aunque no supiera un ápice del negocio y menos supiera de pintura? Montó, pues, la exhibición. Mi prima Nadia empezó a repartir volantes por la calle; Irene organizó convivios en esa casa que no era sino un hogar prestado, hasta que alguien dio el pitazo a la dueña y ésta volvió y se encontró su hermosa casa hecha un desastre, medio destruida y medio saqueada por esos mismos pintores quienes ya se habían mudado allí, entre vómitos, cáscaras de mandarina y buches de vino desparramados en el piso. La escena ha de haber sido fatal, penosísima para mi prima y para Irene, quien fue cogida de improviso y quien, a pesar de todo, nunca creyó estar haciendo nada incorrecto o inusual o en detrimento de su amiga. Perdió su poco dinero, volvió junto con su hija a México y con una amiga menos en su haber, entre las pocas que le quedaban y las pocas que nunca tuvo.

Aquí cabe añadir que Rebeca, mi madre, fue una de esas poquísimas amigas que Irene conservó, pues incluso sus propias hermanas la temían o le sacaban el paso evitándola. Temían su mala suerte, supongo; su falta de prudencia y perspicacia y sensatez, pues aparte de todo eso, lo cierto es que Irene era una buena mujer, con buenos sentimientos, pero con muy mala puntería. Nadia, su hija, algo sacó de todo ello. Aunque sin heredar su pésima suerte, Nadia tuvo sus tropiezos, sus dificultades. Finalmente, y con los años, encontró lo que quería: el amor, los hijos, un hombre, una familia. Con trabajos, pero lo encontró.

CINCO SEMANAS DESPUÉS de mi cumpleaños, recibí una llamada de mi prima Nadia a las siete y media de la mañana, una llamada que nunca olvidaré, pues ese día pasaron muchas cosas:
—Silvana… —su voz sonaba trémula, titubeante.
—¿Sí? ¿Quién es? —pregunté, aunque casi podía asegurar quién era, lo sabía—. ¿Eres tú?
—Nadia, sí.
—¿Qué onda, por qué tan temprano?
—¿Ya te enteraste, viste las noticias? —inquirió.
—No, ¿qué pasó?
—Mataron a John Lennon.

—¿Qué? —sentí que se me cerraba la garganta.

—Ayer por la noche, prima.

—No puede ser —no quería creerle, no podía creerle. Era un sueño, debía serlo.

—…

—¿Estás segura, Nadia, o es una broma? —quería oír que me dijera que era una broma pesada y ya.

—No, no es una broma, Silvana.

Colgué. No podía seguir hablando, había perdido la voz luego de haberse vuelto un hilo y ya las lágrimas empezaban a aflorar de mis ojos sin poder contenerlas. No hacía falta, era cierto. Ese 9 de diciembre de 1980 encendí el televisor de la cocina, donde Agus acababa de limpiar la mesa del desayuno, y escuché la noticia una y otra vez; en un par de minutos pude observar las miles y miles de caras contritas, llorando, desconcertadas, en todo el mundo. La mía era una más, una cara entre tantas: descompuesta, herida.

Desde que vivíamos en Colorado y yo era muy pequeña, recuerdo a mis padres poner una y otra vez las canciones de los Beatles. Mis hermanos y yo estábamos acostumbrados a oírlos, a cantar sus canciones y hasta a imitarlos. Incluso, en una ocasión, ya en Charlottesville, Rodrigo, Álvaro, mi madre y yo nos vestimos como Beatles, nos peinamos como ellos, mientras Sebastián filmaba con su cámara súper ocho. Hicimos una especie de fonomímica donde cada uno representaba muy bien su papel y donde, por supuesto, yo era John Lennon. Desde chica había adorado a Lennon aunque mis amigas decían que era el más feo o el más cochino. Sin embargo, ya para la época en que vivíamos en Charlottesville, los Beatles eran una leyenda, un recuerdo y también una esperanza: la de soñar que un día se reunirían otra vez. Sin embargo, esa muerte sorpresiva ese ocho de diciembre, clausuraba esas expectativas para siempre. Era algo que ya no iba a poder ser, tal vez y jamás hubiera sido, no obstante, la esperanza nunca muere, dice el dicho, y por eso millones de *fans* llegaron a albergar la ilusión de verlos juntos otra vez.

Entre toda la música clásica que Sebastián nos ponía, los Beatles eran la única excepción pop que escuchaba, los únicos que merecían su atención, que merecían su respeto. No recuerdo otros grupos o cantantes. Allí estaba Bach (de donde salió su nombre), Beethoven, Dvořák, Sibelius, Schubert, Mahler y, por supuesto, Miles Davis y los Beatles. La costumbre de oírlos (cada vez más esporádicamente, es cierto) había desmayado con el paso de los años, con el cambio de país y, sobre todo, con el cambio gradual hacia la adolescencia. Aparte de mis lecciones de piano, de Chopin y Mozart, eran ahora otros cantantes y otra música distinta la que mis amigas del Green Hills y yo escuchábamos entonces. No recuerdo cuáles ni quiénes —todos esas bandas y cantantes *pop* se han difuminado con el tiempo—, pero sí recuerdo que todas mis amigas de la prepa desconocían a los Beatles o, de plano, no les interesaba conocerlos.

Esa mañana, a mis dieciséis cumplidos, llegué a la escuela con los ojos hinchados y la nariz moquienta. Era imposible disimular. Hacía frío y los muchachos pasaban cerca de ti, a la carrera, raspándote con sus mochilas, salpicándote de lodo las tobilleras que llevaba puestas hasta las rodillas y que odiaba ponerme. Sonó el timbre de entrada y me dirigí como una sonámbula al salón de clase. Poco antes de entrar, una compañera se me acercó y me preguntó qué me pasaba. Se lo dije. En un principio no pareció entender, no hubo reacción en su cara, sólo un rostro estupidizado, ininteligible. Por fin, segundos más tarde, pareció comprender. No sé si entendió, si supo quién era Lennon y lo que significaba su muerte. De cualquier forma, media hora después toda la clase estaba enterada y no dejaba de voltear a mirarme como a un bicho raro, desconocido. Hasta la maestra, cándida y piadosa, se me acercó y me dio una palmadita. Ella estaba triste también… aunque no tanto, o sabía disimularlo. Ella y yo parecíamos los únicos individuos en el salón de clase guardando un luto relativo, una relativa postración, mientras los demás estudiantes nos analizaban fría, demoledoramente. ¿Llorar por John Lennon? ¿Quién era John Lennon? ¿Un gringo? Y ¿los

Beatles? ¿Qué era eso, qué quería decir? Tal vez alguno de entre todos ellos habría oído un par de canciones o se acordaría de un disco, quién sabe y tampoco importa. No pude aguantarme más y me solté llorando. Hoy que lo recuerdo no puedo avergonzarme, es más: no me avergüenza y por eso lo cuento quizá. Tal vez mis compañeras estuvieran afligidas por mí o apiadadas o muertas de risa o todas las cosas a la vez. No importa. La maestra se solidarizó y por eso, creo, me dijo que podía irme a casa si lo deseaba. Me levanté del pupitre ante la mirada atónita de todos y salí. Me dirigí a la dirección del colegio y llamé por teléfono a casa. Recuerdo que una hora más tarde me recogió Silvestre en la puerta y me llevó sin preguntar ni decirme una palabra.

Ya estábamos a punto de llegar (Silvestre conducía por la avenida Revolución) cuando vi a lo lejos, a la orilla de la calle, a un grupo de cuarenta o cincuenta muchachos caminando lentamente, sin prisas y sin alboroto. Muchos de ellos llevaban el cabello largo, camisas estampadas, jeans descosidos y dos o tres de ellos cargaban una guitarra y la tañían. Todos, al unísono, cantaban. Vi cómo se acercaron dos o tres más que, aparentemente, no conocían a nadie dentro de esa bola de gente: simplemente se unieron, se perdieron en medio de esa mancha humana que cantaba *Yesterday*, *A Day in the Life* y *Across the Universe*. Yo conocía esas canciones de memoria, igual que ellos. A semejanza de ellos, esas canciones y esas letras me movían y me retorcían las entrañas, me llevaban lejos, muy lejos de allí, a Grand Junction y a Charlottesville, a mi infancia, a mis padres más jóvenes, a los bosques y las montañas que perdí, a los venados y las ardillas y los patos y milanos que había abandonado por nada, por una ciudad arruinada, por un pueblo ignorante y retrasado, por un grupo de compañeras y compañeros destruidos por padres fatuos, insolentes y materialistas, por una tierra injusta e infame, ávida de dioses y de sangre, de chivos expiatorios con que salvaguardar su honra inexistente, con que curar en salud su parálisis y poder desagraviar su abulia y su inmarcesible miedo a mejorar, a cambiar; por un país rencoroso, insincero, deshonesto y lleno de prejuicios sociales, morales y religiosos. Por toda esa mierda, por todo ese basural, cambié las montañas de mi infancia, los paseos a Uncompahgre y a Moab, los barrancos y los *Ridges*, los álamos negros y los álamos temblones de Colorado, los cambios de estación, los venados y los patos, los bosques de robles y cicutas de Virginia más tarde, los matorrales de retama y los enebros y las altas hierbas, el olor violento a espliego y el olor amargo del tomillo, los cardenales y los gayos de un azul indescriptible, la seguridad y la paz y la armonía en que alguna vez viví junto con Álvaro y Rodrigo.

Aunque un poco mayores que yo, tal vez tendrían veinticinco o treinta años la mayoría, ese grupo nutrido de jóvenes eran mis hermanos, eran mis semejantes; al menos hablábamos un mismo idioma, el de una arcadia perdida y jamás vuelta a recuperar. Le pedí a Silvestre que parara y me bajé del auto. Sin decir una palabra, me fui acercando hasta meterme y disolverme en el gentío, en esa masa doliente que no hacía sino cantar y caminar por avenida Revolución y más tarde por Insurgentes hasta el Parque Hundido. No sé cuántas horas nos llevó el trayecto y tampoco puedo asegurar cuánta gente se acercó a nosotros y cuánta gente ya estaba allí, en el parque, cantando, tirados en el césped, formando uno, dos, tres grandísimos círculos. Tampoco sé cuántas horas más estuve allí, ni exactamente cuándo conocí a Gustavo. No recuerdo si él se me acercó o si yo me acerqué a él, pero a partir de cierta calle, a partir de cierto momento ya no nos pudimos separar. Gustavo era tres años mayor que yo y había llorado mucho esa mañana. Era moreno, muy delgado, tenía el pelo largo y una barba picuda como de dos días, sin rasurar. Sobre todo, Gustavo era varonil; más que guapo, era alto y varonil, y eso, supongo, me hizo sentir protegida, tiernamente cuidada desde que me cogió una mano y yo ya no la desasí. Junto con él, allí en el Parque Hundido, vi caer la noche cantando como una sonámbula. Yo, con mis absurdas tobilleras y mi uniforme de niña rica, seguramente desentonaba entre esa multitud llorosa que, de pronto, empezó a prender velas. No sé de dónde las pudieron sacar o si alguien las trajo, pero eran cientos de jóvenes y adultos cargando cada quien su vela y cantando una y otra vez canciones de Lennon y los Beatles sin parar, con furia, sin aliento ya. Tal vez fue durante esa noche, durante ese largo día, que algo inédito y oscuro me unió y me confundió con México, algo que yo no conocía, un ser enterrado y que no había podido ver, pues permanecía terriblemente oculto, sepultado entre las formas corteses y las máscaras y los gestos y los saludos afables de la gente que conocía yo. O era, tal vez, que en el dolor salía por fin a relucir el brillo glauco de los huesos del alma; era que, por fin, con la tragedia de otro —un Cristo moderno, un dios *pop*—, surgía ese río furtivo, tupido por la hierba de siglos. No sé, algo distinto pasó esa noche, pues entre las velas y el incienso y la marihuana y el mezcal, Gustavo y yo lloramos más de una vez, Gustavo y yo nos abrazamos, nos besamos desesperadamente como yo no sabía hacer —hasta agotar nuestra saliva— e hicimos el amor tirados en el césped, lejos de la multitud, oyendo sus voces todavía, entre unos arbustos frondosos y bajo un arrayán que despedía un olor sin nombre. El día que John Lennon murió perdí la virginidad y encontré a Gustavo o encontré a México a través de su piel sólo para amarlo con saturación más tarde y detestarlo más de lo que Sebastián, mi padre, pudo detestar este país. Ese día podría haberlo olvidado, pero alguien se murió, algo dentro de mí quedó sepulto en esa oscuridad —Silvana yerta en una edad y un parque hundido—, para dar paso a esa otra que nadie entiende hoy.

¿QUÉ ES UN DESTINO correcto, congruente? ¿Existe? ¿Qué significa haber llevado una vida correcta o incorrecta? O si no una vida, un destino, un porvenir. ¿Quién lo juzga y por qué nos arrogamos el derecho a hacerlo, desde qué óptica y con qué privilegios? ¿Acaso fue más correcto el matrimonio de Igor Suárez y su mujer, la vida que llevó, que fabricó, al lado de sus hijos, hasta el día de hoy? ¿O la de mi padrino Alejo, soltero empedernido, sin hijos, sin mujer pero con muchas mujeres, solitario, sin una familia que lo rodeara y lo quisiera y lo estrujara de cariño cada tarde? Yo he oído muchas veces decir que el primero, al lado de todos sus éxitos, eligió un porvenir correcto y que el segundo, a pesar de todos sus éxitos, no. El de Igor fue el porvenir que eligen los más sabios, los prudentes, y el de Alejo es el que eligen los más necios. Y ¿con qué derecho decimos esto? ¿Basados en qué?

Otro ejemplo: recuerdo que mi padre me contó que, durante los cincuenta, el primer matrimonio de Raymundo Pim, el otro compañero de *Sur*, había sido visto como un matrimonio perfecto y envidiable (es decir, el emblema de una vida correcta, de una buena decisión), mientras que la vida de mi padrino Alejo, por el contrario, era el mejor ejemplo de una mala decisión, de una elección incorrecta (¿incorrecta porque no se casó?). Sin embargo, cuando a principios de los sesenta, Raymundo se divorció, la gente ya no opinaba lo mismo; es decir, su primera esposa, vista retrospectivamente, había sido un error, una incongruencia. Pero ¿acaso no había dicho esa misma gente (mientras duró su primer matrimonio) que la decisión de casarse había sido la correcta, sin lugar a dudas la mejor? ¿Siempre no? ¿Por qué cambió la gente con respecto al mismo acto? ¿Por qué ese viraje ante el mismo suceso? ¿Esos años, ese tiempo invertido, perdieron todo su valor? ¿Por qué no concluir, por el contrario, que el tiempo que Raymundo Pim vivió casado fue ciertamente muy feliz y por tanto su decisión fue la correcta entonces, y que su ulterior divorcio también fue correcto y que una corrección no invalida la otra corrección, que dos o tres o más correcciones pueden ser, y de hecho son, compatibles? ¿Por qué no atreverse a aceptar que, mientras se viva, eso que se vive es lo correcto puesto que, justo ahora, nos acomoda bien, y que si más tarde vivimos otra cosa, por más opuesta y contraria que parezca, también está muy bien y es la correcta? ¿Por qué el pasado inmediato, clausurado, tiende a ser lo incorrecto, o, peor aún: por qué el pasado es ese chivo expiatorio, es esa *mala decisión*, superada, o que es necesario superar? ¿Por qué no romper ese esquema elusivo y tramposo, ese tabú estúpido e infernal?

Lo que quiero decir con todo esto (o lo que he descubierto a duras penas) es que no existen las nociones de correcto o incorrecto cuando se trata de hablar de la vida. Esas categorías la sociedad las pone y las quita a su antojo y siempre desde una sola perspectiva. Esto último, creo, es lo más importante: la gente observa desde una sola perspectiva, desde un solo ángulo, con eso le basta; y ese ángulo (lamentablemente) es desde el que se ve y se pronuncia la sentencia, el veredicto, sin imaginarse siquiera que este pronunciamiento no corresponde ni remotamente a la realidad. Un año más tarde, el mismo hecho tiene otro veredicto o podría tenerlo. ¿Cómo es eso? ¿Cambiaron los hechos? No; sin embargo, cambió la situación del espectador en el tiempo. Lo peor de todo, si esto que digo es verdad, es que entonces nuestra moral está afincada nada más en el tiempo y en eso que los pintores llaman escorzo, ángulo y perspectiva, es decir, el punto de vista desde donde se mira. Su atalaya.

Esta pregunta viene a colación en cuanto nos enfrentamos a la vida de mi tía Dinara Forns. Podría imponerle esa pregunta a Irene o a Lina o a Judith o a mi tío Arnulfo o a mi abuela Vera. Sin embargo, creo que como pocas personas, Dinara saca a relucir esta cuestión: su vida lleva indefectiblemente a hacernos esa última pregunta: ¿fue su vida correcta, tuvo un dulce porvenir o, bien, todo fue una incongruencia? Tal vez respondiéndolo me responda algo de mí, quizá me despoje finalmente de esta piel de aparente incorrección con que la gente ha sentenciado mi vida, mi porvenir, ahora que he llevado a cabo una elección.

El Fuego del Espíritu Santo, el movimiento carismático que iniciaron Edmundo y Dinara junto con otros seculares, llegó a ser conocido en todo el mundo durante los ochenta. Ya conté que cientos de misioneros llegaban a México para hacer su labor de apostolado. También el Ajusco, centro original del movimiento, era otro, había cambiado: la mancha urbana había traspasado los límites del Pedregal y el sur de la ciudad era toda una sola y misma mancha informe. El Ajusco, con sus picachos imponentes en invierno y sus montañas en cadena, terminó por formar una suerte de dique que detenía la marea de la contaminación sin permitirle flujo. Tal vez, dicen, por culpa del Ajusco la ciudad de México se ha convertido en lo que es: el valle con el índice de ozono más alto del mundo, la metrópoli más contaminada.

Con los años, los ocho hijos de Edmundo fueron desapareciendo, es decir, fueron casándose, yéndose casi todos a provincia: agrónomos, veterinarios o maestros rurales tocados también por El Fuego del Espíritu Santo, esa fe que los fue inundando los años que vivieron en esa casa donde mis hermanos y yo siempre temíamos quedarnos. De entre los hijos de Dinara y Edmundo, mi prima Briana tuvo desde muy temprano clara su propia vocación. Quería ser monja. Por su parte, Paula inició por ese entonces sus largos ayunos que, poco a poco, fueron enflaqueciéndola y empalideciéndola. Lo que al principio fue difícil (no comer), se volvió con el tiempo un hábito, una suerte de vicio imparable. Mientras tanto, los veinticinco años de legendaria labor evangélica y legendario amor espiritual entre Dinara y Edmundo fueron lentamente derrumbándose. Miento si aseguro que el asunto fue lento. Tal vez fue sucinto. De cualquier manera, lo cierto es que el final fue atroz, doloroso y cruel.

Parece que mi tía quería deshacerse de esa casa (y no la culpo) una vez que la mayoría de los once hijos, adoptivos y suyos, habían partido o estaban a punto de partir. La mansión, ya lo dije, era descomunal: pasillos, recámaras, pisos, salas, balcones por doquier. Era incongruente, según ella, seguir manteniendo una servidumbre innecesaria ya. Mi tío Edmundo (o debiera llamarlo mi ex tío), por alguna razón, no estuvo de acuerdo en venderla, por lo que la querella empezó a agriarse a grados superlativos, al punto de que ni Dios ni los curas del movimiento pudieron hacer nada para amansarlos y hacerlos ceder. Finalmente, el matrimonio llegó a su punto final, al quiebre. Lo que, sin embargo, nadie pudo calcular es lo que vendría como consecuencia de esto.

A la muerte de mi abuelo Néstor en 1972 —si no es que ya desde antes—, mi tía había heredado una hermosa hacienda cañera en Fortín de las Flores, en el estado de Veracruz, junto con ciento veinte hectáreas que se desplegaban invariables frente al casco de la finca. Sólo estuve allí una vez con mis hermanos por el fin de semana y el recuerdo de lo que vi, olí y escuché es hasta el día de hoy imborrable. Los tres estábamos maravillados del verdor, el clima y sobre todo de algo así como la pulsación y euritmia que llevaban los peones y jornaleros, reminiscencia —supongo— de aquel pasado injusto contra el cual se levantaron los zapatistas durante la Revolución. Dentro de los márgenes del casco se encontraban los trapiches y el ingenio, construcciones resistentes éstas donde se realizaba la molienda o extracción del jugo de caña; para ello se contaba con docenas de acueductos que atravesaban la vegetación, carretas con lanzas arbóreas, molinos, un cuarto de calderas, hornos, dos chacuacos —que la distinguía como hacienda azucarera—, asoleaderos, talleres y los llamados cuartos de purga, donde terminaba el proceso de cristalización y blanqueado del azúcar. ¿Cómo la tenía mi abuelo o quién se la dejó a él? En realidad, mi bisabuelo Arnulfo Forns López la había comprado a un precio irrisorio a uno de sus hermanos que había escapado al inicio de la Revolución. Ahora, las ciento veinte hectáreas de caña valían una fortuna, lo mismo que la hacienda, y era justo de allí que mis tíos podían darse el lujo de mantener esa larga prole y conservar fielmente su apostolado gratuito. Esto, claro, poca gente lo sabía; apenas mis padres. Incluso, parece que una de las áreas de conflicto era la que constituía el acuerdo verbal que, según Edmundo Sánchez, mi abuelo había tenido con él, a saber: hacerlo socio de la cañera de Fortín una vez casado con mi tía Dinara. Sin embargo, esto no estuvo estipulado en ninguna parte más que en la memoria de Edmundo, quien durante esos veinticinco años de matrimonio feliz y religioso, había fungido como administrador de la hacienda y como único responsable del ingenio y la venta del producto.

Una vez declarada la guerra entre ambas partes, Edmundo

(ni tardo ni perezoso) vendió las ciento veinte hectáreas junto con la hacienda de Fortín sin previo aviso ni acuerdo ni nada. Para ello se sirvió de sus dos hijos mayores, a quienes tuvo que engañar para que apoyaran su estratagema legal. Evidentemente, sin la firma de Dinara, la venta del ingenio y los trapiches no era sino una gran estafa de mi tío, por lo que éste y sus dos hijos mayores terminaron en la cárcel, precipitando con ello una verdadera guerra sin cuartel entre hermanos: por un lado, los ocho hijos de Edmundo (hijos adoptivos de Dinara) en contra de los tres hijos de Edmundo y mi tía Dinara, entre ellos la beatífica y angelical Briana. Parece que mi tío (o ex tío), iracundo y vengativo, supo voltear a sus hijos en contra de su madrastra arreglando las cosas a su favor y dando una versión fraudulenta de los hechos. Esos ocho hijos, criados y cuidados y queridos por mi tía durante veinticinco años, no sólo le dieron la espalda sino que la ultrajaron, la maldijeron y le declararon la guerra cuando, la verdad sea dicha, ella jamás procuró la encarcelación de Edmundo y sus dos hijastros mayores. Al contrario: mi tía tuvo que intervenir para que a los tres días sacaran de prisión a los muchachos. Su ex marido, finalmente, perdió el dinero de la hacienda de Fortín de las Flores, las ciento veinte hectáreas de caña, la enorme mansión de la colonia del Valle y, por último, a su esposa, a quien probablemente para ese entonces ya no quería (sino detestaba). Salió de prisión y jamás volvió a acercarse a esos tres hijos menores que había tenido con Dinara, entre ellos, Paula, mi gran amiga, mi prima anémica. Sí, anémica, puesto que, para esas fechas, mi prima era una máscara prehispánica de ojos saltones y piel cenicienta, a pesar de su dulce mirar y su inaudita belleza, heredada por supuesto de mi tía.

Edmundo rompió con El Fuego del Espíritu Santo, jamás se volvió a aparecer en ese enclave que él mismo había fundado veinte años atrás, en las faldas del Ajusco. Algunos años más tarde, supe por Briana que su padre (algo viejo ya) se había vuelto a casar con una gringa, pero que ambos vivían en San Miguel de Allende, lejos del mundanal ruido de la capital. Con ella tuvo otros tres hijos, es decir, los número doce y trece y catorce (ni qué decir que Edmundo Sánchez era una suerte de Anthony Quinn ubérrimo y profuso). De los tres que tuvo con Dinara nunca quiso volver a saber —quién sabe si por vergüenza o por cobardía—, pero lo cierto es que ellos tampoco lo buscaron y menos le perdonaron lo que le había hecho a su madre. Los once hermanos, esos niños que vivieron y crecieron juntos bajo un mismo techo durante veinte o veinticinco años, terminaron divididos, odiándose, despreciándose con todo el corazón. En eso, pues, Cristo tenía mucha razón cuando dijo que Él no había venido a sembrar la paz sino la discordia y que por su culpa los hijos terminarían haciéndole la guerra a los padres y los hermanos se enfrentarían a sus propios hermanos. Su palabra, dos mil años después, quedó refrendada: con creces se cumplió.

—MIRA, NIÑA, TÚ tienes escondido el poder de los dioses antiguos, ¿no te das cuenta? —me dijo Agus con sus labios morados, anchos, arqueando las cejas tupidas; en realidad me lo decía muchas veces, me lo dijo cada ocasión que nos quedamos las dos en casa y mis hermanos estaban fuera, jugando con Omar y Gina, los vecinos, en el palomar, y mis padres estaban fuera con Silvestre mostrando casas y fraccionamientos a sus respectivos clientes—. Yo te lo digo, Silvana: tú puedes hablar con los muertos. Los muertos te hablan a ti, porque sábelo, niña, los muertos están requetevivos. Nos oyen, nos miran, saben lo que hacemos y lo que decimos de ellos. Guardaditos en sus tumbas, pero no importa: ¡ellos oyen! Lo que pasa es que los ricos no lo saben; ni siquiera todos los pobres, como yo, Silvana, tu Agus, tu Agusita de años, la misma que vio crecer a tu papá, al señor Sebastián, desde niño, la misma Agus que tanto quiso a tu abuelita: esa mujer tan triste y lastimada, Felicidad, que sábelo, poco o nada tenía de feliz, más bien de aguantadora, pus tu abuelo Néstor no era un pan de Dios ni mucho menos…, pero eso no importa, ¡pa' qué te voy a estar metiendo cosas que ni te incumben ni te atañen! Yo te digo que en tus sueños te fijes, te lo he dicho siempre. Pon mucha atención y los oirás: oirás a toda tu familia. Yo ya lo sabía. Cuando me dijeron que venías en camino y todos apostaron unos pesos, yo gané, yo dije que nacías el mismo Día de los Difuntos, y así fue, Silvana. Gané, pero en realidad no debí haber ganado, pus que a mí me lo dijo tu bisabuela María del Refugio que Dios tenga en su Gloria, a mí me lo dijo en sueños, y le hice caso nomás, y pus ¡ya ves! Le atiné. Naciste el Día de los Muertos y eso no es cualquier cosa, niña, debes darle gracias a Dios y a la Virgen y a Mitlantecutli, sí, pus él es el Señor de los Muertos, él trae la paz y la verdad. De todos, Mitlantecutli no te va a fallar, él es el más honesto. Cuando algo avisa, es que eso mismo va a suceder. Sólo escúchalo, él habla con la verdad pero sólo te habla en los sueños, ¿comprendes? Pero también está Tonantzin, nuestra madrecita, y a ella debes agradecerle siempre, a ella pídele que te cuide y te bendiga. Mira, Silvana, en mi pueblo, San Pedro Huamelula, le rendíamos amor y devoción a Cilaltepoztli, a Tezcatlipoca, a Quetzalcóatl y a Mitlantecutli, a ellos cuatro pus ellos están cuidando cada lado, que si el sur, que si el norte, que si el este o el oeste. Y allí están, cuidándonos y abarcándolo todo con la gracia de Dios Nuestro Señor, ¿comprendes? Y nosotros, en San Pedro Huamelula, invocábamos a cada uno mientras alguien del pueblo, Silvana, se ponía a tocar el caracol, fuerte, muy fuerte, hacia cada punto, mientras otro pasaba el pom por frente nuestras narices, y yo era una niña, más niña que tú, y recuerdo el olor, y me gustaba y me mareaba mucho. Era como incienso que se quema lento y güele muy bonito. El pom, ¿sabes?, se extraía de un árbol de goma. Mi madre nos cogía fuerte de la mano a mí y a mi hermano más chico y repetía las palabras del cura que casi no hablaba español. Y todos estábamos allí, en San Pedro, acalorados pero muy contentos. Sí, hacía mucho calor, nada como aquí en la capital que a cada rato llueve y luego hasta hace mucho frío. Allá, en San Pedro, hacía calor y mucho polvo. No habían calles, digo: habían caminos, pero no calles como acá. Y éramos muy pobres y yo le pedía al Señor Mitlantecutli por mi madre, y a la Virgen también. Y a veces nos escuchaban y las cosas iban mejor un rato, un tiempecito nomás. Mi padre dejaba de golpearla, sí, a mi madre, y yo sabía que eran mis ruegos, mis plegarias. Mi padre, si no tomaba, era un buen peón del campo, era un buen marido, pero si tomaba… entonces no: nos golpeaba sin razón, se desquitaba con nosotros, y mi madre se interponía y entonces tenía que venir seño Rosita a cuidarnos. Seño Rosita era mayor, era la vecina, y nos cuidaba un par de días mientras mi madre se curaba esas heridas, esos golpes, y así nomás era la vida en San Pedro Huamelula: muy pobres, pero muy felices, porque los escuincles salíamos a jugar tras la escuela que luego se cerró y por eso sólo sé las letras grandes, Silvana, nunca supe las otras: las chiquitas. Ya nadie me enseñó, mi madre con trabajos y hablaba un poco de español. El maestro se fue y cerraron la escuela, y yo me tuve que venir a la capital y allá dejé a mi madre y mi hermanito. Ya muy niña trabajé. Creo que siempre trabajé. Los tíos con los que vine a los doce años vivían a las afueras de la capital, Silvana, un lugar muy triste y muy sucio. Se llama Barrio Norte. Allí hay muchas pero muchas casas, una tras otra, encimadas, chiquitas y muy parecidas unas de otras. La gente allí es muy triste, no como en San Pedro que son pobres pero ríen, oran y cantan. En Barrio Norte conocí a Silvestre. Yo tendría unos quince. Él es de Barrio Norte y desde que nos vinimos pa'cá ya no hemos vuelto. Bueno, él sí, a ver a su madre. Pero ella ya murió. Murió hace algunos años, muy viejita y requetebuena esa mujer. El caso es que en Barrio Norte no se juntaba la gente como lo hacían en San Pedro, no invocaban a los padres del Cielo y por eso no les ayudaban con nada, al contrario: parecían ensañarse con los pobrecitos. Ni conocían a Quetzalcóatl y menos sabían quién era Mitlantecutli, sí, el mismo Señor al que tú debes confiarte, ya te dije. Por eso creo que Dios los castigó; esos vecindarios vivían mucho peor que como nosotros vivíamos en el campo, cerca de la madre tierra y de su hijo, el maíz. Yo creo que por eso Barrio Norte era el infierno, Silvana, un lugar horrible donde se oían voces de jóvenes tropezando por las calles, drogadictos y borrachos. A veces surgían gritos destemplados que me despertaban a mitad de la noche y donde al otro día amanecía un muertito acuchillado bajo el alero de la tienda de abarrotes. Había en medio de la colonia uno como lago muy grande, pero no era un lago, era una presa donde originalmente había canchas de fútbol, varias canchas de fútbol. Sí, treinta o cuarenta años atrás Silvestre jugaba al sóccer con sus amigos, cuando era muy niño, me contó. Luego, quién sabe cómo, se volvió una represa de desagüe, llena de ánimas flotantes y pútridas; el sitio era una cloaca, una alcantarilla. Siempre se veían flotar perros y pájaros y gatos y ratas muertas y botellas y hasta allá fueron a dar coches viejos y volantes y trastos y bolsas de basura, sí, toda la basura que te puedas imaginar, todos los desperdicios que te puedas imaginar, Silvana, estaban allí, bajo el agua o flotando. Olía espantoso, todo el tiempo, las veinticuatro horas del día. Yo, desde la casa de mis tíos, observaba esa presa y observaba a los niños tirar piedritas desde la orilla. ¿Sabes? No importaba que una pequeña brisa se acercara o que hiciera algo de viento, el olor a caca era el mismo. Olía a huevo podrido, a azufre, qué sé yo. Era el desagüe de todo el municipio y allí, por más de treinta años, se habían acumulado todas las porquerías de la colonia. Los políticos de pronto aparecían pidiéndonos los votos, jurándonos que iban pronto a desazolvar el área y a traer agua y electricidad, las cuales teníamos que estar trayendo a diario con tinajas o robar de los postes de la calle a sabiendas de que la poli nos podría arrestar. Los políticos, sin embargo, aparecían trajeados, con sus escoltas y guaruras, con sus capuchas cubriéndoles la nariz. Sobre una tarima hablaban y hablaban y yo ni les entendía ni les ponía atención, pero me acercaba adonde la gente pus porque había música y regalaban camisetas del PRI y bolsas con comida y papel del baño. Luego, los veía a esos mismos señores en la televisión hablando con voz tonante y convincente. Ya habían pasado los meses, ya habían ganado lo que querían: el poder. Ya habíamos votado por ellos y, sin embargo, la presa ahíta de caca continuaba allí, más abundante, más pestilente, y nada de que desazolvaron, y nada de que la vida de mis tíos cambió ni la de los niños descalzos y tristes tirando piedritas a ese enorme lago negro de Barrio Norte, a las afueras de la capital. Por eso, niña, yo supe desde muy jovencita que quería largarme de allí, no como otros. O regresaba a San Pedro con mi madre, a mi estado natal, Oaxaca, o me salía de allí. Y entonces recibí una cartita de mi madre, una que alguien seguramente le escribió, pues ella no sabía coger siquiera el lápiz. Me decía que no valía la pena que volviera pa'llá, me decía que mi hermanito había muerto, pero no me decía cómo. Y de mi padre… ni me lo mencionó. Yo no volví a saber de mi madrecita en muchos pero muchos años, Silvana, y por eso cada noche yo le pedía a la virgen Tonantzin por ella, pa' que me la cuidara. Y sí, me la cuidó, y también por su intermedio conocí a tu abuela Felicidad que en paz descanse y ella me trajo pa'cá, ¿sabes?, al Distrito Federal, a San Ángel, en 1940, y aquí, en esta casa, he visto pasar muchas cosas, han pasado los años. Ya luego, más grandecita, Silvestre me buscó y me encontró y nos casamos y pasó a servir de chofer a tu abuelito Néstor que también en paz descanse, y a ellos, a tus muertos, es que debes oír pus seguro algo te estarán diciendo, niña, lo sé de cierto, como que me llamo Agus. Y yo le doy las gracias a Tonantzin y a Mitlantecutli, el Señor de la verdad, tal y como mi madre me enseñó cuando yo era apenas una niña allá en los campos de San Pedro Huamelula. Les doy las gracias a ellos y a Nuestro Señor Jesucristo que me dio una familia. No tengo hijos, Silvana, pero tengo a Silvestre, que es muy bueno, ¿sabes?, y los tengo a ustedes, a tus hermanos y a ti. Pero tú, niña, eres especial, me lo ha dicho María del Refugio, tu bisabuelita. Nadie que nace el Día de Muertos puede ser invisible, tal vez para los ricos sí, tal vez para los vivos y ocupados sí, pero de ninguna manera para los que, como yo, conocemos el cariño de los dioses, nuestros padres.

SEBASTIÁN Y REBECA eligieron los bienes raíces como su ocupación principal una vez instalados en México. Con los años, el negocio de la compra y venta de casas y departamentos fue prosperando, con sus altas y bajas según se avecinaba la economía volátil del país, la caída del peso y la inflación. Pero ¿por qué eligieron este trabajo? Realmente no fue por el simple afán de hacer dinero; ésa no era su busca, su consigna, aunque ganarlo jamás estuviera de más. Yo creo que mi madre necesitaba sentirse otra vez útil, sentirse parte indispensable de la economía familiar, cosa que no pudo hacer el tiempo que dedicó a la crianza de sus tres hijos. A excepción de algunos años (los últimos) en que trabajó en un almacén de ropa en Charlottesville, la verdad es que desde su época de soltera no había puesto tanto empeño en su trabajo. Para ella, el opcionar y vender casas era más que un pasatiempo; era un trabajo que la mantenía llena, ocupada y satisfecha. Era un dinero que gastaba en sus hijos o con el que invitaba a mi padre a viajar en el interior de la República de vez en cuando. Varios años ganó el primer lugar a la mejor vendedora del año en la compañía para la que ella y mi padre trabajaban. Su lado usurero, como decía mi padre, había por fin salido a flote, había salido a relucir luego de haber estado largos años sepulto por los hijos, la crianza y el exilio. Y sí, mi madre resultó una excelente vendedora capaz de competir con el más avezado y añejo de la compañía. Competir por el primer lugar con sus compañeros de trabajo era una suerte de estímulo indispensable para ella. No así para papá. Sebastián también se unió al negocio de los bienes raíces y también hizo su pequeña fortuna vendiendo y opcionando casas al sur de la ciudad, el área metropolitana que mejor conocía y la que, durante la década de los ochenta, más y más creció; sin embargo, no dejaba de conservar algo de misterio insondable el hecho de que el mismísimo poeta Sebastián Forns, el profesor de literatura, el antiguo compañero de *Sur*, hubiera escogido justamente un trabajo tan lejano a su vocación y a sus más profundos intereses. ¿Qué quería decir esto? Antes que nada, era más que obvio que su fin nunca había sido hacer dinero, ganarlo a manos llenas. Si en algún momento pudo serlo de Rebeca, no lo fue de mi padre. Entonces, ¿a qué estaba jugando Sebastián? ¿Primero al exilio y ahora a los bienes raíces? ¿De quién se estaba burlando? Creo que, entre otros, papá se burlaba de esa misma *intelligentsia* mexicana que no supo y no quiso respaldar el proyecto de *Sur*. También se burlaba de sí mismo y de la vida y de Dios, quién sabe. Era otra vez, la suya, la apesadumbrada pregunta: ¿quién oye aquí?, ¿para quién escribo? Y como la respuesta era un poderoso e inmarcesible silencio, entonces había mejor que callar, había mejor que hacer un largo mutis (lo que hizo yéndose de México) y había que hacer dinero, es decir, volverse parte de ese mecanismo de relojería abyecta que es el mundo del capital, del corporativismo, de la oferta y la demanda, mismo al que se abocó una vez que concluyó su ciclo con la academia norteamericana, esa otra excusa de su vida. A eso se abocó, repito, al lado de mamá, pues para Rebeca, está de más decirlo, no había nada de abyecto en un trabajo así. Medrar con el dinero de los otros, invertir el dinero de los otros y usufructuarlo, era parte de su vida, había sido parte de su enseñanza, y era, mal que bien, un legado cultural de mis abuelos y un probable porvenir que ahora, algo tarde, venía a cumplir honrosamente. En ese sentido, mi madre era feliz y estaba satisfecha. De Sebastián no podría decir lo mismo. Salía temprano de casa al lado de mamá y regresaba tarde, también a su lado, un poco desvalido, gris, dependiendo de ella y su vitalidad. Uno de los dos se quedaba en las oficinas a recibir las llamadas mientras el otro paseaba a los clientes y viceversa. En ese trajín, llevando y trayendo por el sur de la ciudad probables compradores y probables vendedores, se pasaron los últimos años de su vida, mientras sus hijos iban creciendo y acostumbrándose a los hábitos y gestos de cada mexicano, a los retruécanos y signos escondidos en cada tipo de saludo, de abrazo o de palmada, a la falsa cortesía, al servilismo interesado y la puñalada en la espalda.

La gran sorpresa (o el gran revés, si se quiere ver así) fue la que sobrevino poco antes de que yo me despidiera de Gustavo, lista ya para salir del país, medio año después de haber terminado la preparatoria en el Green Hills. Me refiero al anuncio público de que mi padre había sido galardonado con el Premio Nacional de Literatura a fines de 1981. No podría describir con exactitud el rostro que puso Sebastián, nada halagüeño, por cierto; más bien lívido, contrariado, ligeramente fastidiado por la absurda alharaca que inmediatamente se hizo. No así mi madre y mis hermanos, que llegaron en tumulto a abrazarlo esa mañana antes de salir al trabajo sin desayunar, como era su costumbre. Pero ¿quién había fraguado todo esto? ¿Acaso mi padrino Alejo, o Igor Suárez, o Raymundo Pim? ¿Acaso había sido esa misma *intelligentsia* que había repudiado a *Sur* en los cincuenta, sólo que ahora con una opinión cambiada, con treinta años a cuestas, tiempo suficiente para leer, tiempo para abrir los libros de mi padre? ¿No era un poco tarde? Y en todo caso, ¿para qué, con qué objeto? Sebastián realmente detestaba toda esa parafernalia: los premios, las entrevistas, las sonrisas huecas, los abrazos y la necesidad de responder a los periodistas. En resumen: el premio era una molestia, un disgusto ahora que era absolutamente otro su destino. Él quería y había decidido ser vendedor de bienes raíces, era su profesión, su vida luego de la universidad, luego de la muerte de su madre que lo trajo de vuelta. El otro —un tipo casi desconocido para él— era el que había sido el escritor, el poeta. Ese otro se había quedado atrás el día que renunció a *Sur* y el día que renunció a México. Había, pues, en todo esto una broma pesada de la vida y no una reivindicación, como le dijo a mi madre esa misma noche frente a nosotros en la cocina. Yo, por mi parte, permanecí callada, quieta, dejando remojarse mi plato con cereal y leche. Lo veía a él, escrutaba sus ojos, tratando de indagar sus sentimientos; veía a mi madre hablarle y explicarle lo que no tenía mayor explicación, y es que había sido unánimemente elegido para el Premio Nacional de Literatura ese año por una obra poética que había dejado inconclusa, inacabada, veinticinco años atrás. ¿Era profecía, broma o misterio insondable de la vida? Tal vez los tres.

Meses después, el mismo año que lloró el presidente López

Portillo diciendo que pelearía por el peso como un perro, terminé con Gustavo, llorando en el aeropuerto de la ciudad de México. Luego salí para Israel.

YA NO PUEDO MÁS, he pasado este tiempo callando, me he vuelto una obsidiana hermética, refractaria, un jade frío, y sólo pido a Dios, a los dioses de mi carne, que vuelvas, que aparezcas en la nieve que se va y en la naciente primavera, sólo pido que se aproximen tus labios a mis senos, que regrese tu cuerpo y se empezuñe (aterido) en el mío, se quede dormitando en mi piel, como una raíz de sangre, como una mandrágora, sí, tu cuerpo en el mío, como antes, como la primera y la última vez, como te enseñé y luego me enseñaste a hacer y nos enseñamos en el Casa Blanca, ¿recuerdas?, tal y como mi marido no me lo enseñó jamás: tu pene, tu verga, sí, dentro de mí, esa verga dura, fuerte, tensa, que abominan mis amigas y mis tías, ese nombre que no saben pronunciar, que ofende sus mentes castas y sus bocas púdicas, sus educaciones sucias y maledicentes, ese pene, esa verga, digo, la sueño dentro de mí, desde hace tanto o desde hace poco, todo este invierno la he soñado, ya no sé, flama, vida, muerte, ¿dónde estás?, ¿dónde estás?, ¿hasta cuándo seguiré contando y contando y hasta dónde?, y ¿para qué?, ¿con qué objeto?, ¿para esperarte?, ¿para esperar que pasen los años mientras tanto? No pienso más que en ti, ¿lo sabes?, en la tez radiante de tu cara, en tus sienes y tus ojos garzos, oscuros y garzos, en tus cejas pulidas, perfectas, en el balance suave de tu boca, en la insinuación de su rictus, en tu lengua perforando mi boca, perforando mi sexo una y otra vez como las olas escarban en las rocas; no sueño más que en ti, en tu frente y en tus ojos, y no como Agus decía, no sueño en mis muertos ni en mis antepasados, no, sueño contigo, con tu sexo abriéndome, linchándome, moviéndose dentro de mí, muchas horas, muchos días, pues, te diré algo, ahora sólo soy una pirita, un pedernal, una pezuña, una ciega perdida entre montañas y riscos y valles y barrancos, una obsidiana chica, una punta enhiesta, picuda, sacrificial, sacrificada, sangrante, sangrada, no soy casi nada, pura espera, añoranza, sueño de cuarzo, lasca, guijarro solitario, girando, odiado, odiando, odiante. Eso soy, ¿sabes? Eso me he vuelto sin ti, de repente, desde que nos quitaron y me fui, desde que me apartaron, desde el café de Coyoacán, el último. Eso soy, ¿y tú?, ¿con qué sueñas desde entonces?, ¿me has olvidado?, ¿recuerdas el auto, la capilla?, ¿has perdonado a tus padres o los has odiado? Sueño con tus ojos, con tus nalgas suaves, tus muslos blancos. No sólo los espero sino que los tengo metidos aunque tú no estés aquí, aunque te encuentres lejos dormitando, aun así te tengo y te tendré, bebiendo de mis entrepiernas, abrevando en mis muslos, de mi vulva salivosa, chupando de mis senos la ambrosía de la vida, chupando mi boca, pasando tu lengua por mis pies y mis hombros y mi espalda como te enseñé, ¿recuerdas?, como muchas veces hicimos a escondidas, en la espesura, en la oficina, en las tinieblas de los callejones y los estacionamientos, en los elevadores, ¿por eso nos odian, por eso nos quitaron uno del otro, nos arrancaron, asesinaron la vida que iba amasándose, la carne, el cactus que iba subiéndoseme, oprimiéndome de gozo?, ¿acaso por eso?, ¿por tener, para nosotros solos, esa dicha y no querer compartirla?, ¿porque tú eres otro y no me perteneces?, ¿porque eres de otra todavía?, ¿porque perteneces a otro vientre, a otra mujer, a otras tetas que te den la vida? Dime, dime, grítame si puedes, desde allá, desde el otro lado, yo te escucho y si me pides que te espere, yo te esperaré tendida, yaciente, abierta, mirando esas montañas, su perfil, ese ocre y ese sepia que se difuminan si oscurece.

MI HERMANO ÁLVARO se había convertido, con los años, en un rebelde sin causa, en un atrabiliario de impredecible carácter. Aunque siempre lo había sido de una manera u otra, jamás habían irrumpido esas ansias —ese deseo iconoclasta y feroz— con tanta magnitud, con tal vehemencia, sino hasta que ingresó, junto conmigo y Rodrigo, al Green Hills en San Bernabé. Algo allí lo molestaba, lo fustigaba; no sé si los maestros, el ritmo escolar y la presión, no sé si sus mismos compañeros de clase; en todo caso, el colegio como símbolo y reducto de una serie de valores inculcados se volvió una suerte de afrenta para él, un agravio al que había que mostrarle el testuz. Y eso hizo, mostró su cara fiera, sus dientes listos para morder y su desplante y su coraje incontenible.

Empezó haciéndolo cuando una mañana helada, antes de ingresar al salón, tuvo el arrojo de tirar un petardo a los pies de la fastuosa banda militar que izaba entonces la bandera tricolor con engolamiento exacerbado. Él, mi hermano, se cagaba en la patria, me lo dijo muchas veces; y no sólo en esta patria, sino también en la otra, en Estados Unidos, y en cualquiera. Él se cagaba en las patrias, las banderas, los himnos, me lo dijo en más de una ocasión, y desde entonces, supongo, albergó la idea de mostrar al mundo su desfachatez y su repudio, y lo hizo esa mañana, una mañana hace muchos pero muchos años cuando éramos unos adolescentes y lo tenía cerca, a él y a Rodrigo, mis hermanos queridos.

Todos los lunes, antes de ingresar a nuestros respectivos salones de clase, se reunían más de dos mil estudiantes en el área de recreo, un espacio común, sin árboles, pavimentado. Allí formábamos filas durante cuarenta y cinco minutos, listos para cantar el himno nacional con voz estentórea, listos para saludar la bandera, pasando un frío del demonio, crispadas las manos, vigilados por nuestros respectivos profesores, cruzando la mano derecha a la altura del pecho, simulando un amor patrio que ninguno sentía, que ninguno entendía, aguantando una representación impuesta, falaz y totalmente absurda. Pero allí estábamos, so pena de reprobar clase de civismo, so pena de ser expulsados, so pena de volvernos unos disidentes, unos iconoclastas como mi hermano querido. Para mí, sin embargo, aunque estúpida, era aquélla una escena tolerable, sin ninguna importancia, incluso un poco chistosa. Empero, para Álvaro, quien nunca pudo guardarse sus impulsos, sus disgustos, quien nunca pudo representar bien ningún papel más que el que le viniera en gana (el suyo, el de su esencia), esa farsa era demasiado, era intolerable, estaba fuera de su capacidad de aguante. Por eso, supongo, decidió tronar esa paloma justo cuando los muchachos de la banda izaban la bandera con absoluta reverencia, tras el pasmoso silencio del trompeta, justo cuando los estudiantes (sumisos, abotargados) rendían honores al símbolo de sus padres, de sus muertos, de sus héroes sacrificados. Allí, esa mañana, Álvaro decidió cagarse, y lo hizo con alegría, con augusta libertad, contento de sacarse fuera esa furia que lo atormentaba. Tronó el petardo en medio del silencio general como si una bomba hubiera estallado. Todos los muchachos (más de dos mil) rompieron filas aunque no por el miedo, sino por el deseo de proseguir la algazara, el desenfreno que propiciaba el tronido del petardo, una suerte de solaz y remedio terapéutico que mi hermano Álvaro, anónimamente, había regalado a todos sus compañeros esa inolvidable mañana. No quisiera contar lo que pasó a partir de allí pues no logro sino desternillarme de risa al recordarlo. La bandera se quedó suspensa a media asta, el corneta y la banda se quedaron totalmente petrificados, los maestros empezaron a perseguir a aquellos que podían haber sido los delincuentes, los jalaban de un brazo o del cuello de la camisa, los auscultaban, revisaban sus mochilas, luego los soltaban en busca de otros más, al mismo tiempo que un torbellino de jóvenes salían del área pavimentada de recreo hacia las esquinas del campo, hacia los baños, las canchas de fútbol o a cualquier lugar más apartado esa mañana fría e inolvidable.

Finalmente, el caos se sosegó y lentamente fueron reapareciendo los estudiantes a una señal de la directora del colegio que tuvo que amenazar desde el altavoz con una expulsión masiva, que de cualquier manera no iba a llevar a cabo. Se siguieron los honores a la bandera, terminó de tocar la fastuosa banda uniformada e ingresamos cada uno a nuestros respectivos salones. Aunque aún no estaba del todo segura, casi podía jurar que el responsable de todo había sido Álvaro.

Esa tarde, ya en casa, muertos de risa, Álvaro, Rodrigo y yo recordábamos el incidente con sumo detalle, añadiendo información desde nuestras correspondientes perspectivas: cada uno hacía una fila distinta, cada uno se hallaba esa mañana en un ángulo distinto frente al asta bandera y la banda musical. Cada quien vio el rostro perplejo de un maestro diferente, su indescriptible rictus, su lento o sucinto proceder, la forma en que cogían a uno y lo auscultaban, la forma en que escarbaron entre los útiles de Rodrigo sin encontrar nada aunque éste no dejaba de reír frente a sus barbas, la manera en que Álvaro salió disparado hacia una esquina casi abandonada del colegio, cerca de una barda muy alta que daba a un lote baldío, adonde tiró la bolsa de cohetes, deshaciéndose del juguete comprometedor. También le preguntamos a Álvaro lo que sintió, la adrenalina que tuvo que haber sacado una vez que prendió la mecha del petardo. Le preguntamos cien veces cómo lo había hecho, a dónde lo tiró, si alguien más sabía, si lo habían visto, mientras él nos respondía muerto de risa, tirado en el tapete de la sala gris, congruente con su esencia atrabiliaria, con su demoniaca y alacre rebeldía.

Todo hubiera quedado allí, en la incertidumbre, en los almanaques de la duda, si Álvaro no hubiese repetido su hazaña tres semanas más tarde, otro lunes igual de frío e igual de inmisericorde. Sin embargo, esta vez los maestros ya estaban alertados y preveían (con razón) que el criminal, más temprano o más tarde, volvería a atacar. Y así lo hizo mi hermano con falta de pericia a pesar de todo, con total inmadurez, congruente con la psicología del reincidente, y por eso llamaron a Rebeca y le contaron, y tuvo que venir mi padre y poner cara de estuco y callarse la boca mientras aparecía Álvaro, impúdico, desencarado, en el umbral de la oficina de la directora, sin signo de arrepentimiento en el rostro sino todo lo contrario: orgulloso, felicísimo de su hazaña, congruente en su herejía. Terminó expulsado. Creo que esto sucedió unos meses antes de que mi padre recibiera el Premio Nacional de Literatura, cuando Álvaro tenía quince años y le faltaban meses para concluir la secundaria. No importó realmente pues de inmediato ingresó a otro colegio y la terminó.

Álvaro, aparte de rebelde, era un exquisito soñador. Es un ser volátil, susceptible, cambiante. Tiene hasta la fecha los rasgos físicos de mamá. Hay quien dice que no somos hermanos. Él es moreno, de hombros fuertes y brazos muy peludos. Tiene unos ojos hermosos y hondos, muy hondos: casi parece que estuvieran inquiriendo al observar. Otro rasgo que llama la atención son sus inusuales pestañas, demasiado largas, pobladas. En realidad es muy guapo y nunca tuvo problemas para acercarse a las mujeres o para que ellas se fijaran en él. Tenía, a pesar de sus desplantes, un cariñoso modo de tratarlas: suave, tierno, muy cortés, gestos que adquirió de mi padre. Yo lo conocí muy bien, lo vi crecer a mi lado, pegado a mis faldas, y aunque a veces, repito, podía ser algo violento, Álvaro tenía y tiene todavía un alma limpia y un corazón que nadie en la familia tiene ni por casualidad. Siempre fue el guardián de Rodrigo (el consentido de mi madre) y a veces quería también ser mi guardián, pero la verdad sea dicha, fue al revés toda la vida. Aunque no una madre exactamente, sí sentí que debía cuidarlos, atenderlos o verificar que lo que Rebeca les pedía… se cumpliera. No es que yo fuese una nana vigilante o estuviera siempre con el chisme en los labios, sino que más bien trataba de ayudarlos en lo que podía: en sus tareas o cuando, por ejemplo, debíamos tender las camas en Virginia o acomodar los trastes en el *dish washer*, o cuando jugábamos matatena y avión y no podían ganarle a los vecinos de San Ángel. Yo entonces les enseñaba trucos, vías para ganar o sacar más rápido la raíz cuadrada de una cifra. A pesar de todo, el lazo que hubo entre ellos dos —entre Álvaro y Rodrigo— yo nunca lo tuve con ninguno. Ellos, entre sí, formaban su propio e indestructible vínculo: sabían por qué pelearse, hasta dónde, sabían convenir su propia tregua y reconciliarse. Me querían, me tenían cerca, me pedían consejo para casi todo, los oía con entusiasmo, me contaban y yo aprobaba sin chistar, pero había siempre, a pesar de todo, un no sé qué, una especie de sutil barrera que nos apartaba, que me distinguía de ellos y me dejaba fuera de su sociedad, algo como un lazo de sangre al que yo no llegué a tiempo o al que, quizá, llegué antes por mi edad. Los quise y los quiero y, estoy segura, me quieren a pesar de lo que pasó, o al menos me quisieron cuando éramos pequeños (unos niños) y vivíamos en Colorado y salíamos con papá y mamá al hermoso *pond* con los patos entre álamos y enebros, cuando salíamos a deslizarnos en llanta sobre las colinas nevadas de Grand Junction, y luego, cuando jugábamos a las escondidillas en ese bosque de robles y oyameles en Charlottesville —junto a la casa—, pletórico de veredas ocultas por matorrales de retamas y helechos, por macizos parterres y foscos hierbajos de olores extraños: romero, tomillo y espliego. Una vida juntos, con reyertas, gritos, hasta golpes y arañazos; años huidizos, breves, efímeros, tiempo muerto o desaparecido, ¿desaparecido, muerto?, perdido en el más allá, al otro lado del túnel, del pasadizo secreto, ¿dónde exactamente?, ¿dónde? Una vida cerca, tan cerca como puede ser el techo compartido de una casa (o de varias casas por el mundo), tan próximo como puede ser la lengua que uno habla (las lenguas que uno habla), tan cerca como pronunciar los nombres de papá y mamá y referirnos (como por arte de magia) a los mismos padres y a los mismos abuelos y a los mismos tíos. Así pasaron los años, quién sabe cómo, por culpa de qué artilugio o estratagema, pero fueron sucediéndose, corrieron invictos e inmisericordes, oyéndonos unos a los otros por la noche, de cuarto a cuarto, escuchando nuestras respiraciones, sabiendo uno del otro lo que siente, lo que hiere, lo que quiere, leyéndonos la sangre, leyéndonos el pensamiento, deletreando nuestros actos y nuestras respectivas motivaciones como si fueran casi nuestros propios actos. Aunque los conozco a ambos como la palma de mi mano, puedo decir que de Álvaro conozco casi todo (es decir, más que lo que creo saber de Rodrigo): sus ímpetus, su amor por el piano y el rock, su distimia permanente, sus odios y su amor y el deseo avasallador de romper con todo lo que le ofende o le causa viva repulsión: lo falso, el remedo de las cosas, el plagio, la hipocresía, el lado insulso (espurio) de la vida que él nunca ha podido tolerar y que terminó por alejarlo de los mexicanos. Incluso entendí perfectamente la razón por la que se enamoró de mi tía Zahra, la hermana más pequeña de Rebeca. Podía haber previsto ese cariño, esa pasión soterrada que mantuvo él unos años, desde que llegamos a México, o quizás antes o un poco después. No importa. Por la época en que fue expulsado, el estado de fiebre permanente de mi hermano llegó a su clímax y su pasión se desbordó, sí, se desbordó, pues así era Álvaro, un tipo pletórico, lleno de humor, de melancolía y astrabilis juntas, de odio y dicha, y así lo quise yo, así lo conservo.

HABLÉ MUY DE pasada de mi primo Benjamín, el menor de mi tía Lina y mi tío Jacobo Guindi, el afamado químico muerto de cirrosis crónica. Conté ya que de los cuatro varones que tuvieron mis tíos, él fue el único que terminó una carrera universitaria. Estudió Antropología en el INAH. Leía francés y amaba la literatura y la historia; siempre se mantuvo al margen de los negocios de sus tres hermanos aunque de ellos vivió. Sin embargo, lo que no dije fue el caso rarísimo o enfermedad que aquejó a mi primo toda la vida, o que lo aqueja hasta el día de hoy sin saber si el problema tiene que ver con el hecho de haber tenido un padre alcohólico. Llamarla depresión resulta inocuo y vago, pues la suya fue una reclusión en vida, una muerte elegida cuando aún frisaba los treinta años.

Creo que todo sucedió cuando, una vez hubo terminado su tesis, ésta fue rechazada. Luego de años de elaboración y de investigaciones de área bastante arduas, algunos maestros xenófobos decidieron reprobarlo sin mayor justificación. Según Benjamín, el Instituto Nacional de Antropología e Historia estaba atestado de maestros y compañeros antisemitas. Incluso, en una ocasión, un profesor se le acercó con un libro que él ya había leído diciéndole con sorna: "Ten, te va a servir Benjamín, para que conozcas mejor de dónde vienes y quién eres". Se trataba del famoso *Sexo y carácter* del filósofo Otto Weininger, judío austriaco de principios de siglo, quien después de publicar su estrepitoso tratado, se suicidó alegando que en él convivían la monstruosa sangre semita y los detestables genes femíneos, ambos una sola cosa indisoluble. Bejamín entendió el guiño, la bofetada del profesor: no sólo le decía marica y judío de mierda, sino que lo empujaba con el gesto a suicidarse o al menos a salir de allí, del INAH. Aunque no se suicidó, éste y otra serie de descalabros vino a perturbar su ánimo (bastante frágil de por sí) y, finalmente, a postrarlo en una profunda melancolía.

Según mi tía Lina, el problema venía desde que su padre, el químico, falleció cuando Benjamín era aún muy niño. Pero si esto fuera cierto, entonces, ¿por qué no les sucedió lo mismo a Yaco, a Marcos y a Ira, sus tres hermanos mayores? No digo que cada uno de ellos no tuviera sus propios destinos maltrechos (especialmente Marcos), sin embargo, al menos dos tuvieron la entereza de ánimo para luchar, el arrojo para ganarse la vida y seguir adelante en un mundo difícil, sin un padre y con una madre a quien mantener.

De cualquier forma, el hecho es que desde fines de los setenta (por la época en que llegamos nosotros a México), Benjamín decidió no volver a salir a la calle. No creo que la suya fuera la decisión abrupta, definitiva, que uno a veces mira en las películas; más bien se fue dando poco a poco, dejando cada vez de salir a las avenidas transitadas, hasta que un buen día se produce la encerrona voluntaria. Incluso, cabe añadir que esa encerrona fue parcial, ya que a veces Benjamín salía de noche, a las tres o cuatro de la mañana; se fumaba un par de cigarrillos cuando él sabía que las calles de Polanco estaban casi desiertas, sin transitar (esto último algo difícil en nuestros días, pues Polanco se ha vuelto un berenjenal de coches y transeúntes las veinticuatro horas del día). No quisiera con ello, sin embargo, mitigar el hecho de que Benjamín se hubiera recluido del mundo.

Era rarísimo encontrarlo en la sala de su casa. Parecía que sabía oler a las visitas, por lo que, súbitamente, se esfumaba, desaparecía sin dejar rastro de colilla. Si de por sí él salía poco de su recámara, verlo deambular por el corredor o en la cocina de mi tía era una casualidad, por no decir una completa anomalía. Creo que yo misma lo vi muy poco, contadas veces, no más de cuatro o cinco, siempre muy bien afeitado, aunque con un corte de pelo totalmente pasado de moda: las patillas largas, el cabello ondulado, un poco largo, muy bien peinado, como si se esmerara en pasarse el cepillo una y otra vez, como si en ello se pasara la vida, oculto en las grisallas de su cuarto.

La criada de mi tía le traía sin falta sus cajetillas de cigarros Marlboro, o le llevaba sus jugos de tomate V8 que sólo él bebía en casa. Benjamín mantenía una esbelta figura, era delgado a pesar del encierro, a pesar de la falta de ejercicio: su piel era blanquísima, lívida, casi transparente, sus ojos circundados por amplias ojeras, todo lo cual hacía resaltar su característica nariz semita. Su nariz, pues, era lo primero que uno veía, lo que se recordaba de él cuando entre primos y tíos se le mencionaba.

Aparte de los cigarros y los jugos de tomate V8, había que llevarle los libros que él pedía. En eso se entretenía mi tía Lina, aparte de solucionar las querellas de sus otros hijos y de sus hermanas con sus hijos, algunas de las cuales ya conté. Lina le llevaba paquetes de libros con asiduidad, incluso muchas veces me pidió que la ayudara y con ella iba a la librería; sin embargo, casi nunca pude verlo a él. Llegar a casa de mi tía no quería decir, de ninguna manera, que uno podía encontrarse con esa figura fantasmal. Ya dije que él olfateaba las visitas y en un santiamén desaparecía si es que no se encontraba ya resguardado en su recámara.

Benjamín sólo permitía la entrada a su cuarto cuando la criada iba a hacerle el quehacer: cambiarle las sábanas, aspirar la alfombra, lavar su baño, recoger la ropa sucia o acomodar la limpia. Nada más eso y sólo por escasos minutos, siempre bajo la observancia de mi primo, que no dejaba que ella tocara su buró o moviera sus libros de sitio, o sus álbumes o sus objetos personales. La muchacha en turno, la que fuera, conocía a la perfección (tenía instrucciones claras) su rápida labor cotidiana: nada de averiguaciones o palabras.

Está de más decir que mi primo no tomaba llamadas telefónicas; tampoco las hacía. Era, pues, insensato llamarle, querer preguntarle sobre un libro, puesto que nadie iba a responder a excepción de mi tía Lina. Tenía, eso sí, su televisión en su cuarto y allí mismo, adentro, su baño y su ducha. Benjamín, sin embargo, jamás parecía triste o taciturno, pero tampoco estaba feliz: parecía haberse quedado viviendo en un limbo, en una neutralidad sin tiempo, sin auroras, sin noches, sin penas ni glorias, ni fiestas ni obituarios ni cronologías. Nada pasaba para él aunque todos sabíamos que veía las noticias, que leía el periódico de vez en cuando, en resumen: que estaba bien enterado de lo que acontecía en el mundo. Tampoco recibía a sus hermanos mayores aunque los tres lo mantenían: no hablaba con ellos, no los veía. Si, por casualidad, los encontraba en un pasillo, respondía al saludo verbal con un leve movimiento de quijada, como queriendo no ser descortés pero dejando muy claro con ello que no pensaba iniciar ningún tipo de conversación. De inmediato se alejaba y se refundía en su cuarto.

Las fiestas judías, como *Januká* o *Rosh Hashaná*, pasaban de largo para él. Tampoco a ellas asistía, y si lo hizo alguna vez, fue quizá cuando nosotros vivíamos en Estados Unidos. Aun cuando la fiesta hubiera sido en casa de mi tía, todos sabíamos que no lo veíamos, por eso ni siquiera preguntábamos por él. A diferencia de sus tres hermanos, él no iba a la sinagoga y tampoco rezaba. Según mi tía, desde su reclusión, si no antes, Benjamín había dejado de usar los *tefilim* y el *talit*. Había cambiado también el hebreo de su infancia por el francés de su adolescencia. Cuando el mayor, Yaco, lo regañó y le dijo, gritándole, que debía ponerse las filacterias y rezar, Benjamín se volvió sin decir palabra y se encerró en su cuarto. No había, pues, con él, posibilidad de arenga, de querella, ni siquiera de diálogo: no lo podías ofender puesto que no existía. Sin ser un adulto con parálisis cerebral, Benjamín se comportaba como tal: impenetrable, sin voz ni voto, sin pelear ni ulular por obtenerlos. El mundo quizás era, para él, un mal supremo, y había, lamentablemente, que habitarlo y esperar para morirse y abandonarlo sin desasosiegos, en la absoluta paz de su habitación.

LA PRIMERA DISPUTA que tuve, según recuerdo, con mi tía Lina fue en septiembre de 1981, un año después de la muerte de Lennon, un año después de conocer a Gustavo en el Parque Hundido y perder mi virginidad, el mismo mes que expulsaron a mi hermano Álvaro del Green Hills y descubrió su vocación de músico. Por tanto, tuvo que suceder unos meses antes de que yo me fuera a Israel (a principios del 82). Lina había llamado a casa para invitarnos a todos a la cena de *Rosh Hashaná* que ese año le tocaba organizar a ella. Cada fiesta, una tía distinta se turnaba los preparativos, y los primos (algunos que a veces no veía durante todo el año) aparecían allí, dicharacheros y jocosos, con sus esposas, llenos de noticias, algunos ya comprometidos o a punto de tener un hijo. Todos llegábamos con un hambre feroz, de siglos; cualquiera de las hermanas de mi madre podía ser una excelente *chef*, heredera indisputable de los guisos aprendidos de Vera. En medio de la mesa, una vez muerto mi abuelo Abraham, estaba ella, la madre todopoderosa, la matrona, con sus setenta y pico de años encima, lista para dar la orden del rezo a Yaco (el primogénito de su hija mayor) y empezar a departir con avidez el festín de Año Nuevo. Mi primo Yaco, al lado de Miriam, su mujer, tomaba el *Majzor* con respeto, lo levantaba y salmodiaba, grave y severo, recordándonos que *Rosh Hashaná* también es *Yom Hadín*, el día del juicio.

Había allí, en medio de la larga mesa de nogal, grandes charolas con *basergan*, una especie de trigo exuberante con extracto de tamarindo, chile morrón y chile ancho, cebolla picadita, aceite de olivo y comino, todo espolvoreado con nuez de la India; luego aparecerían las hojas de parra, escalonadas, una junto a la otra, listas para desaparecer en un abrir y cerrar de ojos. Al lado estaban dispuestos dos o tres platos hondos con rebosantes alubias blancas y, en otros, berenjenas salteadas conocidas entre mis primos como *selúe ma yeiye*. Casi como de la nada, surgían los *yaye ma batata*, sendas fuentes de pechugas de pollo con canela y papas aderezadas; también aparecían (compitiendo) los *quipe basha* y los *quipe namencié*, conocidos como quipe charola o quipe crudo, ambos a cada lado de la mesa. Relucían, uniformadas, las calabazas rellenas de arroz, endulzadas con chabacanos y ciruelas calientes (*meshi méshmor*), y a un lado, desperdigadas, las albóndigas en una cama de chícharos muy dulces; había también, ardiendo en un refractario de porcelana, el *hammut* rociado con extracto de tamarindo, amaridado con zanahorias y apio, el cual se servía sobre una cama de arroz con fideos árabes, es decir, fideos muy delgados. Éste era, de entre todos, mi platillo favorito, mismo que aprendí a preparar con receta de mi madre.

Rosh Hashaná era un espectáculo de risas, recuerdos y rezos ininteligibles para las mujeres que no sabían hebreo. A esa fiesta que conmemora el inicio del nuevo año, íbamos Sebastián, Rebeca y nosotros, sus hijos, desde que arribamos a la ciudad de México en 1977, algo que por supuesto no conocimos mientras vivíamos en Estados Unidos y que, por tanto, no pudimos echar de menos. Ahora, mal que bien, podía comprender un poco a mi madre: imaginarme su nostalgia todos esos años, la vida que perdió (o que ganó, quién sabe) al lado del poeta, mi padre, en Estados Unidos, un pasado que ni mis hermanos ni yo pudimos entrever durante todo ese tiempo: en primavera la mesa de *Séder* que ponía su madre, luego *Rosh Hashaná* en septiembre, diez días más tarde *Yom Kipur* y finalmente la fiesta de las luminarias a final de año, los ocho días de *Janucá* en que mi abuelo Abraham cantaba y les obsequiaba a todas regalos y ropa que intercambiaban, admirándose en el espejo, alacres y ostentosas.

En esas cenas estaba mi prima Nadia y su madre, Irene, la tía de la dianética de Hubbard ya reconciliada con su sobrinos, Ira y Marcos, Yaco y Miriam (y más tarde las hijas de ambos); estaban Sonia y Vladimir Acuña, mi tío militar hecho ya un coronel de la Fuerza Aérea de Puebla, junto con sus hijos Abraham, Dalio y Juan (Vladimir, el mayor, había fallecido en los sesenta, como ya conté). Estaba Saulo, mi tío, el niño solterón, el cuarentón divorciado, casi de la edad de sus sobrinos, los hijos mayores de Lina, Yaco y Marcos Guindi. Estaban también los hijos de mis tíos Zahra y Salomón Corkidi, los pequeños Esdras y Alán, el primero amigo de Álvaro y el segundo amigo de Rodrigo; y estábamos nosotros, Sebastián y Rebeca, mis padres, y mis hermanos y yo; sólo faltaba a la mesa mi tía Noemí, que vivió toda su vida en Argentina donde crió a sus cuatro hijos; faltaba Judith y faltaban, por supuesto, Esther e Isaac Perelman, el socio sedicioso de mi abuelo, el judío comunista (al lado de esos tres vástagos que nadie nunca conoció). De cualquier forma, en esa mesa de Año Nuevo éramos muchísimos, desbordábamos la sala, el comedor y había hasta quien prefería llevarse su plato rebosante a la cocina. Con todo, Benjamín nunca estaba allí; se había esfumado nuevamente. Estaba, sí, en su cuarto, fumando Marlboros, leyendo a Marcel Proust o *La Jornada*.

A la hora del rezo, los hombres se ponían sus exiguas *kipot*; todos nos poníamos en pie (excepto Vera, que ya sufría de espantosas várices y calambres en las piernas). Los hombres repetían a coro una parte de esa larga plegaria que entonaba Yaco, el *Unetane Tokef* y, finalmente, Vera, muellemente sentada en la cabecera, repartía el pan ácimo lanzándolo a cada uno de los comensales hambrientos, desesperados, quienes reíamos y festejábamos con gritos y algazara, entre voces, cruzando miradas, llamando uno a otro la atención, masticando granada a puños, desternillándonos de risa, celebrando el Año Nuevo a mitad del mes de septiembre, olvidados de la gravedad que confiere la celebración.

Parece que cuando mi abuelo Abraham aún vivía, él era (y no Yaco) el predicador, el orante, el que daba las señales, el ritmo de la festividad, los pasos: daba un largo sorbo al vaso de vino que él mismo preparaba con un año de anterioridad, luego lo pasaba a uno de los niños a su lado y se lo hacía probar, y así con cada uno de sus nietos e hijos. Posteriormente, él mismo era quien lanzaba la *matzá*.

Mis tías hablaban árabe entre ellas, lo mismo hacían al dirigirse a Vera, quien ocupaba el lugar central de la mesa. A veces mezclaban palabras en español con el árabe aprendido en tierras americanas, pues ninguna (que yo sepa) había visitado Siria y ni siquiera Turquía o Israel. Ninguna tampoco tomó clases: hablaban el árabe de sus padres, el de Abraham y Vera, el dialecto de Alepo, parte de la provincia calcídica. Mi madre mezclaba, casi inconscientemente, el inglés y así, de pronto, podía escuchársele pasar del árabe al inglés y al español en una sola frase, en una suerte de galimatías exuberante. Era como si Rebeca buceara dentro de sí misma por un instante tratando de indagar esa palabra que se le iba, que se le resbalaba como un pez, y que de pronto aparecía fulgiendo en alguna de esas tres lenguas indistintamente. Ella ya no podía traducir, no sabía traducir: hablaba las tres, pues pensaba en las tres y por eso usaba la lengua que primero le venía a la mente. Era divertidísimo escucharla, seguirla a pasos agigantados, perseguir el discurrir de su pensamiento con sólo observar las huellas que dejaba su voz en el aire. Era una suerte de desafío, pues mis hermanos y yo entendíamos dos terceras partes de lo que decía (entendíamos esa mezcla de español e inglés); sin embargo, faltaba esa tercera parte para acompletar el rompecabezas, y esa fracción la debíamos entonces deducir; una vez deducida, conocíamos una nueva inflexión de la voz, un giro, una palabra nueva. Hacerlo era un pasatiempo divertido si no estábamos poniendo atención en algo más, por ejemplo, en la descripción pormenorizada que Dalio, mi primo, hacía de su reluciente coche nuevo (lo único de lo que sabía hablar), o si Nadia nos contaba sus cuitas de amor al lado de Isidoro, su novio indeciso, o bien si Alán nos obligaba a escuchar sus sueños de volverse una estrella de Hollywood un día, cuando fuera mayor. Rodrigo, mi hermano, se mofaba de él diciéndole que primero debía operarse la cara con el doctor Zonana, un famoso cirujano judío que había destrozado la cara a una famosa actriz de telenovelas mexicanas. Todos, por supuesto, nos reíamos con la boca llena de *baklawas*, *latkes* de queso y roscas rociadas de ajonjolí tostado; todos secundábamos la broma cavilando a quién iríamos a fastidiar después, con quién y cómo nos ensañaríamos. Mientras tanto, los tíos y mi abuela, junto con algunos de los primos mayores, acodados en la mesa de nogal, tomaban a sorbitos su humeante café turco, lo único del largo festín de Año Nuevo que preparaba mi tío Saulo y que, la verdad sea dicha, hacía espléndidamente bien.

Más o menos ésas eran las cenas de *Rosh Hashaná*, pues lo que seguía, el *Yom Kipur* o día de ayuno y perdón, diez días más tarde, perdía todo interés: la concurrencia de primos y nueras y tíos se mermaba considerablemente. No muchos, aparte de las hermanas de mamá y mi abuela Vera, aparecían para reunirse a ayunar; extraña manera de hacerlo. Creo que yo sólo acompañé a Rebeca las primeras dos o tres veces, y desde entonces, tampoco asistí a esos ayunos solidarios de purificación. Prefería quedarme en casa con Omar y Gina, los vecinos del palomar, y más tarde, cuando lo conocí, con Gustavo.

Dije al principio que fue justo en ese *Rosh Hashaná* de 1981 cuando por primera vez tuve una disputa verbal con mi tía Lina, a quien tanto quise en una época. Todo sucedió cuando una tarde llamó a casa para invitarnos a la cena de ese año, a la que, sin embargo, no había necesidad de invitarnos (era pura formalidad), pues ya todos sabíamos con un mes de anticipación dónde iría a ser (en casa de qué tía) y cuándo, la fecha precisa, pues *Rosh Hashaná*, ya se sabe, cambia de día cada año. Sin embargo, después de saludarla, le dije inopinadamente que llevaría a Gustavo para que lo conociera. Aunque sabía quién era Gustavo —mi madre ya se lo había contado—, me preguntó, desconcertada, por él.

—Es mi novio —le dije.

—Pero si no es tu prometido todavía, ni tu esposo —ripostó ella.

—No, tía, claro que no; es sólo mi novio.

—Pero tú sabes, Silvana, que es *goy*, y no creo que le interese venir a una fiesta que nada significa para él.

—¿O sea que no lo invitas, tía Lina? —inquirí a punto ya de perder la paciencia.

—No lo tomes así, Silvana.

—¿Entonces, cómo lo tomo, tía?

Ella guardó silencio. Pasaron unos segundos.

—No te preocupes —dije, por fin, decidida, profundamente adolorida por lo que estaba a punto de proferir, por lo que estaba a punto de perder, pero convencida de que, sin duda, era lo mejor, lo más digno, y se lo dije—: Gustavo no va a ir. Y yo tampoco.

—Pero, Silvana…

—Tía, si cambias de opinión, me llamas —le dije y colgué.

Ése fue mi primer alejamiento de Lina, pero más importante aún, fue aquélla la primera vez que de veras entreví el mundo dividido que Sebastián y Rebeca habían vivido cuando se conocieron en 1963; ese día columbré la separación que los mismos judíos propician… segregando y segregándose, una tradición que venía desde Vera y Abraham por supuesto, o desde mucho antes, desde Jacobo y Yemil y sus respectivos abuelos y tatarabuelos. Se trataba, a todas luces, de una fiesta contraria al *Thanksgiving Day*, donde justamente se invita a los forasteros, a los peregrinos, a los hombres y mujeres de otras razas y otros credos. Tal vez fuese una tradición o ley mucho más añeja, perdida en el tumulto de los siglos, en la historia de la civilizaciones y las persecuciones y las hecatombes. No lo sé. Por lo pronto, comprendía un poco más el dolor infinito de Sonia el día en que abandonó a sus padres bajo el aguacero, el día en que dejó la Ley, la *Torá*, el judaísmo trasnochado de su casa; por lo pronto entendí un poco más a mi desgraciada tía Irene y su extraño maleficio, su destino contrariado una y otra vez, su amor a Ruy, el futbolista, y la dura decisión de casarse con quien luego (muy pronto) iba a morir; por lo pronto comprendí un poco más a Judith, a esa tía a la que nunca vi y a la que nunca conocí más que de oídas y en algunas fotos descoloridas: pude imaginarla rompiendo doblemente con el mundo: el de la sociedad que la constreñía a un solo tipo de amor y el mundo exiguo de sus padres y su sociedad semita enclavada en la capital de otro país y con una religión que es, ante todo, una serie bochornosa de hábitos transmitidos y adquiridos, de costumbres desfasadas por completo de la realidad. Pude verlo todo en mi dolor, pues yo también (a mi manera, ahora) quería romper con eso, con unas costumbres por entero ajenas, irresolubles; aunque no lo hice del todo, es cierto, ya que un demonio dentro de mí me invitó a conocer la tierra de Moisés, y hacia allá me dirigí una vez que terminé con Gustavo (pocos meses después de ese *Rosh Hashaná* al que no asistí), pocos meses después de que acabé la preparatoria en el Green Hills sin pena ni gloria, famosa en el colegio sólo por ser la hermana de Álvaro, el cohetero, no por ser Silvana, esta que soy y en la que me convertí.

VI

NO SÉ CUÁNDO empezó todo, si cuando llegamos a la casa de San Ángel en el 77 (es decir, cuando Álvaro tenía diez años), o más tarde, en el 79 o el 80, cuando tenía doce o trece años. En todo caso, la pubertad de mi hermano y las visitas de Zahra y sus hijos a la casa, fueron, poco a poco y sin que nadie se apercibiera de ello, operando una serie de cambios en el humor de mi hermano, los cuales, como ya dije, hicieron eclosión finalmente con los petardos que tiró en el colegio Green Hills. No yerro si digo que la sexualidad de Álvaro fue muchísimo más temprana que la de cualquier otro adolescente de su edad. Por ejemplo, recuerdo la sorpresa que entonces me causó descubrir, escondidas en su cuarto, unas revistas con mujeres desnudas… cuando apenas habíamos estado todos juntos jugando en el palomar de la manera más inocente y tranquila. Allí estábamos Gina, Omar, Néstor, Rodrigo, él y yo, y quizá también Esdras y Alán. Los amigos y los primos variaban, a veces éramos Nadia y yo, o a veces sólo Néstor, o a veces todos juntos, pero allí pasábamos tardes enteras, observando a las palomas, liberándolas, enseñándolas a regresar cuando sobrevenía el ocaso.

De cualquier forma, fue una sorpresa encontrarme esas revistas y más cuando Álvaro me dijo con displicencia que no eran suyas, sino de Néstor, quien se las había prestado. No supe si creerle, pero era más que factible dado lo que ya conté páginas antes, al principio: el ritual que mi primo y yo realizábamos con las estampitas y la forma en que Néstor disfrutaba mirándome las piernas, los zapatos y los calzoncillos bajo la falda. Pero ese juego había sido tiempo atrás, algunos años al menos, cuando vivíamos en Virginia y sólo pasábamos los veranos en la capital. Entonces era que Néstor, un niño aún, me quería, me amaba, me seguía con los ojos. ¿Por qué no podía ser lo mismo con Álvaro? ¿A sus trece años de edad, bien podía estar enamorado de Zahra, esa doble de mi madre, esa tía hermosa pero más joven? Zahra tendría, a la postre, unos cuarenta años de edad. Era morena como mamá, de boca y labios abultados y rojos. Resaltaban, sobre todo, sus ojos. Le gustaba delinearse las cejas con exageración y alisarse las pestañas. Se había operado dos veces la nariz, quedándole cada vez un poco peor. Era de todas, al parecer, la más narizona. Sin embargo, tenía un cuerpo muy bonito, voluptuoso, cabe decir: piernas bien torneadas y túrgidas, un culo bien formado y una cintura más o menos breve. Se vestía provocativamente, incluso lo hacía con el íntimo beneplácito de su marido, mi tío Salomón. Había estudiado psicología en la Universidad Nacional y se creía la más apta para educar y guiar a los niños. Enseñaba en una escuela preparatoria privada y daba terapia particular en su casa un par de veces a la semana. Sé, por ejemplo, que dos de los hijos de Sonia, Abraham y Juan Acuña, eran sus rendidos admiradores, lo mismo que Marcos y Yaco Guindi. Ella siempre supo disimular, hacerse la desentendida, la inocente; sobre todo cuando descubría la mirada de los hombres sobre sí, admirándola o deseándola. Tal vez yo aprendí algo de su coqueteo, de su caminar y sus gestos, quién sabe, alguna vez ella me lo insinuó. De cualquier forma, lo cierto es que ella siempre supo (o adivinó) la suerte de pasión que alimentaba su sobrino Álvaro por ella, y en lugar de distraerla o menguarla, creo que se dedicó a atizarla con el pretexto de que le hacía un bien; es decir, como psicóloga, Zahra veía en Álvaro al típico adolescente enamorado de su madre, enamoramiento que debía reprimir y desplazar en alguien más: otra mujer, parecida, semejante a su madre. Y eso hizo.

Zahra, pues, fungió como el objeto en quien se desplaza la mirada una vez se ha desplazado el amor que se tiene hacia la madre. Para ella, supongo, todo fue una larga y salutífera terapia, parecida si acaso a la que yo (sin saberlo) llevé a cabo con mi primo Néstor y que luego se repetiría cuando Néstor encontrara a una mujer mayor que él.

Una tarde encontré a Álvaro masturbándose en su cuarto. Lo hice sin querer. Abrí la puerta y allí estaba él, sobre su cama, sobándose la pinga. En la otra mano cargaba un montón de fotos que entonces yo no supe reconocer y que, luego me enteré, pertenecían a mi tía Zahra asoleándose en la playa —algunas con sus hijos Esdras y Alán, y otras con su marido. Álvaro y yo nunca mencionamos el incidente y tampoco yo le dije que había visto esas fotos en uno de los burós de su cama. Sin embargo, a partir de ese momento, yo ya estaba alertada. Ver desaparecer a Álvaro repentinamente (del palomar o la cocina o donde fuera) y refugiarse con seguro en su recámara, significaba con certeza que estaría llevando a cabo su ritual, su íntimo y privado placer. La verdad sea dicha, el asunto no dejaba de llamarme la atención, dado que aunque yo ya conocía la masturbación, jamás la había llevado a cabo, es más: ni se me ocurría intentarlo, menos aun cuando conocí el amor al lado de Gustavo, que fue justo la misma época de la que hablo.

Poco después, por una conversación entre Zahra y mamá, supe que mi tía había perdido un montón de fotografías recientemente tomadas en la playa durante sus vacaciones. Mejor dicho: mi madre quiso verlas una tarde y eso contestó mi tía al desgaire: dijo simplemente haberlas extraviado… cuando en realidad no había sido así —o no exactamente. O sea, que mi hermano las había robado. Más tarde, para mi sorpresa, supe que Álvaro no las había robado sino que las había tomado prestadas de Zahra. Todo esto suena extrañísimo, y lo es. Iré por partes, puesto que lo que realmente sucedió resulta tan enrevesado que no deja de conservar su minúsculo grado de perversión o picardía, según se quiera ver.

A partir de no sé cuándo, Álvaro tuvo a bien ir de visita a casa de Zahra cada vez que se le presentaba la oportunidad, con cualquier pretexto, especialmente cuando mi tío Salomón no estaba allí. Asimismo, Álvaro aparecía en casa de mi tía cuando Esdras y Alán estaban en nuestra casa de visita, jugando en el palomar de Gina y Omar, los vecinos. En una de esas ocasiones, mi tía encontró a Álvaro sentado en la sala de su casa observando atentamente esas fotografías, por lo que ella le dijo inopinadamente que se las prestaba si le gustaban. Pero ¿para qué iba mi tía a prestarle unas fotografías suyas en bikini al lado de sus hijos o de su marido? ¿Con qué objeto? La respuesta sólo una psicóloga la sabe. Ahora lo veo con claridad: para coadyuvar en la iniciación sexual (masturbatoria) de su lindo sobrino en plena pubertad. Sin embargo, ella no podía decir (aceptar) que esas fotos se las había prestado (¡claro que no!), por lo que hablaba de ellas como unas fotos extraviadas. Pero ¿cómo fue en realidad el préstamo, el extravío? Eso nunca lo supe. Pudo haber sido que Álvaro se las pidiera a ella (lo cual dudo), o pudo ser que ella, sin decir una palabra, las dejara en su mano cerrándole el puño o poniéndoselas en la bolsa de su abrigo, o simplemente ella las extravió *ex profeso* sabiendo (o previendo que Álvaro, inquieto y afiebrado) se las llevaría con o sin su permiso. La verdad nadie la sabe más que ellos dos, Zahra y Álvaro. Por eso cuando mi madre las encontró en su buró más tarde, se armó el escándalo.

NO ES QUE HAYA estado posponiendo mi historia con Gus o que la haya eludido por alguna razón que ni yo misma conozca. Gustavo pasó como un relámpago, intenso, fortísimo, electrizante, pero sólo eso. A él le debo mucho —ilusiones, dudas, castillos en el aire, sufrimientos de un fin de semana, insomnios, calosfríos—, sin embargo, todo ello ha quedado almacenado, indiscernible en el oscuro zaguán de mi alma, metido en una turbamulta de sucesos que a partir de allí fueron precipitándose y dejando, por tanto, su recuerdo atrás. Ese año y pico que pasamos juntos, ha quedado resumido en mi memoria por sólo dos momentos: el día en que nos conocimos en el Parque Hundido y el día en que me acompañó, junto con mis padres y mis hermanos, al aeropuerto de la ciudad de México y nos despedimos llorando. En realidad también había ido esa mañana a despedirnos mi tía Irene, pues ese año en Israel no lo pasé sola: estuvimos juntas Nadia y yo. En realidad fue ella la que me animó a hacer el viaje, la que tuvo la ocurrencia de averiguarlo todo en la *Sojnut* de Polanco a la que fuimos varias veces por información. Finalmente, en febrero de 1982, partimos a Tel Aviv vía Londres.

Una vez llegamos a Tierra Santa, muertas de cansancio, hambrientas, trasnochadas, con nuestros respectivos *back-packs* en los hombros, nos enfilamos a la dirección que nos habían señalado en la *Sojnut* de México. El taxi nos llevó, y allí, a las afueras del edificio, pasamos lo que quedaba de la noche, a la intemperie, al lado de un grupo nutrido de jóvenes de todo el mundo que, como nosotras, habían llegado a Israel para quedarse a trabajar en los kibbutzim como "voluntarios". Ellos también cargaban con sus enormes *back-packs*. Como nosotras no llevábamos *sleeping-bags* (no llegaron a tanto nuestras precauciones), decidimos echarnos una sobre la otra contra la pared de esa calle desconocida engrosando la línea. Al poco rato, nuestro vecino, un muchacho de pelo largo, ensortijado, y dientes muy blancos, nos hizo plática en inglés: parecía italiano, parecía persa, parecía mexicano y su acento, desde un principio, sonaba un tanto extraño. Jose Luiz era brasileño y aunque en ese momento no podía siquiera imaginarlo (apenas me había despedido de Gustavo), meses más tarde se volvería mi compañero el tiempo que duró nuestra estancia en Israel.

Jose Luiz nos prestó su *sleeping-bag* y sobre él terminamos los tres acurrucados esa noche hasta el amanecer. Jose Luiz era de Porto Alegre, un lugar hermoso, decía, cerca del mar, pero pobre, de los más pobres de Brasil. Él era, al igual que Nadia y yo, mitad judío y con una parte árabe también; es decir, su madre era judía de Damasco, pero él había sido bautizado y cristianizado por imposición del papá. Finalmente, él se había ido sintiendo más judío a través de los años y eso, nos dijo, lo había movido a visitar Israel. Confieso que sus motivaciones no dejaron de hostigarme y cuestionarme, puesto que, hasta ese momento, yo no sabía por qué estaba allí, qué me había llevado a la tierra de Moisés, y todo lo atribuía a la terquedad de mi prima —mucho más convencida ella en sus deseos de venir. ¿Acaso realmente era ésa la razón o había sido, como dije, un demonio el que me trajo, un demonio seductor?

Recalco que en ese momento no puse mayor atención en Jose Luiz; estaba cansada, trasnochada por el vuelo y seguía pensando en Gustavo, lo rápido que todo había pasado desde el día en que nos conocimos: ya lo empezaba a extrañar y apenas llevaba un día y medio sin verlo. El final entre ambos, mal que bien, ya había venido siendo apalabrado, decidido por los dos… desde el momento en que le dije que Nadia y yo nos iríamos un año. Eso, de inmediato, entibió la relación según recuerdo, rompió un no sé qué y lo convenció de que lo nuestro había sido importante pero no definitivo, no eterno, como a veces queremos creer. Ni él debía esperarme ni yo se lo pedía y ni ninguno de los dos (en el fondo) lo queríamos. El viaje en sí, la distancia, diluiría las cosas sin nuestra obcecada intervención. Aunque no nos lo dijimos y aunque no lo sabíamos con seguridad, ahora que lo pienso resulta evidente, obvio por demás: esa larga separación coadyuvaba en una especie de raro sentimiento que no podíamos (ni debíamos) nombrar: el de que lo nuestro había sido muy lindo, casi perfecto, pero que ya debía terminar por adversos o tutelares designios. Y así fue, y a pesar de todo, yo lo extrañaba y lo echaría de menos por unos meses más.

Temprano abrió la oficina del edificio y los jóvenes aventureros empezaron a entrar y a salir. Cuando por fin entramos los tres al edificio, una señora nos invitó a pasar a su oficina, nos ofreció una silla y nos preguntó en inglés a dónde queríamos ir y de dónde veníamos. En ningún momento le importó si éramos judíos o no (luego sabría que la mayoría de los "voluntarios" que llegaban a los kibbutzim no lo eran). Le dijimos que nos gustaría un kibbutz cerca de la playa, si lo había; inmediatamente nos mostró un gran mapa de Israel con alrededor de trescientas señales o más: representaban los respectivos kibbutzim. ¿Lo queríamos con *Ulpan* o sin él?, nos preguntó. Como no entendimos, preguntamos qué era el *Ulpan*. Se trataba de la escuela que algunos kibbutzim tenían para aquellos "voluntarios" que, aparte de trabajar, querían aprender hebreo la mitad del día y sin costo alguno. Le dijimos que sí, que nos gustaba la idea del *Ulpan*, aunque la verdad no estuviéramos muy seguros de ello. ¿Lo queríamos cerca de la capital o cerca de Haifa, el puerto más importante? Dijimos que cerca de Tel Aviv, de preferencia, y entonces ella, rebuscando en sus archivos, nos recomendó Palmahim. De inmediato asentimos los tres, Nadia, Jose Luiz y yo. Supongo que el nombre del kibbutz nos evocaba el de Palm Beach o algo por el estilo y eso (y saber que estaba frente al mar, cerca de la capital) nos movió a responder afirmativamente. La mujer nos dio la dirección, nos explicó cómo llegar, qué autobuses nos llevarían y a quién debíamos dirigirnos una vez llegáramos allá. Sin ser un kibbutz muy grande (como había otros), era de buen tamaño y tenía muchas oportunidades de trabajo, así que podríamos elegir lo que más nos conviniese una vez nos acomodáramos allí.

Luego de una corta travesía por Tel Aviv —sus largas avenidas, sus edificios semejantes a cualquier otro edificio del mundo, sus colmenas habitacionales—, llegamos a Palmahim, no muy lejos de la capital, más bien como si se tratara de un suburbio a las afueras, a una hora de allí. Conforme nos íbamos acercando, Nadia, Jose Luiz y yo comenzamos a detectar el olor y el ruido de las olas aunque no podíamos verlas: las escuchábamos romper, gemir de vuelta, desenrollarse como vibraciones de cigarras. El autobús nos dejó justo a la puerta del kibbutz, lo cual es un decir, pues propiamente dicho no existe puerta, sino sólo una señal en medio de la carretera con indicaciones claras de seguir hacia adelante internándonos por una larga y sinuosa brecha de tierra que luego se convierte en arena. Finalmente, empezamos a descubrir azorados los grupos de casas como salpicados por aquí y por allá, sobre lo que más parecían amplios médanos y caminos muy blancos, breves colinas cubiertas de parras, mangos y algunos almendros. Palmahim era una hermosa comunidad con unas cuatrocientas familias, aunque, otra vez, es un error hablar de familias en todos los casos, pues había multitud de hombres y mujeres solteros de todas las edades. Los viejos tenían un trato preferencial, no trabajaban y vivían de lo que el kibbutz proveía. Palmahim poseía, entre otras cosas, una fábrica importante de material de construcción, especialmente de los llamados *Double T's*, unas larguísimas vigas de concreto que luego eran exportadas a todo el mundo. Se trataba de un área gigantesca al aire libre, cerca del kibbutz, donde los hombres, desde muy temprano, aparecían vestidos con un *overall* azul que les prestaban. Lo primero que hacían era preparar, con mares de aceite, esos moldes de acero larguísimos que parecían una W, o mejor: una doble T; posteriormente, tensaban una serie de alambres gruesos de cabo a cabo del molde, y finalmente, vaciaban las toneladas de cemento que, en apenas unos cuantos días (y con un riego constante), se convertían en concreto solidificado. Ésos eran, pues, los llamados *Double T's* en los que Jose Luiz terminó trabajando y donde lo visité infinidad de veces durante esos diez meses que pasamos allí.

Nadia y yo fuimos instaladas en una hermosa cabaña, en el lado del kibbutz donde supuestamente habitaban las mujeres, un área bastante imprecisa, a decir verdad, pues en realidad los dormitorios se iban mezclando entre la floresta próxima a la playa. Un bosquecillo —gran parte de él cubierto de uvas caletas y palmeras— circundaba la ensenada donde penetraba el mar; había, pues, que cruzar los caminos previamente establecidos (zanjados) para poder alcanzar la playa. El lugar relucía con los golpes persistentes de sol; la luz adquiría una tersura única, distinta, una vez quedaba tamizada por la brisa del océano. Sólo se veían las dunas subiendo y bajando a nuestro alrededor y el lengüeteo de las olas esparciendo su humedad por esos muslos de arena. Cuando llegamos, en febrero, el agua estaba aún bastante fría, pero con los meses se fue mejorando, y ya para abril pudimos zambullirnos en sus olas con regularidad. Sobre todo lo hacíamos una vez concluíamos la faena que a Nadia y a mí —junto con otros muchos jóvenes internacionales— nos había sido asignada: la de la pizca de naranjas.

Alrededor de las siete o poco antes, nos despertábamos, y de inmediato Nadia y yo salíamos a las regaderas comunes donde ya otras chicas se estaban duchando. Nos secábamos, nos vestíamos con ropa que nos prestaba el mismo kibbutz —shorts y camisas azules, desteñidas—, y salíamos al *hadar ohel*: un amplísimo comedor iluminado que casi parecía un restaurante de hotel, pues estaba construido muy cerca del mar (casi volado) y desde él podías observar el pleamar y bajamar de las aguas, las gaviotas y los albatros que sobrevolaban las casas con balcones de los comuneros.

Comer en Palmahim era delicioso. Aunque Jose Luiz se quejaba por la ausencia de carne de res en el kibbutz, a Nadia y a mí nos parecía estupendo el menú habitual: pollo, verduras cocidas y crudas, distintas ensaladas; había, casi a diario, los falafel típicos de Israel (pan árabe repleto de bolas de garbanzo frito, jitomate y pepino picados, todo envuelto y salseado con una especie de yogurt con sabor yerbabuena); había, asimismo, *hummus* y *t'hine* en cantidades fastuosas, y distintos tipos de yogurts para que uno eligiera: dulces, agrios, salados, de especias, con pepino o con rábanos. Había quesos deliciosos, pan, cereal, leche, café y jugo. Siendo (como era) todo gratis, no nos podíamos quejar; era un verdadero banquete. Pero miento si digo que era gratis, pues en realidad lo pagábamos con nuestro trabajo —un trabajo que, como pocos, era un verdadero placer.

Tras la visita al comedor y el desayuno abundante, unas camionetas *pick-up* nos llevaban a los huertos del kibbutz: espléndidas colinas repletas de naranjos, filas y filas de ellos, kilómetros pletóricos, frondosos, cayéndose por la fuerza de la gravedad y la cantidad asombrosa de naranjas gordas y brillantes.

Había, pues, que poner manos a la obra… y eso hacíamos, felices y alborotadas, en un clima casi siempre benigno, en pleno mediterráneo y a plena luz del sol. Nos poníamos, primero, unos guantes gruesos, bien pegados a las manos; nos ajustábamos una suerte de pinzas especiales para no arrancar la naranja del tallo sino cortarla (como debía de ser), y empezábamos nuestra tarea subiéndonos a las escaleras que metíamos a la intimidad misma del naranjo, a sus entrañas, allí donde tú podías ver a través de las ramas y las hojas pero donde los demás no podían verte. Allí pasábamos cinco o seis horas, entre árbol y árbol, tratando de llenar unos enormes canastos de madera que luego una máquina cargadora venía a recoger. En cuanto un equipo terminaba de llenar uno de ellos —tarea larga—, podía irse a descansar, a comer, a asolearse a la playa del kibbutz (o visitar la fábrica de *Double T's*, lo que yo a veces hacía). Creo que desde entonces nunca he usado tanto mi cuerpo para trabajar. Ahora que lo pienso, el hecho de estirarse a coger esa última naranja casi imposible de alcanzar, los arañazos en los brazos y las piernas, el sol tatemando tu rostro mientras el sudor cae y mancha tu camisa prestada, la sangre escurriendo en la piel, todo eso no lo he vuelto a vivir ni por equivocación y creo que lo echo de menos. Eso era vivir la vida al aire libre —como en los cuentos rurales de antaño—, trabajando bajo el sol y aguardando que una nube ocultara tu cuerpo unos minutos (bendiciendo esa nube); era el tiempo en que, de pronto, sin saber cómo ni cuándo, empezaba la guerra de naranjas entre un equipo y otro, entre un árbol y otro, mientras chupábamos gajos dulcísimos y el jugo se nos desparramaba amaridándose con el sudor y la sangre de los brazos; era el tiempo en que mi cuerpo salía a respirar y lo hacía con auténtico amor hacia la tierra, hacia el campo, vuelto al mar, llenando mis pulmones con la brisa pujante del Mediterráneo; era el tiempo de la libertad, de los juegos, del trabajo como una diversión, donde incluso adelgazar era cosa de todos los días y no una preocupación soberana (Nadia y yo adelgazábamos estrepitosamente aun cuando comíamos hasta el hartazgo todo el tiempo).

No sé cuántas veces a la semana lo pasábamos en el mar con Jose Luiz y los demás amigos que íbamos haciendo día a día. Había un chino, un francés, una irlandesa, una pareja de ingleses, tres daneses, varios holandeses y casi veinte suecos que habían llegado en grupo poco tiempo después que nosotros. No dejaba de llamarnos la atención a Nadia y a mí la manera en que las mujeres suecas se quedaban en *topless* frente a sus propios hermanos. Allí estaban ellas asoleándose y charlando como si nada, felices de robarse el sol que quizá no hallaban en su país. En México y en Virginia eso hubiera sido imposible: las leyes, la religión o las costumbres no lo hubieran permitido. Poco a poco, sin embargo, fuimos acostumbrándonos y finalmente, también nosotras terminamos por quitarnos el *top* del bikini, lo cual a nadie pareció llamarle la atención aparte de a nosotras mismas. Jose Luiz y yo dábamos largos paseos por la playa y no sé cuándo ni cómo sucedió, pero ya los dos nos metíamos a las olas cogidos de la mano, luego nos pasábamos recostados las horas entre los demás, viendo caer el ocaso, conversando en inglés con los otros muchachos o, bien, solos los dos hablando en portuñol, o con Nadia, quien se había ido enamorando de un israelí del kibbutz, que al menos le hizo olvidarse un rato de su indeciso novio mexicano.

No sé tampoco cuándo hicimos el cambio de cabañas (como muchos otros "voluntarios"), pero el caso es que de pronto yo ya vivía con un hombre por primera vez, y si no vivir en toda la extensión de la palabra, por lo menos cohabitaba con él. Jose Luiz y yo compartíamos el dormitorio, la cama, el estéreo y hasta a veces la misma ropa, lo mismo que Nadia y Joseph, su novio israelí. Estábamos las dos tan lejos de México, de nuestros padres, de los tíos, de cualquier mirada inquisitorial o reprobatoria; totalmente felices, ajenas al pasado y las costumbres; sólo recibíamos cartas de vez en cuando y las contestábamos con prisas, sin demasiada gana, totalmente sumidas en esa otra realidad al otro lado del mundo. Bastaba decir a nuestros padres que estábamos bien, contentas, sanas, sin agregar nada más, sin entrar en detalles, eludiéndolos. Algo semejante fue, supongo, lo que pasó entonces con Gustavo; no recuerdo bien, pero creo que él empezó a escribirme con furia al principio, con pasión más tarde y luego con desaliento, mientras que yo, poco a poco, lo fui olvidando o lo fui perdiendo entre esa montaña de novedades que vivía al lado de mi prima, tan lejos de todo. No lo sé, insisto; lo que sí creo es que, con el paso de los meses, también sus cartas fueron diluyéndose, espaciándose y acortándose, hasta por fin desaparecer. Tal vez mi Gus hubiera encontrado a otra, quién sabe, como yo, y desde entonces (desde la última carta, cualquiera que ésta haya sido) no he vuelto a saber de él, no volví a saber de él. Ya pasaron, sin embargo, muchos años y a veces no dejo de preguntarme por Gustavo, por su vida, lo mismo que imagino Porto Alegre, una ciudad hermosa, pequeña, cerca del mar, al sur de Brasil, donde seguro vivirá feliz ese novio antiguo, Jose Luiz, el segundo hombre en mi vida.

Uno de los momentos más gratos eran los paseos que organizaba el kibbutz. Así, junto con todos los extranjeros, Nadia y yo conocimos muchas partes de Israel, lugares que pudimos conservar en nuestros álbumes de fotos y que, años más tarde (no muchos), repasamos con extrañeza, con nostalgia, al lado de una taza de té de jazmín mientras sus hijas, muy niñas aún, jugaban con sus muñecas y su ajuar. Recuerdo, por ejemplo, el paseo al Mar Muerto y la sorpresa de ver nuestro cuerpo flotando, saliendo del mar (como escupido), luego la sal en el cuerpo como harina espolvoreada y los regaderazos en la playa para quitárnosla; también el viaje que hicimos todos a la montaña espectacular donde estuvo la ciudad de Masada: pude imaginar, muy triste, esas familias judías suicidándose ante el cerco romano antes de rendirse; recuerdo Roshanikrá, al norte de Israel, en la frontera con Líbano: las cuevas en el mar donde buceamos, echamos clavados desde las rocas Jose Luiz y yo, mientras los soldados de la ONU cuidaban el perímetro fronterizo entre ambos países; recuerdo unas extrañas y abismales zanjaduras en el desierto del Néguev, al sur, donde movimientos telúricos habían abierto la tierra y uno podía mirar las entrañas del mundo si se asomaba arrastrándose en el polvo. En Israel todo era historia, el sur con Saúl y David y las montañas agrestes donde tuvo que ocultarse este último para que no lo matara Absalón; el norte con Galilea y el paso de Jesús convirtiendo los peces y el pan en lo que es hoy un hermoso templo lleno de turistas; pero, por encima de todo, estaba Jerusalén, adonde fuimos varias veces, con y sin el grupo del kibbutz, con y sin Jose Luiz y Joseph, el novio israelí de mi prima; siempre juntas, Nadia y yo, inseparables, indescriptiblemente atraídas (como por una fuerza magnética) hacia esa ciudad en las alturas.

En Jerusalén, entre sus calles angostas y su algarabía, por callejuelas y tiendas diminutas, entre plañidos y rezos en todas las lenguas, metida en el centro del huracán del mundo, sentí la fuerza más extraña que jamás haya experimentado en mi vida: hablo de una energía espiritual, un dínamo inefable —algo alado, sublime—, que surgía de pronto e iba adueñándose de ti, invadiéndote, desde que te acercabas en autobús a la ciudad bendita, subiendo la ladera del monte donde está majestuosamente enclavada entre murallas.

Lo que nos pasó en Jerusalén (lo que nos pasaba con cada visita) requeriría muchas páginas, miles de palabras. No he vuelto a sentir, repito, nada igual en ninguna ciudad del mundo. Tampoco he querido volver; quizá ya no sienta esa fuerza cósmica, irracional, que viví entonces, en esa época, en esos viajes de dos o tres días, los fines de semana, perdidas Nadia y yo entre la multitud, devoradas por la gente, orando frente al Muro de los Lamentos, visitando la iglesia del Sepulcro Sagrado donde se halla la tumba de Cristo, siguiendo el camino del Vía Crucis, conversando con un rabino ortodoxo en inglés, oyendo las misas armenias entre la humareda intensa de los pebeteros, a veces perseguidas y deseadas por los palestinos o escuchando las rebajas de los crucifijos de ébano que hacen y venden los mahometanos de la ciudad. Transitar y perdernos entre pastores protestantes, franciscanos vistiendo el mismo oscuro sayal, armenios de largas barbas, beduinos hediondos, mahometanos, rabinos y turistas, me regresaba (me llevaba) a una edad que nunca conocí, que sólo imaginaba: Alepo (Beroia), sesenta años atrás, arruinada, pobre, sucia, única, con su monumento nacional, su grotesco lingam religioso: la "columna" de diez metros donde vivió cuarenta años Simón el Estilita. Quería inventarme el mundo de Abraham y Vera, el de Jacobo y Yemil, y así (supongo) lo describía en mi mente, así lo adivinaba, pero lejos (estoy segura) estaba de parecerse a este otro mundo, a esta realidad enaltecida, a esta Jerusalén destronada, centro del mundo antiguo, vórtice del universo.

Hacia octubre de ese año, Jose Luiz, Nadia y yo viajamos a Egipto. Su novio israelí no quiso venir. Como casi todo hebreo, Joseph odiaba a los egipcios desde la famosa guerra de los Seis días en 1967, si no es que mucho antes —incluso antes de nacer, desde los tiempos bíblicos de Moisés.

En realidad, Nadia y yo queríamos ir a Siria, pero nos resultó imposible conseguir la visa desde allí: quien hubiese pisado tierra israelí (o palestina), no podía visitar Siria, Líbano o Jordania; no así Egipto, donde aunque con dificultad de visados, podíamos sin embargo ir. Y eso hicimos los tres, cruzando el Canal de Suez en autobús, cruzando la árida tierra del Sinaí, hasta desembarcar en El Cairo. Aunque era otoño, el calor se volvió de pronto insoportable. Cogimos un taxi en la estación, el cual nos llevó a un hotel barato que recomendaba nuestra guía. El tráfico era idéntico al de la ciudad de México, al de Roma, al de Nueva York; tal vez peor, pues no existía el más mínimo miramiento al otro, al conductor de al lado; los semáforos eran un adorno más, desasido de la realidad que allí, en las calles, ardía; por si esto no fuera poco, los sonidos de los cláxones prorrumpían todo el día, desde el amanecer.

Una vez instalados, decidimos buscar un lugar para comer. Recomendados por el gerente del lugar (un tipo barrigón, sucio, sin afeitar, que apenas balbuceaba algo de inglés), nos dirigimos a una especie de lonchería donde la gente se apeñuscaba, se apiñaba, y pedía sus platos de pie, a gritos, en medio del polvo y el esmog que dejaban los autobuses que circulaban enfrente de allí.

Por fin, con muchísima dificultad, pude meterme entre la muchedumbre mientras Nadia y Jose Luiz me esperaban: el impacto visual fue inmenso. Tras una vitrina, observé pedazos chamuscados de carne donde una nube de moscas verdes, lapislázuli, revoloteaba y a veces quedaba atrapada entre la grasa y las manos del cocinero. Por inercia, por hambre quizá, pedí tres platos, los pedí en inglés, con los dedos de la mano, con lo que pude, señalando a Nadia y Jose Luiz, dando empellones y devolviéndolos. El tipo pareció comprender y de inmediato sirvió tres platos de *kabab* con pepinos, jitomate, pan y algo que no era sino una insípida salsa de *t'hine*. Comimos con avidez, con las manos, igual que todos, parados bajo el resplandor inclemente del sol y el humo de los autos; confieso que disfrutamos la comida… no sé si por el hambre que nos venía matando o porque, a pesar de todo, el pestilente platillo sabía muy bien.

Visitamos las tres pirámides y la Esfinge; nos fotografiamos sobre los camellos que los beduinos rentan; pasamos un largo día en el Museo de El Cairo entre las momias, hasta que decidimos salir para Alejandría, donde la pobreza, la suciedad y el aburrimiento de las caras nos dejó un acre sabor de boca. No había nada allí aparte del puerto con sus barcos modernos pero deteriorados, despintados; sus bancos deslucidos y sus tiendas de cambio; algunos marineros paseaban somnolientos, abatidos, sin ninguna luz en los ojos, inánimes, casi muertos; nada que ver con ese hervidero humano que mi abuela conoció en la peor de las penurias, ni los mendigos y vagabundos eran lo mismo, ni las voces rezando desde los alminares, ni siquiera esos alminares, minaretes y mezquitas eran los mismos. Almuédanos e imanes se paseaban con rostros torvos, sucios, como cóndores ancianos, pasados de moda. El zoco, de entre todo lo demás, tenía algo más de vida, algo más de ruido y olores desconocidos: fumadores de narguilé en algunas tiendas, hombres tocados con tarbouches sucios, jugadores de chaquete, vendedores musulmanes de estentórea voz, bebedores de café con infusión de cardamomo —excelente para soportar las altas temperaturas del mercado. Los tres percibimos, no obstante, una agreste lentitud que no correspondía a la que (supuse) había vivido y sentido Vera cuando llegó huyendo de Abraham y su madre sesenta años atrás; en Alejandría pervivía una serenidad triste, fatídica, que no coincidía con el berenjenal colorido, exuberante, de mi imaginación. Sólo estuvimos una noche y preferimos regresar, temprano, a El Cairo donde, casi inmediatamente, tomamos otro tren que nos llevó hasta Luxor, una extraña ciudad hacia el sur, como suspendida en el tiempo y la bruma, con sus dos fastuosas atracciones: los templos de Luxor y Carnak. Sobre todo, fueron las descomunales columnas de ambos templos lo que atrapó mi atención: pasearme por ellas, reconocer los grandes salones del pasado, imaginar la razón de ser de tanta incongruente desproporción. ¿Qué hacían allí, sin ningún propósito aparente, erguidas como lingams descubiertos, sin ningún techo que sostener, comparables en belleza al templo de Mitla en Oaxaca? De allí, al tercer día, seguimos los tres al Valle de los Reyes, adentrándonos con ello en el desierto, en sus ardientes entrañas. Allí, justo en la estación del tren, alquilamos tres burros junto con muchos otros jóvenes turistas que emprenderían la misma ruta a través de las montañas del Sahara. Después de cuatro horas, cansados de arriar las mulas, sedientos y con las entrepiernas adoloridas, llegamos a las llamadas cámaras de los reyes, esas furtivas cuevas recientemente descubiertas donde pasarían al otro mundo los faraones al morir. Vi de cerca, rodeado de joyas, tristemente finito, el sarcófago de Tutankamon.

Finalmente llegamos a Asuán, un raro paraje de ruinas a mitad de un lago solar, y de allí, un día más tarde, tomamos un taxi que nos llevó hasta Abú Simbel, una de las maravillas del mundo, lejano de la civilización, último bastión de Egipto antes de ingresar a Sudán, la negra Sudán de los nubios. El recorrido para Abú Simbel era de casi cuatro horas desde Asuán, por lo que tuvimos que salir del hotel muy temprano, aún negro el firmamento, al lado de tres italianos con quienes compartimos los gastos del taxi que alquilamos para todo el día. Durante el camino, ya con el foco del sol fustigando el cielo sin nubes del Sahara, vi con mis propios ojos (y aquí cabe la tautología) el primer y único espejismo que he contemplado en mi vida. Súbitamente les dije a Nadia y a Jose Luiz que miraran a la izquierda, donde yo iba sentada con un brazo fuera de la ventanilla.

—¿Qué? —me preguntaron.

—El mar, ¿qué no ven?, el mar —dije, insistí, pues lo tenía frente a mis narices: una línea azul, gris perla, difuminada en el horizonte, no muy lejos de allí, tal vez a unos trescientos metros o menos, paralela a la carretera en la que íbamos.

—Pero si aquí no hay mar, Silvana, estamos en el desierto —dijo Jose Luiz.

Y fue hasta entonces (por chusco que parezca) que caí en la cuenta: obviamente no había mar, estábamos en el desierto, en el más grande del mundo. ¿Cómo iba a haber mar? Entonces, pensé, dije, debía ser el Nilo.

—Tampoco —ripostó Jose Luiz con su voz nasal.

Ansiosa, pues no paraba de observar el agua (una línea espumosa color azul difuminándose a doscientos metros de allí o poco más), le pregunté al chofer del taxi para cerciorarme. Me contestó que no era el Nilo ni el mar.

—*Mirage* —dijo, riéndose, como si fuera la palabra que más utilizara con cada pasajero que llevaba y traía a Abú Simbel—, *mirage*.

Por fin llegamos. Hasta aquí debía venir para entender, como en una suerte de anagnórisis, mi vocación, mi profesión frustrada.

Al ver esas efigies cinceladas en las montañas, esos cuatro gigantescos Ramsés II, hieráticos, majestuosos, enfrentados a su destino indefectible —el de morir… como todos—, enfrentándolo como a un enemigo, creyéndolo vencer con su poder altivo, pétreo, del tamaño de una montaña, delineados los cuatro Ramsés entre las rocas del Sahara, supe de pronto lo que quería estudiar una vez regresara a México y no había sabido interpretar hasta verlo allí: medicina. Sí, medicina. Pero no para salvar vidas o para curar enfermos. Mentiría si dijera que eso fue. Lo que en realidad pasó ese mediodía, detenida y extasiada por lo que veía frente a mí, fue una especie de agnición, un *déjà vú*, o simplemente la comprobación de una obsesión furtiva, y es que de pronto adiviné (o siempre había sabido) que deseaba investigar de cerca, muy de cerca, la cara sucia de la muerte, lo que había detrás, el porqué de morirnos y tener que renunciar al placer y al mundo y al amor y a la vida; deseaba ver dentro de su rostro, en el fondo de nosotros mismos, en sus entretelas; quería saber si la muerte, acaso, residía en el cerebro humano (en sus nervaduras) o en el cuerpo o en las vísceras —quería abrir la muerte o el cuerpo o lo que fuera con un fino bisturí—, quizás allí, finalmente, encontraría a Dios… y si no, por lo menos hallaría una respuesta a esa pregunta que añoraba desde siempre y no sabía siquiera deletrear: ¿qué es la muerte?, o aquella otra que hacía mucho le hiciera a mi papá (muy niña) cuando le dije qué sentía él de no tener a su papá presente, es decir, qué se sentía mirar y esperar y odiar la muerte.

TAL VEZ EL PONERME a recordar ese día, bajo el cenit de octubre, parada allí, unos minutos, sin Nadia y sin Jose Luiz cerca de mí, frente a las estatuas de Ramsés II en Abú Simbel, a punto de balbucear (para mí misma) mi vocación, ha propiciado un sueño extraño, muy vívido, uno de esos sueños de los que uno no puede salir y que parecen hechos de carne y hueso. Con él voy a interrumpir estas memorias.

Me encuentro sola en un restaurante; de pronto me levanto y me dirijo al baño. Allí un hombre me dispara tres veces: una en el dorso, otra vez bajo la axila y la tercera justo en el corazón. Caigo desvanecida o muerta, pero lo cierto es que no estoy muerta aunque todo aparente lo contrario: la sangre, la caída, la falta de pulso. El hombre que me ha disparado y otro hombre me recogen del suelo, me auscultan y dicen casi con indiferencia pero con absoluta convicción: "Está muerta". Me han metido en una amplia bolsa de hule o de nylon que conserva un largo cierre que la cruza, parece una bolsa hecha *ex profeso* para guardar cadáveres. En mi sueño, sin embargo, no reparo que esas bolsas las conozco del forense, de mis primeras visitas a diseccionar cadáveres. De cualquier forma, surge un problema gravísimo, y es que no puedo respirar, estoy encerrada en esa bolsa. Quisiera decírselo, pero no puedo: para ellos estoy muerta, para mí también (supongo) aunque respire con dificultad. Tampoco tengo miedo. Sí, no lo siento aunque debería, lo sé. Más bien tengo algo de contrariedad, es como si el mundo no me comprendiera, es como si quisiera explicarles y no me oyeran ni pudieran entenderme: si respiro es que no estoy muerta… aunque estoy muerta dado que me han disparado en el corazón y dado que mis asesinos se han cerciorado de mi muerte. Habrá que creerles. Finalmente, no se cómo ni por qué medio, me hallo en camino a un sanatorio. Creo que es una ambulancia, pero no hace ruido, no lleva el típico sonido estremecedor y repelente con que las sirenas se abren paso en todo el mundo. Aunque no cubre la bolsa mi cuerpo, parece que los médicos intentan resucitarme, están desesperados, pues han visto por pura casualidad que no morí, o no del todo. Aquí, sin embargo, en esta ambivalencia surge una pregunta: ¿cómo van a resucitarme esos doctores si han visto que no he muerto? Para resucitar a alguien, hay que haber fallecido, si no ya no es una resurrección, ¿o acaso estoy en un error, me equivoco de cabo a rabo? ¿Estoy o no estoy muerta? Para mí, es obvio que lo estoy (ahora que lo pienso, se trata evidentemente de una obviedad onírica); para ellos, resulta dudoso, por demás ambiguo. ¿Estará muerta esa mujer?, se preguntan. ¿Estamos resucitándola o qué carajos estamos haciendo con su cadáver o cuerpo o lo que sea que es esto? A partir de allí, no sé qué más pasa: el escenario cambia y nada tiene que ver con mi muerte, más bien tiene que ver con una casa con alberca en la que encuentro a una amiga que no sé quién es (¿será mi prima Nadia?). La he ido a visitar después de muchos años de no verla —tal vez ha sido después de mi muerte—, pero es otra, muy cambiada, como taciturna y lejana: al despedirme de ella, resulta ser un frasco, sí, un gran frasco de colonia de hombre color azul. No sé cómo explicarlo, se trata simplemente de un frasco que estoy a punto de abrazar, pues voy a despedirme de él aunque de pronto resulte completamente inadecuado despedirse de un frasco de colonia de hombre. No sé lo que hago. Todo es pura contrariedad, puro absurdo, y me despierto.

¿Qué querrá decir todo esto?

ESDRAS, EL HIJO mayor de Zahra, el amiguito infatigable de Álvaro, mi hermano, era algo así como el alma de su madre, el consentido, el mimado, al contrario de Alán, el que le siguió, y a quien Zahra y su papá también quisieron (con la diferencia de que Alán se mostró, desde muy temprana edad, mucho más independiente de mamita). A Esdras lo vi siempre como a través de una lupa que lo empequeñecía, me refiero más que nada a su edad. Era tres años menor y, para ser sincera, casi no le presté atención sino hasta que creció, fue algo mayor y supe del enredo en que se metió contrariando a su madre, su reina incontrariable. En principio, era difícil, si no imposible, imaginar a Esdras contrariando el deseo de Zahra a quien adoraba como a una diosa: su vida parecía cobrar todo su valor, todo su sentido, si lograba mantener satisfecha la admiración y el beneplácito de mi tía. Parece incluso, visto a la distancia, que a eso se dedicó hasta que llegó la adolescencia, o mejor: la juventud.

No sé si dije que en casa de Zahra había reglas estrictas (aunque estrictas, las reglas eran diferentes a las que existían en casa de Dinara y Edmundo, el monstruo de lentes verdes) que no se podían desobedecer bajo ningún pretexto. Supongo que toda esta estrategia era parte del plan educativo con que mi tía psicóloga experimentaba en su casa, su laboratorio científico. Por ejemplo, Alán y Esdras llevaban cada uno en su recámara (colgada en la pared) una especie de cartulina rayada con los días de la semana en cada espacio. Asimismo, había diferentes quehaceres de la casa (los cuales se ubicaban en cada recuadro justo en una esquina de la cartulina), como aspirar la alfombra de la sala, lavar la loza, limpiar los baños, lavar la ropa, secarla y plancharla, hasta cocinar y tender las camas de cada habitación. En su casa nunca hubo sirvientas, aunque mis tíos fácilmente podrían haber solventado una o dos —recordemos, sin embargo, que parte de la estrategia educativa de Zahra era mantener a sus hijos bien ocupados en las tareas domésticas del hogar mientras ella ofrecía terapia en el consultorio privado que tenía su casa de manera independiente.

Pero volviendo a la cartulina rayada y a los quehaceres del hogar, cada uno de esos recuadros tenía un valor, el cual se representaba con una estrellita fosforescente, una de esas estampitas de color que las maestras de la guardería solían ponerle en la frente a los niños más aventajados del salón. De esa forma, Esdras y Alán competían por obtener más estrellitas en su itinerario semanal, las cuales iba pegando mi tía cada noche… previa revisión (requisa, debiera decir) del quehacer bien terminado. Había faenas que valían una o dos o tres estrellitas, dependiendo de su dificultad; asimismo, uno de mis primos podía llevarse sólo una estrellita en un quehacer que ameritaba tres si su trabajo no había sido el óptimo, el deseado. Para ello, estaba Zahra, la auditora, quien dictaminaba con ferocidad y daba o quitaba estrellitas a su antojo.

Y, ¿bueno? ¿Cuál era el fin de las estrellitas de colores estampadas en las cartulinas colgadas de Esdras y Alán, mis primos? Pues el obtener permisos y dinero. Eso sí, debo aclarar: pocos permisos (difíciles de obtener) y muy poco dinero —si comparamos con el que le daban mis padres a Rodrigo, por ejemplo. De esa manera mi tía, supongo, ahorraba en la servidumbre a la vez que educaba a sus dos retoños, según no sé qué método aprendido no sé dónde.

Al contrario de Álvaro y Rodrigo, Esdras y Alán Corkidi tuvieron *Barmitzvah*. En esa ocasión, a sus trece años cumplidos, recibieron mucho dinero. Ése era el regalo esperado con ansiedad —y más tratándose de mis primos que, con los años y el método de mi tía, se volvieron unos avarientos. Sin embargo, tal parece, no todo resultó psicológicamente adecuado para Zahra (o para sus hijos, según se quiera ver), dado que a los diecisiete años, poco más o menos, Esdras se enamoró de una *goy*, y no era (como podía esperarse) una *goy* o *shiksa* cualquiera, se trataba nada menos que de Gina, nuestra vecina de San Ángel, la misma del palomar en la azotea donde jugábamos cada tarde —o donde yo solía jugar.

No sé cómo empezó todo, quizá lo vi (lo tuve frente a mis narices) y no supe darme cuenta del proceso; supongo que su enamoramiento fue simplemente surgiendo entre juegos, chistes y correrías de la adolescencia, sin buscarlo y, sobre todo, sin imaginárselo —cuando apenas dejaban de ser niños. Desde nuestra llegada a México, Esdras y Alán venían a casa o mis hermanos iban a la suya. Incluso ya conté que, durante cierto periodo, Álvaro prefería ir a casa de ellos justo cuando mis primos no estaban y sí estaba, en cambio, mi tía Zahra. De cualquier forma, fue en esos ires y venires a lo largo de los años, que el amor entre esa *goy* y mi primo se cumplió como una estrepitosa bofetada del destino para Zahra.

Los padres de Gina y Omar eran primos hermanos, ambos españoles inmigrantes y casi millonarios. El padre había sido sacerdote y por alguna razón (la del amor, ¿qué otra?) dejó los hábitos y se casó, algo ya mayor, con su prima, al parecer la única mujer a la que conocía, o mejor dicho: la única mujer con la que quizá rompió la íntima barrera de su timidez con las mujeres. El señor Talens era bajo de estatura, muy delgado y blanquísimo, tan blanco que parecía transparente; lo único que tenía color eran las chapas coloradas que no eran sin embargo chapas sino las manchas de la sangre que dejaba cada vez que se afeitaba —seguramente se irritaba su piel traslúcida como la cera. Nos saludaba seriamente, impertérrito, siempre ocupado, a punto de irse a su trabajo. En resumen, el señor Talens no era ni bueno ni malo sino regular; era el padre de la casa, el señor huyendo lejos del hogar cada mañana.

La madre de mis vecinos era, asimismo, blanca como el señor Talens, pero de una blancura poco agradable: ni siquiera mortecina o pálida. Podía, como su marido, mirársele al trasluz, podía traspasársele (metafóricamente) con la mirada. Sin embargo, era una dilecta señora, amable, cariñosa y callada. A todo parecía acceder y a todo mostraba una aquiescente sonrisa. Aparte de atender y querer a sus hijos, no tenía otra vida, supongo, más que la de rezar por las noches a la espera del marido —o junto al marido ex sacerdote.

Los padres de Gina y Omar tuvieron, sin embargo, su duro golpe de la vida y justo vino cuando menos se lo imaginaron, cuando nadie lo podía prever. Ya siendo mayores mis vecinos, los Talens quisieron tener un tercer hijo, y lo tuvieron: una niña hermosa (mucho más linda que Gina), inteligente, con ojos vivarachos y llena de buen humor. El único problema es que no tenía brazos. La hermanita de Gina y Omar había nacido sin brazos. Aunque el doctor, al parecer, se los había advertido años atrás desde que la madre de Gina se embarazara por primera vez, olvidaron o simplemente desatendieron los consejos… y los genes, finalmente, hicieron su maldita labor quitándole los brazos (y por supuesto las manos) a la hermanita de mis dos vecinos del callejón de San Ángel.

Cuento todo esto para entender (o interpretar mejor) la espantosa contrariedad que se cebaba dentro del alma de mi tía Zahra. Esdras, su consentido, no sólo se había enamorado enloquecidamente de una joven *goy*, una gentil, sino que aparte era hija de un ex sacerdote y, por si esto no fuera poco, con el antecedente de una hermanita con un cruel problema genético. ¿Cómo no temer por sus posibles nietos? Obviamente, Zahra utilizó el pretexto de la pobre hermanita para intentarlo todo, cuando en el fondo rechazaba la idea de tener nietos gentiles, pues los hijos son finalmente lo que la madre es, nos decía mi abuelo Abraham, y por eso, nosotros (Álvaro, Rodrigo y yo) éramos judíos nos gustara o no, quisiéramos o no aceptarlo.

Parece que su aferrada decisión por destruir ese reciente pero fortísimo amor entre su hijo y mi vecina, tuvo consecuencias contraproducentes para Zahra. Gina, para empezar, tenía un carácter semejante al de su padre: autoritario, listo para luchar contra cualquier eventualidad (por no llamarle adversidad), preparado para cuidar su amor y listo, asimismo, para jugarse la vida contra esa suegra adversa si era necesario. Sería infinito contar, pues, la cantidad de sinsabores que una le hizo pasar a la otra, aunque cabe aclarar que todas las inició mi tía, quien no cejó en su obcecado delirio de madre judía: desde cerrarle la puerta de su casa a Gina, llamarla por teléfono para amedrentarla, buscarla en la calle y gritarle no sé cuántas majaderías, al mismo tiempo que Esdras lo iba sabiendo e iba volviéndose en su contra hasta el grado de rebelarse y dejar de dirigirle la palabra durante meses a su madre. Mi tía, hay que confesarlo, perdió literalmente la cabeza por su hijo. La psicóloga se volvió loca y ya ni siquiera mi tío Salomón (bueno para poca cosa en realidad) pudo ayudarla en su exacerbado frenesí edípico.

Por su parte, como ya dije, Gina no era del estilo de su madre (ni sumisa ni dócil ni amante de la concordia), todo lo contrario: estaba decidida a enfrentar al enemigo y ponerse al tú por tú con mi tía Zahra: respondió, pues, a sus groserías, a sus llamadas y la retó cada vez que fue necesario hacerlo. Mi madre, no tengo que decirlo, intentó (como buena vecina de los Talens) una tregua que, sin embargo, no alcanzó. Decidió, finalmente, dar un paso atrás, permanecer ajena a la trifulca mientras los años iban pasando y la relación entre Esdras y Gina iba adquiriendo su mayoría de edad. No tengo que añadir, supongo, que tampoco los padres de mi vecina estuvieron muy contentos con esa relación, más si (como sabían) Esdras era judío, aparte de que su hija era una y mil veces rechazada y humillada por su suegra virtual.

Un ejemplo del grado a que su enemistad había llegado, acaeció poco después del día de mi boda, y aunque no quisiera adelantarme (y no lo haré), sólo cuento que en esa ocasión yo invité a Gina y a Esdras, lo mismo que a sus respectivos padres. Sin embargo, unos días antes de la boda, Zahra me llamó para decirme atolondradamente si por casualidad sabía yo si Gina pensaba asistir, a lo que contesté que sí.

—Entonces yo no iré, perdóname, Silvana —me respondió, despidiéndose por el auricular, medio enloquecida pero con la típica amabilidad y compostura con que atendía a su clientela depresiva en su consultorio.

Decidí hacerme la desentendida, sin embargo, luego supe por Gina que Zahra había amenazado a Esdras con aparecer y hacerle alguna grosería pública en la fiesta de mi boda, si es que decidía llevar a Gina con él. "Luego me lo agradecerás", solía terminar mi tía sus peroratas a su hijo, según supe por Alán. Finalmente, Gina se preparó y, a sabiendas del riesgo, fue a mi boda (cosa que le agradezco), pues recuerdo que me dijo con seguridad:

—Silvana, el que nada debe nada teme, y yo no le tengo miedo a esa loca.

No tengo que añadir que yo, sin embargo, sí tenía miedo de que algo de veras terrible sucediera en esa fiesta, nada menos que mi boda. Sin embargo, nada sucedió. Zahra decidió no aparecerse, tal y como me había advertido por teléfono —tal vez (ahora lo pienso) para intentar disuadirme de invitar a mi vecina… cosa que en ningún momento, ni por error, pensé hacer.

Simplemente cuento el suceso para mostrar el tipo de discordias (debiera llamarlas batallas) que se fueron fraguando varios años entre esas dos mujeres. Finalmente…

Creo que dejaré para después lo que sucedió finalmente.

NO SÉ SI ESTOY o estuve signada por el tema del último libro de mi padre, ese poemario inconcluso que nunca publicó, *La esperanza de la muerte*. La correspondencia entre mi tierna vocación frustrada (la medicina) y esos poemas, es algo que acabo de descubrir ahora que escribo y cuento lo que hice una vez volví a México en diciembre de 1982. Ya dije que en el fondo me movía otra cuestión para estudiar medicina: no era la filantropía y ni siquiera el amor al prójimo o la salud del prójimo o su bienestar. Era otra cosa y he intentado ya nombrarla: era, creo, el encuentro con la muerte, con su adusta eternidad, con su mirada ausente y su espacio sin orillas. Todo eso. Pero… ¿dónde la podía encontrar? ¿Cuál era ese sitio? Ningún otro, supuse, que el de las planchas donde ella dormía con desfachatez, sin miedo, y este sitio sólo podía hallarlo en los anfiteatros o en la morgue.

En octubre vi a Ramsés II, le miré la cara. Lo encontré detenido, ausente, desfasado de este mundo en el que ahora vivo, perdido en el desierto del Sahara, rodeado de extraños visitantes, de turistas con cámaras y cachuchas para el sol. ¿Había vencido a la muerte este faraón? ¿O por el contrario, para vencerla, había que asumirla en plenitud, como quería mi padre, como creía sinceramente al momento de escribir *La esperanza de la muerte* a mediados de los años sesenta, cuando escribió, por ejemplo, "La ruta"?

> Mi sola, Silvana. Estás sola,
> conmigo,
> eres mis ojos, mi muerte, mi luz,
> no la resurrección. Contigo
> quiero hallar el camino hacia la muerte.
> Quiero encontrarte sola, Silvana,
> mi sola Silvana, mi esperanza,
> la ruta hacia mi fin.

Una vez llegué a México junto con Nadia mi prima, anuncié a todos en la casa que estudiaría medicina. Aunque no sabía siquiera por dónde debía comenzar, estaba absolutamente resuelta, decidida a hacerlo. La experiencia de Egipto esa tarde, sola, mientras aguardaba a Nadia y Jose Luiz bajo el fuego abrasador del cielo, fue decisiva. Creo que en la Navidad de ese año quise explicárselo a Rebeca y Sebastián, recuerdo que me oyeron casi atónitos, sin decir nada, tal vez conmovidos… aunque no estoy segura si contentos. Usualmente los padres se congratulan de tener un hijo médico, un doctor en la familia, pero no siempre pasa así si el que lo anuncia no es un hijo varón sino la hija mayor, y menos regocijo existe cuando todo surge a raíz de una extravagante revelación que una (como yo) trata insensatamente de transmitir a sus padres sin demasiado éxito. No hubo oposición, no me gustaría que se me malinterpretara; empero, la acogida fue forzada, pletórica de desconcierto, y eso obviamente no lo pude dejar de percibir. A pesar de todo, Rebeca y Sebastián me apoyaron, o al menos fingieron que me apoyaban.

En enero de 1983 fui a pedir informes a la Facultad Mexicana de Medicina de la Universidad Lasalle, en Tlalpan, al sur de la ciudad, no muy lejos de la casa de San Ángel. Yo ya había oído de ella, como también había escuchado de la Facultad de Medicina de la UNAM y de muchas otras escuelas importantes; sin embargo, nunca me imaginé yendo a pedir informes: absorta, casi robotizada, impulsada por un resorte que parecía empujarme allá, un resorte jalado hace más de un siglo, mil años atrás.

Ese día me dijeron que tenía que llevar a cabo una entrevista, por lo que, primero, debía llevar varios documentos, tales como el certificado de la preparatoria y dos cartas de recomendación. Con la ayuda de mi madre, quien conocía al esposo de una amiga suya, doctor, y pidiéndole a su vez otra carta a su ginecólogo, en menos de una semana pude llevar ambos requerimientos. Ese mismo día me dieron fecha para la entrevista. ¿De veras todo era tan fácil? Ya vería que no.

A partir de ese momento, mi cabeza no paró de dar vueltas y vueltas sobre un mismo asunto: la cita. Quería imaginar cómo sería, lo que me irían a preguntar, lo que debía responder y la forma en que esa entrevista decidiría mi futuro. Entonces, claro, no me detuve a pensar lo que de veras pasaría si de pronto me elegían; no barruntaba la cantidad de trabajo y la carga semestral para un estudiante de medicina. Quería entrar a la facultad y eso me bastaba. Quería enfrentar la muerte (como hizo mi padre) y eso me daba ánimos.

Casi sin haber dormido... la mañana de la entrevista me arreglé con esmero; es decir, aunque iba muy bien vestida y peinada, no quería exagerar mi atuendo. Según me habían recomendado, debía ser cautelosa: en ningún momento debería parecer que confiaba en mis atributos físicos como camino para la consecución de mis fines. La belleza, en estos casos, debía dejarla a un lado, debía hacerla desaparecer o, por lo menos, fingir sabiamente que la desaparecía. Usarla podía estropearlo todo. Debía asimismo parecer casual pero acicalada y elegante a la vez, natural pero vestida con gusto y un mínimo (no mucho) de distinción. En resumen: una contraproducente mezcla de autenticidad y artificialidad, de simulación y naturalidad. La verdad sea dicha, me sentía rara, sumamente extraña. En Israel había aprendido a olvidarme del cuidado obsesivo que ponían las chicas de sociedad en México; había olvidado los atuendos, las modas, los zapatos de tacón, hasta el maquillaje; por lo tanto, debía ser, ahora como nunca, alrevesadamente inteligente y cáustica, asexuada y sin embargo no demasiado asexual. Mejor dicho: debía simular cierta asexualidad pero añadiéndole un grano furtivo de mi sexo a la ropa, como una brisa o un olor. Tarea harto difícil pero que, creo, conseguí luego de dedicarle un par de horas.

Estacioné el auto en la calle de Fuentes, casi enfrente del INUMIC. Un policía me había pedido identificación para dejarme pasar. Una vez llegada allí, me encaminé al edificio principal donde encontré, casi de inmediato, el largo hall donde unos treinta aspirantes como yo esperaban ser entrevistados esa mañana. Todos estaban sentados allí medio rumiando, algunos mirando el suelo impávidos, otros fumando y siguiendo sus propias volutas en el aire; un par de ellos se veían más tranquilos, hojeando una revista con desgano. Los restantes —y yo entre ese grupo— nos mirábamos de reojo, nos medíamos de soslayo, desconfiando uno del otro, sin dirigirnos la palabra. Casi todos rondaban mi edad. Hacía un poco de frío allí dentro. Un estremecimiento recorrió toda mi espalda cuando escuché que decían mi nombre. Una señorita apareció y me dijo que por favor entrara con el doctor Guevara y de inmediato me hizo pasar a una oficina: un tipo alto, bronceado, muy bien parecido, me saludó. Estaba, al parecer, cómodamente arrellanado en una butaca marrón, con las piernas cruzadas, las cuales distendió para levantarse y ofrecerme (casi bondadoso) una butaca que tenía justo enfrente de la suya, lista para la ocasión. Nos sentamos. De inmediato, sin pérdida de tiempo (o queriendo simular cierta eficiencia en su labor) sacó un expediente y lo puso sobre sus piernas. Leyó:

—¿Silvana Forns Nakash? ¿Correcto?

—Sí, doctor —dije, muy seria, sin cruzar las piernas como él aunque por una décima de instante, creo, tuve intención de hacerlo. Me contuve. Mejor dicho: mi cuerpo se contuvo.

—Y dígame: ¿por qué quiere estudiar medicina?

—Ha sido mi pasión, doctor —dije de pronto, sin chistar, asombrada de estar escuchando lo que estaba diciendo justamente allí, con tanta determinación: asombrada pero jamás nerviosa de mi asombro, de mi desfachatez, de mi actuación vivida y fingida al mismo tiempo—. Desde niña, creo. Siempre he querido poder ayudar a los enfermos, a los que están sufriendo en el mundo…

En ese momento callé, decidí callarme. Algo me paró, me detuvo en el umbral. Podría haber continuado, podría haber seguido mintiendo, por ejemplo: estuve a punto de decir que un día mi hermano Rodrigo, el más chico, el rescatado por mi madre de las parcas, casi se asfixia otra vez por un hueso de pollo y que yo, solícita y valiente, intenté salvarlo una vez más, y podría haber dicho que me quedé a su lado y no pegué el ojo durante una noche viéndolo solamente respirar y que después… Pero no, callé a tiempo, justo a tiempo. Algo me detuvo, tal vez el balanceo tranquilo de su pie, el pie del doctor, sus calcetines demasiado acordes con su cinturón de cuero, casi del mismo color sepia oscuro, y sus zapatos gris oxford del mismo color que el pantalón y el saco. Todo concurría con su cabello gris y éste, algo despeinado, con su finísima corbata rayada. Demasiado perfecto para no ser fingido, cavilé. No, miento, ni siquiera pude pensarlo: fue una suerte de intuición o, mejor: era como si esa serie de correspondencias de pronto me abstrajeran, me hipnotizaran. Debía, no obstante, igual que él, mentir, fingirlo todo; pero debía, asimismo, saber hacerlo, es decir, saber cuándo hay que callarse, detenerse, y eso hice —con suave discreción. O tal vez me equivoco, y no fue eso y fue pura casualidad que sus zapatos y su cinturón me hipnotizaran.

Sin embargo me sentí atrapada un segundo, flechada, cuando de pronto, tras ver en su expediente o lo que fuera que tenía sobre sus piernas, me dijo a bocajarro:

—¿Y cómo crees tú que te vamos a aceptar si no llevaste área II?

Sabía a lo que se refería. Área II es la que llevan los chicos de la preparatoria que quieren estudiar medicina o biología o química. Yo, por el contrario, había estudiado área IV, es decir, Humanidades.

—Yo quise estudiar área II, doctor, pero mi padre se opuso.

El doctor Guevara, sin parar su balanceo del pie, titubeó y me dijo:

—¿A qué se dedica tu padre?

—Es poeta. Bueno, fue poeta.

—Entiendo —dijo cuando se detuvo a mirar el expediente: ciertamente allí decía que yo había estudiado lo que ya le había dicho que había estudiado, área IV; supongo que para el doctor Guevara todo tuvo de pronto una explicación, una razón de ser, una lógica bien amañada y certera.

—¿Y qué opina tu padre ahora que quieres estudiar medicina?

—Ahora lo entiende. Le costó trabajo, pero ahora lo entiende. Igual mi madre, doctor. Han visto mi convicción y mis ganas, sí, desde que era muy pequeña… No tienen duda de que la medicina es para mí; ninguna otra carrera.

Todo era absolutamente absurdo, irreal: sus preguntas, la manera en que yo las contestaba, el hecho de que me creyera o que simulara que me estaba creyendo, todo ello con increíble convicción, con austeridad y sin remilgos. De pronto pensé que más que una entrevista de reclutamiento, se trataba de una entrevista de actuación, un juego de preguntas y respuestas, de habilidades para el engaño y su apta representación: yo te engaño, tú haces que te crees mi engaño, yo hago que creo que tú te has creído mi engaño, tú haces como que crees que yo creo que tú has creído que yo creo que te engaño…

La entrevista duró veinte minutos. Al final sólo me dijo que la lista con los aceptados saldría anunciada en dos semanas una vez hubieran terminado de ser entrevistados los seiscientos postulantes. Tal y como luego averigüé, de esos seiscientos sólo aceptarían a ciento veinte para entrar al llamado propedéutico, es decir, la segunda coladera de elección.

No sé por qué dije y actué lo que actué; bueno, supongo que si sé: tenía una meta. Sin embargo, no podía franquearme con el doctor Guevara y decirle toda la verdad, así, de sopetón, imposible. No podía explicarle mi visión de la muerte en Egipto, mi necesidad de encontrarla, verla cara a cara, escudriñar sus atributos, su oquedad o lo que fuera que pudiera conocer. Tampoco iba a contarle que Agus, la sirvienta de la casa, mi nana en los veranos, me había asegurado que yo soñaba con los muertos, que hablaba con ellos y que por eso nací un dos de noviembre y que mi verdadero nombre no era Silvana, mi nombre era Noname. El doctor Guevara hubiera pensado con razón que estaba loca de atar.

De cualquier manera, la busca de la muerte me llevaba a mi padre sin querer, me acercaba a él por otro camino: el de la medicina. Él, años atrás, al nacer yo, me había escrito el poema que da título al libro, "La esperanza de la muerte":

> Si muriera, Silvana,
> se cumpliría esta fuerte esperanza
> de morir, y al mismo tiempo la dicha
> de haber estado vivo,
> cerca de ti.

> Asimismo,
> la esperanza conmigo acabaría.
> Con estar muerto... estaría bien,
> se cumpliría un trayecto y, finalmente,
> sabrías que te amé.

Quedé entre los 120 estudiantes para entrar al propedéutico, el cual empezaba la semana siguiente. No cabía de la felicidad y también de la angustia; no acababa de creérmelo cuando lo leí estampado en una hoja pegada a la entrada del departamento de medicina de la universidad. Sebastián y Rebeca nos llevaron a cenar a mis hermanos y a mí para celebrar el acontecimiento, aunque también (ahora lo veo) para despedirse de su hija: ahora sí me alejaba de ellos. Mis padres, seguro, lo notaron mejor que yo; lo vieron perfilarse con antelación y pena. Junto con su hija, dejaban atrás otras muchas cosas que apenas yo entreveía: Colorado, Virginia, el México de su juventud y también el México de mi adolescencia; junto a mí, Rebeca y Sebastián se hacían viejos.

Recuerdo que nos presentamos los 120 postulantes a las cuatro de la tarde y nos dieron la bienvenida. Yo estaba algo nerviosa. Todos los estudiantes de medicina que ya llevaban un tiempo en la universidad, nos observaban como si fuéramos bichos raros, traídos *ex profeso* allí para su observación meticulosa. Pude notar sus rostros intrigados; algunos de ellos buscaban a las chicas guapas de nuevo ingreso o viceversa: tal vez las chicas entreveían entre esos 120 quién era el más atractivo o el que parecía inteligente o tenía un futuro exitoso dentro de la profesión. No lo sé. Supongo que los mayores trataban de adivinar qué clase de individuos éramos, a quiénes habían seleccionado los altos dirigentes. Éramos los del "prope", así nos llamaban con un poco de desprecio mal oculto, tal vez reivindicándose y resarciéndose de esa dura etapa en la que apenas ellos también eran unos "propes" nada más, con un futuro amargo, lleno de estudio, reveses y desvelos. Recuerdo todo esto, pues, tiempo después, yo también daría la bienvenida a otros; también yo los llamaría "propes" con indulgencia y un poco de sorna y curiosidad, todo aunado. También en ese encuentro de bienvenida, sabías o podías imaginar con qué clase de jóvenes empezarías a tratar los siguientes años, con quiénes armarías grupos de estudio, visitarías sus casas frecuentemente y ellos la tuya y, finalmente, quiénes serían tus amigos y pares en el trabajo durante el resto de tu vida.

Poco después empezó el semestre. Mis primeras clases fueron Anatomía, Bioquímica, Histología e Inglés. Está de más decir que esta última era casi innecesaria; y digo "casi" porque, la verdad sea dicha, miles de terminajos yo no los había oído nunca ni en inglés ni en español. En cierto sentido, yo les llevaba ventaja a algunos de mis compañeros; sin embargo, más de la mitad hablaba casi perfecto inglés, venían de escuelas privadas como el Green Hills, el Oxford, el Colegio Americano o habían vivido en Estados Unidos alguna temporada.

Íbamos a clase de cuatro a nueve los martes y jueves. Cada semana nos hacían exámenes fastidiosísimos, para los cuales no dormía y me preparaba con varios días de anticipación. Siempre dejaban tarea. Era ingenuo esperar que un día no la hubiera. Casi desde el inicio se formaron cuatro grupos y conforme fue pasando el tiempo, casi sin proponérmelo, empecé a hacer amigos. Por extrañas afinidades o, bien, casualidades, empecé a intimar con Laura y Sergio (los dos parte de uno de esos cuatro grupos que se habían formado); ambos tenían mi edad; ambos venían de escuelas privadas y podía decirse que eran de familias con recursos, todo lo cual no era óbice para que pusieran el mismo empeño que cualquiera. Trabajaban duro, estudiaban como locos, aparte de que los dos eran extremadamente inteligentes, sobre todo Laura, quien tenía una memoria instantánea: le bastaba leer una sola vez un pasaje o aprender la localización de un hueso para que nunca más se le volviera a olvidar. Era también muy guapa: pelo castaño como yo, aunque de tez más clara que la mía. Sergio, por el contrario, era feo, desgarbado, serio y amable. Siempre solícito y dispuesto a ayudar a cualquiera del grupo, supo hacerse buen amigo de las dos sin que siquiera notáramos cómo fue acomodándose en nuestras respectivas vidas. De pronto me veía llamándolo por teléfono, pidiéndole un libro o preguntándole algo sobre la tarea de mañana. Era, en ese sentido, eficientísimo: siempre contestaba él, siempre tenía la respuesta adecuada. Sabía anticiparse a sus amigas, Laura y Silvana, yo.

A la mitad del propedéutico nos dijeron que nos iban a hacer un examen psicológico. Duró mil horas. Fue uno de esos exámenes donde, otra vez, una psicóloga muy amable te sonríe todo el tiempo tratando de averiguar tras esa máscara de bonhomía si estás loca o no, si eres capaz de salvarle la vida a tu paciente en un caso de urgencia extrema o si, bien, vas a ir a esconderte bajo la cama sin saber qué hacer, muerta del miedo. De cualquier manera, nunca supimos los resultados de ese examen con dibujos de aguafuertes y cubitos y todo lo demás; nadie nos dijo si estábamos locos o cuerdos, aptos o no para la profesión. Supongo que ellos (los mismos profesores de la universidad) lo sabrían, pero no nos lo dijeron.

Como si hubiese estado planeado —y lo estaba seguramente—, nos llevaron a los 120 al anfiteatro: supongo que formaba parte del examen psicológico o qué sé yo. El caso es que de un día para otro nos avisaron que nos llevarían. Por fin vería la cara de la muerte. ¿Cómo era en realidad? ¿Podría verla o caería derrumbada? Recuerdo que el salón estaba frío. Las paredes eran anchas y lisas como las de un búnker, grises y azules, y los techos igual. Todo desnudo, lustroso, exageradamente limpio. Parecíamos un grupo de hombres y mujeres fuera de tiempo, encapsulados. Apenas se filtraba la luz de la calle a través de unas ventanas por las cuales no se podía ver nada y tampoco nadie te podía mirar. Unas ventanas ciegas, llenas de luz pero ciegas, incomunicadas. Había seis planchas perfectamente bien distribuidas, tres pegadas a la pared y tres paralelas a las ventanas, lo cual dejaba un pasillo entre éstas. Sólo una plancha estaba ocupada por un cadáver. El olor, ciertamente, era terrible a pesar de la limpieza y la desnudez del lugar. El olor a formol, sin embargo, desaparecía poco a poco pues te acostumbrabas a él o lo olvidabas ante la impresión que te causaba la muerte. Lo más impresionante esta ocasión fue que el muerto tenía casi nuestra edad —la edad de la gran mayoría de los que nos encontrábamos reunidos—, quizá unos veintidós años, no más. Aunque nos ofrecieron la explicación de su muerte, no la recuerdo ahora; lo que sí recuerdo con claridad era el tipo del deceso, es decir, la calidad de su muerte: probablemente una muerte no muy tranquila, sino más bien llena de horror, con una mueca algo desencajada, la cual seguramente quisieron arreglar antes de mostrárnoslo. Su cuerpo (si así podía llamar a ese cadáver) estaba tieso y gélido.

Cuando el doctor Suárez hizo el primer corte en la parte anterior del brazo izquierdo, uno que se llamaba Miguel cayó desmayado. Aunque Miguel era de nuestro grupo, no había intimado mucho con él, apenas un par de palabras. El olor que expelía el cadáver era espantoso aunque era una suerte de olor a formol revuelto con otra cosa, una peste que yo no conocía. El efluvio impregnaba las narices instantáneamente y hacía que te lloraran los ojos sin poder evitarlo. Una joven al lado mío empezó a sentir náusea y por supuesto vino el vómito unos minutos más tarde.

Justo a los seis meses, o poco menos, vinieron los exámenes finales en aluvión —larga revisión de todo lo que, supuestamente, habíamos aprendido durante el propedéutico. Tras los exámenes, esperamos dos semanas para ver quién sería finalmente admitido a la carrera: de los 120 sólo 70 de nosotros entraríamos al primer semestre. Sergio, Laura y yo estuvimos entre esos elegidos; Miguel y la chica que vomitó esa tarde en el anfiteatro, no. La muerte era un reto —el mayor—, lo supe entonces casi instintivamente. No era algo que llegaba de súbito, rampante, y ya; era una búsqueda, un hallazgo, un encuentro, un camino, una forma de vivir. Sebastián Forns, unamuniano de corazón, lo sabía bien cuando escribió:

> ¿Con qué objeto escribir
> si no es para decirte
> que todo se convierte

en un mismo camino hacia la muerte?
No importa lo que vivas o más quieras:
importa simplemente que lo vivas
y lo quieras;
                    importan las señales
de la muerte: eso que has de ir a buscar
en medio de la tundra y de lo oscuro,
en el tupido bosque de la vida.
Y si también pudieras conservar,
el silencio escondido en las palabras;
si pudieses guardar las palabras
en silencio, quizás entenderías
lo que es mejor callar.

PAULA, LA PRIMERA de los tres hijos que tuvo mi tía Dinara con el monstruo de gafas que la traicionó, se casó por ese entonces. El novio era un tipo alto, fornido, de mucho dinero, ingeniero agrónomo de profesión y amante de la caza y los caballos. Se llamaba Daniel Leyva; era guanajuatense y había conocido a Paula, mi prima, en un retiro espiritual.

A pesar de la desdicha y el cruel final que mi tía Dinara tuvo con Edmundo y sus ocho hijos putativos, su fe en el Señor y su empeño puesto en la empresa de conversión de El Fuego del Espíritu Santo no desmayó nunca un instante; al contrario, se acendró con los años. Ya sola, abandonada —y con bastante dinero producto de la venta de la hacienda azucarera de Fortín—, su fe se enardeció a grados superlativos. Junto con su indiscutible fuego de amor, Paula y Briana, sus hijas, siguieron el camino de su madre implementando, la primera, la horrenda costumbre de ayunar aunque no fuera Cuaresma, y, la segunda, el alejarse casi despavorida de los hombres que se le acercaban a más de un metro de distancia. Briana eligió ser monja, o eso al menos decía;

eso dijo durante años y casi lo cumplió. Paula, en cambio, enarboló su fe muy alto, pero (quizá más sensata que su hermana mayor) decidió que le gustaban los hombres, ¡y mucho!, por eso se casó.

Daniel era muy guapo. Un tipo alto, atractivo, pero bastante tímido, de pocas palabras y muchas sonrisas. De bigotes casi rojos y mejillas regordetas, su cabeza era grande y ovalada como un huevo. Aunque vestía muy bien, prefería las botas vaqueras, el sombrero y el cinturón de cuero, muy ancho, con hebilla de plata, reluciente. Entre la agronomía y la caza, entre los aparejos de montura y sus caballos, entre su amor al campo y los retiros espirituales a que lo había empujado su madre proclive al Opus Dei, Daniel había aprendido a ser feliz. No lo asaltaban ambiciones desmedidas ni dudas ni conflictos. Una vez encontrado el amor de su vida, mi prima Pau, lo poco que faltaba se llenó como por arte de magia.

A la suntuosa boda guanajuatense en el verano de 1983, a la cual mi familia y yo asistimos, no fue el padre de Paula y ni tampoco ninguno de sus ocho medios hermanos, los mismos con quienes había convivido casi toda su vida en ese caserón de la colonia del Valle. Aunque la fiesta fue muy linda —la misa, el baile, los mariachis, la comida opípara—, algo faltaba allí, una ausencia que dejaba un extraño sentimiento bajo la piel, una falta innegable: su padre, sus ocho medios hermanos, o al menos, alguno de esos ocho con su respectiva prole. Nadie vino, ninguno apareció —o tal vez no fueron invitados y yo nunca lo supe.

Mi prima se mudó a Guanajuato junto con su marido, quien pasaba casi todo el día en las tierras comunales con peones e ingenieros agrónomos. Si no estaba trabajando allí, verificando cuencas y sistemas de riego, se hallaba montando alguno de sus tres caballos alazanes. Desde muy pronto, la familia de Daniel se hizo proclive a las visitas, a pasar horas y horas todos los días al lado de Paula, a quien consideraban como una hija —sin que esto quiera decir necesariamente que ella los considerara sus padres. En alguna ocasión, mi prima llegó a confesarme el fastidio, y hasta la repulsión, que toda esta cercanía de los Leyva le provocaba. Ella la llamaba promiscuidad… exagerando, claro, la nota. Casarse con Daniel había sido, según ella, casarse no con un solo hombre sino con todo un clan de hermanos y tíos y primos, y ella ya sabía lo que era eso; había crecido en medio de otro clan, entre diez hermanos, y definitivamente no quería una vida en el hacinamiento; más bien la temía. No obstante, entre dimes y diretes, Paula tuvo dos hijos: una niña y un niño. Esto la hizo la mujer más feliz del mundo, pero también la ató más a la infernal vida provinciana en que estaba ya sumida, en medio de un contubernio familiar que cada día detestaba más sin poder ponerle un remedio.

Aunque no creo que amara a su marido realmente, lo quería —o como ella decía: "lo quería en el Señor". Daniel, hasta donde sé, le era fiel y le daba absolutamente todo lo que deseaba. A veces viajaban; sin embargo, esto a Daniel no lo hacía feliz ni lo estimulaba; al contrario: lo alejaba de sus caballos, de su colección impresionante de arneses, del rancho y su trabajo bajo el sol entre magueyes, mulas y gallos de pelea. Daniel, por su parte, la dejaba visitar a su madre en la capital, pero él prefería no ir o, si iba, regresaban de inmediato —justo lo que mi prima no deseaba. Aunque los dos cedían, y aunque los dos sabían ceder en el amor a Cristo, la verdad sea dicha: ceder se empezó a volver una rutina, un fastidio. De pronto, mi prima se hizo una pregunta: ¿por qué mejor no nos imponemos? Pero no podía no dejar de ceder; él siempre lo hacía ¡y tanto! que, tarde o temprano, ella tuvo que volver a ceder… contenta porque imaginaba que con ello había sido una buena mujer, dulce y amable, a la altura de su marido y su bondad sin límites. En resumen: no hacer su santa voluntad era para mi prima una forma de acercarse más a Dios y a su reino, tanto como prolongar sus ayunos hasta límites que reñían con su salud.

Los niños crecieron y junto con los niños llegó la época de las computadoras. Su marido le obsequió la mejor para que mi prima no se aburriera en casa mientras él apostaba a los gallos, salía a montar o viajaba a los ranchos vecinos, lugares donde no había absolutamente nada aparte de cielos claros, llanos ardientes y mulas desamparadas.

No pasó mucho para que ella y yo estuviéramos en contacto a través del *chat* y el correo electrónico. A principios de los noventa, no sólo me escribía con ella; todavía la computadora sigue siendo el único instrumento para no perder contacto con las personas que quiero…

A sus siete u ocho años de casada, con el fuego del Espíritu Santo por los pies (quiero decir, con la fe convertida en una pura reliquia de su juventud al lado de mi tía Dinara), pero con la costumbre del ayuno inoculada en las venas, mi prima conoció a un hombre. Incauta, poco prudente, Paula inició por ese entonces una larga y eufórica conversación electrónica con ese español cuyo nombre resultó una verdadera ironía del destino: Jesús. En ese sentido podemos decir sin miedo a equivocarnos que Paula no perdió la fe, al contrario: la recobró a distancia.

No sé cuántos meses duró esta charla ni cómo exactamente se fue dando. Probablemente llegó el momento en que los dos decidieron mandarse algunas fotos, conocerse mejor (verse, hasta donde uno se puede ver en una foto) e irse compenetrando en su mutua y recíproca desdicha. Él, casado (hasta donde tuve noticia) pero sin amor; ella, también casada y sin pasión. Él, extremeño (o sea, un tipo desaborido e insulso); ella, una capitalina metida en la provincia, aburrida, cansada y con una única distracción aparte de escribirle a Jesús Tordecillas: sus dos hijos. Sin embargo, Paula tenía dos sirvientas en casa, por lo que ni siquiera las labores del hogar la distraían de su ejercicio. Las tareas domésticas las tenía resueltas antes incluso de poder ponerse a pensar qué es lo que tenía que hacer, antes de saber qué faltaba en la alacena o qué rincón hacía falta limpiar con diligencia.

Finalmente, un buen día le dijo a mi tía Dinara que la acompañara a España, que deseaba viajar y conocer el sur, Granada, Sevilla, Ronda. Daniel pagaría todo el viaje. Encantada, su suegra se mudó a su casa para encargarse de los niños y por fin mi tía y mi prima partieron a la madre patria. De pronto, una vez allí, no estoy segura si Paula se lo confesó a su madre o si ésta se enteró, pero mi prima se reunió con el extremeño y tuvo su romance el tiempo que duró su visita. Besos en La Alhambra, veladas con tinto de verano en las sevillanas, fotos en El Puerto de Santa María, largas caminatas cogidos de la mano, escarceos y abrazos en la Giralda, largas charlas en el parque de María Luisa, y qué sé yo: un mundo que mi prima no había siquiera entrevisto dado que se había casado muy jovencita todavía. La posición de Dinara no estuvo ni está muy clara hasta el día de hoy. ¿Lo permitió, lo secundó? ¿Lo supo y lo calló? Creo que aunque no le pareció e intentó disuadir a su hija, finalmente tuvo que fungir como alcahueta, o mejor: tuvo que guardar el secreto contra su voluntad. No deja de ser bastante extraño, sin embargo, que Dinara hubiese legitimado una situación de esta naturaleza dada su profunda convicción en la fidelidad cristiana, pero supongo que no tuvo otra elección —tampoco es que fuera a traicionar a su hija dejándola en España y regresándose ella sola. O bien mi tía lo supo ya tarde, o bien mi prima, sabiamente, la envolvió convenciéndola con sus razones amorosas.

No pasó nada a su regreso. Bueno, no pasó nada a excepción de que mi prima se enamoró y empezó a perder la cabeza. Continuaron los correos electrónicos, los *chats* a ciertas horas del día, los engaños, el fingimiento del amor al lado de ese hombre que no amaba pero *sí quería* —según trató de explicarme alguna vez. Sin embargo, dos o tres meses más tarde, tuvo la cándida ocurrencia de pedirle permiso a Daniel para asistir a un retiro espiritual en Madrid. ¿Otra vez? Sí, otra vez a España, pues había conocido a un sacerdote allá que la invitaba. El otro viaje no había sido espiritual, creo que le dijo mi prima a su marido, y por eso quería ir —mejor dicho: *necesitaba* ir. Aunque bueno de corazón, Daniel no era un imbécil y comenzó a sospechar. No dijo nada, sin embargo. Dos días más tarde le hizo saber que tenía su autorización, que no se preocupara, que coincidía con ella en que necesitaba ese retiro espiritual. Paula le dijo que su madre, mi tía

Dinara, estaba dispuesta a quedarse con los niños, pero Daniel agregó que su madre lo haría con gusto, que se fuera tranquila, que no se preocupara. Ahora sé que cuando alguien te dice —y te insiste— que no debes preocuparte, significa casi siempre lo contrario, sin embargo no había medio de que mi prima entonces lo supiera. Así que se fue, linda, muy campante, llevándose su ropa más escotada y sus mejores faldas al retiro espiritual con el sacerdote madrileño.

Dos o tres semanas más tarde, cuando regresó a su casa, no había nada. No había hijos, no había ropa, no había pasado común, no había huella de nada, excepto de las sirvientas que le contaron todo lo que pasó. No es que Pau no hubiese estado en contacto con sus hijos y su esposo en esas dos semanas que pasó con el extremeño bajo las sábanas de seda del hotel, sino que Daniel supo interpretar a la perfección el papel del que lo ignora todo y quiere darle una sorpresita a su mujer infiel. Y lo hizo con maestría de pugilista.

La servidumbre —testigo de su rabia— le explicó a mi prima que su marido había quemado toda su ropa, los álbumes familiares, sus objetos personales y que se había llevado a los niños. En el ínterin, antes de que Paula se fuera esa segunda vez, Daniel había intervenido sus correos, había intervenido sus largas conversaciones en el *chat* y había contratado un buen abogado con todo ese material. Daniel Leyva estaba dispuesto a quitarle los hijos y destruirle la vida. Su bondad tenía, pues, sus límites.

No tengo que describir, supongo, la cara de mi prima al llegar; su locura, su llanto, la forma en que se mesó y arrancó gruesos pedazos de cabello. Habló con su madre y su hermana, pidiéndoles su ayuda. Inmediatamente Briana contrató un abogado. Ahora, estaba claro, empezaría la lucha por los hijos, y todo por culpa de Jesús.

Durante algunos meses, Daniel escondió a los niños y no precisamente en casa de su madre, donde Paula apareció desesperada un día después de su llegada a Guanajuato. Daniel, pues, no dejó a Paula que los viera y ni que los encontrara por más que intentase buscar. Su dolor, sospecho, ha de haber sido muy grande, inexplicable tal vez para mi prima que, mientras, se divertía con la suave mano de Jesús sin calcular jamás las consecuencias. No la juzgo, jamás lo haría, menos yo. La verdad es que mi prima jamás amó a Daniel; no sé por qué quiso casarse con él, qué la empujó a hacerlo (siendo tan joven). Aunque la entiendo, creo que puedo también comprender el dolor mayúsculo de ese hombre, quien de veras adoraba a mi prima, a pesar de todo, a pesar de su estulticia y su ingenuidad. Lo que no logro comprender, sin embargo, fue todo lo que pasó más tarde.

En los meses que siguieron, mi prima empezó a perder mucho peso; no era sólo una depresión (muy justificada, dicho sea de paso), sino una incipiente anorexia que, hasta donde supe, se desarrolló rápidamente. Si de por sí era propensa a los ayunos desde joven, la falta de apetito se incrementó a partir de entonces. Al lado de todo esto, el abogado que Briana contrató recomendado por una amiga suya, desapareció con el dinero de mi tía: se esfumó en un abrir y cerrar de ojos, y como no había ningún contrato de por medio, ni siquiera un recibo, nada pudo hacer Dinara. Sin embargo, el abogado no fue necesario. Luego del dolor, de la disputa y la separación, quién sabe cómo —eso sólo las parejas lo saben—, Daniel y Paula se reunieron: se perdonaron o, mejor dicho, Daniel la perdonó. Asistieron juntos a un largo retiro espiritual donde se acendró aún más la enfermedad de mi prima, quien no probaba ya bocado. Finalmente, de vuelta del retiro, asidos de la mano como novios de la secundaria, absurdamente felices y estupidizados, anunciaron a todos con una sonrisa bobalicona en los labios que esperaban otro bebé.

Ya pueden imaginar la cara de mi tía; igual la cara de la madre de Daniel, idéntica a la cara de mi tía e igual al rostro estupefacto de todos y cada uno de esos parientes de uno y otro lado de la familia, los Leyva y los Forns: nadie podía estar contento con esa trágica noticia, con esa incongruencia existencial. Apenas reconciliados —a duras penas reunidos— y otra vez Paula embarazada, cuando sus hijos ya tenían seis y ocho años de edad. No quedó, sin embargo, otro remedio que apoyar a regañadientes lo indefectible, lo que no se logra comprender por más que uno lo intente, lo que de todos modos estaba por venir: el nuevo ser, quien vino no sé cómo, pues para esas fechas mi prima era un esqueleto humano, pálido, amarillo, con la piel pegada a los huesos y los músculos del rostro en relieve. Todo el embarazo había comido mal, muy mal, al grado de que los últimos meses el doctor tuvo que aplicarle suero intravenoso so peligro de perder a la criatura.

Sin embargo, el niño nació sano, hermoso, grande como nadie lo esperaba. Dos semanas después de salir del hospital, en pleno amamantamiento, mi prima fue internada de emergencia en un hospital para anoréxicos en Querétaro, a tres horas de Guanajuato. Allí pasó varios meses intentando recuperarse, flaca, enjuta, sin apetito, con psiquiatras y nutriólogos, muriéndose por no poder chatear o quizá pesarosa y abatida por no poder ver a sus hijos (excepto fines de semana), desesperada al principio por no poder darle de comer a su recién nacido. Pero ya eso no importó —o al menos no a ella—, pues seis meses después murió desahuciada, a fines del 92, dos años antes que su hermana menor, Briana.

El niño tiene diez años. Se llama Dino y dicen que se parece a su abuelita, mi tía Dinara.

CERO VIDA. Así empezaron a criticarme Rodrigo y Álvaro una vez entré a la carrera de medicina. Cero vida, me decían llenos de sorna o de envidia. Gina y Omar Talens también se burlaban. Mi primo Néstor dejó de interesarse por mí, tal vez había adelgazado, tal vez me descuidé físicamente esos años. Lo cierto es que yo sólo tenía ojos para los libros de medicina, unos verdaderos tabiques con gráficas y fotos que tardaba siglos en descifrar —y aún más en deglutir y asimilar. Durante esa época, mis amigos se volvieron literalmente esos libros y junto con ellos los compañeros de la carrera, especialmente Sergio y Laura, con quienes formé una suerte de mancuerna dentro de ese mismo grupo mayor que ya se había formado desde el propedéutico. Aparte de ellos dos, claro, hice muchos nuevos amigos; a todos nos unía mal que bien los mismos intereses, el mismo mundo viciado, circular, a través del cual, ingenuamente, empezábamos a creer que nada fuera de él debía existir (son esos comparsas una especie de prolongación de ti mismo, de tus ideas y tus ambiciones; con ellos sales a tomar café mientras estudias con un libraco encima; son de ellos, o de sus padres, las únicas casas que visitas y donde vas a mal comer —siempre a deshoras—; con ellos pernoctas, pasas desvelos y risas, y casi nunca una farra, una juerga, sin que el sueño te venza y fastidie el rato que podías haber pasado con una cerveza en la mano.)

De entre casi todos los compañeros de generación, sólo Laura tenía novio, un tipo de la misma carrera pero mucho mayor que nosotros. Se llamaba Marcelo Estrada. Aunque era muy guapo parecía un tipo frío, algo reconcentrado, de poquísimos o ningún amigo. No sé cómo Laura lo conoció y tampoco puedo decir cómo se entendieron esos años, pues ninguno tenía tiempo para el otro, apenas se llamaban unos minutos por teléfono o se veían unas cuantas horas los domingos —esto, ¡claro!, si tenían suerte y sus horarios coincidían, ya que Marcelo estaba por salir de esa última etapa antes de la especialización, el servicio médico, la prueba de fuego (sobre todo la apabullante prueba física que todos mal que bien esperábamos con ansia y con miedo).

Al menos los primeros dos semestres no hubo tiempo siquiera para salir a cenar unos tacos o ir a bailar como hacían otros jóvenes de otras carreras en la universidad Lasalle. Mi madre también empezó a molestarse, pues no sabía a ciencia cierta qué hacer, qué actitud tomar cuando, de pronto, me dejaba de ver dos o tres días o cuando no aparecía en casa y no llegaba a dormir. Sebastián intentaba tranquilizarla entonces. Incluso dejé de avisar dónde estaba o a qué horas llegaría a casa. Pero no era éste, de ninguna forma, un modo *sui generis* de rebeldía sino simple y llanamente olvido, un errar sin ninguna noción del tiempo y sin crono-logía… hasta que (de pronto) llegaban los exámenes y las fechas eran una señal de aviso, un referente y también un pseudofinal.

Creo que a partir de estos años, una brecha intangible pero real fue abriéndose entre Sebastián y yo. No fueron diferencias de opinión (como, por ejemplo, a veces tuve con mi madre), sino más bien un asunto de la edad, un distanciamiento que surge conforme la vida se extiende frente a ti. Uno se aleja sin querer, sin haberlo propiciado, y sucede a pesar de todo el amor que puedas guardar por tus padres y tus hermanos. No encuentro otra metáfora para explicar todo esto que la del mar. Cuando te metes a nadar no te das cuenta de la fuerza inhóspita de la marea. Ésta te va jalando; de pronto, cuando reaccionas, el espacio se ha abierto frente a ti, la playa es un puntito apenas. Más o menos eso aconteció entre mi padre y yo. Supongo que Sebastián fue perfectamente consciente de ese proceso y lo aceptó, lo aceptó como deben asumirse muchas cosas en la vida, calladamente, sin aspavientos, sin ninguna parafer-nalia moral, sin *dictums* y consejas, dejándome respirar y aprender lo que fuera necesario de ser aprendido y vivido, es decir, a mis anchas y bajo mi completa responsabilidad. No de otro modo en-tendía él la existencia humana.

Esos años me sumergí en una especie de légamo sin contac-to con la realidad, con la actualidad: no sabía nada de política, de la economía del país o de las trifulcas y luchas en el mundo, allá afuera. Había, lentamente, olvidado que existía otra cosa que las clases y el ritmo que debíamos llevar como grupo y como indi-viduos, ambas cosas a la vez, consustanciadas, íntimamente liga-das. Ninguno podía retrasarse so pena de fastidiar a los demás, so pena de traicionar a ese grupo que se había quemado las pestañas por ti noches enteras (aunque, es cierto, también por ellos mis-mos). Por ejemplo, Anatomía era un túnel sin salida, una suerte de biblioteca universal de la memoria, la cual casi podía parecernos infinita; casi no había lógica en ella o, si la había, no importaba realmente: no era ser algo lógico su función primordial. Simple-mente había que absorber información como una aspiradora, memorizar un universo de estructuras, de huesos y articulaciones, así como era indispensable ubicar con prontitud su respectiva localización en el cuerpo humano. Creo que sólo los vasos sanguíneos conservaban una lógica, pues mal que bien podías sospechar (identificar) su trayectoria.

Mi vida estaba cambiando y lo cierto es que apenas me daba cuenta de ello. Casi no dormía, vivía estresada la mayor parte del día, tratando de robarle tiempo al tiempo, pues ningún periodo o lapso me resultaban suficientes. Si dormía una o dos horas de más, me sentía de inmediato arrepentida, demolida moralmente. ¿Cómo había podido usar dos horas preciosas echada así, en un sofá, y no estudiando los ligamentos o las especificidades del húmero? Lo peor es que, junto con todo esto, sobrevino una carga aplastante de chantajes: venían de todas partes, de mis hermanos, de mis amigas de la prepa que había logrado conservar (muy pocas), de mis primas Nadia y Paula, y hasta de mis padres que titubeaban entre enojarse conmigo o dejarme en paz.

Diariamente debía estar en la universidad a las siete de la mañana, por lo que me despertaba a las cinco y media o, si corría con suerte, al cuarto para las seis. Me daba un duchazo y me ponía cualquier cosa que dejaba ya preparada la noche anterior. Ni tiempo tenía para maquillarme o secarme el pelo. Salía con el cabello húmedo, disparada, resuelta, entre los autos de la avenida Insurgentes rumbo al sur, en la colonia San Fernando, donde estaba ubicada la universidad.

A las dos de la tarde salíamos derecho a casa de alguno de nosotros sólo para enfrascarnos en el estudio mientras comíamos cualquier cosa: una quesadilla, un mordisco de manzana, los restos de la cena del día anterior o una sopa de lentejas medio fría. A las cuatro y media volvíamos a la universidad a continuar la tanda de clases: Histología, Introducción a la práctica médica, Medicina humanística, Embriología y Anatomía, todas ellas materias obligatorias del primer semestre, de entre las cuales la más ruin fue sin duda Anatomía. El segundo y tercer semestres las clases y el ritmo se pusieron peor: Fisiología, Bioquímica, Farmacología,

Genética, entre otras muchas. Para el cuarto y quinto semestres dimos un giro, cambiamos como quien dice de espectro, aunque siempre inmersos en lo único que nos debía importar: el cuerpo humano, centro y final de nuestro aprendizaje. De ese año recuerdo Nefrología, Oftalmología, Traumatología, Medicina forense y Socio-psicología del mexicano, donde por primera vez estudié a escritores como Vasconcelos, Samuel Ramos, Alfonso Reyes, Octavio Paz, Fernando Benítez, Eduardo Galeano, Carlos Fuentes, Roger Bartra y Abelardo Villegas. Algo, creo, me ayudaron ellos para entender dos cosas: esa raza que era y no era mía, ese país que era y no era mío —y si lo era... debía serlo por culpa de mis padres. Aunque yo no había nacido en México, era éste sin embargo mi país, mi patria; y aunque ésta era mi raza, insisto, mis orígenes se perdían en un vórtice innombrable, una mezcla de edades, conquistas, odiseas y azares.

Por fin salíamos alrededor de las ocho u ocho y media de la noche, listos otra vez para reunirnos en casa de alguien y ponernos a discutir el pasaje abstruso del libro de embriología hasta las tres o cuatro de la mañana. Muchas veces preferíamos quedarnos a dormir en la misma casa donde estuviéramos estudiando. A veces sucedía que casi contra nuestra voluntad, nos quedábamos dormidos sin remedio, tirados en la alfombra o despatarrados en el sillón, uno encima de otro como basiliscos. La madre de alguno de mis compañeros aparecía en la sala despertándonos, diciéndonos apúrense, son las seis ya, se les va a hacer tarde, muchachos. Con legañas en los ojos, con la misma ropa de ayer o de anteayer, nos arreglábamos mientras Rebeca o la madre de alguno de ellos preparaba algo para desayunar.

De todo ese limbo obsesivo —de entre toda esa intemporalidad en que pasábamos los meses y los semestres sin apenas darnos cuenta—, sólo un ejercicio me sacaba de la extenuante rutina: la disección de cadáveres. Para mí se había vuelto una suerte de liturgia, un acto eximio al que había que ofrecerle toda la atención, toda la vista, incluso toda el alma. Un par de días antes del reverencial encuentro con ella —con la muerte—, el profesor nos avisaba la región que teníamos que estudiar. Junto con Sergio y Laura, ya fuera en mi casa o en la suya, me ponía en guardia y juntos preparábamos una larga serie de preguntas que, pensábamos, nos podía hacer el doctor Suárez antes de comenzar. Si no respondías, podías quedarte sin ir al anfiteatro —y esto aparte de frustrante, perjudicaba tu calificación como casi cualquier descuido podía llegar a perjudicarla.

Ya al principio del semestre se habían asignado los cadáveres. Cada cinco estudiantes conservábamos uno para su estudio y disección. Por lo general todos le poníamos un nombre en el café de la universidad, un poco en serio y un poco en broma. De entre todos, recuerdo a Nicanor, un muchacho de veintidós años que había muerto atropellado —por lo que la cabeza estaba un tanto desfigurada, empero, el cuerpo se encontraba ileso, con apenas algunas magulladuras. Recuerdo que entonces Nicanor, o lo que llamábamos Nicanor, hizo que me diera cuenta de una de esas perogrulladas que a veces no observamos aunque tengamos frente a nuestras narices largo tiempo: y es que la vida o la muerte no reside en el cuerpo, sino reside en la cabeza, el alma de los griegos. El cuerpo es un reflejo de la mente, del cerebro humano. Sin la cabeza, no habría nada, y sin embargo lo olvidamos.

Tras la pequeña prueba con el doctor Suárez, nos dirigíamos al anfiteatro. Llegando allí buscabas tu casillero, lo abrías y te ponías la bata quirúrgica y los guantes, ambos de color azul... como los muros gruesos del anfiteatro. Sacabas asimismo tu pequeño estuche de disección y te dirigías, junto con tu grupo, a tu respectiva plancha. Allí estaba, esperándote, Nicanor o quien fuera que le hubiese llegado el turno ese semestre: la piel conservaba una dureza lustrosa, parecía una piel solidificada por el frío aunque al mismo tiempo era resbalosa. Esta dureza es sobre todo por culpa de las enormes cantidades de formol con que el muerto se trataba. El olor era penetrante, y aunque te acostumbrabas, costaba trabajo no sentir algo de mareo o, si de plano no comías bien, náusea. Cada grupo rodeaba a su muertito entonces, lo contemplaba como si lo conociera de antaño pero también como si quisiera adivinar (tras sus facciones) las razones de su muerte o el porqué de su corta vida y su caducidad.

Finalmente, nos disponíamos a diseccionar la parte de la piel que a cada uno le correspondía; la levantabas poco a poco, con extremo cuidado, pasando el bisturí por debajo. (Así se puede separar cada músculo sin romper sus ligamentos). Apenas entonces era cuando yo podía explorar y auscultar sin decirle una palabra a nadie, explorar sin que nadie allí se imaginara que yo estaba a la busca de otra cosa, algo que no sabía qué era y ni tampoco sabía si existía de veras. Exploraba ansiosa tras la piel, en eso de furtivo que escondemos en el cuerpo y nos hace caducar, desaparecer, contra nuestra voluntad: ¿era, pues, la muerte una cosa consustancial al ser humano (nacíamos muriendo) o más bien se inoculaba en el cuerpo después de haber nacido, lentamente, como algo amargo y bueno que se mama y se aprende con los años, como pensaba mi papá?

Al terminar, otra vez, el doctor Suárez se acercaba con cada uno y nos preguntaba los nombres de las estructuras que habíamos disectado y su relación anatómica con respecto a las otras. Una vez concluida esta labor —cansados por la tensión que exigía—, debíamos cerrar cada región suturando cuidadosamente la piel del muerto intentando con ello conservarlo lo mejor posible, presentable para una próxima reunión de grupo.

Recuerdo el caso de Nicanor, pues hacia el final del semestre llegaron a la universidad unas señoras. Venían a identificar al muchacho, quien había desaparecido por más de un año. Aún tengo presente el llanto de esas mujeres cuando se dieron cuenta de que su hijo estaba siendo estudiado y diseccionado en la escuela de medicina; recuerdo su dolor, su ceño sombrío, cuando supieron que nuestro Nicanor, su hijo, era objeto de enseñanza. Sí, un objeto. ¿Era acaso eso la muerte? ¿Un objeto, lo mismo que Ramsés II se había convertido en nada más que un mero objeto para la contemplación de turistas? ¿El paso de uno a otro estadio (de la vida a la muerte) era acaso el de convertirse en un simple objeto de estudio o un objeto de contemplación o, en el peor de los casos: un objeto comestible para las lombrices? ¿La muerte era, pues, una cosificación? ¿Era de veras nuestro Nicanor o era el hijo de esas mujeres? ¿Quién era esa *cosa*, ese cuerpo gélido, esa muerte sobre la plancha? ¿Cuál de los dos era más cierto: el Nicanor de las mujeres o nuestro Nicanor? ¿Cuándo acabó uno y continuó el otro? ¿Era el nuestro continuación del anterior o era éste un objeto de estudio y nada más, un Nicanor discontinuado, independiente del Nicanor de su colonia y sus amigos? En todo caso, el percance fue bastante desagradable. El doctor Suárez intentaba conciliar los ánimos de las mujeres al mismo tiempo que otros doctores se interponían entre los gritos de ellas y las disculpas de él, y hasta el rector de la universidad tuvo que salir a intervenir y calmar los ánimos. Finalmente, se llevaron a Nicanor y nos quedamos con su ausencia. Digo que sentimos su ausencia, pues él nos acompañó ese semestre a la hora en que comíamos, cuando hacíamos chistes sobre él (a sus espaldas), cuando comentábamos nuestras respectivas aventuras con el bisturí o cómo alguno de nosotros había errado con la piel endurecida y resbalosa de ese muchacho con apenas nuestra misma edad. ¿Qué edad tendría ahora Nicanor?, a veces me pregunto todavía. ¿Acaso la misma que yo? ¿Con la muerte quedó pulverizada su edad? Tal vez para su madre y sus hermanos aún conserve los mismos años, la de su muerte atropellado: veintidós. O, quizá, tenga la mía, la de hoy: treinta y cinco. ¿Quién sabe? ¿Quién podría decirlo?

Aparte de esa suerte de *ascesis*, no había otra cosa que rompiera esa suma de predicciones en que se habían convertido nuestras apocadas vidas de estudiantes. Todo en esos años se volvió una rutina morosa, enajenante, disociada del mundo real: clases, exámenes, desvelos, más y más libros que terminar y comenzar, más nombres que aprender y muy poco que interpretar o discernir, perdiendo incluso de vista la finalidad de todo ello, el sentido que debía conservar en apariencia el aplicarse concienzudamente a esa pasión: la medicina. Siendo una tarea humanizadora (o eso nos decían algunos profesores), sólo encontraba que mis compañeros y yo nos deshumanizábamos con el tiempo. El proceso era tan imperceptible que ninguno de ellos se percató. Incluso el verbo "curar" era, entre nosotros, una suerte de reliquia del futuro, algo que nunca se decía pues no surgía aún, no se le veía aparecer. Curar era una abstracción en sí misma, mientras que estudiar, por el contrario, era un medio y, al parecer, el verdadero fin. Pasaron, repito, casi tres años hasta que a fines de 1985 un terremoto vino a cimbrar la ciudad y de paso vino a cimbrar mi vida y desperezarme de ese sueño circular, exasperante, en el que caminaba sonámbula en medio de mis compañeros, Sergio y Laura. Esa mañana trágica el Distrito Federal se desplomó, o eso decían las noticias en la radio. Los daños… nosotros no los vimos de inmediato, y esto fue así porque el sur de la capital es, por mucho, el más firme y mejor cimentado: creció sobre magma volcánico, mientras que el famoso centro de la ciudad y sus alrededores —por ejemplo la colonia Roma donde vivieron mi madre y sus hermanas— crecieron sobre una anchurosa laguna, la llamada Venecia de América.

APENAS AYER ENCONTRÉ unas hojas sueltas entre uno de los libros que mi padre me dejó, el *Wilhelm Meister's Apprenticeship*, de Goethe. Aunque las hojas no llevan fecha, tal parece las escribió en uno de esos cortos viajes que hacían Rebeca y él a Boulder, cuando visitaban a su primo, el físico nuclear. Aunque esas hojas están dirigidas a mí, no puedo asegurar si fueron escritas poco antes o inmediatamente después de que naciera yo. De cualquier forma, puede deducirse de ellas que fueron redactadas por la misma época en que escribió esos últimos poemas.

Creo que merece la pena transcribirlas en cuanto que esas hojas nos aclaran parte de su *ars poetica*: la manera en que, para él, finalmente, vida y poesía *no* debían reunirse en el mundo; o, como Goethe escribió, "el poeta debe vivir sólo para sí mismo y para sus temas amados". Tal vez haya sido por esto que callar para él no agotaba necesariamente la vida, como suele pasarles a muchos poetas. A Sebastián Forns lo llamaron, sin embargo, poeta agotado, poeta estéril, poeta muerto y otras muchas tonterías. A mí, sin embargo, me gusta recordarlo como el poeta que aprendió a callar, o, mejor: el poeta que siguió diciendo (con todo su silencio) hasta el mismo día en que murió. Aquí están esas hojas:

«Silvana, la poesía debe ser siempre el objeto más bello del mundo aunque el poeta se esté muriendo.

Aunque el poeta muera día a día, segundo a segundo, el poema que escribe no debe contaminarse de su muerte. Sí debe insuflarle su tristeza, su cuerpo, su vida, pero jamás su fugacidad, su inmanencia o su disolución horrenda. En resumen: no debe inocularle nada que emborrone su belleza, su especificidad, aun cuando hable de todo lo demás. Lo que intento decir es que la poesía es perenne, no muere, no debe permitir que la muerte real se filtre y contamine sus resquicios como, por ejemplo, le pasa a la gente.

La vida, al contrario de la poesía, es todo excepto imperturbabilidad, perdurabilidad. De allí que oirás muchas veces decir que nada es para siempre. Es muy común pero es lo único realmente cierto que te puedes llevar, Silvana. Tristemente nada es para siempre. Y menos que nada, y en último lugar, el amor. Y menos que nada, las cosas que tienen que ver con la vida, es decir, con aquella transitoriedad temible, aquella permutabilidad de la que te he hablado tantas veces. Ésa es la naturaleza de la vida, querámosla o no: que nada permanezca intacto, puro, estático. En otras palabras, la vida es en esencia pura muerte; la vida es un constante fluir, suave y devastador. Eso lo notamos especialmente con el amor y el placer, esos espejismos con los que, entre todos, más se emponzoña la vida, ¿sabes?

Sin embargo, existe una sola cosa en el mundo que, *a pesar de estar ciertamente en el mundo (o aparecer a veces en él)*, ha sabido desprenderse y mantenerse a raya ante todo avatar, ante toda contingencia: y ese algo es la belleza. Silvana, la belleza nada tiene que ver —y nada tendrá que ver jamás— con el trajín de los días y las horas, ni con el fluir devastador de la vida (es decir, la muerte), y menos que nada con el amor. La belleza sólo se apropia de ellos cuando le conviene y de ellos saca provecho para emanar lo que en esencia es: pureza, imperturbabilidad, perdurabilidad, transparencia. La belleza puede tomar del amor o el placer, por ejemplo, pero no es ella el amor ni el placer aunque de pronto se parezcan, aunque se confundan o nosotros queramos confundirlos. La belleza puede insuflarse del amor pero inmediatamente lo sublima o cristaliza. Allí precisamente radica su misterio. Desde hace diecinueve años escribo poemas, y debes saber que me ha costado mucho trabajo ir entendiendo todo esto. No es que quiera deificar a la belleza y proscribir a la vida (muchos poetas y artistas lo hicieron); lo que intento nada más es contarte a ti el secreto que la poesía me ha deparado a través de los años: descubrir que en medio de la vorágine y el transcurrir que se devora siempre a sí mismo, a pesar de esta incesante sobreposición de causas y efectos, de memoria y olvido, de palabras y cuerpos, de llantos y sueños, sólo la belleza verdadera ha quedado allí, suspendida, cuando realmente se convierte en eso: belleza y no algo más. Goethe escribió una vez que un poema debe ser perfecto o mejor no debe existir.

Silvana, yo no digo que no debamos vivir, de ninguna forma. Hay que vivir y morir día a día y hay que renacer por medio del fuego que nos purifica, y hay que volver a morir a nuestros egos, a nuestros hábitos; también debemos sufrir, languidecer, luego olvidarnos; debemos reírnos de nosotros mismos, angustiarnos, padecer, que la vida es así (huera y aburrida) e, inmediatamente, debemos perder la memoria y dejarnos llevar otra vez por el tiempo y su inmensa insensatez: hay que hacer o estar viviendo todo esto, perder la memoria y recobrarla y sufrir por nuestra cósmica orfandad; llorar porque existimos y porque no sabemos si es mejor morirse ya, sin contárselo a nadie, sin avisárselo a Dios; morirse porque dudamos, Silvana, porque no tenemos idea hacia dónde vamos ni qué sentido tiene continuar cuando el escepticismo asola el alma, cuando ha infestado cada partícula de tu ser, cuando la misma vida es la que no te deja un segundo en paz; cuando a la menor provocación te das cuenta de que nada es realmente cierto o claro, y nada tiene un sentido pertinaz, definitivo, unívoco. Nada.

Silvana, estoy, créeme, exactamente igual de perdido que tú lo vas a estar un día; y conste que hoy no puedo decir que no sea un hombre feliz; al menos hoy que te escribo, al menos *hoy* —en esta pequeña tarde recortada en el fondo inaugural del universo, sola y sempiterna, ni triste ni frágil.

¿Sabes? El otro día un amigo me dijo: "La vida no existe, la vida la vamos inventando a diario". Es decir, la vida no existiría si todos, un buen día, decidiéramos (hipotéticamente) no vivirla y nos pusiéramos en huelga. Aun así, la vida tendría su forma peculiar de estarse expresando: en ese caso la renuncia de todos a vivir. Sería curioso, ¿no es cierto? La vida existe porque, querámoslo no, la andamos viviendo, la vamos recorriendo, la odiamos y la amamos tramo a tramo. Hasta aquél que ha decidido morirse, la vive hasta en el último momento y le da el último trago.

Ahora bien, si la vida no existe *mañana*, entonces ¿ella dónde está? Yo todavía no tengo el gusto de encontrármela en una esquina o en una tienda de abarrotes. Que la haya vivido ayer es otra cosa. Ahora mismo esa vida no existe e incluso me atrevo a decir que jamás existió.

"Sal, la vida te está esperando", dicen por ahí. No es cierto; la vida que refrendo no necesita del contubernio de algo —lo que sea. La vida a la que me atengo y con la que comulgo es nada más la que yo vivo, la que estoy *viviendo* sin escenarios y sin mundos a la espera o superficies planas, alfombradas, tapizadas. Silvana, la vida soy yo. Punto. La vida eres tú. La vida es cada uno en el momento de estarla haciendo —como una construcción que se prolonga. La vida, como dijo mi amigo —y tiene razón—, la vamos inventando a diario: sin ti, debes saberlo, ella no es nada. Por eso —y no es una paradoja o un juego de palabras— la vida en sí misma no existe, no tiene razón de ser.

Hará un par de semanas que te escribí un pequeño poema. Iba con tu madre en la carretera que lleva de Grand Junction a Boulder bordeando una cinta de álamos temblones. De pronto cruzamos un paraje más hermoso que la muerte de Dios. Allá afuera la bruma lo había llenado todo. Aunque eran las doce del día y hacía algo de calor, no me preguntes cómo pero la niebla se había apoderado de toda aquella inmensidad. No veía nada a mi alrededor por lo que disminuí la velocidad del auto. No veíamos nada, sin embargo, una luz despiadada y gigantesca hacía que la niebla cintilara y nos cegara los ojos. Tú has visto (o verás) que la niebla tiene normalmente un color blanco mate, una cierta opacidad, ¿no es cierto? Sin embargo, este blanco no era así; al contrario, parecía que una diosa hubiese derramado la leche fantasmal de sus senos ubérrimos.

Por fin vislumbré una salida y encontré un café. No había más de seis personas. Como supondrás, elegimos el rincón más callado de ese ya de por sí callado lugar en medio de un aterrador paraje blanco y silente. Antes de desayunar, le dije a tu madre que necesitaba escribir algo; me aparté y lo hice. Aquí está; ojalá te guste:

A través de mis ojos, tú contemplas
la espesa niebla, los campos, la lluvia.
Tú los ves y ahora encuentras
que se pierden los verdes con los blancos.
Mi soledad se ensancharía
si no mirases tú este campo,
la bruma y esta ardiente lluvia;
si no recorriesen tus ojos
el infinito blanco que recorro:
la ruta, la niebla, mi vida.»

EL DÍA DEL TERREMOTO —y los que siguieron— se suspendieron las clases en la universidad. Los de medicina fuimos llamados a una reunión de emergencia, adonde se nos asignó con diferentes grupos de voluntarios liderados por gentes de la Cruz Roja y algunos profesores. Aunque participar en la ayuda era absolutamente voluntario, casi todos lo hicimos. A partir de la misma tarde de esa mañana caótica, Laura, Sergio y yo (junto con muchos más), nos pusimos a curar por primera vez en nuestras vidas; sí, curamos heridos, lesionados y hasta hombres y mujeres que se debatían entre la vida y la muerte. Con una velocidad inaudita, esa misma mañana se habían instalado una serie de carpas al lado de los edificios e inmuebles más afectados, a veces obstruyendo tramos de calles y, por tanto, obligando a cerrar pasajes al tránsito local. Por doquier había una sensación de desconcierto, de malestar e impotencia; casi nadie sabía a ciencia cierta qué hacer, a dónde dirigirse, cómo ayudar, aparte de haber telefoneado cada quien a sus seres queridos o, en el peor de los casos, yendo a buscarlos o encendiendo el televisor como añorando ayuda a través de la pantalla. Las líneas de teléfono se dañaron y no siempre era fácil conectarse: más aún si las llamadas provenían de fuera de la capital, de familiares de provincia inquiriendo por sus respectivos familiares del Distrito Federal. El golpe de gracia, sin embargo, acaeció apenas un día después: otro terremoto vino a remover las entrañas de la ciudad. En esta ocasión había temblado menos fuerte, aunque muchos de los edificios que habían quedado a la buena de Dios… cayeron ahora sí desplomados, llevándose algunas víctimas más entre sus escombros. Esos días los recuerdo como una sucesión de rostros huidizos, muecas desencajadas, ojos tumefactos por el llanto ininterrumpido o la incertidumbre. Hubo, sobre todo, colonias donde las casas y edificios necesitaban reparación desde hacía muchos años: eran hogares viejos, los cuales habían estado muy mal cimentados. Allí se congregaron cientos de hombres y mujeres que, durante días, se dieron a la única tarea de rescatar cuerpos sepultados por los derrumbamientos. Con palas, picos y carritos para transportar pedazos de hormigón, de ladrillos, de concreto hecho añicos con la caída, filas de habitantes se pasaban de mano en mano toneladas de escombro con el único fin de abrir huecos donde una voz se había alcanzado a oír... perdida bajo la tierra. Pasaban horas de lucha humana antes de descubrir el brazo o la pierna atorada del sobreviviente. A partir de allí se extremaban los cuidados, no fuera a ser que el cuerpo se hundiera más o una roca se desprendiera y lo aniquilara. Sin embargo, todo esto yo lo vi de reojo; mi sitio y el de mis amigos de la facultad estaba dentro de una carpa llena de catres y esteras, de alcohol, vendas y aparatos para cortar y mutilar y suturar.

Tal vez porque pude ver la cara de la muerte tantas veces repetida en esos pocos días, algo vino a cimbrarse en mi vida. Estaba por aprender, ahora sí de una buena vez y para siempre, que lo que yo andaba buscando desde niña, al decir de Agus —o desde mi epifanía en Abú Simbel, no lo sé—, estaba en otro lugar y no exactamente bajo los cadáveres que diseccionaba en el anfiteatro. Me acostumbré tanto en esos pocos días a la muerte y su variedad —niños, viejos y mujeres que aparecían y desaparecían con celeridad luego de haber estado con nosotros en las carpas debatiéndose entre la vida y la muerte—, que entonces supe o barrunté que lo que yo andaba buscando estaba mucho más allá, en otra dimensión: era algo menos físico, menos fisiológico y tenía que ver mucho menos con la sangre o las válvulas respiratorias o el miocardio y el pericardio. Era la muerte del alma lo que me importaba en realidad, o era acaso la búsqueda (casi metafísica) de la muerte... como la buscó Sebastián. Sin embargo, todo eso no sucedió de la noche a la mañana, insisto; fue dándose gradualmente, sin apercibirme por completo de ello. Lo que sí puedo asegurar es que el cambio (mi cambio) vino a partir del golpe infligido a todos por los terremotos de 1985.

Pero no todo acaba allí. Junto con ese suceso que representó la catástrofe de México, otro evento se sumó al cambio interno que fue operándose dentro de mí; lo que ocurrió entonces no lo interpreto ahora sino como una especie de prolongación del

terremoto. Todo acaeció, por supuesto, en un ambiente casi ló-
brego, mórbido, lleno de dolor y desconsuelo, el mismo en el
que México flotaba —y junto con él los capitalinos.

Tres o cuatro días después de haber estado metidos en las
carpas, casi sin dormir, enyesando cuerpos, suturando heridas,
abriendo canales, inyectando morfina, y hasta aplicando descargas eléctricas a los que se nos iban, Laura me dijo que el padre de
su novio había fallecido. Nunca supe si fue a raíz del primer terremoto, del segundo o si estuvo oscilando entre la vida y la
muerte tras la severa contusión que sufrió yéndose de bruces en
la tina del baño. De cualquier forma, Laura me dijo que esa noche lo velarían en la Funeraria Gayosso, no muy lejos de donde
vivía el novio, en la colonia del Valle. Me pidió que la acompañara, que en el fondo no tenía deseos de ir, que apenas había conocido a ese señor y que, por alguna razón, creía que se iba a sentir
incómoda entre tantos desconocidos. La entendí. Hasta la fecha
a mí me pasa igual. Me cuesta muchísimo aparecerme en los fu-
nerales o en los entierros; nunca sé qué decir, cómo decirlo o si
es mejor callarme; tampoco sé si abrazar al doliente o darle un
fuerte apretón de manos. A todo esto, se suma una incipiente sensación de ridículo, de absurdo, y viene de saber lo que de una forma u otra ya todos sabemos: si el individuo en cuestión está muerto, entonces ¿para qué velarlo? El finado nunca lo sabrá. ¿Para qué
reunirse, pues? ¿Será porque las penas se pasan mejor compar-
tiéndolas con otros, distribuyéndolas o creyendo que se merma
así la carga de dolor? ¿Acaso el fausto (por no decir el luto) tiene
que ver con el muerto o con nosotros mismos? De cualquier
modo, yo intuía lo que le pasaba a Laura: comprendía su reticen-
cia, su desgana. Ahora, sin embargo, ella la debía vencer; Laura
debía romper el cerco de su incomodidad y su fastidio; debía aparecerse allí simulando una pena que en el fondo no sentía. Le dije
que con gusto iría con ella. En el fondo a mí no me importaba: yo
no era nadie allí, no significaba nada y, por tanto, podía ser una
buena forma de asomarme a un sitio que, entre todos, es el más
mórbido y ridículo a la vez —puesto que el anfiteatro podía ser

mórbido pero no ridículo. Quedamos de vernos en Gayosso a las siete de la noche.

Rompiendo el patrón de esos monótonos días en la carpa —jeans estropeados, camisas sucias, zapatos tenis—, me vestí con una falda negra, una blusa gris de seda y me puse unas medias oscuras para la ocasión. Me sentía más la viuda negra de las películas que una joven lacrimosa, de duelo. Llegué a Gayosso a las siete y diez; no quería tampoco llegar antes que Laura. Con trabajos encontré un lugar para estacionarme, pues las funerarias esos días estaban a tope, lo mismo que las iglesias con sus misas de difuntos.

Dentro del lugar se respiraba un ambiente de elegancia no muy acorde con la tristeza que debía desprender: pisos de mármol, arañas doradas, relucientes, cuadros con algunas firmas que reconocí. Las parejas iban y venían de uno a otro lado; las mujeres cogidas del brazo de sus hombres, glamorosas, exquisitas, con sus chales de brocado o sus pieles finas, seguramente dispuestas para ocasiones como ésa, la de la muerte de un familiar o de un amigo. Parecía más bien una boda de abolengo. Los hombres con zapatos de charol, vestidos con oscuros trajes impecables. En realidad, nadie lloraba allí… aunque tampoco nadie reía o celebraba nada. Todo mundo conservaba una máscara de carne similar: férrea, dura, seria. Si alguien se veía al rostro o se reconocía en los pasillos por casualidad, se saludaban en silencio, brevemente, haciendo recíproco el dolor que por alguna u otra razón los tenía presentes. Había, por supuesto, muchos muertos velándose al mismo tiempo. En cada salón una luz suave, aún más mortecina que la del pasillo principal, alumbraba la estancia de los visitantes. Un amplio círculo de sillas, todas pegadas una a la otra junto a la pared, concurrían en un solo centro: el del féretro rodeado de hermosos cirios ardiendo.

Por más que buscaba en uno y otro rincón, no lograba encontrar a mi amiga. Pasaban más y más parejas a mi alrededor (nadie a quien conociera) y no lograba dar con ella; un sacerdote se me acercó, me preguntó por un nombre, una sala donde se velaba a alguien y no supe contestarle. Finalmente, decidí entrar al salón que tenía el anuncio con el apellido del padre de Marcelo: Estrada. El lugar estaba bastante concurrido; algunas personas se acercaban al hermoso féretro con reverencia, echaban un vistazo dentro y se iban. Algunas se santiguaban ante el Cristo que, colgado, miraba hacia el occiso. Otras gentes se arremolinaban en pequeños círculos donde murmuraban algunos comentarios, tal vez hablaban del hombre que murió o de la forma en que había muerto o del pasado terremoto y sus calamidades. En ningún lado encontré a Laura y tampoco a Marcelo. A mi izquierda vi, sollozando y secándose con un pañuelo, a la que entonces supuse debía ser la viuda del finado. ¿Para qué me acercaba? ¿Con qué objeto? No tenía sentido. ¿Qué le iba a decir? ¿Preguntarle por su hijo o acaso por la novia de su hijo? En todo caso, ¿qué diablos estaba haciendo yo allí? Me sentí de pronto un poco estúpida. Decidí salir por un momento, buscar el baño y quizá después echar un telefonazo a casa de Laura, a ver si ya había salido para acá.

Me dirigí hacia el pasillo principal del edificio, el ancho corredor de mármol que llevaba a otros salones, a otros velatorios, a otros muertos, a otros féretros. Una vez allí busqué el anuncio de los baños, más por inercia y por hacer algo de tiempo que por que de veras tuviera ganas de orinar. Tampoco era mi intención maquillarme. Por fin, encontré las señales y hacia allá tomé sin percatarme de nada, supongo que ligeramente abstraída. Había que bajar unas escaleras y fue eso justo lo que hice. Al llegar al último tramo, donde se encontraban los baños de hombres y mujeres, hallé en un rincón (sentado en un sofá dispuesto allí para la espera) a Marcelo. Estaba solo, con los puños cerrados pegados a las sienes; evidentemente lloraba, pues aunque no oía sus gemidos, los silenciosos estertores convulsionaban todo su cuerpo: parecía una estatua de Rodin cabizbaja, pensativa, que a intervalos cobraba magnitud y se adelgazaba.

Me quedé parada allí; Marcelo no me había visto. Estaba estática, azorada, mirándolo. En realidad no sé cuánto tiempo pasé así, en la mera contemplación de su cuerpo hinchándose y desinflándose como un fuelle humano; sólo recuerdo que de pronto, en medio del silencio que se había cernido allí, entre los dos (como un halo de luz), Marcelo intuyó mis ojos puestos en él, clavados en él, puesto que levantó la cerviz y restregó una sola vez sus párpados con ambas manos. Me miró. Al primer fragmento de instante, creo, no me reconoció (o tal vez creyó que estaba viendo a Laura y titubeó), sin embargo, en el siguiente fragmento pude observar que me reconocía, que sabía que Silvana estaba allí, la amiga de su novia. Me quedé paralizada y sólo supe reaccionar cuando lo vi levantarse del sofá y acercarse a mí para abrazarme. Yo lo abracé a él también, primero fue un acto reflejo, primitivo, sin ningún pensamiento puesto allí, en el abrazo, en el círculo que lo rodeaba a él y me rodeaba a mí. Un segundo después, lo confieso, lo abrazaba con conocimiento de causa, es decir, interpretando lo que yo, Silvana, estaba haciendo, discerniendo en todo su poder ese acto primigenio del abrazo; supe que me gustaba sentirme rodeada, ceñida en el envés, y más cuando empecé a sentir nuevamente sus convulsiones, su llanto entrecortado y silencioso. Evidentemente, Marcelo quería reprimirlo, sin embargo, al parecer, cada vez que lo intentaba el llanto mismo se hacía más feroz, más caudaloso, y esto, a su vez —de manera casi contraproducente—, parecía conmoverlo más a él, quiero decir: que era justo a través del llanto que Marcelo iba descubriendo algo dentro de sí mismo, algo inédito que se diluía, una carga de siglos, un dolor que quizá no tenía que ver con la muerte de su padre en ese momento. De allí que Marcelo, creo, estuviera gozando y solazándose con ese llanto sincero… pero sin saber del todo qué lo impulsaba a llorar tanto y por eso mismo queriéndolo reprimir. Su llanto estaba, pues, desasido de su sufrimiento. Al menos eso creo hoy o eso fui creyendo ese minuto que iba pasando. De pronto, sentí también su rostro mojado y sus mejillas ardientes pegadas a las mías, no ya en la nuca o los hombros; probé, casi sin desearlo, el sabor de sus lágrimas y no sé por qué, casi instintivamente, pasé los labios o la lengua por encima de esas lágrimas que iban rodando hacia mí. Entonces, entre el sabor de ese llanto y el sudor del abrazo, la boca de Marcelo no me besó sino más bien me succionó: aspiraba mi boca, mi lengua, mi saliva, algo dentro de mí que había encontrado él y que yo no conocía. En lugar de abrazarme, puso sus dos manos alrededor de mi nuca; los dedos entre mi cabello, y así nos quedamos un rato hasta que, en apenas unos segundos, me llevó o lo llevé (no sé) al mismo rincón donde se hallaba él sentado originalmente.

Una esquina de ese pequeño cubo donde estaba el sofá era indistinguible para esas pocas personas que entraban o salían de los baños. Debían acercarse o irse a sentar para haber alcanzado a vislumbrarnos allí, pegados contra la pared. Marcelo me bajó las medias tras el vestido, luego me arrancó los calzoncillos al mismo tiempo que me subía hacia sí y yo lo cabalgaba de frente con la espalda apoyada en la angosta pared de ese cubo de espera. Pasaron unas gentes conversando, sin embargo, no creo que hubieran escuchado nada o tal vez prefirieron hacerse las desentendidas. Mientras, él ya se había desabrochado el cinturón y el pantalón, puesto que en un santiamén pude sentirlo durísimo entre mis piernas. A pesar de esa dureza, Marcelo no dejaba de llorar o, más bien: no era un llanto en el sentido literal de la palabra, sino algo así como un mar de lágrimas calladas, las cuales yo bebía con ansia, con fruición, como si de veras hubiera estado sedienta y apenas entonces me viniera a enterar. Sentí que se vino un instante después que yo, sentí que una humedad mezcla de nosotros dos iba chorreando y mojándonos la ropa. Sentí su abrazo hasta la asfixia, un largo rato, no sé cuánto más.

Una vez entramos a los baños a arreglarnos la ropa, subimos juntos esas mismas escaleras adonde la gente concurría. Cruzamos el pasillo de mármol y entramos al salón donde velaban a su padre. En el mismo lugar, a la izquierda, estaba su madre cogiendo un pañuelo con una mano; con la otra, la viuda tomaba la mano de Laura, mi amiga, que en ese momento nos vio entrar. Ella no lo miró a él (en ningún instante lo miró a él) sino que me miró a mí, lo recuerdo; también sé —¡cómo no voy a saberlo!—

que con esa mirada bastó para que ella lo intuyera todo. Exageraría si dijera que lo supo de manera literal; por eso —y porque soy mujer— prefiero decir nada más que lo intuyó, lo adivinó y que entonces todo estuvo dicho entre nosotras. Tal vez hubiera algo en mis ojos que se lo estuviera indicando (quiero decir, algo adrede, una mirada *ex profeso*), la cual ahora, por más que intente, no puedo nombrar, no logro descifrar en la memoria. Tal vez, lo confieso, yo le estuviera diciendo con los ojos —así, a la distancia de unos cuantos metros— que lo que ella creía no era sino la más pura verdad, la realidad cruda. Mis ojos, pues, no negaron; mis ojos asintieron.

A partir de allí lo que ocurrió más tarde puedo resumirlo en unas cuantas palabras. Decidí no volver a la universidad, decidí que no quería acabar la carrera de medicina, que no era lo que yo buscaba y que era otro mi porvenir. Muchos habrán creído (acaso sin decírmelo) que en el fondo me movió la culpa o la vergüenza, pero no fue así: no veo rastros de culpa en mí o remordimiento hacia Laura. Sé que en el fondo entre ellos no había amor; había otra cosa, de lo contrario nada de lo que pasó hubiera sucedido. También sé que lo que digo suena a mera excusa —sí, atreverme a decir que ellos no se querían—, sin embargo lo creo honestamente cuanto que viví su relación de cerca todo el tiempo que pasamos Sergio, Laura y yo juntos, esos dos años y medio conviviendo noche y día, estudiando largos fines de semana, pernoctando en la casa de alguno y sabiendo del otro hasta sus más íntimos deseos y frustraciones. Basada en eso, pues, sé que entre Marcelo y Laura no hubo nunca lo que hubo entre él y yo desde un principio.

Dejé la carrera y mis padres se quedaron sin habla, en ningún momento intentaron convencerme, disuadirme o presionarme. Algo mayúsculo había cambiado mi vida, y creo que Rebeca y Sebastián lo entendieron a pesar del dolor que les pudo haber causado mi extraña decisión. Tal vez, no lo niego, se hallasen un poco decepcionados, pero esta decepción fue desvaneciéndose muy pronto una vez me vieron nuevamente en casa, como antes, junto a mis hermanos y Agus, cocinando juntos o saliendo los fines de semana. Sin embargo, esta nueva dicha no duró mucho, pues ocho o nueve meses más tarde, Marcelo surgió de la tierra para pedir mi mano, con lo que la impalpable brecha entre la playa y el mar, entre Sebastián y su hija, se abrió con un impulso de siglos. Mi padre no dijo casi nada; me felicitó, me abrazó, me miró largamente, sin embargo, ahora me doy cuenta de que su alegría estaba teñida de pesar, de desconcierto, de constatación de la vida, de aprendizaje de hombre —si no el último de los aprendizajes, al menos el más duro de sortear: tu hija se va, ésta es la hora. Con Silvana desaparece un estanque de patos en Grand Junction entre matorrales de retama y sauces llorones y álamos negros; los viajes de noche a la Ópera de Washington; con ella se esfuman los paseos a la montaña y los *hot springs* con Tom y Diana y sus dos hijos; con ella se desvanecen (como por arte de magia) los pájaros carpinteros, los venados en Charlottesville, y también pierden todo su sentido los libros para niños, las muñecas, las peceras, los viajes al mar, Cuba, los cumpleaños de adolescente y las velitas, las navidades con regalos, los pleitos entre hermanos, los castigos, las tareas y las salidas en familia a un parque o al *mall*. De la noche a la mañana alguien dice que la ama (poniendo en entredicho tu amor), alguien te la arranca con o sin tu consentimiento y se van. Queda mirar, aguantarse y pensar qué es lo que uno ha sido durante esos años.

En la visita que me hizo Marcelo a la casa de mansardas de San Ángel, su madre no quiso acompañarlo. Finalmente, en una fiesta que pedí fuera todo menos ostentosa, nos casamos por la iglesia en el pequeño convento de Chimalistac —también por el civil nos casamos esa misma tarde— un sábado seis de julio de 1986.

DIJE QUE CONTARÍA el final de la historia de Gina y Esdras Corkidi, mi primo. Sin embargo, para ello tengo que contar antes algo más.

Poco después de mi boda, Rodrigo, Alán, el hermano de Esdras, y Néstor, hicieron un largo viaje que llevaban tiempo planeando. Todos tenían más o menos la misma edad: diecisiete y dieciocho años. Acababan de terminar la prepa y como yo había hecho ya, deseaban salir de México, escapar de sus casas. Y así lo hicieron. Habían ido ahorrando dinero algunos años y finalmente consiguieron que un barco los llevara hasta La Haya. No conozco las minucias del viaje; sé que tuvieron que limar las herrumbres salitrosas del barco el mes y pico que duró la travesía. Una vez allá, con sus *back-packs* en las espaldas, visitaron no sé cuántos lugares en Europa hasta que se les acabó el dinero y se pusieron a trabajar como ilegales en Londres. Vivieron juntos, compartieron un mísero cuarto al mismo tiempo que repartían los mendrugos que se iban ganando día a día apenas para sobrevivir y ahorrar un poco, lo justo para largarse de allí. Una vez consiguieron el dinero suficiente para los pasajes de vuelta, mi primo Alán los convenció de intentar fortuna en Los Ángeles, más exactamente en Hollywood. De entre los tres, Alán Corkidi era el más proclive a la actuación. Nunca había estudiado dramaturgia ni nada que se le parezca, pero amaba el cine sobre todas las cosas. Cuando Rodrigo nos lo contó en una carta, a todos nos pareció una idea descabellada, aun más: una pésima idea. A pesar de la madurez adquirida en Europa ese año, aires de grandeza o cierta ingenuidad permeaban aún sus caracteres juveniles y atolondrados. Ni mis tíos Zahra y Salomón Corkidi, ni mi tío Arnulfo, el pintor, y ni mis padres aprobaron la idea; sin embargo, ninguno de los tres hizo caso. Cruzaron el Atlántico en avión y una vez en Nueva York pidieron cientos de aventones hasta llegar a Los Ángeles.

Otra vez con poquísimo dinero en su haber, se instalaron con un par de salvadoreños que amistosamente los alojaron en su departamento. Desde temprano salían los tres decididos a hacerse una carrera como actores. Fueron a casas productoras, tocaron puertas e hicieron largas colas bajo el sol. Según ellos, alguno de los tres al menos debía tener suerte; ya luego, en la cúspide de la fama, ése podría ayudar a los demás. Compartirían el éxito, viajarían por el mundo, conocerían mujeres hermosísimas, comprarían una residencia cada uno en Beverly Hills y hasta ayudarían a su mediocre parentela (nosotros) enviándonos dólares desde Estados Unidos.

No todo sucedió como se lo imaginaban, claro.

Creo que fue Alán Corkidi quien hizo el primer contacto y lo hizo con una chica panameña que llevaba ya algún tiempo en el negocio. Hermosas piernas, unas tetas descomunales, según mi hermano, y una cabeza de chorlito; en resumidas cuentas: lo esencial para medrar en el cine adonde fueron a parar Néstor, Alán y Rodrigo: el de las películas porno. Al principio, supongo, creyeron que iba a ser facilísimo: acostarse con una o dos o tres chicas a la vez, venirse sobre sus rostros y cobrar cinco mil dólares por *film*. Cada película, sin embargo, se llevaba a cabo en tres o cuatro sesiones. Lo que no ponderaron en su completa magnitud es que una vez empezando a hacer esas películas, había dos cosas que iban casi de la mano con la actuación: la cocaína y la homosexualidad. Primero era solamente desnudarse frente a las cámaras, luego hacerlo junto con otros dos o tres desconocidos y, por último, se trataba no sólo de penetrar a la actriz sino (de paso) cogerle los testículos a uno de los tipos o las nalgas al otro como si tal o, de plano, besarse en la boca y lamerle el sexo a los compañeros. Allí fue cuando empezaron los problemas con los productores, ya que ninguno de los tres, al decir de mi hermano, aceptó el escarceo físico con otros hombres. Por el otro lado, cada vez se volvía más difícil negarse a aspirar una fila de coca que te ofrecían los comparsas en el *set* sin herir sus susceptibilidades, las cuales estaban siempre a flor de piel.

La aventura no les duró mucho. Todo terminó con la primera película de Rodrigo. Por un lado no le pagaron lo que habían acordado; inmediatamente después vino la sorpresa que les dieron los salvadoreños, quienes de pronto abandonaron el departamento que compartían llevándose con ellos todas las pertenencias de Alán, Néstor y mi hermano: hasta los pasaportes se robaron. Finalmente, acongojados e iracundos, pagaron el mes de renta y se marcharon. Ni siquiera tuvieron nada que empacar. Llegaron a Tijuana y de allí volaron a México. Año y medio duró su aventura, la cual a nadie le contaron sino muchos años después. Todavía al final, antes de volver, Alán los quiso convencer de quedarse, de cambiar de giro y olvidar las películas porno. Habían cejado muy pronto en su empeño, según él. Los Ángeles era la Meca del cine y más temprano o más tarde debía salirles alguna oportunidad, estaba seguro. Empero, Néstor y Rodrigo ya estaban hartos de mal comer, de mal vivir y de mal dormir. Querían regresar. Y así lo hicieron los tres.

Fue al regreso cuando sucedió todo.

Ya conté en otra parte cómo mi tía Zahra me llamó por teléfono pidiéndome que no invitara a Gina, de lo contrario ella y su pelele (es decir, su marido) no irían a mi boda; obviamente, no le hice caso. Ese sábado seis de julio, Gina apareció con Omar, su hermano, y con sus padres, los señores Talens, mis vecinos. El que, para sorpresa de todos, nunca llegó a mi boda fue su novio, mi primo Esdras. No sé realmente qué pudo haber pasado, qué clase de chantajes maternos tuvo que soportar (y, por supuesto, no soportó). De cualquier forma, ése fue el verdadero inicio del resquebrajamiento entre los dos. Gina se sintió despechadísima esa ocasión. Si ella había hecho acopio de valor cuando me dijo poco antes de la boda: "Silvana, el que nada debe nada teme, y yo no le tengo miedo a esa loca", Esdras, por su parte, había temido y por supuesto había sucumbido al embate de Zahra, su mamá.

Esa tarde de verano, en la pequeña fiesta que mis padres nos hicieron a Marcelo y a mí, Alán acompañó un largo rato a Gina. Incluso, si no me equivoco, bailaron. Entonces nadie podía imaginarse lo que un año y medio más tarde iba a pasar, cuando Alán regresara de su odisea porno en Los Ángeles. Lo cierto es que tampoco nadie podía adivinarlo, puesto que, en primer lugar, Alán era un año más chico que Gina, y, en segundo, porque Alán era el virtual cuñado de Gina nada más; él era el hermano menor del novio que nunca apareció en mi boda. Ya he dicho que todos nos conocíamos desde hacía años, desde que arribáramos a México en 1977... si no es que antes. He contado las visitas al palomar de los Talens y también cómo, poco a poco, yo me fui desprendiendo de ese grupo compacto de amigos —todos casi de una misma edad. Así que la amistad entre Gina y Alán no podía querer decir nada, dado que todos allí éramos comparsas de antaño, "cuates", incluso Néstor junior y Nadia.

Pasaron, pues, a partir de entonces, algunos meses de estiras y aflojes entre Gina y Esdras: la misma época seguramente en que Rodrigo, Néstor y Alán viajaban por Europa en trenes de segunda o aventones. Yo me inclino a pensar, sin embargo, que muy en el fondo Gina ya estaba decidida a terminar, a pesar de querer tanto a mi primo. Esdras, claro, puso de su parte; un carácter así, sujeto a la madre judía, era el mejor remedio para poner punto final a cualquier relación. Por eso creo que los dos, de manera diametralmente opuesta, pusieron algo de su parte. Una separación siempre es cosa de dos; incluso el que se deja humillar o subyugar o despreciar, guarda su parte de culpa: su cincuenta por ciento... si no es que más. No hay sádico sin masoquista, ya se ha dicho, no hay Pedro sin su capitán. Pero esto es harina de otro costal y ya hablaré de ese tipo de relaciones. Por ahora baste decir que, una vez habiendo arribado al Distrito Federal, los tres amigos se volvieron a reunir como antes, y junto con ellos, Omar. Fue en esas visitas a casa de los Talens o a mi casa de mansardas donde ya no vivía yo, que fue dándose esa extraña y peculiar atracción entre Alán Corkidi y Gina. Pero, pensándolo bien, creo que no es tan extraña ni tan peculiar como parece, puesto que Alán era el reverso de su hermano: a partir de cierta edad mandó al carajo a sus padres, se desentendió de las reglas y chantajes de la psicóloga e hizo con su vida exactamente lo que quiso, hasta películas porno.

Menuda sorpresa le vino a mis tíos Zahra y Salomón Corkidi cuando Alán les anunció (por pura cortesía, dijo) que tenía una novia *goy*, su amiga de años, la *ex* de su hermano. Creo que Esdras aún conservaba algo más que cariño por Gina, a pesar del tiempo transcurrido (en realidad, no mucho), de allí que los golpes que se dieron en más de una ocasión tuvieran su motivo, su profunda razón de ser. Finalmente, Alán tuvo que irse de la casa —o más bien *quiso* irse de la casa. Había encontrado empleo en Televisa como ayudante de cableado del camarógrafo de un director de telenovelas. Con eso pudo llevarla mal que bien, y cuando no podía, pues simplemente se aparecía en la casa de San Ángel y comía con mis hermanos el mole oaxaqueño y los mixiotes envueltos en hojas de plátano de Agus. Ese tiempo vivió solo, alejado de sus padres, hasta el día en que Gina se mudó a su departamento hiriendo de paso la dignidad del señor Talens, ex sacerdote, quien creía terminado ese tipo de herejías en su hija mayor.

A partir de ese primer empleo, inteligente y sagaz, Alán supo ir medrando poco a poco, hasta convertirse con los años en galán de televisión. Hubo incluso una época (yo la recuerdo) en que decían que Televisa llegó a pagarle más que a ningún otro actor y, según cuentan, Thalía y Verónica Castro se peleaban por actuar con él. A partir de allí y hasta ahora, Gina y Alán viven juntos. No se casaron nunca y tuvieron una niña preciosa que no heredó absolutamente nada… como los abuelos temían. Le pusieron como mi madre, Rebeca. Cabe añadir, sin embargo, que hasta el día de hoy no la conoce su abuela paterna, mi tía Zahra, quien vive enfurruñada en su consultorio.

Unos años después, mi primo Esdras se reconcilió con Alán. Actualmente Esdras adora a la pequeña Rebeca Corkidi Talens como si fuera su propia hija. Sin embargo, hasta la fecha, que yo sepa, mi primo vive con su madre y creo que es muy feliz con ella. Salomón, su padre, es como otro hijo de mi tía; sustituye, en parte, a Alán.

VII

Tengo una declaración que hacer y me quema la punta de la lengua.

Últimamente he pensado que, de una forma u otra, todas las mujeres somos unas nudistas, unas *strippers* camufladas, lo mismo que esas jóvenes que se contorsionan en los bares para caballeros y se desvisten felices, desvergonzadas de hacerlo. Decir esto de un tirón, puede parecer escandaloso, discutible, pero ahora voy a explicarme. En principio, creo que a todas nos encanta ser deseadas, observadas y hasta a veces nos gusta descubrir que estamos siendo desnudadas por la mirada de algún hombre, sin embargo, lo reconozco: hay niveles, gradaciones en todo esto. A unas les gusta más y a otras menos. Influye, claro, el cuerpo, o más bien dicho: cómo una se sienta con su cuerpo, si lo ama o lo repudia, por ejemplo. También influye el factor tiempo; a veces, en la primavera, nos volvemos más nudistas que en el invierno o a veces lo somos más en alguna semana específica del mes; cada una responde a distintas variables, a distintos mecanismos fisiológicos: si la regla, si se encuentra enamorada, si se halla embarazada o enferma o exultante o deprimida o qué sé yo. Todo esto influye, supongo, para determinar el grado de exhibicionismo que nos puede llamar y el cual, de hecho, deseamos íntimamente. Más de la mitad de las mujeres que lean esto, dirá sin empacho que miento o que generalizo; pero si de veras, en el fondo, se lo preguntaran, si hicieran esa indagación, verían que tengo razón, al menos *algo* de razón.

Por ejemplo, son decisivos los ojos que te ven. Es decir, el tipo que nos mira debe agradarnos un poco; agradándonos… sabemos (sentimos) que podemos agradarle o que, al menos, deberíamos corresponderle agradándole tanto como él nos logra agradar o más. Otro punto importantísimo, creo, es el que tiene que ver con la intimidad y la seguridad puestas en juego, justo esa difícil combinación en que radica el éxito de todo *voyeurismo*. Me explico. Si supiéramos que el hombre que nos mira y nos agrada (dos componentes obvios e indispensables) no se va a propasar; si nos aseguran que ese hombre no cruzará los límites (los que sean que nosotras le impongamos), entonces ¡adelante!, que nos mire y nos desee y nos sueñe y se moje soñándonos, si quiere, ¡qué más da! Sin embargo, a todo esto habría que añadirle su correspondiente intimidad, su secreto, su guarida. Es decir, ninguna quiere que nos miren *otras* siendo literalmente miradas sin ropa. (Sí, nos gusta que las demás mujeres nos admiren, pero hasta allí, no más.) Hablo más bien de la intimidad que una requiere para que el espectáculo nudista se lleve a cabo sin que nadie se comprometa a excepción hecha del observador y el observado. Pero ¿cómo conseguir esa intimidad conservando al mismo tiempo la plena seguridad de que el tipo en cuestión no sobrepasará los límites que una le imponga? He allí la dificultad, el problema, pues justo es en esa intimidad que la mayoría se sobrepasa y no logra controlar su bestia —tememos, sobre todo, su embestida. En parte han sido las instituciones (todas machistas, patriarcales) las que han coadyuvado convirtiéndonos a nosotras mismas en vigilantes de la otras, conviviendo todas dentro de un dispositivo panóptico planeado con antelación, cancerberos del exhibicionismo y la moral unas de otras. En resumen: ninguna en su sano juicio quiere ser tildada de puta —ni siquiera las putas, que yo sepa. Ninguna quiere ser tildada de algo que, *por supuesto*, las demás no son, verbigracia: unas *strippers* consumadas —aunque en el fondo lo seamos, ya lo dije.

Esto, mal que bien, tiene que ver con Marcelo, mi marido. Pero antes quiero ir más lejos, tiempo atrás, a la época en que yo coleccionaba estampitas y las pegaba en los tacones de mis zapatos, es decir, a la época en que Néstor, mi primo, me deseaba con apenas doce años de edad. Algo ya conté de todo esto; ya dije que yo tenía quince o dieciséis. Fue entonces que por primera vez un hombre (un niño, por cierto) me hizo darme cuenta lo deseada, y desnudada, que podía una ser, lo deseada en que se puede convertir —a veces sin imaginárselo siquiera. Yo, ciertamente, no lo sospechaba hasta que lo vi con mis propios ojos, hasta que vi a mi primo olisqueando mis zapatos. A partir de entonces, en la intimidad, jugué su juego que también era mi juego. Mi tía psicóloga lo llamaría onanismo, y yo diría que sí: puro onanismo, ¿pero qué es la vida sino el placer que nos damos a nosotros mismos?

Néstor quería ver mi ajuar, deseaba ver mis prendas íntimas, pero, ¿acaso no deseaba vérmelas a mí, observarlas puestas en el cuerpo de su prima? Tal vez soñaba con ello y no podía cumplir su sueño. ¿Qué más que ver mi ropa a escondidas? ¿No dije ya que me veía las piernas y, si podía, miraba arriba, bajo la falda? ¿Por qué esa fruición por escudriñar lo que está más escondido, justo en el fondo, tras la ropa o, mejor dicho: bajo la ropa? Casi me atrevo a argumentar que, sepámoslo o no, por eso justamente nos vestimos —especialmente las mujeres. La ropa desviste, la carne viste. Es un oxímoron pero es genuino, al menos a mí me lo ha parecido desde que era una adolescente: está ligado al ser de la mujer, a su naturaleza más íntima.

A partir de Néstor he visto (porque he querido *ver*) muchos otros ojos que desvisten, miles, tal vez cientos de miles —y conste que no digo que *siempre* haya sido así. A veces quiero sentirlos y los siento, es decir, *me doy cuenta*. Otras veces no los siento… y con eso basta para que nadie me desvista. *Darse cuenta* es entonces lo que importa.

Desde que hallé a Néstor en el vestidor de mi habitación en San Ángel, intuí de una u otra manera que los hombres te desvisten, a unas más y a otras menos, en ciertos periodos más y en otros menos, algunos con mayor discreción y otros con menos, pero al final todos te quitan la ropa alguna vez. Una puede tomar dos caminos: no darse cuenta o, bien, aceptarlo gustosa aunque desentendiéndose; en otras palabras, puedes quitarte la ropa (simbólicamente, claro) o comportarte como una hipócrita. Eso depende de tu falsa moral.

Todas seríamos *strippers* de verdad… si sólo supiéramos que nada nos va a comprometer jamás, que nadie nos va a criticar o juzgar ni repudiar (ni social ni físicamente). Si al menos estuviéramos convencidas de que ésos que miran… adoran cada milímetro de ti, y si también pudiéramos estar seguras de que el secreto de nuestra desnudez se guardará con candado por toda la eternidad (la intimidad del observador y el observado), y si, finalmente, nos aseguraran que el observador *solamente* observará sin propasarse un instante, entonces, insisto, nos haríamos nudistas hoy, ahora mismo, igual que esas jóvenes que se quitan la ropa en el escenario y mienten cuando dicen que lo hacen por dinero. Su moral, pues, está doblemente atrofiada, pues ni siquiera reconocen (o ni siquiera saben) por qué lo hacen en realidad.

Todo esto, creo, fue lo que descubrí una vez me casé con Marcelo. Él me enseñó, o mejor dicho: él me guió… puesto que yo ya *sabía* —de algún modo yo sabía *algo* desde la época de mi primo Néstor. Marcelo disfrutaba tanto como yo aprendí a disfrutar; aprendí por él a darme cuenta cuándo los ojos de otro hombre no sólo se posaban en mí, sino cuándo y cómo inquirían bajo mi ropa, imaginaban mi piel, mis senos o mi culo. Entonces, de súbito, me convertía en nudista —en una suerte de exhibicionista vestida— y cada vez, lo confieso, lo disfrutaba más: lo disfrutaba conforme lo iba aprendiendo, es decir, de manera proporcional. Pondré un ejemplo entre muchos. En una ocasión caminaba yo por el pasillo de un hospital, éste era largo y estrecho. Recuerdo cómo me sentía esa vez o creo que lo recuerdo: fresca, liviana, tan guapa que hasta me gusté a mí misma. Confieso que siempre me gusto, pero ese día me gustaba más. En todo caso, ese día llevaba un vestido de gasa muy claro, más o menos pegado, hasta las rodillas. Llevaba unos tacones altos, los cuales dejaban descubiertos mis tobillos y el empeine del pie; no llevaba, por supuesto, medias. Hacía calor. Recuerdo, incluso, el perfume: en ese entonces era Carolina Herrera, que a Marcelo le encantaba. De pronto, al cruzar ese pasillo, vislumbré a un hombre que venía justo en sentido contrario. No tenía que verlo a un metro de distancia para saber que era muy guapo, de esos tipos altos y delgados de revista. Iba muy bien trajeado, con una corbata gris perla. Pelo oscuro, cejas más bien tupidas, bronceado. Ya desde muy lejos nos delatamos: se habían cruzado nuestras miradas —imposible no hacerlo. Él llevaba prisas, yo también. Era mediodía. No pasaba una sola alma por allí, no había nadie cruzando ese largo corredor blanco, sólo nosotros. Debíamos cruzarnos tarde o temprano, pues el momento se acercaba ineludiblemente. En cosa de instantes, fragmentos quizás, mi mente o mi instinto se dio cuenta de la situación (un escenario perfecto) y decidió tomar ventaja de la misma: mi cerebro mandó una señal a mi cuerpo, le dijo que se relajara y eso hizo (eso hice). Sí, me dejaría desvestir por ese hombre que no dejaba de admirarme (o al menos yo lo creí así, lo creo así, ya lo dije: depende de cómo una se siente, eso lo determina todo). ¿Qué podía perder? Nada. Aunque fuera una sola vez en la vida, quería hacerlo. Jamás volvería a ver a ese tipo y si lo viera… no lo saludaría (incluso me atrevo a decir que lo desconocería).

He dicho hace un instante que "me dejaría desvestir por ese hombre" y con ello quería decir que lo dejaría desvestirme con su imaginación, simbólicamente, y que yo, al mismo tiempo, lo disfrutaría viéndolo, observándolo en el proceso aunque sólo fuera unos segundos. Sin embargo, algo de pronto me llevó más allá esa ocasión. Quizás el hecho de percibir que tanto él como yo llevábamos prisa —y que entonces no había nada que perder—, logró relajar ese súper yo autoritario que constantemente nos inhibe… y justo en esos momentos límite de la trasgresión. Conforme iba caminando hacia él y él hacia mí, fui desabotonándome el vestido dejando ver mi sostén, que era muy chico. Él, inteligente, me miraba y también miraba mis senos. Es decir, no sólo miraba mis senos… sino que también me miraba a mí. Por eso digo que el hombre en cuestión era inteligente, sabía el camino. Cuando por fin llegó el momento de cruzarnos, me dijo hola como si no me hubiera desabotonado nada e inmediatamente hizo un gesto cortés, al cual yo también respondí. Tal y como esperaba, él no se detuvo, siguió su camino por el pasillo, y yo también. Entonces, segura de que me miraba por la espalda —y segura de que ya no lo volvería a ver—, fui subiéndome el vestido poco a poco al ritmo de mis pasos, lo fui subiendo hasta enseñar mis bragas y una vez allí me acaricié las nalgas. Todo esto fue cosa de instantes y, repito, no era lo que esperaba hacer con el tipo en un principio. Originalmente sólo iba a dejarlo observarme… y yo, por mi parte, me abandonaría a esa mirada: jugaríamos a que él me desnudaba y yo me dejaba desnudar —pero siempre a través de la imaginación. Así había sido en otras ocasiones; así lo había hecho con otros hombres antes y junto con Marcelo; sin embargo, en esta ocasión fui más allá, lo sé, llevé el juego de la trasgresión a la realidad (hasta donde uno puede hablar de que es real hacer lo que hice en un largo pasillo de un hospital con un total desconocido).

Marcelo se especializó en ginecología. Ya desde que era novio de Laura, sabía yo por ella que él quería dedicarse a la mujer. Mentiría si dijera que eso no llamó mi atención, al contrario: recuerdo que cuando por primera vez lo supe me dejó un poco perpleja, pensativa. Era como iluminar una parte de la silueta sombría de ese hombre de por sí reconcentrado y distante. Por eso, aunque cualquier otra especialización hubiera tenido su fascinación, supongo que enterarme de que Marcelo sería ginecólogo me sedujo tal vez por el hecho de ser mujer y porque imaginaba que un doctor como Marcelo sabría más de mí que yo misma. Quizás supiera más de mi cuerpo, de las funciones y procesos de mi organismo, pero no de *mí*, Noname, Silvana. Sin embargo, este descubrimiento fue tardío. Yo, entonces, deposité mi alma en él, no sé si en el pasante de medicina y futuro ginecólogo, no sé si en el hombre o tal vez en el amor, esa superficie aderezada que poco o nada tiene que ver con los otros y todo con nosotros mismos.

Estaba enamorada. Desde el principio estuve enamorada. Por eso, creo, me resultaba tan fácil ceder y ceder e irme amoldando, imperceptiblemente, a todos sus gustos... empezando por su pasión por el whisky. A mí no me gustaba. Tampoco me disgustaba, es cierto, pero nunca lo hubiera pedido en un restaurante o en un bar con amigos. Con Marcelo aprendí que me gustaba, aunque nunca al grado que a él podía apasionarlo, seducirlo. Ya desde el primer año de matrimonio, conocí a sus amigos, ambos casados y ambos bebedores consumados: Fernando y Julián. Con ellos se bebía media botella de whisky, pero eso era el primer año... y lo hacía una vez por semana nada más, a veces los viernes o si no los sábados. Nos reuníamos casi siempre en la casa de alguno de ellos. Nosotros entonces pagábamos la hipoteca de un minúsculo departamento en Las Águilas, el cual apenas solventábamos con el dinero que nos regaló mi padre y con algo de dinero que él había heredado del suyo. La casa de San Ángel continuaba siendo mía (hasta la fecha lo es), pero en ningún momento pensé en sacar a mis padres y a mis hermanos de allí o mudarme con ellos y Marcelo. Ése era en realidad el hogar de Sebastián y, por extensión, el hogar de Rodrigo, Álvaro y Rebeca, mi madre. Ya llegaría el día en que tuviera que mudarme allá —al menos eso pensaba; por lo pronto, ya lo dije: papá me ayudó con una buena cantidad. Con ella pagamos el enganche hasta que, más tarde, pudimos comprar nuestra pequeña casa en Coyoacán.

Para Marcelo, juntarse con Julián y Fernando era un escape, una fuga del estresante ritmo que llevaba antes de finalizar la especialización. Yo sabía como casi nadie intuye cómo era aquello —toda la presión implicada— y por eso fui lo más comprensiva y menos estorbosa que una puede ser en esas condiciones. Había que sacar el título de ginecólogo a como diera lugar, era un asunto que me incumbía a mí tanto como a él. Si yo había abandonado la carrera, al menos él la sacaría adelante. Con todo, lo cierto es que de ello dependía nuestro porvenir, la posibilidad de una familia, una casa, un futuro más o menos decente. Nunca fui una mujer interesada, sin embargo, apoyarlo a él ese último tramo fue mi santo y seña: en ello se afincaba el tipo de vida que él y yo (y quizás mis hijos) llevaríamos. Toda mujer piensa en el futuro, nos adelantamos a él, y en eso no hay interés, no, de ningún modo: hay supervivencia, hay prudencia y perspectiva. Generalmente los hombres (tal vez porque en ellos radica la fuerza física, no sé) soslayan el futuro, no lo organizan ni lo prevén, no le dan mucha importancia. No era el caso de Marcelo, sin embargo. Con todo, debo admitir una cosa, y es que él no hacía ginecología por interés o por labrarse un futuro y menos porque le sedujera el dinero que había atrás; lo hacía, me consta, porque le gustaba, porque amaba profundamente la medicina y quería conocer a la mujer.

La esposa de Fernando se llamaba Estela y era una joven de familia muy rica. Su padre les había regalado una casa enorme en el Pedregal y allí vivían con dos sirvientas y un chofer a la puerta. Fernando trabajaba en una revista, era editor y a veces columnista. Aunque ganaba una módica cantidad con ese quehacer, los lujos provenían de la familia de Estela; en ese sentido, pues, no tenían por qué preocuparse. En la calle de Fuego, muy cerca de la casa de Gabriel García Márquez, los visitamos muchas veces. Creo que Fernando y mi marido eran amigos desde la secundaria, si no es que antes, lo mismo que Julián, quien había estudiado arquitectura y se la pasaba hablando de su ciudad favorita: Chicago. Él mismo había construido su casa en Desierto de los Leones, no lejos de la nuestra, en medio de un hermoso bosque de pinos y sauces llorones. Aunque no con tanto dinero como Estela y Fernando, Julián era de familia más o menos pudiente, adinerada, lo mismo que su mujer, Cinthia, dos años mayor que él y también más alta. Cinthia era escritora, o eso decía. Nunca había publicado nada, pero se la pasaba hablándonos de una novela que estaba siempre por terminar. Nos la contaba con minucia y detalles, pero nunca aparecía una sola hoja. Decía que la veríamos cuando estuviera lista. Está de más decir que Fernando, el editor, y Cinthia, la escritora, tenían mucho en común, mucho que discutir esas noches acaloradas, al grado de que no siempre terminaba bien la cosa. Un poco de fricción se cernía en esas pláticas; una suerte de atracción y repulsión los llevaba de aquí para allá y a los demás junto con ellos que los escuchábamos embobados o a veces un poco hartos. Ni qué decir que ambos conservaban una especie de pudor o admiración por mí, o mejor dicho: por lo que yo representaba o era: la hija del poeta Sebastián Forns, miembro de *Sur*, alguien a quien todos habían escuchado mencionar alguna vez en sus vidas aunque ninguno había leído ni por casualidad

Marcelo parecía disfrutar estas reuniones: botanas, whisky, una buena cena con vino y, finalmente, más whisky. Él y sus amigos lo tomaban solo, con poco hielo. Conforme se alargaba la noche, el hielo desaparecía y entonces lo tomaban tibio, sirviéndolo directamente de la botella. Cada uno de ellos, sentado en su respectivo sillón, mirándose uno al otro y riéndose con boberías, conservaba su botella personal a un lado, junto a sus piernas, como un arma de alto calibre. Cada quien escanciaba su whisky sin ofrecerle a los demás. No era descortesía ni mucho menos. Simplemente era que cada uno bebía una marca diferente y cada uno se bebía su media botella sin problema. Aparte de eso, supongo que era una incomodidad estarse levantando a servirle al vecino cuando a las tres o cuatro de la mañana apenas te respondían las piernas. Para lo único que se levantaban de su cómodo sillón era para ir al baño a sacar lo consumido; nada más los movía de sus lugares.

Nosotras, en cambio, bebíamos whisky con soda o con agua, siempre en las rocas. Sin embargo, al menos a mí me llegaba a hartar, o más que a hartar... me saciaba. Perdía la sed y no podía ni quería beber más. Luego de tres o cuatro vasos, paraba. Según Marcelo, eso me pasaba por beberlo con soda. Debía tomarlo como ellos, pero afortunadamente nunca lo hice, nunca me interesó.

Decía que Marcelo era verdaderamente feliz en esas ocasio-

nes, pues era otro, un ser aparte. Duele decirlo, me duele confe-
sármelo a mí misma ahora, pero el hombre con el que me casé
cambiaba de la noche a la mañana durante esas veladas. Primero,
la bebida lo aliviaba, lo animaba e incluso puedo decir que, a cierto nivel, lo despejaba, lo ponía fresco como una lechuga; luego,
evidentemente, esa frescura iba desapareciendo, se entenebrecía
y empezaba a comerse las sílabas de las palabras que decía. Por
eso prefería callar, aunque también guardaba silencio porque disfrutaba que otros hablaran de otras cosas y no de medicina y enfermos: le encantaba oír a Julián ponderar sobre París y Praga o a
Cinthia mentir sobre su larga novela. Todo esto lo divertía muchísimo, lo sacaba de sí mismo, de sus estudios, de las desve-
ladas en el hospital. Prefería, obviamente, desvelarse con sus
amigos; emborracharse con ellos, olvidarse de todo, del mundo,
hasta de su mujer. Llegaba un momento en que yo ya no existía,
no le importaba más. Incluso puedo decir que este desconoci-
miento yo lo veía llegar con antelación conforme iba acabándose
la botella de whisky bajo sus pies y empezaba a carraspear las palabras.

Si Marcelo se entenebrecía, Fernando se ponía picante, explícitamente sexual. Entonces empezaba a desnudarte. Era uno
de ésos, de día y de noche, con whisky y sin él. La diferencia es-
tribaba, supongo, en que con whisky perdía el pudor, se desin-
hibía: podía mirarte cara a cara hasta hacerte cejar en el empeño,
hasta hacerte perder el equilibrio y la compostura. Con todo y mi
amor al juego del nudismo, no podía corresponderle en esas ocasiones… por dos razones muy simples: Fernando era repulsivo
cuando estaba borracho y el requerimiento esencial del contubernio no existía, es decir, no había intimidad, absoluta reserva en el ambiente. Éramos seis metidos en una sala mirándonos
las caras, sonriendo, contando chistes y anécdotas por horas y
horas hasta el amanecer. Entonces era cosa de cargar con Marcelo
—mentiría si digo que era cosa de llevármelo y ya. Entre Cinthia
y yo lo levantábamos en vilo y lo poníamos en el auto. Yo conducía.
Dejaba la ventanilla abierta a propósito con el fin de que se des-

perezara durante el trayecto, cosa que lograba al fin cuando el sol despuntaba sobre los edificios de la ciudad y llegábamos a nuestro departamento en Las Águilas. Aun allí había que jalonearlo, tironearlo, para hacerlo bajar del coche, subir el ascensor y, finalmente, hacerlo medio desvestirse para echarse en la cama. Casi nunca vomitaba, sin embargo, hubo veces en que dejó la cama embarrada de comida y alcohol. Esas noches (o debiera decir días) no podía dormir a causa del olor, la peste y el calor que me sofocaban. Sin embargo, como ya dije, estaba enamorada, enamorada en serio (parece un oxímoron otra vez); ahora, pasados los años, no podría decir si lo amaba más o menos de lo que estuve enamorada de Gustavo o Jose Luiz, lo que sí puedo asegurar es que con Marcelo hice cosas que nunca me atreví a hacer con ellos. No porque yo no quisiera si no porque nunca me lo pidieron, a nadie se le ocurrió o nos avergonzaba imaginarlo siquiera.

Aparte de la carga abrumadora de estudios y los días en el hospital previos al examen final que aglutinaba muchos años de esfuerzo y de trabajo, Marcelo lograba provocar gratos momentos, sin los cuales yo no me hubiera prendado de él. Casi todas las mujeres (o las que conozco) prefieren soslayar esos momentos y recordar, en cambio, los días malos o las malas rachas o los peores descalabros que tuvieron. Eso siempre me ha parecido injusto, pero no sólo injusto para el hombre en cuestión sino también para la relación misma, esa entidad que dos fueron fabricando a través de los años y que dos fueron destruyendo a la vez. Por eso yo no quisiera caer en el error de no contar esos momentos. Por ejemplo, algo extraordinario en él era su memoria inaudita y su tino para celebrarlo todo, festejar cada detalle que su memoria le llevara a recordar. De pronto aparecía con girasoles, pues aparte de que yo amaba los girasoles, se había acordado del día en que por primera vez nos vimos en casa de Laura, o del día en que fue a mi casa y habló con mis papás o del día en que hicimos el amor en la playa cerca de un grupo de estudiantes que cantaban alrededor de una fogata. Cualquier detalle, por nimio que pudiera parecerle a cualquiera, conservaba para él un peso específico que sólo las mujeres podemos ponderar. Digo esto, porque generalmente las mujeres somos lo que se dice más detallistas (esto sin generalizar) y, en ese sentido, Marcelo era extraordinariamente femenino. Tenía, asimismo, el tino de llevarme a cenar o a comer (cuando el tiempo se lo permitía) a los sitios que más me gustaban y esto sin preguntármelo: sabía cuándo y dónde. A pesar de la carrera —y luego del estrés de las consultas de toda la semana—, tenía la sabiduría o la sensibilidad para nunca desatender la relación, es decir, buscaba huecos, brechas al tiempo: íbamos al cine, al teatro y, sobre todo, escuchábamos todo tipo de música. Nunca le gustó leer tanto como a mí, pero respetaba mis horas de lectura y hasta las propiciaba. Sabía cuándo y cómo preguntarme acerca de lo que leía; parecía interesarse y hasta veces, de pronto, me sorprendía con otro libro del mismo autor. Es decir, se tomaba el tiempo para ir a una librería, buscar la obra y traérmela sólo porque sí, por el gusto de hacerlo y obsequiármela. No sé si Marcelo se sintiera culpable por tantas horas que pasaba fuera de casa o si lo hacía porque me amaba, sin embargo, de una u otra manera, mi marido tenía el don especial, la gracia de estarte enamorando cada vez, poquito a poquito, sin descuidar la maceta muchos días; regándola, como decía mi abuela Felicidad.

Finalmente, Marcelo abrió su propio consultorio junto con Martínez, otro ginecólogo de su misma generación. Consiguieron un préstamo del banco, pusieron un tantito más que habían ahorrado y abrieron una hermosa clínica en Polanco, en el séptimo piso de un edificio en la calle de Horacio, desde donde se veía el ancho camellón bordado de árboles dividiendo el sentido del tránsito. El lugar era idóneo, pues, aparte de ser uno de los centros más concurridos y cuidados del Distrito Federal, está repleto de tiendas de ropa de marca, restaurantes caros y un par de centros comerciales. La principal clientela de Marcelo y su socio fueron las mujeres judías, es decir, la paisanada: gente como mis tías Nakash Chirá. Marcelo y Martínez sabían tratarlas, seguirles la corriente, hacerlas sentir en absoluta confianza, y por eso, supongo, podían cobrar más caro que otros ginecólogos. De cualquier forma, en pocos años se extendió la fama, se pasó la voz, las recomendaciones viajaron boca a boca, y el consultorio se terminó de pagar. Una vez pagado, vendimos el departamento de Las Águilas que aún debíamos al banco y pusimos nuestros últimos ahorros en una hermosa casita de dos pisos en la colonia Coyoacán, uno de nuestros sitios favoritos, a dos calles de la plaza y la iglesia de San Pedro. Allí, emocionados con nuestra adquisición, empezamos a recibir con mayor asiduidad a los amigos de Marcelo. Las borracheras semanales se repartían entre Desierto de los Leones, el Pedregal y ahora Coyoacán. Así pasaron muchos meses y años, salpicados con breves salidas a la playa en Semana Santa o Navidad, algunas veces con mis padres y otras con ambas parejas de amigos. A pesar del tiempo transcurrido y la proximidad, la verdad es que nunca pude intimar verdaderamente con Cinthia y Estela, por más que lo intenté esos años. La primera me parecía afectada, ligeramente falsa aunque muy inteligente; a veces quería demostrar algo que no era ella o que, si lo era…, no necesitaba ser demostrado. Era como si esa mujer alta y guapa tuviera un principio permanente de inseguridad que no la dejaba en paz un segundo. Imposible franquearse con alguien así, ni a ella le hubiera interesado hacerlo. Por el otro lado, Estela era nada más una niña buena, educada, más bien tonta o, mejor dicho, inútil —idéntica en ese sentido a mis compañeras del colegio Green Hills que apenas si veía. Estela cocinaba deliciosamente y aparte de eso sólo sabía escuchar embelesada nuestras charlas, asentir, y adorar a su marido. La verdad, me caía bien pero me aburría un poco, no sabíamos de qué hablar si nos dejaban solas. Creo que jamás me hubiera entendido. En cierto sentido, Cinthia me hubiera comprendido algo mejor, pero una barrera impuesta por su propia inseguridad y sus miedos, no lo permitía. Así las cosas, me sentía mucho mejor con Fernando y con Julián, los maridos, siempre y cuando no estuvieran muy borrachos. Que yo estuviera cerca de ellos nunca pareció importarle a Marcelo, al contrario: lo favorecía, lo aplaudía feliz. Por ejemplo, hubo una época en que los tres se pusieron a jugar al dominó con una pasión y un frenesí tan desmedido como el que tenían por el whisky. Sin embargo, siempre les faltaba uno más y ése era justamente yo. Con ellos aprendí rápido las reglas e incluso pronto aprendí a ganarles. Ni a Cinthia ni a Estela les interesaba el juego y nunca, que yo recuerde, pusieron de sí para aprenderlo; es más, creo que en el fondo me veían como a un bicho raro, allí, metida entre los hombres, gritando mulas de cuatros o cerrando juegos para derrotar al enemigo. Lo mismo sucedió con el fútbol americano, el cual yo aprendí a ver y entender al lado de Marcelo; Fernando y Julián también eran apasionados del deporte. Los tres, contaban, lo habían jugado en la secundaria y en la preparatoria. Sin volverme loca como a ellos, la verdad es que hasta el día de hoy me gusta verlo y si hay oportunidad (incluso en los aeropuertos) me quedo un rato siguiendo las jugadas, las estrategias de cada equipo. Por eso los viajes a la playa se volvían —lo quisiera o no— un asunto de dos grupos aparte: por un lado Cinthia y Estela (supongo que soportándose una a la otra) y, por el otro, los tres hombres y yo. Si había partido en la televisión del bar del hotel, pues allá iba yo o ellos me jalaban; y si había jugada de dominó junto a la alberca, pues rápido venía Fernando a sacarme del mar y pedirme que jugara con ellos: sin mí no se hacían las dos parejas necesarias. En lo que nunca transigí (o si lo intenté… no pude) fue en las borracheras que los tres iban llevando a cuestas esos días. Empezaban en el desayuno, seguían bajo las palapas junto al mar y continuaban toda la tarde hasta la cena. A esa hora los tres eran ya insoportables, meros bultos con distintas características cada uno, las cuales ya expliqué. La de Marcelo, tristemente, era el franco entenebrecimiento de su alma, la bancarrota del espíritu. La brasa del principio de la borrachera se apagaba: el ceño, su voz, su cuerpo, sus modales, sus gestos. Todo se derrumbaba. Con los años esto se acentuó a grados superlativos, y no sólo fue un asunto de acendramiento de esas tinieblas que iban nublándolo sino que cierta predisposición al mal, a la crueldad, fue pervirtiendo su carácter. Pero no quiero adelantarme.

Por ahora quiero acordarme de todo lo mejor, ya lo he dicho; quiero contarlo y disfrutarlo como si lo reviviera ahora, después de tantos años. Quiero acordarme, sobre todo, de la forma audaz en que él me enseñó a descifrar la mirada de los hombres, ese peculiar gusto por el desnudamiento que yo no había querido percibir o que probablemente conservaba inhibido. Ya hablé detenidamente del exhibicionismo consustancial en las mujeres, ya dije en qué consiste y las condiciones necesarias para ejercitarlo libremente, sin ataduras ni percances. Juntos, Marcelo y yo, empezamos a jugar. Por ejemplo, los dos primeros años hacíamos diabluras que muy bien pueden ser consideradas travesuras de niños, de imprudentes párvulos; sin embargo, esas diabluras son las que finalmente han movido al mundo; esas diabluras han demostrado ser tema de libros, películas, historias de familias, pecados, culpas, sueños, suicidios y todo lo que uno se quiera imaginar. Todo empezó… o debiera decir que empezamos practicando un juego erótico muy simple y a la vez salido de la nada, espontáneo. A veces sucedía, por ejemplo, que yo llevaba casi por azar un vestido corto o una falda. A Marcelo esto lo excitaba muchísimo, por lo que a veces, conduciendo, empezaba a acariciarme las piernas, las entrepiernas, los calzones, hasta lograr que me mojara toda. Esto sucedía a mitad del día, en el auto, en medio del tráfico y el ruido y la contaminación. Aunque había cierta discreción suya cada vez que iniciaba ese recorrido por mis piernas, lo cierto es que cada vez yo transigía más (es decir, me importaba menos que nos vieran) y también cada vez más él perdía la discreción, la prudencia. "Que vea el que quiera", empezó a decirme casi por casualidad… no sé si sintiéndolo realmente o con un poco de jactancia que tal vez, en el fondo, no trataba sino de camuflar cualesquiera celos pudieran venir a enturbiarlo. Sin embargo, no era celoso; nunca lo fue o nunca demostró serlo. De allí que hoy, pasados los años, me incline más a pensar que siempre fue un asunto erótico, genuinamente erótico, sincero en su impudor, y no mera jactancia o petulancia disfrazando sus celos. Tras esos escarceos y manoseos en el coche, dimos un salto. Me pedía, por ejemplo, que me subiera el vestido hasta casi enseñar los calzones y entonces, una vez consentía en hacerlo —con cierta resistencia al principio, lo confieso—, él detenía el automóvil cerca de algún peatón despistado con el pretexto de pedirle indicaciones para llegar a un lugar. Paraba el auto de tal forma que el transeúnte en cuestión quedaba a mi lado, de pie, cerca de mi ventanilla completamente abierta. El hombre no tenía, pues, otra opción que mirarme al mismo tiempo que miraba a Marcelo y trataba de responderle indicándole la dirección correcta. A veces era chistosísimo, pues, aparte de nerviosos, estos tipos se tomaban todo el tiempo del mundo en explicar lo que a todas luces era una tontería: cómo llegar, por ejemplo, a una esquina... cuando la tal esquina que buscábamos estaba frente a nuestras narices. Finalmente, Marcelo arrancaba el auto dando las gracias. Los dos nos moríamos de risa y ni qué decir que el asunto nos excitaba muchísimo; el simple hecho de rememorarlo y contárnoslo una y otra vez, a solas, era un excelente acicate para terminar haciendo el amor en la cocina o en la sala con las cortinas bien abiertas. "Que vea el que quiera ver", insistía Marcelo, y creo que muchos vecinos en Las Águilas nos llegaron a observar y quizás, como él decía, se estuvieran masturbando mirándonos coger como dos perros en celo. Poco después, la temperatura de nuestros escarceos y juegos subió y Marcelo me pidió que me bajara los calzoncillos hasta los muslos y me subiera el vestido mientras se acercaba a algún viejito para preguntarle cualquier tontería. Mi labor era no verlo, hacerme la desentendida, dejarlo mirar, detenerse en mis piernas largas, bronceadas y en mis bragas de tirita. Incluso podían mirarme el pubis. Incluso Marcelo me pidió que abriera las piernas mientras él preguntaba y preguntaba y ellos miraban atónitos. Nosotros, mientras, nos divertíamos de lo lindo, nos solazábamos y de paso nos excitábamos con el recuerdo del asunto. Poco después, lo hicimos en restaurantes. Por ejemplo, llegábamos a algún lugar (ya teníamos elegidos algunos por su especial distribución) que convenía a nuestros propósitos. Pedíamos una mesa en una esquina justo donde Marcelo estuviera mirando la pared y nada más, mientras que yo podría mirar un par de mesas frente a la nuestra. Elegíamos el sitio exacto con sagacidad, pues de lo que se trataba era de buscar a una pareja que estuviese de tal modo acomodada que el tipo estuviera sentado frente a mí y su pareja dándome la espalda. De esta manera, Marcelo no vería a ninguno de los dos, lo mismo que ella no podría vernos a nosotros. Sólo estarían las miradas del hombre y la mía, uno frente al otro, con dos parejas distintas. Entonces empezaba la sesión y Marcelo me daba las indicaciones mientras bebíamos una copa de vino tinto. Primero era llamar la atención del tipo con alguna sonrisa sesgada, un guiño apenas. Una vez capturada su atención (pero dividida ésta entre su pareja y yo), me levantaba la falda o enseñaba un poquito más de la cuenta. Casi todo lo hacía bajo la mesa, era más seguro, aparte de que el mantel me cubría. Llegué a quitarme los calzones frente a las narices de todo un restaurante sin que nadie se apercibiera de ello a excepción del hombre a quien estaba dedicado el espectáculo. Abría las piernas con muchísima discreción y también justo lo necesario para que él pudiera mirarme la vagina. O eso creo, o al menos esa era la intención. Era divertido darse cuenta cuántas veces se le caía la servilleta al hombre o, bien, cuántas veces se acuclillaba para rascarse el tobillo o atarse una agujeta. Todo desproporcionado, inaudito, cuando lo pienso ahora, desde aquí, a través de los años. Divertido pero casi imposible de creer. Hasta pienso que lo hizo otra, que lo imaginé o me lo contó alguna amiga, pero no, fui yo, la misma Silvana Forns, la misma que hoy muchos repudian sin conocerme siquiera, de oídas y chismes y tergiversaciones. Con todo, la verdad es que en ningún momento me he arrepentido, al contrario, echo de menos esa etapa feliz, erotizada al máximo, día a día. Aunque puede uno lograr cosas a solas, siempre es más fácil con la ayuda de otro, con el apoyo de otro, con el permiso de tu esposo o con su consentimiento. Casi suena a un anatema, ¿no es cierto?, pero así es; a veces necesitamos la estúpida aprobación de nuestros maridos para atrevernos… ya sea porque tememos o porque titubeamos o porque no estamos completamente seguras o convencidas de lo que podemos y somos capaces de hacer. Con Marcelo aprendí mucho de mí misma, tanto que llegó el momento en que, de haber querido, podría haber volado sin él, tan sola y desnuda como vine al mundo.

DURANTE ESOS PRIMEROS años de matrimonio, mi verdadera amiga fue Nadia González, mi prima. Ella fue la única que supo la gran mayoría de las locuras que Marcelo y yo íbamos viviendo día a día, o cuando su trabajo se lo permitía. Esos años los pasé leyendo; no recuerdo otra afición, otro quehacer, que pasármela leyendo cuanto libro caía en mis manos, cuanto libro no había leído hasta entonces. La mayoría venía de la casa de San Ángel, de la biblioteca que mi padre había formado a través de los años. Él era mi mentor en ese sentido; por ejemplo, le decía qué se me antojaba leer —o intentaba describirle lo que deseaba— y él, como leyéndome la mente, me lo conseguía: podía ser historia, psicología, música, antropología o literatura. Sebastián me encontraba el libro que quería. Y no sólo a mí sino también a Nadia que, junto conmigo, cobró la afición a los libros durante esa época: una pasión incluso mucho mayor que la mía.

He contado ya la adversa historia de mi tía Irene, madre de Nadia; o mejor dicho: he ido relatando sus continuos fracasos, las muchas historias de esta infortunada hermana de mi madre. Conté su rompimiento con el judaísmo (la última que lo hizo si descontamos a Judith), más tarde la trastada del destino que vino a arrebatarle a su marido en un avionazo, su pasión por la dianética de Hubbard que no logró subsanar nada y sí destruirle más la vida, sus ulteriores problemas con los hijos de su hermana Lina y su visita a la cárcel, su raudo matrimonio con el español que la dejó sin nada y, finalmente, su mala actuación en París, en el departamento que su mejor amiga le hiciera el favor de prestar. En ese triste incidente, ya lo dije, colaboró Nadia repartiendo volantes en las calles de París: invitaciones para asistir al pequeño museo que su madre había armado a la buena de Dios y sin autorización de nadie.

He contado un poco del destino de mi prima desde ese día aciago en que su padre, el futbolista Ruy González, la dejó huérfana justo poco antes de nacer, cómo a partir de ese momento, incidente tras incidente, las cosas fueron complicándosele... empezando por no saber qué diablos era, si católica como su padre o judía como su madre. Empero, su madre era una judía renegada y, créanme, de entre todas, la más renegada: odiaba la religión judía y sus costumbres tanto como odiaba cualquier otra religión. La dianética era la panacea y el único remedio contra ese veneno de los pueblos, según ella.

Antes he dicho que en cierto periodo, cuando vivíamos en Virginia mi familia y yo, Rebeca quiso adoptar a Nadia y traerla con nosotros. Al saber la lamentable situación de su sobrina (casi mendigando techo y pan en casa de cada una de sus tías), mi madre pensó que invitarla era una gran solución, la mejor idea, aparte de que Nadia era de mi edad, apenas un año más chica. Creo que Sebastián estuvo de acuerdo; Nadia le simpatizaba y con gusto la adoptaría. Sin embargo, fue mi tía Irene la que se negó y se enojó al grado de haberle quitado la palabra a Rebeca por un par de años: ¿cómo quería llevarse a otro país a su propia hija, con qué derecho, es que no tenía escrúpulos Rebeca? ¿Arrancarla de su madre? Pero Rebeca respondió que la que no tenía derecho a tratar y criar a una hija así era ella: sin casa segura, al vaivén, cambiando de escuelas toda la vida, cambiando de hombres (y papás), mendigando con la abuela y con las otras tías un mendrugo o un suéter deshilachado y viejo, llevándosela con ella a empresas tan estúpidas y arriesgadas como la de París (aunque esto fue años más tarde) u otras muchas aventuras desproporcionadas: como cuando se fue a Acapulco con una socia drogadicta a vender tiempos compartidos y se llevó a mi prima aun siendo muy niña o, más tarde, cuando se fue a probar suerte a la Argentina con su hermana Noemí en el negocio de su cuñado Elías Amkié y éste terminó despidiéndola a gritos cuando la encontró arrogándose el papel de dueña que él sólo usufructuaba. En todo caso, el ofrecimiento de mi madre fue rechazado y, lo peor, pésimamente tomado por mi tía. Sin embargo, pasado el tiempo, las dos se volvieron a llevar como antes: a conversar de la infancia, a jugar cartas, a beber café turco. Ya dije que pocas de sus hermanas trataban a Irene; más bien la temían, la evitaban (mi tía era, por demás, impredecible y ninguna de sus hermanas sabía a qué atenerse y qué nueva aventura sería capaz de afrontar), por eso es que tener como amiga a Rebeca era, a pesar de todo, una bendición imposible de sacrificar.

Durante esos años, parte de los cuales yo no vivía en México, Nadia pasaba largas temporadas con mi abuela. Vera Chirá nunca fue extremadamente cariñosa con sus nietos, excepción hecha de Yaco, el primogénito de Lina, a quien adoraba tanto como a su propio hijo, mi tío Saulo, que vivió con ella toda la vida en la casa de la Roma. Querer a Yaco tenía su razón de ser: era no sólo el hijo mayor de su hija mayor, sino hijo de madre y padre judíos, tal y como debía ser, tal y como exigía la religión de Jacobo y Yemil. Por eso, que mi abuela se hubiese encariñado tanto con Nadia resulta verdaderamente excepcional. La llegó a querer como si fuera su novena hija, venida totalmente a destiempo. Entre Saulo y mi abuela pasaba Nadia semanas y meses; a veces llegaba a cumplir un año pernoctando con ellos, en esa añeja casa de la calle de Puebla llena de habitaciones clausuradas y baños inservibles. Cuando su madre de pronto aparecía, mi prima se iba con ella; pasado el tiempo (una vez Irene fracasaba en algo nuevo), mi tía se la llevaba o bien la volvía a dejar con mi abuela. Tanto tiempo juntas (nieta y abuela) no podía sino estrechar el sentimiento de una por la otra. Incluso ya adolescente y con mucho mayor libertad, en esos interregnos en que Nadia desaparecía, Vera empezaba a preguntar por su nieta: que dónde está, que la buscaran, que por qué no la había llamado, y cosas así. Por nadie más preguntaba mi abuela, por ninguno de sus demás nietos y ni siquiera por sus hijas. Se olvidaba de ello conforme envejecía. De lo que no se olvidaba era de saber el paradero de

Nadia y el paradero de Saulo, su hijo, quien siguió el negocio de mi abuelo Abraham durante toda su vida: vender tapetes, camelotes y alcatifas importados en Tehuacán, Puebla, Oaxaca y otras partes, donde lo conocían de antaño, cuando mi abuelo aparecía de pronto como el señor obispo de la capital y daba su bendición a los mismos sacerdotes.

Cuando llegué a México en el 77 fue para mí, lo confieso, una revelación descubrir el grado de cariño que abuela y nieta se tenían. Incluso había quien decía que Vera Chirá no se moría sólo por esperar a ver qué diablos iba a pasar con su nieta. Nadia siempre fue mi amiga... pero lo fue aun más cuando viví en México y empezó a visitarnos a la casa de mansardas y buganvillas de San Ángel. De pronto ésa se volvió su segunda morada y, para sorpresa de todos, Verá empezó a llamarnos por teléfono con asiduidad, cosa que no hacía con nadie más en ninguna circunstancia. Me llevó un rato darme cuenta de que no le importábamos mis hermanos y yo, sino su nieta predilecta, pero aun así yo nunca le guardé rencor, más bien traté de comprenderla. Ese tipo de cariño no se puede exigir, se da, surge espontáneamente, sin darse cuenta de ello, con el paso de los años.

Nadia se enamoró de un *goy* justo cuando sus dudas espirituales estaban en su apogeo. Tal vez debiera llamarles dudas de identidad. No era fácil apellidarse González y decir que eres judía. No era fácil asistir al Deportivo Israelí y responder siempre que eres judía cuando en el fondo no sabes lo que eres. No era fácil pasar la mayor parte de tu vida con primos estrictamente judíos (como los hijos de Lina o los de Zahra) y tener como mejor amiga a otra prima criada estrictamente como *goy*, como *shiksa*, a pesar de ser judía: yo. No era fácil, pues, quedar bien con Dios y con el diablo y menos cuando tu abuela adorada te dice que debes fijarte en un muchacho hebreo (como tú, Nadia) y no en un muchacho como en el que se fijó tu madre, Ruy González, ese exorbitante futbolista que mi prima amó siempre en su memoria e idolatró como a un dios. Pero así fue durante muchos años: tribulaciones y cambios de humor que podían alterar lo que estaba decidida a ser (raza, religión, identidad) hasta que de repente cambiaba de opinión.

Ya dije que los padres de Ruy (los otros abuelos de Nadia) se desentendieron *ipso facto*, nunca quisieron volver a saber de esa nieta malhadada. Su hijo único había dado un revés a la familia entera casándose con una muchacha judía, de apellido impronunciable, según ellos. Esto era peor que haberlo abandonado todo por el fútbol (de por sí ya una auténtica desgracia). La tragedia de su hijo aun muy joven puso punto final a sus vidas, los sumió en una depresión tan dura que prefirieron olvidarse de esa niña que ni siquiera había nacido. ¿Para qué lastimarse más, con qué objeto prolongar el martirio de su dolor viendo nacer y crecer a una desconocida? ¿A quién se parecería? Mejor no saber. Parte de lo que digo lo estoy imaginando, sin embargo, parte de lo que escribo me lo contó mi propia prima Nadia en distintas ocasiones. Probablemente ella también lo imaginó, quién sabe. De cualquier modo, ya expliqué que Nadia se había enamorado justo de un muchacho *goy*, el cual sin embargo no lo era totalmente, puesto que su padre era judío. Como ella, Isidoro era huérfano (pero de padre) y tal vez por eso fue criado como un niño estrictamente cristiano (aunque fuera también judío). Ambos se conocieron cuando tenían los dos las mismas dudas existenciales y de identidad. El *click* fue instantáneo. Tenían, creo, diecisiete él y quince ella. El noviazgo duró muchos años, lleno de avatares, celos, rompimientos, reconciliaciones y demás. Ya conté uno de esos interregnos (el más largo que tuvieron quizá), la aventura de mi prima con Joseph, el israelí del kibbutz donde vivimos. Aunque no tan intensa y duradera como mi relación con Jose Luiz —ellos apenas duraron tres meses—, creo que esa ráfaga de amor hizo un cambio radical en su vida, la animó más y le dio confianza en sí misma, pues si de algo pecaba mi prima era de timidez, una invencible timidez que le hizo difíciles muchos años de su vida. Con la edad fue rompiendo ese cerco —yo lo vi caer. Pero fue un proceso gradual, supongo que muy arduo para ella. Con Isidoro se sintió acompañada, es decir, no sólo querida sino sobre todo acompañada. En ese detalle imprescindible ponía énfasis mi prima cada vez que me hablaba de él. Isidoro Zagal tenía las mismas dudas que ella y, para colmo, los dos se parecían físicamente: eran muy delgados, de mediana estatura, ojos verdes, él más rubio que ella, de rasgos hermosos los dos pero sin ninguna chispa. No es que fueran taciturnos o ermitaños, era más bien una falta de expresión en la fisonomía, cierta falta de carácter o determinación. Sus rostros eran como ellos mismos, ajustados a la medida de su ser: limpios, angelicales, embellecidos, pero tibios, indiscernibles, sin ninguna expresión, febles y fáciles de olvidar con el tiempo a no ser que uno llegara a conocerlos íntimamente.

Mi prima no tenía auto, por lo que debía conseguir siempre el aventón de un amigo o tomar peseras para cruzar la ciudad de sur a norte, es decir, de San Ángel a Polanco, los dos sitios donde pasaba más tiempo hasta que yo me casé y me mudé a Las Águilas, como ya he dicho. Entonces, Nadia empezó a frecuentarme al departamento que primero tuvimos Marcelo y yo. Si me quedaba con el único coche que entonces teníamos, la iba a recoger a su trabajo y nos tomábamos un café en alguna librería; casi siempre salíamos con un nuevo libro bajo el brazo. Ya dije que Nadia se apasionó por la lectura, tanto o más que yo, y esa pasión continuó cuando Marcelo y yo nos mudamos a la casa de Coyoacán. Entonces la librería que hay en la plaza se volvió nuestro centro de reunión. Fue por esa época que Isidoro se fue a Texas a estudiar una maestría. Aunque ella le pidió (y le rogó) que la llevara con él, Isidoro prefirió irse solo prometiéndole que se casarían una vez regresara. Incluso le dejó el anillo de compromiso en prenda. Nadia no cabía de felicidad… pero también de angustia: ¿qué si no regresa, Silvana?, me decía, ¿qué si se enamora de una gringa?, ¿qué si me deja de querer? En esas charlas sin final pasamos más de un café mi prima y yo. A veces la recogía en la agencia de viajes donde trabajaba y otras nos quedábamos de ver en casa de mi abuela Vera o en la plaza de Coyoacán. Aparecía, infalible, con un nuevo libro bajo el brazo… igual que yo. Si no lo comentábamos, hablábamos de mis locuras con Marcelo, de sus amigos y las vacaciones en la playa o hablábamos de ella e Isidoro o de mi abuela que cada día se hacía más pequeña y remota.

Nadia amaba a los niños y lo único que deseaba en este planeta era hacer una familia con Isidoro cuando regresara de Texas. Creo que Nadia fue quien, de entre todas las mujeres que conozco, me inspiró más la idea de ser madre.

Un miércoles salió de la agencia para dirigirse a casa de mis padres en la Cerrada de la Amargura. Eran las siete. Habíamos quedado de vernos allí para cenar con Rodrigo, Álvaro, Gina y Alán. Lo que nunca hacía mi prima lo hizo esa ocasión: pedir un taxi fuera de la agencia. Sabía —como cualquiera sabe en la ciudad— que esos riesgos no se toman; sin embargo, lo hizo. Como cualquier otro día, ese miércoles había un tráfico de los mil demonios y un calor insoportable. Creo que fue justo en la esquina que el taxi, de pronto, se detuvo y dejó subir a alguien más. Según nos contó más tarde, Nadia le dijo al taxista que deseaba bajarse… pero éste prefirió no escuchar. El hombre que se había subido ya la tenía amenazada con una navaja en las costillas al mismo tiempo que le susurró que por ningún motivo se le ocurriera gritar. No era una broma, pensó, me están doliendo las costillas. Luego pudo percatarse de que el tipo, de hecho, la había perforado con el filo; la marca en la piel se le quedó varios años. En un santiamén, sin darse cuenta cuándo, el taxista se desvió y tomó un atajo que los fue sacando del tránsito hasta que ya casi no vio coches ni fanales de luz. Estaban solos en no sé qué recóndita colonia; anochecía. Se oían ladridos de cuando en cuando. Por fin, en una suerte de paraje boscoso, el taxista se internó y apagó el auto. El tipo con la navaja a su lado le dijo que en principio sólo querían robarla… pero como estaba tan buena también se la iban a coger. Dice que al oír esto se desmayó, y lo creo. A partir de allí sólo recuerda que estaba arrumbada en ese mismo taxi, casi sin ropa, con uno de los tipos encima de ella: sentía sus babas, su euforia, su olor. Apestaba, me dijo Nadia; vio su cara que intentaba besarla también. No sabe si solamente el taxista la violó, pues luego de haber terminado, el otro ya no intentó nada, sólo la jaló de los cabellos, la empujó fuera del auto, tiró la ropa en el suelo y le dijo: "Nomás hablas, te matamos, güerita". Arrancaron el taxi y se fueron. Se habían llevado su bolso y el anillo. Tiritaba no sabía si de frío o de dolor o de vergüenza, pero no podía parar de sentir escalofríos. ¿Por qué?, no dejaba de preguntarse, de lamentarse. ¿Qué hice yo? ¿Por qué a mí? Al mismo tiempo se iba poniendo la ropa rasgada. Hacía mucho calor, recuerda; sentía de pronto ramalazos, el crujido de las hojas al pisar. ¿Cuánto tiempo había pasado allí, en ese paraje fosco, escondido, en una colonia perdida? ¿Dónde estaba? Finalmente, sin mucho buscar, encontró la salida y tomó la calle en declive, maltrecha, llena de baches y basura. Vio un par de hombres bajó un farol. Los pasó. Más tarde se cruzó un grupo de perros que querían acercársele. Corrió asustada y uno de ellos empezó a perseguirla. Entonces Nadia trastabilló y se fue de bruces dándose un golpe en la boca. El perro finalmente no le hizo nada y se fue con su grupo de amigos. Luego de caminar varias cuadras, tocándose la herida en las costillas, la herida en la boca, encontró una minúscula tienda de abarrotes abierta. Allí dentro, una mujer rolliza y sucia fue quien nos llamó por teléfono a la casa de San Ángel donde acabábamos de merendar unos tamales hechos por Agus. De inmediato fuimos todos a recoger a Nadia. Al vernos, ella se soltó a llorar. Yo también me solté a llorar con ella. No tenía que oírla para saber (o imaginarme) lo que había pasado. Nos abrazamos.

Está de más decir que nadie levantó actas ni fue a ninguna delegación a pronunciarse ni buscamos abogados ni nada. Los mexicanos ya sabemos que esto no tiene ningún objeto; al menos los defeños lo saben muy bien. Nadie quiere volverse el hazmerreír de los burócratas de las delegaciones o volverse parte del círculo vicioso en que te envuelven las secretarias y los ediles con preguntas y respuestas absurdas. Dos o tres días más tarde, Nadia aceptó ir al consultorio de Marcelo, pues al principio se resistía, se negaba a ir. Él la revisó cuidadosamente. Junto con Nadia, estaba mi tía Irene y mi madre. Según Marcelo, no tuvo daños severos, no se había destruido ninguna membrana ni había que coser; sólo un poco de sangre (pero exterior). Se habían portado bien… los hijos de la chingada, me dijo Marcelo esa noche cuando llegó a la casa y nos quedamos solos. A partir de ese momento, lo que le pasó a Nadia fue una serie de etapas extrañísimas y muy diversas entre sí: primero vino la condolencia consigo misma y su sino desgraciado —los porqués y los reclamos a Dios y a la vida—, luego se sobrepuso a ese sentimiento una rabia infinita junto con un deseo vehemente de venganza, posteriormente llegó una especie de tristeza o languidez que, poco a poco iba volviéndose aquiescencia, aceptación. Una vez pasado todo esto, llegó el miedo y éste se acendró los días en que esperaba la menstruación y no llegaba. Esos días los pasé junto con ella… viéndola sufrir, desvanecerse poco a poco, perder el apetito y hasta el sueño. Finalmente la regla no llegó. Como temíamos, mi prima estaba embarazada. Me contó que desde que Isidoro se fue a Texas, había dejado de cuidarse. ¿Para qué seguir con las pastillas si no iba a volver a acostarse con él en un año o más? De cualquier forma, había decidido no contárselo a su novio: temía su reacción, no imaginaba cómo iría a tomarse la cosa… y más estando lejos. Nadia nos hizo prometerle que nos callaríamos, que no saldría una palabra de nuestras bocas, y así lo hicimos, así lo hice… hasta el día de hoy que me atrevo a contarlo. Nadia se sentía a la deriva. Una vez descubierto el embarazo, mi prima no tuvo más remedio que continuar afrontando el ininterrumpido trago amargo. Marcelo me dijo en privado que él estaba dispuesto a hacerle un legrado aunque nunca lo había hecho. Yo se lo dije a mi prima y ella, dos días más tarde, accedió. En una primera instancia, había dudado puesto que tenía verdadero terror a una intervención y, en segundo lugar, porque siempre había estado en contra del aborto, a pesar de su educación bastante liberal. Lo irónico, me dijo uno de esos días, es que adoro a los niños, Silvana, y se rió por primera vez desde que sucediera la violación. El hecho me entristeció doblemente: supe que mi prima había llegado (o se acercaba) al momento de la aceptación de la desgracia y junto con ella la capacidad de ironizarla. No puedo olvidar todavía ese momento, esa sonrisa tímida pero valiente, casi sobrehumana. Estábamos solas en la casa de mansardas de San Ángel. El gesto de mi prima entonces, esa mueca llena de resignación, dejó una huella en mí que todavía perdura. No recuerdo haber visto tan de cerca la cara de la desgracia como la miré en esa ocasión (y si la vi en el anfiteatro o en otros sitios en mi vida, no era lo mismo, pues no pertenecía a la de un ser querido, a alguien que de veras amas) y a la par puedo jurar que nunca he visto una sonrisa tan extraña, dulce y peculiar como la de mi prima cuando me dijo esas palabras. Lloré por mí misma, no lo sé. Nadia tuvo que consolarme.

Mi prima abortó unos días más tarde. Marcelo y ella eligieron un domingo en que no había absolutamente nadie en el consultorio. Sin embargo, allí afuera, en la pequeña sala de espera del séptimo piso, aparecieron varios de mis primos Nakash, algunas tías, mi tío Saulo, mis padres y los Talens, nadie más. El consultorio se llenó de ramos de flores, arreglos y cajas de chocolates rellenos. Nadie de la agencia de viajes y ni siquiera sus amigas lo supieron. Los que se enteraron lo supieron a regañadientes, contra la voluntad de mi prima que intentó por todos los medios que no se corriera el chisme boca a boca por miedo a que mi abuela Vera se llegara a enterar. Si yo lo cuento es porque Nadia me insistió que lo hiciera en esa carta suya que me envió en respuesta a un *e-mail* que le escribí yo (hará cosa de un mes) contándole la ardua empresa en la que estaba, en la que estoy ahora mismo empeñada: estas memorias, esta comedia familiar. Me dijo, me rogó que lo contara —contradiciendo así su primera voluntad, su primer deseo de absoluto silencio. Sin embargo, ¿por qué al final habría decidido que lo escribiera dado que yo estaba (lo confieso) por demás dispuesta a callar? Tal vez, me atrevo a sugerir, deseaba que yo —su prima, su mejor amiga— dejara constancia de lo que finalmente sucedió, el giro que tomó su vida una vez mi abuela Vera, su abuela del alma, hubo muerto.

Nadia se casó con Isidoro Zagal dos años más tarde. Según

me dijo, mi prima decidió contárselo antes de seguir con él; lo hizo casi inmediatamente después de que Isidoro llegó a México, orondo y festivo, con su título de maestría bajo el brazo. Nadia había decidido tomar el riesgo: o todo o nada. Se tomó un par de tequilas y se lo dijo.

Lo ganó todo. Lloraron juntos. Se emborracharon.

Un año después de casada tuvo su primera hija, Vera, una niña idéntica a ella, de ojos verdes y cutis blanco, algodonoso. Casi al mes del parto, en medio de moderadas angustias económicas (aunque no por moderadas menos angustiantes, ya se sabe), cuando Nadia amamantaba a su bebé y se enjugaba el seno, alguien se apareció en su departamento de improviso. El hombre de bigotes tiesos y baja estatura se presentó como el albacea del señor Ruy González, es decir, el padre de su padre. Su abuelo, pues, acababa de morir y le había dejado casi todo su dinero. No tenía otro hijo y, por tanto, Nadia era su única nieta. Aunque nunca la conoció, siempre supo de ella, explicó el albacea a punto de soltar un par de lágrimas. Tenía fotos de usted por toda la casa, continuó el hombrecillo como si lo conociera de antaño —luego supimos que el hombrecillo había sido su contador. En todo caso, la historia de mi prima terminó felizmente, como sólo pasa en las novelas de Jane Austen y Walter Scott, a quienes mi prima leía con voracidad por una sencilla razón: sus novelas siempre terminaban felizmente, con un elocuente matrimonio, muchos hijos y un giro de la fortuna a favor de sus ínclitas y soñadoras heroínas. Nadia se hizo millonaria de la noche a la mañana, compró una casa gigantesca en La Herradura y continuó teniendo hijos con Isidoro como siempre había sido su ilusión. A su segunda niña le puso como yo, Silvana.

LA CIUDAD DE MÉXICO era otra, había ido cambiando vertiginosamente. Si pudiera compararla con la ciudad de la infancia, a fines de los sesenta, cuando la visitábamos uno o dos meses durante el verano, si pudiera compararla, digo, con la que fue después, en 1977, cuando volvimos para quedarnos una vez mi abuela Felicidad hubo fallecido, y si ésta la comparara, una vez más, con la ciudad del terremoto y la megalópolis que llegó a ser más tarde, en los noventa, pocas gentes creerían lo que pasó a menos de haberlo visto con sus propios ojos. Afortunadamente hay millones de testigos que presenciaron el cambio, lo sufrieron en carne propia e incluso los hirió en su corazón, pues era imposible no querer entrañablemente ese inolvidable Valle del Anáhuac. Ver en lo que se convirtió en apenas un par de décadas fue una losa pesada de cargar para millones que la contemplaron irse destruyendo conforme crecía y se desparramaba… igual a una gangrena veloz, imposible de mutilar.

Esa gangrena fue invadiendo también mi relación con Marcelo, lo hizo casi al ritmo del deterioro de la ciudad, se expandió entre nosotros a la misma velocidad. Las batallas campales entre marido y mujer fueron sucediéndose una tras otra en el quinto y sexto año de nuestro matrimonio. Querellas que nadie sabía cómo empezaban y que de pronto asaltaban la casa; allí estábamos los dos, orgullosos e iracundos, empujándonos, gritándonos todas las majaderías habidas y por haber, provocando al otro hasta el delirio, zahiriéndolo hasta la abyección y azuzándolo contra uno mismo, anhelando el choque final de los cuerpos, los golpes, las bofetadas, los rasguños, los insultos, los jalones de cabello, los portazos y demás. Verdaderas trifulcas iniciadas por hechos anodinos, por tergiversaciones, por no haber podido controlar los ánimos y salir de casa huyendo cuando aún era tiempo de escapar, de salvar las últimas fibras de amor o de ternura.

Pero ¿cómo empezó todo? Por más que he intentado hacer un repaso en estos días (una introspección), por más que he deseado ensimismarme para encontrar el inicio, los inicios, de todo ese pequeño infierno conyugal digno de Bergman, no logro sin embargo dar con ellos, no veo el origen o se me confunde con otros muchos recuerdos y vestigios. Ahora que lo pienso, son como dos historias diferentes, una antes y una después, o como dos cuentos protagonizados por gente diversa. Sí, de pronto no soy yo, no soy aquélla, la misma... Pero ¿cuál de las dos dices no estar segura de ser, Silvana? ¿La del juego y la pasión, la entusiasmada del amor, o la segunda: la que vino después a apoderarse de la primera, la abducida por el error y la condescendencia? ¿Cuál eres tú, Silvana? ¿Cuál *fuiste* tú, Noname? ¿En apenas un fragmento, un parpadeo, te convertiste en otra y él en otro también? ¿Acaso es cierto? ¿Somos y no somos los mismos? ¿Cuál es esa línea divisoria, o no la hay? ¿Qué día o al menos en qué mes se fracturó la relación? ¿O nació acaso fracturada, culpígena, desde la noche de Gayosso, días después del terremoto? No lo creo. Entre nosotros nunca hubo culpa. Ni yo la tuve ni creo que él tampoco la tuviera. Pero si entonces no fue la culpa, ¿cuándo sucedió todo si apenas eran puros juegos los que armamos esos cinco años?, ¿si apenas era puro amor el que inflamaba nuestros cuerpos? ¿Cuándo, pues, huyó el pulso fragoroso y el ritmo enfebrecido, el arrebato que nos tuvo cegados por un lustro?

Si a alguien debiera culpar, después de todos estos años, creo que culparía al alcohol, o mejor dicho: culparía a los efectos invisibles que el whisky tenía sobre Marcelo y, por ende, sobre mí y la construcción de ese precario hogar donde amparaba mis hueras ilusiones. No quisiera anatematizar esas borracheras por simple regodeo, pero los efectos ulteriores conservaban una maldición que era imposible de probar científicamente por más que una se empeñara en hacerlo: las resacas no eran de inmediato (al otro día), tampoco eran perceptibles, puesto que el whisky no dejaba huellas duraderas como el vodka o el tequila. Las borracheras guardaban algo así como un encantamiento que no tenía forma de ser demostrado y sin embargo estaba allí, actuando celosa y a la vez imperceptiblemente. Las reuniones con Fernando y Julián y sus esposas eran sobre todo dos cosas: el mejor receso de la semana para Marcelo —y ¿por qué negarlo?, también para mí— y el ingrediente más nefasto de nuestra relación y el más difícil de explicar. En sí, las cenas en casa de nuestros amigos marchaban bien, no había problema visible, datable. Eran largas reuniones llenas de chistes obscenos, bromas pesadas pero divertidas, politiquería banal, graves momentos filosóficos (no muy largos) y chismes culturales o de vecindad. De todo un poco. Oíamos jazz, fumábamos marihuana o cigarrillos, perdíamos la compostura, los hombres se desabrochaban la camisa y el cinturón, las mujeres nos quitábamos los zapatos y los acomodábamos sobre el sofá. La verdad, nos sentíamos muy cómodos los seis así reunidos, muy cerca de las brasas de la chimenea en invierno: no había que quedar bien con nadie y a nadie más invitábamos. Si algo nos interrumpía, ese algo era el *beeper* de Marcelo; sin embargo, con el paso del tiempo y el grado de alcoholización al que llegaba esos viernes, Marcelo terminó desconectándolo. Esto, ni qué decir, tuvo luego efectos nocivos en la clientela del consultorio y con Martínez, el otro ginecólogo.

En cierto periodo, Estela y Cinthia nos anunciaron que estaban embarazadas y recuerdo que lo celebramos poniéndonos todos muy borrachos, incluso ellas. Las noticias surgieron una tras otra; primero Estela y dos meses más tarde Cinthia, dos borracheras memorables. Con y sin hijos, los seis hicimos varios viajes a la playa. Una vez llegados al mundo esos bebés, dos nanas nos acompañaron infatigablemente. El ritmo, pues, no desmayaba un ápice con o sin los hijos de ellos. Yo seguía siendo invitada a las jugadas de dominó bajo una palapa por las tardes y seguía gritando entusiasmada cuando lograba cuadrar una jugada y fastidiar a la pareja contraria. Con los hombres pasaba horas mirando el fútbol americano en el bar del hotel y a ratos me escapaba para acompañar a Estela y Cinthia con sus hijos. Contemplar embelesada a esas criaturas, lo mismo que a la pequeña Vera, la hija de Isidoro y Nadia, o a Dino, el hijo de Paula y Daniel, fue poco a poco revelando una suerte de anhelo que había permanecido oculto, un deseo que sin embargo había quedado suspendido allí, en algún lugar impreciso de mi ser, los cinco o seis primeros años de nuestro matrimonio. Ni Marcelo ni yo habíamos hablado seriamente (lo que se dice seriamente) sobre el tema sino hasta que lo empezamos a merodear por esa época, creo.

Según recuerdo, durante los primeros años, cada vez que lo mencionábamos, saltábamos radiantes de felicidad, desmenuzábamos el tema de la paternidad... pero sólo para olvidarlo unos minutos más tarde (tal vez cansados de ser padres en abstracto). Imposible sin embargo no abordarlo en esa fase, rodeados como estábamos por tantos niños de amigos y parientes míos.

Y bien, hablamos. No recuerdo qué o cuánto ni tampoco recuerdo qué terminamos arreglando o si cumplimos lo pactado, lo cierto es que por alguna circunstancia de la vida no lo intentamos, no encargamos ese bebé como lo hicieron todos los demás. Esa circunstancia de la vida ya la aclararé en un momento: puedo adelantar ahora que resultó ser mucho más dolorosa y punitiva de lo que ningún hombre podría haberse imaginado. Puedo decir también que esa encrucijada no llegó precisamente entonces, sino más tarde... cuando más queríamos tener los dos un hijo.

Si hoy tuviera que culpar a alguien de esa guerra fratricida, culparía a Marcelo... y si no es a él, repito, entonces culparía al alcohol, ambos finalmente reunidos, una misma cosa, un ser consustanciado. El whisky, a mi juicio, tuvo su invisible injerencia en todo esto, aunque según Marcelo, el problema era otro, era siempre otro, y lo decía el experto —es decir, él— y le creía yo: la menstruación me sensibilizaba a grados superlativos y me volvía otra de la noche a la mañana. No sólo eso; según Marcelo, necesitaba hacer algo más aparte de leer y tomar café con mis amigas, necesitaba empezar una nueva carrera que me sacara de casa y me animara una vez más. Y lo hice. Lo hice por sugerencia de él pero en el fondo estudié Historia por mí misma, por darme gusto a mí y porque, tal vez, deseaba otorgarme una segunda oportunidad. Empecé a estudiar, pues, en el Centro Cultural Helénico, en San Ángel, a mediados del 91, justo cuando se avecinaban las trifulcas más duras entre los dos. El Helénico es una pequeña universidad afiliada a la Universidad Nacional Autónoma de México, enclavada en la avenida Revolución, a unas cuantas cuadras de mi antigua casa, cerca del mercado de San Ángel y el Bazar de los sábados. A pesar del esfuerzo y el estudio invertidos, a pesar de haber seguido los consejos de Marcelo, los problemas continuaron presentes. Eso me demostraba que no era mi irritabilidad mensual el verdadero problema ni tampoco lo era eso que Marcelo llamaba mi desocupación. La desavenencia era mucho más profunda y él simplemente la evitaba. Cantidad de veces yo no estaba en mis días y sin embargo, peleábamos: discutíamos por tener la razón, y lo hacíamos hasta acabar muy mal; nos enfermábamos de odio, sin dirigirnos la palabra en muchos días, sin ganas de encontrarnos en la cocina y evitando la recámara noche tras noche. Un par de ocasiones, incluso, me fui a casa de mis padres. Sin embargo, una vez allí, al ver que mi madre desaprobaba la idea y me reprendía por no afrontar lo que ella llamaba "la cuestión", decidí no volver a San Ángel y escapar con Nadia e Isidoro adonde quiera que estuvieran. A ella le contaba mis cuitas, pues, y si no a ella, a Gina. Ese último año de rencillas exacerbó el ánimo de Marcelo: las broncas lo hicieron más reconcentrado de lo que ya era cuando estaba sobrio; se volvió avieso, huraño e impredecible también. Si yo hubiera observado y aquilatado esos momentos, esos últimos meses antes de romper, no hubiera vuelto con él más tarde, pero ya es inútil decir esto, ¿para qué? Entonces no tenía la sagacidad y la experiencia, no podía imaginarme el futuro con un alcohólico y tampoco tenía idea cabal de lo que la bebida puede hacer en un hombre sin darte cuenta de ello, frente a tus narices. Cuando decidí dejarlo y salir desnuda y sola por el mundo el sexto año de nuestro matrimonio, a mediados de 1992, la separación ayudó sólo para amargarlo más y hundirlo en una depresión alcohólica estupidizante, indigna de un hombre como él, un ginecólogo brillante. Este rompimiento, sin embargo, duró cuatro o cinco meses, durante los cuales nadie buscó a nadie… hasta que yo, cansada de esperarlo, harta de aguardar una llamada, decidí acercarme a él, intentar una reconciliación. Supongo que todavía lo amaba.

Antes dije que hablaría de los buenos y los malos tiempos. Conté los buenos ya —con muchos trabajos pero lo hice—, quería ser justa conmigo, deseaba ser justa con él y con eso que pasamos de memorable y tierno juntos, una buena época de nuestras vidas; fue mucho lo que me enseñó o lo que descubrí a través suyo: la Silvana sin complejos ni tapujos, una Silvana divertida, dispuesta a hacer el amor en todas partes... hasta en un avión, una Silvana dedicada en cuerpo y alma al amor, es decir, a mi esposo. Sin embargo, ya es tiempo de contar los malos ratos, los cuales no fueron —ni por asomo— los que acabo de relatar. Ésas fueron las minucias apenas, los prolegómenos, las diferencias de último momento; nada que ver con lo que llegó a ser más tarde nuestro amor. Esas querellas entre el quinto y sexto año, no fueron absolutamente nada, insisto, en comparación con lo que pasó cuando nos volvimos a juntar. Entonces, a partir del 93, una vez reunidos, reconciliados, perdonados, empezó el verdadero infierno que precipitó nuestros destinos, el confinamiento al que nadie más que yo decidí entrar convirtiéndome en la víctima oblatoria.

Alguna vez leí *Saturno y la melancolía*. Mi padrino Alejo me lo regaló en algún cumpleaños. En él descifré la enfermedad de Marcelo; era la misma de Cronos: el temperamento melancólico, la taciturnidad y, por ende, la ira desenfrenada que acompaña esta suerte de depresión difícil de percibir a menos que la compartas muy de cerca. Y yo lo hice, la compartí, la vi agigantarse gradualmente. No debiera siquiera mencionar el hecho de que a partir de nuestro lamentable reencuentro, las visitas a casa de Fernando o Julián fueron esparciéndose cada vez más. En realidad fueron esparciéndose para mí. Yo fui la que dejé de acompañarlo y lo hice porque yo sabía que él no quería que fuera con él. Lo cierto es que tampoco yo quería y, por tanto, era mucho mejor así, haciendo cada uno lo que más deseaba y sin estorbar. Esos días (o mejor, esas madrugadas) no volvía a casa, se quedaba con ellos a dormir; Cinthia o Estela me avisaban. Aunque nunca lo hablamos Marcelo y yo, en realidad lo habíamos convenido en silencio, uno de esos mutuos acuerdos que de pronto se dan en las parejas. A mí no me importaba que se quedara con ellos, incluso me parecía seguro. Lo que no dejaba de llamarme la atención, sin embargo, era el hecho de que una vez reconciliados, yo creía de veras que algo fundamental iba a cambiar entre los dos. No sabía qué, pero lo creía firmemente y lo esperaba ansiosa cada vez. Era como si, a pesar de todo, siguiera amándolo (o al menos creyendo que lo amaba) y como si él hubiese dejado de hacerlo de repente. Si se lo preguntaba, gruñía, decía que estaba loca, que había empezado otra vez con mis cosas, etcétera. Si yo insistía, entonces él decía que sí, que me quería… igual que siempre, como antes. Yo, supongo, no tenía otra alternativa que creerle y, por tanto, no tenía otra alternativa que pasármela engañándome a mí misma. Lo peor fue que, a partir de entonces, a partir de ese reencuentro, yo también me retraje, me sustraje de casi todo el mundo: fue un hecho imperceptible, lento, gradual. Casi no se notó y cuando se notó, supongo que era ya muy tarde, tarde para todo (como se verá). Creo que esa evasión o ese retraimiento vino por una especie de orgullo mal entendido, por una especie de entereza de ánimo que deseaba demostrar: si había elegido regresar al lado de Marcelo, si lo había buscado a sabiendas de su afición y su temperamento, entonces lo debía afrontar, debía encararlo hasta sus últimas consecuencias.

Creo que haberme sumergido esos años en Gaos, O'Gorman, Braudel, Cosío Villegas, Huizinga y Teodorov, entre otros muchos historiadores que leíamos, me ayudó a cerrar los ojos, a evadir lo que estaba sucediendo. No sé si debiera decir entonces que la carrera de Historia me ayudó. Quizás fue al contrario, no lo sé: tal vez me sustrajo del problema que se volvió cotidiano a partir de allí. Sin embargo, sin los amigos que hice entonces, sin un par de profesores, el infierno que pasé con Marcelo en esa segunda fase no hubiera tenido un solo lenitivo, un solo momento de serenidad y alivio para mí. Eso, pues, le debo al Centro Cultural Helénico (a mi asesor de tesis principalmente) y eso debo a los historiadores que leí.

El temperamento fúrico e impredecible de Marcelo se desarrolló cuando los dos nos dimos cuenta de que él ya no podía tener una erección, o si la tenía, ésta no duraba más de unos segundos. Si, por ejemplo, llegaba a penetrarme, el sexo no duraba ni se consumaba. Marcelo podía intentar incluso mantenerse dentro de mí, esforzarse un largo rato, pero no lo lograba ni poniendo en ello todo su empeño. Primero, aconteció lo lógico: pensé que había otra mujer. Se lo dije, peleamos, lloramos y me convenció (lo peor es que me convenció por la sencilla razón de que era cierto: no había otra mujer). Finalmente, fue a ver a un doctor. Tal y como él sospechaba, la razón principal era la bebida y, junto con ella, un principio de cirrosis en el hígado. Esto me lo dijo, me lo contó en uno de esos pocos momentos felices que aún teníamos. Lo peor sin embargo es que esta cruel revelación (que ya olfateábamos) vino a madrugarnos cuando yo más deseaba tener un hijo, o eso creía en una primera instancia. Estaba por cumplir veintinueve en noviembre de 1993 y aunque no era la primera vez que me pasaba, el prurito por embarazarme había llegado a su culmen justo durante ese otoño. La proximidad de los treinta, supongo, es una llamada importante para cualquier mujer que desea ser mamá. Ahora yo sentía la prisa en carne propia. Sin embargo, no sé qué hubiera pasado si antes de su enfermedad Marcelo y yo hubiéramos deseado encargar un bebé, en esa época ahora remota en que éramos completamente felices y yo usaba dispositivo como una coraza contra la paternidad y por tanto, contra la infelicidad, según la imaginábamos entonces. Pero ¿para qué lo pienso, qué gano con ello? Tal vez y no lo hubiéramos tenido aunque lo hubiésemos deseado; tal vez y su problema era mucho más antiguo (a pesar de la erección), un asunto genético, heredado, o qué sé yo. Es decir, podía no haber sido impotente todos esos años, pero eso no quería decir que Marcelo fuera fértil, no. En todo caso la verdad nunca la supe: ¿era fértil... pero impotente?, ¿acaso era estéril y la cirrosis gradual provocaba esa impotencia? Los dos sabíamos de sobra que cualquier alcohólico puede tener hijos sin ningún problema (a pesar de los riesgos, ¡claro!). Para no ir muy lejos, allí estaban como ejemplo Julián y Fernando. Curiosamente, la mala nueva del doctor que lo atendió fue una especie de acicate para él, pues, aunque deseaba el hijo... Marcelo no podía tenerlo puesto que ni siquiera lográbamos hacer el amor, no lográbamos pasar de un escarceo fútil y mediocre que muy pronto se fue desintegrando. Nunca antes (cuando en apariencia podría haberlo tenido) Marcelo había sentido urgencia por tenerlo. Como si tratara sólo de contradecirse a sí mismo, no quería tampoco demostrar su repentina añoranza: parte de su impenetrabilidad era no dejar visible ninguno de sus verdaderos sentimientos, simular; y eso hizo: simuló muy mal que poco o nada le importaba no ser padre como sus amigos lo eran ya. Así que la única que entonces expresaba algo era yo, la única que hablaba de tener un niño era yo —la loca y vehemente de la historia (ninguna otra)—, mientras que él era, por supuesto, el impotente y sensato de la relación. ¡Qué paradoja! Ése era su arte, su excelso fingimiento. Fue esa amarga desavenencia sexual, incubada en su ego como un quiste, la que dio al traste con todo, la que derramó la última gota del cáliz del furor —puesto que ese amor era de por sí un infierno. No poder penetrarme, insisto, y a veces no poder venirse ni dentro ni fuera de mí —lo digo tal cual fue—, lo volvió el tipo cruel y sanguinario en que se convirtió los dos años que duró aún nuestro matrimonio. Pero, ¿cómo empezó todo? ¿Cómo iniciaron las vejaciones, las humillaciones? Antes quiero, sin embargo, aclarar un poco más lo que pasó en esa intimidad casi siempre borrosa de una alcoba —al menos quiero aclarármelo a mí. Estas revelaciones, sin embargo, las tuve años más tarde a raíz de la lectura que hice de unos artículos de investigación británicos que hallé por casualidad en una caja llena de libros y discos viejos en casa de mis padres. Los textos, para mi sorpresa, habían sido leídos y marcados por Marcelo no sé en qué fecha exactamente, tal vez por esa misma época; nunca me lo dijo, jamás los mencionó. En todo caso, el hecho de saber (retrospectivamente) que mi marido los había leído, alrevesa y empantana para mí las cosas mucho más, el cúmulo de infierno que vivimos. Según se aseveraba en los artículos, el orgasmo está íntimamente ligado al control de la natalidad; es a través del orgasmo que la mujer puede repeler o atraer el esperma masculino. Los autores eran los investigadores

Robin Baker y Mark Bellis. Según ellos, la sincronización del orgasmo femenino con la eyaculación del hombre influía en las probabilidades de fecundación. Si una mujer llega al clímax poco después o al mismo tiempo que su pareja eyacula, su cuello uterino se abre y absorbe el esperma depositado. Según Baker y Bellis, el orgasmo femenino sería entonces algo así como la expresión final de la *elección* femenina; el orgasmo sería una manera de controlar los términos del debate que se lleva a cabo en nuestras partes pudendas, digamos. Recuerdo que la lectura de estos artículos me dejó perpleja: ¿acaso yo había contribuido a no tener un hijo los años que duré con Marcelo o por lo menos esos últimos años de nuestro matrimonio en que lo deseábamos ardientemente? ¿Acaso fui yo la fingidora, la actriz, o mejor dicho: lo fue mi vagina, mi clítoris, sin avisármelo? ¿Qué me detenía o me impedía el orgasmo?, me lo pregunto ahora sin podérmelo responder. ¿Qué impedía a mi sexo la concepción si es que yo deseaba un hijo, o decía desearlo? ¿Era asco hacia él, repudio, falta de amor? ¿Si era esto último, por qué no lo dejé? ¿Por orgullo, por vanidad de mujer? ¿Acaso Marcelo pensaba que era yo la verdadera culpable (y con algo de razón a juzgar por los artículos) y por eso se acendró su odio hacia mí de manera tan desproporcionada? ¿No se daba cuenta acaso del perjuicio y el daño del alcohol? No, claro que se daba cuenta y por eso no tenía coartada, por eso justamente nunca pudo argumentar otra razón, por ejemplo, la de esos mismos artículos que leyó y subrayó y escondió de mi vista. Ciertamente, yo ya no tenía orgasmos y no los tenía puesto que él no me los podía dar; y lo peor fue que entre más se enardecía, menos lo podía lograr.

Los dos también habíamos escuchado sobre la llamada hiperintención, es decir, la fijación obsesiva de algo, por ejemplo, la erección en el caso de un hombre: cuanto más se esforzaba Marcelo, menos lograba tenerla o conservarla. Esto es un hecho y yo lo vi. Pero independientemente de lo que le pasaba a él (incuestionable en este caso), por lo visto yo también contribuí a la destrucción de nuestro amor y lo hice sin saberlo, engañada por el poder discrecional de mi sexo, según esos artículos científicos. Eso fue justamente lo que más me impresionó al leerlos. No sé todavía si son exactos, si corresponden línea a línea a lo que a mí me sucedió en esos años, sin embargo, en mucho conservan su filón de semejanza. Lo interesante a estas alturas es preguntarse si no es que yo estaba, inconscientemente, ahuyentando su semen (si es que, remarco, su esperma no era estéril de por sí: cuestión que nunca supe ni corroboré). Aparte de esto, como ya dije, cada vez eran más pocas las ocasiones en que Marcelo lograba eyacular, pues cada vez eran más pocas las ocasiones en que tenía una erección y, finalmente, cada vez eran menos las veces en que estaba sobrio (lo suficientemente sobrio) como para ir a trabajar.

Ése fue el otro detonante. El rompimiento con Martínez, amigo de la facultad, compañero de generación. No sólo él, sino las mismas pacientes empezaron a quejarse. Las citas se cancelaban al por mayor, un día sí y un día no. Algunas de esas citas tenían que ser atendidas por su socio, lo cual nunca era fácil. Una no cambia de ginecólogo como de calzones. Pero, supongo, no había otra alternativa… aparte de que para el otro doctor no era divertido pasársela horas extras en el consultorio mientras Marcelo se recobraba de una borrachera.

A esas alturas, ya no era media botella un par de veces a la semana. Era una botella o más a diario. Empezaba temprano y continuaba al mediodía, con la comida y hasta la hora de cenar. No bebía nada excepto whisky: ni agua siquiera. El apetito había desaparecido también; apenas y masticaba algo, para poder irla llevando. Ni qué decir que casi no se aparecía en la casa. No, miento: aparecía y desaparecía al vaivén de su humor, de su temperamento. Supongo que llegaba a casa cuando estaba cansado de andar por allí —nunca supe dónde—, harto de estar deambulando por las calles y los bares de la ciudad. Con mucho, sobrepasó a Julián y Fernando. Nadie podía comprometerse con su ritmo. Aunque a veces yo sabía que estaba con ellos, creo que Cinthia y Estela se empezaron a cansar de tenerlo allí, los lunes, los jueves, los domingos, cualquier día y a cualquier hora: tumbado, borracho o vomitando en algún rincón de sus casas. Pero miento: Marcelo casi no vomitaba. Verlo vomitar era excepcional. Ni las peores ingestiones de alcohol lo hacían devolver el estómago, no sé si porque no tenía nada en él o porque estar ebrio era una constante, un estado imperturbable.

Su madre dejó de existir cuando nos casamos, por eso no la he mencionado. No es que muriera, simplemente nunca me quiso y jamás aprobó el cambio de mujer: de esa Laura que quería por esta Silvana que nunca conoció. Realmente la madre de Marcelo ni siquiera imaginó por todo lo que los dos pasamos ni por lo que su hijo único pasó, sino ya tarde: la principal razón es que, una vez viuda, se había ido a vivir con una hermana suya a Saltillo, lejos de la capital.

Mientras todo esto sucedía, mis únicos respiros eran en el Centro Cultural Helénico. Allí afincaba gran parte de mi felicidad. Pero todo esto sin atreverme a decírmelo, sin atreverme a ponerle palabras. Quería pensar que este infierno era transitorio, efímero, como todo, si no ¿por qué había vuelto con él? Simplemente no tenía sentido. Si estaba a su lado es porque lo quería y porque Marcelo era, a pesar de todo, extraordinario. No cualquiera terminaba una carrera de medicina en una de las facultades más difíciles y competitivas del país. No cualquiera se especializaba como él. Por algo Laura había salido con Marcelo esos años en que empezábamos a estudiar medicina; por algo yo había sido feliz a su lado ese primer lustro. Todo esto, repito, eran los típicos recursos con los que yo sedaba nuestros pleitos y, más tarde, sus vejaciones. Por eso la carrera de Historia y los compañeros que fui haciendo esos años hicieron de paliativo, de distracción, una vez yo estaba pasando lo más duro. En el Centro Cultural Helénico conocí a Raquel Urroz, quien con los años sería una de mis mejores amigas; con ella pude abrirme un poco… aunque Raquel no pudo hacer nada aparte de escuchar. Lo peor fue, si mal no recuerdo, que si alguna vez tuve la fortaleza de abrirme con mi madre, ella sólo me decía: "Silvana, después de la tempestad, viene la calma". Y yo, necia, le creí.

FUE POR ESOS años, el último de Marcelo en el consultorio y también el último de nuestra relación, que mi prima Briana (última de los tres hijos biológicos de mi tía Dinara) tuvo sus terribles dolores en el bajo vientre.

Ya conté que de entre todas las hijas y los hijos beatos que mis tíos Edmundo y Dinara criaron a través de los años, sólo Briana no se salvó de serlo a plenitud, es decir, ella fue la única que quedó beatificada en vida. Y esto porque si no monja enclaustrada como quería ser en un principio, Briana se hizo monja seglar o lo que en otras congregaciones llaman hermana numeraria. En resumen: Briana, tal y como deseaba con todo el ímpetu de su corazón, se casó con Nuestro Señor Jesucristo.

En una ocasión, todavía muy joven, a los diecisiete tal vez, había conocido a un chico evangelizador, un muchacho misionero de El Fuego del Espíritu Santo donde mis tíos la llevaban junto con sus otros medios hermanos. Paula, su hermana mayor, contaba que el chico quedó hipnotizado por su belleza monástica y decidió invitarla a salir. Ella, venciendo su pudor y su malestar hacia los hombres, le contestó que sí, por inercia, pero que con una sola condición: irían a misa. El joven fue a recogerla el siguiente domingo a la casona gigantesca en la colonia del Valle adonde por entonces todavía vivían. El muchacho llegó exultante de felicidad: por fin había encontrado una sierva del Señor… ¡y bella!, justo lo que él quería. Dio gracias a Dios en el fondo de su corazón por esa dádiva caída del Cielo. Una vez en misa, cuando el padre estaba perorando la homilía, el chico tuvo la ocurrencia de tomarle una mano a mi prima, a lo que ésta, asustada, no accedió. Él, por supuesto, no insistió más, sin embargo, luego en el auto el chico le preguntó por qué lo había rechazado, a lo que mi prima Briana contestó sin remilgos: "¿Qué… no ves? Tomarnos la mano en la casa del Señor es una falta de respeto, la peor. No te quiero volver a ver más". Allí empezaron y terminaron las citas amorosas de mi prima que a partir de entonces —y por el resto de su vida— prefirió pasársela sin hombres.

Cuando sus padres se divorciaron ella continuó al lado de mi tía Dinara. La acompañaba a cuantos congresos y misiones espirituales pudiera haber en la República mexicana. Muy pronto se hizo monja seglar, como ya dije, y se dedicó en cuerpo y alma a cuidar a los enfermos de las montañas del Ajusco: la mayoría viejos y viejas muy pobres, abandonados, sin un peso encima con que morir en paz. Briana los ayudaba en el camino a la otra vida, cooperaba en la aplicación de los santos óleos y en la extremaunción cuando el sacerdote de la parroquia era llamado de última hora. En eso, pues, se le pasaron los años desde que yo recuerde, el mismo lapso en que su padre tenía tres hijos más con una gringa con quien se casó y al mismo tiempo que su hermana Paula se enamoraba de otro Jesús, como ya conté. Briana, pues, verificó innumerables errores humanos muy de cerca, cantidad de pecados mortales, mismos que la confirmaban en su devoción y su repudio al sexo masculino (siempre y cuando éste no viniera envuelto en una sotana inocua). Pero de todos los errores y mistificaciones que pudo presenciar, ninguno como el que ella pasó en propia carne en 1994, uno de los peores años de mi vida, por cierto, y uno de los peores de México, como todos sabemos muy bien.

Un buen día, de vuelta del Ajusco donde pasaba hasta quince horas diarias a veces, sintió unos dolores en el vientre. Primero quiso soportarlos sin tomarse nada, luego tuvo que ingerir lo primero que encontró a la mano en el botiquín de su casa. El dolor, con trabajos, desapareció más tarde. Al otro día, casi a sabiendas de lo que vendría, prefirió quedarse. Tal y como supuso, el dolor llegó puntual, tempranito, en el mismo sitio pero esta vez tirándola literalmente al suelo de su cuarto. Mi tía Dinara la vio caer. La ayudó a levantarse y llamó al doctor de inmediato. Éste no se encontraba, por lo que esperaron que las llamara de vuelta más tarde. ¿Qué podía ser? Sedado el dolor, concluyeron ambas que debía tratarse de una úlcera, ninguna otra cosa te tumba en el suelo como un saco de papas sin dejarte mover. Esperaron la llamada y ésta nunca llegó (luego supieron que no habían dejado sus nombres). Por la noche, cuando mi tía se acercó a ver a su hija, le preguntó si por casualidad había ido al baño, a lo que Briana respondió que no; sólo entonces recordó que no había ido al baño en los últimos tres o cuatro días y se lo dijo a mi tía. Era raro en extremo… pero no imposible. Un estreñimiento fuera de lo común, concluyeron ambas tranquilizándose mutuamente. Por la mañana, muy tempranito, empezaron los dolores otra vez y junto con ellos, una náusea terrible. Briana se levantó al baño con dificultad, pero ya antes de llegar al retrete había vomitado en la alfombra de su cuarto sin poder contenerse. Doblada, casi acuclillada, se quedó un rato dejando que pasara el ansia. Pero, ¿cuál no sería su reacción cuando de pronto empezó a oler algo raro, algo desconocido y conocido a la vez? ¿Qué podía ser? Era una peste que venía de la alfombra pero no solamente de allí sino también de otro lado. Tardó un momento en reaccionar y darse cuenta de que el olor venía asimismo de su boca, del fondo mismo de sus entrañas: había vomitado mierda. Aterrorizada, se acercó a analizar lo devuelto y comprobó que no era más que caca, excrementos revueltos con un poco de comida… pero sobre todo caca, la suya, de sus propias vísceras, allí, como un charco maloliente. Gritó, gritó lo más fuerte que había gritado en su vida. No podía respirar de la sorpresa, de la vergüenza, del espanto. ¿Era un sueño? ¿Qué era eso? ¿Quién vomitaba sus entrañas? ¿Debía ser una pesadilla, qué otra cosa podía ser? Sin embargo, fue su madre la que la sacó de sus cavilaciones allí arrodillada frente al depósito de su vientre. Briana entonces se volvió a abrazarla y se soltó a llorar.

—¿Qué es esto? —preguntó mi tía viendo el excremento en la alfombra—. ¿Diarrea, hija?

Era el colmo. ¿Cómo preguntar aquello?

Pero, pensándolo bien, ¿quién podría haberse imaginado otra cosa?

—No, mamá —dijo Briana tapándose la boca—. No es diarrea. Vomité.

Lo que viene sucede en un abrir y cerrar de ojos —al menos así lo vivió mi tía y supongo que Briana también.

El doctor que la examinó y escuchó el relato de la situación, decidió operarla de inmediato… casi seguro de lo que iba a encontrar. Según supe más tarde, la anestesiaron sólo de los hombros para abajo. O sea, que a pesar de haber sido abierta, Briana pudo seguir tramo a tramo lo que iba pasando *muy cerca* de ella… pero allá abajo, es decir, *dentro* de sí misma… pero sin sentirlo. Tal y como el doctor sospechaba, mi prima había tenido una peritonitis aguda, la cual había sido la causante de su aparente estreñimiento los últimos días. A esas alturas, sin embargo, no había simple inflamación del peritoneo: Briana tenía reventados los intestinos. Había allí dentro, pues, una mezcolanza de vísceras que salían por doquier: la peste era insoportable en el quirófano. Pasaron a limpiarla y a tratar de salvar lo poco que podía salvarse aún. Mientras tanto, el doctor iba tratando de averiguar y dar con el problema, el origen de ese horror. Por fin, metiendo mano aquí y allá, descubre que la causa viene de mucho más abajo, no del estómago precisamente, por lo que deciden buscar a un ginecólogo.

Yo, que había estado en el hospital junto con mi padre, acompañando a mi tía Dinara, llamé a Marcelo a su *beeper*. Éste se apareció en el hospital una hora después, sobrio como casi nunca estaba en esa época. En un abrir y cerrar de ojos, Marcelo estaba listo ya en el quirófano revisándola al lado del gastroenterólogo. No tardó en encontrar el verdadero origen de la peritonitis y por tanto de la descomposición: Briana tenía dos hernias en cada uno de los ovarios, una del tamaño de una naranja y la otra del tamaño de una toronja. Algo descomunal creciendo allí por años, furtivamente. Si uno piensa que los ovarios son del tamaño de una almendra pelona, quizá puedan imaginar cómo esas dos pelotas incrustadas allí podían provocar oleadas de horror en cualquiera. Cuando Marcelo me lo dijo, yo no lo podía creer. Según supe, pasaron de inmediato a extirparle las hernias y junto con ellas las trompas y el útero. Un desaguisado en el interior de mi prima. Poco después, Marcelo y los doctores aparecieron en la sala de espera y preguntaron a Dinara de dónde podían venir esas hernias tan grandes: evidentemente que de esforzarse cargando el peso de esos viejos a punto de morir. ¿De qué otro modo podían haber salido?, dijo mi tía envuelta en sollozos. Lo que, sin embargo no entendían era cómo nadie detectó esas hernias mucho tiempo atrás, cuando era posible aún hacer algo y no ahora que tenía los intestinos y el peritoneo destrozados y no había otro conducto para obrar que la laringe. Cuando Marcelo le preguntó a mi tía Dinara quién era el ginecólogo de Briana, ésta le contestó: "Tú".

—¿Yo? —respondió atónito Marcelo frente a mí, mi padre y más gente que iba llegando al hospital—, pero si yo nunca la he atendido en mi vida.

Entonces mi tía y Marcelo entraron a la sala del quirófano donde mi prima debía permanecer abierta las 72 horas de rigor para evitar ulteriores infecciones y le preguntaron exactamente lo mismo. Briana confesó que nunca en su vida había querido ir a ver a un ginecólogo, no se atrevía, no deseaba que la viera nadie. (Mi tía casi se desmaya al oír esto.) O sea, que las visitas con mi esposo habían sido una superchería durante todos esos años. Pero ¿a quién quería mentir, a quién engañaba mi prima? No es que tuviera que avisarle a su madre lo que iba o no iba a hacer, pero si por algún motivo salía a colación el tema de las visitas, Briana zanjaba la cuestión diciendo que luego iría a ver al esposo de Silvana. De esto, por supuesto, nadie nunca se enteró: ni Marcelo ni su secretaria ni Martínez ni las enfermeras ni yo. Nadie nunca supo pues a nadie, supongo, le interesa averiguar ese tipo de cuestiones.

El sufrimiento de mi prima no duró mucho a partir de entonces. Yo la saludé sin imaginarme que estaba despidiéndome de ella. No quiso que su padre, mi tío Edmundo (o ex tío debiera decir), se enterara y viniera a verla al hospital; vivía en San Miguel de Allende. Tampoco ninguno de sus ocho medios hermanos apareció por allí. En cambio sí estuvieron Daniel Leyva y los tres pequeños de la difunta Paula, entre ellos, Dino, el menor (a la sazón dos años de edad). Aparecieron muchos hermanos misioneros Del Fuego del Espíritu Santo; también algunos sacerdotes. A Briana la operaron dos veces más por no sé qué complicaciones, sin embargo, para su fortuna no murió por la peritonitis ni por los intestinos dañados ni las hernias extraídas. Murió, irónicamente, de un paro respiratorio luego de la última operación. Tenía treinta y un años, la misma edad a la que había muerto su hermana mayor, Paula. Apenas dos meses antes habían matado al candidato presidencial, Luis Donaldo Colossio. Dos meses después de la muerte de mi prima, Raúl Salinas —hermano del presidente de la República— mandó a asesinar al ex gobernador de Guerrero, su buen amigo, José Francisco Ruiz Massieu. Esos dos crímenes dejaron al descubierto las heces de la corrupción en México, los intestinos supurantes del gobierno y la política mexicanos. Para colmo, ese mismo año, Salinas destruyó al país, lo dejó en la bancarrota. México se desvencijó, por no decir que vino a joderse tanto como se jodió mi prima. Yo pasé el último trago amargo de mi vida al lado de Marcelo, por eso dije que 1994 fue uno de los peores años de mi vida.

YA CONTÉ QUE MARCELO y yo nos dimos palizas dignas de una película de Bergman. Estas peleas sucedieron antes de nuestro rompimiento a fines de 1992. Eran, supongo, las típicas diferencias que suelen suscitarse entre jóvenes matrimonios inexpertos; lo raro es que nosotros nos entrampamos en esas reyertas posteriormente, durante el sexto año (al final del sexenio, como quien dice)… cuando en apariencia todo eso ya está superado y las diferencias de pareja se liman para toda la eternidad. En nuestro caso no fue así: los primeros cinco años fueron algunos de los mejores de mi vida; el sexto fue muy malo… pero lo que vino después (después de nuestro reencuentro, repito) no tiene nombre ni palabras para describirse.

Las broncas del año anterior a nuestra separación acaecían porque yo tenía unos celos estúpidos de alguna paciente suya o de cualquier otra mujer que lo miraba. También me ponía furiosa cuando, por ejemplo, no sabía dónde habían pasado la noche bebiendo él y sus amigos, Fernando y Julián. Yo lo recriminaba, lo perseguía por la casa al otro día si no me quería oír, lo enfrentaba mientras él prefería quedarse quieto en un sillón bebiéndose un vaso de whisky. Como no me contestaba, yo me ponía peor: un polvorín imparable. Podía arrancarle el vaso y derramárselo en la cara o podía darle un bofetón. Marcelo entonces me lo contestaba sin miramientos. No era el tipo de hombres que se iba a quedar cruzado de brazos si lo empezaban a golpear. Si le pegaban, él respondía... sin importarle el sexo o la edad. En ese sentido, puedo decir que Marcelo era muy frío; no había concesiones en su manera de juzgar lo que, para él, era un asunto de justicia y equilibrio humanos.

En otras ocasiones yo intentaba darle un golpe luego de haber proferido un par de palabrotas y él me detenía el brazo en el aire y me lo doblaba diciéndome que me calmara, que no respondía de sí mismo. Yo, por supuesto, no me calmaba; entonces lo podía empujar con fuerza, a lo que él de inmediato respondía con otro empujón. La diferencia es que mis empujones y empellones eran para dar risa, mientras que los de Marcelo podían dar al traste con mi cuerpo, despeñándolo en cualquier sitio. Un día, por ejemplo, me descalabré. Tuvimos que ir al hospital, donde me dieron un par de puntadas. Sin embargo, creo que el altercado y el acaloramiento en esa ocasión fueron mi culpa. Yo había colmado el vaso de su paciencia con sandeces que, en algunos casos, eran promovidas por las descargas hormonales de mi mes, el cual detonaba dentro de mis venas con un ímpetu difícil de sortear. Luego, claro, me arrepentía, me sentía poco menos que estúpida y vulgar. Tal y como decía Marcelo, yo no me acordaba de la que había sido, o si me acordaba, casi no podía creer a lo que había llegado por celos o por susceptibilidades que hoy ni siquiera recuerdo. Eso es lo peor: no acordarse por qué nos peleamos, cuál fue el origen de esa o aquella discusión, quién la empezó. Determinar todo eso es como el cuento del huevo y la gallina: queda allí cifrado en los almanaques imaginarios de Babel para los que algún día tengan el tiempo y el interés de ir a desentrañar sus estanterías.

Cuando nos reconciliamos y volvimos luego de un periodo de cuatro meses, a principios del 93, Marcelo había cambiado. En apenas un lapso yo había perdido la huella de algo suyo, un no sé qué que balbuceaba su sentido y que yo era incapaz de apresar y distinguir. Decir que cambiamos casi parece una verdad de perogrullo, dado que todos estamos siempre cambiando, lo sé. Somos y no somos los mismos; algo de ese otro que fuimos se queda con nosotros… pero algo indefinible se escapa también. Cuando lo busqué y nos vimos, Marcelo parecía haber cambiado para bien: lo que yo tomaba como serenidad era, sin embargo, una forma de sentirse ajeno al mundo, desasido y desinteresado del exterior; lo que yo tomaba como amor… era un oculto repudio; lo que yo tomaba como una reconciliación… eran deseos de amargarme la vida tanto como él se la había estado amargando esos meses —por no decir esos últimos años— de su vida. En resumen: todo lo interpreté mal. No sé si él favoreció el engaño o yo simplemente me engañé. Supongo que parte y parte… como todo casi en la vida. Uno impone al otro sueños, anhelos u odios que nada o poco tienen que ver con él o con ella; somos nosotros mismos, nuestras proyecciones desplegándose en los cuerpos y las vidas de los demás que apenas y actúan como pantallas receptoras. En todo caso, no habían pasado dos meses siquiera desde nuestra reconciliación, cuando todo comenzó otra vez… pero con un cariz muy distinto: un matiz que tildaría de cruel o inhumano. Apenas terminadas las íntimas celebraciones de nuestro reencuentro, llegaron las heridas del alma que no tienen sanación.

Nuestros encuentros sexuales habían comenzado a surgir aderezados de una íntima necesidad de procreación. Ya he intentado explicar todo esto antes. Abiertamente o no los dos creíamos quererlo, necesitarlo para ser felices (ya dije que quizás él más que yo, aunque aparentando justamente lo contrario; también ya dije que yo menos que él, aunque asimismo aparentando justamente lo contrario). De cualquier modo, los dos participamos del apremio, lo insuflamos, lo engordamos, una vez reincidimos en 1993 y yo volví a la casa de Coyoacán junto con él. Sin embargo, con todo y nuestro brevísimo ánimo festivo, Martínez y él vivían otro espíritu en el consultorio, otro tipo de ánimo que nada tenía de alegre y optimista. La relación de colegas pendía de la cuerda floja. Su socio y compañero de la facultad quería separase cuanto antes de Marcelo y no encontraba el modo, dado que mi marido no quería desprenderse del consultorio al que había dedicado tanto, según él. Pasó todavía un rato para que Marcelo abandonara las consultas en manos del otro. Sin embargo, la tensión y las disputas entre ambos no dejaron de tener su influencia en nuestro hogar, el receptáculo adonde Marcelo llevaba sus sinsabores cada día. Pero ¿cómo empezaron esas heridas que no se pueden restañar?, ¿cuándo si apenas festejábamos nuestra reconciliación? Ahora, justo ahora, descubro que me cuesta trabajo empezar, me cuesta horrores hilar una tras otra las muchas respuestas.

Si, por ejemplo, los primeros años Marcelo acostumbraba a darme unas palmadas en el culo para excitarnos mutuamente, esas palmadas no fueron las mismas de antes. De pronto, sin ni siquiera estar verdaderamente excitado (más bien hallándose inquieto por no poder aguantar la erección), Marcelo empezaba a golpearme más de lo que los dos sabíamos era parte del juego sexual. Yo no estaba realmente segura al principio —segura de si él perdía la proporción o si había algo de coraje y frustración en sus palmadas o si el alcohol lo cegaba; por eso mismo, creo, me dejaba hacer; por eso mismo le permitía sobrepasarse mientras yo lo acompañaba con un vaso de whisky en la cama. Él, finalmente, no lograba penetrarme más de unos segundos si corría con algo de suerte, y yo terminaba con las nalgas marcadas de dolor. En algunas ocasiones acababa con el culo a punto de sangrar, con la piel macerada, pero no decía nada, me aguantaba. Lo peor es que Marcelo volvía días más tarde a la carga y sobre el mismo espacio de piel, jugando a que jugábamos, sacando sangre a esas heridas que apenas y estaban por cerrar. Y yo, no me pregunten por qué, le dejaba jugar conmigo. Todo esto, sin embargo, no funcionó, no lo motivaba suficientemente. Me pedía que le felara a todas horas del día (en la cocina, en el auto), lo cual antes hacía con el deseo de complacerlo, empero, los efectos del alcohol en su cuerpo eran notables: podía pasarme hasta una hora y él sin poder eyacular. Los labios me ardían, tenía la boca cansada, y Marcelo seguía apretándome la cabeza entre sus piernas, jalándome el cabello como parte del juego sexual. Antes lo hacía, pero eran jalones en broma, erotizados; en estas ocasiones no lo eran ya: había algo zafio, turbio, en la manera de tenerme allí, postrada entre sus piernas, mesándome el cabello. Si quería parar, descansar un instante, no me dejaba. Incluso un par de veces alcancé a llorar. Él, pensando que las lágrimas lo excitarían, me fustigaba más, me apremiaba, pero sin resultados. Estas sesiones fueron repitiéndose día a día. No digo que hubiesen sido diario, pero sí sucedían con bastante regularidad, dado que en cada sesión se hallaba un poco más alcoholizado y por tanto más deseoso y por tanto menos capaz. Todo engarzado en un horrendo círculo vicioso en el cual yo era la víctima propiciatoria.

En una ocasión intentó penetrarme con un cepillo de pelo y en otra con el cuello de una botella de vino. Lo hacía a mis espaldas, cuando supuestamente me iba a penetrar. Es decir, casi a sabiendas de que no podría. Quiso meterme otros artefactos; yo, asustada, no me dejaba, salía huyendo de la habitación, a lo cual él respondía persiguiéndome y trayéndome de vuelta a la recámara. Me arrastraba de los pelos o de un brazo mientras yo sollozaba o le suplicaba que no, que luego lo intentaríamos de nuevo. Yo, a esas alturas, sabía que el juego había acabado. Es más, nunca había habido juego… aunque yo me hubiera esforzado en creerlo así. Pero, repito, a esas alturas yo ya no podía engañarme: Marcelo sacaba un cinturón y me golpeaba en las zonas erógenas y lo hacía con rudeza, mientras yo me revolcaba desnuda en la alfombra de la habitación. Llegó a marcarme con cigarrillos y hasta con cera derramada cuando estábamos en medio de lo que inicialmente iba a ser un encuentro amoroso, o bien me ponía de espaldas doblándome el brazo mientras metía sus dedos en mi ano hasta causarme dolor. Pero no sólo eso, me pedía hacer tareas extrañas: como plancharle una camisa que le había planchado ya y que él se ponía sólo con el afán de arrugarla. O regalarme unos girasoles y luego, por la noche, tirarlos al suelo y exigirme que recogiera los pétalos, o hasta llegar a orinarme en una ocasión mientras yo me agachaba a recogerlos. Creo que Marcelo estaba enloqueciendo y yo no me quise enterar. El suyo era una especie de delirio gradual, sumamente imperceptible. El alcohol lo iba minando pero las marcas eran invisibles, al menos invisibles para la gente que lo veía cotidianamente —no yo. Por ejemplo, casi nunca se notaba que estuviera ebrio; sabía mantenerse en pie, simular que estaba sobrio cuando había estado bebiendo toda la mañana y la tarde. Ya dije que el whisky había logrado mantenerlo en un estado semejante al de la vigilia, y no en una borrachera total. Este tipo de estados los he visto sólo pocas veces. En una ocasión, por ejemplo, conocí al padre de Cinthia, quien bebía vodka de la noche a la mañana, las veinticuatro horas del día. Casi no desayunaba ni comía ni cenaba y podía mantenerse en pie como si cualquier cosa. Era un sujeto perfectamente normal aunque por dentro el hígado estuviera destruyéndolo. El padre de Cinthia murió de cirrosis poco tiempo después.

Durante esos últimos dos años que pasamos juntos hubo momentos en que Marcelo logró eyacular. Con muchas dificultades, pero alcanzaba su orgasmo dentro de mí. Mentiría si dijera que nunca sucedió después de que volvimos. Lo que sí no sucedió una sola vez (al menos que yo recuerde) fue que yo llegara a mi clímax. Cada vez me decía a mí misma que en la próxima ocasión sucedería, que no debía preocuparme, que antes ya lo había conseguido al lado de él. Pero esa próxima vez nunca llegó y esto por dos obvias razones: porque no estaba francamente excitada (como lo estuve esos primeros cinco años de amor) y porque Marcelo casi nunca lograba una erección. Podía, claro, haberme podido excitar con otros medios... pero ni siquiera eso me conducía al orgasmo; al contrario, me infligía dolor. Por todo ello, insisto, el no haber concebido fue un asunto de los dos, por más que él (en su fuero íntimo) creyese que yo era la causante de todo. Miento otra vez: por más que Marcelo pensara que yo era la culpable aun cuando el reconocía que el *otro* culpable era el alcohol.

Una noche, ya tarde, a principios de diciembre de 1994, habiéndolo esperado, caí rendida de sueño. Esos últimos dos años tuve, a pesar de todo, un aliciente, del que ya hablé: la carrera en el Centro Cultural Helénico. Junto con la Historia y los trabajos que había que entregar regularmente, estaban esos momentos con el pequeño grupo de compañeros que formé. Tomábamos cafés, nos visitábamos a las respectivas casas como antaño hiciera con Sergio y Laura, íbamos al teatro acompañados de algún profesor. De entre todos ellos, Raquel fue mi mejor amiga y mi confidente. Raquel oyó una y mil veces estas historias de alcoba casi imposibles de creer. Ella estaba enamorada de un abogado litigante que no se decidía a casar. Primero quería pasar el examen de notario antes de dar un paso adelante; con ello, explicaba, podría abandonar el litigio que poco o nada le gustaba. Ese examen lo había repetido cuatro veces, cada año, y por tanto, la indecisión y el matrimonio se prorrogaban cada vez, dado que no lo podía aprobar. Eso tenía a Raquel descontrolada y a veces muy ansiosa, con súbitos cambios de humor; sin embargo, quería al abogado y estaba dispuesta a esperar. De entre todas las gentes que vi en esos años, sólo Raquel supo lo que me iba pasando, y esto lo supo a medias, pues me resultaba imposible relatárselo con todos los detalles del caso. Está de más decir que Raquel me oía atónita, asustada. Tal vez y la espanté y la hice pensar que el matrimonio era una cosa similar a mi historia —cuando no es así, me atrevo a apostar.

De cualquier modo, yo había pasado la tarde con ella en su casa adonde a veces iba a estudiar. A las nueve había vuelto a la mía esperando encontrarme a Marcelo. Pero no había llegado aún. Decidí servirme una copa de vino, dos, tres. A las once llamé a Estela y llamé a Cinthia; tampoco estaba allí y tampoco estaba con sus amigos: Fernando y Julián estaban con sus respectivas mujeres y sus hijos. Finalmente, me desvestí, me puse una pijama pues hacía un poco de frío y me metí a la cama. Creo que me quedé dormida con un libro en la mano. A partir de no sé qué tramo de mi sueño (y sin saber a ciencia cierta cuántas horas habría pasado dormida), tuve una sacudida violenta: una suerte de pesadilla mezclada con ingredientes sacados de la realidad. Primero creí sentir a Marcelo besándome el lóbulo de la oreja; metía su lengua allí y escarbaba y escarbaba. Luego, en medio de la oscuridad, me quitaba la ropa. Entonces… abrí los ojos. O mejor: entorné los párpados pesadísimos, cansados. No pude distinguir lo que pasaba, apenas distinguía a Marcelo quien de pronto susurró que me durmiera. ¿Dormirme? Pero si me estaba haciendo el amor otra vez, o eso intentaba. ¿Por qué otro motivo me habría estado mordiendo el lóbulo y mojando la cavidad de la oreja? En eso justamente reparé en otra cosa: mientras Marcelo me hablaba de frente, alguien más me quitaba la ropa y me chupaba la nuca y me llenaba de saliva la oreja. Me giré sin darle tiempo a Marcelo de impedírmelo. En medio de las tinieblas, reconocí la figura de un hombre muy grande. Estaba semidesnudo y olía mal. Esforzándome un poco más, logré mirar su rostro, sus facciones: tenía la cara aindiada, cobriza, el rostro lleno de barbas picudas y parecía muy sucio. Aparte de todo apestaba tanto o más que mi esposo. El suyo era una mezcla de sudor y alcohol que de inmediato empezó a provocarme sendas arcadas. Quise desprenderme, levantarme de allí, pero Marcelo me lo impidió. Me dijo: "Tú no te mueves de aquí, puta". Me amagó por la espalda, mientras el tipo me quitaba lo que quedaba de la pijama y la ropa interior. Aunque hacía frío, en ese momento empecé a sudar copiosamente. Intenté bracear, me revolcaba de un lado al otro de la cama, hasta que Marcelo me puso boca abajo doblándome uno de los brazos con el fin de impedir que me moviera. Quería vomitar, pero la posición no me dejaba. Fue entonces cuando sentí el miembro de ese hombre rasgándome por dentro, perforándome las entrañas sin posibilidad de moverme un solo milímetro. Como siguiendo instrucciones de mi marido, el tipo no tenía el mínimo cuidado al penetrarme: ni vaselina ni aceite ni nada. Sólo su sexo ardiente dentro de mí. En un santiamén se vino dentro gimiendo de placer. Cuando salió, el dolor en el recto fue espantoso, no sé si peor al que había sentido cuando me penetró. El hombre había salido bruscamente. Sólo entonces empecé a llorar olvidándome del vómito. Desde hacía minutos yo ya no me resistía.

Ésa fue, pues, la última escena al lado de Marcelo, el último día de nuestras vidas juntos. Pero ¿acaso lo soñé? Por más que intento definir el contorno de esa noche, no puedo asegurar ya casi nada. El hecho fue tan vívido que dudo aún que no hubiese sido real, pero los años hacen que los recuerdos sucios se deslían, se emborronen. ¿Un ejercicio de la mente acaso, del subconsciente? ¿Se trata de obstaculizar esos recuerdos que nos hacen tanto daño? ¿Tergiversarlos? ¿Manipularlos? Quién sabe. En todo caso, para mí esa noche sucedió, ese día se rompió el último vínculo con mi marido… con o sin un hombre desconocido a mi lado.

Yo hubiera jugado, hubiera participado en muchos escarceos pero no estaba enamorada de Marcelo… y lo peor: no había verdadera pasión entre nosotros ya. Había odio, oleadas incalculables de odio. En el fondo era como si Marcelo me hubiera estado desafiando esos dos últimos años, como si hubiera estado aguardando el momento en que yo le dijera por fin adiós, orillándome con todas las fuerzas de su alma a que lo abandonara y lo dejara hundirse en el alcohol. Era, supongo, una competencia. Ahora lo veo más claro. Pero era una competencia contra mí misma, ni siquiera contra él o contra el whisky. Algo quería probarme a mí misma o de algo deseaba redimirme a través de infligirme su castigo. En ningún momento, creo, pensé que había vuelto a su lado con la intención de sacarlo del alcohol. Al menos no que yo sepa —no es y ni era mi estilo. Esta confesión, por ejemplo, demuestra que yo nunca lo quise o, quizás demuestra que, al volver con él, no me movía el amor y menos la filantropía o la caridad... si no algo más, pero ¿qué? ¿Una rabia guardada, sedimentada? Pero ¿cuál... si el impotente y rabioso era él? ¿Acaso el reto de no morir a manos de un borracho, de un Cronos autodestructivo? ¿Eso era, Silvana? ¿Por qué volviste, por qué jugaste a salvar tu matrimonio? ¿Por papá y mamá? ¿Por una atávica superstición judeo-cristiana, la de que el matrimonio es para siempre? ¿Acaso fue eso en el fondo? Nada de lo que pasó después hubiera sucedido. Ahora ya es un poco tarde para recriminarme; a él no tengo nada que reprocharle aunque quisiera: fui yo la que lo dejé hacer... hasta el exceso, hasta el delirio al que el whisky lo llevó.

En diciembre, pues, nos separamos, o mejor: lo abandoné. Vinieron, después de Navidad, los papeles del divorcio; éstos llevaron muchos meses, el usual trajín burocrático. Fue justo el novio de Raquel Urroz, quien había terminado litigando tras su fracaso en los exámenes de notario, quien llevó el asunto. Para mi fortuna, Marcelo accedió. Claro: él lo quería, lo esperaba con ansia. Acordamos en todo. Vendimos la casa de Coyoacán y nos repartimos el dinero. Yo me fui a vivir al callejón empedrado de San Ángel con Rebeca y Sebastián que, en apenas un abrir y cerrar de ojos, se habían hecho más viejos, peligrosamente cercanos a la edad de Agus, que no tenía para cuándo morir e irse con sus difuntos de San Pedro Huamelula, a pesar de las arrugas y la rapidez con que se iba haciendo enjuta y pequeñita.

VIII

LO MÁS DIFÍCIL DE ser padre (un padre como Sebastián Forns) era intentar serlo sin jamás dar lecciones de moral. Como ninguno, el poeta de *Sur* odiaba este tipo de lecciones, odiaba los discursos apodícticos, la doctrinización, los manuales de comportamiento y buenas costumbres. Cualquier cosa que le oliera a receta de cocina, quiero decir, a automotivación o a ética de bisutería, podía sacarlo de quicio. Abominaba de esa falsa corrección del mundo, de esa normatividad hipócrita y sobre todo represiva, de ese virtuosismo enajenante en el que los padres caían, coadyuvando con ello al mal del mundo, al deterioro social. Por eso, ser padre y no caer en eso mismo que se descalifica con tanto tesón, era una tarea harto difícil de lograr.

Había una biografía que mi padre leyó sobre un joven contrabandista de drogas. Lo que más le impresionó fue la figura del padre de ese muchacho que llegó a ser extremadamente rico. Aunque siendo un hombre recto, honrado y hasta de altos principios religiosos, el padre del contrabandista jamás le dictó cátedra a su hijo, jamás lo enjuició, lo admonizó o le lanzó consejas de ningún tipo. Nada, a pesar de su dolor. Sólo amor, sólo comprensión para el vástago. Pero no era comprensión hacia los actos de su hijo lo que ese hombre tenía; era más bien una especie de comprensión de la vida, de un no sé qué impronunciable que se nos escapa sobre la existencia humana, sus designios, *su hacerse* en el devenir. Era verificar cómo las cosas son de una u otra manera y cómo, nos gusten o disgusten, no debemos entrometernos para intentar cambiarlas. En el padre del contrabandista, creía Sebastián, había sobre todo constatación de la vida. Aceptación. Al igual que ese hombre, mi padre pensaba que, por sobre todas las cosas, estaba la fidelidad a uno mismo, la fidelidad a tu ser. Conquistar eso (no importaba cómo) inevitablemente te conduce a buen puerto... más temprano o más tarde. Mi padre pensaba como Sartre que la existencia sólo se define por los actos del ser humano; por eso decía, citándolo: "El hombre se hace; no está todo hecho desde el principio; el hombre se hace al elegir su moral". Uno podía seguir la historia de cualquier gran hombre y ahí, en su intrincado currículum, constatabas que, como referente común de todos ellos, estaba la fidelidad a sus principios. Me equivoco: no se trataba de ser fiel a los principios (a ningún principio, pues éstos cambian de la noche a la mañana), sino se trataba de mantenerse fiel a uno mismo, es decir, a lo que se *es* o a lo que se quiere ser, a eso que Sartre llamaba "la elección de una moral". En eso creía Sebastián. De allí su alegoría del río y los troncos. Flotando a la deriva sobre ese río heracliteano de la vida, pasaban muchos otros troncos: no había que intentar cambiar de tronco so pena de perecer, so pena de fracasar en la vida. Había, más bien, que agarrarse fuertemente al tuyo, cogerlo entre los brazos y lanzarse a la corriente... sin parar. Ésa era la fidelidad de Sebastián. Y si en algún momento se reían de ti o recibías el abucheo popular y la incomprensión por cualquier decisión tomada, no debías arredrarte, sino todo lo contrario: había que mantenerse (impertérrito) en el tronco. El tronco era tu ser, eras tú mismo. Por eso, supongo, desde que me casé (si no es que antes), él no hizo sino constatar lo largamente presagiado: la separación a la que estamos llamados unos y otros, los padres y los hijos, los hermanos, los mejores amigos. Una obviedad, pero una obviedad que siempre olvidamos. Negar esto o salir con proclamas y lecciones a tu hija, darle lecciones de moral, era como exigirle optar por tu destino, el que a ti te gusta o prefieres; era exigirle cambiar de tronco a mitad del trayecto del río.

En 1984, tres años después de haber recibido el Premio Nacional de Literatura de manos del Presidente, el secretario de Relaciones Exteriores lo invitó a ser embajador de México en Washington, a lo que mi padre respondió inmediatamente que no. Pero la historia es más curiosa y digna de atención. Sebastián Forns no tuvo siquiera que pensarlo dos veces. En cuanto vino el ofrecimiento, lo denegó. Sin embargo, un par de días más tarde apareció en los diarios capitalinos el anuncio con el nuevo cargo. No decía nada más. No decía si el poeta lo había aceptado o no. No tuvo que pasar un solo día para que los reporteros y articulistas atrincherados volvieran al ataque. La mayoría vociferaba que cómo un extranjero podía ser embajador de México en otro país; qué cómo un gringo podía convertirse en mexicano y representarnos en Estados Unidos; una cosa era ser laureado con un premio literario y otra cosa era convertirse en embajador; vociferaban que todo esto era el colmo, que el nacionalismo y la patria estaban por los suelos, que los principios que regían la soberanía nacional estaban hechos añicos y que el gobierno estaba vendido a Estados Unidos y la culpa la tenía gente de la ralea de Sebastián Forns: sujetos descastados, apátridas y nocivos a la nación. De todo el asunto, sólo un cosa fastidió a Sebastián, según recuerdo: el hecho de que ladraran arguyendo que él no era mexicano. Y esto lo ponía mal, dado que ya en los cincuenta, cuando la época de *Sur*, había sucedido algo semejante: un par de antologías poéticas lo habían eliminado de sus páginas aduciendo que Forns era norteamericano. Le dio gusto que lo eliminaran de esas antologías, sin embargo, le ofendió que le negaran mexicanidad. ¿Qué era, pues, ser mexicano? ¿Había que nacer dentro del territorio nacional a riesgo de perder la identidad? ¿Era eso nada más? ¿Dependía, pues, de dónde daba a luz la madre que te parió? Él sabía, por supuesto, que no era así, pero tampoco iba a ponerse a alegar sobre el asunto con una sarta de imbéciles. ¿Qué era Camus, qué eran Joseph Conrad o Julles de Supervielle? ¿Uno argelino y el otro polaco y el otro uruguayo? ¿O dos eran franceses y el otro era inglés? O mejor, decía mi padre: ninguna de las dos cosas.

Eran simplemente grandes escritores. ¿Para qué, pues, querían adoptar una patria? ¿Por qué, pues, querrían ellos enarbolar una bandera y tirarse con ella como el Niño Héroe de Chapultepec... inmolando su vida a las nubes? Son los países los que luego te quieren adoptar, son ellos quienes te fabrican una nacionalidad a la medida y la venden a los pueblos. Pero eso poco o nada tenía que ver con los escritores, y lo sabía Sebastián.

Por su parte, mi madre se había revelado mucho más eficaz que mi padre en el negocio de bienes raíces. Rebeca no sólo disfrutaba al vender casas, disfrutaba ganando dinero. Ya tarde lo pudo hacer a manos llenas... dejando al descubierto su estirpe usurera, la herencia de mi abuelo Abraham Nakash: los negocios. Aunque había trabajado con él a fines de los cincuenta y principios de los sesenta, una vez conoció a Sebastián y se casó con él huyendo a Grand Junction, Rebeca abandonó la tienda de alfombras y tapetes de su padre en la Zona Rosa. Ya luego en Colorado y Virginia le resultó imposible trabajar. Las labores del hogar la absorbieron literalmente. Ser madre, decía, era una rutina mal pagada, invisible y, sin embargo, inaplazable. Esa tarea siempre está esperándote, cada mañana, al despertar: hijos, biberones, pañales, lunch para la escuela, desayunos, lavadoras, aseo del hogar, trastes, cocina, aspiradora, tareas de los niños, reprimendas, sustos, persecuciones por la casa, hora del baño, hora de cenar, hora de irse a la cuna, hora de irse a la cama, hora de poder respirar un minuto antes de morir otra vez en el sueño... sólo para despertar al otro día y no tener un instante de tregua, ni siquiera la posibilidad para entrar a la ducha sin interrupciones, sin llamadas telefónicas, ni siquiera la posibilidad de decir me largo de aquí, Sebastián, ya no puedo más.

Sólo hasta que vivimos en Charlottesville (y eso los últimos dos o tres años que pasamos allí), mi madre pudo ponerse a trabajar en un almacén de un centro comercial. Sin embargo, éste era más un pasatiempo que una verdadera fuente de ingresos. Mi padre sin embargo la estimuló, la empujó a salir de casa ese medio tiempo que, en el fondo, era una suerte de alivio y receso para

Rebeca. En esos años, Sebastián pasó un poco más de tiempo con nosotros, más del que ya de por sí su trabajo como profesor le permitía —y que era bastante. A mi padre nunca pareció importarle asumir (o repartir) labores del hogar, todo lo contrario: disfrutaba ese quehacer y decía que de no tenerlo se volvería loco del aburrimiento. Quién sabe. Supongo que en ese sentido, el habernos tenido a los tres fue para él una especie de solaz, un gozo, y no una jaqueca o un estorbo. La verdad, yo recuerdo a Sebastián pasando horas enteras en casa, lavando trastes o doblando ropa. Mentiría si dijera que lo recuerdo tantas veces como recuerdo a mi mamá. Imposible. Pero allí está, recortado en mi memoria, ayudándola en la cocina, preparando uno de esos intrincados menús mexicanos, cambiando el pantalón mojado a Rodrigo o revisándonos la tarea a Álvaro y a mí. Allí está mi padre, viva su imagen, al lado de mamá.

Rebeca, pues, empezó a hacer dinero cuando entró en la inmobiliaria, la cual no te daba un sueldo y sólo te pagaba un porcentaje proporcional al precio de la casa que vendías. No importaba. Mi madre ganó allí mucho más que con cualquier otro trabajo asalariado; ni siquiera en Estados Unidos hubiera hecho lo que ganó en esos años. Empero, lo cierto es que ni ella ni Sebastián necesitaban con urgencia ese dinero. Sobre todo mi padre tenía bastante con que sobrevivir, parte de él ahorrado y parte heredado de su padre (mejor dicho, de su abuelo sonorense Arnulfo Forns), y otra parte heredada del padre de Felicidad, es decir, de aquel doctor Félix Saturnino, quien, como ya conté, había legado algunas buenas propiedades a sus tres hijas.

Pero ¿quién era mi madre? Es, seguramente, una pregunta que he tardado mucho en hacerme, pero si la he demorado es porque apenas hoy, a la distancia, me atrevo a formularla; justo hoy, después de haberla tenido muchos años cerca, junto a mí, cálida y bellísima. Pero ¿junto a mí? He allí el problema. ¿Qué quiere decir eso? A pesar de que estuvo allí presente, siempre al lado de sus hijos, nunca la conocí tanto como conocí a mi padre. Suena extraño, lo sé; incluso es extraño para mí. Mi madre está siempre un paso atrás, más distante, mirando circunspecta cómo yo me acerco a Sebastián y le pregunto algo, observando la que soy pero dejándome que me parezca a mi padre, permitiendo que el alma de ese hombre se refleje hondamente en la mía. Era como si Rebeca se hubiese retirado brevemente y de pronto estuviera fuera de escena, pero no del todo, sino a ratos, dispuesta a aceptar que su hija era la niña de papá por encima de cualquier cosa. No sé, todo esto lo imagino, lo invento; no es más que la engañosa descripción de mi nostalgia, los sueños que interpolo aquí.

Mi madre no era una mujer especialmente cariñosa, y si lo era, lo fue sólo con mi hermano Rodrigo, su favorito, quizá desde que lo salvó de la muerte a sus dos años y fracción. Según yo recuerdo, hubo una relación muy especial entre ellos dos, algo que no puedo explicar: un lazo, una atadura, un puente que va de la vida a la muerte y a la inversa. Rebeca podía ser complaciente aunque, por lo general, era una mujer resuelta y estricta —nunca demasiado estricta, es verdad. Mi madre no fue lo que se dice una mujer efusiva como lo era papá, tampoco una mujer proclive a los abrazos y los besos y el cotilleo. Fue, y hasta el día de hoy ha sido, una mujer reservada, introspectiva y un poco misteriosa, pero no por el afán o el prurito del misterio, sino porque nunca ha tenido nada que ocultar. Era, asimismo, una mujer dispuesta a arriesgar mucho pero también lista para exigirlo todo. Sus demandas, sin embargo, siempre fueron furtivas, no se hacían notar y cualquiera hubiera creído que éstas no existían aunque no fuera así. Entre sus mayores virtudes estaba su capacidad para hacerse de amigos y conservarlos. No es que ella lo buscara, sino que la gente la buscaba a ella y luego deseaba quedarse a su lado. En ese sentido, creo, guardaba una suerte de imán en la piel (siempre lo ha guardado). Entre todas sus hermanas, creo que ella fue la más leal a todas, el punto de unión y convergencia a pesar de haberse encontrado lejos muchos años. De entre las ocho, Rebeca podía parecer un político experimentado: era la que nunca se peleaba, la que reunía a dos o tres de sus hermanas en disputa, la que asumía su rol como esposa y mamá con una facilidad casi congénita, la cual podía ser la envidia de muchas mujeres liberadas que se debatían locamente en su interior. ¿Cómo ser feliz y asumir el destino que elegiste? Mi madre era, pues, un ejemplo de eso que Sebastián pintaba en su alegoría de los troncos. Mi madre nació conociendo el suyo... aunque el río, obviamente, tuvo que cambiar: las aguas nunca fueron las mismas. En México, por ejemplo, su vida fue sustancialmente otra. No sólo otra con respecto a Estados Unidos, sino otra con respecto a la que vivió en la colonia Roma y en la casa de Cuautla junto con su clan de hermanos en las décadas de los cuarenta y los cincuenta, acompañada de las películas de Cantinflas y Sarita García que tanto le gustaban, con la primera gran devaluación del peso en 1949 y la guerra de Corea en 1950 que, no obstante, favoreció la situación del mercado mexicano y la cual, finalmente, tuvo efectos positivos para la economía del país, es decir, para su padre, mi abuelo, y la gente que, como él, supo aprovechar la coyuntura económica mundial. También puede decirse que su vida fue convirtiéndose en otra con respecto a lo que había aprendido hasta entonces: primero a estar soltera, luego casada y con tres hijos y, finalmente, una vida en la que los hijos estaban a punto de desaparecer. Rodrigo y Álvaro eran dos jóvenes huidizos en la época en que yo volví a San Ángel en 1995. Estaban y no estaban allí. Aparecían de pronto y se desvanecían sin dejar rastro, sin decirle una palabra a Agus o a mi mamá, sin avisar a dónde iban o a qué hora regresaban. La verdad es que los dos eran ya casi dos hombres a punto de volverse unos adultos.

Álvaro se había apropiado del piano que dejó mi abuela Felicidad, el mismo piano de cola donde tocaban sus amigos concertistas cuando se mudó a México en los años treinta, gente como el compositor Blas Galindo, miembro del Grupo de los Cuatro y amigo de Felicidad. Esos conciertos *petit comité* continuaron toda la vida hasta su muerte. Eran parte del pasado de mi abuela, parte de su frustración musical. Cuando Álvaro y yo empezamos a tomar clases de música y pintura, él se inclinó rápidamente por la primera; yo, por ambas... y al final por ninguna. Las visitas a mi tío Arnulfo se habían quedado atrás, perdidas en el horizonte de los años; sin embargo, el piano de la casa siempre estuvo martilleando: eran las manos y los dedos afilados de Álvaro. La rebeldía y la antisolemnidad de que he hablado antes, siguieron permeando su carácter, en esto no cambió a pesar de su inextinguible amor por el arte. El Green Hills no fue la única escuela de donde lo expulsaron. Álvaro recorrió muchas y siempre con el íntimo beneplácito de mi padre. Está de más decir que Rebeca no respondía igual a esas llamadas del director del colegio anunciando el receso de mi hermano. Se ponía mal, angustiada, hasta que Sebastián la consolaba e intentaba ponderar el lado positivo del asunto. Tal vez Sebastián recordaba su época de espadachín literario, de *enfant terrible* e intelectual *avant garde*, de poeta de pelos largos y actitud liberal, *antiestablishment*, tal y como lo conoció mi madre. No sé, supongo que para mi padre el caso de Álvaro no era realmente un asunto grave o un problema del cual valía la pena preocuparse; a fin de cuentas, el que fuera así, atrabiliario y vehemente, podía ser (bien llevado) algo positivo. Para papá, Álvaro iba por buen camino: mientras que amara el piano, mientras se mantuviera fiel a su ingobernabilidad y rebeldía, podría llegar a buen puerto. Sebastián entonces recitaba, en voz baja y con un cigarrillo en la mano, un famoso poema de Robert Frost, aquel del camino menos transitado: "*Two roads diverged in a wood, and I— / I took the one less traveled by, / and that has made all the difference*". No digo que fuera fácil creerlo —para ningún padre es fácil creer que la desobediencia es una virtud—, pero sí pienso que Sebastián tenía puestas sus esperanzas en su hijo: auguraba que, más temprano o más tarde, encontraría su destino, su camino. Y así sucedió. Lo encontró a través del piano y luego a través de una banda que formó en la preparatoria en turno. Los mismos años en que yo estudiaba medicina en Lasalle, en Tlalpan, él ensayaba día y noche canciones que por entonces empezó a componer. Amaba el rock por sobre todas las cosas. Aunque había heredado el gusto y el placer por la música clásica que mis padres nos habían inculcado de pequeños, Álvaro prefería el rock. Para la época en que yo llegué a casa, luego del divorcio con Marcelo, Álvaro tenía veintiocho años de edad, había compuesto treinta canciones y pasaba por una crisis de amor espantosa.

Cabe decir que tras el corto amorío con mi tía Zahra, que no fue sino un arrebato platónico sin ninguna consecuencia, Álvaro tuvo una, dos, tres, varias novias. Para decirlo con claridad: mi hermano se convirtió, durante su adolescencia, en un consumado mujeriego. Aparte de ser guapo y tener un excelente físico, Álvaro sabía ser encantador con las chicas, zalamero, detallista y coqueto. Todas estas virtudes iban aderezadas con un poco de rudeza y temeridad, también de una cierta indefinible distracción que en el fondo no hacía sino atraer más a las jóvenes impúberes de las preparatorias que recorrió. Álvaro era, pues, desinteresado y juguetón, duro y romántico. Bajo esa aparente bonhomía o dulzura se notaba a leguas una especie de indolencia súbita, un fastidio que, contraproducentemente, azuzaba más a las mujeres que de inmediato se prendaban de él. Sería aburrido contar la cantidad de chicas que pasaron por casa durante esos años en que yo no viví con él y Rodrigo en San Ángel. No sé el nombre de todas ellas y seguramente tampoco las conocí a todas. El rasgo común que, sin embargo, yo podía observar en esas chicas cada vez que tenía ocasión de conocerlas, era su absoluto embrutecimiento: una suerte de arrobo místico, así como una especie de confianza y seguridad que mi hermano sabía insuflar en ellas… cuando lo auténtico era justamente lo contrario: no había nadie menos confiable, menos leal y menos duradero para las relaciones que mi hermano Álvaro. Con todo y su carácter, yo lo quería (siempre lo he querido). Desde que llegó a la casa de mansardas de mi abuela Felicidad, hace más de tres décadas, semejante a un hermoso regalo envuelto en celofán, lo amé y cuidé como a una de mis muñecas. Había nacido prematuramente (dos semanas si acaso) a raíz del chocolate que Agus me puso en la cabeza para sanar mi chichón. De los tres, él fue el único que nació en México, como dije antes. Nunca sentí envidia de él o rabia porque hubiese arribado, como le pasa a muchos primogénitos. No recuerdo haberme sentido desplazada, todo lo contrario: su llegada animó mi vida, la despertó y la hizo mucho más intensa, mucho más interesante. Todo esto lo imagino, claro, puesto que hoy no puedo recordar las sensaciones de esa niña de dos o tres años de edad que vio llegar a casa un hermanito. Tampoco podría describir lo que hubiese sido no tener uno (dos en mi caso). De cualquier forma, yo los tuve y puedo decir (sin miedo a engañarme) que fui muy feliz a su lado, fui una niña dichosa a pesar de las disputas, las peleas, las traiciones y los chismes a mamá; es decir, a pesar de todos esos tragos amargos que nos provocamos. Yo enseñé a leer a mis hermanos, yo les enseñé a vestirse, yo los cogía de la mano como una mamá, yo los ponía a jugar con mis muñecas y los ayudaba con sus tareas cuando mi madre no observaba. Más tarde, sin embargo, se alejaron, hicieron sus planes juntos (y sin mí), inventaron sus juegos de hombres, viajaron con amigos a sitios adonde yo nunca iba a ir. A pesar de esa independencia, Rodrigo y Álvaro no dejaron de ser mis hermanos pequeños y siempre creía que los debía cuidar o debía saber qué estaban haciendo para regañarlos si hacía falta. Junto a ellos me veo iluminada, demarcada por un sugestivo halo de luz: en un parque con columpios muy altos o en nuestro abigarrado jardín en Charlottesville, rodeado por un húmedo y espeso sotobosque cruzado de veredas y zumaques, habitado por macizos parterres de flores y especias; también columbro (desde esta distancia) los *hot springs* de Telluride o en Boulder, Colorado, las visitas al primo de Sebastián, el físico nuclear que nunca se casó y que conoció al famoso Allen Ginsberg, poeta *beat* y precursor del budismo en esa ciudad metida entre montañas. También me veo a lado de Rodrigo y Álvaro... contemplando atónita el *National Monument* de Grand Junction con la vista del Rough Canyon atrás, majestuoso y rudo, color gris y sepia, adonde fuimos a pasear muchas veces buscando una mina de cuarzo y mica que al final encontramos, o los barrancos de Glade Park, o el Unaweep Canyon, largo y profundo, donde aparece un coyote sorpresivamente, o bien con los amigos de papá y mamá —Tom y Diana y sus hijos, Stan y Heinrich, Roberto y Laia, Luis y Azucena, Bob y su mujer cubana, María y Jesús, los chilenos, y los hijos de todas esas parejas de exiliados hoy desaparecidos de cualquier agenda en casa. Allí estoy, cogiéndole la mano a Álvaro, en el parque de atracciones *King's Dominion* o comiendo barquillos de vainilla afuera de la casa de Edgar Allan Poe, en Richmond, o en el fastuoso *Memorial* a Jefferson en Washington D.C., junto al bituminoso y ancho Potómac, o también vislumbro nuestros viajes a Virginia Beach comiendo camarones empanizados y papas fritas, o los laberintos en las cavernas de Luray, en el Shenadoah Valley, asustados los cinco en la oscuridad de esas largas cámaras subterráneas, o bien en una playa de Acapulco construyendo un castillo de arena con pedazos de conchas tornasoladas. Todo eso surge iluminado, biselado, contenido en un mural que abarca el ancho de mi vista: son algo así como manchas que suscitan emociones, o como formas indeterminadas, brumosas, nictitantes. Pero una vez se cruza una edad, no hay vuelta para atrás: los caminos se bifurcan y todo a partir de allí son breves encuentros entre hermanos, conversaciones aisladas, mundos diversos y casi siempre irreconciliables, nada como ese edén dejado atrás, nada como esa infancia atrapada (esculpida) en el tiempo. De esos años queda solamente la memoria traidora, la memoria frágil, las historias que uno se cuenta en una Navidad o los álbumes de fotos familiares. Sin embargo, allí estábamos los tres una vez más: Álvaro, Rodrigo y yo, coincidencia extraordinaria, destino no buscado y súbitamente recuperado.

La crisis de Álvaro había venido a raíz del rompimiento con una novia unos pocos meses atrás. De todas las que tuvo y dejó, sólo se enamoró de ésta como no lo había hecho con ninguna otra. La conoció en uno de esos conciertos que él y su banda ofrecían por la ciudad. Sandra era una rockera de hueso colorado: amaba los mismos grupos que mi hermano —*Santa Sabina, Maldita vecindad, Mecano, Los héroes del silencio, Barricada y Maná*— y sabía de memoria las mismas canciones. Por todo ello se volvió su admiradora. Sin embargo, ya dije, Álvaro tenía muchas fanáticas desperdigadas por toda la ciudad: Agus llevaba una lista de llamadas en la cocina. No había vez que mi hermano no se molestara con ella, pues no faltaba ocasión en que la pobrecita de Agus anotara mal un mensaje, un nombre cualquiera —aparte de que ya pasaba los setenta. Ponía, por ejemplo, "Biqui" en lugar de Vicky y cosas por el estilo —aunque la verdad sea dicha no sé por qué esas tontuelas no podían simplemente decir "Me llamo Virginia" y ya.

En todo caso, la tal Sandra empezó a aparecerse en todos sus conciertos (siempre en primera fila), luego en sus ensayos, a los que mi hermano la invitó. De todas formas, Sandra no tenía otro quehacer en la vida que escuchar rock y contemplar a Álvaro embelesada, absorta. No pasó mucho para que Sandra estuviera metida de lleno en su vida. Uno la podía encontrar en casa de mis padres cualquier día de la semana. Allí se quedaba a dormir cuando le venía en gana. Allí comía o cenaba o se quedaba esperándolo. Creo que todo esto duró dos años, en los cuales Álvaro fue, poco a poco, volviéndose el que nunca había sido: un muchacho fiel a Sandra, desinteresado de otras chicas, atento a su relación y nada más. En resumen: Álvaro se había enamorado perdidamente. Pero tal y como suele suceder con el amor, uno no se da cuenta del grado de enamoramiento en que se está metido... hasta que intentas salir. Entonces, sacas la cabeza, echas un vistazo al mundo que te rodea, y te das cuenta que no puedes seguir viviendo sin tu amor, sin tu vicio. Claro: al menos eso cree uno por un momento. Pero todo esto, ya se sabe, no es verdad.

De cualquier forma, la desgracia vino cuando Álvaro tuvo la ocurrencia de pedirla en matrimonio. Creo que esto fue justo por los mismos meses que yo completaba mi pequeño circuito del infierno al lado de Marcelo. Incluso Álvaro se lo dijo a mis papás. Ellos, como siempre en estas ocasiones, no dijeron mucho aparte de ofrecerle una escueta felicitación por lo que, sabían, era la más absurda de las decisiones. Y lo era, puesto que, entre otras cosas, mi hermano no tenía en qué caerse muerto. El rock no le dejaba ni para acompletar los gastos de reparación del teclado eléctrico y la gasolina del coche que mi padre le había dejado cinco años atrás. A sus veintiocho, Álvaro no era autosuficiente y no tenía otra preparación que el rock y su amor por la composición y el piano. Mis padres seguían manteniéndolo. Casarse, pues, era como adoptar una nueva hija en la familia… y eso era el otro problema: Sandra no les caía bien. Especialmente no le agradaba a Rebeca. La novia de mi hermano tenía algunos flecos del pelo teñidos de verde y llevaba un arete en el ombligo que le encantaba dejar descubierto. Por si todo esto no fuera poco, no había terminado la secundaria, vivía en casa de una tía y era adicta a la cocaína. Exagero: le gustaba meterse sus rayas de coca antes de cada concierto. Con todo y los atributos que Sandra cargaba consigo, mis padres se hubiesen dado un tiro antes de atreverse a meter las narices en la relación de cualquiera de sus hijos. Ahora bien, de darse un tiro en la tapa de los sesos a esperar que todos los prospectos les cayeran bien, había una brecha insalvable.

En todo caso, nadie tuvo que inmiscuirse entre Sandra y mi hermano, pues una vez Álvaro le dijo que se quería casar, ésta lo dejó. No tengo que contar el desconcierto de mi hermano, su profundo y horrendo malestar. Aunque ella se excusó pidiéndole que no se vieran por un tiempo *nada más*, él insistió e insistió buscando una explicación, es decir, tratando de hallarle tres pies al gato. Sandra le dijo que ella luego lo buscaría, que debía pensarlo bien; a lo que él le preguntó hasta cuándo. Ella no supo contestar y prefirió desaparecerse del mapa. Por fin, un mes más tarde, Álvaro llegó a la casa abatido, hecho un mar de lágrimas, contándonos que la había encontrado en un bar del centro abrazada y besándose con otro hombre. Ése fue el golpe de gracia. Pero ¿qué había pasado? ¿Qué le hizo mi hermano a esa mujer? ¿Por qué un comportamiento tan extraño, sobre todo después de dos años? Éstas y otras más fueron la clase de preguntas que Álvaro fue derecho a hacerle al psicoanalista que lo empezó a atender en 1995. Pero no sólo se las hizo a su doctor, sino que nos las hacía a todos en casa una y otra vez hasta volvernos locos. Yo ya sabía (como todos allí sabíamos) que no había otro remedio que esperar: Álvaro tendría que aprender a curarse con el paso del tiempo. Los ansiolíticos que el psiquiatra le había recetado servían para tranquilizarle los ánimos (*epival* por las noches y *wellbutrin* por las mañanas), pero de ningún modo restañaban el dolor y la incomprensión que sentía. ¿Qué había hecho mal cuando, a su juicio, era ésta la primera vez que intentaba hacerlo todo bien? Y la respuesta a esa pregunta yo ya la sabía pero, ¡claro!, no se la podía dar: en esta ocasión, mi hermano había elegido mal y ésa era *sólo* su culpa.

MI PRIMO NÉSTOR había crecido sin mamá. Mi abuela Felicidad intentó sustituir a esa madre hasta donde le fue posible. No sé exactamente hasta qué punto lo logró y ni siquiera cuánto fue lo que influyó en su nieto predilecto. Felicidad rayaba los setenta cuando se hizo cargo de mi primo. Néstor era el favorito por dos razones obvias: porque mis hermanos y yo vivíamos en Estados Unidos y porque él necesitaba mucho más que nosotros esa suerte de cariño maternal sustitutivo. Incluso los hijos de Dinara tenían una familia —postiza si se quiere, pero al cabo una familia. Felicidad, recientemente viuda, repartió con Arnulfo, mi tío, la educación del pequeño Néstor. Su madre, ya lo dije, los había abandonado (a mi tío el pintor y a su único vástago) en 1971, cuando mi primo estaba por cumplir los tres años de edad. El niño repartió su vida entre la casa de San Ángel con la abuela y Agus, y la casa de su padre, que más bien era un colosal estudio con olor a resinas y aguarrás, manzanas y palomas flotando... esperando ser firmadas por otras manos.

Para mí, Néstor es algo así como una hibridización de hermano, primo y algo más, semejante a lo que Nadia González significa: más que prima y menos que hermana. La diferencia entre ellos dos estriba justo en ese "algo más" que he mencionado ya. Me cuesta trabajo definirlo: no sé si llamarlo admirador, si llamarlo primo favorito, amigo entrañable, compañero de juegos eróticos o qué cosa. Ya conté una y mil veces la historia de las estampitas en los tacones de mis zapatos blancos, la forma en que lo hallé acuclillado en el ropero de mi cuarto y la manera en que a partir de allí nos divertimos cada uno a su modo. Yo enseñándole lo que él deseaba ver y él mirando lo que yo quería enseñar y quizás no me hubiese atrevido a hacer en otras circunstancias. Con él, pues, me atreví —me atreví por primera vez—, con Néstor guardé un secreto todos estos años: el del principio del placer durante nuestra adolescencia, el momento en que, conmovida y sediciosa, descubrí la medida y el peso que implica ser deseada, que implica ser mujer.

Uno de nuestros furtivos juegos surgía cuando, estando solos en la casa, le pedía que me rascara la espalda, a lo que Néstor de inmediato accedía sin poder ocultar su gozo y nerviosismo. Seductora, yo me tendía en la alfombra de mi cuarto y me levantaba la blusa dejando al descubierto mi espalda. Entonces mi primo empezaba a rascarme tiernamente, casi con caricias emanadas de las yemas de sus dedos, filigranas nictitantes y húmedas. Él, primero, se subía en mí (me montaba), y luego empezaba a rascarme apoyando apenas la piel, rozándome. Cuando sentía el calor de su cuerpo sobre el mío —y quizás su miembro endurecido—, le pedía que me desabrochara el sostén, y él lo hacía con dificultad. Yo no sólo disfrutaba el ritual de sus tiernas caricias en la espalda y los hombros y la nuca, sino me erotizaba imaginándolo a él, adivinando las gotas de sudor en su frente, su excitación, su cuidado excesivo e infantil. Entonces, sin yo pedirle nada, poco a poco, él empezaba a descender a los costados, a las costillas, bajo mis brazos. Al darse cuenta de que yo no decía una palabra, Néstor se internaba hasta mis pechos y yo lo dejaba hacer, lo dejaba tocarme, incluso erguía levemente mi torso para que sus manos pudieran oprimir las areolas de los senos, acariciarme los pezones con torpe suavidad. No sé cuándo exactamente concluía todo esto, pero supongo que acababa cuando él, incontenible, eyaculaba en sus calzones y decidía ir a limpiarse.

De otro modo no entiendo por qué salía huyendo de súbito hacia el baño.

Pero Néstor era, ante todo, el amigo entrañable de Rodrigo. Con él pasó las aventuras que los hombres pasan a su edad: subiéndose a las bardas de la señora Talens para espiarla, robando chocolates en las tiendas de abarrotes, haciendo llamadas equivocadas a las tres de la mañana, tirando palomitas en el cine a la mitad de una función, yéndose sin pagar de un restaurante, acomodando clavos bajo las llantas de un profesor insoportable. Cantidad de travesuras que se viven con ingenuo paroxismo, irresponsablemente, y que luego quedan como vestigios de algo que en verdad fuimos y no nos atrevemos a ser más, algo puro, pletórico de arrojo y temeridad, llamarada de juegos pulverizados por el tiempo, por efecto y desgaste de los años: traspasar los límites sólo se puede hacer a una edad, después queda la gloria, el íntimo homenaje que uno le hace a esa libertad pasada, clausurada.

Con el tiempo, sin embargo, pasarían nuevas aventuras, pero de otro grado: hazañas transgresoras en apariencia... pero inocuas en realidad. Alrededor de los quince y dieciséis Néstor y mis hermanos hicieron su primera visita a un burdel en Cuernavaca, tal y como me contaron con lujo de detalles. Con ellos habían ido Omar Talens, Esdras y Alán Corkidi. Quedaron pasmados, fascinados con lo que tenían frente a sí: tanta mujer ofreciéndose, tanta oportunidad para satisfacer los deseos, las ansias, y sólo por dinero, por un poco de dinero, el cual, sin embargo, para su desgracia no tenían. Rodrigo y Néstor, caprichosos y desesperados, decidieron dejar sus relojes a dos prostitutas en pago del sexo que querían tener. Ellas, por supuesto, aceptaron.

Sin embargo, de las innumerables aventuras y fantasías que anhelaban conquistar —y encarnaron—, ninguna como la de su primer viaje a Acapulco un año más tarde, en la Semana Santa de 1985, pocos meses antes del temblor. Sucedió que en una de esas noches en que todos salían a la costera buscando jóvenes hermosas, Néstor conoció a una mujer algo mayor que él. Según me dijeron, habían ido todos, primero, al Condesa del Mar, que en ese entonces tenía fiestas en el *lobby* todas las noches. Era uno de los puntos neurálgicos de reunión en el Acapulco de los ochenta. Quien deseara ligar debía aparecerse allí llevando puestas sus mejores prendas, el copete bien peinado, el rostro bronceado y la camisa abierta enseñando una cadena de oro. Un grupo de salsa tocaba a partir de las seis de la tarde hasta la medianoche; ya luego uno podía irse a una discoteca o a cenar. Las noches del Condesa eran, sin lugar a dudas, el mejor punto de partida una vez se había pasado todo el día junto al mar. Pedías una copa y te paseabas con tus amigos por el *lobby* amplísimo observando chicas, guiñándoles el ojo o invitándolas a bailar.

Entre el gentío y la música, Rodrigo empezó a buscar a Néstor sin dar con él, quería presentarle a un amigo que había encontrado por casualidad. Le preguntó a Esdras y a Alán si lo habían visto, a lo que el segundo respondió que se había ido con una mujerona a pasear. "Dijo que regresaría en una hora", aseguró Alán.

Al parecer se había llevado el auto, pues esa noche Néstor cargaba con las llaves del Corsar. Omar y Álvaro, por su parte, conversaban en la barra del bar con un par de gringas. La gente se apelotonaba, pedía una cerveza o una margarita y seguía su camino entre la multitud apiñada: cuerpos morenos, sudorosos, extranjeros, capitalinos, mujeres descotadas, tipos de todas las edades, oriundos del lugar, grupos de amigos brindando, parejas abrazadas, besándose, bailando al ritmo de la salsa. Rodrigo decidió salir de ese hacinamiento humano y ver si, por casualidad, encontraba a mi primo con la chica. Ya en la calle, observó el apeñuscamiento de taxis y autos mal estacionados, los botones acomodando valijas, vacacionistas llegando, algunos otros partiendo; se puso a caminar un par de calles bordeando el malecón, la larga avenida Miguel Alemán sembrada de palmeras. Quería respirar. Una vez fuera del tumulto no le caería mal un poco de aire, de bienhechora brisa del mar. No pasaron sin embargo diez minutos cuando un Corsar se detuvo frente a él. De inmediato reconoció a Néstor conduciéndolo, y, a su lado, a la mujer que había conocido mi primo en el Condesa del Mar. Estaban abrazados, sudorosos. Se saludaron. Néstor, bastante borracho, besaba despacito a la mujer en los hombros y los labios mientras ella se dejaba hacer; mi primo le acariciaba las piernas como si la conociera de antaño. Mi hermano sin embargo no pudo en ningún momento despegar los ojos de esa mujer, unos treinta y dos o treinta y tres años. Ella tampoco: lo miraba bajo las sombras de sus pestañas postizas, largas e hirsutas como pestañas de vaca. Parecieron reconocerse (apenas había sido un *flash*, un fragmento de instante). No, ella primero lo reconoció a él y fue por eso justamente que le dijo a Néstor que se fueran, que arrancara el auto ya.

—Pero si es mi primo —dijo Néstor riéndose—. Quiero que lo conozcas. Se llama Rodrigo.

—Ya vámonos —le gritó ella sin prestarle atención, dándole la espalda a mi hermano que seguía allí, parado en la acera junto al auto—. Nos vamos o me bajo ahora mismo. Escoge.

—No te lo tomes así —contestó mi primo mientras arrancaba el auto—. No es para tanto, Rita. Sólo quería…

—Arranca y larguémonos —dijo ella, apremiándolo aún más, endureciendo el timbre de su voz.

Fue entonces justamente (tal vez al oírla) que mi hermano cayó en la cuenta y confirmó el augurio, la corazonada. Sabía quién era, había reconocido el timbre de esa voz. Claro que era él. Tras esa máscara de maquillaje, tras los tacones, el vestido y la peluca, estaba él, en carne y hueso.

Asustado, Rodrigo descendió de la acera y se acercó a Néstor que estaba a punto de poner primera a la palanca de velocidades, y le dijo:

—Espera, Néstor, no te vayas. Necesito hablar contigo urgentemente.

En ese preciso momento, la mujer abrió la portezuela del auto y descendió. Empezó a caminar decidida por el boulevard, sin decir una palabra, sin despedirse de mi primo.

—¿Pero qué pasa aquí? —gritó Néstor indeciso de seguir a Rita o escuchar a mi hermano que lo sujetaba de la camisa.

Sin esperar respuesta, empezó a seguirla a ella, y lo hizo zafándose de Rodrigo. Tambaleándose por el alcohol, Néstor la llamaba mientras apresuraba el paso dando grandes zancadas por la acera. Tras de mi primo, venía Rodrigo que intentaba hablarle, decirle algo. Al comprobar que Néstor no le haría ningún caso, terco y borracho como andaba, mi hermano no tuvo otra opción que gritar a voz en cuello:

—Dalio, Dalio.

Néstor y la tipa se detuvieron un instante. El primero, incrédulo, desconcertado (¿a quién carajos llamaba el loco de Rodrigo?). La segunda (Rita) se paró en seco al oír que proferían su nombre; debía hallarse indecisa, asustada. Mi primo y la mujer giraron y vieron a Rodrigo. Néstor, por supuesto, no entendía nada de lo que estaba sucediendo allí; simplemente aprovechó la distracción de la mujer (Rita) para tomarla de la mano.

Pasaban transeúntes, los miraban. Apenas se movían las palmeras diseminadas sobre la avenida: parecían llamas quietas, largas y bordadas contra el cielo y el mar.

—Esperen —gritó nuevamente Rodrigo corriendo hacia ellos por la acera del boulevard—. Espérenme.

Néstor estaba perdiendo la paciencia. Indeciso, borracho, no sabía qué hacer, qué camino tomar y ni siquiera qué diablos estaba pasando. El calor lo tenía abotargado, transpirando y mojando la camisa. En eso oyó otra vez a mi hermano decirle a la mujer en medio de la gente que pasaba:

—¿Eres Dalio, verdad? ¿Dalio Acuña? No te reconocí al principio, ¿sabes? Pero, ¿qué haces vestido así?

La pregunta, una vez hecha, comprobó ser en sí misma una perfecta estupidez. No había que preguntarlo: la respuesta saltaba a la vista. Esa mujer era Dalio, el tercero de los hijos de mi tío Vladimir Acuña, el comandante de la Fuerza Aérea Militar, veterano de la Segunda Guerra Mundial. Esa mujer no era una mujer, era un hombre. Ese hombre no era un hombre, era un trasvesti que había seducido y engañado al adolescente ebrio y testarudo que esa noche era mi primo Néstor Forns.

—Pero, ¿qué dices? —le gritó éste a mi hermano—. ¿Estás loco? Ella se llama Rita.

—Digo que ella no es una mujer, so idiota. Es Dalio, mi primo. El hijo de mi tía Sonia. Has estado besando a un hombre, y no querías escuchar. Sigues sin escucharme.

—¿Estás seguro?

—Estoy seguro de que estás borracho.

Dalio Acuña, ya estaba lejos, corriendo de puntitas, tambaleándose sobre la acera, cuidando de que sus tacones no fueran a tronársele con la estampida. Rodrigo y Néstor volvieron por el auto, se subieron y lo alcanzaron sobre el boulevard un par de calles más arriba, ya cerca del Condesa del Mar.

Allí, entre el gentío, Dalio se apelotonó, se confundió entre los cuerpos y las vaharadas de alcohol que enrarecían el aire. Néstor bajó del auto dejando a Rodrigo en él, luego corrió tras Dalio que se internaba entre las parejas que bailaban al ritmo del cha-cha-cha. Omar, Álvaro y Alán los vieron entre la multitud. De inmediato fueron a unirse a la persecución sin tener la más remota idea de lo que pasaba allá, en el fondo del *lobby*. Finalmente, Néstor alcanzó a Dalio en la pista, lo jaló del vestido y lo tiró en el suelo de un puñetazo… armándose en un instante un hilarante y sabroso revuelo de faldas y gritos. La gente, azogada, los contemplaba; les abría espacio sin comprender lo que pasaba allí, entre esa mujer y el muchacho que de repente pudo arrancarle la peluca.

Sin embargo, antes de que mis hermanos y los otros pudieran acercarse y meterse en el tumulto, tres hombres de seguridad del hotel sacaban a Néstor y a Dalio cogidos de los hombros. Ni Álvaro ni Rodrigo ni Omar ni Esdras ni Alán supieron qué pasó a partir de ese momento, pues una vez lograron salir a empellones a la calle, se encontraron con que ninguno de los dos estaba allí. Habían desaparecido. Un taxista les dijo que una patrulla se los había llevado. Una hora más tarde, mi primo Néstor regresó al Condesa diciendo que Dalio se le había perdido, que ya no lo encontró al salir de la comisaría, que iba a matar al hijo de puta si se lo encontraba. La borrachera, por supuesto, se había desvanecido.

Yo, por supuesto, no lo podía creer.

Aparentemente, los policías que se llevaron a mi primo Acuña lo conocían bien desde hacía ya tiempo (no era la primera vez que engañaba a adolescentes en el *lobby* del Condesa). A Néstor lo dejaron libre luego de hacerle las preguntas de rigor. Tomó un taxi de vuelta y allí estaba, al lado de sus primos y amigos, muerto del asco y la humillación. Los días que restaron de Semana Santa, mi primo no volvió a beber una gota de alcohol. Se había convertido, de la noche a la mañana, en el hazmerreír de todos los demás, el blanco de todos los chistes. Ahora le llamaban en broma El Putito.

A mí, por supuesto, me costó mucho trabajo creer la historia cuando me la contaron días después. Aunque me moría de la risa, no dejaba de apesadumbrarme el destino de mi primo Dalio, si es que de veras era Dalio la mujer que había seducido a Néstor esa noche en el Condesa del Mar. Cuando se lo preguntamos a mi madre, ella no respondió, no dijo ni sí ni tampoco lo negó… lo que en el fondo era (al menos para nosotros) una forma de asentirlo: algo sabía Rebeca de ese hijo de Sonia y Vladimir que hasta ese día no nos lo había querido revelar. ¿Con qué objeto? Tal vez mi madre tuviese razón. ¿Para qué atizar el fuego y los rumores de eso que, inconfundiblemente, Dalio era, esa anomalía a la que se dedicaba en Acapulco, aparte de trabajar durante el día en un restaurante, como aducía?

De Dalio Acuña no sé mucho más. Apenas que quedó traumatizado a la muerte de su hermano mayor. De los cuatro, era él el más cercano al hijo de Sonia y Vladimir. Algo seguramente quedó profundamente marcado en su interior ese día de noviembre, cuando oyó (como todos oyeron) la detonación en el piso de arriba. No sé tampoco si la homosexualidad y el trasvestismo era entonces una mera posibilidad, un fuego interior aplazado, o si vino hasta más tarde a raíz del suicidio de Vladimir y el posterior rompimiento con sus padres. Tampoco he sabido si mi tío lo supo a las claras y lo quiso esconder, si acaso intentó castigar e inhibir los deseos de su hijo, o si de plano vivió en la más absoluta ignorancia, metido aún en sus gloriosos recuerdos de cuando piloteó aquellos primeros Lockheads D-60 adquiridos por la Fuerza Aérea Mexicana, allá por los años cuarenta. Por lo pronto, una cosa es segura: algo intuía su madre, no de otro modo lo podría haber sabido Rebeca, mi mamá.

EN 1996 TERMINÉ la carrera de Historia en el Centro Cultural Helénico. Mi tesis, *El triunviro de Sonora: obregonistas, callistas y delahuertistas: una reelección traicionada*, me llevó dos años si no es que un poco más. De pronto, sin habérmelo siquiera planteado, era una de esas raras expertas en un periodo ambiguo de consolidación nacional (el de los años veinte y la llamada Generación de 1915, el tiempo de los Siete Sabios y la cruzada vasconcelista por la educación), aunque mi trabajo abarcaba solamente algunos aspectos poco estudiados de la Revolución, sobre todo en el estado de Sonora. Consolidaciones, alianzas, traiciones, maniobras oportunas, turbias negociaciones, todo en aras del poder político. Algunos libros y cartas de mi abuelo Néstor Forns, que mis tíos Dinara y Arnulfo conservaban, me fueron de gran utilidad durante la redacción al mismo tiempo que le dio un cariz distinto, casi personal, a mi trabajo... convirtiéndolo en una especie de relato biográfico, pues lo cierto es que en más de un capítulo me atreví a citar pasajes directos de esas cartas intentando mostrar con ello el punto de vista de un obregonista de hueso colorado, quien, como ya dije, vivió de cerca los acontecimientos que yo trataba de desentrañar desde sus ambiguos orígenes: las facciones, los contubernios, las trastadas, los cambios políticos de última hora. Por ejemplo, el caso de aquel amigo alamense de mi abuelo quien en alguna ocasión lo presentó con Álvaro Obregón siendo Néstor aún muy joven: el tal Fernando Torreblanca terminaría traicionando, como ya dije, a Obregón y convirtiéndose en uno de los más cercanos colaboradores de Plutarco Elías Calles durante su mandato presidencial. Todo esto sucedió poco a poco, como una suerte de seducción intelectual que, lentamente, me separaba del recuerdo de Marcelo Estrada y me revivificaba.

De él no había sabido nada más. Ni siquiera me lo había encontrado. Él no me buscó, y yo, por supuesto, no quería oírlo mencionar siquiera. Esos últimos dos años habían sido algo así como un descenso hostil a la boca del averno y cualquier cosa, a partir de esa temporada, era una alegría perpetua, una gloria grata y merecida, una calma especial que no necesitaba de otra cosa más que de mis hermanos, mis padres, Agus, Nadia y Raquel. De hombres no quería volver a oír, y si de repente alguien me quería invitar a salir con el objeto de presentarme a alguien, me rehusaba. Me sentía plena, exultante, sobre todo el día en que me recibí como licenciada en Historia y mis padres quisieron hacerme una pequeña comida en casa para celebrarlo.

La doctora en ciernes, la joven que había elegido la carrera de medicina diez años atrás sin terminarla, ahora se había convertido en historiadora, y todo había sucedido inopinadamente, por azar del destino, casi sin darme cuenta, dejando correr los años como se deja correr la llave del grifo, absorta, ensimismada, viéndola correr, arrumbada entre libros que no pensaba leer jamás, entre autores y teorías que iban sumiéndome en un laberinto de nombres y fechas y episodios y citas, un arsenal que sin embargo nada tenía que ver con el tema que me había obsesionado: la muerte. No sé si en todo esto hubo, sin embargo, una especie de repliegue inconsciente o una necesidad de convertirme en otra, de experimentar a una Silvana diferente, una Silvana que también podía gozar y aprender de un mundo distante y ajeno, o si bien en esos años dedicados a la historia de México no hubo sino pura inercia, deseos de vindicar mis añejas frustraciones, el incumplimiento de muchas cosas dejadas siempre a la mitad.

En la comida que mi padres hicieron, Raquel Urroz llevó a su prometido, Antonio, y a su hermano Eloy quien, por ese entonces, deseaba ardientemente conocer a mi padre. Ya a través de mí, Eloy le había hecho llegar algunos ejemplares de sus libros. El hermano de mi amiga admiraba a Sebastián y conocía poemas suyos de memoria. Según Raquel, Eloy lo prefería a él por sobre cualquier otro poeta de los cincuenta, fueran éstos de *Sur* o de otro grupo literario. La comida era, pues, una buena ocasión para reunir al viejo y al joven. No bien los presentamos, ambos se sintieron a sus anchas, imantados como si se hubieran conocido toda la vida. Pasaron la tarde conversando, tomando licores y café, citando autores, poemas, libros, conciertos, directores, grabaciones. Mi padre le enseñó su biblioteca, algunos libros autografiados, reseñas, fotografías que conservaba de la época de *Sur*. Hubo entre mi padre y Eloy una fuerte conexión, una atracción moral e intelectual que duraría hasta que Sebastián pasara a mejor vida tres años más tarde.

Apenas unos meses después de esa comida, Eloy invitó a mi padre a presentar una serie de novelas que habían aparecido publicadas por él y sus amigos. Se trataba de cinco escritores que se hacían llamar el *Crack*, una suerte de guiño y homenaje a *Sur* y a la generación *Beat* estadounidense, a ese flujo iconoclasta y rebelde que estos dos grupos representaron en su momento, a su lenguaje descarnado y agreste con que ambos movimientos habían contribuido durante la década de los cincuenta; el *Crack* era, asimismo, un guiño a la tradición de la ruptura que ellos deseaban continuar. Ruptura y continuidad. De eso habló Urroz la noche de agosto en que Sebastián Forns presentó las cinco novelas una vez leyeron un breve manifiesto escrito para la ocasión. Eloy, trayendo agua a su molino, citó al escritor Gabriel Zaid, quien en un artículo suyo explicaba cómo cualquier "ruptura tenía sus valores, que son más que la simple negación de una comunión. Hay rupturas estériles y rupturas creadoras. Y aun la negación porque sí, cuántas veces produce importantes descubrimientos". Urroz continuó leyendo su texto por unos cinco minutos hasta acabar citando a Fitzgerald: "...*by a generation I mean that reaction against the fathers which seems to occur about three times in a century. It is distinguished by a set of ideas inherited in modified form from the madmen and the outlaws of the generation before; if it is a real generation it has its own leaders and spokesman, and it draws into its orbit those born just before it and just after, whose ideas are less clear-cut and defiant*". El Centro Cultural San Ángel, a unas cuantas calles de la Cerrada de la Amargura, fue el lugar del evento. El auditorio estaba bullente esa noche, completamente abarrotado: periodistas, camarógrafos, escritores, parientes, amigos, enemigos, envidiosos y curiosos. Sebastián leyó unas cuantas cuartillas mientras fumaba un cigarrillo. Lo hizo con calma, tomándose todo el tiempo del mundo, contento de estar allí, observando al público, escrutando los perfiles, luego de no haber leído una sola línea en público en más de cuarenta años (aparte, claro, de esos *papers* que leía en conferencias a las que nadie asistía cuando vivíamos en Estados Unidos). Sobre todo, tengo presente un par de párrafos en los que mi padre citaba a dos de sus escritores favoritos, Octavio Paz y el novelista Henry James, aduciendo a través de esas líneas la importancia y la necesidad de los grupos literarios como *Sur* o como el *Crack*, del valor que suponía que cinco jóvenes autores se lanzaran como fuerza unida, celebrando con sus respectivos libros la esencia de la literatura, la cual debía de ser por sobre todas las cosas, un acto de amistad. De Paz citó lo que sigue: "Una generación literaria es una sociedad dentro de la sociedad y, a veces, frente a ella. Es un hecho biológico que asimismo es un hecho social: la generación es un grupo de muchachos de la misma edad, nacidos en la misma clase y el mismo país, lectores de los mismos libros y poseídos por las mismas pasiones e intereses estéticos y morales". Casi inmediatamente, mi padre leyó la cita de Henry James en inglés y luego la tradujo, allí mismo, al español, degustando cada frase que decía: "...*the best things come, as a general thing, from the talents that are members of a group; every man works better when he has companies working in the same line, and yielding the stimulus of suggestion, comparison, emulation*". Yo, por supuesto, al oírlo no dejaba de pensar en el joven que había sido mi padre, en el escritor que yo nunca conocí, que desapareció para la literatura y para México cuando recién vine al mundo. Al oírlo esa noche de verano no dejaba de transportarme a los años cincuenta cuando Sebastián y Alejo y Óscar y Raymundo e Igor pasaban noches en un bar discutiendo unos versos, comparando unas líneas en el Kiko's de avenida Juárez, lanzándose en proyectos literarios mientras fumaban y bebían cerveza, es decir, mientras iban conformando (acaso sin saberlo) un estrecho lazo de amistad. No podía, insisto, dejar de imaginarme a mi padre cuarenta o cincuenta años atrás, eso que había sido alguna vez y yo desconocía, eso que quiso olvidar y dejar atrás cuando partió a Colorado con mi madre, buscando quizás un edén imposible de alcanzar, asqueado de la *intelligentsia* mexicana, las capillas del rencor y las mafias culturales de ese entonces.

Una pregunta, sin embargo, surcaba el ceño de mi frente esa noche, lo mismo que pude vislumbrarla (no muy lejos de donde yo estaba sentada) en las amplias arrugas de papá que justo entonces corrugaba la luz del reflector del estrado: ¿acaso la literatura termina cuando termina la amistad? ¿O la literatura debe ser, al contrario, un acto solitario? ¿Cuál de las dos cosas era verdad? Si la primera, entonces podía entender finalmente la razón que acompañaba al silencio de Sebastián Forns.

Una vez terminó el evento, más de trescientas personas fuimos invitadas a un brindis para celebrar la ocasión. Pasamos todos al hall principal, justo a la entrada del Centro Cultural San Ángel. Por supuesto, allí se vendían los libros, se autografiaban, se encontraban amigos por azar, se corría el chisme y los comentarios como polvorín al tiempo que pasaban algunos meseros de aquí para allá con refulgentes charolas obsequiándonos vino. Yo acababa de decir hasta luego a Raquel, quien iba a buscar a su novio entre el gentío. De pronto, a mitad de un sorbo de vino, alguien me tocó por la espalda llamándome. Giré y vi a Cinthia y Fernando, ambos cargando su copa en la mano. Nos abrazamos. No sabía sin embargo qué decir una vez habíamos traspasado los saludos de rigor, el cómo estás, qué has hecho, el recíproco te ves muy bien, etc. Temiendo un prolongado silencio, Cinthia me dijo con voz súbitamente grave:

—¿Ya te enteraste?

—No —respondí irreflexivamente—. ¿Qué cosa?

Sin embargo, pude empezar a columbrar algo cuando vi más de cerca el rostro de ambos, sus facciones apesadumbradas, casi grises, a punto de notificarme lo que no sabía aún y presagiaba íntimamente.

—Marcelo murió —dijo Cinthia apoyando una mano sobre mi brazo, apretándolo.

No sé cómo explicar lo que sentí, pues no puedo aún situarlo, articularlo. No fue pena o dolor ni desconcierto ni duda, tampoco miedo o alegría y ni siquiera incertidumbre o culpa. Nada de eso. La frase parecía una noticia extraída de un sueño extranjero, de una borrosa e ininteligible vigilia. Aunque sabía perfectamente qué quería decir eso, no lograba sin embargo aquilatarlo: era como si aún tuviera que aguardar varios días antes de entender su significado pleno. Antes no, antes no podría medir esa muerte, esa desaparición; ahora tan sólo rumiaba su signo, su orificio, su ausencia. Irreflexivamente otra vez, pregunté:

—¿Cómo murió? —dudé un instante e insistí—: La cirrosis ¿no es cierto?

—No, Silvana —dijo Fernando—. Aunque no lo creas, había empezado a dejar la bebida. Con trabajos, pero cada vez bebía un poco menos. Te lo juro. Desde que se separaron y se fue a vivir con su mamá. No quiso quedarse en México. No podía. Terminó dejando el consultorio también.

—No sabía nada de eso —respondí—. Pero entonces, ¿qué pasó?

—Fue una hepatitis —contestó Cinthia—. Parece que su hígado estaba muy mal, muy débil, y no pudo aguantar la intoxicación. Había comido ostiones, o al menos eso nos dijo. Pésima suerte.

—Sí, no pudo contra eso —aseveró Fernando, que miraba al piso y parecía hablarse a sí mismo y a nadie más—. Era mi mejor amigo, Silvana.

—Lo sé —dije yo.

No recuerdo cuándo ni cómo nos despedimos. Probablemente nos dimos un abrazo, tal vez nos ofrecimos un pésame recíproco, no lo sé, tal vez nos quedamos los tres asombrados del destino de uno de nosotros seis, esas tres parejas de amigos que antaño (no hace mucho) convivimos como si aquella fiesta semanal (aquellas partidas de dominó en la playa) fuera siempre a durar, fuera a pertenecernos toda la vida, seguros de nuestra amistad sin límites, eterna, cuando no era así, cuando apenas unos años demostraron justo lo contrario.

Unas semanas después, mis hermanos y yo hicimos un viaje a Europa. Conocí muchas ciudades pero de una sola me enamoré: Granada. Álvaro, mi hermano, también se enamoró allá de una bella granadina, Leticia, a la que apenas conocí. Con ella se casó poco más tarde y tuvieron una hija; le pusieron Milena, como la novia de Kafka, como la primera esposa de Einstein, me decía en una de sus cartas. Mi hermano había leído la biografía de la escritora y periodista checa Milena Jesenská, una mujer rebelde y hermosa, iconoclasta como él, enemiga de las convenciones sociales y de la pseudo-moralidad de su época praguense, los años treinta: una intelectual que supo romper muy a tiempo con el Partido Comunista al que alguna vez perteneció y quien, años más tarde, defendería a capa y espada (al precio de su muerte en el campo de concentración de Ravensbrük) a cientos de judíos perseguidos por la primera invasión nazi a principios de 1939. ¿Qué mejor nombre que ése? Álvaro y Leticia, al parecer, habían quedado prendados con la vida de esta mujer, quien alguna vez había escrito con desgarradora agudeza: "*If you have two or three people, but what am I saying, if you have just one person with whom you can be weak, miserable, and contrite, and who won't hurt you for it, then you are rich. You can expect indulgence only of one who loves you, never from others and, above all, never from yourself.*"

Por otro lado, hasta donde sé por las cartas y los *e-mails* que me ha escrito, mi hermano aún compone canciones de rock en el departamento que él y su mujer alquilan con una hermosa vista que alcanza los albos confines de La Alhambra.

UNO DE LO PRIMEROS poemas que mi padre publicó y el cual, sin embargo, nunca apareció en ninguno de sus libros, lo escribió en 1951, y lo dedicó a la memoria de uno de los poetas que más influyó en su vida: Xavier Villaurrutia. Entre tantos muchos poemas que se escribieron en México a la hora de su muerte, el de mi padre pasó lamentablemente desapercibido. En más de un sentido presagiaba el tema que lo obsesionaría (diez o doce años más tarde) por la época en que nací yo: el de la esperanza de la muerte, el del sentido de la muerte, en pocas palabras: el de su honda y prístina necesidad. Aunque en estricto sentido no pertenece a esa serie de poemas escritos entre 1963 y 1965 (nunca publicados, ya lo he dicho), creo que es un buen ejemplo del tipo de búsqueda que Sebastián estaba persiguiendo. Desde la época de su publicación hace medio siglo en la revista *Universidad de México*, creo que ésta es la primera vez que alguien lo recoge; a mí, por supuesto, me encantó desde que lo vi. Lo raro sin embargo es que apenas hace poco me enteré de él y, otra vez, fue por culpa de mi padrino Alejo, que me lo ha enviado. Lo cito de memoria:

> Decir cómo sentí una vez la muerte
> y estimarla. No haber sino querido
> abrazarme a su dulce voz sin ruido
> y tentar su caricia que es inerte.

> Decir cómo viví una vez la suerte
> de morir, y quizás haber sentido
> puntual, súbitamente, del nacido
> la ternura, el cariño de la muerte.

Decir cómo, primero, un resquemor
y la sombra de un dios que te reclama
el cuerpo tibio aún, ora se inflama

y no obtienes cauterio de su ardor.
Casi idéntico halago y peor temor
el del pecho deseado si te llama.

APENAS A LA VUELTA de Europa, Rodrigo y yo nos enteramos del estado terminal en que se hallaba mi abuela Vera, la única de mis cuatro abuelos que seguía aún con vida. Su situación era previsible: la muerte le rondaba ya, no faltaba nada para que la madre de Rebeca pasara a mejor vida a sus ochenta y ocho años de edad. Empero, la suya no fue una muerte común. Sin imaginármelo —sin imaginárselo ninguno de sus hijos o nietos—, su fallecimiento se convirtió en un evento familiar multitudinario, apoteósico, el cual todavía se prolongó un par de meses, el periodo de la agonía.

Aunque Vera había sido toda su vida una mujer entrada en carnes, de caderas anchas y un busto capaz de alimentar a nueve retoños, en los últimos meses había perdido más de la mitad de su peso normal. Primero fue una hinchazón tremenda en las piernas que la dejó sin caminar, postrada en su recámara, inundada de una acedia y una depresión que la hacía explotar a la primera oportunidad y por cualquier motivo. Sobre todo la amargaba que el doctor le hubiese quitado los cigarrillos y tuviera, por el contrario, que pasar más de la mitad del día con una máscara de oxígeno tumbada en su habitación mirando telenovelas, su único pasatiempo aparte de cocinar el día entero.

Vera estuvo acostumbrada, hasta sus últimos años, a organizar su casa de la Roma, a dar órdenes a la sirvienta que aún la atendía, a vigilar a su hijo Saulo que en ese entonces tenía ya cincuenta y seis años y trabajaba en el almacén de sus sobrinos Ira y Yaco Guindi. Desde la muerte de su padre, o mejor dicho, ya desde la separación con Ruth Saba, mi tío Saulo había vuelto a la casa de su infancia para quedarse allí, entre tibores y mamparas, sillones viejos sin patas, marcos desgastados, arañas de cristal y candelabros para *Janucá*, reliquias petrificadas en el tiempo. Cuando apenas cuatro años antes de su muerte mi abuelo fue despedido de su propia casa, Saulo no tuvo otro remedio que reemplazar a ese marido lanzado al ostracismo. Abraham Nakash, ya lo he dicho, se fue a vivir con Sonia y Vladimir a Puebla de los Ángeles; su nieto Abraham Acuña sustituiría a Saulo esos años convirtiéndose en su compañero, su socio y su amigo hasta el día de su muerte.

Si Saulo era dominado por su madre como un párvulo inocente, las hijas de Vera no se quedaban muy atrás. Mi abuela ejercía un poder casi sobrenatural en sus hijas y no menos fuerte en algunos de sus nietos: Yaco e Ira Guindi, Nadia González y Esdras Corkidi. No necesitaba buscarlos para que cualquiera de ellos (o las madres de ellos) se aparecieran en la Roma. Inevitablemente había una hija o un nieto dispuesto a ayudar, a conversar con ella, a hacerle compañía o traerle un mandado del supermercado. Todo esto a pesar de que Vera era feliz haciéndolo todo ella misma. Aunque tenía una sirvienta de planta en la casa, ésta se limitaba a lavar y planchar la ropa de Saulo, a limpiar los baños todos los días. Vera tendía las camas, aspiraba y hacía el mandado. Le encantaba cocinar y en ello pasaba la mitad del día; de sus manos, ya lo dije, surgían los guisos más suculentos y extraños, traídos de su Alepo natal, encrucijada de razas y pueblos, de siglos e imperios destruidos, y, por tanto, de especias, sazones, condimentos inusuales, extractos y mixturas, recetas casi imposibles de rastrear, de averiguar dónde se habían originado: ¿acaso con la invasión de mamelucos, con el dominio otomano de tres siglos, por culpa de los judíos trasterrados de Europa o por la cercanísima influencia de los persas? ¿Cómo determinarlo? Lo que sí es seguro, sin embargo, es que, por sobre todas las cosas, mi abuela se pavoneaba de alimentar a su pequeño marido, mi tío Saulo.

Cuando ya no pudo salir y el doctor aseguró que faltaba muy poco, sus hijas se abalanzaron a su casa. No tardaron en avisarle a Esther, quien, luego de muchísimos años, aparecía para decirle adiós a su madre —creo que Isaac Perelman, su marido, había muerto tiempo atrás. Esther, por supuesto, se quedó esos dos meses en la casa junto con ella, acompañándola frente al televisor o ayudándole a bañarse. Lo mismo hizo Noemí, quien llegó de Argentina con dos de sus hijos, a los que yo no conocía. Sonia dejó la ciudad de Puebla y se mudó a la Roma con mi abuela. O sea, que la antigua casa era una verbena semejante a la que todas habían compartido cincuenta años atrás. Irene, Zahra y mi madre pasaban mañanas enteras a su lado, viendo una telenovela, tomando café turco o leyendo el *tarot*, la nueva práctica de mi tía Irene, quien después de años infructuosos con la dianética, había decidido aprender las artes de la nigromancia y la metafísica. Entre otros muchos temores, dos serpenteaban a diario por entre las siete hermanas hacinadas allí: ¿qué pasaría con Saulo, ese niño de cincuenta y seis años de edad? ¿Cómo tomaría la muerte de su madre? ¿Estaba preparado acaso? ¿Tenía otra noción de la vida aparte de acompañar a Vera y vivir *para* ella? Independientemente de estas dudas, otra más metía cosquillas a mis tías: ¿quién se quedaría con esa enorme casa que, por supuesto, algo debía costar? Si por un lado había el acuerdo (el consenso tácito, diría yo) de que esa casa la habitaría Saulo, no quedaba claro a nombre de quién pasaría. En medio de esas intrigas iban transcurriendo los días, las semanas, así como los claros signos del deterioro físico de mi abuela. En ese estado de vigilia iban pasando las noches y las horas mi tía Noemí y sus hijos, Yaco y su madre, Nadia e Irene, Zahra y Salomón Corkidi, Esther, Saulo y a veces yo que acompañaba a mi madre cuando me lo pedía. Había sin embargo una suerte de ambiente enrarecido, mórbido, flotando por cada rincón de la casa: todos sabíamos que no había otra cosa que hacer allí aparte de acompañar a mi abuela y despedirla, aparte de verla derrumbarse y hacerse pequeñita como un caracol inofensivo; los ánimos se crispaban lentamente, se afilaban entre juegos de cartas y chismes y largos cafés en la sala del comedor; las fibras del cuerpo de cada una de mis tías se agudizaban como erizos surgiendo de la piel. La bomba, sin embargo, estalló cuando mi madre descubrió que esa casa ya estaba puesta a nombre de Lina, la mayor, la más tímida, la más incapaz de pergeñar nada en contra de sus hermanas más pequeñas. Pero ¿cómo había sucedido esto? ¿Cuándo? Al parecer, un par de años antes mi tía Lina había aconsejado a su madre dejarle la casa a ella para que de este modo pudiera hacerse cargo de Saulo una vez Vera pasara a mejor vida. Ella, Lina, era la mayor, y sólo ella podría responsabilizarse de Saulo aparte de que ya desde hacía algunos años mi tío laboraba en el almacén de sus hijos Yaco e Ira. Era lógico, pues, le explicó mi tía Lina a mi abuela. Aparte, arguyó, dejar así nomás la casa a nombre de un niño como Saulo era un peligro atroz: nadie sabía lo que más tarde se le fuera a ocurrir hacer con ella. ¿Venderla? ¿Rematarla? ¿Dejarla caer en pedazos? Nadie mejor que Lina, pues, para conservarla, tenerla en pie. Es muy posible, sin embargo, que la labor de convencimiento le hubiese llevado un largo rato a mi tía, pero ya para esa época el asunto era agua pasada. Fue así como, para la época en que sus hermanas pretendieron hacer algo, tomar cartas en el asunto, era muy tarde ya: la casa de la Roma era de Lina y de nadie más. Sólo faltaba que mi abuela muriese. Esto, no hay que decirlo, exasperó los ánimos, provocó unas luchas intestinas imposibles de amainar a no ser que ese testamento cambiara, se repartiera, como algunas de ellas demandaban. Mi madre e Irene fueron a buscar un abogado, mientras que Sonia y Noemí fueron a buscar otro abogado que las ayudara. Ninguna necesitaba realmente el dinero de la casa, pero la ambición fue un acicate mayor que cualquier clase de buenos sentimientos. Mi padre trató de disuadir a Rebeca sin mayores resultados. Irene, como se recordará, había ido a la cárcel por culpa de los hijos de Lina, mientras que, por otro lado, era un hecho que Saulo y Sonia apenas si podían cruzar una palabra desde hacía muchos años. Los hijos de Sonia y Noemí, por supuesto, se afianzaron con sus padres en contra de sus primos, los hijos de

Lina y, de paso, contra los hijos de Zahra, es decir, Esdras y Alán, quienes defendían a capa y espada a sus primos Yaco, Marcos, Ira y Benjamín. De parte de mi tía Lina estaba, por supuesto, Saulo y, como ya dije, los Guindi y los Corkidi. Mi caso era el más patético, dado que siendo Gina mi amiga, yo no podía estar en contra de Alán (su marido) aun cuando mi madre estuviera en contra de Zahra, la psicóloga, y sus sobrinos, los hijos de Lina, especialmente Ira y Yaco. Aunque trataron de manejar estas disputas y peleas a espaldas de mi abuela ese último mes, resultó imposible. Astuta como era, Vera se percató muy pronto de lo que pasaba en la sala del comedor y decidió reunirlas para amenazarlas a todas de una buena vez: ni fueran a pensar que ella iba a cambiar una línea de su testamento, esa casa era de Saulo y nada más, a lo que mis tías y mi madre asintieron arredradas, zalameras, para preguntar acto seguido por qué entonces había dejado ella esa casa a Lina y no a Saulo. "Está hecho", contestó ríspida quitándose la máscara de oxígeno un instante, "ella va a saber cuidar de su hermano; ustedes están en las nubes". En otras palabras, la ardua labor mental de mi tía Lina había dado grandes resultados; no había manera de convencer a mi abuela de otra cosa y así, pues, el testamento de la casa continuó a su nombre.

Mi abuela murió en marzo de 1997 no sin antes pronunciar el *Vidui*, su postrer confesión al rabino. Con su vida daba fin a un largo y estrujante rito de paso que cada una de sus hijas tuvo que vivir (excepción hecha de Judith que había muerto nueve años atrás). La misma mañana de su fallecimiento, hombres de la sinagoga llegaron a la casa para hacerle el lavado corporal judío, el *tahará*: la aseaban con mangueras de agua a toda presión a través de cada orificio del cuerpo. Finalmente la vistieron y envolvieron en una especie de sudario, los *tajrijim*: un sencillo lienzo blanco sin adornos, el cual tiene como fin el igualar a los ricos y los pobres al momento de pasar a la eternidad. Hacia las doce del día, mi abuela Vera Chirá, hija de Jacobo y Yemil, estaba acompañada de su descendencia: yacía en unas tablas rudimentarias como es costumbre mosaica, alumbrada por un lúgubre cirio. Cada una de mis tías pasó a despedirse de ella, besaba el cuerpo amortajado en medio de un plañido estridente que pronto se transminaba a las demás. Mi padre nos acompañó, lo mismo que mi tío Vladimir. Allí estaban todos mis primos y primas, mis tías, mi hermano Rodrigo, rodeando el rústico féretro al lado de un joven rabí de lentes orlados, el *jazán*. Esdras, Yaco, Ira y Saulo no paraban de orar salmos; junto con ellos, varios de mis primos se cimbraban en sus asientos, los ojos cerrados, la *kipá* ladeada en la cabeza cubriendo sus incipientes calvicies heredadas de mi abuelo Nakash.

Yo no me separaba de mis padres y junto conmigo mi prima Nadia, su esposo Isidoro y sus pequeñas hijas, Vera y Silvana Zagal. Nadia no dejaba de llorar; no había parado desde esa mañana. Los últimos meses de mi abuela, mi prima los había dividido entre su hogar y la casa de la Roma, yendo y viniendo por la ciudad con sus dos hijas. Aunque anunciada, esa muerte vino a quebrarla, partirla en dos: mi prima parecía una rama delgada, insignificante. De ella... sólo el llanto era real, sólo por el llanto sabía uno de ese cuerpo frágil y doliente: Vera había sido una segunda madre para ella desde que nació, desde que perdió a su padre, es decir, desde siempre.

De los hijos de Sonia y Vladimir, sólo Dalio no apareció. Desde hacía años nadie sabía su paradero. Decían que había dejado Acapulco (quién sabe si después de aquel incidente con Néstor el año del terremoto o si tiempo después), que se había ido a vivir a una ciudad más *ad hoc* para sus gustos: San Francisco. Sin embargo, allí estaban Juan y Abraham Acuña, sus hermanos, con sus respectivas mujeres, silenciosas, furtivas: Susana y Guillermina.

Tras una breve visita a la sinagoga que algunos de los varones tuvieron ocasión de hacer, nos dirigimos todos al panteón Santa Fe. Una larga caravana de coches traídos de distintos puntos de la ciudad fue llegando allí misteriosamente atraída por la muerte de mi abuela: amigos de mis tías, conocidos de la comunidad israelí, del Deportivo Israelí, de la sinagoga, de toda la vida.

Entre los concurrentes, mis tías saludaron a Zelda Hadid, madre de Déborah, una viejita jorobada, y a sus hijas, algunas acompañadas de sus maridos o sus hijos adolescentes, es decir, sus nietos. Aunque un par de rabinos no permitían a las mujeres acercarse a la fosa, mis tías se abalanzaron hasta el borde, obcecadas con ver descender el cuerpo entre las tablas y el sudario. Los rezos inundaban el cerco, ese grupo compacto de hombres y mujeres congregado allí; cada varón leyendo por su cuenta sus plegarias, orando a su vaivén; las mujeres plañendo, arrastrándose junto a la tumba y las ortigas, raspándose los brazos y rodillas. Mi padre y Rodrigo un poco más atrás, al lado de mi tío Vladimir y sus dos hijos y nueras, atestiguaban el rito, miraban absortos mientras recordaban el modo escandaloso como cada uno tuvo que robar a sus esposas. No sé cuántas horas pasamos allí, cegados por el sol que raspaba las narices, por el cierzo que quemaba los pómulos y las frentes menguadas y dolidas. Una vez cerrada la tumba, el *jazán* recitó *El Malé rajamim* y con eso terminó el entierro.

Por la tarde, estábamos los mismos (o casi los mismos) de vuelta en la casa de la Roma —mi padre y mi tío Vladimir se habían desprendido del grupo, sin embargo, otras gentes nos acompañaban, docenas de paisanos que yo no conocía y que abrazaban a cada una de las hijas y a Saulo ofreciéndoles sus condolencias, compartiendo su dolor, participando en la *shivá* o semana de luto. Se habían eliminado todos los cuadros y espejos y floreros de la casa, cualquier adorno que hubiera sobre las mesas y las repisas o la chimenea: ni porcelanas ni ceniceros ni estatuillas ni portarretratos. Un vacío total. Las sillas del comedor se habían acomodado contra las paredes de la casa formando un amplísimo círculo; las mesas se habían orillado. En el centro, nada: ese vacío absoluto, signo de la pérdida del ser querido. Lamentación.

Una hora más tarde, el mismo rabino joven, el *jazán* de los anteojos orlados apareció en la casa llevando, sobre los hombros, el llamado *kítel* blanco. Sin pedir permiso, fue directo hacia cada una de las hijas a rasgarles la blusa o el vestido que llevaban puesto, el máximo signo de duelo, el *keriá*, esa misma rasgadura que Abraham Nakash se hizo cuando Sonia escapó, cuando Irene se casó con un futbolista, cuando Judith anunció su amor por Déborah tres décadas atrás y cuando mi madre abandonó a Emilio Haas (su gran prospecto) por ese otro desconocido, el poeta *goy* de cabellera larga que era mi padre. Muchas rasgaduras, muchos duelos, muchas muertes. Ésta, la final, la que completaba el círculo, la iniciada y anunciada en un principio, en Alepo o más allá, antes de la Diáspora, junto con la Diáspora, la que estaba llamada a suceder, la que cantaba mi padre en su poemario inédito: la fatal y amada y asumida.

Una vez vinieron las rasgaduras, las oraciones no se hicieron esperar. Mi primo Yaco empezó a rezar, en arameo, el *Kadish* que eleva, a través de la alabanza, la fe en Dios por sobre todas las adversidades: "Bendito sea eternamente el nombre del Dios grande; bendito, alabado, glorificado, ensalzado, exaltado y loado sea su nombre". Todos los hombres se pusieron de pie, mirando a un mismo lado, a un mismo punto cardinal. Cada uno de ellos cubierto con el *talit*, cargando los *tefilim* y enredándolo en el brazo; algunos con el *Sidur* en la mano, blandiéndolo como una espada flamígera, lo mismo que cada quien blandía su cuerpo, de izquierda a derecha, de adelante para atrás, el alma contrita, espigada. Las mujeres, no sé por qué, relegadas de esa masa orante, esa masculinidad más cercana a Dios desde el Génesis: sentadas en las sillas o recargadas a la pared, injustamente orilladas, esperando un súbito milagro, añorando una aparición, sin decir cuál: ¿la de su madre quizá? ¿La de ambos, su madre y su padre? ¿Acaso la de ellas mismas en esa casa cincuenta años atrás, todavía siendo unas niñas, jugando, peleando, ayudando a Vera con el quehacer y el mandado, cocinando *basergan* y *hammut*, pelando tamarindos, lavando ropa, almidonando las camisas de su padre, aguardando la llegada de Abraham para besarle la mano inclinadas y pedir su bendición? ¿Qué querían esas mujeres quietas y proscritas en la orilla del amplio comedor, plantadas en la alfombra como rábanos o raíces amargas? ¿Qué querían cuando contemplaban a los hombres impávidas y éstos, mientras, les daban la espalda comunicándose con un Dios varón? ¿Qué buscaban, un milagro? ¿Volver al pasado, cerrar los ojos y pensar que todo fue un sueño y nada más, un sueño demoledor? ¿Imaginar que son los años cuarenta y que tienen ocho o diez o doce o catorce años de edad, que mueren por ver a Cantinflas haciendo de mago, boxeador y bombero? ¿Recordar que su padre los llevaba los domingos a comer al Covadonga en la esquina de su casa (en la calle de Puebla), y sin embargo les prohibía comer nada que tuviera cerdo, es decir, justo lo mejor del menú? ¿Imaginarse que Saulo aún no nace y que Zahra es apenas una bebé de brazos? ¿Nadar en Cuautla durante horas sin que pase el tiempo, asolearse en el jardín de esa casa veraniega? ¿Esperar la pila de regalos y pasteles que llegaba junto con los ocho días de *Janucá* y el *Maoz Tsur* que su padre salmodiaba? ¿Eso añoran, ese milagro? ¿Ese mundo en que vivieron y desde el cual jamás podrían haberse imaginado sus destinos, la muerte de Judith, la muerte de tres de sus maridos (Ruy, Isaac y Jacobo), el nacimiento de sus hijos y el de algunos nietos ya?

Una semana duraron los rezos. Durante esos siete días, Saulo y mis primos no se afeitaron ni tomaron un baño: la Ley lo prohíbe. Las mujeres tampoco debían mudarse la ropa esa semana, sin embargo, al contrario de los hombres, ellas *sí* se bañaban (a ocultas, por supuesto), lavaban su ropa por las noches, la dejaban secar y se la volvían a poner muy temprano… a tiempo para empezar el luto y el rezo establecido por Moisés. Yo, por supuesto, no pude ni quise asistir todos los días. Lo que sí aprendí a detectar fue el cambio que se revolucionó en la casa durante esa última semana, mismo que venía anticipándose desde los últimos dos meses con mi abuela postrada en cama, respirando su mascarilla de oxígeno: me refiero al total rompimiento entre ellas, la indefectible desunión, la caída de una tribu exiliada. Las facciones y grupúsculos entre hermanas se habían ido formando en un abrir y cerrar de ojos, obedeciendo a fuerzas e imantaciones subcutáneas, ancestrales, cariños y odios añejos, rabias y celos desconocidos para el mundo y sólo inteligibles para ellos, Saulo y mis tías.

Con mi abuela Vera en la tumba casi se acababa un siglo, faltaba sin embargo un poco más, algo de la historia que yo, sin barruntarlo siquiera, añadiría a esa fábula o intríngulis familiar.

Un detalle tan sólo acuño aquí para la posteridad, para mí posteridad. Prefiero no posponerlo. Creo que es parte de esa caída, de ese despeñamiento demorado y fatal. A instancias de mis primos Ira y Yaco, los mismos personajes de esa doble moral de la que he hablado tanto, mi tía Lina terminó cediéndoles a ellos las escrituras de la casa unos cuantos meses después. Era ella también muy mayor y, tal y como siempre había sido, una mujer muy incauta: tenía setenta y dos. Pero, ¿por qué lo hizo? ¿Por qué optó por dejar esa casa vetusta a sus hijos? Sobre todo por dos razones. Primero, por amor, y en esto —¡ya se sabe!— no hay nada que agregar (uno hace lo que sea por un hijo). Segundo, porque desde un principio ese arduo convencimiento a su madre había estado dirigido (amañado) por Yaco e Ira; eran ellos quienes confabularon para quedarse con la casa. ¿Qué mejor manera que a través de su madre, la hija mayor de Vera Chirá, la primogénita a quien, de cualquier forma —aseguraban—, le correspondía? Aparte de esto, mis primos Guindi (no contemos a Benjamín que no salió de su cuarto ni siquiera para decir adiós a mi abuela) sentían que esa casa debía pertenecerles a ellos que habían crecido sin padre y aprendieron a luchar y seguir adelante desde muy pequeños, a ellos que habían ayudado a Irene y a Saulo y a Nadia y a Juan Acuña y a Esdras y a su padre, Salomón, mi tío sin carácter.

A los pocos meses, mis primos Guindi decidieron vender la casa de la Roma, y como eran buenos judíos (con un enorme y bondadoso corazón), rentaron un pequeño departamento para Saulo en la colonia Echegaray, cerca de su almacén, lejos de todo el mundo. No querían dejarlo en la calle; era su tío, a pesar de todo —el hermano de su madre. Cabe añadir, sin embargo, que esa renta se la iban descontando (no toda) de su sueldo mensual.

Casi por inspiración divina, en septiembre de 1997, comencé a trabajar en la secundaria del colegio Simón Bolívar del Pedregal.

La idea vino de pronto una tarde que pasaba por la calle de Picacho y me encontré ese tumulto de niños saliendo de clases. Las madres preparadas esperándoles afuera, en el estacionamiento, dispuestas a recoger a sus hijos y depositarlos sanos y salvos en sus respectivos autos con un beso cariñoso en la mejilla, satisfechas y tranquilas de verlos junto a ellas, ceñidos a sus brazos y cintura: vivos, sucios, alacres. Luego, ya en casa, estaría el marido listo para almorzar, los niños reunidos a la mesa, las preguntas y respuestas habituales, la despedida del padre, la revisión de tareas, las morosas tardes de televisión, los juegos en el parque, el baño y la hora de irse a la cama con una bendición, todo eso que conforma la entelequia tutelar, es decir, la familia, cualquier cosa que esto fuera y que yo (me di cuenta entonces) no iba a tener, eso que perdí el día que me separé de Marcelo... si no es que antes: el día que lo conocí.

Es probable, sin embargo, que esa tarde en que, por azar, miré a los niños lanzarse hacia sus madres, tirando la mochila como un fardo insoportable de cargar, rogando por unos pesos para comprar una paleta de grosella, todo eso, insisto, es probable que me sustrajera unos segundos y hostigara alguna parte que había dejado yo sepulta mucho tiempo atrás. ¿Qué cosa era? ¿Acaso la idea de convertirme en madre, guía, tutora? No lo sé. ¿Algo perdido para siempre y de súbito anhelado? Tampoco lo sé. En todo caso, esa visión despertó en mí alguna insospechada fibra puesto que, a partir de ese momento, me dediqué a rondar una misma idea con implacable tesón: debía estar cerca de esos niños, debía jugar sus juegos, vivir sus mundos, recuperar el que inventamos Rodrigo, Álvaro y yo un cuarto de siglo atrás. ¿Y cómo iba a lograr esto? No lo supe al principio —incluso no sabía que ésa era mi motivación, mi fin. Fue sólo después que descubrí lo que quería y, por tanto, la manera en que lo iba a conseguir: enseñando eso que podía enseñar (no de balde había estudiado medicina e historia y sabía inglés). Aunque nunca lo había hecho, aunque nunca se me había ocurrido la posibilidad de convertirme en maestra, la idea me invadió, se apoderó de mí como si estuviese acechándome diez años. ¿No era hora de dar algo a cambio? ¿No era hora de retribuir lo dado? Y si, por lo pronto, no tenía modo de saber si un día podría conformar una familia —una réplica del hogar que mis padres construyeron—, ese mundo que habitaban los padres y los hijos a través de los años, entonces por lo menos me acercaría a ellos, perseguiría sus huellas remontando el mismo camino para atrás, reconstruyendo el mío paso a paso, a partir de algún punto extraviado. ¿Qué más podía hacer? ¿Qué otro rumbo tomar si no tenía ningún deseo de conocer a otro hombre? ¿Qué otra opción había si por lo pronto no imaginaba mi vida al lado de alguien más? Desde Marcelo, desde nuestra separación, más de dos años atrás, estaba completamente cerrada a la posibilidad de trabar una amistad con un hombre; algo dentro estaba estrangulado o yo había contribuido a clausurar. Gina y Nadia lo intentaron, lo mismo Raquel, y nada. Yo, la verdad, me resistía; me negaba rotundamente. La posibilidad de amar y entregarme a otro era menos que imposible, una brecha vedada. La herida y el desgaste de esos años al lado de Marcelo dejaron un sabor amargo y funesto —incluso un impalpable miedo que no podía aceptar. Entonces creía que nunca iba a volver a vivir con un hombre —sin que esto fuera óbice para mi felicidad. Por lo pronto, no había sentido siquiera los deseos de besar otros labios, de acariciar unas manos o escuchar flirteos de un hombre. Simplemente no se me antojaba; no lo hubiese tolerado. Algo de ese juego me provocaba una honda repulsión. Y no exagero al contar esto; si entonces era feliz sola, ¿para qué arruinarlo todo? Me quería a mí, había estado recuperándome a mí misma, buscando a la Silvana extraviada —al menos eso repetía como un recordatorio los primeros meses luego de mi divorcio cuando llegué a casa con mis padres. Ya luego no tuve que decirlo más: había conseguido ese equilibrio, esa paz, la cual se obtenía al precio máximo de amarse solamente a uno mismo, de convertirme en una ilustre solitaria del amor.

Unos días después —era junio o julio— aparecí en las oficinas del colegio y pedí hablar con el director. Una secretaria me ofreció una silla y me dijo que esperara. Frente a mí, colgado en la pared, encontré un retrato de san Francisco de La Salle, el padre fundador de la orden. Me le quedé mirando un rato como si lo conociera ya, como si hubiese estado esperando a que yo llegara, me entrevistara y consiguiera el trabajo que cambiaría mi vida. Desperté cuando por fin apareció un hombre muy delgado junto a mí: bajo de estatura, con anchas gafas y pelo rubio pero escaso. Se presentó como el padre Ángel Necoechea tendiéndome la mano y apretando la mía con fuerza. Hablaba rápido, con una voz vibrátil que no supe si me agradaba o me disgustaba: infundía un gran aplomo, una gran seguridad, sin embargo, detrás de esta entereza había el deseo de calibrar y someter al interlocutor: auscultarlo, desenmascarar aquello que debía ser desenmascarado. Supongo que era parte del entrenamiento a que los sacerdotes estaban acostumbrados, puesto que algo similar había yo visto en algunos hermanos y curas de la Universidad La Salle esos años que pasé estudiando medicina, diseccionando cadáveres en el anfiteatro.

El padre Ángel Necoechea me invitó a pasar a su oficina. Nos sentamos. Allí le expliqué lo que quería, las ganas que tenía de enseñar a pesar de que nunca lo hubiera hecho. Saqué un breve currículum que había redactado para la ocasión y lo puse sobre la mesa. Era escueto porque en realidad era escasa —o nula— mi experiencia; lo cierto es que no había trabajado hasta ese día (y ya iba a cumplir los treinta y tres). Sin embargo, creo que el hecho de haber estudiado en una escuela lasallista le dio una impresión favorable, pues me hizo un par de preguntas sobre mi carrera y la razón que me llevó a dejarla. Le respondí simplemente que, ya tarde, descubrí que la medicina no era para mí… y en cambio sí lo era la historia —lo cual, hasta el día de hoy, tampoco estoy segura que así sea.

El golpe de gracia lo asesté cuando le dije que mi padre había estudiado en el Instituto Cristóbal Colón, el cual, ya dije, había sido un bachillerato lasallista de renombre en las décadas de los cuarenta y cincuenta. Él, por supuesto, era egresado de esa escuela preparatoria famosa porque algunos presidentes y celebridades habían salido de sus aulas, entre ellos el presidente Ávila Camacho… quien sentenciara alguna vez (deslindándose con ello de los otros presidentes de su mismo partido laicista): "Yo sí soy creyente".

—¿Cómo dices que se llama tu padre?

—Sebastián Forns Barrera.

—¿De qué generación era?

—No sé. Ahora tiene setenta años.

—Pues no lo ubico, ¿sabes? Yo no estoy tan joven y tengo todavía buena memoria. Tengo casi su edad.

—Pues no parece —dije sólo por quedar bien.

—¿Y qué te gustaría enseñar, Silvana? —me preguntó haciendo caso omiso de mi falso halago.

—Historia… ¡claro!, aunque también puedo enseñar inglés.

—¿Inglés?

Entonces le hice una descripción pormenorizada de los lugares donde había vivido de chica, es decir, la razón por la que era bilingüe y podía enseñar inglés aunque no tuviera un título que lo consignara. Esto finalmente le atrajo por encima de cualquier cosa, pues también buscaban hace tiempo una maestra que cubriera esa asignatura; había una sola que lo hacía a nivel de secundaria: la madre Consuelo Ortega, a quien pronto iba a conocer para mi desgracia.

—Una cosa más —me dijo justo cuando estaba a punto de levantarme—. Las maestras vienen uniformadas. Supongo que esto no te importa, ¿verdad?

—Claro que no —dije con absoluta alevosía (y ficticia naturalidad), pues la idea me disgustó nomás oírla. Pero ¿qué podía argüir en una situación semejante? ¿Quería el trabajo o no?

Me levanté, le di la mano y me dijo sin soltarla unos instantes:

—Ah, se me olvidaba. Aunque no está escrito en ningún lado, a la madre Consuelo no le gusta que las maestras vengan con tacones altos, pero veo que eso no es obstáculo, ¿verdad?

Yo, afortunadamente, no llevaba tacones ese día (aunque no llevarlos era una mera casualidad).

—Claro que no —mentí—. Nunca los llevo.

—¿Y no fumas?

—Tampoco.

—Perfecto.

Así fue como, sin mayores trámites ni burocracias (aparte de las ya mencionadas), fui contratada unos días después siendo asignada a esas dos materias los tres años de la secundaria: justo la edad en que los niños dejan de serlo y empiezan a convertirse en adolescentes aunque no lo sean aún, es decir, niños que llegan directo de la primaria con doce o trece años de edad, codiciosos, ávidos de comerse el mundo de un bocado. Yo ya me lo había comido, pero todavía faltaba que le diera un último mordisco.

UNOS DÍAS DESPUÉS de mi entrevista con Necoechea, tuve un sueño, pero no era un sueño espantoso ni mucho menos; se trataba de un brazo que colgaba de un lado para el otro y no me dejaba en paz, iba y venía por todo el cuarto, flotaba totalmente descoyuntado, con las tripas asomando por el codo. Cuando amaneció (o mejor dicho: cuando desperté), ya sabía de lo que se trataba. Tuve, pues, deseos imperiosos de volver a ese sitio que había visitado muchos años atrás y que tal vez, sin yo saberlo, había marcado el rumbo de mi ulterior carrera como historiadora —mucho antes incluso de que sospechara mi otra vocación, mi vocación frustrada: la medicina.

Todo comienza, sin embargo, con mi madre, quien recordaba vagamente haber visitado, siendo todavía una niña, el famoso monumento a Álvaro Obregón, en el parque La Bombilla, nombre que asimismo llevaba el restaurante donde León Toral asesinó al famoso Carnívoro de Cajeme cuando éste se hallaba a punto de ser presidente de la República por segunda vez, en 1928. Mi madre, por algún motivo que desconozco, quería que nosotros viéramos el brazo también; quería repetir —o transmitir a sus vástagos— esa impresión que le provocara esa exótica reliquia nacional, venerada por propios y extraños, y a la que se le había alzado un gigantesco sepulcro, un lingam de granito, al sur de la ciudad de México.

Una mañana de 1978 o 79 fuimos, pues, Sebastián, Rebeca y mis hermanos a desayunar al Sanborns de la carreta, justo enfrente del famoso parque, no lejos de donde vivíamos, apenas unas cuantas calles, en San Ángel. Habrá sido, supongo, un sábado o un domingo, poco importa. Luego de haber desayunado, los cinco cruzamos la avenida Insurgentes y nos dirigimos a la imponente construcción. Era un día soleado, con pocas nubes; algunos vendedores ambulantes se habían instalado bajo la sombra de los tamarindos; esperaban, pacientes, algún cliente. Parejas de novios se ocultaban tras el ramaje y la espesura o, bien, caminaban asidos de la mano por las veredas del parque. Casi hasta el fondo, rodeado por un sinnúmero de ficus y limones, se levantaba el monumento albergando el brazo de aquel hombre que le diera trabajo a mi abuelo sesenta años atrás. Los cinco subimos las amplias escaleras que relumbraban por efecto de la luz y penetramos en el recinto que casi parecía un mausoleo. Una vez adentro, entre un grupo de turistas con cámaras fotográficas, caminamos hacia otras nuevas escaleras que descendían en espiral. Todo el interior era de mármol. Una vez allí, en la penumbra fría, los cinco vimos, empotrado en la pared, el brazo del general Álvaro Obregón resguardado tras una rejilla. Flotaba en un líquido que rebalsaba dentro de un enorme frasco de formol. La mano era regordeta, los dedos parecían haberse inflado con los años, las uñas se conservaban intactas, bien recortadas. Un brazo idéntico al que rondaba mi sueño, un brazo amarillo y blando. Curiosamente: las uñas no habían crecido, lo que no quería decir sino que las uñas y el cabello sólo crecen si están pegadas a su tronco, al cuerpo entero y en putrefacción. ¿Era eso? ¿Me equivocaba? ¿Qué hacía que las uñas se conservaran tan bien y que, al mismo tiempo, no crecieran como solía pasar?

Mi hermano Rodrigo se desmayó. Tendría alrededor de diez años. Salimos rápido de allí; mi padre llevándolo en brazos. Ésa fue, sin embargo, la única ocasión en que miré ese brazo, esa reliquia de un santo liberal, pues casi veinte años más tarde, cuando azares del destino me impulsaron a la carrera de Historia y a la Revolución, cuando quise volver a mirar ese brazo amarillento de mi sueño, descubrí que ya no estaba allí.

—¿Y dónde está el brazo? —pregunté al guardián del monumento que paseaba por allí una vez hube penetrado el mausoleo. El viejecillo y yo éramos los únicos esa tarde de verano de 1997. El hombre me miraba con asombro, como si no creyera que yo estuviera allí, preguntando justamente *eso*, muerta de curiosidad. Se acomodó el sombrero de paja y me dijo expedito, al parecer bien informado:

—El presidente Salinas lo mandó incinerar el 20 de diciembre de 1989, y luego lo mandó en ceniza al panteón de Huatabampo, donde está Obregón sepultado. El 17 de julio de 1991, Salinas mandó esculpir el brazo de bronce. Ése que está allí, reemplazándolo.

No podía creerlo. No sabía si sentirme triste, defraudada o contenta de ver que, por fin, alguien hubiera mandado quitar, a pesar de todo su atractivo, ese infausto símbolo nacional.

—De chica vine y estaba el brazo aquí, señor —dije, tartamudeé, parada frente a ese viejecillo de edad incalculable—. Estaba en un frasco muy grande…

—Sí, señorita, tenía cloroformo…

—Era amarillo, ¿verdad?

—Pero éste es de bronce.

—¿Y por qué habrán cambiado el brazo?

—Pos yo digo que a lo mejor los familiares de Obregón intervinieron con Salinas para mandar incinerar el brazo —me respondió el anciano solícito, quizá con ganas de entablar conversación conmigo, con quien fuera, con alguien que lo desperezara y sustrajera de su soledad, de su melancolía histórica y revolucionaria—. Obregón tiene bastante familia aquí en México; por allá, en la colonia Roma: sobrinos, nietos, bisnietos.

—¿Aquí es el parque La Bombilla? —dudaba: ¿estaría soñando todavía?, ¿no habré errado el lugar?

—Sí —me respondió el viejecito presuroso, inconexo—, platican que el gobierno le recogió el restaurante "La Bombilla" a un español, el dueño. Luego, en el 34, quitaron el restaurante y construyeron este monumento. Obregón murió el 17 de julio de 1928. Dicen que fue León Toral, aunque en ese tiempo la gente le tenía mucho miedo a Calles. Platican, por ejemplo, que cuando uno preguntaba "¿Quién mató a Obregón", te respondían muertos de miedo: "Cállese la boca". Platican que cuando se construyó la calzada que va para Taxqueña, quedó aquel parquecito por allá, todo lleno de árboles frutales.

—¿Quiénes son estos dos hombres aquí? —lo interrumpí señalando un par de figuras humanas de tamaño natural, ambas enclavadas en unos gigantescos nichos y rodeando la figura ilustre del general, quien se halla justamente en el centro. No recordaba haberlas visto cuando estuve aquí casi veinte años atrás con mis padres y mis dos hermanos, la mañana en que Rodrigo se desmayó.

—Aquel es Eugenio Martínez y ese otro es José María Acosta. Eran indios yaquis, guardaespaldas de Obregón.

—¡Qué lástima que se hayan llevado el brazo! —insistí ensimismada, sin dejar de ver esas dos figuras de bronce rodeando la estatua egregia de Obregón.

—Fue de aquí para acá —dijo el viejecillo señalándose el brazo, seguro y convencido de que fue así, casi como si lo hubiera visto con sus propios ojos—. Platican que sucedió en la mañana del 3 de junio de 1915, en la hacienda de Santa Ana del Conde, en Guanajuato, en una de las grandes batallas que hubo entre

Obregón y Pancho Villa. Allí fue donde perdió el brazo el general. Dicen que Felipe Ángeles le puso un balazo con el rifle, aunque Villa perdió la batalla. Cuando Pancho Villa vio que ninguna gente de Obregón caía muerta, le suplicó al cornetero que tocara la retirada poco más o menos a unos tres kilómetros de Santa Ana del Conde. Entonces dicen que era un desierto donde había mucha nopalera. Villa tenía un artillero que se llamaba Felipe Ángeles. Dicen que éste le dijo a Villa: "Si quiere yo mato a Obregón, lo veo clarito desde aquí". A lo que éste le respondió: "No; no lo mates. Sólo quiero que le dejes un recuerdito a ese cabrón. Quítale el brazo derecho". Ese Felipe Ángeles dicen que tenía muy buena puntería. En toda la República mexicana no ha habido una sola persona que le igualara. Decían que donde ponía el ojo, ponía la bala. Y Felipe Ángeles tenía balas buenas. Cuentan que Obregón se cayó y como que se durmió y que cuando se despertó, el doctor le dijo que ya no se le componía el brazo, solamente cortándoselo porque se le había quedado como campana. Y así le metieron corte de aquí para acá —el viejecillo se volvió a señalar el brazo—, y mandaron meterlo en un frasco con líquido. En 1917 platican que firmaron la Ley Agraria. Villa lo que peleaba era que las tierras de los hacendados fueran para los campesinos. Y hasta que firmaron la Ley Agraria, Villa entregó las armas. A Villa le tocó la hacienda de Canutillos, y a sus poquitos soldados, unos cuantos terrenos. Felipe Ángeles, por su parte, no quiso ser campesino y se fue a Estados Unidos. Eso platican. En 1920, una vez Obregón fue presidente, mandó traer a Felipe Ángeles y lo encarceló aquí en México. Platican que la esposa de Madero, al saber que Obregón tenía encarcelado a Felipe Ángeles, se presentó con él diciéndole que ella pagaría treinta veces su peso en oro con tal de que le dispensara la vida. Y dicen que Obregón le dijo que no, pues que su brazo nadie se lo iba a arreglar, y lo mandó fusilar. Platican que Felipe Ángeles había sido, primero, artillero de Madero cuando éste fue presidente junto con Pino Suárez, su secretario. Cuando lo mataron, Felipe Ángeles se fue con Villa. Obregón y él se odiaban a muerte.

—¿Y usted cuántos años lleva trabajando aquí? —le pregunté saliendo poco a poco de mi modorra, hipnotizada por las arrugas que surcaban el rostro de este señor, por su falsa sapiencia revolucionaria, toda esa parte oral, de leyenda enrevesada, misma que se transmite de padre a hijo, de boca a boca, sin hacer el maldito caso a la historia oficial, ésa que yo había tratado de desmentir a mi manera a través de las cartas de mi abuelo Forns y cantidad de libros. Ni Ángeles fue traído de Estados Unidos por Obregón, sino porque él mismo lo deseaba (porque deseaba su muerte), y ni murió en 1920 sino en 1918. En ese entonces el presidente era Carranza y no Obregón. Allí estaba también, contra la opinión del anciano, el testimonio del mismísimo Álvaro Obregón, quien dejó escrita la dramática historia de la pérdida de su brazo en los siguientes términos: "Faltaban unos veinticinco metros para llegar a las trincheras, cuando, en los momentos que atravesábamos un pequeño patio situado entre ellas y el casco de la hacienda, sentimos entre nosotros la súbita explosión de una granada, que a todos nos derribó por tierra. Antes de darme exacta cuenta de lo ocurrido, me incorporé, y entonces pude ver que me faltaba el brazo derecho, y sentía dolores agudísimos en el costado, lo que me hacía suponerlo desgarrado también por la metralla. El desangramiento eran tan abundante que tuve desde luego la seguridad de que prolongar aquella situación en lo que a mí se refería era completamente inútil, y con ello sólo conseguiría una agonía prolongada y angustiosa, dando a mis compañeros un espectáculo doloroso. Impulsado por tales consideraciones, tomé con la mano que me quedaba la pequeña pistola Savage que llevaba al cinto, y la disparé sobre mi sien izquierda pretendiendo consumar la obra que la metralla no había terminado; pero mi propósito se frustró, debido a que el arma no tenía tiro en la recámara, pues mi ayudante, el capitán Valdés, la había vaciado el día anterior, al limpiar aquella pistola".

—Pus muchos años, señorita —me respondió el anciano ladeándose el sombrero otra vez—. A mí me tocó cuando el regente, Óscar Villarreal, y el delegado, a las siete de la mañana de un domingo, se llevaron el brazo. Primero se lo llevaron a la Cámara de Diputados, ¿sabe?, y luego lo llevaron a incinerar.

—¿Y cómo se llama usted? —le pregunté, tendiéndole la mano, a punto de salir de allí, decepcionada de encontrarme un brazo de bronce y no uno de carne y hueso, con sus tripas desparramadas, flotando en el formol.

—Me llamo Melquiades Barrita, para servirle a usté y a Dios.

—Que tenga buen día, Melquiades. Gracias.

—Gracias —me dijo con una reverencia justo al salir de allí. Descendí la amplia escalinata que relumbraba con la luz del sol. A pesar del aire fresco de la mañana, continuaba sin estar segura si aún seguía metida en mi sueño o si ya hacía rato que había salido de él.

AL POCO TIEMPO de su aventura en Acapulco, mi primo Néstor Forns conoció al amor de su vida: la mujer con la que vive hoy. Su secreto noviazgo duró casi tres años hasta el día que mi tío Arnulfo y mis padres conocieron la noticia. Había, por supuesto, una razón de peso en el ocultamiento de ese amor, una razón que se hizo evidente el día que mi primo nos presentó a Ximena, su hermosa prometida de piernas largas y exquisitas.

Ximena era modelo. Había comenzado muy joven a trabajar en pasarelas, en *castings* para anuncios de televisión y como edecán en eventos especiales. Su historia, a grandes rasgos, era la de la cenicienta hermosa, de cuerpo escultural, alta y asediada desde joven, pero de familia casi pobre, modesta… por no decir que era producto de una clase media urbana venida a menos, arruinada. Había crecido en la colonia San Cosme y estaba decidida a largarse de allí… al precio que fuera. No le resultó nada difícil darse cuenta de las ventajas que llevaba sobre las demás chicas de la colonia: unos primorosos ojos verdes, una cintura breve, una nariz fina enmarcada por un rostro mate, suave y agraciado, pero sobre todo sus largas y torneadas piernas. En nada se parecía a sus hermanos y sus padres. Tras la preparatoria dejó de estudiar y empezó su carrera en lo único que sabía la iba a sacar de esa situación. Estaba harta de vivir sin el dinero suficiente para comprarse la ropa que quería comprar, sin dinero para hacer los viajes que hubiera querido hacer, con deseos de visitar los mismos restaurantes de los ricos y los bares de moda en la ciudad. Esto, sin embargo, fue cambiando cuando empezó a trabajar como edecán y, sobre todo, cuando a los dieciocho conoció a un hombre ya maduro que, en un instante, le bajó el cielo y las estrellas y la convenció de irse con él. Decidió salir de su casa para mudarse a un departamento que le rentaba su amante, un banquero casado, padre de cuatro hijos. Así pasaron dos o tres años hasta que él o ella se cansó, no sé, y lo dejó (o la dejaron) al precio de tener que abandonar su pequeño hogar *ipso facto*. Sin embargo, ya para esas fechas tenía contactos con empresas que constantemente la llamaban para servir como edecán en eventos donde había que aparecer seductora, reluciente, con sus mejores galas, las cuales había almacenado a través de esos años al lado del banquero. Hacer anuncios le dejaba también algo de dinero, pero siempre de un modo desigual: una nunca sabía con cuánta suerte se iría a correr cada mes y si te contratarían para otro anuncio. Finalmente, luego de algunos descalabros amorosos sin mayores consecuencias, a sus veinticinco años, conoció al que creía iba a ser el amor de su vida: mi primo Marcos Guindi, el segundo de mi tía Lina, el cual casi no he mencionado aquí a propósito… dado que su historia (aun siendo parte de la de sus hermanos) es harto peculiar.

Marcos había sido, en un principio, un joven emprendedor como sus hermanos Yaco e Ira: con ellos viajaba para traer falluca de Estados Unidos, con ellos iba al mercado de Tepito a vender lo que traía, con ellos intentó establecer una fábrica de ropa importada. Es decir, una fábrica de falsa ropa importada. Usando una célebre marca estadounidense, manufacturaban pantalones piratas, los cuales luego vendían por debajo del agua en tianguis, quioscos y mercados fayuqueros como Tepito o La Lagunilla. El negocio no prosperó. Un buen día aparecieron unos agentes para hacer una auditoría. Marcos estaba allí con algunos empleados y terminó en la cárcel, de donde salió después bajo fianza. Pronto pasaron a importar productos estadounidenses a gran escala: cereales, detergentes, desodorantes, lociones, shampús, tintes para el pelo, toallas y papel higiénico, rastrillos, dulces, chocolates, cajas de té, cosméticos, bisutería. El éxito esta vez fue arrollador y en toda la observancia de la ley, pagando fletes y los consiguientes impuestos arancelarios. Por toda la ciudad, docenas de tiendas de autoservicio les hacían pedidos sin darse abasto en surtirlos. Ya conté que mi tío Saulo trabajaba para ellos desde esa época. Sin embargo, para esas fechas (finales de los setenta) Marcos Guindi se había separado de sus hermanos, pero no porque hubiesen tenido un pleito o porque, como Benjamín, hubiese deseado recluirse del mundo para no volver a salir más, sino porque había hallado el elíxir de la existencia a sus veinticinco años: la cocaína y, más tarde, el LSD y la heroína. Su vicio lo apartó de Ira y Yaco aunque sin grandes contratiempos, dado que sus dos hermanos lo mantuvieron toda la vida. No sólo eso, mis bondadosos primos mantuvieron a su esposa, Ximena Iniesta, la modelo que conoció Marcos en una pasarela de Chanel.

En 1979, luego de un tórrido romance, Ximena y Marcos Guindi se casaron una vez ella transigió convertirse al judaísmo en un largo ritual al cual, sin embargo, yo no pude asistir, aunque Rebeca, mi madre, sí fue. El hecho en sí resultaba bastante anómalo, pues rara vez un judío se casa con una *goy* y menos uno de los Guindi que llevaban la cruz de David a flor de piel. Está de más decir que sus hermanos y mi tía Lina intentaron disuadirlo; incluso le recomendaron irse a vivir con ella, probar suerte y después casarse. Esto, por supuesto, no funcionó. Lo amonestaron: mi tía y mis primos le recordaron una y cien veces que sus hijos no serían legítimos judíos y que su padre, el químico, estaría mirándolo desde el Más Allá. Nada de esto le importó a Marcos, que decidió casarse con quien había convertido a su propia religión y a su vicio. Vivieron, pues, una larga luna de miel a expensas de mis primos Guindi, que aportaron millones esos cinco meses de viajes por el mundo para que su hermano disfrutara con la mujer que eligió. Por fin, Ximena había cumplido su deseo, su obsesión: conocer Europa, visitar boutiques, gastar a manos llenas, comprarse y firmar lo que quería. ¿Y quién pagaba? Los hermanos de Marcos, es decir, esos pobres imbéciles, lo cual (visto desde mi perspectiva) no deja de ser una nueva ironía, una suculenta vuelta de tuerca de la vida. Esos primos que habían explotado y humillado a más de un pariente suyo, ahora estaban siendo explotados por una *goy* de piernas despampanantes. El que a hierro mata…

Vivieron felices cuatro años hasta que vino el primer hijo, un varón, es decir, el único heredero de los Gundi que debería traer consigo toda la felicidad, a pesar de tener una madre convertida… y no genuinamente judía. La sorpresa sin embargo vino cuando el doctor anunció que el niño había nacido con síndrome de Down. A partir de este infeliz incidente, el mundo se le vino abajo a los dos. No era para menos: aquello fue una catástrofe no sólo para mi tía Lina sino para mi abuela Chirá. Ni siquiera la sirvienta y la nana que contrataron pudieron descargarlos del peso y la pena que involucraba tener un hijo así. Un doble sentimiento los acosaba a ambos, cercenando poco a poco su relación: el amor desbordado por su hijo, por un lado, y la frustración y deseo de escapar, de huir al último recodo del mundo, de no saber que existía el pequeño Jacobo Guindi Iniesta.

La afición a la coca jamás disminuyó, al contrario: había ido aumentando día a día y ahora, más que nunca, se aceleró. Mi primo se hizo adicto a la heroína, inyectándose agujas por todas partes y queriendo disimular los moretones e hinchazones de la piel. La historia de su meteórico amor (tan triste aunque distinto al mío) dio al traste cuando mi primo Marcos fue llevado directo al hospital por un paro respiratorio: tenía treinta y cuatro años… pero había corrido duro por la vida. Marcos escapó de ésta, pero sólo para recaer unos meses más tarde, teniendo que ser internado en una clínica de desintoxicación. Cuando Ximena, más fuerte que mi primo (dado que había logrado disminuir el consumo de cocaína), conoció a Néstor, mi primo, Marcos acababa de ser internado en Cuernavaca, en una costosa clínica para drogadictos, de la cual a veces lograba escabullirse sólo para ser devuelto allí más tarde… al tiempo que el dolor de mi tía, su madre, aumentaba cada vez sin acabar de resignarse.

Ximena y Néstor no pudieron revelar a nadie su pasión, la cual había surgido sin sospechárselo, sin declarárselo uno al otro sino tiempo después, cuando su amistad se había convertido en otra cosa. Mi opinión es que mi primo había estado buscando (sin saberlo) una madre que nunca conoció, una madre que lo abandonó a los tres años. Néstor no dejó jamás de preguntarse qué podía haber llevado a su madre a dejarlos a él y a su padre. Ése era un coto que mi tío, el pintor, jamás ventiló con nadie. Hasta Sebastián y Dinara sabían poco al respecto. Mi impresión ha sido, hasta el día de hoy, que mi tío Arnulfo era demasiado bueno para esa mujer o que ella, quizás, lo consideraba un hombre mediocre y sin futuro. Tal vez lo que en principio ella interpretó como un imán poderoso (el arte, la bohemia), se convirtió pronto en una monstruosa rutina, la cual no estaba dispuesta a compartir. En resumen: esa mujer no lo amaba y por eso lo de ellos nunca funcionó. En todo caso, Néstor tenía una clara fijación y ésa era la de las mujeres mayores o comparablemente mayores con respecto a su edad. No sólo estaba la historia con Dalio Acuña en Acapulco o su amor no declarado a su prima (es decir, a mí, cuatro años mayor que él), sino alguna otra aventura con una señora de cuarenta y dos años, que un día me relató Rodrigo.

Lo que, por otro lado, no dejaba de ser el colmo, claro, era que Ximena hubiese conocido a un miembro de los Forns que, por supuesto, no era nada de los Guindi y los Nakash (aunque fuera primo hermano mío). Supongo, sin embargo, que en algún momento de su amistad, él o ella cayeron en la cuenta (en el extraño fátum que los reunía) y uno se lo dijo al otro o tal vez no se lo dijo por miedo al rechazo o quizá los dos prefirieron callarlo, posponerlo para más tarde. Quién sabe; lo cierto es que desde el momento que empezaron a conversar en la barra de Los bisquets de Obregón (puedo ver a esa mujer de piernas hermosísimas profundamente abatida, sentada allí, tomándose un café con leche a punto de helársele), muchas coincidencias empezaron a saltar por delante y a unirlos lentamente. En todo caso, repito, su relación no se hizo pública sino hasta el día en que Néstor nos presentó a Ximena anunciándonos, ufano, que se casaba ya. Todo lo demás (lo que he contado) lo he ido sabiendo con los años.

Era tal la audacia que mostró mi primo y tal el amor que los unía, que nadie dijo una palabra el día de las presentaciones. Su padre, al igual que hacía siempre Sebastián, lo felicitó aunque en el fondo presentía que una cosa como ésa no tenía forma de durar. ¿Cómo podía hacerlo una relación de un niño de veintiún años con una mujer divorciada de treinta y cinco? A esto añádasele el problema del hijo enfermo con síndrome de Down. Sin embargo, hoy día, a pesar de todos los pronósticos, no sólo continúan juntos, sino que un par de años después tuvieron una hermosa niña. Le pusieron Felicidad en honor a la abuela de Néstor, aunque ella ya no estuvo allí para saberlo.

Marcos Guindi continúa vivo. Poco después de salir de la clínica de Cuernavaca, no reestablecido del todo pero completamente harto de seguir allí, se mudó al departamento de su madre. Debido a que Benjamín e Ira, solteros empedernidos, habitaban las dos habitaciones restantes, mi primo tuvo que irse al cuarto de la servidumbre en la azotea del edificio, entre canastos de ropa sucia, maullidos de gatos vagabundos y el trajín de las sirvientas que laboran todo el día subiendo y bajando ropa limpia. Esto fue lo último que supe, o mejor dicho: supe que los condóminos alzaron sus protestas a mi tía cuando supieron que Marcos andaba enseñando las partes pudendas, persiguiendo a las mucamas y divirtiéndose con ellas sin dejarlas trabajar en paz.

IX

Cuando llegué al salón de clase por primera vez, dos minutos después del timbre de las ocho, él ya estaba allí esperándome: sentado en la primera fila, al lado derecho, cerca de la ventana. Miraba afuera casi absorto, ensimismado, quietos los ojos en las copas de los árboles, sin percatarse de que yo (la nueva maestra) ya había arribado al salón, sin decidirse a mirar a la recién llegada una sola vez... ni siquiera cuando abandoné los útiles y el bolso en el escritorio próximo a su pupitre, tan próximo que parecía que ambos estaban rozándose.

Antes de que me dirigiera al grupo donde sólo se veían varones, me dirigí a él:

—¿No sé si ya se ha fijado usted que la maestra ha llegado? ¿No le parece que...? —no pude terminar mi pregunta, mi espurio reclamo, pues él ya había girado su rostro y me observaba con ojos tiernos, vaporosos, azul oscuro: parecían dos lagunas escondidas en la espesura de un bosque, dos estanques intactos. Si la luz del sol le apuntaba, ese azul se aclaraba un segundo; en cambio, si la luz no le daba, eran de un azul umbrío, taciturno, inmensamente hondos.

—Disculpe, Miss —respondió juntando sus dos piernas bajo el pupitre, sin embargo, una cosa es cierta: una vez oí su voz me di cuenta de que ya no quería dejar de oírla, que deseaba tenerla cerca hablándome al oído todos los días de mi vida: esa voz de niño, de adolescente, suave, dulce, confiada. Entonces también caí en la cuenta de que su voz y sus ojos eran una misma cosa, un mismo continente, o que se comunicaban de alguna forma que no había percibido: ¿cómo viendo sus ojos no pude adivinar su voz? ¿Cómo había sido tan necia, tan ciega?, esos ojos sólo podían pertenecerle a esa voz.

Saludé a la clase: como ya sabía, el Simón Bolívar era una escuela de hombres. Intenté, pues, mirarlos a todos, uno a uno, sonreírles y tratar de ganármelos ya desde esa primera ocasión, sin embargo, no podía mantener registro de nada, de ninguna cara, de ninguna otra voz. Por más que me esforcé esa primera hora, no pude columbrar nada más que su hermosísimo rostro cada vez que la oportunidad me dejaba girarme hacia él, hacia Nicolás, que no dejaba de seguir mis pasos por el aula, de un lado a otro, de izquierda a derecha, hablándoles a todos en inglés y hablando en español, cambiando de lengua para hacerlos comprender, recitando como autómata el programa del curso.

Finalmente, me senté y les pedí que abrieran su libro en una de las primeras páginas. Saqué la lista con los nombres y al azar elegí uno; le pedí que empezara a leer. Apenas hice esto, apareció en el umbral de la puerta el padre Ángel Necoechea, quien después de saludarme a unos metros de distancia me pidió pasar. Dio los buenos días a la clase, dijo que ojalá hubiésemos pasado todos unas buenas vacaciones y finalmente avisó con voz firme y autoritaria:

—Por favor, muchachos, no se olviden de ir a confesarse en las siguientes dos horas. El padre Ezequiel estará esperando en la capilla hasta las diez y media. Ya saben dónde. Gracias —terminó y ya antes de salir, a punto de recordar algo, se giró y me dijo—: Profesora Forns, me permite llevarme a Nicolás Cañigral un instante. Necesito hablar con él.

—Claro —dije girándome hacia él… casi enfrente de mí—. Adelante, Nicolás. Acompaña al director.

Nicolás salió erguido, esbelto, ligeramente bronceado, con un suéter gris oxford ceñido a la cintura. Antes de partir, me ofreció una sonrisa a través de la cual pude descubrir la hechura exacta de sus dientes: un relámpago surcó su rostro, una espuma fugaz que luego fue a desvanecerse en el corredor del edificio, cada vez más lejos de mí, allá afuera, en la mañana de septiembre.

Me sentí de pronto herida, llena de un súbito rencor que no sabía de dónde o por qué aparecía, un odio reptante hacia el padre Necoechea. ¿Por qué se llevaba al muchacho, con qué derecho? ¿Para qué lo quería? ¿Adónde lo iba a llevar? ¿De qué tenía que hablar con él si apenas habían comenzado las clases? Sin embargo, un instante después, cuando ya había reiniciado la clase y el mismo joven empezó a leer, me dije: ¿pero qué pasa, Silvana? ¿Estás perdiendo la cabeza o qué? ¿Por qué odias al vejastro, al director? ¿Por interrumpir tu clase? Sí, era por eso… pero sobre todo era… ¿Por qué, por qué? No podía negarlo, estaba claro: porque no quería separarme de esa voz y de esos ojos, todo junto, es decir, no quería separarme de él y apenas lo había conocido.

FUE POR ESOS días de septiembre, un domingo, que mi herma-no Rodrigo se apareció en la puerta de mi cuarto con el rostro completamente blanco, lívido cual un muerto. Eran las once de la noche y yo, por supuesto, tenía que madrugar al otro día para llegar a tiempo a clase.

—¿Qué pasa? —le dije mientras entraba: parecía una fiera apaleada.

Cerré la puerta tras de él y nos sentamos en el suelo, sobre la alfombra. Vi sus manos: temblaban. Todo él temblaba azogado. Lo abracé aunque él no respondía a mi abrazo. Entonces empezó a llorar sobre mis hombros hasta cubrir mi espalda con sus lágrimas. Así estuvo un buen rato, el cual yo preferí callar, dejarlo descargar-se, sin soltarlo. Pero ¿qué diablos habría pasado? ¿Qué tenía? Esperé un poco más hasta que, finalmente, Rodrigo pudo hablar:

—Venía de vuelta… Silvana —le castañeteaban los dientes, no podía empezar. Esperé todavía unos segundos más y nada.

—Ya sé —quise ayudarlo—, mi mamá me dijo que estabas en la cabaña de Ocho —Ocho era un amigo suyo que tenía una cabaña en las inmediaciones boscosas de la carretera vieja a Cuernavaca, la cual ya nadie usa a excepción de los tráilers, los autobuses y la gente que no va a Cuernavaca sino que se queda en algún otro lugar a medio camino—. ¿Y… bueno? ¿Qué pasó? Te ves muy mal, Rodrigo.

—Creo que atropellé a un hombre, Silvana.

—¿Qué dices? —exclamé asustada, incrédula aún.

—Sí, atropellé a alguien… —tartamudeaba; empezó a temblar otra vez; su cabeza daba fuertes sacudidas. Tenía el cabello desmadejado. Sudaba.

—Espera, cálmate —entonces me senté frente a él todavía en el suelo; quería mirarlo de frente, beberme cada una de las palabras que contaba—. ¿Y por qué dices que no sabes, que no estás seguro?

—Porque no sé si era uno o eran dos… los muertos.

—¿Qué dices? —dije sin poderlo creer.

—Él y su hija.

Quedé demudada, fría: la garganta se me había cerrado de pronto. ¿Era acaso una broma? ¿Un sueño?

—Empieza otra vez, por favor, Rodrigo.

—Nada… Que me despedí de Ocho y su hermano a eso de las nueve o nueve y media; hace dos horas, Silvana.

—¿Estás bebido?

—No, si acaso un par de cervezas nada más —levantó la voz un instante… un poco molesto—. ¿Me ves bebido? ¿Acaso huelo? No ¿verdad? Pues no lo estaba… y no me mires así. Dos cervezas, te lo juro.

—¿Y entonces qué pasó? —intenté calmarlo: susurré mi pregunta, mi invitación al relato.

—No iba muy rápido.

—¿A cuánto?

—No me interrumpas, ¡carajo! —gritó—. Iba a cien o ciento diez. ¿Está bien? ¿Te basta? Venía oyendo música. Un poco cansado pero despierto, en ningún momento me distraje o me quedé dormido. Casi no había autos. Algunos camiones iban en sentido contrario… eso sí: hacia allá, para Cuerna, Silvana. Ya sabes que todo ese trecho es bosque, pinos por doquier, y no hay luz por ningún lado, ni un pinche alumbrado. Nada. Todo oscurísimo, con trabajos y podía mirar las rayas de en medio. A los quince o veinte minutos, a mi mano derecha, junto a la vereda pero dentro del carril, vi la bici o la llanta pero ya era demasiado tarde: había sentido el golpazo, la resistencia del choque, cómo la llanta trasera de la bici había dado contra la defensa. El señor y la niña no se estrellaron, pero salieron volando, los vi: ella cayó en el asfalto y él cayó fuera, en la tierra. Pero yo ya me había parado, había dado un frenón total que impidió que atropellara el cuerpo de la niña. No había nadie. La única luz era la de los faros del auto. ¿Qué hacer? No sé siquiera si me hice esa pregunta entonces. Me quedé allí un rato, no sé cuánto: habrá sido un minuto o dos pues no dio siquiera tiempo a que pasara un camión… ni de ida ni de vuelta. Así que bajé y me acerqué a la niña primero. Creo que no respiraba.

—¿Crees? —lo interrumpí.

—Sí, creo. No estoy seguro. No podía pasarme una hora observando y nada más. Podría haber pasado un auto y chocarnos.

—¿Entonces qué hiciste?

—Cargué el cuerpo manchado y me acerqué con él al de su padre o quien fuera ese señor.

—¿Y?

—Creo que él sí estaba muerto.

—O sea que la niña no lo estaba —casi grité fuera de mí, asustada de oírlo.

—Ya te dije que no lo sé, ¿qué quieres que te diga?

—Pero si acabas de decir que el hombre *sí* estaba muerto, y eso implica que la niña probablemente no lo estaba —insistí casi histérica—. ¿Y dónde está la niña? ¿Dónde la dejaste?

—Espérate y te explico —dijo con voz irritada, tiritando de

espanto o de encono hacia mí, hacia él, hacia su suerte fregada—. Puse a la niña cerca del hombre y luego lo revisé a él; traté de oír si respiraba y entonces, de pronto, escuché su estertor, el último, porque se quedó callado: quieto. Dejó de respirar. Estoy seguro.

—¿Y la niña?

—No sé.

—¿Qué hiciste con la niña, Rodrigo? ¿No se te ocurrió subirla al auto y llevártela?

—Sí —dijo poniéndose las dos manos en las sienes—. Iba a hacerlo cuando oí a mi lado, a unos metros, unos ladridos y me asusté. Era espantoso; no sabía de dónde venían. Tampoco veía más allá del círculo de luz que dejaban los faros del auto, muy poco. Y oía a esos perros cerquita, furiosos. Todavía dudé si cargarla o dejarla allí…

—¿Y qué hiciste? —lo conminé desesperada.

—Tras los perros venían hombres, hombres de los alrededores. Se acercaban por todas partes, me gritaban y por eso decidí dejar a la niña y subirme al auto. Justo cuando arrancaba, sentí la mano de un hombre tomándome del cuello. Tuve que acelerar mientras que intentaba zafarme. Mira estos rasguños —dijo enseñándome unas marcas de uñas o moretes en la nuca—. Todavía gritaban que me iban a matar, que no me fuera. Eran muchos, Silvana, y los perros ladraban. No sé si quisieron seguirme, no sé nada más. Yo metí el acelerador todo lo que pude y no paré hasta llegar aquí. Me moría del miedo —esperó un instante y luego asustado me preguntó—: ¿Pero qué debía hacer? Dime: ¿qué debía hacer?

Estaba perpleja: no tenía contestación. No sabría qué hacer. Por más que intentaba una respuesta, una opción, era imposible. Lo cierto es que no sabría qué hacer. La verdad es que nadie, absolutamente nadie, sabría qué hacer.

Ante mi silencio, Rodrigo se quedó callado. Todo estaba dicho, estaba hecho. La desgracia había tocado a su puerta: se había atravesado sin aviso, al azar. Pero ¿por qué a Rodrigo? ¿Por qué a esa niña y ese padre? ¿Por qué tenía que pasarles una cosa así, algo tan absurdo? ¿Por qué andar en una bicicleta en la noche? ¿En una carretera federal? ¿A quién se le podía ocurrir tamaño disparate? A miles de mexicanos, ya lo sé. A miles de hombres y mujeres de rancherías y pueblos que han crecido alrededor de caminos y carreteras, que tienen sus chozas a un lado, donde los niños aprenden a caminar descalzos entre autobuses y tráilers... acostumbrados al peligro, a esquivar camiones y coches pero nunca acostumbrados a perder la vida, porque ésa sólo se pierde una vez. ¿Dónde se había visto cosa igual? ¿En qué cabeza cabría tanta estupidez? ¿De quién era la culpa? Todas estas preguntas me asaltaban; éstas y muchas más rondaban a mi hermano... aunque tal vez ni siquiera podía pensar y sólo conservaba la impresión de esos cuerpos volando, de esos ladridos y esas voces tras de él, dispuestas a arrancarle la vida, a vengarse. ¿Debía escapar? ¿Debía quedarse y enfrentarlos? ¿Debía hablarles y explicar lo que pasó? ¿Había algo que explicar a la vista de la muerte? Estaba allí, inexplicable, clara, y con eso les bastaba a ellos, con eso le bastaría a la madre, a la mujer, a la esposa que clamaría por la vida de mi hermano o yo no sé.

Nadie más supo lo que pasó esa noche, nadie supo que Rodrigo se quedó conmigo sin poder dormir: aterrorizado, inquieto, ocultándose de nadie, desesperado, buscando una respuesta a las preguntas que lo asediaban tanto como a mí, que tampoco lograba pasar ese trago: ¿qué debía hacer? ¿Qué debe hacerse cuando algo así sucede, cuando la desgracia se interpone en tu camino y tú no estás listo para ella? Nunca lo estás. La tragedia se atraviesa y te deja un segundo para cavilar, acaso dos para elegir qué hacer, qué rumbo tomar... el cual marcará probablemente el resto de tu vida. Luego ya es tarde. Lo peor es que hagas lo que hagas, nunca dejarás de preguntarte si la elección correcta era la otra, si la salida era al revés y no te equivocaste.

Por lo pronto, puedo asegurar que la vida de Rodrigo cambió esa noche de septiembre en que cegó la vida de un hombre y quizá de una niña también; cambió tanto, estoy segura, como cambió ese día infausto en que estuvo a punto de perder la vida asfixiado cuando aún vivíamos en Charlottesville.

A PARTIR DEL segundo mes, Nicolás y yo nos sentimos atraídos, pero atraídos como se siente atraída una maestra por su alumno y un alumno por su profesora: con admiración, con la dicha que viene de pasar un rato juntos, de encontrarse en un pasillo y decirse "hola" y nada más. No tengo muchas palabras para explicar todo esto. Nuestra amistad se fue dando sin haberlo propiciado, sin apremios, sencillamente, basada en casualidades, en coincidencias, en todo eso que es a fin de cuentas la química entre dos personas aun cuando estas dos sean un adulto y un adolescente de trece años. ¿Cuántas veces no nos hacemos amigos de un viejo o de un niño o, cuántas veces, cuando fuimos jóvenes, no nos sentimos imantados por alguna persona mayor (por algún incierto motivo) como, por ejemplo, le sucedió a Eloy con mi padre el mismo día de conocerse o como le pasó a Néstor, mi primo, con Ximena, a pesar de la diferencia de edades? Lo cierto es que, sin habérmelo propuesto, empecé a disfrutar las esporádicas visitas de Nicolás a mi oficina, su buen humor, su hermoso semblante lleno de alegría, pensativo y tierno a la vez, sus ojos oscuros, azules y oscuros como estanques. En ningún momento sentí la contrariedad de tener a un chico visitándome a deshoras, al contrario: tenerlo allí, con o sin aviso, me alegraba la mañana, me daba aliento para seguir con las tareas del día. Sin embargo, para que esas visitas se volvieran más asiduas, faltaba un poco más, faltaba que de veras nos hiciéramos amigos. Ese día llegó cuando el padre Necoechea le hizo el ofrecimiento y él vino de inmediato y me lo contó…

Yo compartía la oficina con la madre Consuelo Ortega y un par de profesoras más que enseñaban las clases de primaria. Se trataba de una minúscula casa construida en la parte trasera del patio, la cual debió haber tenido otro fin cuando fue levantada originalmente y no el de convertirse en la dirección de inglés, el centro estratégico de la madre Consuelo. Allí mismo las profesoras teníamos un refrigerador, donde podíamos guardar nuestro alimento, y una cafetera común. Desde la época de La Salle, cuando pasaba noches en vela con Sergio y Laura estudiando los libracos de anatomía, no había vuelto a aficionarme al café tanto como lo hice esos dos años que enseñé en el Simón Bolívar del Pedregal: no pasaba un rato sin llevar mi taza, rebalsando, de un lado para otro.

Aparte de enseñar inglés había sido asignada a las clases de historia de primero y segundo de secundaria, así que en ocasiones me encontraba hasta dos veces a Nicolás... de lunes a viernes. Cuatro veces por semana impartía inglés y cuatro impartía historia universal: Mesopotamia, Babilonia, Fenicia, Egipto, Israel, Roma, Grecia y todo lo demás. No era, por supuesto, la única maestra que enseñaba inglés e historia, ya lo dije: éramos varios repartiéndonos los salones de clase.

Los chicos tenían dos recreos de media hora. El primero a las diez y media y el segundo a las doce y media. Las clases terminaban a las tres y ésa era la hora en que el estacionamiento sobre la avenida Picacho rezumaba de autos: cientos de madres aguardaban la salida de sus hijos bajo el sol, entre feroces cláxones y la busca de atajos para acercarse a la puerta de salida. Todo esto en medio de un colosal grupo de perros callejeros y vendedores ambulantes: paleteros, chicharroneros, vendedores de dulces, de raspados y algodones de azúcar, tahúres que robaban monedas a los chicos con un mazo de cartas de Chucho el Roto.

Los recesos entre clases eran otra fiesta absoluta. Las canchas de fútbol, de baloncesto y los espiros se llenaban de muchachos nomás sonaba el timbre del recreo. Por todas partes había diseminados campos de juegos, porterías, redes para vóleibol y hasta áreas de tierra apelmazada para apostar a las canicas. Había asimismo una tienda de refrescos y comida chatarra adonde los jóvenes se amontonaban sin respetar las filas: los más fuertes primero, los menos fuertes no alcanzaban a veces a comprar.

A mí me gustaba salir de mi oficina y pasearme por allí, en medio de esos niños alocados y sedientos por ganarle tiempo a su recreo, por aprovecharlo y exprimirlo al máximo, revoltosos y estridentes, mohínos y abatidos cuando sonaba el timbre que anunciaba el fin. Entonces, despavoridos, salían corriendo a los baños a enjuagarse la cara y de allí a los salones de clase. Entre el timbrazo y el inicio tenían un margen de cinco minutos; ya luego los maestros teníamos la consigna de no dejarlos pasar. Los que se quedaban fuera, rogaban e imploraban por entrar: permanecían quietos, hieráticos, en el umbral… esperando que el maestro cambiara de opinión y ofreciera su venia. Lo que pasaba es que todos tenían un insólito terror al padre Necoechea, el cual a veces se aparecía en uno de los corredores del edificio dispuesto a encontrarse a alguno que otro malhechor fuera de clase. El castigo no se hacía esperar: les cogía una patilla y se las mesaba con fuerza hasta hacerlos chillar y arrodillarse del dolor. Los reprendía a la vista de toda la clase que, por supuesto, contemplaba el escarnio a través de la ventana. La primera vez que vi eso, no me lo podía creer. No dije nada. Lo único que intenté a partir de entonces fue no dejar a ninguno de mis chicos fuera: prefería permitirles pasar aunque llegaran tarde. Esto, evidentemente, terminó por granjearme la animadversión de Necoechea aunque él nunca dijo una palabra. La mutua antipatía era tácita, supongo. No tenía que expresar mi desacuerdo con sus tácticas para que él se percatara de que difería de ellas. Pero ya era tarde para esto: me había contratado y no podía pasar sin mí —aparte los estudiantes estaban contentos conmigo y él (primero que nadie) lo sabía. Recuerdo incluso una mañana en que se acercó y me dijo:

—Por cierto, Silvana…

—Sí, padre —dije con una voz falsamente sumisa.

—Ya me acordé de su papá: un par de generaciones mayor que yo, ¿sabe?

Sonreí. No sabía qué decirle, ¿felicitarlo por su extraordinaria memoria? ¿Preguntarle alguna cosa a su vez… en reciprocidad? ¿Preguntarle de qué se acordaba? Sin embargo, no tuve que hacerlo, él terminó diciendo:

—Su padre, Silvana, tenía su buena fama ganada… ya desde entonces.

Y como yo no entendía a qué fama se refería él ni tampoco pude registrar el tono exacto con qué lo decía, acompletó:

—Sí, su buena fama de heresiarca, ¿no sabía usted? —y se fue sin esperar a que yo le respondiera nada; de cualquier forma no podría haber contestado una palabra… empezando porque Sebastián habría estado radiante de felicidad al comprobar que alguien conservaba todavía un recuerdo así de su paso por el Cristóbal Colón, que tanto detestaba. Un heresiarca, quién lo iba a decir.

La madre Consuelo no se quedaba atrás. Tenía aterrorizados a sus estudiantes, según me enteré poco más tarde. El que no sabía la lección, por ejemplo, debía pasar al frente y hacerse acreedor a un número determinado de reglazos. Si alguno cerraba la palma, los golpes del hierro iban directamente a los nudillos hasta hacerlos sangrar. No sólo era el dolor y la herida de los golpes, sino la pública humillación, lo que hundía y desesperaba a los muchachos. Otras veces, si la madre encontraba a alguno de ellos en mitad del recreo ensayando una travesura —brincando una cerca, aventando una piedra, profiriendo una grosería—, les propinaba un terrible golpe en una de las espinillas con la punta de sus recios zapatos de soldado. Los chicos tardaban un largo rato en recuperarse del dolor: al llegar a clase parecían lisiados arrastrando un pie o cojeando.

Una mañana de diciembre, a la hora del segundo recreo, apareció Nicolás en la oficina: guapo, radiante, con su barbilla afilada y sus ojos garzos. Yo estaba a punto de salir a dar un paseo, sin embargo, me dijo que necesitaba hablar urgentemente conmigo, pedirme una opinión. No necesitaba insistir o pedírmelo dos veces, pues una vez estando allí, yo ya no hubiera salido de cualquier forma: gozaba teniéndolo cerca, oyendo cualquier cosa que me quisiera decir.

—¿De qué se trata? —le pregunté una vez lo hice pasar a mi exigua oficina (afortunadamente no había ningún profesor).

—Me mandó llamar el padre Necoechea otra vez... y... —claramente titubeaba, no quería continuar: evidentemente tenía miedo o quizás algo de recelo de venir a contármelo; sin embargo, lo animé, le di una breve palmada en la rodilla y le sonreí amistosa, afablemente... diciéndole:

—Antes que nada, quiero que sepas que soy tu amiga, y lo digo en serio —lo miré a la cara fijamente, sin pestañear—. Para empezar debes saber que a nadie le digo esto: no tengo amigos aquí. ¿Tú quieres ser mi amigo?

—Sí, claro.

Entonces le extendí la mano y él, animándose, extendió la suya. No sé por qué... una vez nos dimos la mano, él (inopinadamente) se acercó a mí y me dio un beso en la mejilla, un beso lleno de agradecimiento.

—Y dime Silvana, por favor —lo amonesté ruborizada—, no me digas Miss ni maestra, no me gusta. Cuando estemos solos, dime Silvana. ¿Te parece bien?

—Sí, Miss... —dijo y de inmediato rectificó—: perdón, Silvana. Necesito acostumbrarme nada más.

—Está bien, está bien. Ahora dime para qué te llamó el padre Necoechea. Veo que constantemente te llama, a ti y a varios, ¿no es cierto?

—Sí... —respondió, y por fin vino el relato—: Hoy me preguntó si yo había sentido alguna vez la vocación. "La vocación de qué", le dije, puesto que no acababa de entender a qué se estaba refiriendo. "Quiero decir, si has sentido alguna vez dentro de ti mismo, en tu alma, el deseo de entrar en nuestra Orden", me explicó. "El poder de las llaves, Nicolás; el poder de atar y desatar los pecados del mundo. ¿Sabes todo lo que eso implica?"

Yo, por supuesto, no daba crédito a mis oídos: o sea que ésta era la forma en que se reclutaban voluntarios: a través de la añagaza del poder, el poder del espíritu, la capacidad de guiar y moldear pueblos a través del alma y el castigo, el poder de atar y desatar los pecados humanos.

—¿Y qué le dijiste tú? —le pregunté sin dejar entrever mi sorpresa.

—Le dije que no sabía, que no me había puesto a pensar seriamente en ello… aunque… —titubeó un instante, meditó algo que de pronto se calló—. Bueno… eso no se lo dije…

—¿Qué, Nicolás? ¿Qué fue lo que no le dijiste?

Dudó unos segundos.

—¿De veras quieres saberlo? —me preguntó.

—Sí, te prometo guardar el secreto.

—Que durante toda mi infancia había hecho fantasías sobre lo que iría a ser mi destino, mi vida. Pensaba que sería cura o algo así, no estaba seguro. Por supuesto, yo admiraba a los sacerdotes, pero… ya no, no igual que antes… cuando iba a la primaria, más chico, ¿comprendes? Por eso, al venir el llamado, el ofrecimiento del padre Necoechea, sentí que algo dentro me desviaba, algo así como un instinto que me estaba impulsando hacia adelante, justo hacia otro lado.

—¿Hacia dónde? —le pregunté, ansiosa de oírlo aunque la respuesta estaba allí: frente a mis narices.

—No sé… No estoy seguro —calló un instante y por fin, atravesándome las pupilas con sus ojos garzos, rasgándome por dentro, dijo con voz apenas audible—: Creo que hacia ti.

LA FUERZA DE LA diseminación es poderosísima.

No he podido conciliar el sueño socavando el irrefutable poder de este axioma que me he inventado sólo porque sí, el cual saqué de mi vigilia. La dispersión entre los hombres es algo como una racha centrífuga que nadie sabe dónde se origina o por qué razón: está allí, desplegándose, ilocalizable. ¿Quién me iba a decir, por ejemplo, que estaría lejos de todo mundo, escribiendo estas memorias, esta extensa comedia familiar? ¿Dónde quedaron esos años, ese siglo? Pero... ni siquiera eso: ¿dónde quedaron esas gentes, todas esas gentes? ¡Dios mío!, ¿cuánto tiempo? Mi hermano Álvaro, que lleva años en España y que no he vuelto a ver desde que nos despidiéramos en Granada hace... exactamente... un lustro, ¡cuánto tiempo ya! Tan próximo que estaba a nosotros: próximo a mí, a Rodrigo, a mis padres, a Agus, a todos sus amigos y primos: Omar Talens, Néstor y Alán Corkidi, y a muchos más que ha resuelto dejar atrás. ¿Se apiadará Álvaro de sí mismo? ¿Se apiadará de todos ellos, de nosotros, de mí? ¿Cómo será su recuerdo? ¿Acaso le importa? ¿De veras le importamos? ¿Se dará cuenta (como yo) de que el tiempo o la vida gana en su poderosísima fuerza de diseminación? Tal vez no le interese darse cuenta (¿para qué?), tal vez sea muy feliz no haciéndose esta clase de preguntas sin respuesta. En eso Álvaro y yo nos distinguimos, o quién sabe: acaso se repita a sí mismo (justo esta noche, junto a Leticia y su hija) el mismo axioma que me hago y me repito yo.

Pero ¿no le sucedió acaso lo mismo a Sebastián, mi padre, cuando abandonó *Sur*? O mejor dicho: ¿cuándo perdió ese eslabón con mi padrino Alejo, con su querido Igor Suárez, con Óscar Cetina, el otro poeta de *Sur*? ¿Acaso los abandonó cuando dejó México para huir a Grand Junction con mi madre? ¿Allí empezó todo, o después? Si, por ejemplo, uno tomara en cuenta esas cartas (dos de las cuales he transcrito aquí), estaría por demás predispuesto a creer que su amistad con mi padrino aún continuaba para esas fechas —los sesenta— y aun después. Sin embargo, ¿cómo saberlo? ¿Cómo estar seguro de que mi padre no le estaba escribiendo a sus fantasmas? ¿Quién lo puede desmentir, menos ahora?

Ese postrer encuentro poco después de la Matanza de Tlatelolco (en la Navidad de 1968), quizá no era más que lo que solemos llamar atinadamente una última y desesperada "patada de ahogado", es decir, el ulterior intento por rescatar un no sé qué de insalvable: mera ratificación del final, fiel corroboración de una despedida largamente demorada. Después... inevitable... la diseminación, el distanciamiento. Sin embargo, he oído decir que, primero, surge el distanciamiento moral y luego el distanciamiento físico. Pero esto no es cierto, yo creo que es al revés: los grandes amigos (cuya distancia moral es muy corta a pesar de las abismales diferencias) se separan espiritualmente debido a que la geografía y la vida los dispersó, esa misteriosa fuerza centrífuga.

¿Y mi madre? ¿Qué pasó con ella? ¿Con sus amigas de la adolescencia, de su juventud? Pero ¿cuáles… si sólo tuvo a sus hermanas? Ésas fueron siempre sus amigas o lo que uno entiende por tales. ¿Qué pasó con ellas? Creo que ya lo dije: tras la muerte de Vera, la fuerza de la diseminación hizo su propia labor, es decir, hizo estragos. A varias de mis tías nunca las volvió a ver (y ni quiso). A las demás… apenas si las vio en un par de ocasiones… y esto, adivino, sólo porque vivían (aún viven) en la misma ciudad donde uno termina encontrándose por más grande que ésta sea.

¿Qué pasó con mi madrina, su amiga de antaño? Diana desapareció, se esfumó lo mismo que vino a su vida en Colorado. Pero ¿cuándo dejó de existir? Acaso cuando dejamos Virginia prometiéndonos (prometiéndoles) que pronto nos veríamos, que cada verano regresaríamos a visitar Charlottesville —y no lo hicimos, ni una sola vez lo hicimos. Otra vez, la fuerza implacable de la diseminación vino a cobrarse su cuota, lo mismo que hizo con todos los amigos de papá de esa época estadounidense: Tom (el esposo de mi madrina); Asela y Bob, el *chairman* del Departamento; Roberto y Laia, los amigos peruanos; María y Jesús, los chilenos exiliados; Luis y Azucena, los cubanos anticastristas. Ellos son ahora meros nombres, residuos de sombra, luego de todos estos años, lo mismo que sus hijos. ¿Viven? ¿Han muerto? No lo sé.

¿Y qué pasó conmigo? ¿Dónde quedó Miss Shannon y Miss Megan o para ir más lejos en el tiempo: dónde quedó Fred y, sobre todo, dónde quedaron mis muñecas, Alice y Kerri, a las cuales alguna vez les prometí no abandonarlas? Por lo visto, aquélla fue una promesa que no pude cumplir aunque probablemente me esforcé al principio, sí, probablemente hice lo imposible por tenerlas junto a mí hasta que el tiempo o esa diseminación hizo lo suyo: separarnos. Ahora bien… si no cumplí esto, si no les cumplí a ellas… ¿cómo iba a cumplir otras lealtades, otras promesas? ¿Dónde quedaron mis amigas de Colorado y Virginia, a quienes llegué a escribir alguna vez aún siendo una adolescente impúber… inmediatamente después de llegar a México en 1977? ¿Ellas me escribieron de vuelta? No lo recuerdo; tal vez sí. Quisiera encontrar esas cartas… ¿pero adónde voy a ir a buscar, a qué ático o desván si no tengo ninguno? ¿Y las demás amigas, las del Green Hills en la colonia San Bernabé? De ellas no conservo nada, ni sus rostros, acaso algunos nombres que se quedan en la memoria por razones imposibles de determinar: asunto de mnemotecnia nada más, días y meses oyendo pasar la lista cada mañana… como un responso que se mete en las entretelas de la sangre y el subconsciente, casi contra tu voluntad. ¿Y Gustavo, mi primer amor? ¿Qué será de él? ¿Y Jose Luiz? ¿Vivirá en Brasil? ¿Se acordará de mí? ¿Tendrán hijos? ¿Cómo se llamarán? ¿Cómo serán sus esposas? ¡Dios mío! La fuerza inclemente de la diseminación parece de pronto un hoyo negro que en lugar de absorber y reunir… todo lo barre, lo aparta, lo separa. Ese hoyo es una aspiradora a la que se le ha dado marcha atrás: traga sólo para dispersar, chupa sólo para esparcir sus cenizas por el mundo. ¿Dónde están Sergio y Laura? Se habrán casado, supongo. ¿Con quiénes? ¿Ejercerán? ¿Dónde, en qué hospital, cuál será su consultorio? ¿Y Raquel Urroz y Antonio, el abogado con quien terminó casándose y que, al final, defendería la querella? ¿Qué será de Nadia, Isidoro y sus hijas? ¿De los Guindi? ¿De Benjamín? ¿Seguirá oculto, encerrado en su habitación leyendo *La Jornada*? ¿Qué será de Néstor y Ximena? ¿Qué será de mi tío (su padre) el pintor y de Dinara? ¿De Dino, el hijo de Paula, y sus otros dos hijos que dejó antes de morir? ¿Los cuidará su suegra? ¿Tal vez Daniel? ¿Se habrá vuelto a casar? ¿Y qué será de Gina y Alán y su niña? ¿De Esdras y su madre y Salomón? ¿Y de Irene, qué habrá sido de ella? ¿Qué será de esa familia que tuve y dejé atrás, de ese zoológico de almas? ¿Qué será de esa familia que me tocó heredar y desheredé casi con prisas, con rabia demencial? ¿Dónde están? ¿Son sólo mis fantasmas? ¿Son espectros que me rondan? ¿Son mis sueños, como decía Agus una y otra vez con conocimiento de causa? ¿Son acaso mis fieles difuntos, son mis vivos o el cardumen vivo de mis muertos que me llevan…?

POR ESA MISMA época, encontré a Yaco Guindi por casualidad. Él iba solo, ensimismado, yo también. Caminábamos los dos por uno de los largos pasillos del Centro Comercial Santa Fe, ese elefante de marfil en medio de la pobreza circundante. Nos topamos frente a frente saliendo de nuestro letargo; nos saludamos y nos dimos un abrazo familiar aunque (la verdad sea dicha) nunca se nos ocurriera hablarnos ni jamás nos viéramos excepto para *Rosh Hashaná* en casa de Lina, Zahra o mi madre. Yaco llevaba unas bolsas bajo el brazo, algunos regalos para sus hijas, supongo, lo mismo que yo le había comprado y envuelto a Nicolás el mismo libro que Sebastián me había obsequiado a mis trece años de edad: *Crimen y castigo*, una hermosa edición con viñetas a todo color. No había razón para dárselo; lo hacía sólo porque sí, porque lo deseaba y porque no tenía otra cosa qué hacer esa tarde, hoy lo confieso, aparte de pensar en él.

—Te invito un café, prima —me dijo de repente, allí parados, cogiéndome del brazo, empujándome hacia adelante—. Nunca nos vemos, hay que aprovechar. ¿Te parece?

Realmente no tenía ninguna otra cosa que hacer, ya lo dije, aparte de que se había dejado caer una horrible tromba sobre la ciudad: haría dos horas por lo menos para volver a casa. Mejor esperar allí dentro, aprovechar la ocasión, como decía Yaco. Y sí, tenía ganas de conversar con él, de tomar algo caliente.

Caminamos a una librería que había cerca, nos sentamos en un rincón y pedimos dos capuchinos bien cargados. Una vez allí me asaltaron las ganas de preguntarle un par de cosas de las que jamás me había atrevido a interrogarlo o que no había tenido ocasión de preguntarle. Así que entre sorbo y sorbo, mientras Yaco fumaba y se tocaba la gruesa cadena de oro sobre el pecho, le pedí que me contara lo de todos sabido, su historia de amor, la misma de que hablaban cada una de mis tías Nakash: Yaco tenía una novia desde tiempo atrás, antes incluso de que sus hijas nacieran y antes de que se fuera a casar con quien estaba, hasta la fecha, casado: Miriam Chacek.

—A Maty la conocí cuando los dos teníamos unos veinte años —me confesó lo que sin embargo no necesitaba ser confesado: de una u otra manera todos lo sabíamos—, y si quieres saberlo, prima, ella es el amor de mi vida, la mujer que más he amado.

—Entonces ¿por qué no te casaste con ella? No entiendo.

—Claro que sí entiendes —se me quedó mirando mientras acariciaba el capuchino que llevaba en la mano y soltaba su gruesa cadena—. Muy simple: porque no puedo. No es judía. Esto ella lo supo siempre y lo aceptó.

—Eso no me dice nada. El que Maty lo acepte no me explica nada, primo.

—No lo entenderías —dijo Yaco, dándole de pronto una bocanada a su cigarro y abandonando su taza junto a él.

—Inténtalo al menos. ¿Vale la pena arruinarse por la religión, por una abstracción sin pies ni cabeza?

—Antes que nada… vale la pena que sepas que la religión no es una abstracción, y segundo: que no arruiné mi vida.

—Pero si no quieres a Miriam, tu mujer —insistí con algo de aspereza.

—Pero tengo unas hijas hermosas y eso hace que valga la pena, ¿o no?

—Claro —le respondí con absoluto conocimiento de causa, casi con ironía: Yaco tuvo tres niñas con Miriam y entonces, apenas hacía unos meses, había tenido unas gemelas, o sea que ahora (hasta donde supe y me quedé) tiene cinco hijas concebidas y criadas sin amor, procreadas por puro compromiso, apegándose, eso sí, a la oscura y obsoleta tradición de mis abuelos. Le pregunté con sarcasmo—: ¿Y querías cinco mujeres o buscabas un hombrecito?

—¿Tú qué crees? Claro que buscaba al niño. ¡Me haces unas preguntas, Silvana…! —rezongó dándole un sorbo a su capuchino.

—Unas preguntas que buscan una respuesta adecuada, primo. Tú me invitaste a tomar un café, querías platicar conmigo, ¿no es cierto? Pues, bueno… Aquí estamos, ¿o no?

—¿Y qué quieres que te diga? —resondró con negligencia—. No me espanta tu pregunta, si quieres saberlo. Asumo y he asumido siempre lo que quiero y lo que tengo.

—Tu doble vida, por ejemplo: con Miriam y Maty a la vez. ¿De dónde sacas fuerzas y dinero para mantenerlas a ambas? ¿No te desgasta? ¿No te aburre estar con Miriam?

—Para serte franco, sí, muchísimo. Pero ése ha sido el precio, te repito. Por eso estoy con Maty, para no morirme de asfixia. Todo tiene un costo en la vida…

—¿El costo de hacer caso a unos rabinos? ¿Y dónde está escrito, dime, que no puedes casarte con una *shiksa* o, para ser precisos: dónde dice que no puedes estar con la mujer que amas?

—No quiero entrar en discusiones religiosas. No llevan a nada.

—Tienes razón, Yaco, sin embargo, una cosa sí te digo: tienes varios buenos ejemplos de que sí se puede amar y vivir con alguien de otra religión, a una *goy* o a quien sea. Allí están, para no ir muy lejos, Sebastián y Rebeca, o Sonia y Vladimir.

—Pero eso es diferente. Ellas son mujeres. Tu madre y mi tía Sonia e Irene transmitieron la sangre a sus hijos, a ti, que eres judía, y junto con la sangre viene la religión. ¿Ahora comprendes?

—Claro que comprendo pero me parece una reverenda estupidez, un asunto del pasado, una moda inservible. Que la comprenda no significa que no repruebe esa idea perfectamente obsoleta y racista —le dije de un tirón y aproveché la resequedad que me invadía para darle un sorbo al capuchino.

—La religión no es una idea o una moda y nunca es del pasado, Silvana, aparte de que yo soy el mayor de mis hermanos, recuérdalo. Yo debía y aún debo poner el ejemplo a Marcos, a Ira y a Benjamín. Sin mí estarían perdidos. Soy como su padre.

—Pero eso es justo lo que no entiendo: tu ejemplo, el de esconder a la que amas y engañar al mismo tiempo a una paisana que *no* quieres, a la que apenas soportas y con la que, para colmo, te has atrevido a procrear cinco hijas… cuando lo único que te interesa es que nazca, a toda costa, un varón. Lo mismo que mi abuelo Abraham…

—¿Por qué me hablas así? ¿Quién te crees que eres? —levantó la voz apagando su cigarrillo en el cenicero, furioso—. No entiendes nada, Silvana, porque tu madre nunca te explicó nada, porque Rebeca traicionó su religión, sus principios, todo lo que ella es, lo que mis abuelos le heredaron y no supo aquilatar, lo que sepultó por estar enamorada… Como si eso valiera para algo.

—Afortunadamente sí vale para algo —le espeté orgullosa—. ¿Cómo voy a creer yo que la sangre está primero que el amor, que la sangre está por encima de lo que cada uno sentimos? Esa teoría no tiene pies ni cabeza.

—No es la sangre solamente, no seas tonta, es la religión, algo mucho más importante que hay que preservar, que debemos cuidar transmitiéndolo a nuestros hijos como nuestros abuelos nos lo transmitieron.

—¿Qué es eso que nos transmitieron? Explícamelo, Yaco, porque no te entiendo —y entonces me detuve un segundo para terminar—: O sea, ¿que tú crees que Dios se va a ofender u oponer a que quieras estar con Maty? No me cabe en la cabeza. Tu Dios, Yaco, es un perfecto miserable. El mío, si es que existe, está por encima de esas sutilezas. Que si eres una *goy*, que si eres una shammy o una hálebi, una ashkenazi o una sefardí, una china o una hija de la gran puta, ¿a quién le puede importar? Sólo a los racistas, a los xenófobos: tipos que en el fondo se odian con toda el alma, que no se soportan y que, precisamente por eso, no les queda otra alternativa que descargar su furia y frustración en los demás. Tipos como tú, Yaco.

CRIMEN Y CASTIGO le había encantado. Dos o tres días después de dárselo, Nicolás se me acercó y me lo dijo casi eufórico, irrefrenable, probablemente transportado a esas mismas calles mortecinas de San Petersburgo más de un siglo atrás. Yo esperaba que ese libro causara el mismo efecto en él que causó en mí cuando cayó en mis manos a su edad: el de no olvidarlo nunca en la vida, el de comprender su profunda lección, a pesar de que (nadie más que yo) abominara de cualquier tipo de lecciones. La de Raskolnikov, sin embargo, era la lección humana por antonomasia.

En ese mismo momento, cuando ya los demás chicos habían salido del salón, Nicolás me dijo sin ambages que me quería invitar a una posada en su casa la siguiente semana, justo al otro día de terminar clases.

—Ya les dije a mis padres —me dijo inmediatamente, adelantándose a mí, pues justo eso deseaba preguntarle.

No dejé de merodear esa semana qué diablos pensarían los padres de Nicolás cuando éste les dijo inopinadamente que quería invitar a su maestra de historia e inglés. ¿Les habrá caído en gracia? ¿Estarían contentos con la idea o contrariados o simplemente curiosos de conocerme, tanto como yo tenía curiosidad de conocerlos? De cualquier manera, preferí (o intenté) no darle más vueltas al asunto y llegar ese sábado a la dirección que me dio, sobre la avenida San Jerónimo, una larga calle que conocía de antaño, pues era la misma que bajaba como un río de coches una vez salíamos del Green Hills mis hermanos y yo... al cuidado de Silvestre, el chofer de mi abuela Felicidad. Pero de esto ya habían pasado muchos años.

El sábado llegué a la casa de los Cañigral al final de un largo callejón empedrado, similar a mi casa de San Ángel, sólo que mucho más angosto. Fue difícil estacionarme, pues había muchos autos en esa callecita arbolada y estrecha. Finalmente, encontré lugar y sólo al bajarme fue que una suerte de pánico empezó a invadirme, a subir por mis rodillas. ¿Pero pánico de qué? Era absurdo. No tuve tiempo de pensarlo dos veces, pues otra pareja descendía de un auto con un chico que reconocí de inmediato: era Luis Eduardo, uno de los amiguitos de Nicolás, con quien lo veía a veces jugando al espiro cerca de la oficina de inglés. Saludé a sus padres y junto con ellos entré a la casa de los Cañigral. Eran las seis de la tarde. Hacía un hermoso día, mandado a hacer para la ocasión: el clima era templado, perfecto. Nomás entrar, la casa exhibía un amplio jardín muy bien podado, cubierto de madreselvas subiendo por las altas tapias que lo contenían. Un par de encinas proyectaban sus sombras sobre largas tarimas desplegadas donde uno encontraba a varios meseros afanándose y sirviendo canapés mexicanos: taquitos de pollo, chalupas, tostadas de pata, quesadillas de huitlacoche y flor de calabaza, pambazos. La idea era excelente. La casa estaba organizada como un enorme tianguis de comida con pequeños quioscos o estanquillos adornados de origamis, cada uno de lo cuales ocupaba una parte de esas largas tarimas ensambladas para la ocasión: aguas de sabor, dulces típicos, frituras, café de olla, atole de canela y ponche con caña de azúcar, duraznos, pasas y tejocotes. En medio del césped, por supuesto, una enorme piñata lista para ser golpeada por los invitados.

Nicolás nos recibió en la terraza del jardín; atrás de él venían sus padres. Antes que a la otra pareja y a Luis Eduardo, su compañero, Nicolás se abalanzó hacia mí dándome un beso y un abrazo mientras que los otros saludaban a los Cañigral. Posteriormente, Nicolás saludó a su amigo y a los padres de su amigo. Luego los chicos desaparecieron (y junto con ellos la pareja). Parados allí, abandonados, no hubo otra alternativa que presentarnos unos a los otros: los señores Cañigral y yo.

—Nicolás no deja de hablarnos de usted —dijo la señora, su madre: una mujer bastante joven aún, de pelo oscuro y tez morena. Lucía muy hermosa con un ligero vestido bordado… ideal para esa noche templada. Atrás de ella, sujetándola por los codos cariñosamente, estaba el padre de Nicolás, que no dejaba de mirarme un instante: de él eran los ojos del niño, azules y oscuros a la vez; de él era ese perfil y el mentón; la piel era, sin embargo, de su madre, lo mismo que la hermosa nariz. Allí, reunidos ambos, pude componer el rompecabezas mental que me hacía desde el inicio de clases: ¿de dónde provendría la belleza inusual de ese adolescente? Ya lo sabía.

—Devoró el libro que usted le regaló —dijo su padre… enterado, al parecer, como muy pocos, de las lecturas de su hijo—, muchas gracias.

Me ruboricé sin saber por qué y el hacerlo fue peor, pues no hizo sino que me ruborizara más, sin causa aparente. ¿O acaso lo era el hecho de que le hubiese regalado un libro sólo porque sí, dejando al descubierto mi predilección por ese hijo de los señores Cañigral… entre otros muchos estudiantes que tenía?

—¿No quiere algo de tomar? —me preguntó su madre.

La verdad, me moría de sed y acepté.

—Hay cerveza, tequila, lo que usted quiera…

Entonces vi los barriles transparentes llenos de agua de horchata y tamarindo y elegí un vaso de esos.

—Ahora se lo traigo.

—No me hable de usted, por favor —le dije con una sonrisa mientras se alejaba a buscar mi vaso dejándome con su marido.

—Sé que le enseñas inglés a Nicolás —me tuteó el señor Cañigral de repente, los dos parados allí todavía, a una orilla del jardín.

—Sí, inglés e historia —contesté.

—¿Sabes? Mi esposa y yo queremos mandarlo a Canadá o a Estados Unidos a aprender inglés un año. ¿Tú qué piensas?

—Me parece una muy buena idea. Estar allí es como estar metido en un laboratorio. Aprendes porque aprendes.

—¿Así que no es suficiente con la escuela? —me preguntó no sin cierta suspicacia, puesto que, según yo, ¿qué otra cosa querría decir el señor Cañigral con su comentario? ¿No era acaso una forma de insinuar que su maestra no era suficientemente capaz de enseñarle bien otra lengua, o bien, yo exageraba y su pregunta era una duda ingenua, es decir: el señor Cañigral sólo deseaba conocer la verdad de labios de la misma maestra de su hijo? Ante la duda, opté por tomármelo por el lado amable y cortés y le respondí con franqueza:

—Por más que una intente ser una buena maestra, señor Cañigral, no hay nada mejor que estar expuesto a la lengua veinticuatro horas al día.

Justo en ese momento apareció su mujer con una cerveza y mi vaso de agua en la otra mano. Le ofreció la botella helada a su marido y me dejó a mí el vaso de tamarindo.

—¿Y entre Estados Unidos y Canadá? —volvió a preguntarme como si él mismo no lo supiera, como si no tuviera hecha ya una opinión al respecto—. Te lo pregunto, Silvana, pues hemos escuchado que a esta edad es muy peligroso mandarlos a Estados Unidos. Hablan de drogas entre adolescentes y de sexo entre los chicos… Tú sabes… Unos amigos nuestros, miembros de la Liga Católica a la que pertenecemos, nos han dicho que prefieren Canadá.

No sé por qué motivo, pero tuve un escozor: me sentía incómoda y no sabía de qué. Podían ser distintas cosas, lo adiviné, pero ¿qué era exactamente? ¿Acaso el comentario antiyanqui del señor Cañigral? No lo creo, puesto que mi padre nunca había dejado de soltar invectivas al sistema norteamericano tanto como insultaba a este país y a sus gobernantes, y eso a mí no me molestaba, al contrario: aprendí a vivir con ello desde niña, aprendí a volverme, asimismo, una crítica aguda y feroz de ambos lados. No era *eso* entonces… ¿Acaso era esa suerte de moral mojigata que dejaba traslucir el señor Cañigral a través de sus palabras, quizá probándome, examinando el cuño del que estaba hecha la maestra de su hijo? Afortunadamente para mí, otros invitados fueron llegando y la charla quedó suspendida. Ya no habría otro momento como aquel toda esa noche; nos cruzamos de vez en cuando en su jardín, bajo las copas de las encinas, nos lanzamos más de una sonrisa (no sé si falsas o no), pero no estuvimos los tres reunidos una sola vez más. Las siguientes horas las pasé con

Nicolás y algunos de sus compañeros de clase y con otras parejas con quienes estuve sentada en la terraza abierta que daba al jardín, conversando de todo y de nada, comiendo y bebiendo ponche con piquete hasta que me sentí un poco mareada.

A eso de las nueve y media tocó el momento de romper la piñata y, por orden cronológico, fueron apareciendo los candidatos que formaron una larga fila. Siempre vendados, los niños y después algunos jóvenes, intentaron romperla sin éxito, apenas rozándola, mientras el mozo de la casa mecía la cuerda desde la barda, subiéndola y bajándola. Aunque en un principio no quise participar (estaba entonces cómodamente arrellanada), no pude negarme a los ruegos de Nicolás que, frente a todo mundo, tuvo la tarea de vendarme los ojos. Una vez hecho esto, Luis Eduardo me tomó de un brazo e hizo que girara sobre mis talones; luego me soltó. A pesar de estar completamente norteada, al segundo intento, creo, solté un fuerte golpe y la rompí. Lo hice casi sin querer, contra mi voluntad. De pronto sentí el resquebrajamiento del barro y el consiguiente derrumbamiento de esa masa pletórica de sorpresas. Entre mis piernas, todavía sin reponerme del susto, paseaban y hurgaban todos los niños de la fiesta, afanosos por llenarse los puños y los bolsillos con chicles, paletas, tejocotes, mandarinas, cacahuates, tamarindos y chamoys, un arsenal de dulces y fruta que había caído desparramado por doquier. Intenté salir de ese vórtex pero era casi imposible. Allí, entre mis pies, luchaba Nicolás con otro compañero de clase: ambos se arrebataban los jugosos y preciados pedazos de caña. Más tarde lo sentí a él cuando, casi sin querer, se apoyó en mi pierna para levantarse. No lo sé, pero estoy casi segura de que la dejó allí un instante más del que precisaba para erguirse con su cargamento de dulces y frutas, pero ha pasado el tiempo y puedo estar equivocada.

A las once de la noche tocó el turno a los cánticos navideños. Entre los invitados se hicieron dos grupos: uno dentro de la casa y el otro fuera, en el jardín. Empezaron entonces los de fuera, con sus velas encendidas, a pedir posada a los de adentro, a nosotros: Luis Eduardo, Nicolás y yo, entre todos ellos. Finalmente, luego de dimes y diretes, de preguntas y respuestas concertadas, los posaderos (nosotros) abríamos las puertas del mesón dejándolos pasar y cantando a voz en cuello: "Entren santos peregrinos…" No tengo que decir que este momento (esa suerte de epifanía de diciembre) me transportó inmediatamente a aquella edad cuando, al lado de mis hermanos (todavía sorprendidos los tres al descubrir muchas tradiciones mexicanas que no conocíamos) empezamos a concurrir a las posadas que se organizaban a través de nuestros compañeros del Green Hills. Desde esos años, yo no había vuelto a vivir algo así, tan diáfano y perfecto, en medio de los niños, en una noche clara y tibia como la que hubo allí. Si la recuerdo por encima de todas las demás fue por una cosa.

A punto de marcharme, habiéndome despedido ya de las parejas que había conocido y de los señores Cañigral, Nicolás salió a la calle corriendo, jadeando, y casi en el umbral de su casa, me dijo que tenía algo para mí.

—Un regalo de Navidad, Silvana. No te veré sino hasta enero. Quería dártelo…

—Sí, ¿y qué es? —le dije llena de curiosidad, parada allí, en las piedras de la calle.

Sacó de su bolsillo un sobre color mate y me lo extendió.

—Te escribí un poema ayer. Ojalá te guste. Adiós —me dijo y se dio la media vuelta: tal vez estuviera más nervioso y más desconcertado de lo que yo estaba. Incrédula, asustada como él, lo metí en mi bolsa y lo guardé como si fuera una misiva secreta y peligrosa… y es que, en cierta forma, lo era. Faltaba que lo abriera y leyera su contenido para darme cuenta de que el poema era (debía ser) una misiva ultrasecreta, un puente invisible (uno más) entre él y yo.

EL DOS DE ENERO de 1998 mi padre murió.

Entre todas las cosas que he contado no creo que haya una sola que se iguale a ese momento. Repito, insisto: no hay una sola que se iguale a ese momento. Ponerle nombres o adjetivos a lo que hoy aún siento, no conduce a nada. Cuando, muy niña todavía, le pregunté a mi padre, llena de curiosidad, ¿qué se sentía no tener papá?, cuando pregunté si acaso se sentía feo, no vislumbré que la respuesta, finalmente, iba a llegar. Peor aún: la respuesta se prolonga ininterrumpida en mi corazón, como una bala expansiva. Se trata, pues, de una suerte de respuesta infinita a mi pregunta: a diario se le añade algo, un trozo que quedó pendiente, sin decirse, sin responderse del todo, como una parte insustituible de esa misma contestación. Hoy puedo decir que ya sé lo que se siente.

Esa Navidad fue, por supuesto, la última que pasamos juntos. No estaba entre nosotros Álvaro y, junto con él, su esposa y su hija. Nos hablaron, eso sí, por teléfono desde Granada: nos deseamos muchas cosas, les preguntamos lo que tenían planeado hacer, mi padre saludó a Leticia, le dio besos a Milena. Tenía una foto de ella en uno de los estantes de su biblioteca, justo en el sillón reclinable donde murió y desde donde la veía cada mañana. Era su única nieta.

Hasta donde sé, mi padre se sentía muy bien de salud. Tenía setenta y un años de edad y estaba por cumplir los setenta y dos en marzo. Nadie sin embargo recordaba que se hubiera quejado de algo en esos últimos días, ni siquiera en esos últimos meses. Dice mi madre que la noche del 31, día en el que salimos todos a cenar al restaurante Maunaloa, le extrañó que mi padre tuviera tan poco apetito, puesto que, por lo general, papá comía muy bien. Con todo, Rebeca no le dio importancia; se quedó, como nosotros, embobada mirando a las hermosas bailarinas de la Polinesia que quedaban justo frente a nuestra mesa. Fue, visto en perspectiva, harto curioso que papá eligiera ese restaurante al que no íbamos desde hacía muchos años, desde los ochenta. Sin embargo, una vez acaecidas las cosas, todo o casi todo es susceptible de convertirse en curiosidad, en coincidencia, en asunto de los dioses o reliquia. No quisiera caer en ello: dejarme ganar por la nostalgia que tiende a abaratar nuestros recuerdos.

La verdad es que nada especial ocurrió: ni una indigestión ni le subió la presión ni tampoco tuvo que ver en ello el cigarro. Nada. Según el doctor, se trató de la mejor de las muertes: un ataque fulminante al corazón, una cosa de instantes. El dos de enero mi padre despertó como siempre despertaba, tan lúcido y sereno como cualquier otro día. Se levantó temprano, a las seis, antes que mamá, antes que todos nosotros; acto seguido, se cepilló los dientes, se enjuagó la cara y se dirigió a la biblioteca a leer y escuchar música, cosa que hacía todos los días desde su juventud. Allí, en su despacho-biblioteca, aparecía más tarde, hecha una anciana (aunque eficiente aún), Agus con una taza grande de café bien cargado. Ambos se decían buenos días y Agus desaparecía en silencio. Ella, dijo, no notó nada. Sebastián tomó la taza y continuó leyendo en su cómodo sillón reclinable mientras oía sus amados conciertos de Brandenburgo. Había empezado la lectura de la Biblia hacía un par de meses: quería leerla de corrido, sin premura, de principio a fin, algo que nunca había hecho en su vida. A partir de ese momento, todo es un misterio: la taza de café estaba casi intacta sobre la mesa, la Biblia se hallaba cerrada sobre sus piernas, las dos manos encima de ella y él con la cabeza agachada, ligeramente echada hacia la izquierda. La música había terminado. Sus párpados, dijo mi madre, quien lo vio primero hacia las ocho que bajó, estaban cerrados. No tuvo, pues, que entornarlos.

A pesar del dolor que implicaba esta pérdida, de lo que significaba no volverlo a tener, no pude llorar entonces. Ni una lágrima acudió a mis ojos. Sólo me quedé pensando… Pero ni siquiera eso. Desde el funeral y las misas que siguieron, yo no había podido resolver o aprehender lo que sentía, lo que me pasaba en lo más íntimo: había estado demorando la pena sin saberlo, sin imaginarlo, incluso contra mi voluntad. Durante las visitas de algunas personas a la casa de San Ángel, no había podido llorar ni sentir absolutamente nada. Estaba ciega y muda y sorda e insensible. Estaba, supongo, en alguna otra parte, muy lejos, o, quizá, Silvana se hallaba en otro mundo y la que caminaba por allí, ebria entre la gente, era su espectro, una copia emborronada. En conclusión: yo no era yo aunque los demás no lo supieran.

En esos días (los que siguieron al fallecimiento de papá) había visto a mi padrino Alejo aparecerse más de una vez por la casa... cuando lo cierto es que no lo había vuelto a ver en varios años. De *Sur*, aparte de mi padrino, sólo vino a dar el pésame el poeta Óscar Cetina; los demás no sé dónde estaban y ni siquiera sé si viven o vivían aún (presupongo sin embargo que ninguno ha muerto). Estuvieron allí, en casa y en las misas, mis tíos Dinara y Arnulfo, varias hermanas de mi madre y sus hijos, los Talens, Raquel Urroz y Antonio, su esposo, Gina y Alán Corkidi, Isidoro y Nadia, los Acuña y sus esposas, algunas parejas de señores que no había visto jamás: esos amigos con los que mis padres jugaban cada mes a la canasta, compañeros de trabajo de mi madre que seguía (irregularmente) en la compañía de bienes raíces, y otras personas más que yo no conocía. De cualquier forma, lo cierto es que vinieran quienes vinieran y estuvieran quienes estuvieran, en esos días del sepelio y la cremación de Sebastián yo no conocí a nadie y no supe de nadie, no respondí a nada, me limitaba a sonreír cansada, mendaz y complaciente, harta de saludar y recibir abrazos y pésames que *tenía* que recibir (una obligación a la que, por algún motivo, me sometía cuando lo único que yo deseaba era huir cuanto antes, no ver a nadie, no escuchar sus voces y sus condolencias).

Así pasó, creo, una semana: con una Silvana estupidizada, dopada, perdida, de viaje en las estrellas. No podía hacer contacto con mi pena, no lograba comprender el tamaño del dolor que me aguardaba por más que viera a mi madre llorar inconsolable, por más que me abrazara a ella o a Rodrigo, por más que le contara a Álvaro por teléfono, más de una vez, los pormenores del fallecimiento de papá y le explicara que no tenía ningún caso que viniera, ¿para qué, con qué sentido si ya estaba consumido por el fuego?

Unos días más tarde, como ya dije, a punto de regresar a clases, me dirigí al despacho en búsqueda de un libro de historia que necesitaba para preparar el curso. A mitad de mi pesquisa, encontré sin querer uno de los poemas de aquel libro inédito de Sebastián, *La esperanza de la muerte*. Por alguna razón estaba entre las páginas subrayadas de su Biblia Latinoamericana y no junto con los demás poemas del conjunto, guardados (como debían estarlo) en una de las gavetas de su escritorio. Mi padre, aparentemente, había alterado un par de palabras y había añadido algo a la página. Lo leí... Volví a leerlo.

Cuando nunca lo esperaba (jamás a deshora), la respuesta a mi pregunta de la infancia había terminado, muchos años más tarde, por llegar.

Silvana,
todas las fechas llegan.
Las navidades, las fiestas, las vidas,
hasta las muertes llegan.
Basta esperar.
No basta soñar u olvidarse,
tampoco dejarse arrastrar.

La muerte llega.

¿Qué se hace, Silvana, con ella?

Indudablemente fue el poema el que lo precipitó todo. Ahora sé que sí: cada fecha debía llegar, escribía mi padre, y en mi caso sucedió de esa manera, como un llamado de ultratumba. Apenas terminé de leer el poema esa mañana cuando de pronto algo recorrió mi espalda, un varazo cargado de electricidad que me provocó unas espantosas arcadas. Con trabajos me levanté y me dirigí al baño del despacho a vomitar. Sin embargo, no pude por más que lo intenté, por más que el cuerpo me impelía. (Lo cierto es que no llevaba nada en el estómago desde hacía una semana y era justo ese vacío el que me provocaba las náuseas.) Entonces allí, inclinada en el retrete del baño, empecé a llorar. Fueron, creo, litros, horas, un mundo acumulable de vergüenza, un desagüe contumaz o río incontenible, el cual probablemente provenía de una pena anterior, una suma de penas, quizá de la época de mi rompimiento con Marcelo o tal vez antes, sí, mucho años antes, desde Gustavo o Jose Luiz o desde el día que murió Felicidad y nos fuimos de Virginia para siempre o cuando salí del vientre de mamá, de golpe, en ese auto a la orilla de la carretera en No Name, Colorado. No lo sé... pero ahora lloraba desasida de lo que, en el fondo, quería decir ese dolor, de lo que significaba... es decir, la ausencia eterna de lo que más quería, mi padre, y la soledad por venir...

Una vez hube terminado con mi llanto, me sequé el rostro y salí de casa sin decirle una palabra a nadie (aunque no era preciso pues en casa cada quien vivía su dolor ensimismado, recluido, a pesar de que Agus, Rodrigo, mi mamá y yo aparentáramos una convivencia imposible, una especie de reciprocidad en la impotencia que nos embargaba a cada uno por igual). A partir de allí no sé lo que hice, o mejor dicho: sí lo sé, pero no comprendo aún por qué lo hice, qué me empujó, a qué altos e inescrutables designios obedecí sin titubear ni arredrarme.

Conduje hasta la iglesia de San Jerónimo y allí busqué un sitio para estacionarme. Una vez allí, me dirigí al atrio y resuelta penetré en la nave principal. Había una más pequeña que, sin embargo, parecía vacía, pues las luces estaban apagadas. El cambio de clima (más fresco dentro del recinto) me despejó y me dio ánimos para continuar adelante. Adentro había tres personas; dos mujeres sentadas atrás y un hombre, quizá un obrero, hasta adelante, cerca del altar. Inclinados, contritos, los tres rezaban. Me senté cerca del hombre, a dos metros de distancia, y me puse a rezar yo también; al menos eso intenté varios minutos aunque nunca lo conseguí pues nunca sentí nada. Finalmente me giré hacia el hombre y le dije sin rubor:

—¿Me permite besarle los pies?

Lo repetí implacable. En mi voz había algo tenso, pero la sostenía con decisión. De pronto vi al sacristán aparecerse y encender con calma unas velas. Surgieron varios santos en sus nichos mirando desde el fondo. Esperé un momento todavía hasta que escuché al hombre decirme:

—Está bien.

Entonces yo le dije:

—¿Quiere descalzarse?

El obrero se descalzó y yo me arrodillé. Un escalofrío me recorrió y cerré los ojos. Con los labios calientes lo toqué, se pegaron a su piel. Así me quedé, suspendida en un largo y asqueroso beso. Los dos, presumo, sentíamos asco, sólo que por encima de él y de mí se encontraba el amor.

Me levanté y le dije: "Gracias". Aunque lo decía no sabía qué quería decir eso. Lo miré un instante y me marché.

Hacía mucho calor, no pensaba en nada, no recuerdo siquiera cuándo encendí el auto, cuándo tomé la avenida San Jerónimo y de allí a casa de los Cañigral, no lejos de la iglesia, pero el hecho es que estaba en su casa un minuto más tarde, a punto de tocar el timbre cuando escuché un llamado, una voz a mis espaldas. Era él, Nicolás. Estaba parado, detrás de mí, en la calle empedrada; llevaba en la mano cargando su patineta, tenía la cara un poco sucia, sus lindos ojos brillaban, celestes. Nos quedamos mirando. Algo, por supuesto, notó, pues me dijo:

—¿Qué te pasa?

—Nada —le contesté—, ¿me acompañas?

—Claro, sólo déjame y aviso nada más…

—No, no tardamos nada —le ordené, le dije, le supliqué.

Me siguió y se subió al auto a mi lado. Puso su patineta en el asiento de atrás. Creo que me miraba de reojo pero no quiso hablarme, prefirió callar: entendía que algo pasaba y que no debía perturbar mis acciones, mis pensamientos. ¿Mi acciones, mis pensamientos? Pero si era una autómata, no sabía lo que hacía. Mejor dicho: sí sabía pero mis actos entonces habían perdido toda significación, toda importancia. El mundo era un vacío total y la vida una representación; por tanto, lo que hiciera o dejase de hacer estaba hueco, a lo sumo era una estampa superpuesta a la superficie de la cotidianeidad.

Cuando novios, Marcelo me llevó más de una vez a un sitio sobre la avenida Revolución; hacia allá conduje. Creo que nunca titubeé; sabía lo que tenía que hacer, lo que deseaba con toda el alma aunque no lo hubiera dicho ni aceptado. Entré al estacionamiento cubierto y le dije a Nicolás que me esperara. Me bajé del auto y fui derecha, impertérrita, hacia el mostrador. Un tipo flaco, de rostro aquilino, salió a mi encuentro. Saqué unos billetes de mi bolso y se los puse enfrente:

—Un cuarto por favor.

—¿Doble o sencillo? —dijo. ¿Era una mofa acaso? ¿Quién va un hotel como esos a estar sola a excepción hecha de la que se quiere suicidar, de la que no puede más con su vida? Y entre las dos cosas había elegido entregarme a ese muchacho. Había decidido amarlo sin importarme su edad.

—Doble —contesté—. Vengo con mi hijo. Está en el auto.

—Ah… —dijo en un tono que no era otro que el de la complicidad—. Van a ser cien pesos más, señora —y dijo esta última palabra con total y evidente ironía, con sorna. Lo acepté; le pagué lo que deseaba—. Tenga su llave. Cuatrocientos dos, cuarto piso.

La tomé y salí hacia el estacionamiento techado. Casi no había autos. Como una sonámbula me acerqué a mi coche y desde la ventanilla le pedí a Nicolás que se bajara. Cerró la puerta y me siguió. Caminaba a mi lado: podía sentir sus pasos, su respiración. ¿Sabía lo que pasaba? …Y si lo sabía, ¿lo deseaba tanto como yo?

Penetramos juntos en el lobby y nos dirigimos al elevador. El hombre nos seguía mirando; debía estar intrigado. Una vez dentro y habiéndose cerrado las puertas, Nicolás se acercó a mí y se me quedó mirando, me interrogaba. (¡De veras que sus ojos eran los ojos más hermosos que había visto: se habían oscurecido otra vez como ocurría cuando estaban a la sombra!) Entonces me dijo:

—¿Estás triste, verdad?

—Abrázame —le contesté y lo hizo.

El timbre del elevador sonó y la puerta se abrió de inmediato. Caminamos de la mano hacia el cuatrocientos dos. Entonces, una vez adentro, me solté llorando.

Dos MESES DESPUÉS del fallecimiento de mi padre, el 12 de marzo para ser preciso, mi madre nos contó una historia que al menos Rodrigo y yo no conocíamos. Me dejó gratamente sorprendida, con una secuela de aliento y fortaleza tras de sí.

Estábamos los tres en la cocina sentados, cenando un pedazo de pan y una fruta; Agus se había ido ya a dormir cuando de pronto, Rebeca, sin mencionar la fecha (el cumpleaños de mi padre), nos dijo:

—Creo que esto no lo saben, hace tiempo que se los quería contar. No sé por qué... —titubeó— pero se los quería contar. Tú tenías cinco años, Silvana, y yo estaba amamantando a Rodrigo en ese entonces. Vivíamos en Grand Junction, ¿te acuerdas? —me dijo aunque sin intención aparente de que yo le respondiera; luego continuó morosa y lánguida, ensimismada en su recuerdo—: El caso es que ese mediodía habíamos salido a comer a las montañas, no sé a qué restaurante, pero recuerdo que había mucha gente mayor, ancianos retirados. Igual que hacía en cualquier parte, saqué a Rodrigo de la carreola pues se había puesto a llorar. Estabas, hijo, hambriento. Comías todo el día. Así que empecé a amamantarte allí, sentada en la mesa, mientras la mesera nos traía el menú. Álvaro tendría unos dos años. Me acuerdo que nevaba —entonces se detuvo, pareció quedarse cavilando... como observando esos febles copos de nieve: los veía descender allá afuera, lentísimos, a través de la ventana—. Bueno... —de pronto recapacitó—. Para no ir muy lejos, resulta que un señor algo mayor se levantó de la mesa de junto donde estaba sentado con su mujer y otros viejitos y me dijo con extrema cortesía si no podía abandonar la mesa para alimentar a mi bebé en otro lugar. Yo no lo podía creer, me puse colorada, avergonzada. Estaba sin embargo a punto de hacerle caso y levantarme de allí... cuando Sebastián se levantó y se fue directo adonde se había ido a sentar ese señor. Entonces empezó a gritarle que cómo se atrevía a meterse con su hijo y su mujer, que era un viejo depravado y enfermo, que si no le parecía que yo diera de comer a su hijo… que entonces se largara de allí. En el colmo de su ira, Sebastián también le dijo que yo tenía los más hermosos senos del mundo y que si no tenía valor para mirarlos que se sacara los ojos, que con gusto se los comería allí. Bueno, para no ir muy lejos, sólo les digo que muy pocas veces vi a su padre más furioso que ese día: hagan de cuenta que habían tocado el punto más sensible de su ser, lo que más le ofendía. Yo, para serles franca, pensé que había exagerado aunque también confieso que me disgustó muchísimo el comentario del señor. Pero este desagrado era típico en Estados Unidos, en Colorado y en Virginia o donde sea: a las gentes no les gustaba que las mujeres amamantáramos en público, les parecía una ofensa, una obscenidad, ¡qué sé yo! Por supuesto, su padre no lo podía soportar. Incluso recuerdo una vecina en Charlottesville que me contó una vez que ella tenía que irse a amamantar al baño, incluso en su propia casa si había visitas. Yo no lo podía creer. Y eso porque a su marido no le parecía propio. Era otro mundo. Ese puritanismo sacaba a su padre de quicio. Sebastián no sabía qué podía detestar más: si la hipocresía de los católicos o la estrechez y la mojigatería de los protestantes.

UNA VEZ COMENZARON nuestros encuentros, empecé a cuidarme nuevamente. Desde mi rompimiento con Marcelo, no había tenido relaciones con otro hombre; sin embargo, allí conservaba, en mi botiquín, las pastillas anticonceptivas que mi ex esposo me había recetado hacía algunos años.

Quizás esté de más decir ahora que mi vida cambió a partir de ese momento, a partir de ese encuentro en el hotel Casa Blanca, como se llamaba el siniestro lugar que visitábamos en avenida Revolución. Tal vez, ahora lo pienso, sin la venia del hombre del mostrador, nuestro amor no hubiera continuado. O quizá me equivoque, y de no haber tenido el respaldo, la aquiescencia, del gerente del hotel, Nicolás y yo habríamos volado a otro recinto. Quién sabe. Está de más decir, asimismo, que parte de mi salario mensual en el Simón Bolívar se me iba en corromper al tipo de rostro aquilino que, para nuestra suerte, parecía vivir allí los doce meses del año: a todas horas lo encontrábamos, cualquier día nos atendía él, gracias a Dios. Esto, sin embargo, no quiere decir que Nicolás y yo nos pudiéramos ver todos los días. Si mal no recuerdo, al principio nos vimos continuamente, más de una vez por semana, sumidos como estábamos por la pasión o el paroxismo… dado que no hay en la tierra, todavía, nada que sea tan dulce como una habitación para dos; sólo más tarde fue que tuvimos que espaciar nuestros encuentros en el Casa Blanca.

Pero ¿cómo lo hacíamos?

No fue difícil, creo, ese primer año y hasta abril del 2000, pues bastaba que él marcara a mi celular y acordáramos una hora en que yo lo recogería a dos o tres calles de su casa. Por supuesto, antes de vernos, él ya había comido con su madre y había terminado la tarea. Una vez hecho esto, tenía permiso para salir a jugar con sus amigos de la cuadra o para escaparse al cine con ellos o simplemente para desaparecerse hasta el anochecer, hora en que merendaba con su padre. Así que, entre las cuatro y las siete más o menos, estábamos los dos encerrados en una habitación olorosa a cloro y nicotina, con las cortinas cerradas, haciendo el amor, conversando o a veces persiguiéndonos sobre la cama como dos niños traviesos cuando en realidad solamente había uno, él, Nicolás, y su maestra, su amor, su flor, como decía, como solía murmurarme en el oído.

En ese reducto o guarida lo hice que leyera una y otra vez el poema que me había entregado afuera de su casa, la noche que estuve allí con sus padres y sus compañeros de escuela, en la posada navideña. Tirados, atravesados los cuerpos, me dijo cosas que no puedo repetir, palabras que conservo intactas, ígneas, estampadas en las grupas y en la piel, rotuladas en el alma lo mismo que una yegua queda con los hierros que le ponen y arden. Era, junto con él, enredada en las sábanas, una cierva en celo, ansiosa, en brama; si no lo tenía cerca, me hallaba todo el día sedienta de su voz, de sus ojos, de sus dedos.

Las clases siguieron lo mismo ése y el siguiente año escolar. Tal vez los dos o tres primeros meses fue difícil, pues no habíamos aprendido aún el arte de disimular. Afortunadamente, lo aprendimos pronto, antes de que la madre Consuelo o el padre Necoechea husmearan y se dieran cuenta, antes de que Luis Eduardo o sus otros compañeros de clase sospecharan algo, antes de que sus padres o mi madre empezaran a preguntar y decidiesen averiguar lo que no se sabe, lo que se debe callar, lo que debiera haber permanecido oculto.

Entre las sábanas del Casa Blanca los dos crecimos: él se hizo hombre (mi hombre) y yo me hice su mujer.

EN MARZO O ABRIL del 2000, dos años después de nuestro primer encuentro, llegó a la casa un hombre: aunque nunca lo habíamos visto, todos presentimos un rostro conocido, un rostro amado, bastante familiar. Era un rostro extraviado en el tiempo. He aquí: el hombre era increíblemente parecido a mi padre, con una sola diferencia: la edad. Tendría unos diez o doce años menos que el Sebastián que habíamos dejado de ver dos años antes. Lo inaudito, sin embargo, era que el tipo llegó preguntando por Sebastián Forns Barrera; algo tan simple, tan triste como eso y tan fuera de ocasión.

Esa tarde estábamos los tres (Rodrigo, mi mamá y yo) y por supuesto Agus y la joven recién llegada que le ayudaba en el quehacer de la casa. Ésta le dijo a la primera que había un hombre en la calle preguntando por el señor. "¿Qué señor?", creo que le dijo Agus. "El señor Sebastián", contestó la joven. Entonces Agus decidió salir y explicarle ella misma que mi padre había fallecido hacía dos años, sin embargo, al parecer, no pudo hacerlo, pues nomás lo vio estuvo a punto de perder el equilibrio (si no es que la vida); entró inmediatamente para decírselo a mi madre que se hallaba en su recámara acomodando un álbum. Rebeca, medio asustada, lo hizo pasar, y allí, un minuto más tarde, en la sala gris donde recibía, aparecimos Rodrigo, mi madre y yo para ver al hombre, mejor dicho: para devorarlo con los ojos.

Vestía muy bien; elegante y sobrio al mismo tiempo. Estaba recién afeitado y por eso cargaba una herida (un ligero corte) en la barba, similar a los que se hacía mi padre al rasurarse en las mañanas. No pude dejar de notar que incluso ambos tenían la misma piel: la tez era idéntica. El ceño y la mirada también.

El hombre se levantó y extendió su mano para saludarnos.

—Soy Humberto Forns Casanueva —dijo—, hermano de Sebastián Forns. Quiero decir —rectificó sonriendo—, medio hermano de él.

Había que verlo para creer fielmente en sus palabras. Sin salir aún de su sorpresa, mi madre lo invitó a que se sentara y, acto seguido, le ofreció una taza de té.

—Gracias —aceptó.

Entonces Agus, que escuchaba todo lo que sucedía allí, fue a pedirle a la joven que trajera el té y volvió para sentarse entre nosotros, tan ávida como Rodrigo o yo por saber de qué diablos se trataba.

—¿Está él? —preguntó el hombre—. Me gustaría conocerlo.

—Mi padre murió hace dos años —dije yo, y junto con mi anuncio se hizo el silencio, el cual sólo fue roto unos segundos después.

—Perdonen, no sabía, no tenía la menor idea —murmuró agachando los ojos, al parecer bastante triste y decepcionado de no poder conocerlo—. Creo que tardé demasiado...

No dijimos nada, pero sí, había tardado mucho tiempo.

Por un rato pareció quedarse como ausente, ligeramente afligido. Se llevó las manos a las sienes: probablemente sintiera una suerte de coraje retroactivo, una contrariedad de última hora, un remordimiento. De súbito se había puesto algo triste, por lo que, de pronto, nosotros nos pusimos tristes también. Verlo a él y recordar a mi padre no era muy difícil, más si el susodicho venía preguntando por él.

Por fin dijo, reponiéndose:

—Mi padre era Néstor Forns Élmer. Hasta donde tengo noticia, su primera mujer vivía en Estados Unidos, o al menos eso nos dijo mi madre alguna vez. A ella no le gustaba hablar sobre el asunto, era parca. Mi hermano y yo sabíamos, sin embargo, que mi padre tenía otro hijo...

—...dos más —rectifiqué.

—¿Cómo? —respondió notablemente sorprendido.

—Sí, Dinara y Arnulfo, más chicos que él.

—No lo sabía.

—¿No lo sabía de veras? —preguntó mi madre, presa de la curiosidad.

—No, yo siempre supuse que mi padre tenía otra mujer y un solo hijo —atinó a explicar... al parecer reconstruyendo fragmentos de historia en su cabeza—. ¿Pero Arnulfo no era el nombre de su padre, quiero decir, el nombre del abuelo de Sebastián?

—Sí, también se llamaba así: Arnulfo Forns López —explicó Rebeca.

—¿Y ellos viven? Quiero decir: sus hermanos...

—Claro que sí —dije yo intrigada—. ¿Le gustaría que los llamáramos?

—Se lo agradecería —dijo inmediatamente, aunque luego titubeó—: No, mejor no. Quizás esperaré a otro momento, yo mismo iré a buscarlos.

Justo en eso apareció la sirvienta con una bandeja y la tetera encima. Agus se levantó para ayudar pero mi mamá le dijo que permaneciera sentada. Entre Rebeca y yo servimos el té, le pusimos leche y lo pasamos a cada uno.

Rodrigo, creo, estaba nervioso, no dejaba de apretarse las manos; para ser sinceros, yo también. Más que nerviosa, estaba ávida, curiosa de saber. Después de un par de sorbos a su taza, Humberto Forns nos contó:

—En parte, ¿saben?, fue mi culpa. Tendría yo unos veinte años cuando cayó en mis manos un hermoso libro. Se llamaba *Sindbad en el desierto*, creo, y lo había escrito un joven con el mismo apellido que mi padre: Forns. Se lo dije a mi madre y ella entonces no perdió la ocasión para preguntarle a mi padre si sabía quién era ese muchacho, pues en la contraportada estaba la foto de Sebastián —nos dijo—, y era, por supuesto, muy parecido a mi papá.

—¿O sea, que la madre de usted no sabía? —preguntó Rebeca.

—Sí, supo que había estado casado con una tal Felicidad, una cellista de la que se iba a divorciar. Lo que no tenía idea era que tenía un hijo con ella. Eso mi padre siempre se lo ocultó, no sé cómo, pero lo hizo. No fue, pues, sino hasta lo del libro que mi padre tuvo que afrontar que tenía un hijo con esa otra mujer, pero nunca habló de otros dos…

—Tres —rectificó mi hermano en esta ocasión—, pues el primero murió al año de nacido. Mi papá era en realidad el segundo.

—Ah… —dijo Humberto Forns como única respuesta.

—¿O sea que mi abuelo y su madre vivían juntos o estaban casados? —pregunté aunque en el fondo lo que yo quería saber era si mi abuelo tenía dos familias legítimas o una de ellas (la de Humberto Forns) era, digamos, ilegítima.

—De niños creíamos que mis padres estaban casados, sólo más tarde descubrimos que no. Mi padre vivía con nosotros por temporadas; a veces, sin embargo, desaparecía y no sabíamos de él. Que yo sepa, ellos estuvieron juntos desde que se conocieron, en 1928 o 29, hasta la muerte de mi madre, en 1956. Cuando la conoció le dijo que no era casado y por eso se liaron. Hasta donde supe, mis padres iban a casarse, sólo faltaba que se arreglaran los trámites del divorcio. Al menos eso le había dicho a mi madre…

—Pero si Néstor nunca se divorció de Felicidad ni se separó de ella... —comentó mi madre con la taza todavía en la mano, algo inquieta con las revelaciones.

—Eso es lo raro —dijo él.

—No hay nada raro —intervino de pronto Agus desde su rincón, ligeramente encorvada, con voz apenas audible—. La señora Felicidad sabía de la mamá de usted, señor, sólo que hacía de tripas corazón. Así era ella. Lo que al principio fue una corazonada, finalmente fue una confirmación. "¿Para qué escarbarle?", me dijo un día llorando. "Si Néstor sigue conmigo, por algo ha de ser, ¿no es cierto? Voy a preocuparme, Agustina, cuando ya no venga a casa. Hasta entonces, antes no." Yo por eso nunca me casé, ¿sabe?

Todo se acomodaba, las piezas del *puzzle* se armaban sin necesidad de esforzarse. Fue en esas visitas a México en los veinte y los treinta (cuando aún vivían en Los Ángeles) que Néstor conoció a esa mujer y fue por eso que pospuso el inminente regreso al Distrito Federal alegando siempre razones políticas y de reajuste y seguridad social. Faltaba preguntarle a Humberto lo que, con sólo oír su acento, podía ya comprender y hacer encajar en mi rompecabezas:

—¿Y de dónde era su madre?

—De Navojoa, Sonora. Mi hermano y yo, sin embargo, crecimos en Hermosillo, donde todo el año hace calor. Pero ¿por qué me lo pregunta?

—Por nada —mentí—. Noté su acento y no sabía de dónde era.

O sea que regresar al Distrito Federal tampoco fue óbice para que mi abuelo mantuviera en el anonimato esa familia al otro lado del país, justo donde estaba su mejor coartada: Sonora, el lugar donde nació, el sitio donde *debía* estar yendo por cualesquiera razones (aunque, la verdad sea dicha, luego del asesinato de Obregón no tenía a qué estar yendo a su terruño por más que objetara lo contrario, ¡y vaya que lo hizo!).

—En realidad llegué ayer de Hermosillo. Sólo vine a darle

una noticia a su padre… y a conocerlo. Llevaba años que lo quería conocer, pero no me atrevía. "¿Para qué?", me insistía el padre superior, "¿qué vas a ganar con ello, Humberto? Sólo perturbar su alma; déjalo en paz". Me impuse, pues, esa absurda penitencia. Pero ahora es diferente…

Nos quedamos callados —por no decir tiesos. O sea, que el hombre que teníamos enfrente era, aparte de todo, un sacerdote, un cura sonorense.

Agus seguía sentada en el sillón del fondo sin perder palabra: había dicho lo que tenía que decir, lo que nunca reveló a mi padre ni a ninguno de mis tíos.

Cada uno de nosotros, sin embargo estábamos esperando que el otro se animara a preguntar lo que todos allí queríamos conocer a todas luces: la noticia o lo que fuera que había venido a darle a su medio hermano. Por fin, después de unos segundos, Rodrigo le preguntó:

—¿Podríamos saber qué era eso que le tenía que decir a mi padre?

Humberto contestó dejando su taza sobre la mesa y secándose el mentón con una servilleta:

—Discúlpame, pero no puedo. Ya no puedo.

MI PADRE PENSABA que era hora de detenerse a mirar las estrellas, de mirar larga, fijamente… —acaso algunos lo hicieran por primera vez. Era hora de dejar de hablar de la noche y los astros, es decir, de poetizar. Una vez me dijo que si cada estrella era un sol y si cada sol era una fuente de calor y de energía, entonces las probabilidades de vida en otro universo eran infinitas; y si eran infinitas, entonces debía haber, por descontado, vida en otro lugar (sin importar lo que las religiones o los hombres de cada época dijeran o argumentaran tratando de refutar esta posiblidad). Piensa, Silvana, me decía mientras me abrazaba en Colorado o en Virginia, tendidos los dos sobre la hierba del jardín o bien en el amplio *deck* de la casa, ambos boca arriba, mientras escudriñábamos la oscuridad, la noche inmensa del verano: piensa en cuántas estrellas hay, piensa que cada una es el centro de otro universo como el nuestro, imagina ahora que hay otra niña como tú, reclinada en el cuerpo de su papi, mirando otras estrellas, otros soles, y quizás ella esté mirando (ahora mismo) el nuestro o tal vez esté observando otro sol más lejano, el cual, desde este lado, no podemos vislumbrar.

Había pues que mirar más el fondo de la noche y olvidarse un poco de la vida y de los seres humanos, de sus roces y mezquindades, de sus pasiones y deseos, de sus querellas y apetitos. Había que olvidarse, mas no dejarse arrastrar… Cuando lo pienso, cada vez que me acuerdo, intuyo por qué Sebastián decía en una carta que él sencillamente ya no era criticable… Claro: había nada más que detenerse y echar un vistazo a la noche, a los soles, muertos o vivos, a todas esas vidas posibles en otras galaxias. ¿Qué podía importar entonces que te criticaran en esta partícula microscópica del universo? Debía de estar uno loco…

Una noche, no sé cuál, todavía en Colorado, mi padre salió de casa a tomarse unas copas. No solía hacerlo, que yo recuerde… Corría el año de 1965. Allí conoció a Ben, un poeta, un solitario. Lo conoció y, que yo sepa, jamás lo volvió a ver. Pero le escribió un poema, o mejor dicho: me escribió un poema a mí, otro poema, su *ars poetica*, lo último que tuvo que decir antes de verdaderamente callar, de callar y ponerse a mirar (como quería) las estrellas en el firmamento:

> Silvana, conocí a Ben en un bar.
> Está muy solo; tiene a su hijo lejos,
> en México, Distrito Federal.
> El gringo Ben es un poeta llano,
> directo, como siempre quise ser.
> Por encima de todo ama a su hijo
> y le escribe poemas que simulan
> estar con él,

charlar tendido y largo.
Silvana, si me muero, por ejemplo
mañana, a nadie le importará un bledo
(las gentes olvidamos) y por eso
debes saber que tú eres
lo que más me ha importado,
lo mismo que le importa su hijo a Ben.

Quiero contarte aquí, en Colorado,
que conocí esta noche a un hombre escueto,
borroso: un hombre solo.
Quisiera que recuerdes
—antes que cualquiera de nosotros ya no esté—
que leí sus poemas
llanos, directos.
Sobre todo quería que supieras…
no sé por qué,
                    quizá porque una vez
también yo quise ser poeta
como Ben; sin embargo hoy que te escribo,
me aterra y me avergüenza descubrir
que no lo fui todos los días de mi vida
(yo sé qué días son ésos),
y si entonces no lo he sido…,
                              si no lo fui,
¿finalmente qué he sido en esta vida,
Silvana?

UNOS DÍAS DESPUÉS de la visita de Humberto Forns a la Cerrada de la Amargura, a mi casa, a punto de terminar el ciclo escolar (el tercero que yo enseñaba en el Simón Bolívar), se desató encrespada la tormenta, aquel inolvidable zafarrancho que la mayoría leyó en los diarios de fuera y dentro de la capital. Los que han seguido estas memorias, tendrán, por fin, lo que buscaban, lo que habían esperado desde el mismísimo comienzo y yo había elegido simplemente demorar: el desenlace. No deja, sin embargo, de acecharme una duda constante: ¿por qué querrían saber el desenlace si todos lo conocen ya, si más o menos lo siguieron en periódicos y en televisión? ¿Acaso esperaban oír mi versión de los hechos? ¿O era mera curiosidad, inercia u ocio, ganas de saber hasta los últimos detalles? Creo que éstos los he ofrecido ya, uno a uno. Lo que viene tal vez coincida poco o mal con todo aquello que los diarios publicitaron hasta el hartazgo. Y si ambas versiones no siempre coinciden —por una u otra razón—, francamente no me importa; la verdad es la que sigue.

La penúltima vez que Nicolás y yo nos encontramos (como solíamos hacer, como hicimos a lo largo de dos años y fracción), dijo que había ido al cine con Luis Eduardo, su inalterable compañero de clases. No sé por qué se le ocurrió añadir que había ido justamente con él, cuando esa tarde precisamente Luis Eduardo había ido a buscarlo a su casa y no estaba. Lo peor, sin embargo, fue que a éste no se le ocurrió decírselo, probablemente lo olvidó o no le dio la suficiente importancia, por lo que Nicolás no tenía idea de que sus padres sabían que estaba mintiéndoles cuando les dijo que había ido al cine con su amigo. Así que, ni tardos ni perezosos, los padres de mi amante se pusieron en guardia: esperaron pacientes, sigilosos, la próxima ocasión, y ésta llegó una semana más tarde, cuando Nicolás salió de su casa otra vez para reunirnos y hacer el amor como solíamos. Yo lo recogí a unas cuantas calles de allí… como siempre y donde siempre… sin fijarme que un auto nos venía siguiendo a cierta distancia. Allí estaban ellos, tras de nosotros, acompañándonos por avenida Revolución, al Casa Blanca, a nuestra amada y secreta guarida. Debo decir, sin embargo, antes de continuar mi relato, que no había vuelto a encontrarme a los señores Cañigral desde aquella invitación a su posada en diciembre de 1998. La razón es muy sencilla: las siguientes dos invitaciones de la señora Cañigral las rehusé pretextando cualquier cosa. No me atrevía y ni deseaba encontrarme a los padres de mi novio. Así que, supongo, ella desistió. En cuanto a los congresos y reuniones semestrales de la Liga Católica que organizaba el colegio y a las que, por supuesto, acudían los señores Cañigral, no aparecía yo ni por casualidad —ganándome con ello, claro, el lento y seguro repudio del padre Necoechea y la madre Consuelo quienes, ya para esas fechas, no me querían tener más enseñando. Aunque no creo que tuvieran un motivo concreto, su intuición se lo decía: y su intuición, temo decirlo, era acertada. En más de una ocasión, por ejemplo, la madre estuvo a un pelo de sorprendernos a los dos en las oficinas de inglés, en el traspatio: allí aparecía a veces Nicolás sólo para darme un beso o para tocarme las piernas bajo el vestido, cosa que le encantaba hacer y yo le permitía mientras cuidaba que nadie se acercara a través de la ventana. Confieso que hasta en más de una ocasión, ansiosos ambos por tenernos, nos reunimos en la capilla del colegio que, aunque completamente a oscuras y fría, nos permitía consumar nuestro deseo los veinte o treinta minutos que duraba el descanso.

Al otro día, a mitad de mi clase de inglés, el director del colegio me pidió que por favor fuera a buscarlo a eso de las cuatro de la tarde, me dijo que era muy importante, que ya luego me decía. Tenía que serlo, pues nunca (o casi nunca) me quedaba hasta esa hora y ni tampoco volvía una vez me había ido a casa a las dos. Hasta ese instante no había sospechado nada, lo confieso. La voz de Necoechea no denotaba un mínimo fulgor, una señal de lo que estaba preparado: el terror, la requisa, el odio.

A las cuatro en punto toqué la puerta de la dirección y allí dentro, en su oficina del segundo piso, sentados en perfecto semicírculo, se encontraban once adultos, la mayoría de los cuales reconocí con echar un simple vistazo; en medio de todos ellos, junto a sus padres, Nicolás. No tengo que decir todo lo que pasó por mi cabeza, las sensaciones, el malestar, la vergüenza, la furia, la clarividencia… dado que yo entonces ya podía avizorar gran parte del futuro, el trecho amargo por venir. Con verlos allí reunidos, varios con las piernas cruzadas, lo supe todo o casi todo: puedo decir incluso que el peor trago fue justo ése, dado que mi visita llevaba tras de sí un elemento añadido, de previa elaboración: la calidad que impone la sorpresa, misma que provoca emociones variopintas en el sorprendido, tales como el estupor, el miedo y el coraje. Buena parte de los tres sentía yo en ese momento. Hasta donde pude, traté de incorporarme, rehacerme allí mismo. El padre Necoechea me pidió sentarme y lo hice en la única silla que quedaba allí, enfrente de los once, de los doce si contamos a mi hermoso Nicolás, a quien sin embargo noté pálido y exangüe (ien apenas unas horas desde que nos habíamos visto!). Con seguridad, el pobre había sido extorsionado por sus padres y los demás sujetos que se encontraban hacinados allí.

—Estas personas —dijo de pronto Necoechea señalando a dos hombres de corbata y traje— vienen del Ministerio Público adonde los señores Cañigral acudieron el día de ayer con su abogado a levantar una denuncia.

Los dos hombres y el abogado, sentados al final de ese tribunal de once, asintieron a las palabras del director: no dejaban sin embargo de escrutarme. Intenté que eso no me incomodara, aunque resultó imposible. ¿Qué otra cosa podía esperar? A partir de ese momento, adiviné, la gente iba a auscultarme, la gente se empecinaría en averiguar más a través de mis ojos, de mi rostro: querrán imaginarse cada palmo de mi historia o las inextricables razones que me empujaron hasta el niño, hasta ese amante que hoy tenía quince años (casi dieciséis) y que era un perfecto adolescente, un joven en sus completas facultades, dueño de su voluntad y de su infinito amor por mí. Pero esto, por supuesto, no lo iban a escuchar, nadie querría oírlo ni atenderlo. Para el mundo, Nicolás y su maestra eran el escándalo; yo, por supuesto, representaba la inmoralidad, mientras que Nicolás era poco menos que el niño ultrajado, hijo único de unos padres intachables; él era, repito, el estudiante virginal y no ese hermoso amante que yo amo y conocí en las suaves tinieblas de un cuarto.

Artículo 260. Al que sin el consentimiento de una persona y sin el propósito de llegar a la cópula, ejecute en ella un acto sexual o la obligue a ejecutarlo, se le impondrá pena de seis meses a cuatro años de prisión. Si se hiciere uso de la violencia física o moral, el mínimo y el máximo de la pena se aumentarán hasta en una mitad.

No dije nada. Sólo miré a los señores del MP y al abogado. Inmediatamente después, el padre Necoechea me presentó a las otras dos parejas que acompañaban a los Cañigral, miembros de la Liga Católica, padres de dos de mis estudiantes de tercero de bachillerato. Los ojos de esas mujeres relampagueaban, parecían clavarse en mí como garras de astracán, pero lograron permanecer calladas y quietas en sus sillas. Lo mismo la madre Consuelo Ortega, quien se encontraba al otro lado del semicírculo, erguida sobre sus zapatos de soldado con que hería las espinillas de los estudiantes.

Hacía calor allí dentro; sin embargo, a nadie se le ocurrió abrir una de las ventanas o encender el ventilador que el director tenía apagado en un rincón de su oficina. Necoechea abrió la sesión dirigiéndose a uno de los tipos del MP:

—Licenciado Laveaga, le ruego le explique su situación a la maestra Forns.

Éste se compuso la corbata, carraspeó un segundo y me dijo de un tirón:

—Licenciada Forns, el día de ayer los señores Cañigral la vieron llevarse a su hijo a un hotel en avenida Revolución. Desorientados y dolidos, sin saber qué hacer, prefirieron consultar a su abogado, el licenciado Gonzalo Méndez, quien se encuentra aquí… con nosotros —y lo señaló aunque yo ya sabía quién era el susodicho: un tipo tieso y engominado, idéntico a ellos dos—. Hoy por la mañana, a primera hora, el licenciado Méndez y los señores Cañigral acudieron a las oficinas de la Procuraduría en la Delegación Álvaro Obregón a levantar una denuncia en su contra. Mi compañero y yo estamos aquí para notificarle, como es nuestro deber, que, a partir de este momento, usted es presunta responsable de extorsión y corrupción de menores; los querellantes, los padres de la víctima, la han denunciado también de inducción, seducción, abuso de poder y estupro de un menor.

Yo estaba, por supuesto, a punto de defenderme de esa funesta retahíla de acusaciones cuando el licenciado Méndez me interrumpió y dijo:

—Como el caso es obviamente difícil de probar, el juez dictará sentencia basado en los resultados de la averiguación previa, en los testigos, los doctores que van a ver a Nicolás mañana, en las pruebas y, por último, en los artículos respectivos del Código Penal… Hay, sépalo, ya una fiscalía especial que está trabajando en ello.

Artículo 262. Al que tenga cópula con persona mayor de doce años y menor de dieciocho, obteniendo su consentimiento por medio de engaño, se le aplicará de tres meses a cuatro años de prisión. Artículo 263. En el caso del artículo anterior, no se procederá contra el sujeto activo, sino por queja del ofendido o de sus representantes.

Me quedé helada, apenas podía tragar saliva. De pronto sentí los labios secos, heridos de calor. El licenciado Laveaga, fiel a su labor de excélsior y fiscal, continuó:

—Nicolás Cañigral, por su parte, ha atestiguado ya…

—…y tenemos su palabra… en caso de que no quisiera volver a contarnos todo lo que ya sabemos —dijo el licenciado Méndez enseñándome, raudo entre sus manos, una pequeña grabadora portátil que guardó de inmediato en una de las bolsas de su saco.

Pero ¿qué había atestiguado?, quería preguntarles. No tenían que amedrentarlo para sacarle la verdad: yo podría habérsela dado. Y ésta era muy simple, clara como el agua: que nos amábamos, que deseábamos yacer juntos en el Casa Blanca ahora mismo, que se largaran y nos dejaran en paz.

Laveaga terminó entregándome un oficio y diciendo:

—Licenciada Forns, preséntese a declarar el jueves de la semana entrante. En el citatorio está el domicilio y la hora. Le recomiendo que lleve a su abogado. Con permiso…

Se levantó y junto con él se irguió su compañero del MP. Ambos saludaron al grupo sin darles la mano a cada uno y salieron de allí. Necoechea los acompañó a la puerta. Regresó de inmediato. Sólo entonces se dirigió al rincón de su despacho y encendió el ventilador. Volvió a sentarse.

—Sabrá, licenciada Forns —dijo—, que su situación es en extremo delicada y junto con la suya la del Colegio y su reputación. No sé ni me interesa saber en qué estaba pensando o qué creyó que hacía cuando abusó una y otra vez de este pequeño; ya Dios la juzgará por ello. Lo que sí le puedo asegurar es que no se saldrá con la suya. Los señores Cañigral han mostrado su benevolencia al no acusar de este escabroso incidente a nuestra institución. A ellos y a las familias de la Liga que nos acompañan —y se giró a mirarlos un instante— les debemos que esto no vaya a más, es decir, que nuestro Colegio no se halle afectado por la inmoralidad y desvergüenza de uno solo de nuestros profesores. No queremos, evidentemente, un escándalo. El juicio es contra usted, no contra el Colegio.

—Exactamente —corroboró el padre de Nicolás con chispas en los ojos—. La Liga y los padres de familia que pertenecemos a ella, no vemos por qué el Simón Bolívar deba pagar las consecuencias de su…, no sé cómo llamarlo —titubeó— …de su violación.

¿Violación, estupro, abuso, corrupción? Pero ¿de qué estaban hablando estos señores? ¿Estaban locos?

—Yo no he violado a nadie —y me quedé mirando al director y al padre de Nicolás alternativamente, retándolos.

—Eso lo decidirá el juez —interrumpió una de las mujeres que estaba allí, pegada a su esposo, rompiendo con ello su postura, su equilibrio impostado.

—De cualquier forma —interrumpió la madre Consuelo poniéndose de pie y tomando una hoja de papel del escritorio del padre Necoechea—, tome su renuncia, Silvana.

Me la extendió y junto con ella me pasó una pluma.

—Firme —dijo, ordenó, el director.

En un principio estaba lista para hacerlo, ¿por qué no? ¿Qué mejor que largarme de allí ahora mismo, huir de esa inquisición, de ese circo? Pero algo de pronto me frenó, algo más fuerte e invencible: ¿firmar no era acaso un elemento más en mi contra, una forma de aceptar mi culpa cuando lo cierto es que yo no la sentía, no la temía? ¿No era favorecer y someterme, pues, a su forma de terror, de amedrentamiento? Decidí no hacerlo: no firmaría.

—No nos deja otra alternativa más que despedirla, entonces —dijo Necoechea.

—Hágalo —lo reté levantándome de allí furiosa—. A mí entonces no me dejará otra alternativa que acudir a la Junta de Conciliación y Arbitraje —dije sólo por decir, dado que ni sabía cómo actuaba esa Junta ni dónde estaba ni en qué consistía su labor. Había oído de ella y por eso de ella me amparé en ese momento: lo único que deseaba era defenderme, defendernos a los dos, tratar de explicar lo que yo ya sabía no iba a escuchar nadie. Por eso, inteligí, no había otra salida que resguardar a como diera lugar mi amor, mi inocencia y mi honra. No iba a transigir.

—Le aseguro —intervino el abogado Méndez—, que la Junta encontrará suficientes causales de despido en su contra.

¿Cómo cuáles?, estuve a punto de esgrimir, de gritar... pero ya no dije nada.

Artículo 266 Bis. Las penas previstas para el abuso sexual y la violación se aumentarán hasta en una mitad en su mínimo y máximo, cuando... III. El delito fuere cometido por quien desempeñe un cargo o empleo público o ejerza su profesión, utilizando los medios o circunstancia que ellos le proporcionen. Además de la pena de prisión el condenado será destituido del cargo o empleo o suspendido por el término de cinco años en el ejercicio de dicha profesión; IV. El delito fuere cometido por la persona que tiene al ofendido bajo su custodia, guarda o educación o aproveche la confianza en él depositada.

Méndez entonces concluyó:

—Pero eso es lo de menos, créame. Lo que no haga la Junta, lo hará el juez. La Fiscalía se encargará de que usted, señorita, sea consignada y vaya a la cárcel...

—Hágalo. Yo mientras voy hablar con mi abogado —riposté furiosa y salí de allí no sin antes decirle a Nicolás frente a todo mundo, frente a sus padres y a los miembros de esa estúpida Liga—: No te preocupes, mi amor, todo va a salir bien.

Lo que sigue, a partir de esa tarde de inquisición en el Simón Bolívar, no es difícil de contar y resumir.

Antes que nada hablé con Raquel Urroz, mi amiga del Helénico, y le expliqué todo: le pedí ayuda a su marido, el abogado litigante, que no dudó en tomar el caso y apoyarme. Rebeca y Rodrigo lo supieron esa misma noche: se lo tuve que contar entre un millar de lágrimas y el desconcierto absoluto de mi madre, quien no lo podía creer y no dejaba de mirarme con asombro, con miedo: sus ojos casi parecían desconocerme. Empero, había preferido contárselo yo misma antes de que se enteraran ambos por cualquier otro conducto; tarde o temprano, pensé, lo irían a saber y lo sabrían mal, tergiversada o amañadamente.

Tal y como me lo temí (podía profetizarlo), los medios no tardaron en llegar y apropiarse de la noticia; ésta, como suponía, se propagó como un polvorín. Un par de periodistas fueron a buscarme el día antes de mi primera declaración en avenida Toluca, incluso me fotografiaron; yo no les dije nada, no respondí a ninguna de sus preguntas. Pero ¿cómo lo supieron tan rápido? Aunque en ese momento no lo podía siquiera adivinar, la respuesta era asaz simple —ya luego la deduje y más tarde la corroboré. Nicolás le había contado su historia y lo que había pasado a su amigo Luis Eduardo. Hasta ese momento, que yo sepa, Nicolás había guardado nuestro secreto con llave, pero ahora el secreto había sido allanado y estaba siendo perseguido por sus padres y una fiscalía del Ministerio Público especializada en delitos sexuales. Nicolás entonces buscó refugio y consuelo en su compañero de escuela, y éste, por supuesto, fue directo a contárselo a sus padres, quienes en un santiamén lo propalaron por los cuatro puntos cardinales. El juego satánico del teléfono descompuesto empezó a surtir su efecto en todo el sur de la ciudad y el chisme se convirtió en *vox populi* cuando llegó mi segunda declaración apenas una semana más tarde.

Según Antonio, era mejor que yo ya no me presentara a clases. Aunque desde un principio le expuse mis razones para continuar yendo, él —más cuerdo y sereno de lo que estaba yo entonces— me pidió que no acudiera, pues iba a tomarse como una provocación y, quién sabe, como una nueva prueba en mi contra. Así lo hice, no volví al Simón Bolívar; al fin y al cabo no hubiera conseguido nada aparte de azuzar más los ánimos y fomentar justo lo que ninguna de las dos partes deseábamos: un escándalo. En cuanto a la Junta de Conciliación, Antonio me dijo que ni lo pensara: no era el momento ni la situación propicias. Ellos querrían averiguar las razones del despido y terminarían metiendo sus narices en lo que ya de por sí era un asunto que no les competía: mi relación con Nicolás. En resumen, me explicó, tal y como estaban las cosas tenía mucho más que perder y poco o nada que ganar demandándolos por despido injustificado. Gradualmente, y para mi sorpresa, me iba percatando que no todas las traía conmigo y que el asunto iba a complicarse. Antonio me lo había advertido desde la primera vez que nos vimos. Me dijo, sin embargo, quizá para darme un poco de ánimos, que no me preocupara con lo de la grabación que conservaba el abogado, pues como prueba no tenía grandes efectos: para el juez, Nicolás era incapaz hasta de declarar de manera contundente.

—Pero —le dije la segunda o tercera vez que nos encontramos—, yo no quiero ocultar la verdad, Antonio; no pretendo engañar ni mentirle a nadie.

—Entiéndelo, Silvana: eres su maestra y él es un menor de edad. Te guste o no, las leyes están con los padres de Nicolás —se detuvo un segundo y acto seguido me preguntó ligeramente dubitativo—: ¿En todo momento tuviste su consentimiento?

—Claro que sí —respondí con impaciencia—. Te repito: no lo violé dos años seguidos. Aparte de que no sé cómo podría haberlo hecho.

—Quiero advertirte, Silvana, que, basado en lo que me has contado, Méndez buscará usar tu propio testimonio en tu contra. Si por desgracia terminamos yéndonos a juicio y tú alegas tu inocencia amparada en la verdad, es decir, aceptando los hechos tal y como sucedieron, tenemos todas las de perder. Debes tener cui dado: al juez no le van a importar la sinceridad de tu amor o la pureza de tus sentimientos.

Acudimos puntuales a las siguientes tres citas en avenida Toluca, mientras los agentes judiciales llevaban a cabo su averiguación. Una vez integrada ésta con los elementos que consideraron pruebas fehacientes en mi contra, los MP acudieron al juez a que girara orden de aprehensión en mi contra. Sin embargo, casi previéndolo, Antonio había contratado una fianza, por lo que pude ahorrarme (al menos esa vez) las setenta y dos horas reglamentarias mientras daba inicio el juicio; éste empezó casi inmediatamente. Ya para esas fechas, los noticieros escandalizaban a la opinión pública con el truculento caso de la maestra pervertidora de menores. Ni tengo que recordar la cantidad de veces que las cámaras captaron mi rostro o que los reporteros me acercaron los micrófonos para que dijera cualquier cosa y poderla vender muy cara a través de la televisión. Pronto se dieron cuenta, sin embargo, que no pensaba participar en su negocio y esto, por supuesto, no les gustó nada, por lo que terminé siendo el blanco de sus críticas y de sus chistes.

Ya desde la primera sesión con el juez, en una de las áreas del juzgado del reclusorio sur en Xochimilco, vi a los señores Cañigral y a su abogado. Hubo, por supuesto, cantidad de preguntas y respuestas, mismas que se repitieron a lo largo de un mes y dejaron tiempo para que el juez Rodríguez Salcido, un hombre amarillento y jorobado, fuera deliberando el caso. Cada una de las seis sesiones que duró el juicio duró alrededor de tres horas, siempre entre un espeso humo de cigarros y manchas de sudor en cada cuello de camisa, al lado de absortas taquimecanógrafas, oscuros secretarios de acuerdos y los mismos hombres del MP que yo ya conocía. Finalmente, luego de cinco semanas, basado en no sé qué estudio psicológico que llevaba preparado el licenciado Méndez —a través de la fiscalía especial que había tomado el caso— y en el testimonio del gerente del hotel Casa Blanca, quien dijo que yo me presentaba como madre del muchacho (con lo que el tipo a su vez quedaba exonerado), el juez terminó por consignarme a siete meses de prisión a no ser que pagara, en el término de tres días, la fianza que me dejaba libre… y con la condición expresa de no volver a acercarme a Nicolás hasta que cumpliera los dieciocho años.

El llamado periodo de pruebas para mi defensa había terminado. Éstas, desde mi punto de vista, no existían, puesto que yo era, repito, inocente a sabiendas de toda la verdad: ¿de dónde las podía sacar si no había negado la existencia de esa relación y cómo podría haberla negado y mirarme al espejo otra vez, cada mañana, salir a la calle como si cualquier cosa, ignorando la pasión que me atería? Imposible: mentir en este sentido era algo superior a mis fuerzas. Había elegido no aceptar las imputaciones, pero en ningún momento las negué. Según Antonio, el no haber negado (explícitamente) las relaciones sexuales con Nicolás, impidió al final que la pena se me aligerara y junto con ella el monto total de la fianza. De haberlo negado una y otra vez, me dijo, habría sido acusada tan sólo de corrupción y no de perversión de menores. Nada de esto sin embargo sucedió, pues yo no quise doblegarme; lo que sí pasó fue que Antonio, en el último instante, argumentó a mi favor el que en todo momento yo había actuado con el consentimiento del menor, que lo nuestro era, por sobre todas las cosas, una relación de iguales contemplada bajo no sé qué bases o artículos del Código y la Constitución, etcétera, etcétera. Esto último surtió su efecto, pues redujo de siete a cuatro meses mi condena aunque el monto total de la fianza a pagar no varió sustancialmente. Fueron al final, ya lo dije, las pruebas de daño psicológico esgrimidas en mi contra y la declaración del tipo del hotel, las que me hicieron culpable de perversión y abuso de poder, según los artículos 260, 262, 263 y 266 *bis* (cláusulas III y IV) del título décimo quinto, capítulo 1, del Código Penal, el cual llevaba, además, el rimbombante título de "Delitos contra la libertad y el normal desarrollo psicosexual. Hostigamiento sexual, abuso sexual, estupro y violación". Pero, Dios mío, ¿cuál era, a fin de cuentas, el "normal desarrollo psicosexual" de un niño, de un adolescente de trece, catorce o quince años? ¿Quién lo determinaba por nosotros, por ellos mismos? ¿Quién se otorgaba esas ínfulas, ese derecho? ¿Cuándo había delinquido yo contra la libertad de Nicolás? Lo peor fue que nadie contestó a mis preguntas, a mis reclamos, y por esas mismas leyes o por culpa de un juez de piel amarilla como la mostaza, pagué sesenta mil pesos de multa que lamentablemente para poco me sirvieron: sólo retardaron lo que de cualquier forma iba a suceder... y sucedió.

Ese verano Nicolás fue enviado a Alberta, Canadá, con una familia católica que lo albergó y lo llevaba a un *summer camp* en el bosque todos los días. De allá pudo escribirme algunos cuantos *e-mails* cada vez que lograba escapar a las miradas inquisitivas de los señores de la casa. El viaje de mi amante tenía dos propósitos bien definidos: mejorar su inglés y alejarlo cuanto antes de mí —esto último, sospecho, porque sus padres intuyeron el amor que lo invadía aun después de lo ocurrido. Sólo el tiempo y la distancia nos apartarían —o al menos eso creían los señores Cañigral. No fue así, sin embargo, pues apenas tres días después de su llegada a México, Nicolás fue a buscarme a San Ángel tal y como yo presentía iba a hacer en cuanto regresara, justo como me decía en sus cartas inflamadas de amor y de nostalgia. Ni el peligro que entonces me acechaba ni el miedo a perder la libertad bajo fianza ni el tiempo transcurrido y ni tampoco su viaje a Canadá pudieron doblegarnos. No podría transmitir ahora mismo la forma en que el deseo y la premura hacían uso de mi cuerpo, la necesidad que tenía de verlo otra vez; en ningún momento a lo largo de esos meses que no estuvimos juntos pensé renunciar a Nicolás, lo confieso; al contrario, la distancia me afirmó en mi determinación. Tan sólo lo esperaba con avidez, con hambre, casi siempre sola, sin hablar con nadie: negada o criticada por tíos y primos que no llamaron a casa ni por casualidad. A mí nada de eso me importaba. Yo esperaba a Nicolás callada, sedienta, y si no lo tenía, lo imaginaba conmigo. Adoraba su piel, sus manos, sus ojos, sus labios; idolatraba, en resumen, su cuerpo y el sexo en el centro de él. Ninguna mujer de mi edad puede siquiera imaginarse la potencia de un adolescente a quien le has enseñado a mantenerse erguido largo tiempo para ti; a esto añádase la cantidad de veces que Nicolás podía hacerme el amor en apenas unas pocas horas. Lo tenía todo a su lado: ternura, comprensión, amistad, amor, placer, pureza. ¿Por qué querría algo más? Volvimos a salir juntos, a vernos a escapadas, aunque cuidándonos más que la primera vez. No voy a describir los sitios donde nos encontramos o la manera en que planeamos cada una de nuestras contadas citas los meses de septiembre y octubre, pues nada de eso al final bastó y todo fue en vano: la mayoría ya sabe cómo fue que esa última ocasión nos arrestaron. Del coche en que hacíamos el amor en una callejuela de Chimalistac —no lejos de la capilla en donde me había casado con Marcelo—, los policías nos condujeron a la Delegación y de allí fui a parar yo sola al Reclusorio Sur donde el juez Rodríguez Salcido dictó sentencia de formal prisión en base al juicio que ya pendía en mi contra. Yo había reincidido, había desobedecido la consigna y en esta ocasión no había fianza o amparo que me resguardara. Antonio no pudo hacer nada.

No pretendo contar aquí la historia de mi paso por el reclusorio, el relato de todo lo que vi y fui aprendiendo entre sus rejas, el infierno en que puede convertirse una prisión para mujeres en el Distrito Federal. Durante esos cuatro meses, por alguna extraña razón, no dejé de pensar una y otra vez en mi tía Irene, en el lapso que ella pasó en otro reclusorio acusada por sus propios sobrinos, mis primos Ira y Yaco Guindi, muchos años atrás. Ahora no era mi imaginación la que me conducía hasta la boca del infierno; ahora estaba yo metida en él. Esa dura etapa es, con todo, harina de otro costal y merecería un libro aparte —un libro muy triste, por cierto. Éstas no pretenden ser, repito, unas memorias del subsuelo o una crónica de los cuatro meses que pasé allí encerrada; estas páginas pretenden… no sé la verdad ni qué pretendan. Ya no lo sé, pero estoy por terminarlas.

Fue hacia el final de mi estancia en el reclusorio —alguno de aquellos domingos que las mujeres teníamos para recibir a nuestros familiares— que mi hermano Rodrigo llegó a visitarme por primera vez. Tenía el pelo rapado y parecía muy serio. No quise preguntarle, de buenas a primeras, por qué se había cortado el pelo: el cuero cabelludo relucía con los arbotantes del techo en donde estábamos sentados conversando. Lo dejé contarme todo lo que sabía de Álvaro y Leticia; me enseñó unas fotos recientes de Milena que casi me hicieron llorar. Habló muy poco de mi madre, sin embargo, esa ocasión la recuerdo especialmente porque Rodrigo, serio y contrito, me contó la doble desgracia de mi primo Juan, el hijo menor de mis tíos Sonia y Vladimir Acuña, quien hacía ya tiempo había trabajado con mis primos Guindi en uno de sus almacenes. De los tres Acuña, éste era el más bueno y de quien mejor me acordaba, a pesar de haberlo visto pocas veces.

—Hasta donde sé, le diagnosticaron cáncer en los testículos, Silvana —me dijo desde el otro lado del vidrio que nos separaba—. Estaba deshecho, no sabes... Él y Guillermina estaban planeando tener un hijo...

—Pero si Juan tiene, por lo menos, cuarenta y cinco años, ¿de qué hablas? —dije sentada allí, atónita al oírlo, tras el vidrio.

—Sí, pero ella tiene diez o doce años menos, Silvana.

—¿Y qué pasó?

—Hasta donde sé, le dijeron que debía operarse inmediatamente antes de que el cáncer se diseminara, que había sido una suerte que no tuviera ramificaciones aún.

—¿Y...? —lo apremié, puesto que la media hora que teníamos se iba haciendo agua.

—Que le quitaron los testículos, no sin antes pedirle que, si quería tener un hijo, debía dejar un frasco con semen. Le dieron veinticuatro horas, pues no podían esperar más a riesgo de que ya luego fuera tarde.

Mi hermano se quedó callado: parecía recordar o sentía en carne viva esos momentos de mi primo Juan. Lo instigué a continuar (faltaban minutos para que sonara el timbre) y él lo hizo:

—Dice que intentó masturbarse una y otra vez en el baño de su casa, luego en el baño del hospital; lo intentó todo hasta el último minuto. Se debatía en el retrete y lloraba de rabia, de desconsuelo, de qué sé yo, Silvana. El caso es que no pudo sacarse una sola gota; no pudo conseguir una erección.

—¿Y qué va pasar ahora? —pregunté estúpidamente.

—Que ya no podrá tener hijos —dijo Rodrigo con contundencia—. Lo irónico, ¿sabes?, es que lo pospusieron muchos años, incluso Guillermina abortó en una ocasión…

—Eso no lo sabía.

—Yo tampoco. Apenas mi mamá me lo contó.

—¿Y por qué había abortado? —pregunté, sintiendo al mismo tiempo un súbito calambre en el estómago.

—Por nada en realidad, sólo porque se sentía muy joven cuando tuvo la oportunidad de tenerlo. Habrá tenido unos veintiocho años, dice mi mamá.

Me quedé helada escuchándolo, meditativa. Recordé, implacable, esa época de ambivalencias entre Marcelo y yo, todas las dudas que nos consumían, las formas en que nos culpábamos uno al otro sin saber quién era el que finalmente quería tener un hijo y quién era el que no. Pero eso no importaba ya. Habían pasado muchos años. No pude dejar de sentir un amago de tristeza, de desasosiego, no sabía si por Juan y Guillermina, o si por mí misma y lo que fui, lo que había dejado en el pasado.

—¿No me has preguntado qué pasó con Juan? —interrumpió Rodrigo de pronto mis cavilaciones.

—Dime: ¿cómo salió de la cirugía?

—Bien, pero ahora ya no tiene testículos… —mi hermano se detuvo, se me quedó mirando un rato y concluyó—… y tampoco a Guillermina. Se quedó sin mujer.

—¿Qué dices?

—Ella lo dejó —remató mi hermano—. Esperó que Juan saliera de la operación para decírselo… Lo que no está claro es la razón.

Nos quedamos callados los dos, la mirada puesta en el aire, suspendida. En cualquier minuto sonaría el timbre. Lo esperaba, lo temía. Por fin, a punto de irse ya, Rodrigo me anunció de buenas a primeras:

—Quién sabe si nos veamos otra vez, Silvana.

—¿Por qué? —murmuré, sintiendo de pronto una suerte de agobio en el pecho, un aleteo en el vientre: apenas era la primera vez que Rodrigo me visitaba desde que fuera confinada allí.

—No te había dicho: me voy a la India.

Me quedé pasmada. ¿Había escuchado bien?

—¿Qué dices? ¿A la India? ¿A qué?

—No sé —dijo soñoliento, triste aún, moviendo su cabeza lustrosa, bien rapada—. A eso voy, a responder esa pregunta.

Podía haber adivinado la respuesta, claro. La verdad es que la decisión de mi hermano no debía haberme sorprendido… y menos a mí que sabía muy bien lo que la motivaba. Desde el accidente en la carretera vieja de Cuernavaca, algo inaprensible se venía perfilando en su alma, una suerte de transformación que tenía que ver no sólo con ese trágico suceso que lo atormentaba sino con su edad y lo poquísimo que, según él decía, había hecho a sus escasos treinta años; el cambio venía, asimismo, del golpe que supuso la muerte de mi padre… y no sólo eso, intuía yo, sino de la vergüenza que significaba tener a su hermana mayor refundida en una cárcel de mujeres. Sentí que lo quería mucho y que lo quería abrazar, pero no podía, nos lo impedía un grueso vidrio y las miradas de los cancerberos. Pero acaso… aunque no hubiera habido vidrio, Rodrigo y yo no nos habríamos tocado. Quién sabe.

—¿Vas a dejar a mi mamá sola? —me odié inmediatamente hube hecho esa pregunta: parecía más que ninguna otra cosa un vil chantaje, aunque ésa no había sido mi intención. Me arrepentí pero era tarde. Claro que era bueno que se fuera, que buscara su camino sin importarle nada más (como en el poema de Frost que mi padre nos leía). No le hubiera deseado nunca el destino de Saulo pegado a las faldas de Vera o el de mi primo Esdras, infatigable consorte de Zahra, su madre.

—No está sola —me contestó tranquilo—, está Agus con ella. Aparte a ti no te quedan aquí más de unas semanas. Ya la acompañarás. Creo que ella quiere venir el próximo domingo —y de inmediato añadió –: La última vez que vino se puso muy mal, estuvo toda la semana deprimida. ¿Quieres que le diga algo?

—Nada —respondí; luego rectifiqué—: Dile que la quiero.

Mi hermano se había levantado de su asiento, lo mismo que yo. El timbre sonaba: era hora de que se marchara. Yo estaba entumida, paralizada, indecisa entre decírselo a él —dado que ya no lo veía— o esperar a que mi madre viniera a visitarme otra vez. Rodrigo ya caminaba hacia la puerta de salida; uno de los guardias la había abierto sin dejarnos de mirar, cuando en el último momento, me di la vuelta y le grité con vehemencia:

—Rodrigo —él se giró casi en el vano de la puerta—, estoy embarazada.

ESTAS MEMORIAS LAS comencé casi a la semana de haber ingresado al reclusorio a fines de octubre del año pasado. Ahora estoy en mi noveno mes; en realidad cada vez han sido más fuertes las contracciones, más precisas. Una de las mujeres que conocí en la cárcel me dio la idea una tarde casi sin querer, cuando supo por qué yo estaba allí y la cantidad de estiércol que la gente había echado sobre mi cabeza. De inmediato me puse a garabatear las cosas que ya sabía de siempre, las que había oído en la familia, las que me habían pasado a mí. Quería incluirlo todo, recordarlo todo, tal vez de esa manera sabría de una buena vez quién era yo a final de cuentas, quién era esa mujer que yo misma señalaba en el espejo con un dedo lleno de extrañeza o asombro: Silvana Forns Nakash.

A pesar de las tareas a que estábamos obligadas en el Reclusorio Sur —zurcir, lavar, tallar y barnizar muebles—, lo cierto es que tenía bastante tiempo libre para mí, mismo que pasé en mi celda escribiendo parte de esta historia. No fue sino hasta la cuarta o la quinta semana cuando confirmé que ya no me bajaba y vinieron junto con ello las arcadas y los súbitos mareos de la gestación. No me cupo duda: tendría un hijo de Nicolás. Mis oscuros sueños de germinación eran, pues, perfectamente reales sin barruntarlo yo, sin haber tenido la certeza de su tangibilidad. Casi podría haber sabido durante cuál de esas últimas y postreras escapadas a hurtadillas (en los meses de septiembre y octubre del año pasado) me quedé encinta sin proponérmelo: las pastillas fallaron y fallaron contra mi voluntad y cuando menos me lo había esperado. Sin embargo, el desconcierto que sentí cuando lo supe quedó sepultado por la extraña mezcla de felicidad e incertidumbre que viví los siguientes tres meses recluida en mi celda. Por eso mismo, pensé, debía intentar terminar lo que había comenzado antes incluso de saber que estaba embarazada: estas memorias. En cuanto lo confirmé (pues el médico vino al reclusorio a verificarlo) supe también dónde exactamente quería traer al mundo a mi hijo y también sabía que, tan pronto pudiera salir de allí, me iría para siempre de México.

La Navidad y el Año Nuevo los pasé sola, escribiendo, de espaldas al mundo, ganándole tiempo al tiempo, recordando el aniversario de la muerte de mi padre un dos de enero. No hice otra cosa hasta principios de marzo que avanzar en este libro desigual, esperar la hora en que saldría de allí mientras, semana a semana, añoraba las visitas de mi madre, de Rodrigo, de Agus, de Raquel y Gina, de Nadia y su marido, de mi primo Néstor. Los demás no vinieron y tampoco yo los esperaba. Era mejor así. En realidad hubo domingos en que nadie apareció; pero todo eso ya no importa, ha pasado el tiempo y no le guardo rencor a esa gente.

En marzo, repito, salí de la cárcel y dos semanas más tarde partí a Colorado. Le pedí a mi madre que pusiera nuestra casa en venta —la casa de Felicidad que era mi casa—, dado que necesitaría parte del dinero para vivir los primeros dos años. Con lo demás ella tendría para comprarse un buen departamento; de cualquier forma, la casa de mansardas y buganvillas de San Ángel, ya desde hacía mucho era un sitio inmensamente grande para ella y Agus. Rodrigo había partido a la India y continuaba en ese viaje intrincado hacia sí mismo. Álvaro no tenía para cuándo volver a México y ni tenía motivo: su vida, su música y su familia estaban allá, en Granada, desde hacía rato. Faltaba yo. Faltaba que Noname dispusiera de su vida, faltaba que eligiera lo que con mis años por delante quería hacer. Supe, antes que nada y sin un ápice de duda, que deseaba tener ese hijo. Nunca titubeé, lo juro. Sin importarme la opinión de nadie y sin anunciárselo a la gente, lo iba a tener. También supe, desde que estaba en prisión, que no quería tenerlo en el México del ninguneo y el desdén, del miedo y la injusticia, de la hipocresía y la envidia agazapadas. No, allí no, nunca. Quería traerlo al lado de esas montañas y cañones color sepia que había abandonado treinta años atrás y que no había vuelto a ver desde entonces más que en un par de películas caseras, unas cintas súper ocho que hallé en la casa de San Ángel por casualidad. Algo en mí me decía que necesitaba mirar esa tierra, esos riscos, esas montañas, y tenerlos cerca, para cuando naciera mi hijo y él pudiera verlos como yo los vi, reconocerlos tan pronto pudiera abrir sus ojos, sus pestañas. Esta solución, este nuevo comienzo —esta especie de idilio, dirán algunos—, se me había metido en la cabeza durante los meses que estuve confinada en el Reclusorio Sur, en Xochimilco, y ya nadie me iba a hacer cambiar de opinión. Ni siquiera Nicolás, a quien amaba y sigo amando con toda mi alma, de quien no me he desprendido y en quien pienso a cada instante. A él lo esperaría todo el tiempo del mundo. Su hijo y yo lo esperaríamos. Si podía escapar de la tutela de sus padres, qué mejor; pero si, en cambio, debía esperar a deslindarse de ellos hasta cumplir los dieciocho, lo esperaríamos igual. Se lo dije la única y última vez que nos vimos sentados en un café de Coyoacán, pocos días antes de marcharme del Distrito Federal. Él pareció comprender; estaba, incluso, contento por mí, contento con la idea de tener un hijo juntos —no dejaba de tocarme la panza aunque poco se notaba aún. Me aseguró que muy pronto nos reuniríamos, que seríamos muy felices los tres lejos de aquí. Aunque yo no le creí (no porque me estuviese mintiendo), no dije una palabra; sólo asentí. Yo, de cualquier forma, lo había decidido ya aunque con ello me estuviera engañando a mí misma: lo esperaría. Nicolás era y seguiría siendo el padre de Sebastián.

Le llamo así, Sebastián, pues en el segundo ultrasonido que me hicieron en el Saint Mary's Hospital de Grand Junction me dijeron que sería un varón. Yo, por supuesto, sabía su nombre desde mucho tiempo atrás: si era un niño se llamaría como mi padre.

8 de julio de 2000

Querida Silvana:

Recibí tu carta apenas ayer que volví de un largo viaje. Estuve fuera cinco semanas, por eso no te había respondido. Supe, como todo mundo supo aquí, lo que pasó contigo y el chico de la escuela. Te mentiría si te dijera que no quedé sorprendido, impresionado, no sólo por la historia en sí, la cual leí en un par de periódicos (seguramente distorsionada como todo aquí), sino porque justo eras tú, mi ahijada, la protagonista de lo que pasó —¿debería llamarte heroína?

Leer tu nombre en el periódico, confieso, me dejó perplejo varios días. No paré de darle mil vueltas al asunto en mi cabeza y entonces, una tarde, recordé una película basada en un hecho real que había visto hace muchos años cuando vivía en Francia, *Mourir d'aimer*, creo que se llamaba. Si mal no recuerdo era la historia de una mujer casada, a fines de los sesenta, quien se enamora, como tú, de un adolescente. No recuerdo bien qué pasa en el *film*, sólo recuerdo el final: la mujer (creo que era la famosa actriz Annie Girardot) se suicida al haber sido incomprendida y repudiada por todos. La mujer se llamaba Gabrielle Russier. Si te lo cuento es porque ahora, Silvana, tienes un cometido, el cual tú misma te has trazado (sin saberlo o sabiéndolo): sobrevivir a la hipocresía y a la maledicencia, sobrevivir a la condena de la sociedad. Sobrevive, pues. Igual que hizo tu padre.

Yo seré el último en juzgarte; al contrario: te he querido entender, tratar de sondear en tu alma a pesar de que llevo varios años lejos de ti, de tus padres y tus hermanos. La última vez que nos vimos, si mal no recuerdo, fue en el velorio de Sebastián en San Ángel, en enero del 98, ¿no es cierto? Probablemente te habrá desconcertado verme allí, luego de varios años en que tus padres y yo no nos encontrábamos ni por casualidad (rehuyéndonos más bien). Ni qué decir de los demás compañeros de *Sur*, Igor, Óscar y Raymundo, de quienes poco o nada sé desde hace muchos años. Sin embargo, tal y como tú exiges saber en la carta que me escribes, la razón por la que tus padres y yo nos distanciamos, es otra, nada que ver con la que lo alejó a él y a mí de los otros amigos de *Sur*. Te la cuento porque me has pedido que lo haga y porque creo que tienes derecho a saberlo. También te cuento lo que pasó para que sepas que yo, menos que nadie, puedo juzgar tus acciones, tu amor o lo que sea que te llevó a los brazos de ese joven, tu estudiante. Por algo pasan las cosas, y es porque las queremos, Silvana, aunque me escribas que las pastillas fallan. Lo único que aún me pesa, sin embargo, es haber sabido lo que hicieron contigo mandándote a un reclusorio y no haberte ido a visitar. Empero, sobreviviste, y eso es lo importante. Como decía mi amado Nietzsche: lo que no me mata, me hace más fuerte.

Te has de haber preguntado por qué, una vez habiendo regresado a México, tus padres y yo no continuamos nuestra larguísima amistad cuando sí supimos mantenerla en la distancia, lejos uno del otro, a pesar de mil sinsabores y desavenencias. Algo había de extraño en ello, ¿no es cierto?, y tú me constriñes a decírtelo en tu carta. La historia (la respuesta a tu pregunta) es la que sigue; la puedes leer también si quieres, si te interesa, en mi novela *La rebelión de los esclavos*, la misma que finalmente nos separó por más que intenté demostrar a propios y extraños que se trataba de una mera apuesta lúdica, un *tour de force*:

En el otoño de 1976, Rebeca y Sebastián fueron a Italia, donde yo enseñaba entonces. Le había pedido a tu padre que escribiera una larga introducción a la versión italiana de uno de mis libros que entonces aparecía en una edición crítica. Por supuesto, no la hizo, disculpándose como sólo él sabía hacerlo: con extrema cortesía, con amabilidad, dejando en claro que su negativa nada tenía que ver con nuestra amistad. En el fondo, tú lo habrás imaginado, yo lo provocaba a volver a escribir, siempre busqué cualquier pretexto para que Sebastián cogiera la pluma y nos diera, al menos, un poema. Lo conseguí una vez, ya lo sabes, y eso porque estaba harto de mi insistencia y mis acosos: se trata del cuento que escribió al vapor para una antología malhadada que, al final, ni siquiera se publicó para beneplácito de tu padre, quien, una vez habiéndome enviado su contribución, se había vuelto casi loco del arrepentimiento. Pero ésa es otra historia. El caso es que Rebeca y él accedieron a visitarme en Roma a la presentación de ese libro y al homenaje que un grupo de locos se empecinó en hacerme, al mismo tiempo que se organizaban una serie de mesas redondas alrededor de *Sur*, mesas a las que, por supuesto, tampoco tu padre se dignó participar más que como mero oyente, al lado de tu madre. Su forma de expresarme su cariño, al final, fue la de pasar unos días en Roma conmigo y mi novia de ese entonces, una discípula del psiquiatra Jacques Lacan que estaba no solamente loca por mí sino, debo confesar, loca de remate.

Ni qué decir que los cuatro pasamos unos días extraordinarios cada vez que nos lo permitían los profesores invitados y las mesas que se celebraban desde primera hora. Una de esas mañanas, incluso, huimos los cuatro a Bomarzo, un parque encantado que tus padres querían conocer desde hacía muchos años y al que los llevamos Carmen y yo.

Bueno, empiezo a extenderme sin poder ir al grano. Veo que me desvío y no te cuento lo que debía contarte, lo que me pides en tu carta con mucha razón, lo que siempre imaginé fue la causa de nuestro distanciamiento.

La última o penúltima noche que Rebeca y tu padre se quedaron en Roma, a punto de volver a Virginia donde ustedes aún vivían, nos emborrachamos de lo lindo en uno de esos pequeños restaurantes, hermosos y caros, escondidos en una callejuela de vía del Babuino. Entre botellas de vino, cigarrillos y la extrañísima conversación que de pronto entablamos, Carmen tomó las riendas (secundada por mí) y nos empujó a todos a un sitio que bullía allí, entre los cuatro, pero que no enfrentábamos por alguna misteriosa razón. Me refiero al tema del deseo que reptaba, siniestro, en todas direcciones de la mesa. La conversación, pues, giró en Lacan y su enrevesada explicación del deseo y el modo intercambiable en que éste se desplaza sin que tenga que ver con ello el sujeto —toda una disertación que nos ofreció una Carmen elocuente y afiebrada por el vino. No quiero aburrirte con cosas que quizá ya sabes o has oído y que al cabo no importa conocer. El caso es que se abrió una sesión de juego erótico donde cada uno debía intercambiar besos con el otro para demostrar así, paradójicamente, la inexistencia del otro. Confieso que no sólo yo, sino tu padre, quedamos vivamente impresionados cuando Rebeca se lanzó a besarme una vez Sebastián la empujó a hacerlo, quién sabe si creyéndola capaz o no. Él hizo lo mismo: besó a Carmen. Entre estallidos de risas, chocamos nuestras copas, bebimos a fondo, y propusimos que se besaran las mujeres, lo cual aconteció acto seguido, sin chistar, de manera casi natural, previsible, mientras tu padre y yo fumábamos sorprendidísimos y anonadados. Un minuto después, con una botella nueva sobre la mesa, Rebeca y Carmen insistieron que nosotros nos debíamos besar pues de lo contrario el círculo quedaba sin cerrarse. En realidad, o para seguir en esto a Lacan (o a Carmen), yo sabía que en este juego no había besado a Rebeca sino a Carmen a través de tu madre y que tu padre no había besado a Carmen sino a tu madre a través de la psicoanalista, mi compañera de entonces. Pero no sólo eso: el largo beso que ambas se dieron frente a nuestras narices, no era un beso que se hubieran dado ellas sino que estábamos nosotros (los hombres) en medio, o mejor dicho: éramos nosotros los besados, lacaneanamente hablando. Incluso cuando tu padre insinuó la posibilidad (muy al principio, antes de que todo esto hubiera ocurrido) de besar a la mujer del otro en un lugar aparte como un rasgo de pudicia, vergüenza o qué sé yo, Carmen le dijo que eso no podía ser, que justo el chiste estaba en hacerlo los cuatro reunidos, a la vista del otro; de lo contrario, *sí* estaríamos engañando a nuestras respectivas parejas. Y no se trataba, Silvana, de engañar, de ponerle el cuerno a nadie.

Yo así lo entendí y estaba, confieso, dispuesto a besar a tu padre, no me preguntes por qué (yo mismo no lo sé). Sebastián sin embargo no quería. Aceptaba, en principio, la idea de que yo hubiese besado a Rebeca o de que ellas dos se besaran, pero algo interno, muy fuerte, le impedía besarme a mí. Tal vez, lo pensé más tarde, él no estuviera tan borracho como estábamos nosotros tres, y eso lo detenía. Quién sabe. El caso es que algo extraño empezó a ocurrir sobre la mesa, y justo porque de todas las posibilidades de intercambio (de desplazamiento del deseo), sólo faltábamos nosotros dos. Incluso, para darle una nueva oportunidad, Carmen propuso una nueva ronda de besos, y así empezamos todos otra vez hasta llegar al largo beso que se daban las mujeres y que, la verdad sea dicha, nos tenía a tu padre y a mí completamente embelesados. Entonces yo le dije a Sebastián: "Qué mujer tan increíble tienes, ¿te das cuenta?" A lo que él asintió dando un sorbo a su copa, no muy contento del halago que lo reducía a él justamente a todo lo contrario: un tipo que no estaba a la altura de su mujer, cosa que yo de ninguna manera buscaba insinuar con mi cumplido.

Al ver que tu padre no aceptaba darse un beso conmigo, Carmen insistió: "Pero, ¿no te das cuenta? Sólo así neutralizarás y cerrarás el círculo. Tienes que hacerlo; de lo contrario, vas a defraudar a tu mujer." Y cuando tu madre se levantó al baño, yo le dije a Sebastián: "Ahora debes hacerlo por ella, por Rebeca, olvídate de mí o de ti o de lo que diga Carmen. Lo digo en serio." Cuando tu madre regresó, volvió a arremeter, casi furiosa, diciendo que era injusto, que sólo faltábamos los hombres de besarnos allí, sobre esa mesa completamente manchada de vino, colillas y con una copa rota, esparcida en el mantel. Y lo hizo, tu padre se acercó y finalmente nos besamos frente a ellas dos.

Sí, se cerró el círculo, él mismo nos lo confesó en ese lugar: era como si hubiese exorcizado al fantasma, ese espíritu que se cernía segundo a segundo sobre la mesa, implacable y molesto. Entonces Carmen le dijo: "Ya ves, no pasa nada". Y sí, no pasó nada entonces. Incluso tu padre, más relajado a partir de ese momento, quería continuar la fiesta en mi casa o en su hotel, irnos los cuatro a la cama (aunque de tres en tres, acotaba él muerto de risa), a lo que yo no transigí. Le dije a solas, en una de esas calles desiertas por las que caminábamos: "Tienes una desventaja, Sebastián: Rebeca es tu mujer; Carmen es una amiga mía. No tenemos una familia como ustedes. ¿Comprendes? Mejor le paramos aquí." Y así fue. Le paramos, pero algo invisible, abismal, nos fue alejando a partir de ese momento. Nadie estaba molesto, Silvana. No creo que Rebeca estuviera arrepentida o Sebastián enojado con ella y conmigo. Era como si el deseo, latente, se hubiera puesto al descubierto esa noche y de pronto ya no hubiera nada más de que hablar, nada más que esconder, y todo fuera terrible y transparente al mismo tiempo. No sé si me comprendas. Incluso, al principio, los dos hicimos hasta lo imposible para hacernos sentir uno al otro que las cosas seguían exactamente igual, que nada había pasado. Pero tanta terquedad, tanto ahínco en dejarlo claro, resultó a la postre contraproducente, supongo. Parecía que, en el fondo, *sí* hubiera pasado algo, de lo contrario, ¿por qué tanto empecinarse por una amistad que siempre había estado allí sin necesidad de vindicarse, a pesar de muchos disgustos, de manera completamente natural? Te repito, nunca nos peleamos. Yo dejé de ver a Carmen un par de años después y tu padre y Rebeca se mudaron a México cuando tu abuela murió, a pesar de que en lo más íntimo, Sebastián deseaba todo menos tenerme cerca, lo sé. Para su sorpresa, así ocurrió: vivir en la misma ciudad nos mantuvo lo suficientemente alejados (habíamos conjurado la incertidumbre, el inefable). Y, al contrario, sólo sabíamos uno del otro cuando por alguna razón yo estaba por salir de viaje o debía mudarme a otro país una temporada como todavía llegué a hacer *casi* contra mi voluntad. Entonces, te repito, nos dábamos un telefonazo, tus padres me deseaban suerte, y ya. Curioso, ¿no es cierto?

Espero, Silvana, que esto haya respondido a tu pregunta y

haya satisfecho tu curiosidad. Ojalá no me guardes ningún tipo de rencor por lo que te cuento, por lo que pasó hace años a raíz de haber escrito esa novela. Y una cosa te pido: sería mejor que no se lo dijeras a tu madre, aunque la verdad sea dicha, ella conoce bien ese capítulo al final de *La rebelión de los esclavos*.

Ahora yo te pido a cambio que me expliques, cuando ya la sepas, la razón que te llevó a ese adolescente, a ese amor prohibido por las leyes, a esa hermosa infracción que elegiste afrontar y transgredir a sabiendas de lo que hacías y sus consecuencias. Esperaré esa carta; no dejes de escribirla, pues. Quiero que me digas en ella por qué lo escogiste a él y por qué duró tanto tiempo lo que, en cualquier otra circunstancia, habría durado un par de meses a lo más. Si ya lo sabes, escríbeme.

Te mando un abrazo cariñoso, Alejo.

AHORA QUE HE vuelto a abrir la carta, después de haberla leído ya dos, tres, cuatro veces igualmente azorada, pensativa con cada línea y palabra que me escribe, creo vislumbrar a qué se refiere mi padrino y, en parte, es posible que él tenga algo de razón. ¿Qué me empujó a Nicolás dado que nada pasa, según él, por casualidad sino porque nosotros lo deseamos? Pero aun más importante que esa pregunta está, quizá, la de saber qué hizo que lo nuestro durara más de dos meses, el tiempo lógico, previsible que, según mi padrino, puede o debe perdurar una relación tan dispar como la nuestra, la de un niño con una mujer de mi edad. Comprendo ahora, de súbito, en esta última lectura de su carta... lo que mi padrino (sagaz como siempre) está insinuando y lo que espera que yo descubra a solas, por mi cuenta: Silvana Forns Nakash no buscó (a lo largo de tres años) otra cosa que un padre para darle a su hijo, ese hijo que he venido deseando desde niña o desde adolescente, desde mucho antes de conocer a Marcelo y a Gustavo y a mi primo Néstor Forns. Pero no sólo eso, para mi padrino Alejo yo no hacía, supongo, otra cosa en las incontables tardes del hotel Casa Blanca que ir educando, día a día, a un padre a imagen y semejanza del mío, un padre capaz de enseñarle a su hijo esa misma historia —vital y moral— que Sebastián me enseñó a mí hasta el día de su muerte y más tarde (por ejemplo, ahora que, a posteriori, venía a enterarme de lo ocurrido en 1976 en una calleja escondida de vía del Babuino, en Roma).

Desde enero de 1998, y hasta el día de hoy, o mejor, desde el día en que vi sus ojos garzos por primera vez en clase, una mañana de septiembre, y hasta este día, ya lejos de él, lejos de todo el mundo, no hice otra cosa, supongo, que llevarlo de la mano, verlo crecer, madurar, hacerse un adolescente, un joven, un hombre, para ese día futuro en que él pudiera convertirse en papá, un padre a la altura del poeta Sebastián Forns.

Parte de la estratagema de Alejo es, lo veo claro ahora, que no responda esa carta, y, por tanto, no lo haré. Entonces él sabrá que entiendo lo que, de un modo harto peculiar, ha cavilado; y probablemente —quién puede asegurarlo, quién puede desmentirlo— con algo de razón.

Ah, y una cosa que no quiero dejar sin responder: ¿es ingenuo acaso mi padrino o quiere pasar por tal cuando me cuenta esa historia y me dice que ella fue la causa de su distanciamiento? ¿No se da cuenta de veras que su novela o lo que fuese que pasó, sólo fue un pretexto para Sebastián, quien nunca más quiso tener que ver nada con la literatura?

ESTÁ CLARO QUE desde que llegué a Colorado a mediados de marzo no he hecho nada más que dedicarme a dos cosas: a la gestación de Sebastián y a continuar la tarea que inicié en el reclusorio, es decir, la redacción de este extraño libro que se ha ido extendiendo contra mi voluntad, como un fuego gigantesco que lo barre todo. A los dos los he cuidado como nunca hice conmigo, como apenas ahora empiezo a hacer: saliendo a caminar en el mismo estanque recubierto de limo al que mi padre me llevaba a los tres o cuatro años, observando los patos dormidos o divisando, cada vez más ocultos, los cervatillos que todavía hoy —en este siglo— salen a abrevar cuando ellos creen que nadie los está mirando. Todo eso hago, cual una rutina, después de haberme puesto a escribir estas páginas, estas memorias o álbum de familia, recuento de daños y perjuicios, búsqueda insensata de un tiempo espurio y rezagado, reescritura personal de un siglo. En resumen: supongo que se trata de una indagación en los orígenes de mi vida que no son en el fondo sino los orígenes de mi hijo, Sebastián Cañigral Forns. Ahora lo veo claro: he terminado por escribir todo eso que mi padre prefirió callar. O mi padre calló sólo para que su hija, treinta y cinco años más tarde, se pusiera a decir lo que pasó, lo que el poeta eligió guardarse.

El doctor me ha dicho que esté atenta, que cualquiera de estos días vendrá al mundo Sebastián: las contracciones son sistemáticas, cada vez más dolorosas. Ya me acostumbré a la idea de que mi madre no podrá venir a acompañarme; entendí sus razones, no por eso la he dejado de querer. Ha sido mucho el daño que le he causado, lo sé, aunque nunca sentí que debía pedirle perdón (ni a ella ni a nadie). Debo estar preparada: entiendo que lo tendré sola en el hospital; sin embargo, una vez nazca, seremos dos: Sebastián y yo nos haremos compañía. ¡A ver qué pasa! Entonces, estoy segura, ya no me sentiré tan sola como hoy, como todos estos días me he sentido: miraremos juntos las montañas, las Rocallosas, iremos a Glade Park y pasearemos en el *pond* rodeado de álamos y cedros, esperaremos la hora del crepúsculo y la salida de algún venado por entre los matorrales y el enebro.

Mientras llega el día (¿mañana, pasado mañana?), voy a intentar memorizar ese poema que mi padre amaba por sobre todas las cosas, el cual me recitó más de una vez con lágrimas en los ojos que yo no le entendía —que yo no le entendí sino hasta hoy. Lo escribió siendo aún muy joven el poeta sevillano del exilio, Luis Cernuda. Para mí, creo, es como un llamado o una especie de saludo desde el más allá, una suerte de gesto solidario; tal vez y sólo sea un recuerdo, lo mejor que se quedó conmigo de papá:

Si el hombre pudiera decir lo que ama,
Si el hombre pudiera levantar su amor por el cielo
Como una nube en la luz;
Si como muros que se derrumban,
Para saludar la verdad erguida en medio,
Pudiera derrumbar su cuerpo, dejando sólo la verdad
                                    de su amor,
La verdad de sí mismo,
Que no se llama gloria, fortuna o ambición,
Sino amor o deseo,
Yo sería aquel que imaginaba;
Aquel que con su lengua, sus ojos y sus manos
Proclama ante los hombres la verdad ignorada,
La verdad de su amor verdadero.

Libertad no conozco sino la libertad de estar preso en alguien
Cuyo nombre no puedo oír sin escalofrío;
Alguien por quien el día y la noche son para mí lo que quiera,
Y mi cuerpo y espíritu flotan en su cuerpo y espíritu
Como leños perdidos que el mar anega o levanta
Libremente, con la libertad del amor,
La única libertad que me exalta,
La única libertad porque muero.

Tú justificas mi existencia:
Si no te conozco, no he vivido;
Si muero sin conocerte, no muero, porque no he vivido.

Agradecimientos

Sería injusto no mencionar aquí los nombres de todos aquellos que, de una u otra manera, contribuyeron con esta novela, ya fuera aportando sus opiniones y sugerencias, ya fuera aclarando dudas de diversa índole, y en algunos casos colaborando en el arduo proceso de correción. Ellos son: Jorge Avilés Diz, Sylvie Audoli, Jesús Anaya, Leticia Barrera, Roberto Banchik, Virginia Caudillo, Sandro Cohen, Ana Paula Dávila, Antonio Fernández, Ezra Fitz, Robert Goebel, Francisco Gómez, Lola Gulias, Elvira Kanán, Margot Kanán, Antonia Kerrigan, Glyke Lehn, Patricia Mazón, Marianne Millon, Margarita Navarro, Ignacio Padilla, Pedro Ángel Palou, Andrés Ramírez, Tomás Regalado, Valeria Sánchez, Raquel Urroz, Selma Urroz y Jorge Volpi.

Por último, merecen una mención especial todos aquellos que, sin su autorización, han pasado a ser personajes de *Un siglo tras de mí.*

ÍNDICE

Un siglo tras de mí
se imprimió en los talleres de
Litográfica Ingramex, S.A. de C.V.
Centeno núm. 162
Colonia Granjas Esmeralda
México, D.F.

Impreso y hecho en México
Printed and made in Mexico

Certificado No. 02-2082